St. Pauli
Heiligengeist-Feld
Viehhalle
Mühle
Neuer Kamp
Civiljustiz-Gebäude
Holstenwall
Holsten Platz
Encke-Pl.
Wache
Stern-warte
Repsold Denkm.
Hochsee P.
Neue Turnh.
Ludwigs Konzerth.
Hornhardts Konzert-haus
Central-H.
Spielbuden Platz
Reeperbahn
Reeperbahn
Kieler Strasse
Eckernförder Str.
Seiler Str.
Israel. Krankenh.
Realsch.
K. Schultze Theat.
Wilhelms Pl.
Bernhard Str.
Hafen Strasse
Cirkus
Hafen-Kranlenh.
Seewarte
Seemannshaus
Reservoir
Krank. f. Tropenkr.
Elbhöhe
Helgoländer Allee
Zeughaus-Mkt.
Kampen Str.
Erholg.
Haupt Zoll A.
Viehschuppen
St. Pauli-Landungsbrücken
S. Pauli Pl.
Fischhalle
Zoll A.
Markt-u. Landgs. Pl.
Pinnasberg
Schwimm-Dock
Fähre
Bade Anst.
Schanzenweg
Werft von Blohm & Voss
Stein-wärder
Schwimm-Dock
Werfthafen
Kuh-
Betr. Bhf.
Neuhofer Strasse
Grevenhof Kanal
Norder Elbe
Norder-Loch
Fähr-Kanal
Gas Anst.
Schiffer Str.
Nied
R
D
A
H
Cirkus
Gerlachs Pass.
Nachtigall S.
Hagenbeck
Augusten Pass.
Beck Str.
Ölmühle
Laeisz Stift
Asyl Strasse
Glacis Chaussee
Millernth.
Neuer Steinweg
Joh. Bollwerk
Bohnhen
Baptist.-Kap.

Virginia Doyle

# Die rote Katze

Virginia

# DOYLE

# Die rote Katze

Ein historischer Kriminalroman

HEYNE

in der Verlagsgruppe Random House GmbH
www.heyne.de
Printed in Germany 2004
Satz: Leingärtner, Nabburg
Herstellung: Helga Schörnig
Druck und Verarbeitung: GGP Media, Pößneck

ISBN 3-453-87925-2

# Inhalt

**Zweiter Teil**
***Heinrich Hansen ermittelt*** *181*



**Epilog**
***Verschwunden*** *409*

# Prolog

## *»… müssen Männer mit Bärten sein!«*

*Wie pulsiert hier das Leben im Flitter verlogenen Glücks, erheuchelter Pracht, geschminkter Schönheit, ein Lächeln auf dem Antlitz, eine freche Weise auf den Lippen!*

August Trinius, *St. Liederlich*

Die Tänzerin blickte in den Spiegel. Was ist schon dabei, dachte sie. Wenn man so hübsch ist wie ich, darf man sich drei Liebhaber leisten. Sie sehen so lustig aus, diese Männer mit den Schnurrbärten im Gesicht. Und jeder Bart ist anders als der andere, fühlt sich anders an.

Selbst wenn sie die Augen schließen würde und einer der drei Herren käme herein, so vermutete sie, würde sie spätestens beim ersten Kuss wissen, um welchen Verehrer es sich handelte. Am Kitzeln der Barthaare würde sie es erkennen. Ganz bestimmt.

Sie musterte ihr geschminktes Gesicht. Ich sehe aus wie ein liebes Kätzchen, dachte sie, ich kann schnurren. Und sie schnurrte sich etwas vor. Ich kann aber auch frech sein. Sie verzog das Gesicht und miaute. Und böse kann ich werden! Sie fauchte und hob die Arme. Sogar Krallen zeigen! Sie bewegte die Tatzen, als wollte sie jemandem die Augen auskratzen. Und süß bin ich auch und anschmiegsam. Das lassen sich die Herren was kosten. Sie drehte den Oberkörper nach rechts und nach links. Vielleicht sollte ich das Dekolleté noch etwas erweitern. Das macht Appetit.

Es klopfte an der Garderobentür. Sie lächelte verführerisch und klimperte mit den langen Wimpern. Da kommt schon der Erste. Ach, diese Männer! Geben nie Ruhe. Wollen immer dabei sein, wenn man sich umzieht. Nun ja, warum nicht. Andererseits sind sie geradezu verrückt nach diesem Kostüm. Was diese Männer nur an Katzen finden? Sie sind wirklich wie kleine Buben. Der eine markierte gern den verspielten Kater auf der Suche nach einem Napf mit süßer Sahne. Der andere kroch gern auf sie zu, miaute und ließ sich am Kinn kraulen.

»Momentchen!«, rief sie. »Ich ziehe mich um.«

Es klopfte noch einmal, entschiedener. Sie kuschelte sich in ihren Morgenmantel, drehte sich auf ihrem Schminkstühlchen um und schloss die Augen. Wollen wir doch mal sehen, ob das mit dem Barterkennen wirklich funktioniert.

»Herein!«, rief sie fröhlich.

Sie hörte, wie der Türknauf betätigt wurde. Die Musik aus dem Ballsaal des Varietés schwoll an, die Tür fiel ins Schloss, die Musik wurde wieder leiser.

Wer es wohl war? Hauptsache, er nahm sie nicht gleich in die Arme. Am Griff waren sie allemal auseinander zu halten. Der eine packte sie gern an den Schultern und zog sie an seine Brust. Der zweite fasste sie gern im Nacken, ehe er sie küsste. Dem dritten wiederum schien es zu genügen, vor ihr auf die Knie zu gehen.

»Nicht anfassen!«, sagte sie, während die Stiefelschritte näher kamen. »Erst küssen!«

Sie reckte ihre Katzenschnauze in die Richtung, aus der sie ihren Besucher erwartete.

Da war er. Sie spürte den Bart. Er kitzelte ihre Oberlippe.

»He!« Sie lachte. Es war ein harter Kuss. Aber seltsam, sie konnte sich einfach nicht entscheiden, wem der Bart gehörte.

»Noch mal«, hauchte sie.

Sie spürte etwas Kratziges am Hals und breitete die Arme aus. Doch es kam kein Kuss mehr. Stattdessen merkte sie, wie dies dünne, kratzige Etwas sich enger schnürte. Sie kicherte. Was sollte das nun wieder für ein Spaß werden? Sie schnurrte. Dann stockte ihr der Atem.

»Ach!«, stieß sie hervor. »Das tut weh«, wollte sie hinzufügen, aber ihr blieb die Luft weg.

Sie riss die Augen auf. Er war über ihr. Nur ein schwarzer Schatten. Sein Gesicht konnte sie nicht erkennen. Er stieß ihren Oberkörper zurück. Der Schmerz an ihrem Hals wurde unerträglich. Sie versuchte, den Übermächtigen mit ihren Tatzen abzuwehren. Sie strampelte. Sie schlug mit den Krallen zu, hörte einen erstickten Schmerzenslaut. Jetzt drückte sein schwerer Brustkorb sie nieder. Sie strampelte heftiger, bekam keine Luft mehr, bäumte sich auf, wurde abermals nach hinten gestoßen. Sie rutschte vom Hocker, und er fiel mit seinem ganzen Gewicht auf sie. Der Druck auf ihren Hals verstärkte sich, ihr war, als würde er entzwei geschnitten.

Das Letzte, was sie hörte, war ein Ächzen und Stöhnen, sie spürte, wie ihre Zunge anschwoll und sich wie ein fetter Wurm den Weg durch die zusammengepressten Lippen bahnte. Dann verlor sie das Bewusstsein.

Der Mörder blieb noch eine Weile auf ihr liegen und schnaufte. Schließlich rappelte er sich auf, hob sie hoch, schaute in ihr blau angelaufenes Gesicht, verzog den Mund und legte sie bäuchlings auf den Schminkhocker. Er lockerte die Schlaufe und nahm den Draht ab, der tief in das Fleisch seines Opfers einschnitt, rollte sein Mordwerkzeug auf und stopfte es in den Ärmel.

Er richtete sich zu voller Größe auf und starrte in den Spiegel. Er sah ein heftig atmendes Raubtier, einen keuchenden Kater, der seiner Natur gefolgt war und mitleidlos ein wehrloses Tier geschlagen hatte.

Aber er würde seine Beute liegen lassen, würde nicht mehr mit ihr spielen. Er musste schleunigst verschwinden. Er schlich zur Tür, zog sie einen Spaltbreit auf und spähte in den Korridor. Er schlüpfte nach draußen und zuckte zusammen. Die gegenüberliegende Tür wurde aufgezogen, und das überraschte Gesicht eines Mannes erschien.

Der Kater schlug zu. Der Mann sank zu Boden. Der Kater horchte. Schritte näherten sich. Wo jetzt hin? Nur nicht mit der Leiche erwischt werden! Hastig zerrte der Kater den Ohnmächtigen ins gegenüberliegende Zimmer und schloss die Tür.

# Erster Teil

## *Heinrich Hansen kehrt heim*

*»St. Pauli! Eldorado des Vergnügens! Wie soll ich dich beschreiben, wo beginnen, Deine Herrlichkeiten, Abwechslungen und Eigenthümlichkeiten aufzuzählen? Du bist das Wunderland des Fremdlings, der mit pochendem, fast ängstlichem Herzen sich hinauswagt in das offene Meer des wogenden und rauschenden Vergnügens.«*

Johannes Meyer
*»St. Pauli, wie es leibt und lebt«*

## ERSTES KAPITEL

# *Bootsmann auf Landgang*

Als das Krokodil das Maul aufriss, lehnte sich die dralle Brünette gegen Hansens Schulter und raunte ihm heiser ins Ohr: »Hallo, Seemann.« Das Krokodil schnappte zu. Heinrich Hansen rückte ein Stück zur Seite, und die Brünette setzte sich neben ihn auf den Seesack. Das Untier erwischte mit den Zähnen den Rockzipfel seines Widersachers.

»O Gott, der arme Kleine!«, rief die Frau aus und klammerte sich an Hansens muskulösen Oberarm.

Der clevere Kasperl hob seine Klatsche und verpasste dem Krokodil einen gezielten Schlag zwischen die Augen. Das Tier biss ins Leere.

»Bravo!« Die Brünette ließ sich sanft zur Seite fallen.

»Hoppla, schöne Frau!« Hansen warf ihr einen kurzen Blick zu, fand, dass sie eine Zuckerschnute mit Stupsnase hatte, und legte ihr einen Arm um die Schultern.

»Na erlauben Sie mal«, sagte sie nachlässig.

Mit einem lauten Brüllen nahm das Krokodil Reißaus. Der siegreiche Kasperl stieg in eine imaginäre Höhle und rettete die Prinzessin.

»Ein Pfundskerl«, sagte Hansens neue Bekannschaft.

Hansen rückte ein Stück von ihr ab, fasste sie an den Schultern und drehte sie zu sich, um sie in Augenschein zu nehmen.

»Na, wo kommst du denn her?«, fragte er grinsend.

»Aus Wunstorf. Und du?«

»Direkt von allen sieben Meeren.«

»Oh!« Sie machte große Augen und legte den Zeigefinger an die Wange. »Wenn du mir jeden Abend von einem Meer erzählst, dann könnten wir eine ganze Woche zusammen fröhlich sein.«

Hansen stand auf. Die Menge der Zuschauer, die sich vor dem Kasperltheater auf dem Spielbudenplatz zusammengefunden hatte, zerstreute sich.

Er deutete auf seine Uniform. »Marine«, sagte er, »nicht Handelsmarine. Uns zahlen sie nicht so viel Heuer wie den Zivilisten.«

Sie biss sich in die Unterlippe, sah jetzt noch mehr nach Zuckerschnute aus. »Ach, nein?«

»Außerdem bin ich gerade mit allen militärischen Ehren entlassen worden, heute am 23. Juli 1903«, erklärte Hansen und blinzelte über die Brünette hinweg Richtung Reeperbahn, wo die letzten Strahlen der Abendsonne die zahllosen Fenster der mehrstöckigen Bierpaläste, Cafés und Konzerthäuser vergoldeten.

»Na, herzlichen Glückwunsch. Wie viele Ehren sind das denn so ungefähr?«

Er sah sie freundlich an, verwundert über so viel Hartnäckigkeit. »Für alle sieben Meere reichen sie nicht aus.«

»Vielleicht für den Atlantik und den Pazifik und den Stillen Ozean?«

»Pazifik und Stiller Ozean sind das Gleiche, Kindchen.«

Sie zog einen Schmollmund. »Also für Pazifik und Atlantik?«

Hansen schüttelte seufzend den Kopf. Sie gefiel ihm schon, diese kleine Dralle. Aber hatte er nicht genug Dummheiten hinter sich mit solchen Frauen, die sich allzu schnell an einen ranschmissen?

»Die Südsee vielleicht?« Die Brünette deutete mit ihrem Schirmchen zwischen den Passanten hindurch zu Umlauff's Weltmuseum, vor dem ein grimmiger Gorilla Wache hielt.

»Nicht mal die Nordsee, Zuckerschnute.«

Sie lächelte, als er sie so nannte, spannte ihren Schirm auf und blickte kokett über seinen mit Spitzen besetzten Rand hinweg. »Die Ostsee ist doch auch ganz hübsch.« Als sie sah, dass er auch das nicht gelten ließ, dachte sie kurz nach und fügte hinzu: »Der Bodensee?«

Hansen musste lachen. »Bestenfalls das Steinhuder Meer.«

Sie sprang wütend auf. »Also nein, das ist mir zu pütscherig.«

»Tja«, sagte Hansen und zuckte bedauernd mit den Schultern, »fürs Pütscherige sind wir wohl beide nicht gemacht.«

»Sicherlich nicht.« Sie hob die Zuckerschnute, zeigte ihm die kalte Schulter und stolzierte davon, geradewegs auf einen Herrn in Gehrock und Zylinder zu, der die überlebensgroße Statue einer halb nackten afrikanischen Kriegerin studierte, deren Speer auf Umlauff's Gorilla gerichtet war.

»Wirklich schade«, murmelte Hansen, »aber mehr als ahlen Aal hat Steinhude nun mal nicht zu bieten.«

Er schulterte seinen Seesack, drehte sich um und machte sich auf den Weg. Was die Zuckerschnute nun mit dem Zylinder anfing, sollte ihm einstweilen egal sein.

»Sankt Liederlich, du hast mich wieder«, murmelte Hansen vor sich hin, als er den Spielbudenplatz entlangschlenderte. »Dann lass dich mal ins Visier nehmen!« Der »Scheele Hein«, wie ihn seine Kameraden auf See scherzhaft getauft hatten, weil er erstaunlicherweise über ein blaues und ein grünes Auge verfügte, kniff zuerst das linke, dann das rechte Auge zu und drehte sich einmal um die eigene Achse.

»Donnerwetter, was bist du groß geworden!« In den sechs Jahren seiner Abwesenheit hatte sich einiges verändert. Die stattlichen Häuser, die den baumbestandenen Platz säumten, waren teilweise umgebaut worden, das eine oder andere kleinere Gebäude hatte einem mächtigeren Etablissement Platz gemacht.

Hansen blieb vor Umlauff's Weltmuseum stehen und betrachtete amüsiert den ausgestopften Gorilla, der unter einer Topfpalme stand und mit erhobenem Arm Richtung Reeperbahn deutete. »Na, alter Junge«, brummte er, »was sollst du denn vorstellen? Willst du mir den rechten Weg zeigen? Da mach dir mal keine Sorgen, Heinrich Hansen weiß schon, wo es langgeht, und deine Südsee kenn ich auch wie meine Westentasche!«

Aber konnte er das auch noch von seiner alten Heimat sagen? Er schaute sich neugierig um: Das trichterförmige Dach von Hornhardt's Etablissement markierte noch immer den Anfang der Reeperbahn, die große Central-Halle stand noch an ihrem Platz, und das Panopticum war auch noch da. Im Orchestrion-Saal wurden neuerdings lebende Bilder gezeigt, las er auf einem Plakat.

Mit den wiegenden Schritten des Seemanns, der sich erst wieder an den festen Boden unter den Füßen gewöhnen muss, ging er weiter. »Sieh mal an, die große weite Welt hat Einzug gehalten«, murmelte er, als er den Schriftzug der Amerika-Bar entdeckte. »Da sind wir ja noch nie gewesen. Bis Neff Jork haben wir es denn doch nicht geschafft.« Sein Blick fiel auf eine wohlbekannte schlaksige Figur im Schatten der öffentlichen Bedürfnisanstalt. »Mensch, der Hannes steht ja immer noch da rum. Und renoviert worden ist er auch nicht.«

Der Bootsmann nahm Kurs auf die gebeugte Figur im fadenscheinigen braunen Mantel. »Mal sehen, ob der mich noch kennt.« Als er vor ihm stand, grüßte er freundlich: »Moin, Otto!« Er wusste ja, dass der Mann, den alle als Cigarren-Hannes kannten, in Wahrheit Otto Meyer hieß.

Hannes lugte unter seiner Schiebermütze zu ihm hoch und verzog keine Miene, als der Seemann vor ihm stehen blieb. »Twee Stück fofftein«, sagte er mechanisch und zog die Holzkiste hervor, die er unter den Arm geklemmt bei sich trug.

»Na, Otto«, sagte Hansen. »Wunderst dich wohl, dass jemand deinen richtigen Namen kennt, was?«, sagte Hansen.

Hannes kniff die Augen unter den buschigen Brauen zusammen und verzog den schiefen Mund.

»Bin eine Weile weg gewesen. Sie haben mich in eine Uniform gesteckt und einen Mann aus mir gemacht, einen Bootsmann, um genau zu sein. Sechs Jahre war ich fort, na ja, eigentlich noch länger, um ehrlich zu sein, und bin dabei um die halbe Welt geschippert. Tja, jetzt wieder heim auf'n Kiez und seh alles mit neuen Augen. Und der Kiez hat auch ein paar neue Augen gekriegt.« Hansens Blick wanderte die Häuserfront entlang. »Große Augen.«

Hannes klappte den Deckel der Zigarrenkiste auf. »Havannas mit Plünn'n, twee Stück fofftein.«

»Hast Recht, Otto«, sagte Hansen. »Was interessiert dich das Geschwätz von irgend so einem Bootsmann. Kannst dich nicht mehr an mich erinnern. Willst lieber deine Zigarren loswerden. Aber ich rauch ja nicht.«

Ungerührt drehte Hannes die Kiste um, klappte den Boden auf, der ebenfalls ein Deckel war. »Darf's für'n Groschen mehr sein?«

Heinrich Hansen musste grinsen. Den Trick hatte er schon als Junge bewundert. Hannes behauptete, die unten liegenden Exemplare seien die Besseren. Kunden, die einen Unterschied zwischen den Sorten nicht feststellen konnten, stießen jedoch auf taube Ohren, wenn sie kritisch nachfragten. Hannes erklärte dann nur kurz und bündig und in schönstem Platt, er habe den Kasten ja umgedreht, und die jetzt oben liegenden seien zweifellos länger gelagert und deshalb auch teurer.

»Lass man, Hannes. Ich wollte bloß mal guten Tag sagen, nichts für ungut. Tschüs.«

Hansen tippte sich an die Mütze, aber Otto Meyer alias Cigarren-Hannes hatte sich schon abgewandt und ging o-beinig auf eine Gruppe gut gekleideter Herren zu, denen er sein Kistchen hinhielt und sie klagend aufforderte: »Nu kauft mir doch mal ne Zigarre ab!«

Kennt den lütten Hein nicht mehr, dachte Hansen. Er hob den Seesack über den Kopf auf die andere Seite, weil seine linke Schulter schon schmerzte, und ging weiter. Vor dem Ernst-Drucker-Theater drehte er sich neugierig nach einigen Backfischen in hellen Sommerkleidern um, die kichernd an ihm vorbeieilten, und blieb abrupt vor dem letzten Gebäude der Häuserreihe stehen, einem kastenartigen Bau mit vier Säulen, zwischen denen drei Treppen hinauf zum Eingang führten. Im Gegensatz zu den Vergnügungsetablissements wurde es vom Passantenstrom durch einen schmiedeeisernen Zaun vom Trottoir abgegrenzt. Man hätte zwischen den Zäunen Tische aufstellen können wie bei einem Kaffeehaus. Aber der Ernst des klotzigen Gebäudes sprach dagegen. Es sah aus wie ein Militärposten. Über den Säulen stand in großen Lettern: POLIZEI-BEZIRKS-GEBAEUDE.

Zwei Beamten in tressenbesetzten Uniformen, mit Säbeln an den Seiten und Pickelhauben auf den Köpfen, stiegen gemächlich die Treppe hinunter. Na, dachte Hansen, wenn ich mir die beiden da so angucke, scheint mir der Unterschied zwischen Militär und ziviler Ordnungsmacht nicht sehr groß zu sein. Aber das werden wir ja bald aus eigener Anschauung kennen lernen.

Fünf Schritte später, er wollte gerade nach links abbiegen, um am Polizeigebäude entlang die Davidstraße hochzugehen, zögerte er. Dann wandte er sich nach rechts.

»Einen Teufel werde ich tun«, murmelte er vor sich hin.

Er hatte eigentlich vorgehabt, in die Fußstapfen unzähliger Seemänner vor ihm zu treten und sich eine Unterkunft in einer Matrosenpension zu suchen. Bei Knut Wiberg hatte er anfragen wollen. Der hatte seine Mutter gekannt und würde ihm bestimmt einen guten Preis machen – das war der Gedanke gewesen, der ihn die Davidstraße ansteuern ließ. Aber nun verspürte er Widerwillen. Nicht nur gegen den bärtigen, Tabak kauenden, redseligen Knut Wiberg, sondern überhaupt gegen alle, die er zweifellos bald treffen würde und die ihn erkennen und ausfragen würden. Noch war er nicht so weit. Im Augenblick hatte er keine Lust, sich für seine Abwesenheit zu rechtfertigen, und genauso wenig wollte er begründen, wieso er nach sechs Jahren die Marine verlassen hatte, um nach St. Pauli zurückzukehren.

Er brauchte Zeit. Er wollte sich erst mal wieder zurechtfinden in dieser schillernden Welt, die einst seine Heimat gewesen war und ihm nun überraschend fremd vorkam. Und dazu benötigte er eine ruhige Unterkunft, musste sich einquartieren unter Leuten, mit denen ihn nichts verband.

Wieder kniff der Scheele Hein erst das eine, dann das andere Auge zusammen. »Nu lass dich mal bloß nicht ins Bockshorn jagen, so groß ist St. Pauli wirklich nicht«, sagte er zu sich, um sich zu ermuntern. Er holte tief Luft und wandte sich nach rechts. An der Reeperbahn musste er abwarten, bis zwei klingelnde Straßenbahnen und ein stöhnender Motorwagen vorbeigerattert waren, dann überquerte er die Fahrbahn.

Hansen bog in die Seilerstraße ein und ging langsam die Haustüren ab. Beinahe neben jedem Eingang prangten Messingschilder und wiesen auf diverse Unterkünfte in den verschiedenen Stockwerken hin. Die meisten Türen waren offen, davor standen hier und da Männer oder Frauen in legerer bis freizügiger Kleidung, rauchten und unterhielten sich.

Künstler, dachte Hansen bei sich. Das war ein ganz anderer Menschenschlag als die Offiziere und Matrosen, mit denen er die letzten Jahre verbracht hatte. Die mussten sich die Jacken und Röcke nicht vorschriftsgemäß zuknöpfen, die standen in Hemdsärmeln herum oder trugen Filzpantoffeln unter der Abendgarderobe, weil sie noch ein paar Minuten Zeit hatten, um vor dem Gang zur Arbeit eine Pfeife zu rauchen und ein Schwätzchen zu halten. Mindestens die Hälfte davon waren Frauen. Allein diese Tatsache würde für Abwechslung und angenehmen Nervenkitzel sorgen.

Vor einem Eingang lehnte ein dünner Mann in Frack und Zylinder am Treppengeländer. In der rechten Hand hielt er eine Zigarre, die er ab und zu zum Mund führte, mit der linken warf er nachlässig drei verschiedenfarbige Bälle in die Luft. Offenbar musste er gar nicht hinsehen, die Bälle flogen wie von allein nach oben, fielen wieder in die Hand zurück und flogen wieder hinauf.

Als der Mann bemerkte, dass Hansen ihn interessiert anblickte, steckte er sich die Zigarre in den Mund und hob mit einer flotten Handbewegung den Zylinder. Auf seinem Kopf saß ein weißes Kaninchen. Er setzte den Hut wieder auf, lüftete ihn erneut, und das Kaninchen war verschwunden. Die bunten Bälle flogen weiter in gleichmäßigem Takt auf und ab.

Hansens Blick fiel auf das Messingschild neben dem Jongleur: »Hôtel Schmidt« stand darauf. Er blieb stehen.

»Das teuerste Haus am Platze«, sagte der Jongleur und blies Rauchringe in die Luft, ohne die Zigarre aus dem Mund zu nehmen. »Aber die Chefin ist eine Wucht. Im wahrsten Sinne des Wortes.«

»Ist noch was frei?«, fragte Hansen.

»Kann sein«, sagte der Jongleur. Er hatte jetzt fünf Bälle in der Luft, die er mit beiden Händen warf. Die Bälle verschwanden, und nun hatte der Mann zwei brennende Zigarren im Mund stecken. Eine davon hielt er Hansen hin: »Rauchen Sie?«

Hansen hob abwehrend die Hand. »Nein, lassen Sie das!«

Er wandte sich ab und wollte die Treppenstufen zum Eingang hinaufsteigen. Die Zigarren lösten sich in Luft auf. Der Zylinder stieg wie von Geisterhand bewegt in die Luft, überschlug sich dreimal und landete auf Hansens Kopf. Zuvor war wundersamerweise seine Mütze fortgeflogen, um auf dem Kopf des Artisten zu landen.

Hansen drehte sich um. Der Jongleur begann, die Kopfbedeckungen in immer schneller werdendem Tempo zu tauschen. Mit einem Mal hatten sie beide rote Pudelmützen auf dem Kopf. Hansen starrte den Jongleur an, der seinen verdutzten Gesichtsausdruck imitierte und flink Hut und Mütze hinter dem Rücken hervorzauberte und ihm hinhielt. »Welche Kopfbedeckung sagt Ihnen also mehr zu, mein Herr?« Hansen deutete auf sein Bootsmannkäppi, und die Mütze hüpfte unversehens in die andere Hand; nun befand sich der Zylinder vor seinem ausgestreckten Zeigefinger. Und schwupp tauschten die Kopfbedeckungen wieder den Platz.

»Kann ich meine Pudelmütze wiederhaben?«, fragte der Artist.

Hansen zog die Mütze ab und hielt sie ihm hin. Eine Sekunde später saß sein Käppi wieder auf seinem Kopf, der Zylinder auf dem des Jongleurs, und beide Pudelmützen waren verschwunden.

»Zweiter Stock«, sagte der Mann. »Aber Vorsicht, Madame hat einen wogenden Busen.«

Hansen betrat das Gebäude, in dem es nach Wachs roch. Eine steile Stiege führte nach oben. Funzelige Gaslampen beleuchteten das Treppenhaus. Neben dem Aufgang hing ein weiteres Messingschild: »Ermine Schmidt, Hôtel garni, Rezeption 2. Stock, bitte klingeln«. Wo er klingeln sollte, wusste er nicht. Jedenfalls war kein Klingelknopf zu sehen.

Im ersten Stock hörte er die Klänge einer Klarinette. Er warf einen Blick in den Flur. Auf der linken Seite trippelte eine Balletttänzerin auf Zehenspitzen hin und her, drehte eine Pirouette und verschwand hinter einer Tür. Auf der rechten Seite saßen zwei junge Männer in Hemdsärmeln vor einem hochkant gestellten Koffer und spielten Karten.

Er hörte Stimmen, die aus geöffneten Zimmertüren in den Flur drangen, und irgendwo weit entfernt eine Sängerin, die sich an einer Opernarie versuchte. Hansen stieg die nächste Treppe hinauf.

Neben der gardinenverhangenen Glastür im zweiten Stock befand sich ein Klingelknopf ohne Messingschild. Er drückte darauf, und ehrwürdiges Glockengeläut ertönte wie aus weiter Ferne.

Ein Dunst nach Gebratenem hing in der Luft, ein Luftzug ließ die Gardine hinter der Glastür leicht erzittern. Sonst geschah nichts. Er wartete. Nach einer Weile klingelte er ein zweites Mal. Wieder ertönte der Glockenklang. Die Gardine zitterte heftiger, schwere Schritte näherten sich, der Dielenboden knarrte. Hinter der verhangenen Glastür zeichneten sich die Umrisse einer ausladenden Gestalt ab. Die Klinke senkte sich, die Tür ging auf, und

Hansen stand einer Frau gegenüber, die ein paar Zentimeter größer war als er und auch breiter. Sie trug ein silbergraues Kleid mit schwarzen Streifen, und ihr Busen war monströs.

Sie musterte ihn aus schwarzen Augen unter buschigen Brauen und sagte, ohne eine Miene zu verziehen: »Na, junger Mann, wie haben Sie sich denn hierher verlaufen?«

Hansen ertappte sich dabei, dass er kurz davor war zu salutieren. Er riss sich zusammen. Immerhin war er Bootsmann, und das hier bestenfalls ein weiblicher Feldwebel aus der Halbwelt.

»Guten Tag«, sagte er. »Mein Name ist Hansen. Ich suche ein Zimmer.«

»Fürs Militär haben wir hier keinen Platz. Dies ist ein künstlerisches Hotel.«

»Ich bin ausgemustert«, erklärte Hansen.

Das schien Ermine Schmidt wenig zu beeindrucken. »So?«

»Ich verlasse die Marine auf eigenen Wunsch.«

»Na!« Was immer das auch heißen sollte.

»Ich hab nichts gegen ein bisschen Trubel, und exerzieren werde ich auch nicht. Ist noch was frei?«

»Exerzieren, paradieren, kanonieren«, sagte Ermine Schmidt. »Wir hatten noch nie einen Seemann im Haus, und wenn es nach mir geht, bleibt das auch so. Die Leute hier arbeiten nämlich hart. Da wird nicht gebummelt. Und wenn einer mal was trinkt, dann höchstens so viel, dass er am nächsten Tag nicht vom Hochseil fällt oder vom Pferd. Was ihr Matrosen an Land sucht, weiß man ja.«

»Bootsmann, gnädige Frau, und ich hab schon eine neue Stellung in Aussicht.«

»Darf man fragen, was für eine Stellung das ist?«

»Bei der Polizei.«

»Als was?«

»Schutzmann, Kriminalpolizei, um genau zu sein.«

Das schien ihr Interesse zu wecken. Sie dachte nach, neigte sich leicht nach vorn und sagte mit gesenkter Stimme: »Ein Schutzmann?«

Hansen nickte.

Sie winkte ihn herein. »Komm man.«

Er folgte ihr in ein Zimmer, das neben dem Rezeptionspult vom Flur abging. Auf einem dicken Teppich standen zwei geblümte Sessel vor einem Tischchen, dahinter ein dunkler Schrank mit Glastüren, die dicke Bücher vor dem Verstauben bewahren sollten, und am Fenster ein Sekretär mit einem Hocker davor.

Hansen stellte seinen Seesack neben den Sessel und setzte sich, nachdem Ermine Schmidt ihm zugenickt und es sich selbst bequem gemacht hatte.

Sie beugte sich nach vorn, und Hansen hatte Sorge, das eng sitzende Kleid könnte jeden Augenblick aufplatzen und all jene Geheimnisse preisgeben, die Frau Schmidt nur mühsam zu verbergen vermochte. Vom Fenster her strömte ein laues Abendlüftchen ins Zimmer und verfing sich in üppigen Vorhängen.

»Ist das wirklich eine reelle Tatsache?«, fragte sie mit gedämpfter Stimme.

Hansen sah sie fragend an.

»Das mit dem Posten bei der Polizei.«

»Aber ja.«

»Vielleicht kommt ja noch was dazwischen.« Sie wiegte den Kopf zweifelnd hin und her. »Die nehmen ja nicht jeden.«

»Man muss Unteroffizier sein und mindestens sechs Jahre gedient haben«, sagte Hansen. »Das bin ich, und das hab ich.«

»Na, aber ob Sie dann hier in der Gegend Ihren Posten bekommen? Ich muss ja an die Zukunft denken. Was soll ich Ihnen ein Bett beziehen, wenn Sie morgen schon wieder auf und davon sind? Im Übrigen, wohnt ihr nicht auf der Wache?«

»Äh, ich denke, das trifft nur auf die Uniformierten zu, und auch nur zeitweise.«

»Ich meine ja nur. Was nützt mir ein Udel im Haus, wenn er ständig ausgeflogen ist.«

»Ich soll mich auf der Bezirkswache in der Wilhelminenstraße melden.«

»Das ist ja gleich um die Ecke.«

»Eben.«

Ermine Schmidt musterte den Bootsmann a. D. in ihrem Sessel noch einmal ausgiebig und nickte versonnen. Er merkte, wie es in ihr arbeitete, und spürte, dass sie ihn auch hinsichtlich seiner Qualitäten als Mann taxierte. Sie schien zu einem positiven Ergebnis gekommen zu sein und rieb sich unbewusst die langen, aber im Vergleich zu ihrer sonstigen Erscheinung eher schmal wirkenden Hände.

»Wenn es also eine reelle Tatsache ist ...«

»Das ist es ganz bestimmt, Frau Schmidt.«

»Dann würde ich ... ich habe nämlich eigentlich kein Zimmer mehr frei ... dann müsste ich Ihnen dieses Zimmer hier abtreten. Ein Bett würde natürlich hereinkommen, und ein Kleiderschrank.«

»Es ist ein schönes Zimmer, Frau Schmidt.«

»Natürlich wohne ich hier auf diesem Flur. Sie würden sich also anpassen müssen.«

»Wenn es nicht zu anstrengend wird, Frau Schmidt.«

Sie hob drohend den Zeigefinger. »Und Frechheiten werden nicht geduldet.«

»Selbstverständlich nicht, Frau Schmidt.«

»Dann verstehen wir uns ja, Herr Hansen. Ich berechne Ihnen die Hälfte von dem, was die Künstler zahlen müssen. Weil Sie ja solide sind.«

Hansen war erstaunt. Als er den Betrag hörte, verschwand sein Erstaunen. Entweder schwindelte sie ihn an, oder sie zog den anderen Mietern das Fell über die Ohren. Er willigte ein, zwei Wochen im Voraus zu bezahlen. Ächzend erhob sich Ermine Schmidt aus ihrem Sessel. Hansen stand auf und blieb kerzengerade stehen.

»Den Sack können Sie schon mal hier lassen. Wenn Sie später wiederkommen, ist das Zimmer fertig. Aber vor neun Uhr wird das nichts.«

»Geht in Ordnung, Frau Schmidt. Und wie ist es mit Damenbesuch?«

Sie blickte ihn durchdringend an.

»Herr Hansen, selbst wenn Sie jahrelang auf See gewesen sind, dürfte es sich bis zu Ihnen herumgesprochen haben, dass man auf St. Pauli zu den Mädchen geht, nicht umgekehrt. Halten Sie sich bitte daran!«

»Jawohl, Frau Schmidt.«

»Die Künstlerinnen, die sich hier im Haus befinden, sind nicht das, was Sie glauben. Also Finger weg!«

»Jawohl, Frau Schmidt.«

»So, und nun stehlen Sie mir bitte nicht weiter meine Zeit, ich habe zu tun.«

Er verabschiedete sich und stieg gut gelaunt die Treppe hinunter. Im ersten Stock war niemand mehr zu sehen, und auch der Jongleur vor der Haustür war verschwunden.

Die Dämmerung brach herein, und sein Magen knurrte.

Nicht weit von seiner neuen Unterkunft entfernt, in der Heinestraße, fand er ein Speiselokal im Souterrain, das einen halbwegs ordentlichen Eindruck machte. Er bestellte Pannfisch mit Kartoffeln und Eiern sowie ein großes Glas Barmbeker Bier.

Nach dem zweiten Glas verließ er die Kneipe und schlenderte, die Hände in den Hosentaschen, gemächlich zur Reeperbahn und bemühte sich, gelassen zu wirken. Tatsächlich war er schwer beeindruckt. Während seiner Abwesenheit hatten sich die bunten Lichter St. Paulis stark vermehrt. Es schien beinahe so, als seien Reeperbahn und Spielbudenplatz jetzt heller erleuchtet als bei Tageslicht.

Der Trubel hatte zugenommen. Menschenmassen strömten in die Kaffeehäuser, Bierpaläste, Varietéhallen und Theaterfoyers. Droschken und andere Kutschen, Trambahnen und Motorwagen standen sich auf der Straße gegenseitig im Weg. Die Luft an diesem Sommerabend schien leicht zu vibrieren von der Fröhlichkeit der Passanten, die sich hierhin und dahin wandten, auf der

Suche nach Amüsement, Zerstreuung, Aufregung, vielleicht sogar nach rauschhaftem Spaß oder lasterhaftem Vergnügen.

Heinrich Hansen spürte, wie ihn die Atmosphäre fröhlicher Sorglosigkeit ansteckte, aber gleichzeitig stieg ein Gefühl von Beklemmung in ihm hoch. Er war jetzt nicht mehr der Bengel, der sich keck zwischen den Beinen der Erwachsenen hindurchschlängelte, der bei einem Grünhöker frech einen Apfel stibitzte oder einen weggeworfenen Zigarrenstummel aufsammelte. Er war jetzt einer von denen, die ihm früher als anonyme Masse vorgekommen waren, als Parallelwelt der Großen. Ihm und seinen Freunden waren die meisten von ihnen ein Rätsel gewesen, das sie aber geflissentlich ignorierten, indem sie so taten, als seien die Erwachsenen die Dummen und sie diejenigen, die durch ihre Frechheit was loshatten. Was störten da schon ein paar Ohrfeigen vom Kellner, wenn sie dem Gast einer Bierhalle das Glas entwendeten, während er sich gerade einer verführerischen Dame mit Kirschmund zuwandte, oder das Geschimpfe einer Kaffeehauskellnerin, der sie den Zucker von der Anrichte klauten?

Hansen lächelte wehmütig: Jan, Hein, Klaas und Pit hatten immer alles im Griff gehabt. Und wenn es einmal nicht ganz so klappte, wie es sollte, waren sie stolz auf die blauen Flecken, roten Striemen oder blutigen Nasen, die sie sich eingefangen hatten.

Er näherte sich dem Millerntor, schlenderte an Ludwig's Concerthaus vorbei, das jetzt im Lichterschein wie ein Märchenschloss wirkte, von dessen höchstem Giebel ein steinerner Vergnügungsengel einladend seinen Arm hob. Hier war das Publikum wesentlich feiner gekleidet als in den Seitenstraßen des Viertels, und eine lange Reihe von Pferdedroschken wartete auf zahlungskräftige Fahrgäste.

Auf der anderen Seite ragte der »Trichter« in den noch nicht ganz dunklen Abendhimmel, dessen Lichterglanz den des gegenüberliegenden Konzerthauses noch übertraf. Blasmusik aus dem Biergarten schallte ihm entgegen.

Hinter dem Trichter führte eine schmale Straße in die zweite Reihe des Vergnügens. Am Circusweg herrschte noch der altbekannte Budenzauber. Unter Lichtergirlanden standen Zelte, Bretterverschläge und notdürftig überdachte Stände, an denen süße, saure und salzige Spezialitäten angeboten wurden, dazwischen Schieß- und Wurfbuden und als spezielle Attraktionen das große doppelstöckige Karussell und die in weitem Bogen auf und ab rumpelnde Bergbahn. Als Hansen das letzte Mal hier gewesen war, wurde die Bahn noch mithilfe einer schnaufenden Dampfmaschine angetrieben. Inzwischen war auch diese Attraktion elektrifiziert worden. Sie rumpelte immer noch, aber durchaus eleganter.

Unter einer Linde blieb er stehen. Verliebte Paare flanierten an ihm vorbei. Er erinnerte sich noch, wie viel Überwindung es ihn früher gekostet hatte, ein paar Geldstücke für eine heiß ersehnte Fahrt auf einem Pferd der oberen Etage des Karussells oder einem Waggon der Bergbahn zu ergattern. Er zuckte mit den Schultern. Das war lange her. Sein Blick schweifte über den Rummelplatz und blieb an einem Plakat hängen, das an der Seite eines Schießstandes prangte:

*»Sich'res Auge, ruhig Blut*
*Wer hier Schießt, der Triefft gut.«*

Auch nach all den Jahren hatte es der Inhaber noch immer nicht für nötig befunden, die Werbeschrift den orthographischen Regeln anzupassen.

Vor dem Stand machte ein Mann in bürgerlicher Kleidung ein ziemliches Aufhebens um die Qualität der zu wählenden Waffe, während seine matronenhafte Frau gelangweilt über die vorbeiströmenden Menschen hinwegsah. Mach dir doch nicht so viel Mühe, dachte Hansen, die Gewehrläufe sind sowieso alle verzogen, wenn du triffst, ist es purer Zufall, kein Geschick. Ja, ja, wenn das der Kaiser wüsste!

Der Mann schoss daneben und begann zu lamentieren. Der Schießbudenbesitzer erklärte ihm wortreich, wie er hätte schießen sollen, und forderte ihn auf, es noch mal zu versuchen. Der enttäuschte Schütze kramte ungeduldig in seiner Manteltasche nach Münzen, während seine Frau sehnsüchtig einem vorbeispringenden jungen Mädchen nachschaute.

Neben ihr tauchte eine Dame mit einem Schirmchen in der Hand auf, das sie nun zusammenklappte und gelangweilt auf die Schulter legte. Die andere Hand stemmte sie in die Hüften und blickte sich um. Sie trug einen elegant geschnittenen Staubmantel mit Kapuze und einen mit Stoffblumen verzierten Hut. Sie war teurer gekleidet, als er sie in Erinnerung hatte. Es war die Brünette mit der Zuckerschnute. Ein kleiner Dicker stolperte auf sie zu und reichte ihr ein Lebkuchenherz. Bevor sie den Liebesbeweis in Empfang nahm, warf Zuckerschnute einen Blick über ihn hinweg zu Hansen und zwinkerte ihm zu.

Hansen wandte sich grußlos ab. Er ärgerte sich über sie und fragte sich, warum. Weil sie einen anderen Verehrer aufgegabelt hatte? Was ging ihn das an! Und überhaupt: Wie man Mädchen ihrer Sorte rumkriegte, hatte er in den Häfen der Welt gelernt.

Vielleicht sollte er jetzt besser etwas trinken gehen, in einem ruhigen Lokal in einer Seitenstraße, wo niemand ihm zuzwinkerte oder ihn auf anstrengende Gedanken brachte. Nach all den Monaten auf See, eingepasst als mechanisches Rädchen in das Getriebe des Panzerkreuzers, als nur einer von über fünfhundert Soldaten, fühlte er sich inmitten des lebendigen Trubels mit einem Mal sehr fremd.

Neben dem Lebkuchenstand saß eine Alte auf einem Baumstumpf, vor sich ein Fass mit sauer eingelegten Gurken. Hansen blieb stehen und kaufte zwei schöne dicke Exemplare. Dann wandte er sich um und ging zurück zur Schießbude. Dort hing Zuckerschnute am Arm ihres Kavaliers, der mit zweifelndem Blick das vor ihm liegende Gewehr musterte, und verlangte von ihm, dass er ihr eine Rose, eine Pfauenfeder und einen japanischen Fächer schoss.

Hansen baute sich vor ihnen auf, sagte: »Entschuldigung« und drückte dem verdutzten Paar jeweils eine Essiggurke in die

Hand. »Herzlichen Glückwunsch, und ich wünsche auch noch viel Vergnügen.« Damit drehte er sich um und ging fort.

Als er das gemurmelte Dankeschön des Mannes hinter sich hörte, runzelte er die Stirn. Dann aber vernahm er den Fluch der Brünetten und grinste.

Gut gelaunt machte er sich auf den Weg in die spärlich erleuchteten Seitenstraßen.

Bei Renning, einer schlicht eingerichteten Kneipe in der Silbersackstraße, trank er zwei Glas Bier und einen Kümmel und hörte den Werftarbeitern zu, die sich über die miserablen Arbeitsbedingungen bei Blohm & Voss beklagten.

»Eine Giftbude ist das!«, ereiferte sich einer. »Wir kriegen den ganzen Dreck ab, der uns die Gesundheit ruiniert, und keinen kümmert's!«

»Und das für dreiunddreißig Pfennige die Stunde, zehn Stunden am Tag«, sagte ein anderer.

Seltsamerweise wirkte ihre Empörung beruhigend auf Hansen. Er fühlte sich auf einmal wohl in seiner Haut. Nach all den Jahren des zackigen Militärdienstes in den engen, winkeligen Stahlgängen des Panzerkreuzers war er endlich wieder unter Zivilisten in der normalen Welt angekommen. Dies waren keine salutierenden Marionetten, die in einem schwimmenden Bunker wie mechanische Ameisen zu funktionieren hatten, dies waren lebendige Menschen mit ernsten Problemen. Sie taten nicht so, als würden sie an einem eingebildeten Krieg um die Weltherrschaft teilnehmen, sie kämpften täglich um ihre Existenz.

Zwar sympathisierte er mit ihnen, aber dennoch hatte er nichts mit ihnen gemein. In der Situation, in der er sich befand, fühlte er sich auf angenehme Art entwurzelt. Er gehörte keiner Klasse an, hatte keinen festen Wohnsitz, keine Freunde, keine Familie, er war ein Vagabund. Vielleicht nur für einen Abend oder zwei, aber es war ein angenehmes Gefühl von Freiheit.

Sein Blick traf sich mit dem eines anderen Mannes, der ebenfalls allein an einem Tisch saß und Pfeife rauchend den Gesprächen zuhörte. Als Hansen den schlecht rasierten Mann mit dem schäbigen Pullover unter dem staubigen Mantel selbstbewusst musterte, schlug dieser die Augen nieder. Kurz darauf zahlte er sein Bier, setzte die Schirmmütze auf und verließ das Lokal.

Jetzt, da die Arbeiter dazu übergegangen waren, über gewerkschaftliche Angelegenheiten zu diskutieren, zahlte Hansen und ging. Er überquerte die trubelige Reeperbahn, lief durch die Talstraße, warf einen Blick hinauf zum zweiten Stock des grünen Hauses, von dessen Balkon Lilo Koester ihm früher manchmal zugewinkt hatte, im Sommer im hellen Kleid, im Frühjahr und im Herbst in einem Matrosenkostüm.

Der Balkon lag im dunklen Schatten der Nacht. Wohnte sie noch dort? Er merkte, dass sein Bild von der kleinen Lilo auf dem Balkon nicht mit dem Bild der frechen Herumtreiberin von sechzehn Jahren zusammenpasste, die er zuletzt gekannt hatte. Wie sie jetzt wohl aussah? Vielleicht war sie ja dick geworden und schleppte schreiende Blagen mit sich herum.

Er bog in die Eckernförder Straße und kam über die Heinestraße wieder zu seiner Unterkunft. Der Eingang des Hôtel Schmidt wurde von einer flackernden schmiedeeisernen Lampe beleuchtet. Er stieg die Stufen hinauf und betätigte den Türklopfer.

Ein Mann öffnete, steckte den Kopf durch den Spalt und rief theatralisch: »Ausgebucht, besetzt, nichts mehr frei, bitte wandeln Sie ein Haus weiter, dort wird Ihnen aufgetan.«

»Ich hab hier schon ein Zimmer«, sagte Hansen.

»Oh, und da kennen wir uns nicht?« Der Mann machte ein übertrieben erstauntes Gesicht.

»Ich bin heute erst eingezogen. Frau Schmidt hat mir ein Zimmer im zweiten Stock zurechtgemacht.«

»Aha, Sie sind also intim mit Ermine, das macht Sie zu einer Respektsperson. Bitte einzutreten, der Herr!«

Die Tür ging auf. Hansen trat in den spärlich erleuchteten Flur, und der Mann rollte beiseite. Hansen starrte ihn erstaunt an. Er rollte tatsächlich. Auf einem Rad.

»Können Sie sich kein ganzes Fahrrad leisten?«, fragte Hansen irritiert, weil der Mann ihn jetzt Pedale tretend umrundete.

»Ha! Sie haben Humor. Das gefällt mir. Aber lassen Sie sich nicht stören. Ich übe nur für mein nächstes Engagement.«

Der Radartist stoppte vor dem Treppenaufgang und deutete den Weg an: »Bitte sehr, stets zu Diensten. Man nennt mich auch den flotten Arthur.«

»Heinrich Hansen«, sagte Hansen und tippte sich an die Mütze.

»Der blaue Heinrich, ein Marine-Imitator.« Arthur rollte auf seinem Rad davon.

Hansen stieg kopfschüttelnd die Treppe hinauf.

»Schicke Uniform!«, rief der Artist ihm hinterher.

Ein dezentes Licht leuchtete im zweiten Stock hinter der Gardine. Hansen drückte die Klinke herunter und trat ein. Das Licht kam von einer Leselampe auf dem Rezeptionspult. Die Tür daneben war halb offen. Dies war sein Zimmer. Er ging hinein und betätigte den Lichtschalter. Ein viel zu heller Kronleuchter flammte auf. Elektrisches Licht war nicht immer ein Segen.

Hansen begutachtete das Bett mit der dicken Daunendecke, den breiten Schrank, den er niemals würde füllen können, und den zierlichen Sekretär, der anstatt eines normalen Tisches vor dem Fenster stand. Auf dem Sekretär ein Ständer mit Kerze, davor ein Hocker. Er zog eine Schublade auf und legte Kerze samt Ständer hinein. Der Bücherschrank mit den Glastüren war noch da, aber die Schlüssel waren abgezogen worden. Bettlektüre war im Zimmerpreis also nicht inbegriffen.

Auf der einen Seite des Bettes befand sich ein Nachtschränkchen, ein kleiner Sessel auf der anderen, und ein neues Bild hing über dem Kopfende des Bettes. Das Gemälde ein Motiv, das er so ähnlich von diversen Marinepostkarten kannte, nur dass dies hier allen Ernstes in Öl gemalt war: Ein Unteroffizier der deutschen Flotte, wahrscheinlich sollte es ein Obermaat sein, saß mit einem braun gebrannten Mädchen unter einem Mangobaum auf Tahiti oder einer anderen Insel der Südsee. Im Hintergrund stieß ein Kriegsschiff eine schwarze Rauchwolke in den blassblauen Himmel, und über der Idylle flatterte die Flagge der Kaiserlichen Marine.

Seine Zimmerwirtin verfügte entweder über einen eigenwilligen Sinn für Romantik oder über eine gute Portion hintergründigen Humor.

Er schmiss den Seesack aufs Bett, zog ihn auf, drehte ihn um und schüttete den Inhalt aus. Er machte sich daran, seine wenigen Habseligkeiten in den Schrank zu räumen. Einen zerknitterten Briefumschlag, in schiefen Druckbuchstaben adressiert an »Gefr. Heinrich Hansen, zur See, Kanonenboot ›Iltis‹, Ostasien-Geschwader«, strich er glatt und legte ihn in die Schublade des Nachtschränkchens.

Im Unterzeug und auf nackten Sohlen schlich er über den Flur, auf der Suche nach dem Badezimmer. Er fand eine winzige Toilette ohne Waschbecken. Zurück im Zimmer löschte er das Licht und stieg ins Bett. Die Decke war zu schwer, die Matratze zu weich. Stöhnend wälzte er sich in eine bequeme Position, lauschte den Klängen einer Zither, die irgendwo im Haus gespielt wurde, und schlief ein.

ZWEITES KAPITEL

# *Kriminalschutzmann-Anwärter*

Zwei Tage später stand Heinrich Hansen pünktlich um zwei Minuten vor zehn vor dem Eingang des Polizeigebäudes in der Wilhelminenstraße an.

»Hein, min Jung, jetzt wird's aber ernst«, sagte er leise. »Nu glotz man bloß nicht allzu scheel drein.«

Der Backsteinkasten mit den hohen Fenstern sah nicht sehr einladend aus. Auf der rechten Seite war die Polizeiwache 14 untergebracht, auf der linken das Bezirksbüro.

Hansen stieg die sechs Stufen zum Eingang hinauf und trat durch den Windfang in einen halbdunklen Korridor.

Vor der Tür mit der Aufschrift »Dienstzimmer« zögerte er kurz, dann hob er die Hand und klopfte an. Eine schneidige Stimme rief »Herein«, und er drückte die Klinke herunter.

Der rechtwinklige Raum wurde auf der linken Seite durch eine Trennwand geteilt. Dahinter standen zwei Schreibpulte, eines in der Mitte, eines vor der Wand, an denen Beamte in Zivil mit langstieligen Federhaltern konzentriert in dicke Bücher schrieben. Ein weiteres Schreibpult diesseits der Barriere, ein Aktenschrank und mehrere Stühle, eine Garderobe mit schweren Mänteln und Polizeihelmen sowie ein Kanonenofen ergänzten die Einrichtung. Ein uniformierter Beamter stand von seinem Hocker auf und trat zu ihm.

»Bootsmann Heinrich Hansen?«, fragte er.

Hansen widerstand der Versuchung, ein Auge zuzukneifen, und nahm Haltung an. »Jawohl.«

»Dachte ich es mir doch.« Der Beamte strich sich über den Schnurrbart und blickte ihm dabei ins Gesicht. Offenbar wollte er deutlich machen, dass er sich seinem militärischen Rang ebenbürtig fühlte. Er warf einen Blick auf die Standuhr neben seinem Pult und nickte befriedigt, als der Zeiger auf eine Minute vor zehn rückte: »Sie sind gerade noch pünktlich. Ich werde Sie melden.«

»Danke.«

Der Polizist drehte sich um und marschierte zur gegenüberliegenden Tür mit der Aufschrift »Kommissariat«, klopfte an, trat ein und schob die Tür hinter sich zu. Hansen blickte zu den beiden Pulten hinter der Trennwand. Der junge Bürobedienstete, der in der Mitte des Zimmers saß, blickte ihn freundlich an, der ältere Schnauzbärtige neben dem Aktenschrank drehte sich behäbig um und grüßte lässig, indem er sich mit dem Zeigefinger an die Schläfe tippte.

Die Tür zum Kommissariat öffnete sich erneut, der zackige Beamte trat heraus und winkte ihn hinein. »Der Herr Bezirkskommissar wünscht Sie zu sprechen.«

Hansen schob sich an dem Uniformierten vorbei ins Büro des diensthabenden Bezirkskommissars und wurde als »Bootsmann Hansen, Kriminalschutzmann-Anwärter in spe« angekündigt. Er nahm seine Mütze ab und blieb stehen. Hinter ihm wurde die Tür so heftig zugezogen, dass er einen kühlen Windhauch im Nacken verspürte.

Der Mann hinter dem breiten Eichenschreibtisch machte einen sehr bürgerlichen Eindruck. Er war groß und dünn, trug einen gepflegten Schnurrbart, ein gut sitzendes zweireihiges Jackett im amerikanischen Stil und eine Lesebrille. Er blätterte in der vor ihm liegenden Akte, schaut auf und sagte: »Bootsmann Heinrich Hansen, zuletzt auf dem Kreuzer ›Weißenburg‹, wenn ich das richtig sehe. Haben Sie Ihre Entlassungspapiere dabei?«

Hansen setzte die Mütze wieder auf, zog einen Umschlag aus der Innentasche seines Überziehers, trat vor, reichte sie seinem Vorgesetzten und trat zwei Schritte zurück.

Kommissar Kiebert nahm die Papiere aus dem Umschlag, faltete sie auseinander, strich sie glatt und legte sie auf die Aktenmappe. Dann erhob er sich und streckte die Hand aus. »Kiebert,

Ihr Dienstherr sozusagen, Kommissar für Sie. Freut mich, Herr Hansen.«

»Jawohl, Herr Kommissar.«

Hansen trat einen Schritt vor und beugte sich ein wenig. Für einen kurzen Moment ruhte seine Hand in der kalten des Bezirkskommissars. Er fühlte sich seltsam an. Noch nie hatte Hansen einem Vorgesetzten die Hand gegeben. Er richtete sich sofort wieder auf und legte die Hände an die Hosennaht.

Kiebert runzelte die Stirn. »Hm«, sagte er. »Sie sind in Uniform gekommen. Nun ja. Aber versuchen Sie doch mal, sich wie ein Zivilist zu benehmen. Setzen Sie sich.« Er deutete auf den Stuhl vor seinem Schreibtisch.

Hansen nahm Platz, bemüht, den Rücken nicht mit der Stuhllehne in Kontakt zu bringen.

»Sitzen Sie bequem, Herr Hansen, auch wenn es Ihnen schwer fällt. Sonst muss ich Sie zur Wachmannschaft stecken.«

Hansen verstand nicht, worauf der Kommissar hinauswollte.

»Kriminalpolizisten«, erklärte Kiebert, »bewegen sich wie Fische durch das Wasser der Gesellschaft, Hansen, nicht wie Panzerkreuzer durch den Ozean, wenn Sie verstehen, was ich meine.«

Hansen räusperte sich. »Ich denke schon, Herr Bezirkskommissar.«

»Die Stuhllehne dient der Bequemlichkeit, Hansen.«

»Ich bitte um Verzeihung, Herr Bezirkskommissar?«

»Sie dürfen sich zurücklehnen, Hansen.«

»Jawohl.«

Kiebert beugte sich leicht amüsiert nach vorn. »Nun passen Sie mal auf, Hansen. Das sollten Sie sich merken: Die Polizeikräfte gehören der Exekutivgewalt des Staates an, und selbstverständlich haben wir eine Ordnung nach Dienstgraden. Aber als Kriminalbeamter sind Sie darauf angewiesen, unerkannt Ihren Nachforschungen nachzugehen. Verstehen Sie, was ich meine?«

»Jawohl.« Hansen verstand überhaupt nicht. Polizei und Militär waren für ihn zwei Seiten derselben Medaille. Ob Krimpo oder Schupo, das kam doch aufs Gleiche hinaus, oder?

»Wie kommt es nun also, dass Sie sich zum Kriminalpolizisten berufen fühlen?«

»Entschuldigung?«, fragte Hansen verwirrt. Beim Militär war man immer davon ausgegangen, dass die Verteidigung des Vaterlands erste Mannespflicht war. Wer nicht Soldat werden wollte, verdiente Misstrauen. Wer nicht in den Krieg ziehen mochte, galt als Verräter. Und nun fragte ihn der Bezirkskommissar, warum er sich für den Staatsdienst beworben hatte? Hansen dachte fieberhaft nach, welche Antwort von ihm erwartet wurde. Ging es nicht um Verbrechensbekämpfung, also auch so eine Art Krieg gegen minderwertige Subjekte? Aber wie sollte er das jetzt ausdrücken?

Während Hansen noch grübelte, fuhr Kiebert fort: »Der Kriminaldienst erfordert spezielle Fähigkeiten. Was wir benötigen, sind Männer mit den Anlagen zur höheren Intelligenz.«

»Jawohl.«

»Ganz entscheidend ist, dass Sie in der geistigen Verfassung sind, schwierige Sachverhalte zu erfassen und moderne Techniken zu erlernen. Ich möchte Sie an dieser Stelle schon darauf vorbereiten, dass das Absolvieren eines Grundkurses in Daktyloskopie zu Ihren vordringlichen Aufgaben zählt. Wir sind dabei, diese neuesten Errungenschaften der kriminalistischen Forschung bei uns einzuführen. Sie kommen gerade recht, Hansen, um an einer wahren Revolution teilzunehmen.«

Hansen verstand kein Wort. Aber er nickte brav.

»Erkennungsdienstliche Praktiken«, fuhr der Bezirkskommissar fort, »werden von der hamburgischen Polizei dank ihres fortschrittlich gesinnten Leiters auf allerhöchstem Niveau angewandt. Noch nutzen wir die Techniken der Anthropometrie für unsere Verbrecherkartei, aber Sie, Hansen, werden miterleben, wie in Hamburg eine hochmoderne Polizeiorganisation mithilfe bestentwickelter wissenschaftlicher Methoden die Bekämpfung des Verbrechens effektivieren wird, wie es bislang nie und nirgendwo möglich war. Wir stehen an der Schwelle zu einer neuen Zeit, in der die Polizei das Böse nicht nur bekämpfen, sondern dank vollkommener Überwachung nahezu ausmerzen wird. Es wird Signalwirkung haben. Die Anfänge sind gemacht. Helfen Sie uns mit, die Menschheit zu verbessern!« Kiebert sah sein Gegenüber auffordernd an.

»Das will ich gern tun, Herr Bezirkskommissar«, sagte Hansen unsicher.

»Gut, gut, was wir brauchen, sind beherzte Männer, fähige Männer.« Kiebert senkte den Blick und studierte die vor ihm liegenden Papiere. »Sie sind in sechs Jahren vom Matrosen zum Bootsmann aufgestiegen. Damit erfüllen Sie die Anforderungen für die Aufnahme in den Polizeidienst auf das Vorbildlichste.« Er hob den Kopf und starrte Hansen über seine Lesebrille hinweg an. »Haben Sie sich messen lassen?«

»Wie bitte?«

»Ihre Körpergröße, Sie wissen, dass Sie mindestens einen Meter siebenundsechzig messen müssen. Kräftiger Körperbau und robuste Gesundheit sind ebenfalls erforderlich. Was sagt der Amtsarzt?« Kiebert suchte nach einem entsprechenden Formular, und die Unordnung auf dem Schreibtisch wurde noch größer, bis Hansen sagte: »Der Termin beim Arzt ist erst heute Nachmittag.«

»Ach so, sehr gut. Und einssiebenundsechzig erreichen Sie zweifellos.«

»Ein Meter dreiundachtzig, Herr Bezirkskommissar.«

»Ausgezeichnet. Sehr schön. Wo waren wir stehen geblieben? Ach ja, die Gründe für Ihren Wechsel zur Kriminalpolizei ... äh, wie ich sehe, sind Sie auf dem Hamburger Berg geboren.«

»Jawohl.«

»Die Eltern?«

»Mein Vater war Maurer, meine Mutter Wäscherin.«

»Na, wenn Sie hier auf St. Pauli aufgewachsen sind, kennen Sie ja die Schattenseiten des Vergnügens.«

»Die kenne ich sehr gut, Herr Bezirkskommissar.«

Kiebert nickte vor sich hin, als wollte er sich selbst bestätigen, dass Hansen eine gute Wahl war. »Aus kleinen Verhältnissen zum Bootsmann. Ostasien-Kampfgeschwader. Na, da sind Sie ganz schön herumgekommen in der Welt, was?«

»Das darf ich wohl behaupten.«

»Ausgezeichnet. Wir brauchen Männer mit Welterfahrung. Und es wird kaum schaden, einen ehemaligen Seemann in unsere Reihen aufzunehmen. Sie kennen den Menschenschlag, der sich hier in den Seitengassen herumtreibt. Gehen Sie zum Amtsarzt und bringen Sie mir eine Kopie des Untersuchungsergebnisses. Anschließend melden Sie sich bei Kriminaloberwachtmeister Lehmann auf der Revierwache 13. Die kennen Sie doch?«

»Die Davidwache am Spielbudenplatz.«

»Ganz recht. Dort werden Sie ausgebildet. Ihre Probezeit beträgt sechs Monate. Wenn Sie sich bewähren, werden Sie als Kriminalschutzmann übernommen. Wenn nicht, können Sie es ja mal mit der Handelsmarine probieren.«

»Ich werde mich bewähren, Herr Bezirkskommissar.«

»Ihr Vorgesetzter wird es mir ja berichten. Ich danke Ihnen, Sie können jetzt gehen.«

Hansen stand auf. Er wusste nicht, ob er salutieren sollte oder nicht, entschied sich für die Andeutung eines militärischen Abgangs und zog die Tür auf, erleichtert darüber, dass Kiebert es nicht für nötig befunden hatte, von seinen Papieren aufzusehen.

»Hansen?«, ließ sich die Stimme des Bezirkskommissars dann doch vernehmen.

»Ja, Herr Bezirkskommissar?«

»Vergessen Sie nicht: Wie ein Fisch im Wasser!«

»Jawohl.«

Im Dienstzimmer der niederen Beamten blieb er unschlüssig stehen. Der Uniformierte, der ihn abgekanzelt hatte, war verschwunden. Die beiden anderen schrieben noch immer eifrig. Der Ältere nickte ihm mit grüblerischer Miene kurz zu. Der junge Zivilist lächelte verhalten.

Hansen verabschiedete sich und bekam ein weiteres stummes Nicken von jedem mit auf den Weg. Als er die Tür aufzog, wäre er beinahe mit einem nach Tabak und Kneipendunst riechenden

Mann zusammengestoßen. Er murmelte eine Entschuldigung und schob sich an ihm vorbei. Als Hansen die Eingangsstufen hinunterstieg, fiel ihm ein, dass er den schlecht rasierten Kerl mit der Schirmmütze gestern Abend in der Arbeiterkneipe gesehen hatte. Man trifft sich immer zweimal, dachte er, und auf St. Pauli liegen oftmals nur ein, zwei Nächte dazwischen.

Er lief die Wilhelminenstraße entlang, atmete tief durch und wischte sich den Schweiß von der Stirn. Glücklicherweise hatte Kiebert ihn nicht genauer nach seinen Gründen für den Wechsel von der Marine zur Kriminalpolizei gefragt.

Die amtsärztliche Untersuchung fand am Nachmittag im Hafenkrankenhaus am Elbpark oberhalb der St.-Pauli-Landungsbrücken statt. Hansen meldete sich beim Pförtner und wurde ins Verwaltungsgebäude geschickt. Eine Schwester in hellblauer Tracht mit weißer Schürze und Haube wies ihm den Weg zum Zimmer des Oberarztes. Der fühlte sich nicht zuständig und verwies ihn an den Physikus, der ihm desinteressiert den Weg in die Anatomie gegenüber dem Kesselhaus beschrieb.

Hansen betrat das zweigeschossige quadratische Gebäude durch den Publikumseingang, ging geradeaus durch eine offen stehende zweiflügelige Tür und fand sich in einer Kapelle wieder. Vor einem Altar, über dem ein Kreuz hing, stand eine Bahre, und darauf lag ein mit einem weißen Laken verhüllter Körper. Es roch modrig. Hansen bemerkte mehrere Fenster auf der rechten Seite des Saals.

»Oha«, murmelte er, »da sind wir wohl in der ganz falschen Abteilung gelandet. Zur Mumie solltest du dich besser in Ägypten ausstopfen lassen. Da wird man wenigstens vergoldet.«

In schwach erleuchteten Zellen lagen wachsweiße Körper auf Bahren und wirkten wie Ausstellungsstücke in einem Museum für konservierte Menschen. Zwei der Leichen hatten Narben an Brust und Bauch. Offenbar waren sie geöffnet und wieder zugenäht worden. Einem Mann fehlte ein Auge, einer Frau war die Kehle durchgeschnitten worden, der Körper einer anderen war von zahllosen Wunden übersät. Opfer von Gewaltverbrechen.

Hansen fröstelte. Wenn das nun dein täglich Brot werden soll, musst du dich wahrhaftig warm anziehen, dachte er.

Ein kühler Lufthauch kroch über seine Nackenhaare. Er hörte eine laute Stimme und schrak zusammen. »Suchen Sie jemanden?«

Ja, einen heilen Menschen, hätte Hansen beinahe geantwortet. Aber die Gestalt im weißen Kittel, die zwischen den Türflügeln erschienen war, schien durchaus lebendig zu sein, auch wenn sie mit ihrem kahlen Schädel und den dünnen Gliedmaßen nicht gerade vor Lebenskraft strotzte.

»Ich suche den Polizeiarzt«, antwortete er.

»Wenn ich bitten darf«, sagte der Mann in Weiß, als Hansen auf ihn zuging. Hansen dachte, dass er bestimmt abgekanzelt worden wäre, wenn er Zivilkleidung getragen hätte. Aber in der Uniform eines Unteroffiziers wurde einem im Allgemeinen vorsichtiger Respekt entgegengebracht. Wenn er sich erst einmal normale Kleidung besorgt hatte, würde es damit vorbei sein.

»Bei mir muss eine amtsärztliche Untersuchung vorgenommen werden«, erklärte Hansen.

»Soso«, sagte der Arzt mit zusammengekniffenen Lippen.

»Ich bin nämlich Schutzmannanwärter.«

»Man hat mich unterrichtet, Herr Hansen. Na, dann kommen Sie mal mit«, sagte der Arzt und wandte sich um.

Sie gingen einen Korridor entlang. Der Arzt zog einen Schlüssel hervor und schloss eine Glastür auf. Sie betraten einen großen Raum, in dessen Mitte ein ovaler Tisch stand. Neben dem Tisch hing ein Skelett an einem Galgen.

»Machen Sie sich frei!«

»Ganz?«

»Ganz und gänzlich.« Der Arzt trat an einen Tisch, auf dem Glasbehälter und Flaschen mit irgendwelchen Flüssigkeiten standen. Ein Behälter barg eine Hand, in einer Flasche entdeckte Hansen ein konserviertes Ohr.

Der Arzt ging zu dem Schreibtisch vor dem Fenster und schimpfte leise vor sich hin: »Herrgott, was für Umstände. Warum schicken die mir auch einen Lebenden? Nicht mal ein Stethoskop haben wir hier.« Und an Hansen gewandt: »Da ich Sie schlecht aufschneiden kann, um zu sehen, ob bei Ihnen alles in Ordnung ist, muss ich wohl auf herkömmliche Mittel der ärztlichen Praxis zurückgreifen. Legen Sie sich dahin, ich bin gleich wieder da.«

»Auf diesen Tisch?«

»Ganz recht.«

Der Arzt verschwand und kam mit einer Tasche wieder, nachdem Hansen sich ausgezogen und auf den Tisch gelegt hatte, der normalerweise der Obduktion von Leichen diente. Da er von den Marineärzten einiges gewohnt war, empfand er die Prozedur, der er sich jetzt unterziehen musste, nicht als übermäßig erniedrigend. Die detaillierten Fragen nach seinen Damenbekanntschaften in Übersee beantwortete er notgedrungen. Schließlich durfte er sich wieder anziehen.

Der Arzt setzte sich an den Schreibtisch, schob einen halb zertrümmerten Schädel beiseite und schrieb, laut vor sich hin murmelnd: »Obermaat Heinrich Hansen befindet sich bei bester geistiger und körperlicher Gesundheit und ist für den kriminalpolizeilichen Dienst geeignet.«

»Bootsmann«, korrigierte Hansen, während er seine Jacke zuknöpfte.

Der Arzt knüllte das Papier zusammen und schrieb ein neues. Als er es Hansen in die Hand drückte, sagte er: »Dann sind wir jetzt also Kollegen und werden des Öfteren miteinander zu tun haben. Ich bin Doktor Kreuzkopf.«

Sie gaben sich die Hand.

»Alles Gute, Hansen. Und achten Sie auf Ihre Leber.«

Hansen sah ihn beunruhigt an. »Was ist mit meiner Leber?«

»Ich sage das jedem. Keiner achtet auf seine Leber. Das ist schmählich, denn dieses Organ muss viel Arbeit leisten, um den Körper von all den Giften zu befreien, die der Mensch ihm zumutet.«

»Ach so«, murmelte Hansen, der keinen blassen Schimmer hatte, wie er auf seine Leber achten sollte.

»Bringen Sie mir ab und zu mal eine schöne Leiche, Hansen. Auch ein Pathologe hat Sinn für Ästhetik.«

Hansen verzog zweifelnd das Gesicht.

»Der menschliche Körper ist ein Kunstwerk, mein Guter, eine Skulptur mit Innenleben. Eine Venus von Milo ist mir lieber als ein Ganove mit Einschusslöchern.«

Was er damit wohl meinte? Hansen verabschiedete sich, verließ mit großen Schritten das Gelände des Hafenkrankenhauses und atmete erst auf, als er auf der Simon-von-Utrecht-Brücke stand und zur Elbe blickte, wo Ewer und Schuten, Barkassen und Kutter, Segelschiffe und Dampfer für regen Verkehr sorgten. Eine leichte Brise wehte den Geruch nach verbrannter Kohle und Petroleumdünste zu ihm herüber, unter ihm glitt eine Straßenbahn beinahe lautlos über die Schienen hinab zur Schiffsanlegestelle.

Erst auf dem Weg zurück zu seiner Pension ärgerte Hansen sich. Nicht über den Kerl von der Bezirkswache, der den Feldwebel rausgekehrt hatte, nicht über den besserwisserischen Kommissar Kiebert, nicht über den oberschlauen Amtsarzt, sondern über sich selbst. Er, Heinrich Hansen, Bootsmann a. D. der Kaiserlichen Marine, ehemaliges, mit Befehlsgewalt ausgestattetes Besatzungsmitglied des Panzerkreuzers Weißenburg, eineinhalb Mal um die Welt gereist, Hansdampf in vielen Häfen der Welt, kein Kind von Traurigkeit und auch bei Windstärke zwölf nicht umzuwerfen, hatte sich wie ein Trottel benommen, wie ein verschüchterter Schuljunge vor diesen Zivilisten von der Polizei und vor diesen Udels im Sesseldienst.

Je mehr er darüber nachdachte, desto ungehaltener wurde er. Hatte er das nötig, konnte er nicht zahllose andere Berufe ergreifen? Würde ihn die Marine nicht mit Begeisterung wieder in ihre Reihen aufnehmen? Könnte er da nicht weiter Karriere machen, ohne sich Belehrungen von wichtigtuerischen Landratten auszusetzen? Nein, konnte er nicht! Er hatte eine Entscheidung getroffen, und er würde sie auch in die Tat umsetzen! Mit gesenktem Kopf und zusammengebissenen Zähnen durchmaß er die Seitenstraßen, überquerte die Reeperbahn, indem er sich zwischen zwei schrill klingelnden Straßenbahnen durchschlängelte, die von rechts und links kamen, und stand wenig später, noch immer voller Groll, vor dem Hôtel Schmidt. Und sieh einmal an, wer da vor der Tür herumlungerte!

Zuckerschnute trug heute ein grünes Kostüm mit Paletot und einen Hut, der Hansen an einen Blumentopf erinnerte. Die glänzenden Schnürstiefel bekam er nur deshalb zu sehen, weil sie den einen Fuß zwei Stufen höher gesetzt hatte als den anderen. Sie stand da in Abwehrstellung, die Spitze ihres Schirms deutete auf die Brust eines Herrn, der eine Weste mit grauem Eisblumenmuster unter dem Gehrock trug und dazu eine derangierte Fliege.

»Noch einen Schritt weiter, und ich steche zu!«, rief die Brünette wütend.

Hansen nahm amüsiert zur Kenntnis, dass sie die Pose einer Fechterin eingenommen hatte.

»Aber Herzblatt, der Abend hat noch nicht einmal begonnen«, sagte der Mann. Diesmal war es kein Dicker, sondern ein eher schmächtiger Herr mit Brille.

»Ich bin müde, mein Herr. Ich werde mich schlafen legen.«

Hansen lehnte sich gegen den Zaun des Nebenhauses. »Ach lass mich doch mitgehen. Ich werde nicht stören.«

»Professorchen, Sie stören schon jetzt.«

»Ja, ist das denn so schlimm, wenn man seiner Verehrung freien Lauf lässt?«

Der Professor war betrunken. Und ganz offensichtlich war er in einem Alter, in dem die Verzweiflung von gewissen Männern Besitz ergreift, wenn sie jungen Damen begegnen.

»Ich bin ein anständiges Mädchen. Sie missverstehen die Situation«, erklärte Zuckerschnute.

»Das glaube ich nicht.« Der Professor hob die Hand und

wollte die Spitze des Schirms packen. Mit einer geschickten Bewegung zog die Brünette ihre Waffe zurück und stieß sie wieder nach vorn, gegen die Brust des Mannes.

Der Professor, der nicht mehr ganz bei Sinnen zu sein schien, breitete die Arme aus und rief: »Stich zu, längst hast du mich im Herzen getroffen! Stich zu, aber nimm mich mit.«

Hansen beobachtete amüsiert, wie sich echte Zornesröte auf dem Gesicht von Zuckerschnute ausbreitete.

Da fasste der Mann die Spitze des Schirms und rüttelte daran. Die Brünette geriet aus dem Gleichgewicht, riss den Schirm zurück, holte aus und stieß ihn mit aller Kraft gegen die Brust des Mannes. Der taumelte nach hinten und fiel die Treppe hinab auf den Gehsteig. Seine Widersacherin drehte sich zur Tür um, stellte erleichtert fest, dass sie sich aufschieben ließ, und verschwand dahinter. Hansen ging ein paar Schritte nach vorn, um dem armen Kerl zu helfen, aber der Professor hatte sich schon wütend aufgerichtet. Er stürmte die Treppe hinauf, warf sich gegen die Tür und stolperte ins Haus.

Kaum war er drinnen, ertönte ein schriller Schrei. Hansen ging gemächlich auf den Eingang zu. Ein weiterer Schrei aus weiblicher Kehle war zu hören, dann knallte die Tür zu. Hansen zog seinen Schlüssel aus der Jackentasche und schloss auf.

Langsam, gemessen und wie zufällig trat er in den Hausflur, gerade noch rechtzeitig, um zu sehen, wie der Professor zwei Stufen auf einmal nahm und das Objekt seiner Begierde in der Mitte der Stiege zu fassen bekam. Er klammerte sich an ihre Hüften und schaffte es, sie zu Fall zu bringen. Sein Zylinder rollte die Treppe hinunter. Das schien ihn nicht zu stören, ebenso wenig die Schläge mit dem Schirm, die auf seinen spärlich behaarten Schädel prasselten. Er vergrub das Gesicht in den Falten ihres Kostüms und brüllte vor Lust und Verzweiflung.

Eine Tänzerin in buntem Kostüm und mit einem Schirm in der Hand tauchte auf dem oberen Treppenabsatz auf, sah die Bescherung, murmelte affektiert »O Schreck!« und machte auf ihren Ballettschuhen kehrt.

Gelassen stieg Hansen die Treppe hinauf, packte den liebestollen Herrn und warf ihn sich über die Schulter. Wie einen Seesack transportierte er ihn nach draußen und stellte ihn auf dem Gehsteig ab. Als der Mann nun begann, ihn anzubrüllen, verpasste Hansen ihm zwei Ohrfeigen. Der Professor verstummte vor Erstaunen und starrte ins Nichts.

Wieder zurück im Haus, stellte Hansen fest, dass Zuckerschnute verschwunden war. Er stieg in den zweiten Stock und betrat sein Zimmer.

Eine Minute später klopfte es, und Frau Schmidt trat ein.

»Was war denn das für ein Lärm?«

»Ein Mann hat sich in der Hausnummer geirrt.«

»Und macht so einen Radau?«

»Sie wissen ja, wie manche Menschen sind, Frau Schmidt. Trinken schon am helllichten Tag und vergessen ihre Kinderstube.«

»Ich bin froh, dass ich Sie jetzt im Hause habe.«

»Ich bleib auch gern hier, Frau Schmidt. Sie haben's mir ja richtig gemütlich gemacht.« Er deutete auf die neuen Einrichtungsgegenstände und stellte fest, dass die Kerze wieder auf dem Sekretär stand. »Die Kerze dort können Sie allerdings wieder mitnehmen. Ich mag keine Kerzen.«

Sie trat zum Sekretär und nahm sie weg. Das Doppelkinn von Ermine Schmidt schien über mehr Ausdruckskraft zu verfügen als Mund und Augen. Es lächelte, während der Rest des Gesichts weiterhin streng dreinblickte.

»Nun gut«, sagte sie und besah sich die Kerze in ihrer Hand. »Ich könnte mir vorstellen ...« Sie zögerte.

»Ja, Frau Schmidt.«

»Dass wir gelegentlich eine Tasse Tee miteinander trinken.«

»Ja?« Hansen sah sie erwartungsvoll an. Das Doppelkinn wirkte jetzt verängstigt, als wollte es fliehen.

»Dann könnten Sie mir von Ihrer Arbeit erzählen.«

»Noch hab ich gar nicht angefangen, Frau Schmidt. Und das, was ich heute erlebt habe, würde Ihnen bestimmt Angst machen.«

»Wirklich?« Das Kinn zitterte leicht.

»Ja, stellen Sie sich vor, ich war im Leichenschauhaus, um mich untersuchen zu lassen.«

»Ach herrjeh, wie schrecklich ... ich könnte uns einen kleinen Tisch hereinbringen lassen, oder Sie fassen mal eben selbst mit an. Dann könnten wir ... wo es doch so ein schöner Tag ist.«

»Ein andermal, Frau Schmidt. Es war eine Untersuchung, über die ein Mann nicht gern erzählt.«

Das Doppelkinn zuckte verschämt und enttäuscht zugleich.

»Nun ja, sicher, es ist ohnehin zu spät. Ich wollte sowieso nur sagen, falls Sie Änderungen an Ihrer Uniform benötigen: Meine Stiefschwester hat am Paulsplatz eine Schneiderei. Man müsste die Sachen natürlich hinbringen ...«

»Ich werde gar keine Uniform tragen, Frau Schmidt. Kriminalbeamte bleiben in Zivil.«

Das Kinn runzelte sich: »Wirklich?«

»Ja. Aber es ist gut möglich, dass ich andere Kleidungsstücke zum Ändern geben muss. Danke für den Hinweis.« Er wandte sich ab, um ihr zu bedeuten, dass sie endlich gehen sollte, da klopfte es.

Frau Schmidt öffnete, und draußen stand die Brünette.

»Damenbesuch ist untersagt«, erklärte Frau Schmidt.

»Sind Sie denn keine Dame?«, sagte Zuckerschnute keck.

»Nun werden Sie bloß nicht frech, Fräulein!«

»Ich möchte mich bei diesem Herrn für einen Kavalierdienst bedanken.«

»Das können Sie auch unten vor der Haustür tun!«

Frau Schmidt hob den Kerzenständer über den Kopf und blockierte mit ihrer Körperfülle den Durchgang. Mit der anderen Hand versuchte sie, die Tür zuzuziehen.

Die Brünette duckte sich, um unter dem Arm hindurchzuspähen, und rief: »Danke schön noch mal!«

»Warte unten vor dem Haus auf mich, Zuckerschnute«, sagte Hansen.

Ermine Schmidt drehte sich ruckartig um, das Doppelkinn rutschte nach unten. »Zuckerschnute?«

Die Tür fiel ins Schloss.

Die Brünette erwartete ihn mit aufgespanntem Schirm.

»Hallo Zuckerschnute«, begrüßte er sie. »Wohnst du auch bei der dicken Schmidt?«

»Nein, da drüben.« Sie deutete die Straße entlang. »Ich musste nur diesen schrecklichen Professor loswerden. Der hätte mich noch auf der Straße misshandelt.«

»Hast dich doch ganz gut gewehrt, mit dem Schirm.«

»Hat ja nichts genützt. Wer weiß, was passiert wäre, wenn Sie nicht gekommen wären. Der war ja nicht mehr ganz bei sich.«

»Was Wunder, bei so einer süßen Deern.«

Sie hielt ihm die Hand hin und deutete einen Knicks an. »Jedenfalls wollte ich mich herzlich bedanken. Ich heiße Cora Blume«, sagte sie.

»Und ich bin der Kaiser von China.« Er zog seine ausgestreckte Hand zurück.

Das reizende Lächeln auf ihrem Gesicht erstarb. »Mensch, bist du zickig.«

»Cora Blume«, sagte er und tippte sich an die Stirn. »Bei dir piept's wohl.«

Sie seufzte resigniert. »Na gut«, sagte sie dann, »ich heiße eigentlich Thea Bertram. Cora Blume ist mein Künstlername.«

»Thea Bertram aus Wunstorf?«

»Stimmt.«

»Vom Steinhuder Meer, da wo der ahle Aal herkommt.«

»Ich mag keinen Aal.«

»Ich bin Heinrich Hansen aus St. Pauli, Künstlername Ahler Aal.«

»So ein Quatsch.« Sie klappte ihren Schirm zusammen.

»Willst du mich jetzt abstechen wie den unartigen Professor?«

»Lust hätte ich schon dazu, aber eigentlich wollte ich mich bedanken.«

»Wie bedankt sich so ein Mädel wie du denn?«

Sie neigte kokett den Kopf zur Seite. »Das ist ganz einfach.«

»Na, dann mal los!«

Sie trat auf ihn zu und gab ihm einen Kuss auf die Wange.

»Donnerwetter!« Hansen tat verlegen, und ein bisschen war er das auch.

Sie gab ihm einen zweiten Kuss auf die andere Wange.

»Mensch Mädchen, da wird mir ja warm ums Herz.«

»Wenn es sein muss, darfst du mich Thea nennen, aber Cora wäre mir lieber. Und außerdem solltest du dich rasieren, wenn du schon keinen Schnurrbart trägst.«

»Ich werde einfach Zuckerschnute zu dir sagen, und rasieren tue ich mich, wann es mir passt.«

»Ich finde, es fühlt sich an wie Haifischhaut, und ich kann Haifische nicht leiden.«

»Was hat ein Mädchen wie du denn mit Haifischen zu tun?«

»Wollen wir hier Wurzeln schlagen, oder nutzen wir den Abend und machen es uns schön?«

»Hast Recht, Zuckerschnute, lass uns bummeln gehen. Wir gehen groß aus, und du hältst mich frei, weil ich dir das Leben gerettet habe.«

»Mal sehen«, sagte sie und hängte sich bei ihm ein.

Sie spazierten die Seilerstraße hinauf Richtung Millerntor. Im Garten von Ludwig's Concerthaus hatte der frühabendliche Trubel bereits begonnen. Sie schlenderten daran vorbei und wandten sich nach rechts zur Reeperbahn. Auf den Gartenstühlen vor den Kaffeehäusern saßen die ersten Abendgäste im Schatten der ausgefahrenen Markisen. Auch auf den Balkons der großen Etablissements wie dem Restaurant Bristol, dem Bierhaus Heckel, der Gaststätte Julius Burger oder dem Café Severin sah man vereinzelt Damen und Herren, die Aperitifs zu sich nahmen. Manche lehnten an den schmiedeeisernen Balkongeländern und ließen den Blick über Reeperbahn und Spielbudenplatz schweifen.

Thea, die sich Cora nannte und nun auch noch Zuckerschnute geheißen wurde, fragte Hansen, was das schleifenartige Abzeichen mit dem Anker auf dem Ärmel seiner Uniformjacke zu bedeuten hatte. Er erzählte vom Leben an Bord eines Kanonenboots und beschrieb die Ausmaße des letzten Kriegsschiffes, auf dem er gefahren war. So rechte Lust hatte er nicht dazu, den Alltag bei der Marine zu schildern. Also gab er ein bisschen damit an, dass er mit Ausnahme von Australien alle Kontinente bereist habe, auch schwärmte er von einer Südseeinsel, auf der er nie gewesen war, von der aber ein Kamerad erzählt hatte.

Seine Begleiterin zeigte sich sehr interessiert an Sitten und Gebräuchen der Insulaner, konnte die Südsee allerdings nicht genau lokalisieren. Also fragte sie, ob es stimme, dass die Frauen in Afrika nackt herumliefen.

»Nur oben herum«, sagte Hansen.

»Auch in der Stadt?«, fragte Cora Blume.

Hansen nickte und bestätigte, dass auch die Männer in Afrika in der Regel nur mit Lendenschurz bekleidet waren.

Cora kicherte und meinte: »Die müssen sich ja ganz schön beherrschen, wenn sie sich begegnen.« Und ernst fügte sie hinzu: »Na ja, wahrscheinlich ist es so eine Art paradiesische Unschuld. Sind ja wohl eher Kinder, diese Neger.«

Sie machten sich einen Spaß daraus, sich vorzustellen, wie es aussähe, wenn alle Leute um sie herum nur mit einem Lendenschurz bekleidet und mit Speeren bewaffnet herumliefen. Wann immer sie einem besonders ernst blickenden Herrn oder einer Dame in eleganter Aufmachung begegneten, mussten sie losprusten.

Gut gelaunt kamen sie schließlich vor dem Hotel Hammonia an, einem Etablissement für Touristen, die sich die Extravaganz leisten konnten, nach Hamburg allein wegen des Vergnügens zu reisen. Sie blieben unter der grünen Markise vor dem Eingang stehen. Das »Hotel ersten Ranges« warb »mit allem Comfort«, der auf einer Tafel neben dem Eingang genauestens beschrieben wurde: »Fahrstuhl – Telephon – Bäder auf allen Etagen – Grand

Restaurant und Wiener Café – Großer Balcon mit herrlicher Aussicht«. Durch die hohen Fenster hindurch sahen sie ein herrschaftliches Foyer mit Kristalllüstern und Marmorsäulen.

»Da will ich rein«, sagte Cora Blume und versuchte Hansen am Arm zur Drehtür hinzuziehen.

»Momentchen«, protestierte Hansen. »Ich hab Hunger. Und dieses Lokal ist entschieden zu teuer.«

»Ach komm, Heinrich, ich bin dir schließlich was schuldig.«

»Wer bezahlt?«,fragte Heinrich beharrlich.

»Das mach ich schon.«

»Mit wessen Geld? Dem von dem Dicken oder dem von dem Professor?«

»Nun sei doch nicht so scheußlich zu mir. Bloß weil ich mal mit dem elektrischen Aufzug in den ersten Stock fahren will. Und komm mir nicht wieder mit Steinhude und dem Aal und diesem Zeug. Pütscherig will ich es nämlich heute Abend nicht haben. Ach was, eigentlich nie.« Leicht schmollend ergänzte sie: »Nun hab dich nicht so. Es wird dich keinen Pfennig kosten.«

Heinrich gab sich einen Ruck. »Zuckerschnute, Zuckerschnute, du bist der süßeste kleine Teufel, der mir je begegnet ist.«

»Glaub ich nicht«, sagte sie. »Aber jetzt komm endlich, ja?«

Sie traten ins funkelnde Foyer, wo sie von einem Pagen begrüßt wurden. Bereitwillig ließen sie sich von ihm den Weg zu den Fahrstühlen zeigen, obwohl ganz deutlich zu sehen war, wo diese sich befanden.

Ein uniformierter Aufzugführer betätigte einen großen goldenen Hebel, und die Türen der teils verspiegelten, teils mit rotem Samt ausgeschlagenen Kabine schlossen sich leise klappernd. Das Gefährt ruckte leicht, und Cora nutzte die Gelegenheit, um sich von der Schwerkraft gegen Hansens Brustkorb drücken zu lassen.

Das Café im ersten Stock war stilvoll im Wiener Chic eingerichtet. Die Abendsonne flutete durch die hohen Fenster herein und ließ die blitzweißen Tischdecken leuchten.

»Ich will nach draußen«, flüsterte Cora, als ein Kellner in Livree auf sie zueilte.

Auf der Terrasse bekamen sie einen Tisch direkt an der Ecke zur Heinestraße zugewiesen.

In einer in Hansens Ohren kompliziert klingenden Ansage erklärte der Kellner, dass das »Dîner« noch »bis siebeneinhalb Uhr« und danach »von acht bis zwölf Uhr nachts« das »Souper« serviert werde.

»Nach Suppe ist mir ehrlich gesagt nicht«, sagte Hansen und warf seiner Begleiterin einen missbilligenden Blick zu, als diese laut auflachte.

Zunächst einmal bestellten sie ein Braunbier und eine Fassbrause. Was die Wahl der Speisenfolge betraf, wollten sie sich noch orientieren, beschied Cora dem Kellner. Daraufhin brachte dieser eine Speisenkarte, die sie erst mal ignorierten.

Hansen legte den Arm auf die schmiedeeiserne Brüstung und sagte: »Nun hab ich dir mein halbes Leben erzählt, und von dir weiß ich nichts, außer dass du aus Wunstorf kommst und keinen Aal magst.«

»Reicht das nicht fürs Erste?«

»Nee, nee, jetzt bin ich richtig neugierig auf dich.«

»Ich bin bloß ein einfaches Mädchen.«

»Na, dann erzähl mir mal einen Schwank aus deinem Leben.«

Sie wolle Schauspielerin werden, erklärte sie, und darauf bereite sie sich jetzt vor. Deshalb sei sie auch in einem der Künstlerhotels in der Seilerstraße abgestiegen, obwohl es dort ja viel zu teuer sei für ein Mädchen, das noch keine feste Stellung habe. Aber da komme man in Kontakt mit Menschen vom Fach. Auch würde sich dort herumsprechen, wenn irgendwo jemand gebraucht werde. Außerdem könne sie sich bei diesem oder jener was abgucken. Auf einer Bühne habe sie bislang noch nicht gestanden, aber das könne sich ja jeden Tag ändern. Am liebsten würde sie auch noch Gesangsunterricht nehmen, denn die Operette sei ihre große Liebe. Nur leider seien die Gebühren recht hoch.

Hansen deutete auf die Tische und den Kaffeehaussaal, wo sich mehr und mehr Publikum versammelte. »Na, wenn du dein

Geld in solchen großspurigen Schuppen verschleuderst, wirst du nie was für deinen Unterricht übrig haben.«

Mit glänzenden Augen erzählte Cora von den Theatern und Varietés, in denen sie gewesen war und wo sie berühmte und großartige Sängerinnen bewundert hatte, denen sie nacheifern wollte. Für einen Augenblick unterbrach sie ihre weitschweifigen Schilderungen verschiedener Gesangs- und Varietédarbietungen, um rasch zwei Hamburger Steaks und trotz Hansens Einwand eine Flasche Rheinwein zu bestellen. Als das Essen serviert wurde, wunderte er sich, dass er keine Bulette, sondern ein richtiges Stück Fleisch mit Zwiebeln bekam. Zum Nachtisch aß Cora Rote Grütze, und Hansen ließ sich einen Kümmelschnaps kommen.

Schließlich war es so voll geworden, dass sie sich zum Aufbruch entschlossen. Der Kellner legte die Rechnung vor Hansen auf den Tisch, der sie misstrauisch beäugte.

»Das ist entschieden zu viel«, sagte er.

»Pardon?«, machte der Kellner, der dicht neben ihm stehen geblieben war.

»Für das bisschen Fleisch mit den paar Zwiebeln?«, murmelte Hansen zweifelnd.

Cora beugte sich vor. »Fass mal untern Tisch, Heinrich«, sagte sie verschmitzt.

Er tastete unter dem Tischtuch nach ihrer Hand, berührte ihr Knie, spürte, wie ihre Hand die seine ergriff und ihre andere Hand etwas hineinlegte.

Er zog die Hand unterm Tisch hervor und betrachtete die Brieftasche, die sich nun darin befand. Er klappte sie auf und zahlte mit einem großen Geldschein.

Der Kellner bedankte sich ungnädig, weil Hansen, mit der fremden Brieftasche in der Hand und auch sonst an solche Situationen nicht gewöhnt, es versäumte, ihm ein angemessenes Trinkgeld zu geben.

»Du hast spitze Knie«, sagte er, um seine Nervosität zu überspielen.

»Gar nicht wahr«, sagte sie.
»Komm, lass uns gehen.«
Er stand auf.

Als sie durch die Terrassentür traten, taumelte ihnen ein anderer Kellner entgegen. Er war ins Straucheln geraten, und Hansen gelang es gerade noch, ihn vor dem Hinfallen zu bewahren.

»Wagen Sie es nicht noch einmal, mich anzufassen!«, schrie ein Mann mit hochrotem Gesicht. Er war fast so groß wie Hansen, aber sehr dünn. Er trug einen modischen Cutaway, darunter eine weiße Weste, eine rot-weiße Fliege und zum gezwirbelten Schnurrbart ein Monokel, das ihm auf die Brust herabgefallen war.

Der Mann stand neben einem langen Tisch, an dem eine Gesellschaft in teils eleganter, teils dandyhafter Abendgarderobe Platz genommen hatte. Offenbar hatte er den Kellner zur Seite geschubst. Zwei weitere Angehörige des Lokals hatten sich vor dem empörten Herrn aufgebaut und blickten ihn feindselig an: einer in schwarzem Jackett und ein sehr kräftiger Mann in Kochuniform, der sich gerade die Ärmel hochkrempelte.

»Oho«, sagte Hansen zu seiner Begleiterin. »Mach dich bereit. Ich glaube, wir sind in einem Theaterstück gelandet.«

»Was ist denn?«, fragte Cora verwundert.

»Der Stenz dort hat seinen großen Auftritt.« Hansen deutete auf den Herrn im Cutaway.

Ein untersetzter Herr mit weißen Haaren und einem Kinnbart im Stil des alten Kaisers tupfte sich den Mund mit der Serviette und stand auf. Er tätschelte die nackte Schulter der jungen Frau neben sich und wandte sich würdevoll an den Mann im schwarzen Jackett. »Herr Direktor«, sagte er, »das muss ein Missverständnis sein. Sie sollten sich augenblicklich bei Baron von Schluthen entschuldigen.«

»Jawohl«, sagte der Mann mit dem Monokel, der etwa in Hansens Alter sein musste, obwohl er in seinem Aufzug älter wirkte.

»Ich bin empört! Ihr Bediensteter hat es gewagt, Hand an mich zu legen. Unverzeihlich ist das! Falls Sie ein Anliegen haben, mein Herr, können Sie es mir unter vier Augen in einem Gespräch unter Männern mitteilen. Aber diese ... diese peinliche Belästigung hat ein Niveau, das ich in Ihrem angesehenen Etablissement niemals vermutet hätte.« Er strich sich über die Stellen an Brust und Ärmel, wo ihn der gestrauchelte Kellner zuvor angefasst hatte.

»Herr Baron«, sagte der Direktor. »Ich darf Sie erinnern, dass wir dieses Gespräch bereits geführt haben.«

Baron? Hansen kniff ein Auge zu.

»Unsinn!«, rief der Mann. »Ich war mir der Tragweite Ihrer Anmerkungen nicht bewusst. Sie müssen sich missverständlich ausgedrückt haben.«

»Ich habe eindeutig auf die Höhe des in Rechnung stehenden Betrags hingewiesen, Herr Baron.«

»Daran kann ich mich nun wirklich nicht erinnern. Wann soll das gewesen sein?«

»Vor zwei Tagen in meinem Büro, Herr Baron.«

Der Herr im Cut dachte nach. »Tatsächlich? Sprachen wir nicht über das Bankett, das ich plane?«

»Wir haben die Bankettpläne aufgeschoben, aus den gleichen Gründen, wenn Sie sich bitte erinnern möchten.«

Die Dame neben dem untersetzten Herrn blickte irritiert zu Baron von Schluthen. »Das Bankett ist aufgeschoben, Friedrich? Warum hast du mir nichts davon mitgeteilt?«

»Unsinn, Elisabeth, das ist alles ein Missverständnis.«

Der Kellner hatte sich jetzt neben dem Koch postiert, und zusammen mit dem zusehends nervöser wirkenden Direktor rückten sie zwei Schritte vor. Der Direktor blickte sich um. Das Schauspiel fand unter großer Anteilnahme der zahlreichen Restaurantgäste statt. Hier und da wurden Stühle zurechtgerückt, um besser sehen zu können.

Der Baron trat einen Schritt zurück und stieß gegen eine Anrichte.

»Wir haben das Bankett abgesagt«, sagte der Direktor, sichtlich bemüht, nicht zu laut zu sprechen.

»Ich bin schockiert«, murmelte der Baron. »Was erlauben Sie sich?«

»Wenn ich Ihnen die Zahlen nochmals in Erinnerung rufen darf.« Der Direktor zog ein Blatt Papier aus der Tasche und faltete es auseinander.

Eine ältere Dame neben der jungen Frau, die Elisabeth hieß, sagte in affektiertem Ton: »Ich muss sagen, allmählich fühle ich mich kompromittiert.« Die restliche Tischgesellschaft betrachtete das Geschehen mit teils ängstlichen, teils entsetzten Mienen.

Baron von Schluthen nahm die Rechnung entgegen, studierte sie stirnrunzelnd und sagte: »Dieser Endbetrag ist in keinster Weise gerechtfertigt. Tatsächlich erscheint er mir wesentlich höher als der, den Sie mir vor zwei Tagen präsentierten.«

»Natürlich«, sagte der Direktor, »es sind ja weitere Kosten von zwei Tagen hinzugekommen.«

Der Baron schüttelte nachsichtig den Kopf. »Ich versichere Ihnen, das Geld muss jede Stunde telegrafisch angewiesen werden. Die Creditbank liegt nur wenige Häuser weiter. Ich könnte ...«

»Die Lage der Bank ist mir bekannt, und ich habe dort um Informationen gebeten. Das Ergebnis meiner Nachfrage ist wenig ermutigend, Herr Baron.«

Von Schluthen blickte verlegen in die Runde.

Der Herr aus Wien trat mit der Serviette in der Hand auf den Direktor zu und sprach: »Lieber Herr Direktor, wenn es Sie beruhigt, werde ich selbstverständlich für alle Verbindlichkeiten des Herrn Baron eintreten. Ich verbürge mich für seine Ehrenhaftigkeit.«

Der Direktor zog ein zweites Blatt Papier aus der Tasche und hielt es ihm hin. Der Herr aus Wien warf einen langen Blick darauf, trat zur Seite und faltete seine Serviette zusammen. Er legte sie auf den Tisch zurück und verließ gemessenen Schrittes das Restaurant.

»Aber Anton, wo willst du denn hin?«, rief Elisabeth und erhob sich hastig.

Der Baron klemmte sich sein Monokel vor das Auge und blickte ihm nach. Es sah aus, als wollte er anfangen zu weinen.

Der Direktor baute sich vor ihm auf, eingerahmt von Koch und Kellner. Mit gesenkter Stimme sagte er: »Es gibt zwei Möglichkeiten. Entweder Sie heben Ihre Tafel auf und kommen auf der Stelle mit mir mit. Oder ich muss die Polizeiwache benachrichtigen lassen.«

Der Baron blickte an ihm vorbei zu seinen Gästen, hob entschuldigend die Schultern und sagte: »Liebe Freunde, ich fürchte, wir müssen unsere kleine Feier auf ein anderes Mal verschieben. Es tut mir sehr Leid. Aber um dieses unglückselige Missverständnis zu beheben, ist meine Anwesenheit im Büro der Hotelleitung unmittelbar erforderlich.« Er wandte sich an den Direktor und sagte: »Gehen wir also.«

Die Freunde des Barons starrten ungläubig hinter ihm her, die Gäste an den anderen Tischen begannen zu tuscheln.

Elisabeth kam von der Tür zurück, ein Taschentüchlein in der Hand, mit dem sie sich abwechselnd schnäuzte und die Tränen von den Wangen tupfte. Sie setzte sich wieder auf ihren Platz und schluchzte leise: »Er hat gesagt, er will nichts mehr mit mir zu tun haben. Dabei habe ich ihm doch gar nichts getan.«

Ihre ältliche Begleiterin tätschelte ihr den Arm. »Es ist wohl eher umgekehrt, Kindchen.«

»Willst du hier Wurzeln schlagen?«, fragte Cora und knuffte Hansen in die Seite.

Er schüttelte wie benommen den Kopf. »Was denn?«

»Die Vorstellung ist vorbei. Wir gehen.«

Sie zog ihn mit sich fort zum Fahrstuhl.

Als sie aus dem Hotel auf die Reeperbahn traten, murmelte Hansen: »So ein verrückter Kerl.«

»Kanntest du diesen Baron etwa?«

»Baron? Das war kein Baron. Das war Friedrich. Ganz bestimmt war er das. Ich hab ihn nur zuerst nicht erkannt in diesem Aufzug. Früher trug er Manchesterhosen.«

## DRITTES KAPITEL

# *Die Kaperfahrer*

In einem verwilderten Gartenstück am Grenzgang zwischen St. Pauli und Altona hatten die Kaperfahrer ihre Räuberhöhle, die sie »das Hauptquartier« nannten. Der Garten gehörte zu einem halb verfallenen Fachwerkhäuschen, in dem früher eine Schmiede gewesen war.

Ihr Versteck hatten sie aus allen möglichen auf dem Grundstück gefundenen Materialien zusammengezimmert. Es bestand aus einer Bretterbude, die zu ebener Erde an einer Wildkirsche errichtet worden war, und einer »zweiten Etage« in der Baumkrone, die sie »den Turm« oder »das Turmzimmer«, oder auch »das Baumhaus« nannten. Es diente als Fluchtburg und Beobachtungsposten, aus dessen Fenstern heraus man die Umgebung mit ihren Hinterhofwerkstätten und Räuchereischornsteinen überblicken konnte.

Von ihrem selbst gebauten Quartier aus gingen Jan, Hein, Klaas und Pit gelegentlich auf Kaperfahrt, wie sie ihre Exkursionen nannten. Mal organisierten die vier Jungs Lebensmittel, mal notwendiges Handwerkszeug, mal Baumaterial oder irgendwelche »Schätze«, die sie später gewinnbringend losschlagen konnten. Vor kurzem hatte Heinrich alle aufgefordert, einen Schwur abzulegen, dass sie von nun an fremder Menschen Eigentum achten wollten. Jan hatte genörgelt, dass dies zu ihrem Leben als Kaperfahrer nicht passe, aber Klaas hatte ihm erklärt, dass Kaperer und Piraten zwei ganz verschiedene Dinge seien. Und Pit meinte, er würde sowieso nur denen etwas nehmen wollen, die zu viel hätten.

Wertvolle Beutestücke wurden in einer gut getarnten Grube dreizehn Schritte von der Hütte entfernt aufbewahrt, schnelllebige Wirtschaftgüter oftmals bei einem speziell anberaumten Termin zum Verzehr freigegeben. Zu solchen Festen wurde meist auch Lilo Koester eingeladen, die zu diesem Anlass überredet wurde, ihre blonden Zöpfe aufzuflechten, um als Piratenbraut aufzutreten. Die vier Jungen banden sich zur Feier des Tages Tücher um die Köpfe, wie es sich für echte Freibeuter gehörte.

Die Kaperfahrer hatten sich den Namen nach dem bekannten Seemannslied gegeben, denn ihre vier Vornamen und ihr Eroberungsdrang passten hervorragend zu dem Lied, das sie vor und nach den erfolgreichen Exkursionen in die nähere Umgebung anzustimmen pflegten:

*Alle, die mit uns auf Kaperfahrt fahren,*
*müssen Männer mit Bärten sein.*
*Jan und Hein und Klaas und Pit,*
*die haben Bärte, die haben Bärte,*
*Jan und Hein und Klaas und Pit,*
*die haben Bärte, die fahren mit!*

Der pummelige, rothaarige Jan Heinicke entstammte einer Schlachterfamilie, deren Laden sich in der Paulinenstraße befand. Hein, der größte der vier, war als Heinrich Hansen, Sohn eines Maurers und einer Wäscherin, geboren worden. Klaas-Hennig Blunke kam aus der Jägerstraße, wo es seinen Eltern in mühseliger Arbeit gelungen war, ihr Grünhökergeschäft in einen Kolonialwarenladen zu verwandeln. Peter Martens hörte auf den Spitznamen Pit und würde bald wie Vater und Bruder als Arbeiter in den Hafen gehen.

Zu vollen Bärten hatten es die vier Jungs bislang noch nicht gebracht. Seit Jan, Hein und Pit fünfzehn Jahre alt geworden waren, verzichteten sie allerdings darauf, sich mit angekokelten Weinkorken schwarze Schnurr- und Vollbärte ins Gesicht zu schmieren. Der erst vierzehnjährige Klaas hatte neidvoll entdeckt, dass sich bei Hein und Pit ein dünner Flaum über der

Oberlippe gebildet hatte, und nun hofften sie, dass sie bald von Natur aus verwegen aussehen würden.

An einem trüben, windigen Tag im Mai des Jahres 1895 geschah etwas, das das weitere Schicksal der Kaperfahrer entscheidend bestimmen sollte. Nach dem Mittagessen war Heinrich seiner Mutter ausgerissen, die ihn eigentlich auf ihre nachmittägliche Tour zum Abholen schmutziger Wäsche mitnehmen wollte. Er hatte sich mit Lilo im Hauptquartier verabredet, und wenn sie sich schon mal dazu breitschlagen ließ, ihn allein zu treffen, konnte er nicht anders, als alles liegen und stehen zu lassen.

Er war spät dran und legte den Weg im Dauerlauf zurück. Atemlos kletterte er die Leiter hinauf ins Baumhaus und hoffte, er werde vor ihr da sein, um ihr beim Raufklettern die Hand reichen zu können, aber es kam anders: Ein Unbefugter hatte es sich in der zweiten Etage des Hauptquartiers der Kaperfahrer bequem gemacht.

Der schlaksige Junge mit dem länglichen Gesicht, der im Gegensatz zu Heinrich keine kurzen, sondern lange Hosen aus Manchesterstoff trug und dazu Hemd und Jackett wie ein Erwachsener, blickte ihn selbstbewusst an, als er den Kopf durch den Eingang steckte. Er schien etwas älter zu sein und war kein bisschen verlegen oder gar ängstlich.

»He! Was willst du denn hier?«, fragte Heinrich verärgert.

»Du bist Heinrich, stimmt's oder hab ich Recht?«

Heinrich zwängte sich schnaufend durch den Eingang des Baumhauses und sagte kampfeslustig: »Was geht dich denn das an?«

»Ich bin Friedrich«, sagte der Junge und hielt ihm die Hand hin.

»Verschwinde hier, aber ein bisschen plötzlich! Da ist die Tür.«

»Ich weiß, wo die Tür ist, ich bin ja da reingekommen.« Friedrich blickte sich anerkennend nickend um. »Nett habt ihr es hier. Alle Möbel selbst gebaut, was?«

»Raus! Sonst setzt's was!«

»Ich soll auch schöne Grüße von Lilo ausrichten. Sie ist leider verhindert.«

Heinrich starrte den Eindringling verwirrt an. »Was?«

»Ihr wart doch verabredet.«

»Was geht dich denn das an?«

»Nur so viel, dass ich dir sagen soll, sie kommt nicht.«

»Das hast du hiermit getan. Und jetzt runter da und mach dich bloß davon!«

»Soll ich ihr sagen, dass du mich rausgeschmissen hast?«

»Du kannst ihr sagen, dass ich dich verprügelt habe.«

Friedrich machte eine abschätzige Handbewegung. »Ich schlage mich nie.«

Heinrich richtete sich auf. Inzwischen waren die Kaperfahrer so groß geworden, dass sie im Turmzimmer nur gebückt stehen konnten. In dieser Haltung war ein Faustkampf schwer zu bewältigen.

»Los jetzt! Die Leiter runter!«, sagte er.

»Ich finde es hier ganz gemütlich.«

Heinrich packte ihn am Hemd und zerrte ihn zum Ausgang: »Gehst du freiwillig, oder soll ich dich runterschmeißen?«

Der Bedrängte lenkte ein: »Ich geh ja schon.«

Hastig kletterte Friedrich hinunter und blieb unter dem Baum stehen. Heinrich kam hinterher. Unten angekommen, stellte er fest, dass der fremde Junge fast so groß war wie er selbst. Allerdings war er wesentlich schmaler. Aber wer wusste schon, ob seine relativ großen Hände nicht doch fest zuschlagen konnten? Kurzerhand verpasste Heinrich ihm einen gut gezielten Faustschlag ins Gesicht. Friedrich taumelte gegen die Holzhütte, rutschte mit dem Rücken zur Wand auf den Boden und blieb verdutzt sitzen.

»Mach schon, steh auf!«, rief Heinrich.

»Ich sagte doch, dass ich mich nicht schlage.«

»Mir egal, dann mach ich dich eben so fertig.« Heinrich beugte sich nach unten und wollte den Kerl wieder am Hemd packen, da hörte er eine Stimme: »He! Was ist denn hier los?«

Es war Klaas, der gerade durch eine Lücke in der Mauer kletterte.

»Der Dreckskerl hier hat es sich in unserem Baumhaus bequem gemacht.«

»Bist du Friedrich?«, fragte Klaas und strich sich seine etwas zu langen braunen Haare aus der Stirn.

Der Angesprochene sah schief grinsend von einem zum anderen. »Bin ich.«

»Ich hab Lilo getroffen«, erklärte Klaas. »Sie hat ihn zu uns geschickt.«

»Die spinnt doch«, sagte Heinrich und spuckte aus.

»Das ist ein Freund von ihr.«

»Na und?«

»Also lass ihn lieber in Ruhe.«

»Wieso denn?«

»Vielleicht will er was sagen.«

Heinrich blickte auf den kleinen Klaas herab. »Seit wann erteilst du hier denn die Befehle?«

»Ich wollt ja nur …« Klaas geriet ins Stottern und hielt verunsichert inne.

Friedrich hatte sich hingesetzt und hielt die Knie umfasst.

»Ich will nicht mit ihm reden, ich will, dass er hier verschwindet!«

Inzwischen hatte Klaas sich wieder gefasst. »Ich will dir ja nur erzählen, was Lilo gesagt hat.« Er zögerte, wartete auf ein aufforderndes Kopfnicken von Heinrich und fuhr dann fort: »Sie sagte, er hätte vielleicht was für uns«, meinte Klaas.

»Ist mir doch egal.« Heinrich trat nach dem anderen, der hastig zur Seite rutschte.

»Was zu organisieren«, sagte Klaas in verschwörerischem Ton.

»So ein Quatsch«, sagte Heinrich.

»Steh auf!«, befahl Klaas, und Friedrich erhob sich, um sich erst einmal umständlich den Schmutz von der Hose zu klopfen.

»Also, wer bist du und was willst du?«, fragte Klaas, während Heinrich demonstrativ zur Seite blickte.

»Friedrich von Schluthen«, sagte der Eindringling. »Wollt ihr vielleicht mit mir ins Geschäft kommen?«

»Was?«, sagten Heinrich und Klaas wie aus einem Mund.

»Vielleicht sollten wir das in eurem Haus besprechen.« Friedrich deutete auf die Holzhütte.

Heinrich, der inzwischen aufgestanden war, schüttelte den Kopf. »Mit einem Von, der sich nicht schlägt, red ich schon gar nicht.«

Klaas fasste ihn am Arm. »Komm, tu es Lilo zuliebe. Sie hat ihn geschickt.«

Unwirsch schüttelte Heinrich seine Hand ab und zog die schiefe Tür der Holzhütte auf. Kaum waren sie eingetreten, kamen auch schon Jan und Pit über die Gartenmauer geklettert.

»Wie bestellt«, murmelte Heinrich, und so war es ja auch.

»Wo ist Lilo?«, fragte Jan, als er es sich auf der Holzbank bequem gemacht hatte. »Sie hat uns doch zusammengetrommelt, oder?«

»Wer ist das denn?«, fragte Pit, als er sich durch die Türöffnung zwängte.

»Er heißt Friedrich.« Und abfällig fügte Heinrich hinzu: »Ein Von, der sich aber nicht schlagen will.«

»Von Schluthen«, stellte Friedrich sich vor.

»Klug von ihm, sich nicht mir dir anzulegen«, sagte Pit.

»He, Von, setz dich mal da auf den Boden.« Heinrich deutete auf den Platz zwischen den Bänken. »Ist nicht genug Platz für drei auf einem Sitz.«

Gehorsam setzte Friedrich sich im Schneidersitz zwischen die Kaperfahrer und blickte freundlich in die Runde.

Pit setzte sich auf den frei gewordenen Platz. »Also, was hast du uns denn so Großartiges mitzuteilen?«

»Ihr könnt ja wohl dichthalten«, sagte Friedrich.

»Dichthalten?«, fragte Jan interessiert.

»Moment mal«, sagte Heinrich. »Erst mal will ich wissen, wo du herkommst.«

»Genau.« Pit stemmte seine muskulösen Arme auf die Oberschenkel. »Erzähl uns erst mal, wer du bist. Wir haben dich nämlich noch nie hier gesehen.«

»Ich bin ein Freund von Lilo.«

»Ach«, sagte Heinrich, »woher kennst du sie denn?«

»Ich wohne im selben Haus. Wir sind da neu hingezogen, meine Mutter und ich.«

»Und wo kommt ihr her?«, wollte Pit wissen.

»Aus Lübeck. Vor einer Woche sind wir hier angekommen.«

»Was macht deine Mutter denn so?«, fragte Heinrich.

»Sie ist Klavierlehrerin.«

»Verarmter Adel, was?«, stellte Klaas fest.

»Wenn wir erst mal meinen Vater wiedergefunden haben, sind wir bestimmt nicht mehr arm.«

»Wieso müsst ihr ihn wiederfinden?«, fragte Pit.

Friedrich senkte verschwörerisch die Stimme. »Er ist vor zwei Jahren auf eine geheime Mission geschickt worden. Die Order kam aus Berlin. Uns durfte er ja nichts sagen. Aber es ist eine Staatsangelegenheit von großer Wichtigkeit. Im Ausland wahrscheinlich.«

Heinrich verzog das Gesicht. »Hat er keinen Brief geschickt, wo er steckt?«

»Das darf er natürlich nicht.«

»Abgehauen ist er«, stellte Heinrich fest. »Sonst nichts.«

»Red nicht so abfällig über meinen Vater!« Verärgert fuhr Friedrich auf.

»Was ist, wollen wir uns schlagen?«

»Nein.«

»Feigling.«

»He«, sagte Pit, »streiten könnt ihr euch später. Er soll lieber mal damit rausrücken, was er eigentlich von uns will.«

»Also hört mal zu. Hinter unserem Haus ist ein Hinterhof, und ganz hinten steht so eine Holzbude. Da geht nie jemand hin. Ein Vorhängeschloss hängt davor. Die Fenster sind ziemlich schmutzig, aber man kann durchgucken. Ich hab da was entdeckt.«

Die vier Kaperfahrer blickten ihn gespannt an. Friedrich genoss ihre Aufmerksamkeit und zögerte.

»Also was?«, fragte Heinrich unwirsch.

»Schnaps. Kistenweise. Gehört niemandem. Muss nur jemand abtransportieren und verhökern. Bringt bestimmt eine Menge Geld.«

»Wie kommt denn das Zeug dahin?«, fragte Jan.

»Vielleicht schwarz gebrannt?«, schlug Klaas vor.

»Es sind richtige Etiketten drauf. Ich vermute, das ist Diebesgut und die, die das dorthin gebracht haben, mussten fliehen oder wurden verhaftet.«

»Wir trinken keinen Schnaps«, sagte Heinrich. »Davon wird man nur besoffen.«

»Ihr sollt ihn ja nicht trinken.«

»Wie willst du denn die Kisten abtransportieren?«, fragte Pit.

»Wie viel ist das überhaupt?«, wollte Jan wissen.

»Zehn Kisten mit jeweils zwölf Flaschen drin.«

»Na ja«, meinte Heinrich. »Wenn jeder von uns eine Kiste schleppen würde, könnten wir gerade mal fünf davon wegbringen. Und was sollen wir dann damit machen?«

»Ich kenn da einen Laden in der Bernhardstraße, der würde das Zeug nehmen.«

»Ich wüsste auch schon, an wen ich billigen Schnaps verkaufen könnte«, meldete sich Klaas zu Wort.

»Hehlerei«, stellte Pit fest. »Das ist kriminell.«

»Kriminelle Sachen machen wir nicht«, sagte Heinrich.

»Aber das Zeug gehört niemandem«, gab Jan zu bedenken.

»Wir bräuchten einen Karren«, meinte Klaas, »dann ginge es vielleicht in einem Rutsch.«

»Quatsch mit Soße«, sagte Heinrich. »Wir machen so was nicht, und damit Schluss.«

»Wir sind keine Verbrecher«, stimmte Pit ihm zu. »Da wird nichts draus.«

»Ihr nennt euch doch die Kaperfahrer«, sagte Friedrich. »Kaperfahrer machen doch solche Sachen.«

»Da hat er Recht«, sagte Jan.

»Nee, machen wir nicht«, widersprach Heinrich. »Schnaps verhökern, bei dir piept's wohl.«

Auch Pit schüttelte den Kopf.

»Na ja«, sagte Klaas zaghaft, »wenn das Zeug niemandem mehr gehört ...«

»Also ich finde, wir könnten ...«

Heinrich fuhr Jan über den Mund: »Nein, könnten wir nicht! Und damit Schluss.«

»Abgelehnt«, sagte Pit.

»Ihr seid ganz schön feige. Da hat Lilo mir aber was ganz anderes erzählt.«

»Ach ja?«, rief Heinrich erbost und hob die Hand. »Hat sie dir auch erzählt, dass du ein Ohrfeigengesicht hast?«

»Er schlägt sich doch nicht«, sagte Klaas beschwichtigend.

»Ich kann ihn trotzdem schlagen.«

»Komm, hau jetzt ab«, sagte Pit. »Und wehe, du erzählst irgendjemandem von unserem Versteck.«

»Ihr wollt es nicht machen?«, fragte Friedrich erstaunt.

»Mach du lieber die Fliege!«

Friedrich rappelte sich auf. Als er die Tür aufschob, stellte Heinrich ihm ein Bein, und er strauchelte. Beinahe wäre er durch die Tür nach draußen gestürzt.

»Lass ihn jetzt«, sagte Pit.

Grußlos stapfte Friedrich durch das hohe Gras davon. Die vier Kaperfahrer beobachteten durch die Fensteröffnung, wie er über die Mauer kletterte und durch den schmalen Durchgang neben der Werkstatt zur Straße hin verschwand.

»Also ich fand die Idee gar nicht so schlecht«, sagte Jan. »Und wieso sagst du überhaupt, wir trinken keinen Schnaps? Probieren würde ich schon mal was.«

»Wir haben Nein gesagt, und damit ist die Angelegenheit für uns erledigt«, sagte Pit. »Lasst uns mal lieber überlegen, wie wir unser Hauptquartier ausbauen können. Ich finde nämlich, es wird allmählich eng hier drin.«

»Ehrlich gesagt, meine ich, dass wir zu alt für solche Bretterbuden sind.« Jan blickte in die Runde. »Wir sollten uns an einem Ort treffen, der nicht so … so mickrig ist.«

»Mickrig?«, fragte Klaas. »Also ich finde es immer noch gut hier. Ich könnte hier glatt einziehen. Jetzt, wo der Sommer kommt.« Er lehnte sich zurück und verschränkte die Arme hinter dem Kopf.

»Bist halt noch ein Hänfling«, sagte Jan.

»He, ich werd im Januar auch fünfzehn.«

»Na eben, erst nächstes Jahr.«

»Bei dir ist es ja auch erst einen Monat her.«

»Was willst du denn?« Pit blickte Jan spöttisch an. »Als Kaperfahrer zur See gehen? Ein Boot kaufen?«

»Ein Boot wäre auch nicht schlecht. Aber ich meinte eher eine Kneipe oder so was. Wir sind schließlich fast erwachsen.«

»Ein Verbrecherkeller, was?«, sagte Pit höhnisch.

»Warum nicht?«

»Weil wir mit Ganoven nichts am Hut haben, deshalb«, beschied ihm Pit.

»Was meinst du?« Klaas wandte sich an Heinrich. »Willst du unser Hauptquartier auf ein Boot oder in einen Verbrecherkeller verlegen?«

Heinrich stand auf. »Das ist doch alles Quatsch. Ich geh jetzt Lilo suchen. Die soll mir erst mal erklären, wie sie auf die Idee gekommen ist, uns diesen feigen Affen hierher zu schicken.«

Auf dem Weg vom Grenzgang zur Talstraße an der Kieler Straße lief er seiner Mutter in die Arme. Sie kam von der Großen Freiheit und zog einen schwer beladenen Handwagen mit Säcken voll schmutziger Wäsche hinter sich her. Heinrich konnte nicht anders, als ihr die Deichsel aus der Hand zu nehmen. Immerhin hatten sie ja fast den gleichen Weg, denn die Bude, in denen seine Mutter mit einigen anderen Frauen ihre Wäschereiaufträge erledigte, befand sich auf einem Hinterhof auf der Rückseite des Hauses, in dem Lilo Koester wohnte. Allerdings wurden die Grundstücke durch eine Mauer abgetrennt, und man konnte den Wäschereihof nur über einen Durchgang von der Eckernförder Straße erreichen.

»Das ist lieb, dass du mir doch noch hilfst, Heinrich«, sagte seine Mutter.

»Ich hab dich extra abgepasst. Dachte mir schon, dass du gerade hier vorbeikommst.« Das war eine Lüge. Vom schlechten Gewissen übermannt, zog Heinrich den Handwagen an und ging so schnell, dass seine Mutter kaum mitkam.

»Nicht so hastig«, sagte sie. »Du weißt doch, dass ich nicht mehr die Schnellste bin.«

Obwohl sie gerade mal Anfang vierzig war, ging Frau Hansen leicht gebeugt. In regelmäßigen Abständen litt sie unter heftigen Rheumaattacken, und es fiel ihr zusehends schwerer, ihrer Arbeit nachzugehen. Eigentlich war es die Aufgabe von Heinrichs Schwester, der Mutter zu helfen, aber die achtzehnjährige Elsa verschwand oftmals tagelang, und niemand wusste, wo sie abgeblieben war. Dann machte sich Heinrichs Vater schließlich wutentbrannt auf die Suche und brachte sie zurück, nachdem er sie in einem Café sitzend gefunden hatte. Heinrich vermutete, dass Elsa sich absichtlich dort finden ließ, weil sie wusste, dass ihr Vater sich nicht traute, sie in der Öffentlichkeit zu ohrfeigen. Das holte er zu Hause nach und ertrank anschließend seinen Ärger in einer Kneipe um die Ecke oder ging seinerseits auf Tour und blieb die ganze Nacht weg.

Elsa war eine schmale, ätherische Schönheit mit dunklen Haaren, die nicht viel von sich preisgab und niemals erzählte, wo sie sich herumtrieb. Keiner aus der Nachbarschaft wusste, was sie während ihrer Abwesenheit tat. In den Tagen danach setzte sie sich jedes Mal an den Küchentisch und fertigte Bleistiftzeichnungen von Straßenszenen oder Porträts von unbekannten Menschen an. Heinrich mochte seine Schwester, aber sie war ihm ein Rätsel, weshalb sie sich oftmals stritten. Meist ging es aber um alltägliche Dinge wie Hausarbeit oder Kochen, oder wer der Mutter bei der Wäsche helfen sollte. Über persönliche Dinge sprachen sie nie miteinander. Sie hatte keine Verehrer, jedenfalls wusste Heinrich von keinem, und er hörte immer nur von älteren Jungen, dass sie der Ansicht waren, sie sei nicht ganz richtig im Kopf, weil sie so schweigsam war und häufig geistig abwesend wirkte.

Diesmal wartete sie jedoch in der Wäschebude auf ihre Mutter und hatte ihr bereits einige Arbeit abgenommen. Als er den Handwagen über den Hinterhof zog, warf Heinrich einen Blick auf die Rückseite des Hauses von Lilo Koester. Er stellte fest, dass sich hinter dem Bretterzaun zwischen der Wäscherei und der lang gestreckten Hütte, in der die Wäsche zum Trocknen aufgehängt wurde, jene Barracke befinden musste, in der angeblich die herrenlosen Kisten mit den Schnapsflaschen standen. Über den Zaun zu gelangen dürfte kein Problem sein, das sah er gleich. Nachdem er seiner Mutter beim Wasserschleppen und Wäscheaufhängen geholfen und Elsa ganz beiläufig gefragt hatte, ob sie Lilo irgendwo gesehen habe, kletterte er über die mannshohen Bretter und sprang in den Nachbarhof.

Inzwischen war es dämmrig geworden. Im Hinterhof befand sich ein einstöckiges Gebäude, das einem Tischler als Wohn- und Arbeitsquartier diente. Davor war Holz gestapelt, und verschiedene Handwerksutensilien standen dort, außerdem ein Leiterwagen und ein Kaninchenstall. Sogar zwei Hühner liefen herum. In der hintersten Ecke des Hofs lag die Bude, die Friedrich gemeint haben musste. Heinrich schlenderte, die Hände in den Taschen seiner knielangen Hose, betont lässig hinüber und versuchte durch die verrußten Fenster zu spähen. Drinnen war es dunkel, und man konnte nicht das Geringste erkennen. Er rüttelte an der Tür, aber sie war abgeschlossen und zu massiv, um sie einfach aufzubrechen. Das Schloss wäre sicherlich leicht zu knacken. Er ärgerte sich, dass er seinen Dietrich nicht dabei hatte, und nahm sich vor, später noch mal wiederzukommen.

Er ging an der Tischlerei vorbei zum Torbogen, der auf die Talstraße führte. Über die steile Treppe stieg er ins Hochparterre hinauf, betrat das Treppenhaus und nahm zwei Stufen auf einmal in den zweiten Stock. Als er an der Türschelle drehte, merkte er, dass er Herzklopfen bekommen hatte. Doch dann wartete er vergebens. Niemand öffnete. Fast war er erleichtert, denn er hatte keine große Lust, sich mit Lilo zu streiten. Er machte sich auf den Nachhauseweg. Weil er trotz allem nicht aufgeben konnte, nach Lilo Ausschau zu halten, ging er zahlreiche Umwege, um an Straßenecken und Plätzen vorbeizukommen, wo Lilo sich des Öfteren aufhielt. Auch das brachte nicht den halbherzig gewünschten Erfolg.

Schließlich bog er in den hohen Durchgang zu den Terrassenwohnungen in der Jägerstraße ein. Familie Hansen bewohnte eine Zweizimmerwohnung im ersten Stock. Im Zimmer nach vorn schliefen Heinrich und sein Vater, im hinteren seine Mutter und seine Schwester. Die Wohnküche lag in der Mitte und hatte einen kleinen Balkon mit Südsonne, auf dem Heinrichs Mutter Kräuter und Elsa einen Rosenstock zogen.

Als er die Küche betrat, merkte er, dass die Stimmung gedrückt war. Elsa saß am Tisch und zeichnete hastig eine Skizze, um kurz darauf das Blatt zusammenzuknüllen. Der Tisch war übersät mit Papierkugeln. Frau Hansen bereitete das Abendessen vor.

»Soll ich einen Krug Bier holen?«, fragte Heinrich. Ein kurzer Gang zur Kneipe um die Ecke würde ihn davor bewahren, ebenfalls schlechte Laune zu bekommen, hoffte er.

»Nicht nötig«, sagte seine Mutter. »Vater ist nicht da.« So wie sie es sagte, war klar, dass er mal wieder zu einer seiner berüchtigten Touren aufgebrochen war.

»Außerdem hat er die ganze Haushaltskasse mitgenommen«, sagte Elsa, ohne aufzusehen.

Heinrich setzte sich an den Tisch und seufzte. Also war sein Vater mal wieder unterwegs, um in irgendwelchen Hinterzimmern das sauer verdiente Geld zu verspielen. Das tat er vor allem dann, wenn er arbeitslos war und die finanzielle Situation der Familie ohnehin schon schwierig wurde.

»Na großartig«, brummte Heinrich. »Und wir sitzen mal wieder hier bei Wasser und Brot.«

»Ich hab Käse und Wurst da«, sagte seine Mutter. »Frau Blunke hat mich anschreiben lassen.«

Das kam öfter vor. Die Eltern von Klaas waren sehr nett und halfen meist aus, wenn es bei den Hansens knapp wurde.

Heinrich veranstaltete mit Elsas zerknüllten Blättern Zielwerfen, und als die letzte Kugel im Mülleimer gelandet war, deckte er mit seiner Mutter den Tisch.

»Wenn du schon so freizügig mit dem teuren Papier umgehst, könntest du wenigstens jetzt aufhören und Platz machen«, sagte er zu seiner Schwester.

»Ich bin ja gleich fertig. Außerdem hab ich das Papier von meinem eigenen Geld bezahlt.«

»Wo hast du das Geld eigentlich her?«, fragte Heinrich zum hundertsten Mal, ohne auf eine Antwort zu hoffen.

»Geht dich nichts an.«

»Ich glaube wohl, dass uns das alle was angeht, wo du dich herumtreibst.«

»Tut es nicht!« Elsa blickte ihn scharf an.

»Tut es wohl!«

»Nun streitet euch nicht, Kinder, zumindest nicht bei Tisch«, sagte Frau Hansen.

Endlich räumte Elsa ihre Zeichensachen weg, und Frau Hansen setzte sich zu ihnen an den Tisch. Es wurde ein recht schweigsames Abendessen. Das Brot war sehr dünn geschnitten, Wurst und Käse auch, aber immerhin gab es Fassbrause, Heinrichs Lieblingsgetränk.

Nachdem sie alles aufgegessen hatten, stand Heinrich auf und erklärte, dass er noch mal zu Lilo gehen wolle.

»Du und deine Lilo«, sagte Frau Hansen mild. »Aber komm bitte nicht so spät zurück, du musst morgen in die Schule.«

Elsa griff wieder nach ihrem Zeichenblock.

»Du wirst dir noch die Augen verderben«, sagte Frau Hansen. »Hilf mir lieber mal beim Abwasch.«

»Und er muss nichts tun?«, fragte Elsa verärgert.

»Heinrich hat uns beim Waschen geholfen, und nun ist es gut.«

Es war dunkel geworden. Hier und da wehten Dünste von Kohleintopf und Bratkartoffeln aus geöffneten Fenstern in den Hinterhof. Die Lampe, die die Toreinfahrt erhellen sollte, war kaputt. Heinrich fröstelte und knöpfte sich die Strickjacke zu.

Die Jägerstraße lag verlassen da und wurde von trüben Laternen beleuchtet, die vor dem einen oder anderen Hauseingang angebracht waren. Heinrich rannte los, um warm zu werden. Sein Zorn auf Lilo war fast verflogen. Er wollte sie nur noch mal kurz zur Rede stellen, weil sie das Versteck der Kaperfahrer an einen Fremden verraten hatte. Den Dietrich allerdings hatte er auch eingesteckt.

Er überquerte die Große Rosenstraße, verlangsamte seine Schritte und ging auf der rechten Seite der Talstraße entlang, um über die Fahrbahn hinweg einen günstigeren Blickwinkel auf Lilos Wohnung im zweiten Stock zu haben. In Lilos Zimmer links neben dem Balkon brannte Licht. Er zögerte und überlegte. Wie könnte er ihr klar machen, dass sie einen schweren Fehler begangen hatte, ohne sie so sehr auszuschimpfen, dass sie sauer auf ihn war? Andererseits war es sowieso ziemlich schwierig, Lilo gegenüber die Oberhand zu behalten. Wenn sie erst mal anfing zu reden, konnte sie jeden einwickeln.

Das war ja eine Sache, die er an ihr so mochte, nämlich wie sie selbstsicher Probleme links liegen ließ und einfach tat, was ihr gefiel. Schüchtern war sie ja wirklich nicht. Also müsste er sie wohl doch hart angehen, sonst würde sie ihn und sein Anliegen lächerlich machen. Einfach war das nicht, denn tatsächlich arbeitete er schon seit geraumer Zeit an einer Strategie, wie er

Lilo so sehr schmeicheln könnte, dass sie ihm mal einen Kuss schenkte. Und sei es auch nur mal zum Abschied und bloß auf die Wange.

Das Licht in Lilos Zimmer ging aus. Kurz darauf erlosch auch ein Licht im Fenster der gegenüberliegenden Wohnung. Na ja, entschied er, wenn sie jetzt sowieso runterkommt, muss ich ja nicht rauf, und hier unten auf der Straße mit ihr zu reden ist mir ohnehin lieber.

Die Haustür wurde aufgestoßen, und im fahlen Schein der Gaslampen des Treppenhauses traten zwei Schatten heraus. Sie stiegen eilig die Stufen hinunter und liefen nach links die Straße entlang. Die eine Person war ganz eindeutig Lilo, das erkannte Heinrich schon am Geräusch ihrer Schritte. Das andere war ein Mann. Lilo wohnte hier nur mit ihrer Mutter. Wer konnte es also sein? Heinrich beobachtete, wie die beiden Schatten nach rechts gingen und durch den Torbogen in den Hinterhof traten. Er hätte rufen können, tat es aber nicht. Stattdessen folgte er ihnen und bemühte sich, möglichst leise aufzutreten. Als er den unbeleuchteten Durchgang erreichte, waren die beiden verschwunden.

Es war nicht schwer zu erraten, wo sie hingegangen waren. Im blassen Schein des wolkenverhangenen Dreiviertelmondes, der unwirklich groß über den Silhouetten der Hausgiebel stand, schlich Heinrich an dem niedrigen Tischlereigebäude vorbei und erreichte den zweiten Hinterhof mit der verschlossenen Holzbude. Im Schatten einer Mauer blieb er stehen. Lilo und der Unbekannte standen dicht beieinander vor der Tür und flüsterten. Jetzt hörte er Lilo lachen. Wollten sie da rein? Das Flüstern erstarb. Die beiden Figuren tauchten ins Dunkel und waren nicht mehr auseinander zu halten. Wieso ging er nicht einfach zu ihnen hin? Heinrich trat aus dem Schatten heraus.

Links neben ihm rumpelte es, und über dem Bretterzaun, der den Hinterhof vom Grundstück mit der Wäschereibaracke abtrennte, erschien ein Kopf. Heinrich blieb stehen.

»Pst!«, machte der Kopf.

Wieder ein Rumpeln, irgendetwas fiel um, wahrscheinlich zwei Holzkisten. Jetzt erschienen auch die Umrisse eines Oberkörpers, und ein Bein wurde über den Zaun geworfen.

»Pst«, machte der Kopf wieder. »Ich bin's.«

Heinrich musste nicht lange nachdenken oder hinspähen, es war klar, um wen es sich handelte. Nur einer machte so viel Lärm, wenn er sich auch noch so bemühte, leise zu sein, nur einer hatte solche Schwierigkeiten, über einen Zaun zu klettern, nur einer kam nicht auf die Idee, den geraden Weg, nämlich durch die Toreinfahrt, zu gehen: Jan Heinicke, der Behäbigste unter den Kaperfahrern. Er rutschte den Zaun herab und landete auf dem Hosenboden.

Heinrich ging zu ihm und reichte ihm die Hand, um ihn hochzuziehen.

»Was machst du denn hier?«, fragte er.

»Schön, dass du doch noch gekommen bist«, ächzte Jan. »Sind die anderen schon da?«

Heinrich drehte sich um und deutete auf die Baracke. Dort traten die zwei Gestalten ins Mondlicht. Ein schmerzlicher Ruck ging durch seinen Körper, als Heinrich erkannte, dass die Person neben Lilo kein anderer war als Friedrich, der Von, der sich nicht schlug.

»Los, komm«, flüsterte Jan und zog Heinrich mit sich.

»Nanu«, wurden sie von Friedrich begrüßt. »Zwei Mann hoch? Hat sich der Admiral doch noch entschlossen, mit Hand anzulegen?«

»Hallo Heinrich«, hauchte Lilo freudig überrascht. Sie trug ein dunkles Kleid und stand da als Schattenriss mit hellem Haupt und gelegentlich funkelnden Augen.

Friedrich wandte sich an den noch schnaufenden Jan: »Wo hast du denn deinen Wagen gelassen?«

»Hinter dem Zaun. Konnte ihn ja nicht auch noch rüberwuchten.«

Friedrich deutete nach links: »Da ist eine Durchfahrt, du Schlaumeier.«

»Ach, ja, hm.«

»Hol den Wagen, aber schnell«, kommandierte Friedrich ungehalten.

»Ja, klar, mach ich.«

»Aber lass die Brechstange hier.«

»Die ist mir auf der anderen Seite runtergefallen.«

»Dann spute dich, du Trottel.«

»Aye, Sir.« Jan salutierte und eilte zum Zaun zurück, über den er mühsam wieder zurückkraxelte.

»Was wollt ihr denn mit einer Brechstange?«, fragte Heinrich.

»Die Tür aufstemmen, was sonst«, sagte Friedrich.

»So scharf auf den Schnaps, hm?«

»Ich will ihn ja nicht trinken.«

Heinrich wandte sich zu Lilo um und sagte: »Lass mich mal eben.« Er holte den Dietrich raus, steckte ihn ins Vorhängeschloss, drehte ihn, klappte das Schloss auf, zog den Riegel auf und gab der Tür einen Schubs.

»So geht es natürlich auch«, stellte Friedrich fest.

»Bitte sehr.« Heinrich machte eine Handbewegung, um Lilo einzuladen, als Erste hineinzugehen.

Sie traten ein und blieben in der Dunkelheit stehen. Man sah nichts. Friedrich fummelte an einer Blendlaterne herum und schaffte es schließlich, sie anzuzünden.

Im Schein der Lampe kniete Lilo sich neben eine Kiste und versuchte, den Deckel abzunehmen. »Zugenagelt«, stellte sie fest.

»Mit eurem Handwerkszeug ist es ja nicht weit her«, sagte Heinrich.

»Jan, dieser Trottel«, sagte Lilo leise.

»Er kommt ja gleich«, meinte Friedrich.

Sie standen da und warteten.

»Wo sind denn die anderen beiden?«, fragte Friedrich.

Heinrich blickte auf Lilo hinab, die sich auf die Kiste gesetzt hatte. Wieso machte sie bei dieser dummen Sache mit? »Ich wüsste nicht, dass sie kommen wollten«, antwortete er.

»Ist auch günstiger, so teilen wir nachher nur durch vier.«

Heinrich steckte seinen Dietrich in die Tasche. »Ich teile nicht.«

»Na, hör mal«, sagte Friedrich erbost. »Nur weil du der Anführer deiner Bande bist, hast du noch lange kein Anrecht auf alles, was hier steht.«

Heinrich grinste. »Du bist ein richtiger Ganove, hm?«

»Was soll denn das nun wieder heißen?«

Heinrich zuckte mit den Schultern. »Ganove heißt Gauner.«

»Du willst mich schon wieder provozieren. Aber ich schlage mich nicht.«

Lilo seufzte theatralisch.

Draußen ertönte ein leises Quietschen, das immer näher kam. Jan hatte versäumt, seinen Bollerwagen für diese nächtliche Aktion zu ölen. Er trat ein und sagte fröhlich: »Die Luft ist rein. Es kann losgehen.«

»Na, dann viel Spaß.« Heinrich wandte sich zum Gehen.

»Was denn«, sagte Friedrich. »Jetzt sollen wir auch noch die ganze Arbeit allein machen, und er bildet sich ein, er kann alles kassieren?«

»Friedrich«, sagte Lilo, »du hast ihn nicht verstanden. Er macht nicht mit.« Wieder seufzte sie, um ihrer Enttäuschung Ausdruck zu verleihen, dann fügte sie hinzu: »Ich hätte es mir denken können. Ich kenne doch meinen Heinrich.«

Heinrich tippte sich an seine Schirmmütze. »Tschüs.« Damit verließ er den Schuppen.

»Feigling«, hörte er Friedrich hinter sich murmeln.

Und gleich darauf Lilos Stimme: »Ein Feigling ist er bestimmt nicht.«

Er stopfte die Hände in die Hosentaschen und beeilte sich, zur Straße zu kommen. Auf dem Nachhauseweg grübelte er darüber nach, was Lilo wohl gemeint haben könnte, als sie sagte: »Ich kenne doch meinen Heinrich.«

Schwerer wog die Frage, wie gut sie Friedrich kannte. Sich mit einem Von abzugeben, der sich nicht schlug, war jedenfalls eindeutig unter ihrer Würde. Dass sie es dennoch tat, wurmte ihn so sehr, dass er, zu Hause angekommen, auf die Frage seiner noch immer zeichnenden Schwester, wo er denn gewesen sei, viel zu barsch antwortete: »Kümmere dich gefälligst um deine eigenen Angelegenheiten!«

Sie sah ihn aus ihren dunklen Augen geheimnisvoll an: »Lilo ist eine böse Fee.«

»Was redest du denn wieder für einen Quatsch«, erwiderte er und ging auf sein Zimmer.

Das Bett seines Vaters war noch unberührt. Wahrscheinlich würde er erst im Morgengrauen zurückkommen. Mit leeren Taschen natürlich.

Heinrich zog sich aus und legte sich ins Bett. Er schloss die Augen und malte sich aus, welche Möglichkeiten es gäbe, Lilo richtig wehzutun.

VIERTES KAPITEL

# *Polizeiwache 13*

Der Wachtmeister schnallte den Säbel ab und deutete mit dem Knauf auf die gepolsterte Bank vor dem schweren Eichentisch. »Setzen Sie sich. Ich werde Sie dem Diensthabenden melden.«

Pünktlich um zehn Uhr vormittags hatte sich Heinrich Hansen in der Revierwache 13 an der Ecke Davidstraße und Spielbudenplatz eingefunden. Der Wachtmeister in der blauen Uniform, der zwei Reihen Goldknöpfe und ein Helm mit Stern und Spitze die nötige Würde verliehen, hatte ihn am Publikumstresen vorbei durch die Wachstube geführt und die Tür zum Mannschaftsschreibzimmer geöffnet. Am Eichentisch in der Mitte und den Schreibpulten saßen weitere Beamte und schrieben oder unterhielten sich, während sie Kaffee tranken. Der Wachtmeister gesellte sich zu ihnen.

Hansen war nervös. Er hatte seine neu erstandene Zivilkleidung angezogen und fühlte sich nun zwischen den Uniformträgern fehl am Platz. Hätte er nicht doch besser in seiner Bootsmannuniform erscheinen sollen? Aber nach dem Gespräch mit Kommissar Kiebert auf der Revierwache in der Wilhelminenstraße hatte er sich entschlossen, in Zivil zu erscheinen, da er Kriminalpolizist werden sollte. Wie es sich anfühlte, als ganz normaler Mensch in Anzug und mit Mütze durchs Leben zu gehen, hatte er in den letzten Tagen erprobt.

Es war ihm nicht leicht gefallen. Sechs Jahre militärischer Drill mit strenger Hierarchie, Grußvorschriften und Verhaltensnormen im Alltag hatten ihre Spuren hinterlassen. Kiebert hatte ihm auf den Weg gegeben, er solle sich unter den Zivilisten wie ein Fisch im Wasser bewegen. Aber wie begegnete man Menschen, über deren Rangstufe man im Unklaren gelassen wurde? Wie benahm man sich zwanglos als Gleicher unter Gleichen, als Bürger unter Bürgern? Gab es da nicht doch Unterschiede? Spielte es nicht sehr wohl eine Rolle, wie sich jemand kleidete und ob er eine Mütze, einen Filzhut oder einen Zylinder trug?

Und hier nun wieder Uniformen und eine Rangordnung. Die Hamburger Polizei war militärisch-hierarchisch organisiert; viele Beamte waren aus der preußischen Armee übernommen worden. Das prägte natürlich die Umgangsformen. Aber wie sollte man diese Ordnung respektieren, wenn man ein Beamter in Zivil war? Das war eine der beunruhigenden Fragen, die Hansen sich stellte, während er die Schutzmänner beobachtete, die ihn einstweilen ignorierten und über Dinge sprachen, von denen er kaum etwas verstand.

»Stellt euch nur vor«, sagte einer, der eine Zeitung vor sich ausgebreitet hatte. »Diese Bestie hat nicht nur fremde Kinder gemordet, sondern sogar ihre eigene Tochter gezwungen, sich fremden Männern zu verkaufen.«

»Das erscheint mir doch ein minderwertiges Verbrechen, wenn man bedenkt, was sie diesen unschuldigen Kindern angetan hat. Menschenknochen soll man in ihrem Küchenherd gefunden haben.«

»Der Fall hat sich schon in der Stadt herumgesprochen«, sagte der Erste. »Man hat ihr sogar einen Namen gegeben: die Engelmacherin von St. Pauli.«

»Wieder mal wird die Vorstadt ihrem schlechten Ruf gerecht.«

»Was kann denn St. Pauli dafür? Wenn jemand Acht geben muss, dass er keinen schlechten Ruf bekommt, dann sind wir es, die wir solche schlimmen Verbrechen verhindern sollten.«

»Wie willst du verhindern, dass solche Teufel in Menschengestalt ihren niederen Instinkten folgen?«

»Man sollte nicht nur Verbrecher in Karteien erfassen, sondern am besten alle Menschen. Jeder sollte auf Herz und Nieren untersucht weden, ob er es wert ist, der menschlichen Gemeinschaft anzugehören. Wofür gibt es eine Wissenschaft?«

»Ha, Wissenschaft. Wie willst du das Gehirn auf krankhafte Defekte untersuchen?«

»In Scheiben schneiden.«

»Am lebenden Objekt?«

Die Männer lachten.

Ein untersetzter Herr in eng sitzendem, leicht verschlissenem Anzug betrat das Mannschaftszimmer.

»Bootsmann Hansen?«, rief er.

»Ist anwesend!«, sagte der Wachtmeister, der ihn hereingeführt hatte, und deutete auf den Neuling.

Heinrich Hansen stand auf und schlug die Hacken zusammen: »Jawohl, zu Diensten.«

Der Zivilist, der mit seinen kurzen Armen und Beinen und dem runden Bauch, über dem sich eine verblichene karierte Weste spannte, wie ein zu groß gewachsener Zwerg wirkte, strich sich über den dicken Schnauzer und schmunzelte. »Dachte ich mir doch, dass Sie so auftreten würden. Wenn der Drill erst mal in einem drinsteckt, wird man ihn nur schwer los, was?«

»Jawohl«, stimmte Hansen unsicher zu.

»Na, kommen Sie, Hansen. Und finden Sie sich damit ab, dass Sie von heute ab Kriminalschutzmann-Anwärter sind. Wir gehen nach oben. Oberwachtmeister Paulsen erwartet Sie.«

Als sie die Treppe nach oben in den ersten Stock stiegen, sagte Hansens Begleiter beiläufig: »Ich bin übrigens Lehmann. Wachtmeister der Kriminalpolizei.« Auf dem Treppenabsatz blieb er stehen und hielt Hansen die Hand hin. »Wir werden ab heute miteinander auskommen müssen.«

Hansen reichte ihm erstaunt die Hand.

»Sehen Sie nicht so abfällig auf mich herab. Das, was ich hier trage, ist meine Dienstkleidung.«

»Entschuldigung«, stammelte Heinrich, der den fadenscheinigen Anzug seines Kollegen mit zweifelnder Miene betrachtet hatte.

»Keine Ursache. Ich freue mich ja, wenn man mich in diesen Klamotten als fragwürdiges Subjekt taxiert.« Wieder schmunzelte Lehmann.

Vor einer Tür blieb er stehen und klopfte an. »Oberwachtmeister Paulsen wird Ihre militärischen Umgangsformen zu schätzen wissen.«

Ein strammes »Herein!« ertönte, und Lehmann öffnete die Tür. Hansen trat ein, die Tür schloss sich hinter ihm, sein Begleiter blieb draußen.

Paulsen saß hinter einem mächtigen Schreibtisch in einem Ledersessel und blickte ihn erwartungsvoll an.

»Bootsmann Hansen, Verzeihung, Schutzmannanwärter Heinrich Hansen, zu Diensten.«

»Stehen Sie bequem, Bootsmann.«

»Jawohl.«

»Na, kommen Sie mal her und setzen Sie sich.«

Hansen nahm auf dem angewiesenen Stuhl Platz. Paulsens Schreibtisch war akkurat geordnet. Hinter ihm an der Wand hing ein großer Stadtplan.

»Sie sind mir zur Ausbildung anvertraut worden, Hansen. Ihre Akte hat man mir schon geschickt.« Er deutete auf den aufgeklappten Ordner. »Sehr schön. Sie sind praktisch der ideale Kandidat für diesen Posten. Ich nehme an, Kommissar Kiebert hat Sie bereits instruiert.«

Obwohl Hansen keineswegs das Gefühl hatte, bereits instruiert worden zu sein, merkte er, dass er zustimmen sollte. Also sagte er: »Jawohl, Herr Oberwachtmeister.«

»Nun ja«, sagte Paulsen. »Es wird nicht alles so heiß gegessen, wie es gekocht wurde. Will sagen, wir haben eine Menge zu tun. Gerade jetzt ist uns zum Üblichen obendrein noch eine schauderhafte Mordgeschichte aufgehalst worden. Stecke bis über beide Ohren in allerlei dringenden Dienstgeschäften. Und dann hat unser Direktor uns auch noch dazu verdonnert, diese neumodische daktyloskopische Methode zu praktizieren. Große Aufgabe. Bringt einiges durcheinander, wo wir doch schon allerhand zu tun haben, um die anthropometrische Kartei zu führen.«

Wieder waren da diese Vokabeln, von denen Hansen nichts verstand. Seine Verunsicherung wuchs. Musste man vielleicht doch ganz andere Fähigkeiten für den Polizeidienst mitbringen, als er sie besaß?

»Wie auch immer, das muss Lehmann Ihnen verklickern. Ich bin dazu im Moment nicht in der Lage. Unmöglich, meinen Posten hier zu verlassen. Obwohl es mich schon in den Fingern jucken würde, mal wieder draußen im Revier zu stöbern. Aber Ihre sechswöchige Ausbildung wird Lehmann übernehmen. Die theoretische Ausbildung hängen wir hinten dran, wenn ich mehr Luft habe. Lehmann ist ein erfahrener Mann, wenn er auch noch zur alten Garde gehört. Hat nicht gedient. Musste man früher nicht. Ihm fehlt der Drill. Aber den haben Sie ja in der Marine genossen, habe ich Recht? Na sehen Sie, das ist also nicht das Problem. Was die Unfallhilfe betrifft, melden Sie sich beim Amtsarzt im Hafenkrankenhaus, der wird Ihnen die nötigen Handgriffe beibringen.«

Paulsen stand auf und stemmte sich mit beiden Armen auf den Tisch. »Tut mir Leid, aber Sie müssen gleich ins kalte Wasser springen. Wir haben einige Krankheitsfälle, und einer meiner Leute liegt mit Schussverletzungen im Hospital. Ich brauche jeden Mann für den Streifendienst.« Er richtete sich auf und winkte Hansen um den Schreibtisch herum: »Kommen Sie mal her.«

Hansen stand auf und trat zu ihm.

»Zuallererst müssen Sie sich mit den örtlichen Gegebenheiten vertraut machen. Sehen Sie hier?« Er deutete auf eine Stelle im Stadtplan, wo ein kleiner Bereich mit einer dicken roten Linie umrahmt war. »Das ist unser Bezirk. Das mag Ihnen klein vorkommen. Tatsächlich ist unser Revier das kleinste der Stadt. Klein, aber oho, denn auf dem Hamburger Berg treffen Vergnügen und Leichtsinn auf Halbwelt und Ganoventum. Hier mischt sich das Bürgertum mit der Unterschicht, hier finden Künstler und Bohemiens aller Schattierungen zueinander, hier verprasst der Seemann seine Heuer, hier amüsiert sich das Proletariat. Unschuld und Verführung liegen dicht beieinander. Sie waren auf See, Sie kennen die Hafenviertel dieser Welt. Zweifellos haben Sie Erfahrungen gesammelt. Ich muss nicht ins Detail gehen. Sie wissen, was ich meine. Auf St. Pauli ist die Volksseele höchster sittlicher Gefährdung ausgesetzt. Und wir müssen dafür sorgen, dass die Krankheit des moralischen Verfalls sich nicht ausbreiten kann. Lehmann wird Sie in diese Welt einweisen. Seien Sie versichert, dass Ihre Arbeit schwer, aber für das Wohl des Staats von unschätzbarem Wert sein wird.«

»Jawohl, Herr Oberwachtmeister. Wenn ich mir die Bemerkung erlauben darf, ich bin auf dem Hamburger Berg aufgewachsen.«

»Tatsächlich? Na ausgezeichnet, dann sind Sie ja bereits bestens vorbereitet. Aber beachten Sie: Strenge Objektivität! Keine Klüngeleien, weder mit Verwandten noch mit Bekannten.«

»Selbstverständlich, Herr Oberwachtmeister.«

»Deshalb nehmen wir nur noch bewährte Männer mit militärischer Erfahrung. Das schließt sittliche Gefährdungen weitgehend aus. Wir sind Soldaten des Alltags, behalten Sie das im Gedächtnis, auch wenn Sie Ihre Arbeit in Zivil tun.«

»Jawohl.«

Paulsen drehte sich abrupt um und rief laut: »Lehmann!«

Sofort ging die Tür auf, und der schäbig gekleidete Wachtmeister trat ein.

»Nehmen Sie unseren neuen Aspiranten unter Ihre Fittiche, Lehmann. Sie sind für seine Ausbildung verantwortlich.«

»Jawohl.«

»Führen Sie ihn durch die Wache, und anschließend nehmen Sie ihn auf Patrouille mit.«

»Jawohl.« Lehmann tippte sich an die Mütze.

»Also dann«, Paulsen blickte Hansen fest in die Augen, »viel Glück, Schutzmann.«

»Danke.«

Hansen folgte seinem Kollegen nach draußen.

»Na, komm mal mit, mein Junge«, sagte Lehmann. »Ich heiße übrigens Alfred. Fred für meine Freunde.«

Hansen war überrascht, dass ihm so schnell das Du angeboten wurde. »Heinrich.«

»So, so.« Lehmann musterte ihn mit zusammengekniffenen

Augen. »Bist du nicht der Sohn von Hermann und Martha Hansen aus der Jägerstraße?«

Nun war Hansen völlig verblüfft: »Ja …?«

Lehmann klopfte ihm auf die Schulter. »Auf geht's, Heinrich! Jetzt wollen wir dir erst mal ein paar unscheinbare Klamotten verpassen. So aus dem Ei gepellt kannst du neben mir ja nicht bestehen.«

In der Asservatenkammer suchten sie einige abgetragene Kleidungsstücke aus. Anschließend führte Wachtmeister Lehmann seinen neuen Kollegen durch die Polizeiwache. Wachstube und Mannschaftsschreibzimmer kannte er bereits, ebenso das Büro des Revierleiters. Außerdem gab es ein Dienst- und ein Schreibzimmer für die Kriminalpolizei im oberen Stockwerk, im Erdgeschoss eine Küche mit Essgelegenheit und einen Schlafraum, eine Bedürfnisanstalt, einen Trockenraum, einen Holz- und Kohlenkeller, eine Kammer, in der nichts weiter als Sand aufbewahrt wurde, und am Ende des Korridors zwei Arrestzellen, in denen sich jeweils eine Pritsche und eine Sitzbank befanden. Die Zellen waren augenblicklich leer. Das würde sich aber, versicherte Lehmann, gegen Abend hin zweifellos ändern, wenn die ersten betrunkenen Seemänner und der eine oder andere Taschendieb in Zelle Nummer eins arretiert würden. Zelle Nummer zwei war reserviert für weibliche Personen, von denen eine sittliche Gefährdung ausging.

Zwei Tage später nahm Lehmann seinen neuen Kollegen mit auf nächtliche Vigilanz. Das laue Sommerwetter war vorbei. Es war kühler geworden, und ein leichter Sprühregen fiel vom Himmel. Die bunten Lichter der Vergnügungsstätten hatten an Leuchtkraft eingebüßt.

»Halt dich nicht so gerade, Heinrich«, sagte Lehmann, als sie die Reeperbahn verließen und in die Silbersacktwiete einbogen. »Man merkt dir ja sogar im Dunkeln den Offizier an, trotz der schmucken Lumpen, die wir dir angelegt haben.«

Hansen ließ die Schultern hängen, beugte den Oberkörper leicht nach vorn und ahmte Lehmanns Schlurfen nach.

»Schon besser!« Sein Kollege klopfte ihm auf die Schulter. »Du wirst es noch lernen. Mir fiel es da schon leichter, mich gehen zu lassen. Bin ja noch einer von der alten Garde. Hab mich zwar im Franzosenkrieg als Kanonenfutter bis vor Paris treiben lassen, aber zum Offizier hat es nie gereicht. Heutzutage würden sie einen wie mich nicht mehr nehmen. Wer nicht sechs Jahre gedient hat und es bis zum Unteroffizier gebracht hat, taugt nicht für den Polizeidienst. Na, ich bin da anderer Ansicht. Aber nichts für ungut, Bootsmann, wenn es dir nichts ausmacht, von einem Zivilisten angelernt zu werden.«

Hansen versicherte, es sei ihm nur Recht, mit einem so erfahrenen Polizisten wie Lehmann unterwegs zu sein.

»Da drüben«, Lehmann deutete zur anderen Straßenseite, »liegen gleich zwei sozialdemokratische Kneipen nebeneinander. Um die müssen wir uns glücklicherweise nicht auch noch kümmern. Für die ist die politische Vigilanz verantwortlich. Wir haben es mit dem Auswurf der Gesellschaft zu tun, nicht mit Revolutionären. Zwar wollen unsere Vorgesetzten das eine vom anderen nicht immer unterscheiden, aber meiner Meinung nach geht mehr Gefährdung von den Verbrechern aus als von den Sozialdemokraten, die alles in allem brave Leute sind, wenn sie nicht gerade streiken.«

Ursprünglich, so plauderte Lehmann weiter, hatte er gehofft, die Werkstätte seines Vaters übernehmen zu können. »Der war Reepschläger. Ich kann dir sagen, solche Arme hat der gehabt, und parfümiert hat der sich ausschließlich mit Teer. Zweihundert Meter lange Schiffstaue haben die dort gedreht. Aber dann hat man ja die Reeperbahnen enteignet. Taue werden jetzt in Fabriken hergestellt. Die Seiler mussten weichen, weil die Stadt die armen Leute lieber auf dem Hamburger Berg als in der Innenstadt haben wollte. Und weil die Bürgerschaft herausgefunden hatte, dass Amüsement sich auch für den Staat bezahlt macht. Was ist schon eine Reepschlägerwerkstatt gegen ein

Varieté? Das eine nimmt Platz weg und bringt keine Steuern, im anderen werden Angereiste geschröpft, und die Hälfte der Schröpferei bleibt an den Händen der Senatoren kleben.«

Hansen kam es beinahe so vor, als würde er einem Sozialdemokraten zuhören. Aber vielleicht war Lehmann nur deshalb so schlecht auf die Obrigkeit zu sprechen, weil er seine Werkstatt verloren hatte.

»Ich erzähle dir das nur deshalb, damit du verstehst, als was ich auftrete. Man soll immer dicht an der Wahrheit bleiben, wenn man lügen muss, damit man sich nicht verhaspelt. Also, ich bin ehemaliger Seiler, jetzt meist ohne Stellung und lebe von Gelegenheitsarbeiten. Wenn mich jemand fragt, lasse ich gern offen, wie seriös diese Gelegenheitsarbeiten sind. Hab ja nichts dagegen, wenn man mir was Kriminelles anträgt. Ich will ja herausfinden, wo die Kerle der Hafer sticht.«

»Wie verhören wir denn, ohne dass man es bemerkt?«, fragte Hansen.

»Wir verhören ja niemanden. Wir sperren Augen und Ohren auf. Plaudern ganz unschuldig mit jedem, der uns begegnet. Und ab und zu treffen wir eine Vertrauensperson, mit der wir ein wenig tuscheln oder munkeln. Das kostet uns das eine oder andere Bier, aber die Spesen bekommen wir ersetzt.«

Plaudern, munkeln und tuscheln? Bier trinken? Hansen hatte sich die Polizeiarbeit anders vorgestellt. Er hatte sich ausgemalt, er würde als Angehöriger eines eingeschworenen Stoßtrupps ins feindliche Lager eindringen und asoziale Verbrecher und gemeingefährliche Staatsfeinde gefangen nehmen und ihrem gestrengen Richter zuführen. Stattdessen schlenderte er nun, verkleidet als Lumpenproletarier, durch dunkle Gassen und sollte so tun, als sei er selbst eine zwielichtige Gestalt.

»Für dich habe ich mir Folgendes überlegt«, fuhr Lehmann fort. »Da du ja nun mal zuallererst über Erfahrungen als Seemann verfügst, wirst du auch als solcher auftreten. Nur musst du vergessen, dass du dem Kaiser gedient hast. Bist halt auf einem Frachtschiff um die Welt gereist. Ein guter Seemann warst du schon, aber da du jähzornig bist, hast du dich immer wieder in Schwierigkeiten gebracht. Fürs Landleben bist du aber auch wieder nicht gemacht. Na ja, und in solchen Situationen hilft sich der Mensch schon mal, indem er fünfe gerade sein lässt und sich überlegt, ob das eine oder andere Gesetz, vor allem in Fragen des Eigentums, nicht allzu streng ausgelegt wird, wenn du verstehst, was ich meine.«

»Eigentlich nicht genau«, sagte Hansen, dem es gar nicht behagte, als gescheiterter Angehöriger der Halbwelt durchgehen zu müssen.

»Du machst natürlich nur Andeutungen. Man hat dich mal ins Gefängnis gesteckt. Selbstverständlich bist du das Opfer eines Justizirrtums. Das sind die ja alle.«

Wieder klopfte Lehmann ihm auf die Schulter. Er werde sich schon in die Rolle hineinfinden, meinte er.

Schließlich standen sie vor einem windschiefen Haus in der Nähe vom Pinnasberg dicht an der Altonaer Grenze, wo die Laternen in sehr großem Abstand voneinander an den Hausecken hingen. Lehmann zog seinen Kollegen in den Schatten und flüsterte ihm ins Ohr: »Im Souterrain, wo das Licht schimmert.«

Hansen versuchte etwas zu erkennen, konnte aber nur die Umrisse von Kellerfenstern ausmachen und ein Geländer, das offenbar zu einer Treppe gehörte, die nach unten führte.

»Ein Verbrecherkeller!«, flüsterte Lehmann. »Von der Sorte gibt es im Grenzgebiet eine ganze Menge. Ist ja klar: Versuch mal einen zu schnappen, der schon mit einem Bein auf preußischem Gebiet steht. Die legen es ja darauf an, uns auf diese Weise zu entwischen.«

»Schnappen wir jetzt einen?«, fragte Hansen leise.

»Nein, nein, wir schauen uns um. Du sollst doch was lernen.«

»Was denn?

»Wart's nur ab, du wirst schon sehen«, sagte Lehmann. »Auf geht's!«

Sie stiegen die glitschige Treppe ins Souterrain hinab, und Lehmann klopfte an eine niedrige Tür.

Ein dünner Mann mit Schiebermütze öffnete, musterte die beiden, schaute nach rechts und links und ließ sie an sich vorbei in den Keller.

Sofort umfing sie ein dicker Dunst aus schalem Bier, Tabakrauch, billigem Fusel und menschlichen Ausdünstungen. Gas- oder gar elektrisches Licht war nicht vorhanden. Der niedrige Raum mit den rohen Steinwänden und dem festgetretenen Lehmboden wurde von Öllampen erhellt. Es gab ein paar Tische, an denen Karten gespielt oder gewürfelt wurde, aber die meisten Gäste saßen auf niedrigen Hockern oder lehnten an der Toonbank, dem Tresen, hinter dem ein gedrungener, hemdsärmeliger Wirt mit strengem Blick das lärmige Gewusel betrachtete.

Die Anwesenden waren durchweg schäbig gekleidet, größtenteils betrunken und hatten schlechte Manieren. Auch Frauen befanden sich unter ihnen. Sie trugen ihre ungepflegten körperlichen Reize schamlos zur Schau und grienten, wenn einer der Besoffenen sie anfasste.

Da musst du gar nicht in eine chinesische Opiumhöhle gehen oder ein Bordell in Bangkok, dachte Hansen. Die menschliche Verkommenheit in all ihren Ausprägungen ist auch auf St. Pauli zu Hause.

Lehmann zog ihn zum Tresen, bestellte Bier und unterhielt sich mit dem Wirt, der ihn offenbar gut kannte. Hansen musste sich einer spindeldürren jungen Frau erwehren, die sich an ihn drängte und mit nach Schnaps riechendem Atem bettelte, er möge ihr doch ein Getränk spendieren.

»He, he, du bist mir ein bisschen zu heftig, Mädchen!«, sagte er kühl und schob sie von sich.

In einer Ecke fing jemand an, auf einem Schifferklavier zu spielen. Die Dürre legte die Hände an die Hüften und tanzte vor Hansen hin und her, schließlich hob sie den Rock, um ihm ihre knochigen Beine zu zeigen. Dann warf sie sich ihm an die Brust und schrie ihm ins Ohr: »Wenn du schon nichts schenken willst, dann kauf dir doch was, du schäbiger Kavalier.«

Hansen hob sie hoch und setzte sie auf die Theke. Sie kreischte auf, stieß sich ab und wollte ihm in die Arme springen, doch er trat zur Seite, und sie fiel zu Boden. Sie warf sich auf den Bauch, umklammerte seine Beine und keifte weiter, da griff er nach seinem Bierglas und goss ihr einen Schwall über den Kopf. Zeternd sprang sie auf und taumelte davon. Einige der Umstehenden lachten beifällig.

Neben Lehmann stand jetzt ein kleiner Mann mit übergroßen Ohren und redete auf ihn ein. Lehmann machte beschwichtigende Handbewegungen und hob sein Bierglas. Er prostete Hansen zu, der sich genötigt sah, ebenfalls an der schalen, warmen Brühe zu nippen.

Lehmann musterte über den Rand seines Glases hinweg die Anwesenden. Dann machte er dem Wirt ein Zeichen, dass er dem kleinen Mann einen Köm ausschenken solle. Er tat so, als würde er mit Freuden sein Bier genießen. Derweil musste Hansen einem Luden mit Schlägermütze erklären, dass er im Moment auch keinen Bedarf an viel jüngeren und dralleren Mädchen hatte.

Schließlich nickte Lehmann seinem Kollegen zu, und beide folgten dem kleinen Mann in eine Ecke zu einem Tisch, wo sie eine Weile standen, um einer Gruppe Kartenspieler zuzusehen. Warum sie das taten, war Hansen schleierhaft. Er betrachtete eines von mehreren großformatigen Bildern in schweren Rahmen, die dort an der Wand hingen, verwundert über das künstlerische Interesse, das der Wirt damit bekundete. Zwei Bilder von Schiffen in stürmischer See und eines, das ein Walfängerboot in einer vereisten Bucht zeigte und Männer, die mit dem Zerteilen eines Wals und dem Brennen von Tran beschäftigt waren. Es war gar kein schlechtes Bild, jedenfalls wirkte es sehr lebendig, stellte Hansen verwundert fest. Er spürte wieder die Hand seines Kollegen am Arm und ließ sich zum Ausgang ziehen. Die beiden nicht ausgetrunkenen Biergläser nahm der kleine Mann ihnen ab.

Draußen atmeten sie erleichtert auf. Die Luft war feucht, aber wenigstens sauber. Zügig gingen sie zurück in hellere Gefilde.

»Sehr schön«, sagte Lehmann. »Das war ein äußerst ergiebiger Besuch.«

»Ergiebig und wichtig?«, fragte Hansen zweifelnd.

»Du hast deine Rolle gut gespielt«, sagte Lehmann. »Man hätte glauben können, du bist Stammgast in diesem Loch. Die Knochen-Marie wird dich so schnell nicht vergessen.«

»Ist ja nicht das erste Mal, dass ich eine Hafenspelunke betreten habe«, brummte Hansen.

»Kann ich mir denken. Schade, dass die Elektrische Ida nicht da war. Mit der hättest du noch mehr Spaß gehabt. Komm jetzt.«

Als sie wieder in die Silbersacktwiete einbogen, fragte Hansen neugierig: »Muss das jetzt alles in den Bericht?«

»Ach was, das sind doch olle Kamellen, dass diese Weibsstücke sich an die Männer ranschmeißen. Solange sie das in ihren Kreisen tun, drücken wir ein Auge zu. Nee, nee, damit halten wir uns nicht auf. Viel wichtiger ist, dass wir dem Wirt jetzt endlich an den Kragen können. Du hast sicherlich gemerkt, worauf uns Karlchen mit den Elefantenohren hingewiesen hat?«

»Auf die Kartenspieler?«

Lehmann schüttelte den Kopf.

»Das Bier war gepanscht.«

»Das auch, mein Lieber.«

»Schwarzgebrannter Schnaps?«

»Kleine Fische, mein Junge.«

»Aber was denn?«

»Hast du nicht die Bilder an der Wand gesehen?«

»Ja, doch.«

»Das mit den Walfängern in der Hamburger Bai?«

»Ich hab mich schon gewundert, warum der Wirt dort solche Kunstwerke aufhängt.«

»Bah, Kunstwerke. Den Maler, der die Dinger herstellt, kenne ich. Der kann nur diese drei Motive, mehr nicht. Die hat er schon dutzendfach verhökert.«

»Aber das ist ja wohl kaum strafbar.«

»Nein«, sagte Lehmann. »Strafbar ist es auch nicht, die Dinger an die Wand zu hängen.«

»Sicher nicht.«

»Strafbar ist es auch nicht, hinter einem Bild eine Öffnung in der Mauer zu haben.«

»Nein«, sagte Hansen zögernd.

»Aber in dieser Öffnung gestohlene Güter aufzubewahren, bis sie von einem Abgesandten des Hehlers abgeholt werden, das ist ja wohl strafbar?«

»Ach so.«

»Wir sind schon seit Monaten auf der Suche nach diesem Versteck.«

»Aber dann hätten wir doch eben gleich nachsehen müssen ...«

»Ob dort was versteckt ist? Nur ein paar Kleinigkeiten, nicht der Rede wert. Wir warten auf den großen Fang, wenn Ulanen-Willi von seinem nächsten Beutezug zurückkommt und das Diebesgut dort deponiert. Wann das sein wird, will uns Karlchen rechtzeitig mitteilen.«

Hansen war erstaunt. Während er sich mit einem Flittchen herumgeschlagen hatte, war es seinem Kollegen gelungen, einem Ganoven eine ganze Reihe wichtiger Informationen zu entlocken.

Sie erreichten die Reeperbahn und mussten einer Gruppe fröhlicher Herren mit schwäbischem Dialekt ausweichen, die trotz des schmuddeligen Wetters vor Unternehmungslust sprühten. Nicht so der Matrose, der ihnen entgegentaumelte. Gerade wollte er Hansen anrempeln, offenbar in der Absicht, eine Schlägerei zu provozieren, da trat Hansen flink beiseite, ließ ihn ins Leere laufen und gab ihm eine Kopfnuss mit auf den Weg.

»Na, na«, sagte Lehmann.

Als sie die Davidwache erreichten, rieb Kriminalwachtmeister Lehmann sich die Hände. »So, jetzt lassen wir uns einen Krug anständiges Bier kommen und schreiben einen richtig schönen Bericht.«

Am nächsten Abend bekam Heinrich Hansen seine kriminalpolizeiliche Ausrüstung. Als er um acht Uhr abends im Dienstzimmer der Kriminalpolizei erschien, erhob sich Lehmann schwerfällig vom Sofa und trat an den Tisch in der Mitte des Raums.

»So«, sagte er, nachdem er seinen neuen Kollegen begrüßt hatte, »wollen doch mal sehen, was wir hier alles haben.«

Auf einem wollenen Tuch lagen, ordentlich drapiert, als seien es Schmuckstücke, verschiedene Gegenstände. Eingerahmt wurden die Utensilien von einer langen Kette mit zwei Schlössern und den dazugehörigen Schlüsseln. Zu diesen Fußfesseln kamen lederne Handfesseln mit einem Strick daran, an dem man widerspenstige Arrestanten vorführen konnte. Des Weiteren lagen da eine Trillerpfeife an einem blauen Band, eine große und eine kleine Messingplakette mit eingeprägtem Polizeiwappen, eine flache Blendlaterne, eine Stablampe, ein Holzknüppel – der so genannte »Polizeistab« – und ein Schlagring.

»Keine Pistole«, stellte Hansen fest.

»Schusswaffen müssen beantragt werden und werden nur genehmigt, wenn eine besondere Gefährdung vorliegt«, erklärte Lehmann. »Oder bei einem besonderen Einsatzbefehl, einer Razzia beispielsweise. Dann werden Handfeuerwaffen ausgegeben, eventuell auch Karabiner, falls mit Aufständen zu rechnen ist. Darüber entscheidet der Bezirkskommissar. Im Alltag sind wir auf unsere Körperkraft angewiesen. Ich für meinen Teil bevorzuge, wenn es hart auf hart kommt, den Schlagring. Den kann man unbemerkt in der Tasche überziehen, und er ist klein genug, dass man ihn auch im Menschengewühl schnell zum Einsatz bringen kann. Die meisten Kollegen schleppen einen Gummischlauch als Schlagwaffe mit sich herum. Aber das ist mir zu mühsam.«

»Und dieses ganze Zeug soll ich jetzt tagaus, tagein bei mir tragen? Da braucht man ja einen Tornister«, sagte Hansen.

»Ach was! Fesseln benötigen wir natürlich jederzeit. Auch die kleine Blendlaterne ist von Nutzen, ebenso die Trillerpfeife, um in einer brenzligen Situation Hilfe herbeizurufen. Und natürlich müssen wir uns mit der Dienstplakette ausweisen können. Der Rest kommt von Fall zu Fall zum Einsatz. Wir bewahren die Sachen im Schrank auf.«

Hansen steckte Pfeife, Fesseln, Plakette und Schlagring ein. Den Rest verstaute er im Spind, wo auch seine ramponierte »Tarnkleidung« hing, wenn er sie nicht brauchte.

»Unser Bericht über den Verbrecherkeller am Pinnasberg hat großes Echo gefunden. Die Razzia soll noch heute Nacht stattfinden.« Lehmann rieb sich die Hände. »Ist immer ganz gut, wenn die eingerosteten Knochen mal in Bewegung geraten. Dazu nimmst du aber deinen Stab mit, mein Junge, der wird dir eine Hilfe sein.«

»Also staffieren wir uns heute wieder als Schlawiner aus?« Hansen deutete auf die staubigen Klamotten.

Lehmann schüttelte den Kopf. »Später. Erst mal kommt der theoretische Unterricht. Dazu hat Paulsen mich ja auch noch verdonnert. Ist ja eigentlich seine Aufgabe. Aber er kritzelt lieber auf Papieren herum. Oder erfindet neue Vorschriften. Nun ja. Später machen wir noch einen Patrouillengang. Aber jetzt setz dich her und hör mir zu. Na, komm schon, nur keine Angst. Das bisschen Fachwissen wird schon in deinen Schädel reinpassen.«

Hansen nahm Platz, und Lehmann holte eine Schachtel aus seinem Spind. Er stellte sie auf den Tisch, nahm den Deckel ab, und es kamen Formulare, bedruckte Papiere und Karten zum Vorschein.

»Wenn wir Zeit finden, führe ich dich auch noch ins Kriminalmuseum. Da wirst du deinen Spaß haben. So viele Fotos von Leichen hast du noch nicht gesehen. Am liebsten aber mag ich die Gipsköpfe von den Guillotinierten. Doch heute wollen wir uns mal der höheren Mathematik des Kriminalistendaseins zuwenden.« Er zog eine Karte aus der Schachtel und hielt sie seinem Schüler hin. »Was siehst du hier?«

»Da steht ein Name drauf.«

»Richtig erkannt. Kannst du auch lesen?«

»Ja. Marquardt, Friedrich Paul, geboren am 5.9.1884 in Hamburg; Stand: Pflastergeselle; Pers.-Akte: 14432/10, heißt das Personenakte?«

Lehmann nickte. »Jawoll.«

»Anthrop. Registr. Kasten No. 34?«

»Das bedeutet Anthropometrische Registratur.«

»Was ist das denn?«

»Dazu kommen wir gleich. Das da, was du in der Hand hältst, ist eine Fahndungskarte. Wie du siehst, sind da noch allerlei Details notiert.« Lehmann blickte den Kollegen auffordernd an.

Hansen las weiter: »Beschreibung: Körperhöhe: 1,70 Meter; Augenfarbe: blau; Haar: fellblond, dünn; Bart: Schnurrbart, fellblond; auffallende Merkmale: linkes Bein kurz.«

»Na, da steht der Mensch doch schon gleich vor unserem geistigen Auge, was? Weiter, nächste Seite!«

»Besondere Kennzeichen«, las Hansen vor. »Linke Hand tätowiert: Anker mit Matrosenbüste am Ansatz zwischen Daumen und Zeigefinger; rechte Hand tätowiert: Ochsenkopf, darunter Verzierung auf Handrücken; Gesicht und Hals: Nasenrücken eingedrückt.«

»Na, nun erkennen wir den Burschen garantiert unter tausend Hinkebeinen. Aber damit es noch einfacher wird, klapp mal auf!«

Hansen besah sich die Doppelfotografie des umseitig beschriebenen Verbrechers im Innern der Klappkarte.

»So«, sagte Lehmann. »Und jetzt gehst du raus und holst uns den Kerl.«

Hansen stand verwirrt auf.

Lehmann winkte ab. »Unsinn, Junge. Dieser schräge Vogel sitzt schon längst in seinem Käfig.«

Hansen ließ sich wieder auf den Stuhl fallen. »Na, Alfred«, sagte er, »jetzt führst du mich aber vor.«

»War nur ein kleiner Scherz, nichts für ungut. Was du dir merken musst, ist, dass wir tausende solcher Karten haben. Die befinden sich alle fein säuberlich geordnet im Erkennungsamt. Wir sagen auch Verbrecherkartei dazu. Die ist nicht nur nach Namen, sondern auch nach Spitznamen, Verbrechensarten und besonderen Kennzeichen sortiert. Also, du hast beispielsweise von einem Zeugen gehört, dass ein Dieb geflüchtet ist, nachdem er das Fenster eines Juweliergeschäfts eingeschlagen hat, und er hat gesehen, dass der Flüchtige hinkt und eine Warze im Gesicht hat. Dann schaust du in der Kartei nach, unter Warzen und unter Hinkefuß, und schwuppdiwupp hast zu seinen Namen, letzten Wohnort und kannst die Verfolgung aufnehmen, auch wenn er sich schon über alle Berge wähnt. Das sind die Früchte des Fortschritts.«

»Aha.« Hansen fragte sich allerdings, wieso überhaupt noch Ganoven draußen herumliefen, wenn man sie so einfach fangen konnte.

»Aber dies sind ja Kinkerlitzchen. Ich sprach von der höheren Mathematik.« Lehmann holte einen Zettel aus dem Kasten, auf dem nur Zahlenkolonnen zu erkennen waren.

»Ein Bogen aus unserer Anthropometrischen Registratur.« Es klang so, als würde Lehmann von einem Heiligtum reden. »Siehst du die Zahlen?«

»Sie sind ja nicht zu übersehen.«

»Und hier die Buchstaben a, b, c?«

»Auch.«

»Die Ziffern beziehen sich auf die Personen, die wir vermessen haben, notorische Arrestanten, verhaftete Verdächtige, verurteilte Verbrecher. Der Buchstabe a bezeichnet die Kopflänge. Also wenn hier steht 19,0 oder 18,4, dann hat der Bursche eine Kopflänge von 19 oder 18,4 Zentimetern. Der Buchstabe b bezieht sich auf die Kopfbreite, c steht für die Länge des Mittelfingers, d bezeichnet die Fußlänge. Das sind körperliche Merkmale, die im Allgemeinen unveränderlich sind.«

»Im Gegensatz zum Bauchumfang beispielsweise«, merkte Hansen an.

Lehmann strich sich geistesabwesend über die eigene Wampe und fuhr fort: »Mit diesem System haben wir einen kompletten Menschenkatalog. Ich messe Finger, Fuß und Kopf, und schon weiß ich, um wen es sich handelt.«

»Würde eine Fotografie nicht reichen?«, fragte Hansen zaghaft, da ihm diese Zahlenkolonnen nichts sagen wollten.

»Mein lieber Freund«, sagte Lehmann. »Hast du schon mal eine Leiche gesehen, der in den Kopf geschossen wurde? Was glaubst du, bleibt da vom Gesicht übrig, hm? Ganz zu schweigen von Wasserleichen oder sterblichen Überresten, die halb verwest irgendwo ausgebuddelt werden.«

»Na ja, da sind doch die wesentlichen Merkmale weggefault, oder?«

Lehmann trommelte ungeduldig mit den Fingerkuppen auf die Tischplatte. »Na, na, na, das dauert eine gewisse Zeit. Und die Amtsärzte haben schon einige Personen aus Einzelteilen wieder zusammengesetzt.«

»Aber was heißt denn Kopflänge 18,4 bis 18,9? Dehnt der sich etwa aus oder schrumpft der?«

Lehmann blickte verblüfft auf das Papier: »Tja, ich nehme an, das hat mit der Haarlänge zu tun.«

»Und was heißt Mittelfingerlänge 11,2 bis x? Oder Fußlänge 0 bis 25,4?«

Lehmann studierte die entsprechenden Spalten und grübelte. »Hm«, sagte er zögernd, »das X und die Null, die haben natürlich auch irgendwas zu bedeuten.«

»Sicherlich.«

»Zweifellos.« Lehmann kratzte sich am Kopf. »Ich muss wirklich sagen, manches war doch einfacher, als ich mit meinem Dienst angefangen habe. Da hieß es in flagranti und auf sie mit Gebrüll. Das war auch eine Methode.« Er legte das Blatt beiseite. »Vielleicht war dies auch das völlig falsche Papier für den Anfang. Sieh mal, das hier ist anschaulicher, das wirst du leichter verstehen.« Er hielt eine Karte mit der Fotografie eines gepflegt aussehenden, kurzhaarigen Mannes ohne Bart, mit Jackett und Stehkragen hoch. »Hier ist nun alles genauestens vermerkt. Der Mann heißt Fritz Werner und ist Geschäftsreisender, geboren am 3. 9. 1887 in Hannover, wohnhaft in Hamburg, verheiratet mit: Da steht nichts, also ledig; Vater Adolf Werner, Mutter Dorothea

Kahl; neunmal bestraft, davon viermal mit Gefängnis und zweimal mit Zuchthaus; jetzt in Hamburg verhaftet wegen Betrugs; Spitzname »Assessor«, Verbrecherklasse Hochstapler. Und hier auf der anderen Seite Maße und Aussehen, und da sehe ich keine Null und auch kein X, mein Lieber. Bist du nun zufrieden?«

»Der ist schon verhaftet, da weiß man natürlich alles über ihn«, sagte Hansen. Ihm kam der seltsame Auftritt von Friedrich von Schluthen im Café Hammonia in den Sinn. Gab es über ihn auch so eine Karte?

»Ist doch klar, wer uns noch nicht in die Hände gekommen ist, der kann nicht registriert sein. Aber wie man an diesem Beispiel hier deutlich erkennen kann, wird der Verbrecher im Allgemeinen immer wieder straffällig, weil es nun mal in seiner Natur liegt. Und wenn du dir mal die Visage von diesen Kerlen ansiehst, merkst du es doch gleich: Diesen Burschen steht das Verbrecherische ins Gesicht geschrieben, wenn man ein geschultes Auge hat.«

»Ich finde, er sieht eigentlich bloß aus wie ein …«

»… Assessor? Natürlich, das steht ja da, dass das sein Spitzname ist, wahrscheinlich, weil er einen ehrwürdigen Beamten markiert.«

»Aber was heißt besondere Kennzeichen: n gl 3/i 2 Rfgd Pt D-Zf?«

»Das werden unsere Kollegen in der Registratur sicherlich wissen.« Damit wischte Lehmann die Frage beiseite.

»Anzunehmen.« Hansen war erleichtert, dass sein altgedienter Kollege doch nicht mehr Fachwissen mit sich herumtrug, als in einen normalen Schädel passte. Inzwischen machte ihm die Unterrichtsstunde sogar ein bisschen Spaß. »Und was sind das hier unten für schwarze Flecken?«

»Hm? Wie kommen die denn da hin? Zeig mal.« Lehmann sah sich die vier dicken Flecken an. »Ach das.« Er dachte kurz nach und schüttelte den Kopf. »Nicht so wichtig.«

Hansen las vor: »›Abdrücke der rechten Hand‹. Sieht aus, als hätte dieser Hochstapler mit den Fingern drauf rumgeschmiert.«

»Fingerabdrücke«, sagte Lehmann abschätzig. »Das ist jetzt so eine neue Sache, auf die wir achten sollen.« Er besah sich seine Fingerkuppen. »Frag mich bloß nicht, wie ich es anstellen soll, einen Verbrecher an seinen Fingerkuppen zu erkennen.«

»Vielleicht, wenn sie mit Tinte beschmiert sind.«

»Na, haben wir etwa auf unseren Patrouillengängen Tinte dabei?«

»Wohl nicht.«

»Diese Daktoli-, na wie das auch immer heißen mag …«

»Daktyloskopie? Davon hat doch Kiebert gesprochen.«

»Na, sieh mal an«, brummte Lehmann. »Hat er das?« Er begann hastig, die Papiere wieder in den Karton zu legen.

Hansen drückte die Fingerkuppen seiner rechten Hand mehrere Male auf die Tischplatte: »Wie kann man denn Fingerabdrücke sichtbar machen?«

Lehmann stand auf und streckte sich gähnend. »Frag das mal lieber die studierten Herren im Stadthaus. Die wissen darauf vielleicht eine Antwort. Jedenfalls sollen wir sie jetzt immer herbeipfeifen, um den Tatort zu besichtigen. Bisher war nur der Fotograf dabei, und der Arzt natürlich, jetzt also auch noch die Oberschlauen aus der Zentrale. Das Leben war auch schon mal einfacher. Aber diese Daktoli-«

»Daktyloskopie.«

»Das jedenfalls ist das neueste Steckenpferd unseres obersten Chefs. Das mit den Nullen und Xen hat er sich auch ausgedacht.«

Lehmann verstaute die Kiste in seinem Spind. »So«, sagte er, »bis zum Großeinsatz ist noch genügend Zeit, und wie ich sehe, hast du deinen Sonntagsstaat angelegt. Gut so, denn heute Abend marschieren wir die gehobenen Etablissements ab. Auf geht's, Kriminalschutzmann-Anwärter Hansen!«

Den ganzen Tag über hatte es immer wieder Regenschauer gegeben. Am Abend war ein heftiger Westwind aufgekommen und hatte die Wolken verweht. Es war jedoch recht kühl geblieben.

Hansen und sein Kollege verließen die Revierwache 13, schlugen die Kragen ihrer Regenmäntel hoch und zogen die Hüte ins Gesicht. Zunächst gingen sie den Spielbudenplatz ab. An warmen Sommerabenden herrschte hier unter den Bäumen reges Treiben. Heute jedoch waren nur wenige Nachtschwärmer unterwegs, man hatte sich in die warmen Säle der umliegenden Etablissements geflüchtet oder war zu Hause geblieben.

Die beiden Beamten besuchten zuerst die Wilhelmshalle, zu der auch das berühmte Hanseatische Panopticum gehörte, das sich im ersten Stock befand. Im Erdgeschoss erwartete ein »Bierlocal im größten Maßstab« mit »über 1000 Plätzen« und »Abend-Concerten mit gut besetzten Musikcapellen« bei »gänzlich freiem Entree« seine Gäste, wie es auf großen Anschlägen rechts und links des Eingangs zu lesen war. Die tausend Plätze waren an diesem Abend kaum zur Hälfte besetzt, die Stimmung lau, und die Atmosphäre »gänzlich frei von jedweder kriminellen Aktivität«, wie Lehmann feststellte. Ein Kellner in Plauderstimmung setzte sich zu den beiden Polizisten an den Tisch, spendierte ihnen eine Tulpe und berichtete vom lahmenden Abendgeschäft.

Auch im Eden-Theater herrschte verhaltenes Treiben. Jongleure und Akrobaten führten auf der »Specialitäten-Bühne« einem schläfrig wirkenden Publikum ihre Kunststücke vor. Ein Saaldiener nahm die Beamten beiseite, um ihnen ungefragt einen Köm mit Kirsch vorzusetzen, den Lehmann kippte, Hansen aber stehen ließ, da derartige Panschereien ihm nicht zusagten. Lehmann trank sein Glas »der Höflichkeit halber« ebenfalls aus.

In Knopf's Lichtspielhaus war rein gar nichts zu sehen, da der Saal für eine Vorführung »lebender Bilder« abgedunkelt worden war. Die mechanischen und elektrischen Spielgeräte in der Automatenhalle standen größtenteils nutzlos herum, nur im Orientalischen Saal gelang es einer Damenkapelle, das Publikum in fröhliche Schunkelstimmung zu versetzen. Hier bekamen die beiden kein Getränk angeboten, aber Hansen bemerkte, dass der Portier seinem Kollegen beim Hinausgehen eine Fotografie zusteckte, auf der eine leicht bekleidete Tänzerin zu sehen war. »Fürs Familienalbum«, hörte er Lehmann murmeln.

In der benachbarten Großen Bierhalle, die zur Zeit umgebaut wurde, hatten bis vor kurzem rund einhundertfünfzig käufliche Mädchen die öffentliche Moral untergraben und dem Wirt zu erstaunlichen Profiten verholfen, erklärte Lehmann seinem Lehrling, als sie vor dem Bauzaun standen. Das sei ihm jetzt untersagt worden, weshalb er nun plane, seine Gewinne aus dem Bier- und Speisenverkauf durch die Vermietung von Billardtischen zu vermehren.

Besonders luxuriös ging es in in der Amerika-Bar zu. Schon von draußen konnte man den besonderen Glanz dieses Lokals durch sehr hohe Fenster hindurch bewundern. Die Wände des länglichen Raums waren golden getönt, und üppige traubenförmige Lüster beleuchteten blumengeschmückte kleine Tische mit weißen, goldbestickten Decken. Vor den Wänden standen Kübel mit Orangenbäumen, und über dem lang gestreckten, geschwungenen Tresen reckten sich goldene Skulpturen. Ein Negerjunge in Pagenuniform führte die beiden Männer hinein. Sie nahmen zwischen den weiß gekleideten Bardamen Platz, deren Aufgabe es war, die Gäste beim Mischen exotischer Getränke anzuleiten. Wer sich lieber gänzlich bedienen ließ, konnte seinen Cocktail auch bei einer der Bardamen hinter dem Tresen bestellen.

Ein Kellner in weißer Jacke und langer Schürze eilte herbei, um Lehmann nach seinen Wünschen zu fragen, und schon hatten sie zwei üppig dekorierte Pokale vor sich stehen. Lehmann stellte seinen Kollegen vor und nahm mit der Selbstverständlichkeit eines Stammgastes eine Zigarre in Empfang. Auch Hansen bekam eine, und nachdem sie sie aufgeraucht hatten und die süßen, arrakgeschwängerten Getränke probiert hatten, beschlossen sie, dass auch hier alles in schönster Ordnung war, und begaben sich wieder nach draußen.

Lehmann atmete in großen Zügen die kühle Abendluft ein und erklärte hochzufrieden, dass die abendlichen Patrouillengänge sein Liebstes seien. Und Hansen stellte befriedigt fest, dass die Polizeiarbeit sich doch wesentlich von dem Alltag eines Soldaten unterschied.

»Nun wollen wir uns mal der anderen Seite des Reviers zuwenden«, sagte Lehmann.

Sie überquerten den Spielbudenplatz und betraten ein Etablissement namens Salon Tingeltangel. In diesem »Nacht-Varieté« ging es lebendiger zu als in den großen Lokalitäten. Es bestand aus einem quadratischen, mit rotem Plüsch ausgekleideten Saal, in dem die Gäste in Sitznischen saßen, die von kleinen Lämpchen schummrig erleuchtet wurden. Nur direkt an der Tanzfläche vor der Bühne gab es helleres Licht und Einzeltische, an denen Damen und Herren in Abendgarderobe Platz genommen hatten.

Die Bühnenaufbauten zeigten das Dächergewirr einer Großstadt, darüber einen Himmel mit Mond und Sternen. Wolken wurden von weiß bekleideten Damen dargestellt, die auf Trapezen hin und her schaukelten. Über die Dächer sprangen und tanzten singende junge Frauen in verschiedenfarbigen Katzenkostümen und entsprechenden Masken, gelegentlich tauchte auch ein Hund oder ein Vogel auf. Was genau diese Revue mit dem Titel »Die rote Katze« erzählte, erschloss sich Heinrich Hansen nicht.

Von einem Portier in Galauniform wurden sie in eine Nische geführt, von der aus sie das Treiben um sich herum gut beobachten konnten. Kaum saßen sie dort, standen auch schon zwei Gläser Champagner vor ihnen.

Lehmann schmunzelte. »Jetzt machen wir erst mal eine kleine Pause und erholen uns von der Lauferei.«

Hansen erhob keine Einwände, obwohl er der Ansicht war, dass sie bislang nicht besonders viel geleistet hatten.

Als hätte er seine Gedanken gelesen, fügte Lehmann hinzu: »Zu einem großen Teil besteht unsere Arbeit darin, anwesend zu sein und Schlimmstes zu verhüten. Abwarten und Tee trinken ist nicht selten die beste Strategie.« Und er hob das Glas.

Nachdem er einen guten Schluck genommen hatte, murmelte er: »Apropos«, und stand auf. »Die Natur fordert ihr Recht ein«, sagte er. »Bin gleich wieder da.«

Hansen nickte abwesend. Eine der Tänzerinnen kam ihm bekannt vor. Nun sahen sie ja alle fast gleich aus, diese Tänzerinnen in den gelben und roten Katzenkostümen, nicht zuletzt, weil sie stark geschminkt waren. Aber diese rote da auf dem Dachgiebel bewegte sich auf eine Art, die ihn an einen Abend vor acht Jahren erinnerte, als Lilo Koester den Kaperfahrern auf dem Dach ihres Hauptquartiers einen »Geistertanz« vorgeführt hatte.

Nun sprang eine gelbe Katze zu der roten auf das Dach und zeigte die Krallen. Aus Nischen und Ecken kamen weitere gelbe Katzen dazu und umringten die rote Tänzerin. Die wusste sich schließlich nicht mehr anders zu helfen, als durch einen wagemutigen Sprung auf das benachbarte Dach zu fliehen. Dort wurde sie von anderen roten Katzen umringt, die sich drohend den gelben Katzen entgegenreckten. Es kam zu einem symbolischen Kampf der Katzenbanden gegeneinander. Die gelben Katzen wurden in die Flucht geschlagen, und die roten Katzen hoben triumphierend die Tatzen in die Höhe, dann verschwanden auch sie im Dunkel. Das Bühnenlicht erlosch.

Das Orchester stimmte einen Walzer an, und die Herren an der Tanzfläche erhoben sich, um ihre Begleiterinnen zum Tanz aufzufordern.

Hansen wunderte sich, wo Lehmann so lange blieb. War ihm schlecht geworden, war er abgelenkt worden, holte er wieder auf seine leutselige Art Informationen ein?

Hansen spürte eine Hand hart auf seiner Schulter, drehte sich um und blickte in das angespannte Gesicht eines Kellners in dunklem Frack. »Kommen Sie schnell!«

Hansen starrte ihn verständnislos an.

»Sie sind doch von der Polizei?«

Einen Moment lang war Hansen sich nicht sicher, wie er reagieren musste, dann nickte er.

»Kommen Sie, bitte!«

Hansen sprang auf und folgte dem Mann an den Sitznischen vorbei, zwischen den Tischen hindurch, über die Tanzfläche und den Orchestergraben entlang auf eine Tür zu, die sich neben der Bühne befand. Dahinter führte eine Treppe hinauf zum Bereich hinter der Bühne.

Der Kellner hastete an einem Vorhang entlang und zwischen verwundert dreinblickenden Frauen in Katzenkostümen hindurch. Eine gelbe Katze sprang mit einem Aufschrei aus dem Weg. Der Kellner stürmte eine steile Treppe hinauf, einen Gang entlang und verschwand hinter einer Tür.

Hansen konnte kaum mit ihm Schritt halten. Schließlich betrat er das Zimmer, in dem der Mann verschwunden war, und fand sich in einer Garderobe mit Schminktisch, großem Spiegel, offenem Kleiderschrank und Paravent wieder. Auf einem Hocker vor dem Schminktisch lag bäuchlings eine Schauspielerin in rotem Kostüm. Ihr Gesicht war leicht zur Seite gedreht. Die Zunge quoll blau aus ihrem Mund. Um ihren Hals herum lief ein blutiger Streifen.

»Sie … Sie ist tot, glaube ich«, sagte der Kellner und rieb sich mit der rechten Hand nervös über das Gesicht.

Wo zum Teufel ist Lehmann, dachte Hansen. Was soll ich denn jetzt machen? Er musste irgendetwas tun. Der Kellner sah ihn fragend an.

»Bleiben Sie hier«, sagte Hansen. »Ich suche rasch meinen Kollegen.«

Er drehte sich zur Tür herum. Dort stand eine rote Katze und blickte ihn forschend an. Er drängte sich an ihr vorbei und zog die Tür hinter sich zu.

»Sie dürfen da nicht rein!«

»Heinrich?«, fragte die rote Katze.

Jemand schrie laut: »Zu Hilfe! Hansen!«

Lehmann lag im Flur auf dem Boden und winkte ihm verzweifelt zu. Hansen rannte zu ihm, kniete nieder, wollte ihm aufhelfen, aber Lehmann schüttelte den Kopf, deutete auf die Tür am Ende des Flurs.

»Schnell Hansen, da!«

Hansen rappelte sich auf und sah gerade noch, wie eine rote Gestalt – noch so eine verdammte Katze! – durch die Tür schlüpfte und verschwand. Hansen sprang hinterher, riss die Tür auf und gelangte in einen dunklen Korridor. Er hörte Schritte, lief weiter, stolperte und fiel beinahe eine Treppe hinunter. Unten krachte eine Tür ins Schloss. Hansen wäre fast dagegen gerannt, er zog sie auf und starrte in einen unbeleuchteten Hinterhof. Waren da wieder Schritte zu hören? Er trat unsicher hinaus und sah nur die dunklen Umrisse der umliegenden Gebäude. Es war nichts mehr zu hören. Eine Weile wandte er sich ziellos hierhin und dorthin. Schließlich tauchte Lehmann neben ihm auf und klopfte ihm auf die Schultern.

»Weg, wie? Na, da ist nichts zu wollen. Jetzt muss Meldung gemacht werden.«

Fast die gesamte Mannschaft der Davidwache rückte an. Das Lokal wurde geräumt, nur die Bediensteten durften es nicht verlassen. Etwas später kamen die Herren vom Erkennungsamt, auch Doktor Kreuzkopf, der Polizeiarzt aus dem Hafenkrankenhaus, befand sich unter ihnen. Ein Experte aus dem Stadthaus öffnete ein Köfferchen mit Papierkarten, Glasplättchen, Pulverdöschen und diversen Pinseln, mit deren Hilfe er versuchte, in der Garderobe der Toten Fingerabdrücke sicherzustellen. In der Zwischenzeit hatten das Personal, die Schauspieler und die Musiker genügend Zeit, sich über das Geschehene zu ergehen und Mutmaßungen anzustellen. Ein rotes Kostüm wurde nicht vermisst.

Hansen wich nicht von Lehmanns Seite. Sein Kollege drückte ihm ein Notizbuch in die Hand, in dem er die Aussagen der Vernommenen eintrug, die allesamt ohne weiteren Erkenntniswert waren. Wer seine Angaben zu Person, Wohnsitz, seiner Funktion im Varieté und seinem Aufenthaltsort zur Zeit des Mordes mitgeteilt hatte, durfte gehen. Auch die versammelten Beamten verließen schließlich wieder das Lokal.

Der Polizeiarzt überwachte den Abtransport der Leiche durch zwei Schutzmänner. Als er Hansen bemerkte, nickte er ihm kurz zu und sagte beiläufig: »Eine Venus, junger Freund, wenn auch keine von Milo.« Er wandte sich ab und eilte hinter der Bahre her. Übrig blieben nur noch Lehmann und Hansen, die sich jetzt den Besitzer des Salons Tingeltangel vornahmen.

Der untersetzte Mann im Abendfrack hatte die ganze Zeit Geschäftigkeit vorgeschützt, seine Angestellten herumkommandiert, ausgeschimpft und abgekanzelt. Hansen kam es so vor, als würde er ihm absichtlich aus dem Weg gehen. Gelegentlich trafen sich ihre Blicke, und sie starrten sich irritiert an. Hansen wurde immer nervöser. Wie sollte er diesem missgelaunten Mann mit den verschwitzten roten Locken entgegentreten, wie sollte er ihn ansprechen? Er kannte ihn ja, kannte ihn gut. Es war Jan Heinicke, der ehemalige Jugendfreund.

Schließlich ließ sich eine Begegnung nicht mehr vermeiden. Lehmann trat zu dem Varietébesitzer, dirigierte ihn in eine Plüschecke am Rand des Saals und winkte Hansen hinzu.

»Bist du es wirklich?«, fragte Jan Heinicke, der in seiner Abendgarderobe überhaupt nichts mehr mit dem pummeligen Jungen von früher gemein hatte.

Hansen nickte. »Guten Abend, Jan«, sagte er, obwohl es längst schon früher Morgen war.

»Ach«, reagierte Lehmann erstaunt, »die Herren kennen sich?«

»Immer noch keinen Bart, Heinrich?«, fragte Heinicke und strich sich nervös über Schnurrbart und Kinn.

»Ich hab schon einen Zinken im Gesicht, da brauch ich nicht noch eine Bürste drunter.«

»Nie um einen Spruch verlegen«, sagte Heinicke. »Das war schon früher so. Weißt du noch, Hein? Das Baumhaus und alles? Mensch, da waren wir noch fröhliche Bengels. Und jetzt hat uns der Ernst des Lebens gepackt.« Er schüttelte betrübt den Kopf. »Tja, da hab ich gerade mal den Schuppen hier eröffnet, und da passiert so was. Das ist nicht gut fürs Geschäft. Gar nicht gut ist das.«

»Vor allem ist ein Mord passiert«, sagte Lehmann mit düsterem Gesicht.

»Ja, ja.« Heinicke nickte abwesend. »Wollen wir uns setzen?«

Lehmann nahm auf dem Plüschsofa Platz.

»Und du bist also zu den Krimschen gegangen?«, fragte Heinicke. »Wie kommt es, dass ich dich so lange nicht gesehen hab?«

»Bin neu im Revier«, antwortete Hansen knapp.

»Aha. Und wo hast du dich all die Jahre herumgetrieben?«

»Marine.«

»Sie mal an, da ist ja doch einer von uns Kaperfahrer geworden. Viel erlebt, Käpt'n Hein?«

»Panzerkreuzer, Bootsmann zuletzt.«

»Donnerwetter, alle Achtung.«

Lehmann räusperte sich. »Meine Herren, der Morgen graut, wir haben eine anstrengende Nacht hinter uns.«

»Ja, ja, entschuldigen Sie, Lehmann. Aber wir haben uns ewig nicht gesehen, Hein und ich. Wie lange? Sechs Jahre?«

»Acht«, sagte Hansen.

»Acht Jahre«, sagte Heinicke, »eine lange Zeit. Da wird man ein anderer Mensch, was, Heinrich?«

»Ihr Lokal wird eine Weile geschlossen bleiben, Herr Heinicke«, sagte Lehmann.

»Geschlossen?« Heinicke blickte ihn erschrocken an. »Wir haben doch erst vor ein paar Wochen eröffnet. Wir müssen uns etablieren. Da verliere ich eine Menge Geld.«

»So Leid es mir tut«, sagte Lehmann schulterzuckend, »solange bis die polizeilichen Ermittlungen vor Ort abgeschlossen sind.«

»Gibt es denn da noch was zu ermitteln? Und was schon? Tot ist tot, was kann dagegen schon noch helfen, so traurig das ist.«

»Ein paar Tage.«

»Das ist der Ruin für mich, Lehmann!«

»Ein, zwei Tage ... vielleicht nur einen halben ... möglicherweise können Sie am Abend schon wieder aufmachen.«

Jan Heinicke atmete erleichtert auf. »Das ist ein Wort, Lehmann, das ist ein Wort.« Und an Hansen gewandt: »Ist immer gut, wenn man gute Verbindungen mit der Polizeigewalt unterhält.«

»Wir werden streng nach Vorschrift verfahren, Herr Heinicke«, sagte Lehmann.

Heinicke nickte. »Selbstverständlich, das ist doch Ehrensache.«

»Am Nachmittag müssen Sie auf die Wache kommen. Dort wird entschieden.«

»Gut, Lehmann, ich begebe mich in Ihre Hand. Und in die meines alten Freundes hier.«

»Sehr gut.« Lehmann erhob sich. »Das wär's. Es sei denn, Sie haben noch einen Hinweis?«

Heinicke schaute ihn unsicher an. »Ich?«

Lehmann zog die Augenbrauen zusammen. »Manchmal erinnert man sich etwas später noch an etwas, das man in seiner Aussage nicht erwähnt hat.«

»Nein, da gibt es nichts mehr.«

»In jedem Fall werden wir dann das Protokoll aufnehmen.«

Auch die beiden anderen standen jetzt auf.

»Gut, gut, ich werde pünktlich kommen«, sagte Heinicke.

Er begleitete die beiden Polizisten zum Ausgang.

Zum Abschied sagte er zu Hansen: »Komm mal vorbei, wenn du Zeit hast. Gibt doch eine Menge zu erzählen.« Er zwinkerte ihm zu. »Eine Überraschung hätte ich auch noch für dich.«

Hansen war sich nicht sicher, ob es mit seiner Funktion vereinbar war, jemanden, der in einen Mordfall verwickelt war, privat aufzusuchen. Deshalb sagte er nur: »Wir werden sehen.«

Draußen rumpelte die erste Straßenbahn im milchigen Licht des Morgens vorbei. Die Reeperbahn hatte ihren bunten Glanz eingebüßt. Hier und da sah man vereinzelt Menschen, die ihrem Arbeitsplatz zustrebten. Andere hatten es weniger eilig. Abgekämpfte Nachtschwärmer, müde Bedienstete und Künstler der nun geschlossenen Vergnügungsstätten schlurften nach Hause und wirkten in ihren festlichen Kleidern und den übertrieben geschminkten Gesichtern wie Menschen aus einer fremden Welt. St. Pauli am Morgen war eine blasse, übernächtigte Schönheit, deren Reize im grellen Licht abgeschmackt wirkten.

Als sie den Spielbudenplatz überquerten, sagte Lehmann: »Er hat wirklich Pech, dein Freund. Heinicke, meine ich … Kürzlich hat er ein Nachtcafé schließen müssen, und nun passiert ihm dieses Missgeschick.«

Sie kamen vor der Revierwache an, und Lehmann blieb stehen. »Na, lass mal, Hansen. Ich erledige den Rest. Geh man nach Hause und schlaf dich aus. Fünf Uhr nachmittags geht's weiter.«

Hansen nickte. »Ja, also dann, guten Morgen.«

Vor dem Ernst-Deutsch-Theater war bereits der erste Straßenfeger im Einsatz. Unter den Bäumen auf dem Spielbudenplatz stromerten mehrere herrenlose Hunde herum. Einer kam zu ihm und schnupperte an seiner Hose.

»Sei vorsichtig.« Hansen gähnte. »Ich bin eine Amtsperson.«

Er drängte den Hund mit dem Fuß beiseite und beschleunigte seine Schritte.

»Es ist doch immer wieder erstaunlich, wie wenig die Menschen voneinander wissen«, sagte Lehmann und lehnte sich behäbig auf dem hölzernen Gartenstuhl zurück. Sie saßen vor der Biergaststätte Julius Burger an der Reeperbahn, wo streng blickende Kellnerinnen in schwarzen Kleidern und rüschenbesetzten langen Schürzen böhmisches Pilsener in Glaskrügen servierten.

»Oder wissen wollen«, ergänzte Hansen, während er beobachtete, wie der Schaum den Krug herabrann und die Tischdecke mit dem Blumenmuster befeuchtete.

»Ganz recht. Was haben wir über die arme, bemitleidenswerte Person erfahren? Gerade mal ihren Namen.« Lehmann hob den Krug, neigte ihn kurz zum unausgesprochenen »Prosit« seinem Kollegen entgegen und nahm einen großen Schluck. Hansen tat es ihm nach. Sie wischten sich den Schaum von den Lippen und stellten die Krüge auf den Tisch zurück.

»Ein paar Dinge wissen wir immerhin über sie«, sagte Hansen. »Wir wissen, dass sie Olga Trampitz hieß und als Künstlernamen nur ihren Vornamen verwandte. Von ihren Kolleginnen wurde sie ›die Prinzessin auf der Erbse‹ genannt, weil sie sich ständig über Nichtigkeiten beklagte: über Zugluft, über zu eng oder zu weit geschnittene Kostüme, über zu glatte Bühnenböden, über schlechte Luft, über zu lange Probenzeiten, über zu kurze Solo-Auftritte, über zu knappe Pausen zwischen den Auftritten und darüber, dass sie ständig in ihrer Garderobe gestört wurde.«

»Nun ja, was hilft uns das schon? Wegen all dieser Kleinigkeiten bringt man doch keinen Menschen um. Wir brauchen echte Hinweise. Du weißt ja, was Kiebert sagt: Bringt mir Fingerabdrücke! Und Paulsen sagt: Macht eine Razzia! Aber alles, was wir tun können, ist, uns die Sohlen durchlaufen, um Informationen zu sammeln, die keiner geben will. Manchmal macht es mich müde, Heinrich. Ich bin schon so viele Jahre damit beschäftigt.«

»Dann ist es wohl meine Aufgabe, dich wieder auf Trab zu bringen. Könnte es nicht mit ihrem nörgeligen Wesen zusammenhängen, dass sie umgebracht wurde? Vielleicht haben wir nur die harmlosen Seiten ihrer Person geschildert bekommen, nicht aber die dunklen.«

Lehmann nickte halb belustigt, halb ernst. »Du bist ja schon weit gekommen in deinem frisch gebackenen Polizistenkopf! Die dunkle Seite der Ermordeten! Aber in der Tat, oftmals läuft es darauf hinaus, dass wir gezwungen sind, dem Opfer seine Unschuld zu nehmen und nach Gründen zu suchen, die jemanden dazu brachten, an dieser Person eine kriminelle Handlung zu verüben. Ich muss gestehen, dass mir immer wieder unwohl dabei ist. Wir suchen nicht nur einen Verbrecher, sondern wir suchen auch nach den Schattenseiten der Ermordeten. Es ist doch ein trauriger Beruf, den wir da ausüben. Immer nur das Schlechte aufstöbern, im Schmutz herumstochern.«

»Wir suchen die Wahrheit, ist das keine Aufgabe?«

»Einen armen Hund aufzuspüren, der einen anderen armen Hund erschlagen hat? Ist das eine Aufgabe?«

»Es muss auch jemanden geben, der Rache übt, der für Gerechtigkeit sorgt.«

»Sicher, Strafe muss sein. Ebenso müssen gemeingefährliche und minderwertige Subjekte aus der Gesellschaft entfernt werden, damit die Seuche des Verbrechens nicht weiter um sich greift.«

»Sind Verbrecher immer minderwertig?«

»Aber ja, sie sind haltlos, sonst würden sie doch nicht so handeln. Sieh mal mich an, was glaubst du wohl, warum ich kein Verbrecher geworden bin?« Lehmann sah seinen jungen Kollegen verschmitzt an. Er hatte sein Bierglas in kurzer Zeit zu drei Vierteln geleert. Seine Lebensgeister waren zurückgekehrt.

»Ich weiß nicht«, sagte Hansen unschlüssig. »Vielleicht hattest du einfach nur keine Gelegenheit dazu.«

Lehmann nickte befriedigt. »Das sagst du jetzt so dahin, weil du keine andere Antwort hast. Aber es stimmt, was du sagst. Nun frage ich dich: Wieso hatte ich keine Gelegenheit?«

»Ich nehme an, dass es deine Selbstachtung nicht zulässt.«

»Auch nicht falsch. Aber weiter!« Lehmann trank seinen Krug leer und wischte sich mit dem Handrücken über den Schnauzbart.

»Hm, ich vermute, es hat was mit deiner Moral zu tun.«

»Nur, woher nimmt der Mensch seine Moral?«

»Vielleicht ist es eine Frage der Erziehung«, sagte Hansen zögernd. »In der Schule lernen wir Moral.«

»Pah, Schule!« Lehmann machte eine wegwerfende Handbewegung. »Wir gehen doch alle auf die gleichen Schulen, die anständigen Menschen und die Verbrecher. Das kann es doch wohl nicht sein.«

»Also? Woher nimmst du deine Moral?«

»Ich will dir sagen, woher ich sie nehme: Immer wenn ich nach Dienstschluss nach Hause komme, sei es nun abends nach dem Tagdienst oder morgens nach dem Nachtdienst oder in der Nacht, wenn ich Spätdienst hatte, wartet meine Frau auf mich. Sie hilft mir aus dem Mantel, schiebt mir meine Pantoffeln hin und hat im Winter einen heißen Tee mit Rum für mich und im Sommer ein kühles Bier. Und wenn wir dann am Tisch sitzen und meine Tochter mir aus der Terrine mit der Schöpfkelle die Suppe auf den Teller gibt und ich sehe sie an, wie sie da so neben mir steht, frisch und jung, arbeitsam und tugendhaft, und wenn ich mir überlege, wie reizend sie ist und wie sehr sie ihrer Mutter ähnelt, weiß ich, woher meine Moral kommt.«

»Du meinst, jemand, der keine Familie hat, wird zum Verbrecher? Ist es so einfach?«

»Wenn du keinen Platz im Leben findest, dann verfällst du den Versuchungen der Unterwelt, Heinrich. Das ist meine Meinung.«

»Aber sieh mich an, Alfred, ich habe keine Familie. Bin ich deshalb ein minderwertiger Mensch?«

»Du solltest alles daransetzen, um zu verhindern, dass du es wirst.« Lehmann zwinkerte. »Zum Beispiel solltest du uns unbedingt einmal besuchen, damit du meine Tochter kennen lernst. Sie ist wirklich ein hübsches Ding und sehr patent. Und so langsam nähert sie sich dem heiratsfähigen Alter.«

Hansen hob den Zeigefinger. »Vorsicht, Alfred! Auch Kuppelei ist ein Verbrechen.«

»Ach was, als Vater darf ich kuppeln, so viel ich will. Nun aber genug damit: Trink dein Bier aus, wir haben noch zu tun!«

Lehmann stand auf und verschwand im Lokal. Hansen sah über die halbhohen Gardinen des Fensters hinweg, wie er drinnen mit dem Wirt sprach und sich nach kurzem Schulterklopfen von ihm verabschiedete. Als er wieder herauskam, sagte er nur knapp: »Du bist eingeladen, und jetzt komm.«

Ihre Ermittlungen führten sie in jenen Teil der Seilerstraße, der zwischen Wilhelminen- und Heinestraße lag. Dort gab es Häuser, in denen sich etagenweise verschiedene Pensionen befanden. In einem Gebäude mit abgeblätterter Fassade hatte die ermordete Tänzerin Olga Trampitz gewohnt. Ein Schupo war bereits hier gewesen und hatte ihr Zimmer versiegelt.

Die Pension Essler nahm das obere Stockwerk und das Dachgeschoss ein. Herr Essler, ein birnenförmiger Mann mit Nickelbrille und Bartstoppeln, in abgewetzten Hosen, Pantoffeln und aufgeknöpfter Weste, schlurfte ihnen entgegen. Er roch nach Schweiß. Hansen empfand seine gebeugte Körperhaltung als lakeienhaft, sein ganzes Wesen hatte etwas Hinterhältiges.

Im Büro des Pensionsinhabers, das gerade mal einem kleinen Pult und einem wulstigen Sofa Platz bot, ließen sich die beiden Kriminalbeamten das Gästebuch vorlegen. Hansen bemerkte eine Kuckucksuhr an der Wand, die leise vor sich hin tickte, und ein Kruzifix über der Tür.

»Sie haben ja nur weibliche Pensionsgäste«, stellte Lehmann verwundert fest.

»In der Tat, ganz recht«, sagte Essler. Er sprach mit wienerischem Akzent.

Lehmann kniff die Augen zusammen. »Und wie kommt das?«

»Es ist ganz einfach und verhält sich … pragmatisch.«

»Soll heißen?«

»Ja, mei, sehen S' mich doch an. Ein Mann von meiner Statur hütet sich vor allzu viel Umgang mit Herren, die womöglich in Zahlungsschwierigkeiten geraten könnten. Ich scheue vor gewaltsamen Auseinandersetzungen zurück. Aus nahe liegenden Gründen: Ich bin nicht sehr stark gebaut und leide drüber hinaus an asthmatischen Anfällen.«

»Soso«, sagte Lehmann stirnrunzelnd. »Und bei den Damen fällt Ihnen das Eintreiben säumiger Mietzahlungen leichter?«

»Ja, freilich. Sehen S', da muss ja keine Gewalt angewendet werden, nur Überredungskunst.«

»Und darauf verstehen Sie sich?«

»Ein wenig«, sagte Essler selbstgefällig.

»War Fräulein Trampitz Ihnen auch was schuldig?«, fragte Lehmann.

»Wer?«

»Olga Trampitz, die ermordete Tänzerin.«

»Ah, die Olga. Nein, die Olga hat immer stets rechtzeitig gezahlt. Da war sie ganz strikt.«

»So. Gab es auch Dinge, in denen sie nicht so ganz strikt war?«

»Wie meinen?«

»Gab es Grund zur Klage?«

»Bei der Olga? Ach nein, sie war ja selten hier.«

»Ich denke, sie hat hier gewohnt?«

»Ja, schon. Aber sie hat viel gearbeitet.«

»Aber sie hat doch hier geschlafen?«

»Na, mitunter schon.«

»Was soll das heißen?«

»Oftmals hat sie auch auswärtig genächtigt.«

»Wo denn?«

»Das kann ich Ihnen nicht sagen.«

Hansen beobachtete das Mienenspiel des Pensionswirts und kam zu dem Schluss, dass er mehr wusste, als er sagen wollte.

»Hat sie hier Besuch empfangen? Hatte sie Freundinnen unter den anderen Pensionsgästen?«

»Freundinnen? Ah, gehen S'. Die Mädchen heutzutage, vor allem die aus dem Schaugewerbe, sind sich doch alle spinnefeind, weil sie in Konkurrenz stehen. Sie machen sich gegenseitig die Rollen streitig«, erklärte Essler. »Früher haben sie nur um die Männer konkurriert, jetzt auch um Karrieren. Und Sie können sich ja denken, dass diese Mädchen aus der Provinz da nicht zimperlich sind.«

»Ich weiß nicht, ob ich mir das denken kann«, brummte Lehmann.

»Wo kam Sie denn her, diese Olga?«, fragte Hansen und fing einen warnenden Blick von Lehmann auf, der diese Befragung offenbar lieber allein durchführen wollte.

»Na, sie sagte immer: Ich komm aus dem Riesengebirge, mir kann keiner was. Was weiß ich, wo das Riesengebirge liegt.«

»Im Sudetenland.« Abermals bekam Hansen einen scharfen Blick zugeworfen.

»Dann haben Sie sich, wie es scheint, ja doch mit der Ermordeten unterhalten, zumindest gelegentlich«, sagte Lehmann.

»Man trifft sich hin und wieder und spricht zwei, drei Worte miteinander. Wie das eben so ist.«

»Hat sie mal Besuch bekommen?«

»Ausgeschlossen. Besuch ist nicht erlaubt.«

»Hat jemand nach ihr gefragt?«

»Nein. Oder doch: Einmal kam ein Herr … na, Herr kann man ihn wohl nicht nennen. Er war recht schäbig gekleidet. Der fragte nach ihr. Machte eine ziemlich finstere Miene.«

»Wie sah er aus?«

Essler zuckte mit den Schultern. »Ja mei, nicht jung, nicht alt.«

»Was hatte er an?«

»Ach Gott, es ist lange her. Es war im Winter, der Mann trug einen langen Mantel. Schmutzige, zertretene Schuhe, Schirmmütze. Und er rauchte Pfeife ohne Unterlass, obwohl ich ihn darauf hinwies, dass das Rauchen hier nicht geduldet wird.« Essler zeigte auf ein gerahmtes Schild über der Kuckucksuhr. »Rauchen nicht erwünscht«, stand darauf.

»Sie haben es aber doch geduldet«, stellte Lehmann fest.

»Na, sehen S', ich hab Ihnen doch schon gesagt, meine Statur …«

»Schon gut«, sagte Lehmann und stand abrupt auf. »Jetzt wollen wir uns mal ihr Zimmer ansehen.«

Essler lief neugierig hinter ihnen her. Sie stiegen eine roh gezimmerte Stiege hinauf und gelangten in ein notdürftig ausgebautes Dachgeschoss. Im Grunde genommen handelte es sich um Verschläge, die mithilfe von Brettern und Ziegelsteinen zu kleinen primitiven Wohnzellen ausgebaut worden waren. Zu Klosett und Waschraum mussten die Mieter eine Etage tiefer steigen. Darauf wies ein emailliertes Schild hin.

»Die Olga hat da gewohnt«, sagte Essler eifrig und deutete auf eine Tür, dessen Schloss mit einem polizeilichen Siegel bedeckt war.

»Das sehe ich.« Lehmann zog das Siegel ab und steckte den Schlüssel ins Schloss.

Sie traten in eine winzige Kammer, die nur durch eine Dachluke spärliches Licht bekam, und standen eine Weile unschlüssig herum. Sie konnten sich kaum bewegen, ohne einander anzurempeln. Die Ausstattung bestand aus Bett, Schrank, Tisch und Stuhl. Das Bett war gemacht. Auf dem Tisch stand eine kleine Vase mit Trockenblumen, daneben lag ein hübsch verziertes, dickes Buch mit der Signatur einer Leihbücherei auf dem Rücken: *Madame Bovary* von Gustave Flaubert. Gegen die Wand gestellt und mit je einer hölzernen Stütze rechts und links versehen, stand noch eine ganze Reihe offenbar käuflich erworbener Bücher auf dem Tisch: *Das tägliche Brot* von Clara Viebig, *Effie Briest* von Theodor Fontane, *Die Geschichte der jungen Renate Fuchs* von Jakob Wassermann und *Mathilde* von Carl Hauptmann. Hansen nahm das eine oder andere Buch in die Hand. Die Titel sagten ihm nichts. Er stellte sie wieder an ihren Platz.

Essler, der hinter den Beamten eingetreten war, sagte: »Ihre Kleider sind im Schrank.«

»Gehen Sie raus, Essler«, sagte Lehmann. »Dass sich Kleider in einem Schrank befinden, ist uns nicht fremd.«

Der Pensionswirt zog sich zurück und lungerte vor der Zimmertür herum.

Lehmann öffnete den Schrank. Einige Kleider hingen an der Stange, auf dem Boden stapelten sich etliche Wäschestücke. Lehmann griff in einen Stapel und entfaltete ein Hemdchen. Er warf es aufs Bett. Dann nahm er einen Unterrock heraus, ein Höschen, dann einen ganzen Stapel, offenbar mit der Absicht, den ganzen Schrank zu leeren, und warf ihn achtlos aufs Bett.

Essler stürzte herein. »Aber das sind doch feinste Seidenstoffe und Spitzen!«, rief er aus. »So seien Sie doch vorsichtig damit.« Und versuchte den Stapel vor dem Umfallen zu bewahren, was misslang. Die Teile fielen auf den Boden. Essler bückte sich, um alles aufzusammeln.

Lehmann packte ihn am Kragen und zog ihn hoch. »Sagte ich nicht, Sie sollen rausgehen?« Er schob den Pensionswirt aus dem Zimmer und zog die Tür zu.

»Erstaunlich penetrant, der Herr«, sagte Lehmann. »Wie halten es die Damen bloß in seiner Nähe aus? Er stinkt nach Schweiß wie ein Stallknecht.«

»Keine Ahnung.« Hansen stand unschlüssig da. Er wusste nicht, wie er sich nützlich machen konnte.

»Los geht's!«, sagte Lehmann. »Wir räumen den Schrank aus und sehen alles durch.«

Immer wieder rempelten sie sich gegenseitig an und traten sich auf die Füße. Neben Kleidern aus durchaus hochwertigen Stoffen und kostbarer Unterwäsche fanden sie ein Köfferchen mit zahlreichen Schminkutensilien, Salben und Parfüms, die kaum angetastet schienen. Außerdem förderten sie eine Fotografie zutage, auf der zwei Kinder auf einer Wiese zu sehen waren: ein schüchtern dreinblickendes drei- oder vierjähriges Mädchen und ein älterer Junge in kurzen Hosen.

»Kann uns dieses Foto nicht helfen?«, fragte Hansen.

Lehmann warf einen Blick darauf. »Es ist sehr unscharf. Aber wir nehmen es trotzdem mit.«

Sonstige persönliche Dinge befanden sich nicht in dem Zimmer, bis auf eine Bürste, einen Kamm, etwas Seife, Nähzeug.

»Tja«, sagte Lehmann enttäuscht. »Der ganze Kram könnte einer beliebigen Person gehören. Es ist nichts Verdächtiges dabei.«

Da war er wieder, dieser eigenartige Gedanke, dass jemand, der einem Verbrechen zum Opfer gefallen war, selber unter Verdacht stand, etwas Böses getan zu haben, dachte Hansen.

»Nun haben wir sogar unter Bett und Schrank nachgesehen. Bleibt uns nur, das Siegel wieder aufzukleben.«

Haben wir wirklich überall nachgesehen?, dachte Hansen. Er hatte bemerkt, wie der alte, behäbige Lehmann sich auf die Knie begeben und einen kurzen Blick unter Schrank und Bett geworfen hatte. »Moment noch«, sagte er, legte sich auf den Boden und schob den Kopf unter den Schrank. Er tastete den Unterboden ab.

»Das gefällt mir, Junge.« Lehmann lachte. »Von nun an bist du für die niederen Arbeiten zuständig.«

Unter dem Schrank war nichts zu finden. Jetzt schob Hansen sich unters Bett und tastete die Unterseite ab. Seine Hand fuhr über etwas Spitzes. Ein Nagel, und daran war etwas befestigt. Er nahm es ab und richtete sich auf.

»Hier, was sagst du nun?« Er hielt den Gegenstand triumphierend in die Höhe.

»Ich stelle fest, dass Herr Essler es versäumt hat, unter den Möbeln zu fegen.« Lehmann klopfte Hansen den Staub vom Rücken. »Was ist das?«

»Ein Schlüssel, was denn sonst!«

Lehmann nahm ihm den Schlüssel ab und inspizierte ihn kurz. »Sieht ganz normal aus.« Er behielt ihn in der Hand.

»Wo ist das Schloss dazu?«, fragte Hansen, während er sich den restlichen Staub von den Kleidern strich. »Sollten wir nicht das Schloss suchen?«

Lehmann blickte um sich. »Wo soll hier noch ein Schloss sein? Im Schrank steckt einer, und für den Koffer ist er zu groß. Und den für die Tür haben wir ja.«

»Eigenartig«, stellte Hansen fest, nachdem er sich nochmals umgesehen hatte. »Ein Schlüssel unterm Bett, kein Schloss dafür. Von der Größe her könnte es ein Zimmerschlüssel sein.«

Lehmann öffnete die Hand und warf einen kurzen Blick darauf. »Möglich.« Er steckte ihn in die Hosentasche. »Wir werden sehen.«

»Vielleicht weiß jemand hier im Haus, was es für ein Schlüssel ist.«

»Später, Heinrich, alles zu seiner Zeit.«

Sie verließen das Zimmer und schärften dem noch immer vor der Tür herumlungernden Wirt ein, dass er es auch weiterhin nicht öffnen und schon gar nicht vermieten dürfe.

## FÜNFTES KAPITEL

# *Elsas Flucht*

Vier Tage nach dem Schnapsdiebstahl hatte Jan Heinicke zum ersten Mal unter der Woche lange Hosen an. Es war sogar ein richtiger Anzug.

Heinrich traf ihn vor dem Schlachtergeschäft seiner Eltern in der Paulinenstraße. Jetzt, am frühen Abend, war der Laden bereits geschlossen. Drinnen war der Lehrling dabei, Fliesen, Kacheln, Glasvitrinen, Marmorplatten, Holzbretter, Messer und Hackbeile zu putzen. Gelegentlich warf der Junge, der nur zwei Jahre älter war als der Sohn seines Lehrherrn, einen feindseligen Blick nach draußen auf den gestriegelten Rotschopf, der lässig an einem Laternenmast lehnte.

Heinrich war wütend. Er kam gerade aus dem Hauptquartier. Seit dem Abend, als er den Hinterhof in der Talstraße verlassen hatte, wo Lilo, Jan und Friedrich in den Schuppen eingebrochen waren, hatte er keinen der Kaperfahrer mehr getroffen und den Gang zu dem Garten am Grenzgang vermieden. Als er an diesem Nachmittag trotz seines Grolls hingegangen war, hatte er festgestellt, dass eine goldene Regel der Bande missachtet worden war. Die Regel lautete: Das Hauptquartier wird immer in sauberem und ordentlichem Zustand verlassen!

Diesmal jedoch war der Feuerplatz ein hässliches Durcheinander aus Asche, halb verbrannten Holzstücken, geöffneten Dosen, angekokelten Fleisch- und Knochenresten. Ein Bierkrug lag im Gras, daneben eine leere Arrakflasche. Eine zweite, angebrochene Flasche fand Heinrich im Baumhaus, außerdem ein angeknabbertes Stück Marzipan und eine Schachtel mit Schokoladentrüffeln. In einer Ecke lag ein Stück Stoff, das sich als ein mit Silberfäden durchwirkter Seidenschal entpuppte. Heinrich hob ihn hoch. Er roch nach Parfüm. Ihm war noch nie aufgefallen, dass Lilo sich parfümierte.

»Hier stehst du gestriegelt herum, und unser Hauptquartier sieht aus wie ein Müllabladeplatz!«, fuhr er seinen Freund an.

»Schade, dass du nicht da warst«, sagte Jan stolz. »Wir haben ganz schön einen draufgemacht. Friedrich hat noch ein Mädchen mitgebracht, und wenn du gekommen wärst, hätte er bestimmt noch eine aufgetan. Der kennt sich ganz schön aus.«

»Wie hätte ich denn kommen sollen? Ich wusste ja nichts davon.«

Jan tat erstaunt. »Nein? Lilo wollte doch …«

»Die hab ich seit Tagen nicht gesehen.«

»Aber sie sagte doch …«

»Ihr habt also schon wieder Fremde in unser Versteck gebracht. Das ist bei Strafe verboten, das weißt du doch.«

»Welche Strafe denn? Wir haben nie darüber gesprochen.«

»Weil noch nie jemand die allerwichtigste Regel unseres Klubs verletzt hat.«

»Ach Quatsch. Pit hatte jedenfalls nichts dagegen.«

»Pit? War der etwa auch da?«, fragte Heinrich.

»Nee, aber er meinte, es wäre ihm egal, wenn wir da feiern. Kommen wollte er nicht. Er sagt, für ihn ist das alles nicht mehr so wichtig. Weil er doch sowieso bald auf der Werft anfängt, und dann ist der Kinderkram vorbei, sagt er, weil er Schichtdienst schieben muss und alles.«

»Und was ist mit Klaas? Habt ihr den auch gefragt?«

»Ja, er hat sich nicht getraut, nachts auszubüxsen, sonst wäre er bestimmt gekommen.«

»Und Friedrich ist jetzt euer neuer Chef?«

»Na ja, jedenfalls glaube ich, dass er jetzt dazugehört. Außerdem ist er Baron.«

»Häh? Was hat das denn damit zu tun?«

»Weil er … doch sozusagen höher steht als wir.«

»Was meint denn Pit dazu?«

»Ich hab doch schon gesagt, dass Pit sich nicht mehr dafür interessiert.«

»Du willst mir sagen, dass dieser Von, der sich nicht schlagen will, jetzt der Anführer der Kaperfahrer sein soll?«

»Nein, will ich gar nicht. Wir hatten ja nie einen richtigen Anführer.«

»Aus gutem Grund. Du weißt doch, was Pit immer gesagt hat: Bei richtigen Piraten gibt es keine Chefs. Alle sind gleich.«

»Klaas hat nachgelesen. Er sagt, das war nur bei Störtebeker und seinen Leuten so. Die anderen hatten sogar Offiziere, und alles war so wie auf einem normalen Schiff.«

»Und deswegen ist dieser Von jetzt unser Chef?«

Jan nahm die Hände aus den Hosentaschen, gestikulierte heftig und trat von einem Fuß auf den anderen. »Na ja, Lilo meinte, wir sollten sowieso diesen Kinderkram jetzt lassen. Ich hab es ja auch schon mal gesagt.«

»Genau, dass du lieber in einem Verbrecherkeller herumlungern willst«, sagte Heinrich höhnisch. »Das ist ja jetzt sowieso genau der richtige Ort für euch.«

Statt zu antworten, holte Jan eine Taschenuhr aus der Jackentasche und warf einen Blick darauf.

»Auf wen wartest du denn? Auf deinen neuen Anführer, den Herrn Baron?«

Jan schaute ihn verlegen an.

»Hohe Herren haben das so an sich«, stichelte Heinrich. »Die kommen immer zu spät. Um zu beweisen, dass sie die Chefs sind und du bloß ein Untertan.«

Jan blickte an ihm vorbei in die andere Richtung: »Ich warte auf Lilo«, sagte er.

Einen Moment lang war Heinrich sprachlos. Der pummelige Knabe mit den roten Haaren und den albernen Sommersprossen war mit Lilo verabredet? War er seit neuestem was Besonderes, bloß weil er einen Einbruch gemacht hatte und lange Hosen trug?

»Ach«, brachte er nur heraus.

»Blöd, dass sie nicht kommt, wir wollten ins Universum, dort werden heute nämlich lebende Bilder gezeigt.«

»Was soll das denn sein?«

»Ich weiß auch nicht genau. Es war Lilos Idee. Die Bilder werden mit einem Lichtapparat an die Wand gestrahlt und bewegen sich da.«

»Dann kannst du doch gar nichts erkennen, wenn das hin und her wackelt.«

»Ich glaube, es sind nur die Sachen auf den Bildern, die sich bewegen. Es ist so wie Fotografie, nur eben, dass sich die Sachen darauf bewegen.«

»So ein Quatsch«, sagte Heinrich. »Fotos werden doch gemacht, damit man sich die Sachen in Ruhe angucken kann.«

»Lilo meinte, das wäre was ganz Modernes.«

»Und nun kommt sie nicht«, stellte Heinrich befriedigt fest. »Vielleicht wollte sie, dass du sie abholst.«

»Nee, eigentlich, hat sie gesagt, sie kommt hierher ...« Jan blickte sich unsicher um.

»Der direkte Weg zum Universum ist das aber nicht, wenn sie von zu Hause kommt.«

»Ja, also ...« Jan zog wieder die Taschenuhr hervor. Offenbar wurde die Zeit knapp.

Heinrich bemühte sich, seine Schadenfreude zu unterdrücken. Und um Jan abzulenken, damit er auch wirklich zu spät kam, sagte er: »Hübsches Ding, diese Uhr.«

»Ja, nicht? Die hat mir Friedrich geschenkt.«

Das schlug nun wirklich dem Fass den Boden aus! Der Von, der sich nicht schlagen wollte, weil er ein gottverdammter Feigling und Schwächling war, machte seinen Untertanen teure Geschenke. »Ist ja recht freigebig mit seinem Diebesgut, der Herr Baron.«

Jan schien gar nicht hinzuhören, sondern blickte angestrengt die Straße entlang.

»Ich glaube, ich werde ihr mal entgegengehen.«

»Ich komme mit.«

Jan verzog das Gesicht. »Na ja ...«

»Keine Angst, nur ein Stück. Ich muss ja gleich nach Hause.«

»Ja, also dann ...«

Heinrich klopfte ihm leutselig auf die Schulter. »Denn man to, min Jung! Sonst laufen dir die lebendigen Bilder noch davon.«

Dann ging er doch noch mit bis in die Talstraße. Er wollte seinen neuen Nebenbuhler ärgern. Und er wollte Lilo damit aufziehen, weil sie mit dem pummeligen Jan ausging. Vielleicht überlegte sie es sich ja noch. Dass Heinrich kurze Hosen trug, machte er ja wohl dadurch wett, dass er ein ganzes Stück größer war als der rothaarige Schlachtersohn.

Je näher sie dem grünen Haus in der Talstraße kamen, umso schweigsamer wurden die beiden Jungen. Als sie im zweiten Stock angekommen waren, öffnete ihnen Lilos Mutter und erklärte ziemlich desinteressiert: »Lilo? Die ist nicht da. Sie wollte sich diese lebenden Bilder ansehen, die heute im Universum gezeigt werden.« Die beiden Jungen musterten fasziniert die ehemalige Tänzerin, die noch immer sehr schön war. Im Moment trug sie nur einen Morgenmantel und einen Turban.

»Aber ja«, sagte Jan nach einer etwas zu langen Pause. »Sie wollte doch mit mir hin. Ich hab gewartet, aber sie ist nicht gekommen.« Enttäuscht und vorwurfsvoll sah er Heinrich an. »Sie ist einen anderen Weg gegangen, und wir haben sie verpasst.«

Frau Koester strich sich den Morgenmantel glatt und blickte den prächtig ausstaffierten Jan verwundert an. »Mit dir war sie verabredet? Davon weiß ich nichts. Abgeholt wurde sie jedenfalls von dem Jungen von gegenüber.« Sie deutete auf die Tür auf der anderen Seite des Treppenhauses.

Jan wandte sich um. »Wer wohnt denn da?«

»Frau Schüler und ihr Sohn Friedrich«, sagte Lilos Mutter.

Jan starrte die fremde Tür an.

»Komm«, sagte Heinrich und packte ihn am Arm, »wir gehen. Auf Wiedersehen, Frau Koester, und schöne Grüße an Lilo, wenn sie zurückkommt.«

»Ja, ja, ich werd's ausrichten.«

Heinrich führte Jan die Treppe hinunter. Als sie draußen vor dem Haus angekommen waren, murmelte Jan: »Aber wieso geht sie mit diesem Jungen aus der Nachbarschaft. Wer ist das überhaupt?«

»Hast du es immer noch nicht kapiert? Dein Baron von Schluthen heißt in Wirklichkeit Friedrich Schüler, und außerdem hat er dir Lilo ausgespannt.«

Jan riss sich los. »Ich will nach Hause.« Er drehte sich um und ging eilig davon.

Heinrich sah ihm nach. Einen kurzen Augenblick freute er sich über die Niederlage seines Freundes. Bis er merkte, dass es auch seine eigene war.

Pit Martens wohnte mit Vater, Mutter und dem älterem Bruder in einer Zweizimmerwohnung auf derselben Terrasse wie die Hansens.

Heinrich bewunderte ihr wohlgeordnetes Familienleben. Vater Martens ging nur freitagabends in die Kneipe und trank nie mehr als zwei Gläser Bier. Seine restliche Freizeit widmete er Partei und Gewerkschaft. Mutter Martens hielt die Wohnung blitzblank in Ordnung, obwohl sie täglich neun Stunden in einer Fischräucherei in Altona schuften musste. Bruno, der ältere Bruder, marschierte jeden Morgen in aller Frühe mit seinem Vater runter zu den Landungsbrücken und setzte von dort mit einem Boot zur Werft über. Nach Abschluss der Volksschule, das hatte Pit schon mehrmals erklärt, würde er mit ihnen gehen. Auch er würde dann freitags sein Bier in der Kneipe von Sievers trinken, auch er würde in die Sozialdemokratische Partei eintreten und in die Gewerkschaft, auch er würde über politische Themen diskutieren und von einer sorgenfreien Zukunft im Arbeiter- und Volksstaat träumen.

Und weil es so war, und weil Pit schon den größten Teil des Weges ins Erwachsenenleben zurückgelegt hatte, kam es Heinrich manchmal so vor, als hätte er sich innerlich schon längst von der Gemeinschaft der Kaperfahrer losgesagt. Vielleicht war es einfach an der Zeit, mal darüber zu reden.

Pit und Bruno sahen nur kurz auf, als Heinrich laut grüßend die Küche betrat. Vater Martens stand gebeugt vor dem Ausguss, rieb sich Seifenschaum unter die Achseln und gab grunzend einen Gruß von sich.

»Pit, ich muss dich mal was fragen«, sagte Heinrich, der angesichts der konzentrierten Geschäftigkeit im Hause Martens an der Wichtigkeit seines Anliegens zweifelte.

»Moment, ich muss nur mal eben diese drei Sachen hier noch übertragen«, sagte Pit.

»Auf der Werft soll gestreikt werden«, erklärte Bruno. »Die Gewerkschaftsjugend muss sich um die Verpflegung der Arbeiter kümmern.«

Nachdem Pit in sorgfältiger Schreibschrift etwas ans Ende der Seite geschrieben hatte, blickte er auf und fragte mit ernster Miene: »Was ist denn passiert?«

»Ich hab eben Jan getroffen«, sagte Heinrich. »Er trug lange Hosen und wollte mit Lilo ins Universum. Da soll irgendetwas Technisches aufgeführt werden.«

»Lilo interessiert sich für Technik? Donnerwetter«, sagte Bruno spöttisch und griff nach dem Zettel, den sein Bruder voll geschrieben hatte.

»Ja und?«, fragte Pit.

»Sie war gar nicht zu Hause, als er sie abholen wollte.«

»Ist wohl doch nicht so fürs Technische«, murmelte Bruno.

»So ist Lilo halt. Was ist denn jetzt so wichtig daran?«

Heinrich kam sich auf einmal sehr lächerlich vor. Er zwang sich, sich auf das zu besinnen, was er eigentlich sagen wollte.

»Ich war im Hauptquartier. Da lagen einige Schnapsflaschen rum.«

»So eine Schweinerei, da hat sich wohl jemand hinverirrt.« Pit steckte den Bleistift in den Spitzer.

»Nein, es waren Lilo und Jan und dieser Kerl, der sich als Baron ausgegeben hat, obwohl er keiner ist, der Von, der sich nicht schlagen wollte.«

»Die haben Schnaps getrunken? Na ja, müssen ja wissen, was sie tun, die Dummköpfe.«

»Die haben den Schnaps vorher aus einem Lager geklaut. Und verkauft, glaube ich.«

Pit sah Heinrich amüsiert an. »Und vom Geld hat Jan sich lange Hosen gekauft.«

»Ja, kann sein.«

»Da hat er ja wenigstens was Sinnvolles damit angestellt. Aber was hab ich damit zu tun?«

»Na ja, also … ich hab das Gefühl, dass wir nicht mehr so richtig zusammenhalten.«

»Könnte passieren. Mit Schnapsdieben will ich nichts zu tun haben.«

»Aber unser Schwur …« Heinrich spürte, dass er rot wurde. Sein Auftritt war ihm unsäglich peinlich.

Bruno blickte auf: »Könnt ihr das nicht ein anderes Mal besprechen, wir haben hier noch eine Menge zu tun.«

»Wieso ist dir das denn ausgerechnet jetzt so wichtig?«, fragte Pit. »Nach dem, was bei euch drüben vorhin passiert ist …« Er deutete mit dem Kopf zum Fenster.

Heinrich erstarrte. »Was ist wo passiert?«

»Ach, du weißt noch nichts? Dann geh mal lieber nach Hause. Dein Alter hat deine Schwester verprügelt.«

Heinrich starrte begriffsstutzig in Pits ernstes Gesicht.

»Vater ist rübergegangen und hat ihn zur Vernunft gebracht.«

Heinrichs Blick wanderte zum alten Martens, der nach einem Handtuch griff und sich abtrocknete.

»Hab ihn ins Schlafzimmer gesperrt. Er hat ganz schön getobt. Vielleicht kannst du ihn ja jetzt rauslassen. Aber pass auf, er war ziemlich betrunken und außer sich vor Wut.«

»Soll ich mitkommen?«, fragte Pit.

Sein Bruder legte ihm die Hand auf den Arm. »Wir haben noch eine Menge zu erledigen.«

Heinrich schenkte ihnen keine Beachtung mehr. Grußlos verließ er die Wohnung und hastete über die Terrasse nach Hause.

Seine Mutter saß am Küchentisch und polierte das Blechbesteck. Das tat sie immer, wenn sie sehr aufgeregt oder niedergeschlagen war.

Als Heinrich eintrat, blickte sie ihn traurig an. »Es ist etwas sehr Schlimmes passiert.«

»Ich weiß, hab es schon gehört. Pits Vater hat Papa eingesperrt. Aber warum hat er sich denn so aufgeregt?«

»Es ist etwas sehr Schlimmes passiert.«

»Ja, klar. Wo ist Elsa?«

Frau Hansen legte ein blank geputztes Messer beiseite. »Es ist wegen ihr.«

»Ich weiß. Wie geht's ihr? Ist sie im Schlafzimmer?«

»Sie ist weg.«

»Und Papa, hat er sich wieder beruhigt?«

Frau Hansen griff nach einem Löffel. »Er hat gebrüllt wie ein Tier, als Martens ihn gepackt hat.«

Heinrich horchte in Richtung Schlafzimmer. »Brüllen tut er ja nicht mehr. Vielleicht gehe ich mal zu ihm?«

»Ich will ihn nicht sehen. Er soll mir vom Leib bleiben.«

Heinrich blickte seine Mutter erstaunt an. Da sah er die roten Striemen auf ihrer Wange. Er hatte also auch sie geschlagen.

»Ich bin ja jetzt da«, sagte Heinrich.

Seine Mutter nickte schwach.

»Und ich bin schon längst stärker als er.«

Sie griff nach einem langen Küchenmesser und hielt es sich vor die Brust. »Er soll mich ja nicht mehr anfassen.«

»Was hat er denn bloß?«

»Frag ihn doch!«, stieß sie hervor.

Heinrich verließ die Küche und klopfte an die Tür des Schlafzimmers, das er und sein Vater sich teilten. Er bekam keine Antwort. Der Schlüssel steckte von außen. Heinrich drehte ihn um und schob die Tür auf.

Sein Vater lag auf dem Bett und starrte an die Decke. Er rührte sich nicht.

»Papa?«

Sein Vater seufzte. Na bitte, dachte Heinrich, er hat sich wieder beruhigt.

»Papa, was ist denn eigentlich passiert?«

Heinrichs Vater seufzte wieder und starrte weiter an die Decke.

»Papa!«

Der Angesprochene stöhnte. Heinrich trat vorsichtig näher und bemerkte, dass sein Vater schluchzte. Das war noch nie vorgekommen.

»Was ist denn jetzt eigentlich mit Elsa passiert?«, fragte Heinrich.

»Die kommt mir nicht mehr ins Haus!« sagte sein Vater halblaut.

Das hatte er schon oft gesagt. Es hatte ja immer wieder Streit gegeben zwischen ihm und seiner Tochter. Die beiden mochten sich nicht. Tagaus, tagein nörgelte der Vater an Elsa herum, beschimpfte sie gar, weil ihm alles an ihr missfiel. Und nun weinte er wegen ihr?

»Ich will sie nicht mehr sehen. Dieses Flittchen!«

»Was hat sie denn gemacht?«, fragte Heinrich.

»Feilgeboten hat sie sich, diese Schlampe.«

»Was hat sie getan?«

»Sieh es dir doch an! Da auf dem Tisch.«

Heinrich ging zu dem kleinen runden Tisch mit der gehäkelten Decke. Darauf lagen einige Bleistiftzeichnungen. Das oberste Blatt zeigte eine Art Fee oder einen Engel oder so was. Jedenfalls ein Mädchen, das nackt zwischen stilisierten Pflanzen stand. Es waren eine ganze Reihe Zeichnungen mit ähnlichen Motiven.

»Was sind das für Bilder?«, fragte Heinrich.

»Was sind das für Bilder!«, wiederholte sein Vater hämisch.

Eine nach der anderen ging Heinrich die Zeichnungen durch. Das Mädchen war fein gezeichnet, überirdisch schön sah die Gestalt aus. Mal stand sie zwischen den Märchenpflanzen, mal saß sie vor Blumen oder am Rand einer Quelle. Heinrich blätterte weiter, fasziniert von der Schönheit des Mädchens und angezogen von seiner geheimnisvollen erotischen Ausstrahlung, bis er merkte, dass die Abgebildete das Gesicht seiner Schwester hatte. Es waren Bilder von Elsa, Bilder, auf denen sie nackt war! Heinrich ließ das Blatt fallen, das er in der Hand hielt.

»Wer hat die denn gezeichnet?«

»Ha! Wer hat sie gezeichnet!« Sein Vater richtete sich auf und setzte sich auf den Bettrand. »Das wollte sie mir nicht sagen, diese kleine Hure. Hat sich vor jemandem ausgezogen und sich von ihm abzeichnen lassen. Pfui Teufel, so was!«

Heinrich fand den Gedanken, dass irgendein Mann seine nackte Schwester anstarrte und sie in allen körperlichen Einzelheiten zeichnete, ebenfalls befremdlich. Dass sein Vater sich jedoch derart aufregte, war ihm ein Rätsel. Seit wann war ihm seine Tochter so wichtig?

»Mama sagt, sie ist weggegangen. Weißt du, wohin?«, fragte Heinrich.

»Zu diesem Schmierfink natürlich, nehme ich an.«

»Was für ein Schmierfink denn?«

»Ein Tagedieb mit Schlapphut, der sich Künstler nennt! Ich hab sie mit ihm gesehen.«

»Ach so.«

»Ich hab gleich das Schimmste vermutet und ihren Schrank durchsucht. Und da siehst du es ja. Meine Befürchtungen haben sich bestätigt.«

Heinrich stellte sich vor, wie Elsa in einem Künstleratelier stand, unter einem sonnendurchfluteten Glasdach, und wie ein Mann mit breitkrempigem Hut große exotische Topfpflanzen herbeitrug und sie um sie herumgruppierte, damit die

Szene aussah wie eine märchenhafte Idylle. Seine Gedanken schweiften ab, und er stellte sich vor, er selbst sei dieser Künstler und die nackte Schönheit nicht seine Schwester, sondern Lilo Koester.

Heinrich zuckte zusammen, als sein Vater aufsprang und schrie: »Ich weiß, wo dieser Mistkerl wohnt! Wir gehen hin und holen sie zurück! Los, komm!«

»Eben hast du noch gesagt, du willst sie nie mehr sehen«, murmelte Heinrich. Aber er folgte seinem Vater.

Als sie in die Küche traten und die Tür gegen die Wand knallte, weil sein Vater ihr einen zu heftigen Stoß gegeben hatte, zuckte Frau Hansens Hand zum Küchenmesser. Heinrich wunderte sich nicht über diese Schreckhaftigkeit seiner Mutter. Die Narbe über ihrem rechten Auge, an der Stelle, wo der Vater ihr eines Nachts vor einem halben Jahr eine Platzwunde beigebracht hatte, war noch immer deutlich zu sehen.

»Wir holen sie jetzt zurück!«, erklärte Heinrichs Vater und stapfte mit leicht unsicheren Schritten durch die Küche. »Ob sie will oder nicht!«

Frau Hansen sah erschrocken auf. »Heinrich, pass auf deine Schwester auf, bitte.«

»Mach ich, Mutter.«

Heinrich folgte seinem Vater Richtung Hummeltor. Wenige Meter hinter dem Grenzpfahl, der auf der einen Seite den preußischen Adler, auf der anderen das Hamburger Wappen zeigte, blieben sie auf der Altonaer Seite vor einem einstöckigen Häuschen mit überdimensionaler Mansarde stehen, das zwischen den umstehenden Neubauten winzig wirkte.

Es war noch hell genug, um die bunten Malereien zu erkennen, mit denen die Balken des Fachwerkhauses verziert worden waren. Auch der Putz war mit symmetrischen Mustern bemalt. Das ganze Haus wirkte fremdartig, beinahe verwunschen, aber das mochte auch einfach an dem goldenen Licht liegen, das die letzten Sonnenstrahlen durch eine Baulücke hindurchschickten.

Vor dem Haus hing eine Schiffsglocke, die als Türschelle diente. Heinrichs Vater schnaubte verächtlich, dann veranstaltete er einen Höllenlärm mit dem Gerät.

Als der letzte Ton verklungen war, standen sie da und warteten. Nach einer Weile öffnete sich die Tür, und ein großer Mann mit langen weißen Haaren und einem noch längeren weißen Vollbart in einem blaugrauen, mit Farbklecksen übersäten Kittel erschien.

»Was wünschen Sie?«, fragte er mit unbewegtem Gesicht.

»Meine Tochter wünsche ich!«, rief Heinrichs Vater. »Sie soll rauskommen. Auf der Stelle!«

»Ihre Tochter?«, fragte der Künstler erstaunt und musterte den wütenden Besucher und seinen Sohn.

»Elsa Hansen«, sagte Heinrich.

»Ach so.« Der Mann nickte knapp, er schien sie also zu kennen. »Sie ist allerdings nicht hier.«

»Natürlich ist sie hier!«, rief Heinrichs Vater und deutete zur Mansarde hinauf. »Da oben wird sie sein. Und wer weiß in welchem Zustand.«

»Sie irren sich, mein Herr, ich bin allein«, sagte der Künstler.

Ohne Vorwarnung sprang der alte Hansen nach vorn und packte den Mann. »Lügner! Du hältst sie versteckt, du Strolch!«

Der Künstler stieß ihn von sich, und Heinrichs Vater strauchelte. Heinrich konnte ihn gerade noch vor dem Hinfallen bewahren.

»Wo ist Elsa?«, schrie Vater Hansen.

»Ich werde es Ihnen nicht sagen. Aber sie ist nicht hier.«

»Schuft!«, brüllte Hansen aufgebracht und riss sich von Heinrich los. Wieder stürmte er auf den Mann los und versetzte ihm ein paar Schläge, drängte ihn in den Hauseingang. »Mädchenschänder!«, schrie er.

Heinrich hörte Stiefelschritte hinter sich, drehte sich um und sah einen Schutzmann mit klirrendem Degen herbeieilen.

Der Uniformierte packte Heinrichs Vater am Arm, drehte ihn ihm auf den Rücken und zwang ihn zu Boden. Vor Scham biss sich Heinrich auf die Lippe, als er seinen niedergerungenen, schwitzenden und schnaufenden Vater ansah.

»Ruhig, ruhig«, sagte der Schutzmann. »Wir bleiben jetzt ganz ruhig.«

Als würde er mit einem Tier reden, dachte Heinrich.

»Kennen Sie diesen Mann?«, fragte der Polizist den Künstler.

»Ich habe ihn noch nie gesehen.«

»Er hat meine Tochter entführt!«

»Was meint er damit?«

»Ich weiß nicht«, sagte der Künstler. »Ich bin allein im Haus. Sie können sich gern davon überzeugen.«

»Nicht nötig«, sagte der Schutzmann. Er stieß den Überwältigten von sich und legte die Hand an den Degenknauf. »Was ist das für eine Geschichte, Mensch?«

»Meine Tochter!«, schrie Hansen, rappelte sich auf und ging wieder auf den Künstler los.

Der Schutzmann stellte sich zwischen die Männer und zog den Degen. »Sie sind verhaftet!«

Heinrichs Vater machte einen Satz zurück, und mit wenigen Schritten war er über der Altonaer Grenze. Jenseits des Grenzpfostens blieb er in feindseliger Haltung stehen.

»Hast du mir etwas zu sagen, Junge?«, fragte der Uniformierte und trat in drohender Haltung vor Heinrich hin.

»Nein, nichts.«

»Ist das dein Vater?« Der Schutzmann steckte den Degen in die Scheide.

»Ja.«

»Er ist betrunken. Führ ihn nach Hause.«

»Jawohl, Herr Wachtmeister.«

Heinrich ging zu seinem Vater und wollte ihn fortziehen. Der aber blieb störrisch neben dem Grenzpfahl stehen und blickte feindselig zu dem bunten Haus hin. Der Schutzmann forderte den Künstler auf, hineinzugehen und die Tür zu schließen. Anschließend bezog er Posten vor dem Haus, die Hand demonstrativ auf den Degenknauf gelegt. Nach einer Weile wandte sich

Heinrichs Vater träge um und ging mit hängenden Schultern zurück Richtung Jägerstraße.

»Sie ist sowieso ein Flittchen«, murmelte er.

Als sie zu Hause ankamen, war das blank polierte Besteck vom Küchentisch verschwunden. Heinrich öffnete die Tür zum Schlafzimmer von Mutter und Schwester und warf einen Blick hinein. Seine Mutter schlief. Das Bett seiner Schwester war unberührt. Er half seinem erschöpften Vater beim Ausziehen und legte sich ebenfalls schlafen.

Am nächsten Morgen war der Vater verschwunden. Heinrich ahnte schon, dass er einige Tage nicht nach Hause kommen würde. Er entschloss sich, seiner Mutter bei der Wascharbeit zu helfen. Irgendjemand musste ja dafür sorgen, dass Geld in die Haushaltskasse kam.

## SECHSTES KAPITEL

# *Katze ohne Schwanz*

Die Sonnenstrahlen glitten durchs Fenster und wurden von der Tüllgardine kaum aufgehalten. Auf dem Fußboden bildeten sie ein längliches Blümchenmuster, krochen den seidenen Stoff hinauf, der über den Sessel drapiert war, vermischten sich mit den verknitterten Rüschen eines Unterrocks, nisteten in den Falten eines mit Schleifen verzierten Hemdchens und schienen durch den Spitzenbesatz eines zarten Höschens, bis sie sich im Crêpe de Chine eines Dekolletébesatzes verfingen.

Heinrich Hansen lag, den Oberkörper halb aufgerichtet, im Bett, betrachtete die bizarren Schattenmuster und horchte auf ein weit entferntes Glockenläuten. Das Wesen neben ihm im Bett atmete leise. Es war seines ganzen Zaubers beraubt, alle Stoffe und Farben und Muster, die es wie aus einer Wunderwelt erscheinen ließen, lagen achtlos auf einem Haufen. Kein zartes Rascheln von Seide auf Seide mehr, keine kokette Verhüllung, die mehr preisgab, als sie schützte, nur nackte Haut auf grobem Baumwollstoff, ein zart beflaumter Arm auf der Bettdecke, die Schulter mit dem verführerischen Muttermal auf dem Kopfkissen, kleine feste Brüste, die sich hoben und senkten, eine wirre Haarpracht mit widerspenstigen Locken, leicht geöffnete Lippen, eine Stupsnase. Was war nun süßer an diesem Wesen, fragte er sich, die Zuckerschnute oder der Rest ihres duftigen Körpers mit seinen Rundungen, Grübchen und den verbliebenen Geheimnissen, die er vielleicht heute Abend ergründen würde?

Zu dem würdigen Läuten der großen Glocke gesellte sich das eilige Bimmeln eines kleinen Glockenturms.

Thea Bertram alias Cora Blume rümpfte die Nase, stöhnte und drehte sich auf den Rücken. »Ach«, hauchte sie, legte eine Hand unter den Kopf, entblößte dunkel gekräuselte Achselhaare und lächelte. »Soll ich das als Kompliment auffassen?«

»Wie?«

»Meine Augen sind hier oben. Guten Morgen, du Wüstling!« Sie richtete sich auf, lehnte sich gegen das Kopfteil des Bettes, um auf einer Höhe mit ihm zu sein.

»Wüstling?«, sagte er milde erstaunt. »Ich?«

»Natürlich du. Wenn ich daran denke, was du mit mir gemacht hast. Und überhaupt, hast du schon einmal von einem weiblichen Wüstling gehört?«

»Ich glaube nicht.«

»Na siehst du!«

Hansen schüttelte zweifelnd den Kopf. Hatte er sich so schlecht benommen?

»Wo hast du das nur gelernt?«, fragte sie.

»Was denn?«

»Tu nicht so. Wie viele Mädchen hast du schon gehabt, Heinrich?«

Die Frage gefiel ihm nicht. Sollte er jetzt Rechenschaft ablegen? »Das kann ich nicht sagen.«

»Donnerwetter! So viele? Waren auch braune darunter und schwarze und gelbe?«

Hansen zögerte. »Ja, auch«, sagte er.

Sie drehte sich auf die Seite, stützte sich auf den Ellbogen, hellwach jetzt.

»Und welche haben dir am besten gefallen?«

Er zuckte mit den Schultern.

»Und wie waren sie?«

Wieder ein Schulterzucken.

»Wie hast du es am liebsten gemocht?«

»Lass gut sein.«

»Welche Hautfarbe hatten sie?«

»Ich will nicht mehr darüber sprechen.«

»Ein Mann von Diskretion«, spottete sie. »Wie gut für mich.«

»Du redest Unsinn.«

»Was dich selbst betrifft, musst du nicht diskret sein: Wie viele waren es denn. Ungefähr?«

»Wie viele zylindertragende ältere Herren waren es bei dir?«

»He! Wir sprechen von dir.«

»Tun wir nicht.«

»Aber doch. Also erzähl mir, wie hast du es geschafft, diese vielen verschiedenfarbigen Mädchen zu verführen?«

»Meistens mit Geld, manchmal reichte auch ein Glas Schnaps.«

»Oho, wie romantisch!«

»Und du und deine Zylinder?«

»Meistens mit einem Kuss. Oder einem Glas Schnaps.«

»Na bitte.«

»Also gut, wir sind quitt«, sagte Cora. Sie strich über seine Unterarme, die von einem Netz weißer Linien überzogen waren. »Was ist das?«

»Narben.«

»Sieht aus, als hättest du dich mal verbrannt.«

»Ja.«

»Da.« Sie deutete auf seinen Oberkörper. »Am Bauch auch. Wann ist das passiert?«

»Als ich noch klein war.«

»Erzähl!«

»Nein.«

»Du bist ein rätselhafter Mann, Heinrich Hansen«, stellte Cora fest. »Und weißt du, was am rätselhaftesten an dir ist?«

»Ja, meine Augen.« Er hatte es oft genug zu hören bekommen.

»Das eine ist grün, das andere blau. Wie kommt das?«

»So wurde ich geboren.«

»Was hat das wohl zu bedeuten?« Sie legte den Kopf auf seine Brust und ließ die Fingerkuppen über die weißen Linien auf seinem Bauch gleiten.

»Gar nichts«, sagte er. »Du fragst zu viel.«

Es klopfte. Cora zuckte zusammen und richtete sich auf. Beide wandten sie den Kopf zur Zimmertür.

»Herr Hansen!«

Es war die Stimme von Frau Schmidt.

»Ja?«

»Das Frühstück.«

»Sie bringt dir das Frühstück ans Bett?«, kicherte Cora.

»Weil Sonntag ist. Und nur an die Tür.«

»Herr Hansen!«

»Stellen Sie es vor die Tür!«

»Herr Hansen, das geht nicht.«

»Warum, zum Donnerwetter, geht das nicht?«

»Herr Hansen!«

Er schlug die Decke zurück und stieg fluchend aus dem Bett. Zuckerschnute feixte.

Hastig schlüpfte er in eine Hose und zog sich ein Hemd über den Kopf.

»Jetzt wird sie aber enttäuscht sein.«

»Sei still und verkriech dich unter die Decke!«

Er trat zur Tür, drehte den Schlüssel um und zog sie auf.

»Guten Morgen, Herr Hansen. Ein wunderschöner Sonntag. Haben Sie gut geschlafen?«

Sie stieß ihm das voll geladene Tablett gegen die Brust, sodass er nicht anders konnte, als es in Empfang zu nehmen. Das Geschirr klapperte. Frau Schmidt blickte über seine Schultern hinweg ins Zimmer und wiederholte: »Haben Sie gut geschlafen?«

»Ja, Frau Schmidt. Danke für das Frühstück. Vorsicht, bitte. Der Kaffee ist doch sicher heiß.«

»Ich dachte, Sie sind vielleicht krank, Herr Hansen.«

»Nein, kerngesund.«

»Weil ich diese Geräusche hörte.« Noch immer war sie bemüht, an ihm vorbei ins Zimmer zu spähen.

»Es war eine ruhige Nacht«, sagte Hansen, eingekeilt zwischen Tablett und Türrahmen.

»Ich hatte aber nicht den Eindruck. Sie haben gestöhnt.«
»Nichts weiter als eine Erkältung, Frau Schmidt.«
»Und diese Kleider dort? Waren Sie auf einem Kostümfest?«
»Wie?«
Hansen drehte sich so gut es ging um, das Geschirr klapperte. Er versuchte, sie mit dem Tablett fortzudrängen. Aber die verstreuten Damenkleider waren nicht mehr zu leugnen.
»Da ist doch jemand unter der Bettdecke!«
Zuckerschnute zog sich die Decke vom Gesicht, schnappte nach Luft und sagte freundlich: »Guten Morgen, Frau Schmidt.«
Die Angesprochene zog die Luft ein, hob den Kopf und wandte sich um. Dabei stieß sie so heftig gegen das Tablett, dass die Kaffeekanne ins Wanken geriet, und verschwand.
Hansen trat ins Zimmer zurück und schob die Tür mit dem nackten Fuß zu. »Das wäre nun wirklich nicht nötig gewesen!«
»Also hör mal«, sagte Cora schmollend, »während du mit deiner Zimmerwirtin geschäkert hast, wäre ich beinahe erstickt.«
»Na ja, sie hat es sowieso schon geahnt.«
»Und wenn schon. Ich habe jedenfalls einen Bärenhunger.«
Er zog einen Stuhl neben das Bett und stellte das Tablett darauf. Zuckerschnute angelte sich das Franzbrötchen aus dem Brotkorb und verlangte schwarzen Kaffee. Sie hatte ein erstaunliches Talent zu krümeln. Bald war die Bettdecke mit feinen Bröseln übersät.
Hansen trank Kaffee mit Milch. Hunger hatte er keinen. Er wartete ab, bis sie fertig gegessen hatte. »Hör mal«, sagte er. »Das mit den Zylinderträgern macht mir Sorgen.«
»Ach was! Ab und zu mal ein Kuss auf eine schlaffe Wange sollte dich nicht weiter beschäftigen.«
»Das meine ich nicht. Ich bin Polizist.«
»Nicht bei der Sitte, oder?«
»Nein, aber bei der Kriminlapolizei. Und die Krimpo von der Wache 13 gehört zur Inspektion A und untersteht dem Kommissariat 3.«

»Muss mich das denn interessieren?«

Hansen referierte, was er auswendig gelernt hatte: »Wir sind zuständig für Münzverbrechen, Münzvergehen, Mord, Totschlag, Kindesmord, Aussetzung, fahrlässige Tötung, Erpressung, Hehlerei, Raub, Güterberaubung, schweren Diebstahl und Taschendiebstahl.«

Sie schaute ihn an, pikiert und betrübt zugleich: »Was willst du mir damit sagen?«

»Das weißt du ganz genau.«

»Aber wie soll ich dich sonst ins Kaffeehaus einladen?«

»Sollst du nicht.«

»Warum bist du denn so streng zu mir?«

»Ich bin nicht streng. Ich bin Polizist.«

»Das habe ich heute Nacht gemerkt.«

»Was soll denn das nun wieder heißen?«

Sie hob theatralisch die nackten Arme empor, blickte schmachtend zur Zimmerdecke und rief: »O Heinrich, mir graut vor dir!« Lachend ließ sie sich auf den Rücken fallen.

Hansen setzte die Tasse ab und stellte das Tablett zur Seite, wollte sich über sie beugen und sie küssen. Doch als ihre linke Hand wie zufällig unter sein Kopfkissen glitt und einen Umschlag hervorzog, hielt er inne.

»Nanu?«, fragte sie. »Was ist denn das? Ein Brief? Notdürftig verborgen.« Sie hielt ihn in die Höhe und besah sich die Anschrift. »Eine Frauenschrift. Jetzt bin ich aber neugierig.«

Heinrich riss ihr mit zornigem Gesichtsausdruck den Umschlag aus der Hand. Er hatte ganz vergessen, dass er ihn aus der Schublade des Nachtschränkchens genommen und nach wiederholtem Lesen unter das Kopfkissen gelegt hatte.

»Der geht dich nichts an!« Er funkelte sie böse an.

Sie rückte erschrocken von ihm fort: »Nein?«

»Nein!«

»Na hör mal, die ganze Zeit hat dieser Brief unter dem Kissen gelegen, und mein Kopf darüber.«

»Kein Wort mehr!«, fuhr er sie an.

»Ach, sieh mal an! Der Brief scheint ja wichtiger zu sein als ich. Na, das ist ja interessant! Was glaubst du denn, wie du mit mir umspringen kannst? Diesen Ton verbitte ich mir! Und überhaupt, was bildest du dir ein? Bloß weil du Polizist bist, kannst du mir noch lange nicht so kommen!«

»Halt den Mund«, sagte er nicht weniger aufgebracht. »Ich will nichts davon hören.«

Sie stand auf und zog sich hastig an. Hansen trat wütend ans Fenster und starrte nach draußen, hörte das Rascheln ihrer Kleider. Erst als die Tür hinter ihr ins Schloss fiel, drehte er sich um und spürte einen leichten Stich in der Brust.

»Dummes Ding!«, brummte er.

Die Frauen waren Heinrich Hansen an diesem Sonntag nicht sehr gewogen. Gelegentlich, besonders am Wochenende, fragte Frau Schmidt, ob sie ihn nicht mitverköstigen solle, es sei ja noch etwas übrig. Das Angebot hatte er bereits einige Male angenommen und in der Küche seiner Wirtin deftige Eintopfgerichte verzehrt, die ganz nach seinem Geschmack gewesen waren. Heute aber ließ Frau Schmidt sich nicht mehr blicken, und da Hansen nicht hungrig zum Dienst erscheinen wollte, musste er auswärts essen. Er fand ein Speiselokal um die Ecke in der Sophienstraße, wo er eine große Portion Bratkartoffeln mit vier Spiegeleiern aß und ein Bier trank.

Während des Essens hörte er den Gesprächen der sonntäglich gekleideten Arbeiter und Handwerker zu. Der »Mordfall Rote Katze«, wie einige Zeitungsschreiber das Verbrechen im Salon Tingeltangel tituliert hatten, war kein Thema mehr. Die Gäste des Lokals befassten sich jetzt mit dem Fall der »Engelmacherin Wiese«. Immer mehr Einzelheiten der grausigen Geschehnisse, die sich über Jahre auf St. Pauli abgespielt hatten, kamen ans Tageslicht. Bürger aller Schichten fieberten einem schaurigen Mordprozess entgegen, der allerdings noch auf sich warten ließ.

Hier und da wurden Stimmen laut, die eine sofortige Hinrichtung der teuflischen Frau forderten.

Hansen kannte die Details des Falls sehr gut, da er in seiner außergewöhnlichen Grausamkeit auch seine abgebrühten Kollegen auf der Davidwache beschäftigte. Wie so oft hatte der Zufall die Polizei auf die Spur der Mörderin geführt. Lehmann, der während der Patrouillengänge gern auch etwas länger in einer Gaststätte verweilte, um sich zu unterhalten, wurde nicht müde, die Ironie der Sache herauszustreichen: Im April wurde die vierundvierzigjährige Ehefrau Elisabeth Wiese wegen einer Betrugssache polizeilich vorgeführt. Da die Polizei völlig überraschend bei ihr aufgetaucht war, erschrak sie zutiefst und rief bestürzt aus: »Ich habe keine Kinder gemordet!«

Lehmann und sein Kollege wunderten sich über diesen Ausruf und gaben den Namen der Abgeführten an die Zentrale im Stadthaus weiter. Wenig später bekamen sie Nachricht, dass zwei Frauen aus Harburg von Frau Wiese gegen Geld je ein Kind zur Pflege angenommen hatten. Es handelte sich um Kinder, die Frau Wiese für ein recht hohes monatliches Kostgeld ihrerseits in Pflege genommen hatte. Die Frauen in Harburg beklagten, dass sie kein Kostgeld bekommen hätten, und deshalb brachten sie die Kinder wieder nach St. Pauli zurück. Frau Wiese erklärte ihnen, die Kinder würden ohnehin in den nächsten Tagen nach England geschickt.

So verfuhr diese Frau, der es polizeilich längst schon untersagt war, Pflegekinder aufzunehmen, auch mit zwei weiteren Kindern, die sie gegen die Zahlung von einmaligen Abfindungssummen von einhundertzwanzig Mark pro Kind annahm und angeblich im Ausland oder bei reichen Leuten in Hamburg unterbrachte. Lehmann informierte die Zentrale, man holte Informationen aus England und Amerika ein und fand heraus, dass die Kinder niemals dort angekommen waren, wo Frau Wiese sie angeblich hingeschickt hatte.

Kaum hatte Lehmann dies der Verdächtigen auf den Kopf zugesagt, begann sie über die Schlechtigkeit einer Bekannten zu lamentieren, der sie nun angeblich die Kinder gegeben habe, damit sie sie zu ehrbaren Leuten im Ausland bringe. Sie habe aber den Verdacht, dass diese Bekannte das für ihre Mühe ausbezahlte Geld zwar angenommen, die Kinder aber nicht fortgebracht, sondern getötet habe. Und dann tischte sie dem entsetzten Lehmann eine Geschichte von bizarrer Grauenhaftigkeit auf: Sie habe Verdacht geschöpft und sich bei der Bekannten nach dem Verbleib der Kinder erkundigt. Und als sie bei ihr in der Wohnung gestanden sei, habe sie ein großes Paket bemerkt, das stark roch. Auf Nachfrage habe die Bekannte erklärt, da sei Fleisch drin.

Wenig später sei diese Frau mit dem Paket zu den Landungsbrücken gegangen und habe es mit einem Stein beschwert in die Elbe geworfen. Frau Wiese erklärte nun, sie habe zwar den Verdacht gehabt, dass in dem Paket eine Kinderleiche gewesen sei, sich aber nicht entschließen können, Anzeige zu erstatten. Über den genauen Ort, wo das Paket versenkt worden war, machte sie widersprüchliche Angaben. Von der Polizei beauftragte Taucher suchten den Grund der Elbe nahe den Landungsbrücken ab und fanden nichts.

Lehmann und seine Kollegen gingen nun daran, die Wohnung der Verdächtigen zu durchsuchen. Zunächst fanden sie nichts. Dann erzählten jedoch Nachbarn, dass es gelegentlich zu sehr üblen Rauchentwicklungen in der Küche der Frau Weise gekommen sei, dass es penetrant nach Verbranntem gestunken habe. Untersuchungen der Asche und des Herdes förderten keine neuen Erkenntnisse zu Tage, wohl aber die Vernehmung der Tochter der Verdächtigen. Diese erzählte, dass ihre Mutter sie zur gewerbsmäßigen Unzucht gezwungen und ein Kind, das sie kürzlich geboren habe, in einem Wassereimer vor ihren Augen ertränkt habe.

Immer mehr Zeugen meldeten sich, die sich an seltsame Vorkommnisse erinnerten: Blut auf dem Boden, blutige Lappen im Klosett, Säcke mit übel riechendem Inhalt, aufgebrochene Dielenbretter, nächtliche Transporte von Kisten. Wenig später hatte die »elende Megäre« und »garstige alte Hexe«, wie sie von ihren Nachbarn beschimpft wurde, ihren Namen: Sie würde als die »Engelmacherin Wiese« in die Hamburger Kriminalgeschichte eingehen.

Diese schauderhafte Geschichte ging Hansen im Kopf herum, als er sich auf den Weg zur Revierwache 13 an der Davidstraße machte. Lehmann hatte ihm das Wichtigste erzählt, aber immer wieder gestockt und erklärt, er werde jetzt die eine oder andere Einzelheit weglassen, weil er derartige bestialische Handlungen niemals beschreiben könne. Personen, die zu solchen Grausamkeiten in der Lage seien, verdienten die Bezeichnung Mensch nicht mehr: »Und ich frage dich, gibt es eine angemessene Strafe für eine Person, die zu gar keiner menschlichen Regung fähig ist? Wie soll man so jemanden quälen, damit er wieder imstande ist, Schmerz und Reue zu empfinden? Unmöglich ist das!«

Für Hansen waren derartige moralische Fragen nicht das Entscheidende. Vielmehr fragte er sich, ob er für den Beruf, den er jetzt erlernte, überhaupt geschaffen war. »Wie kannst du noch ruhig schlafen, wenn du die Überreste gemordeter und verbrannter Kinder aus dem Küchenherd einer Wohnung in deiner Nachbarschaft klauben musstest?«, hatte er Lehmann gefragt. »Wie kannst du einer Frau gegenübertreten und ihr nicht an die Gurgel springen, obwohl du weißt, dass sie Kinder mit Morphium eingeschläfert hat, um sie anschließend zu zerteilen und in der Elbe zu versenken? Wie schaffst du es, sie am Leben zu lassen, wenn du sie verhaften musst? Zuckt es dir da nicht in den Fingern?«

Lehmann hatte traurig den Kopf geschüttelt. »Meist weißt du doch gar nichts vom Ausmaß eines Verbrechens, wenn du einen Verdächtigen abholst. Im Fall dieser Engelmacherin dachten wir doch bloß, wir hätten es mit einer Betrügerin zu tun. Schlimmer ist es, wenn du das Opfer kennst, o ja, das ist wahr. Du siehst das elendige Produkt einer bestialischen Tat, die ein tückischer, minderwertiger Geist ersonnen hat, und eines Tages stehst du dem

Mörder gegenüber, und er sieht aus wie jeder andere Mensch. Vielleicht ist er gut gekleidet, vielleicht hat er manikürte Hände, womöglich ist er höflich, weiß sich gewandt auszudrücken und hält dir die Tür auf. Ist alles schon vorgekommen. Ich sage nicht, dass es mich da nicht schon das eine oder andere Mal in den Fingern gejuckt hätte. Aber wir sind nicht der Arm Gottes, wir sind nicht die Sendboten der Gerechtigkeit oder die Engel der Sühne. Wir sind bloß Polizisten, Heinrich. Wir suchen nach Verbrechern und liefern sie ein. Für Rache und Gerechtigkeit sorgen die Richter. Wie die mit ihrer Arbeit zurande kommen, weiß ich nicht. Ich kenne diese Menschen nicht, bin ihnen nur mal vor Gericht begegnet. Dort sitzen sie auf erhöhten Plätzen. Sie sind sehr weit entfernt von uns einfachen Menschen. Wie überhaupt alles, was mit dieser erhabenen Idee von Gerechtigkeit zu tun hat, weit von uns entfernt ist. Ich bin nur ein Teil dieses wuseligen Ameisenhaufens, der sich Stadt nennt. Ich sorge für Ordnung, hier und da. Und da und dort ist es offenbar die Aufgabe von anderen, für Unordnung zu sorgen. Ich weiß nicht, wer das so aufgeteilt hat, es ist eine eigenartige Welt, in der wir leben.«

Zu diesem Schluss war Lehmann am Ende eines Patrouillengangs gekommen, als er einige Bier zu viel getrunken und klammheimlich den einen oder anderen Kümmel zugeschoben bekommen hatte.

»Du, lieber Heinrich«, hatte er nach dem letzten Bier erklärt, »du bist noch jung. Lass dich nicht von einem alten Udel ins Bockshorn jagen. Du weißt doch noch, warum du das tust, was du tust.«

Aber Hansen wusste das gar nicht mehr so genau, als er jetzt die Stufen zur Davidwache emporstieg. Er zog die Tür auf, betrat den Wachraum und wünschte allen einen angenehmen Sonntag. Kurz wunderte er sich über die einfältigen Gesichter, die ihm freundlich zunickten, wo sie doch alle tagtäglich mit dem Schlimmsten umgehen mussten, und begab sich ins Schreibzimmer, wo Kriminalwachtmeister Lehmann ihn bereits erwartete.

Lehmann war nicht allein. Am Schreibpult in der Ecke saß ein Mann, den Hansen kannte: Es war der Bärtige in den schäbigen Kleidern, dem er bereits zweimal begegnet war. Als Hansen eintrat, blickte er auf, deutete ein Nicken an und fuhr fort, ein Formular auszufüllen. Lehmann hob die Augenbrauen und stand auf.

»Komm mal eben mit, Heinrich«, sagte er.

Draußen auf dem Flur fasste Lehmann seinen Kollegen am Ellbogen und seufzte. »Ich sag es frei heraus, Heinrich, schließlich sind wir Kollegen, vielleicht ja sogar schon Freunde. Uns ist da eine unangenehme Sache zu Ohren gekommen. Ich will jetzt nicht sagen, dass du dich strafbar gemacht hast, mein Gott, wir sind alle Menschen, ist doch klar, aber wir können unsittliche Handlungen unter Polizisten nun einmal nicht dulden. Ich verstehe ja, dass gerade hier auf St. Pauli die Versuchung groß ist, man geht doch mit offenen Augen durchs Leben, und all die Frauenzimmer … Aber du musst dich zusammenreißen. Mensch, Heinrich! Noch bist du nur Schutzmann auf Probe, bedenke das!«

»Ich verstehe überhaupt nicht, was du mir sagen willst.«

»Konkubinat, mein Guter, ist eine strafbare Handlung.«

»Konkubinat?«

»Wilde Ehe. Deine Zimmerwirtin war ganz aufgebracht. Sie hat uns informiert.«

»Frau Schmidt ist hier gewesen?«

»Nein, angerufen hat sie, und glücklicherweise war ich am Telefon und nicht Paulsen, sonst wäre es aus mit dir als Schutzmann.«

»Was hat sie denn über mich erzählt?«

»Dass du ein Mädchen auf deinem Zimmer hattest.«

»Ja und?«

»Wir sind angehalten, Konkubinatsverhältnisse zu unterbinden, wenn es uns schon nicht gelingen will, diese ungesetzliche Form des Zusammenlebens gänzlich auszurotten.«

»Ich verstehe«, sagte Hansen unwirsch.

»Mensch, Heinrich, wir sind doch alle Menschen, und den Menschen drängt's halt manchmal. Aber wenn ich dich als Kollege und Freund bitten darf: Nimm keine Mädchen auf dein Zimmer mit. Geh mit ihnen oder miete dich in einem Hotel ein.«

»Aber es ist ein Hotel.«

»Ich meine so eins, das man stundenweise mietet.«

»Gut, ich glaube, ich habe verstanden, was du mir sagen willst.«

»Sehr schön. Dann lass uns mal wieder reingehen.« Lehmann deutete mit dem Daumen auf die Tür zum Schreibzimmer. »Das da drin ist Wachtmeister Schuback von der politischen Vigilanz. Er ist gerade gekommen und will uns etwas mitteilen.«

»Aha.«

»Sag nicht aha, sondern frag mich, wenn du was nicht verstehst.«

»Was verstehe ich denn nicht?«

»Was politische Vigilanz ist.«

»Ich kann es mir ja denken.«

»Sei nicht so rechthaberisch. Für so was haben wir jetzt keine Zeit. Er ist für die Überwachung der Arbeiterlokale zuständig. Alles, was nach Sozialdemokratie riecht, wird von der Politischen Polizei genauestens ausgekundschaftet. Damit nicht eines Tages da draußen auf der Straße das Volk ›Revolution!‹ schreit, und wir hier drin wissen nicht, was die Stunde geschlagen hat.«

»Genau so hab ich es mir gedacht.«

»Er ist nicht unserem Revier untergeordnet, also sei vorsichtig, wenn du mit ihm umgehst. Er ist ein ziemlich eigenwilliger Kerl. Ist ja kein Wunder, der arbeitet seit Jahren allein.«

»Was will er denn?«

»Genau das wird er uns jetzt sagen.«

Lehmann zog die Tür zum Schreibzimmer auf.

»Wir wären so weit«, sagte er zu dem schäbig gekleideten Vigilanten Schuback und deutete auf den großen Tisch in der Mitte des Raums. Schuback nickte, griff nach einer langstieligen Meerschaumpfeife und stand auf.

Sie setzten sich an den großen Tisch. Lehmann schenkte ungefragt Tee aus einer bereitstehenden dickbauchigen Kanne in drei Tassen, und Schuback zündete sich die Pfeife an. Hansen rückte ein Stück von ihm weg.

Der Vigilant ging mit keinem Wort darauf ein, dass er Hansen bereits zweimal begegnet war. Seine Stimme hatte einen brummigen Ton, und er nuschelte stark. Er berichtete von seinem Gang durch den nördlichen Teil von St. Pauli. Es habe Informationen gegeben, so erklärte er, dass heute am Sonntag verschiedentlich Treffen von Gewerkschaftern abgehalten werden sollten, um über die Vorbereitung von Streiks zu diskutieren. Deshalb war er schon um die Mittagszeit unterwegs gewesen, unter anderem in der Jägerstraße, wo er die Destillation Winter und die Gaststätte Sievers aufgesucht und wenig später längere Zeit in dem Lokal von Höfner verweilt habe. Auf dem Weg zum Klosett habe er im Hof in einem halbhohen Quittenbaum ein Stück roten Stoff bemerkt. Der Stofffetzen habe bei näherer Betrachtung wie ein Kostüm ausgesehen und zwar eines, mit dem sich Tänzerinnen als Katzen verkleiden, wie dies in manchen Varietés und Theatern zurzeit wohl modern sei.

Er beendete seine Ausführungen mit einem verächtlichen Schnauben, vielleicht um zu signalisieren, dass er es ablehne, derartige Etablissements zu betreten, und lehnte sich Pfeife paffend zurück.

»Und? Wo ist das Kostüm jetzt?«, fragte Lehmann.

»Selbstverständlich hängt es noch dort.«

»Hätten Sie es nicht mitbringen können?«

»Herr Wachtmeister Lehmann! Es fällt nicht in meine Zuständigkeit, Kleidungsstücke von Bäumen zu klauben. Es hätte zudem meine Tarnung beeinträchtigt und Ihre Nachforschungen erschwert, denn zweifellos werden Sie dort im Hinterhof nach Spuren suchen müssen.«

»Zweifellos.« Lehmann seufzte.

Schuback legte die breiten Hände auf die Tischplatte und stemmte sich hoch. »So«, sagte er, »dann will ich mal weiter meiner Arbeit nachgehen. Der Stadt stehen unruhige Zeiten bevor. Auf Wiedersehen, meine Herren.«

Nachdem Schuback das Schreibzimmer verlassen hatte, fragte Hansen: »Woher wusste er denn von dem Kostüm?«

»Er hat den Fahndungsbericht gelesen, nehme ich an. Er hängt seine Nase gern in Angelegenheiten, die ihn nichts angehen.«

»Immerhin war er deshalb gut unterrichtet und konnte uns einen Hinweis geben.«

»Na ja, im Allgemeinen ist das nicht seine Art.« Lehmann stand auf: »Wie dem auch sei, nun ist es wohl an der Zeit, die Sache in Augenschein zu nehmen.« Er schnappte sich sein Jackett vom Garderobenhaken und setzte sich einen Filzhut auf, der für seinen Kopf etwas zu groß schien. »Vielleicht bringt uns das ja weiter«, fuhr er fort. »Ich glaub's ja nicht, aber diese ganzen technischen Untersuchungen in den Labors im Stadthaus haben zu keinen nutzbringenden Erkenntnissen geführt. Und diese Fotografie aus ihrem Zimmer hilft auch nicht weiter, darauf ist ja so gut wie nichts zu erkennen. Ob die Kollegen im Sudetenland was damit anfangen können, wage ich zu bezweifeln. Kann ewig dauern, bis die sich melden.«

Sie verließen das Schreibzimmer und stiegen die Treppe nach unten.

»Die Garderobe, in der das arme Mädchen zu Tode kam, wurde abgepinselt; offenbar hat man unzählige Abdrücke gefunden«, erklärte Lehmann. »Aber in der Verbrecherkartei wurden sie nicht fündig. So viele Fingerabdrücke sind ja noch nicht registriert. Jahre wird das dauern, bis uns dieser Kram was nützt, wenn überhaupt.«

Sie verabschiedeten sich von den uniformierten Kollegen im Wachraum und traten nach draußen in einen hochsommerlichen Sonntagnachmittag. Menschen flanierten unter den Bäumen auf dem Spielbudenplatz oder entlang der Fassaden der Vergnügungspaläste. Heiter und friedlich sieht St. Pauli aus, wenn die Wolken sich verzogen haben, dachte Hansen, aber wir sind schon wieder unterwegs und suchen einen Mörder.

»Ich gebe ja mehr auf das, was der Polizeiarzt sagt«, sagte Lehmann, als sie sich unter die Sommerfrischler begaben. »Der kann mir nützliche Informationen vermitteln, beispielsweise, dass der Mörder ein Stück Draht benutzte, um das Opfer zu strangulieren.«

»Wie hat er das herausgefunden? Es war doch kein Draht zu finden.«

»An den Würgemalen am Hals waren leichte Spuren von Rost.«

»Aha.« Hansens Blick fiel auf die Bude mit dem Kasperltheater, vor dem sich eine Horde johlender Kinder versammelt hatte. Er dachte an Zuckerschnute und seinen dummen Streit mit ihr. Dann fiel ihm Frau Schmidt ein. Kaum war er zurück, und schon hatte er Ärger mit zwei Frauen. Er seufzte.

»Ja, ja«, sagte Lehmann, »das sind hässliche Details, die uns beschäftigen. Der Draht hat beinahe den Hals zerschnitten, so heftig hat ihr Mörder die Schlinge zugezogen. Und was sagt uns das?«

Hansen überlegte kurz, während sie am Rand der Reeperbahn warteten, bis zwei Pferdekutschen und ein elektrisch betriebener Kraftwagen vorbeigefahren waren. Vor einem Pavillon, wo man Droschken bestellen konnte, hatte sich eine Menschenschlange gebildet. Offenbar war ganz Hamburg auf den Beinen, um sich in der St.-Pauli-Vorstadt zu amüsieren.

»Wenn er den Draht um die Hände gewickelt hat, muss er sich verletzt haben.«

»Ganz recht«, sagte Lehmann, »und weiter?«

Sie überquerten die Straße und steuerten auf die Wilhelminenstraße zu, die nach Norden führte.

»Es könnte auch sein, dass er Griffe an den Enden befestigt hatte, um sich nicht zu verletzen. Das würde bedeuten, es handelt sich um vorsätzlichen Mord.«

»So ist es«, bestätigte Lehmann. »Wir hatten es schon des Öfteren mit gewaltsamen Todesfällen zu tun, bei denen Männer in einer heftigen Gefühlsaufwallung ihre Hände um den Hals der

Frauen legten und zudrückten. Aber diese Geschichte hier ist kein Mord aus aufwallender Leidenschaft. Dies ist ein tückisches Verbrechen.«

»Zumal der Mörder sich die Mühe machte, eine Verkleidung anzulegen.«

»Ganz recht. Das Kostüm, das wir jetzt hoffentlich sicherstellen werden.«

Eine Weile schritten sie schweigend nebeneinander her. Als sie den Paulinenplatz erreichten und nach links abbogen, sagte Lehmann: »Es könnte auch sein, dass sie sich geküsst haben.«

»Wer?«

»Der Mörder und sein Opfer.«

»So etwas kann man feststellen?«

»Ihr Lippenstift war derart verschmiert, dass ein solcher Schluss nahe liegt. Außerdem fanden sich zwischen ihren Lippen zwei graue Haare, zweifellos Barthaare eines Mannes.«

»Das heißt, der Mörder ist schon älter?«

»Barthaare ergrauen recht früh, mein Lieber.«

»Aber könnte nicht ein anderer sie geküsst haben als der Mörder?«

»Wie lange erträgst du zwei Härchen zwischen den Lippen? Du würdest sie spüren und ausspucken, nicht wahr?«

»Wahrscheinlich.«

Das Lokal mit der Aufschrift »Bier- und Speisenlocal Höfner« in der Jägerstraße war eine schlichte Kneipe mit rohen Tischen, Stühlen und Hockern. Auf der Toonbank stapelten sich die Butterbrote. Die Männer an den Tischen tranken Bier, einige hatten Teller mit Erbsensuppe vor sich.

Der Wirt war nicht sehr erfreut, als Lehmann und Hansen sich als Kriminalpolizisten zu erkennen gaben. Er führte sie durch einen schmalen Flur in den Hinterhof, wo die Latrinen in Holzverschlägen untergebracht waren. Der Hof war nicht sehr breit, aber lang. An manchen Stellen war er mit dünnem Gras bedeckt, und es gab einige Obstbäume, die teilweise von der Sonne beschienen wurden. Der vorderste Baum stand noch im Schatten. An ihm konnte man grüne Früchte erkennen, die in einem warmen, hellen Sommer vielleicht zu Quitten reifen würden. Ganz oben in der Krone zwischen den beiden höchsten Ästen, hing ein roter Stoff. Erstaunlich, dachte Hansen, dass Vigilant Schuback so zielsicher erkannt hatte, dass es sich um das gesuchte Katzenkostüm handelte.

Lehmann befahl dem Wirt, eine Leiter herbeizuschaffen. Er stellte sie an den Baum und blickte Hansen stirnrunzelnd an: »Hm, aber was ist jetzt mit den Fingerabdrücken?«, fragte er unsicher und deutete auf den Stamm.

Hansen überlegte kurz. »Wenn ich es richtig verstanden habe, können die nur von glatten Flächen abgenommen werden.«

»Die Rinde kommt da wohl nicht in Frage.«

»Nein.«

»Aber dieser Stofffetzen ist doch zum Teil glatt, mal abgesehen von diesem Fellbesatz hier.«

»Glatt, fest und hart muss der Untergrund sein, glaube ich«, sagte Hansen. »Glas oder Metall oder poliertes Holz. Stoff ist wohl zu weich.«

»Na«, brummte Lehmann, »da fragt man sich doch, was es soll, wenn es nur in so seltenen Fällen funktioniert.«

»Ich bin mir nicht sicher«, sagte Hansen. »Wir können natürlich jemanden aus dem Stadthaus kommen lassen.«

Lehmann schüttelte den Kopf. »Ach was, am Sonntag wollen wir lieber niemanden aufschrecken. Steig mal hoch und hol das Ding runter!«

Als Hansen oben stand und kurz den Blick umherschweifen ließ, bemerkte er, dass die gegenüberliegende Häuserreihe zu der Terrasse gehörte, in der er früher gewohnt hatte. Da links unten war die Wohnung von Pit Martens und seiner Familie gewesen. Ob sie noch dort wohnten?

»He, Hansen! Was gaffst du denn herum? Greif zu!«

»Ich will nur mal sehen, wo das Ding herkommt«, sagte Hansen und legte den Kopf in den Nacken. Es gab einige Fenster, aus denen das Kostüm gefallen sein konnte. Vielleicht wohnte da eine der Tänzerinnen aus dem Salon Tingeltangel? Er reckte sich, bekam den Stoff zu fassen und stieg wieder hinunter.

Er reichte das Kostüm seinem Kollegen, der es begutachtete und daran roch. »Kein Parfüm«, stellte er fest. »Aber schön weich. Was ist das hier?« Er strich über das Kopfteil.

»Rot gefärbtes Kaninchenfell, würde ich sagen.«

»Echte Katzenhaare sind es wohl nicht.«

»Es könnte aus einem der Fenster dort geworfen worden sein.« Hansen deutete auf das Hinterhaus.

»In der Tat.« Wieder schnupperte Lehmann an dem Kostüm.

Der Wirt, der sie die ganze Zeit verwundert beobachtete hatte, nahm die Leiter und legte sie an ihren Platz zurück. Lehmann faltete das Kostüm sorgfältig zusammen und stopfte es sich unter die Jacke.

»Wir klappern die Wohnungen dort ab«, entschied er.

Durch eine niedrige, schmale Hintertür gelangten sie ins Treppenhaus. Sie nahmen sich alle Stockwerke vor und klingelten an jeder Tür. Doch es war kaum jemand zu Hause, nur ein älteres Ehepaar und ein sehr alter Mann. Immerhin erfuhren sie, dass im dritten Stock eine junge Tänzerin wohnte. Sie betätigten mehrmals die Türschelle, aber niemand öffnete.

Unten im Flur, gleich neben der Haustür, hing eine Tafel, auf der mit Kreide die Namen der Mieter verzeichnet waren. »3. Stock/rechts – Koester, L.« stand dort geschrieben. Hansen stockte der Atem.

Draußen auf der Straße zog Lehmann sein Notizbuch hervor und notierte mit dem Bleistift, was sie herausgefunden hatten. Dabei murmelte er halblaut vor sich hin: »Jägerstraße, Hinterhof, Gaststätte Höfner, Quittenbaum, rotes Kostüm in den Zweigen, möglicherweise aus drittem Stock geworfen oder gefallen, dort laut Nachbarn wohnhaft Tänzerin, Name des Mieters Koester, L.«

»Und was machen wir jetzt?«, fragte Hansen.

»Wir geben das Kostüm an die Experten im Stadthaus weiter und befragen noch mal die Leute aus dem Salon Tingeltangel. Wir müssen dort hingehen, bevor der Abendbetrieb begonnen hat. Wird ein langer Abend, mein Junge. Sollten erst mal eine Stulle verdrücken, würde ich sagen. Meine Frau hat mir reichlich Proviant mitgegeben. Du als Junggeselle hast wahrscheinlich mal wieder nicht daran gedacht, dich zu versorgen, was?«

»So ist es«, gab Heinrich zu.

»Ich hab es Johanna schon gesagt, dass sie mir ein paar Schnitten mehr einpackt. Das hat mein Töchterchen flink erledigt.«

»Du bist wie ein Vater zu mir, Alfred.«

»Das kannst du laut sagen.«

»Ich hab übrigens früher hier mal gewohnt.«

»Ich weiß. Da vorn, Terrassenwohnung Jägerstraße, steht alles in den Akten.«

»Ich würde gern mal gucken gehen.«

»Hast du da noch jemanden?«

»Ein Freund vielleicht. Meine Eltern sind ja weg.«

Lehmann nickte. »Ich weiß.«

»Ich komm gleich nach.«

»Mach das, mein Junge. Aber denk dran, dass ich bei Wurststullen schwach werde. Wenn du zu lange weg bist, bekommst du nur den Käse.«

»In Ordnung.«

Sie verabschiedeten sich und gingen in entgegengesetzte Richtungen. Hansen trat zögernd durch das Tor und lief über die gelben, geriffelten Backsteine.

Alles war fast so wie früher, obwohl es ihm kleiner und ärmlicher vorkam, als er es in Erinnerung hatte. Auf den Balkonen hing Wäsche. Es roch nach Kartoffeln und Blumenkohl. Da und dort hörte man ein Kind rufen oder schreien. Von irgendwoher drangen die Klänge eines Akkordeons an sein Ohr. Die Bäumchen in der Mitte des Terrassenwegs waren größer geworden. Langsam ging er an ihnen vorbei, nickte einem unbekannten Mann im Unterhemd zu, der auf einem Balkon stand, bemerkte eine Nachbarin, die ihm bekannt vorkam, an einem Fenster im zweiten Stock und erreichte das Ende der Wohnanlage.

Hier, wo damals das Haus mit der Wohnung seiner Eltern gestanden hatte, stand nun ein neues. Man konnte an einigen baulichen Unterschieden erkennen, dass es später als die anderen Häuser erbaut worden war, obwohl diese einfachen Arbeiterunterkünfte ja kaum mit Verzierungen versehen waren: Simse und Abstufungen befanden sich auf verschiedener Höhe, die Treppe ins Hochparterre war kürzer, die Tür dafür etwas höher.

Ein Junge und ein Mädchen, beide in Matrosenkostümen, sprangen aus einem Hauseingang heraus und spielten mit einem Ball. Eine sonntäglich gekleidete junge Frau rief ihnen vom Balkon her zu: »Geht nicht zu weit weg. Ich ruf euch bald zum Abendessen!« Hinter ihr hörte man das Stimmengewirr einer Festtafel. Vielleicht wurde dort ein Geburtstag gefeiert. Die Frau blickte Hansen kurz an. Sie war etwa in seinem Alter und kam ihm bekannt vor. Verheiratet und mit mindestens zwei Kindern, war ihr Platz in der Welt ihr sicher.

Er wandte sich um und lief eilig zum Haus, in dem die Familie Martens gewohnt hatte. Im Treppenhaus stellte er erleichtert fest, dass das Messingschild mit dem Namen Martens noch an der Tür in der Hochparterrewohnung hing. Er klopfte. Die Frau, die aufmachte, war tatsächlich Frau Martens. So gut wie nichts an ihr hatte sich verändert. Sie trug ein schlicht gemustertes Kleid, wie sie es früher getragen hatte, dazu eine karierte Schürze – makellos wie früher. Ihr Haar war unauffällig hochgesteckt wie früher. Eine Spur Grau hatte sich in ihr Dunkelblond gemischt, und einige Falten durchzogen ihr ehemals glattes Gesicht.

»Ja, bitte?«, sagte sie.

Er zog hastig die Mütze ab. »Guten Tag, Frau Martens. Ich bin es, Heinrich, Heinrich Hansen.«

Sie sah ihn forschend an, schien ihn erkannt zu haben, nickte und bat ihn herein.

So wenig sich ihr Äußeres verändert hatte, so wenig hatte sich die Wohnung gewandelt. Noch immer hingen die Porträts von

Karl Marx, Friedrich Engels, Ferdinand Lassalle und August Bebel in der Diele. Noch immer eine rote Fahne mit den aufgenähten Buchstaben SPD. und einem Wappen mit der Aufschrift »Freiheit, Gleichheit, Brüderlichkeit« über der Sitzbank. Auf dem Küchentisch lagen die Parteizeitung *Vorwärts* und das *Hamburger Echo*.

»Es ist leider keiner von meinen Männern da«, sagte Frau Martens und deutete auf die Stühle vor dem Tisch. »Nimm doch Platz, Heinrich. Möchtest du einen Malzkaffee? Die Kanne steht noch auf dem Herd.«

»Nur, wenn es keine Umstände macht.«

»Nein, nein.« Sie nahm die Kanne und schenkte ihm eine Tasse ein. »Sie sind alle drei auf einer Gewerkschaftsversammlung. Und wenn das nicht wär, dann wären sie für die Partei unterwegs. Die haben immer was zu tun. Bin ja froh, dass sie wenigstens bis nach dem Mittagessen warten, bevor sie mich hier allein lassen. Bist du auf Besuch hier, Heinrich?«

Er erzählte von seiner Zeit als Marineoffizier und dass er zurückgekommen sei, um Polizist zu werden.

»Polizist? Da wird sich Peter aber wundern.«

»Ihr Sozialdemokraten habt doch nichts gegen Polizisten, oder?«, fragte Heinrich leicht verunsichert.

»Nein, eigentlich nicht. Aber gerade Peter ist nicht besonders gut auf die Staatsgewalt zu sprechen. Seit er auf der Werft arbeitet, ist er noch politischer geworden als sein Vater und sein großer Bruder. Du würdest dich wundern, wie kämpferisch er jetzt ist.«

Heinrich ließ sich ihre Worte durch den Kopf gehen. Ihn wunderte es eigentlich nicht. »Das war er doch immer«, sagte er. »Solange er nicht gegen das Gesetz handelt, werde ich ihm nicht am Zeug flicken.«

»Hoffen wir das Beste«, sagte Frau Martens. »Jedenfalls musst du unbedingt mal kommen, wenn alle da sind.« Sie schien zu überlegen, wann wohl der beste Zeitpunkt wäre. »Schau einfach noch mal rein, am besten werktags nach Feierabend.«

Heinrich stand auf. »Das mach ich, Frau Martens.«

»Noch eine Tasse Kaffee?«, sagte sie hastig.

»Nein danke, ich muss auf die Wache. Wir haben noch eine anstrengende Nacht vor uns wegen einer Mordgeschichte.«

»Ach so. Aber komm doch bald mal wieder. Manchmal hab ich auch Kuchen. Meine Männer sind so beschäftigt, dass sie oft ganz vergessen, dass ich hier mit Kuchen auf sie warte. Heute habe ich ihnen den Kuchen gleich mitgegeben.«

»Macht nichts, Frau Martens, ein andermal.«

»Ja, also dann …«

»Grüßen Sie Ihre Männer von mir, vor allem natürlich den alten Pit. Sagen Sie ihm, Hein ist von seiner Kaperfahrt zurück.«

»Das werde ich tun. Auf bald, Heinrich.«

»Wiedersehen, Frau Martens.«

Es war höchste Zeit, sich wieder auf der Wache blicken zu lassen. Eilig verließ er die Terrasse. Kaum war er durch das Tor getreten, hielt er jedoch inne. Schräg gegenüber bemerkte er das Schild mit der Aufschrift »Blunke's Kolonialwaren«. Das war doch das Geschäft von Klaas' Eltern.

Hansen überquerte die Straße und blieb vor dem Schaufenster stehen. Die Gestelle für die Obst- und Gemüsekisten, die werktags hier aufgebaut wurden, waren zusammengeklappt worden, die Tür des Ladens war mit einem Eisengitter verschlossen. Auf dem Schaufenster stand »Obst aus dem Alten Land«, »Gemüse aus Vierlanden«, »Spezialitäten aus aller Welt«. Auf einem Schild an der Tür war zu lesen: »Inhaber: Klaas-Hennig Blunke«.

Blunkes hatten immer über dem Laden gewohnt. Hansen zögerte. Er könnte natürlich auch hier noch anklopfen und auf ein Wiedersehen mit einem Jugendfreund hoffen. Doch er entschied sich dagegen. Er war Schutzmann auf Probe, da sollte er seine Zeit besser nicht verbummeln. Er musste eifrig bei der Sache sein, sonst verlor er seinen Posten.

Hansen machte auf dem Absatz kehrt und ging mit großen Schritten zurück zur Davidwache.

Kriminalwachtmeister Lehmann hatte seinem Kollegen eine Wurststulle übrig gelassen. Hansen biss hungrig hinein. Lehmann hatte das rote Kostüm mit den stilisierten Pfoten und der Pelzkapuze auf seinem Schreibpult ausgebreitet und warf immer wieder einen Blick darauf. Besonders zufrieden schien er nicht mit diesem Fund zu sein, er runzelte die Stirn und brummte vor sich hin.

»Endlich ein Beweisstück«, stellte Hansen fest.

»Abwarten«, sagte Lehmann. »Wir wollen erst mal sehen, ob uns das wirklich weiterbringt.«

Hansen aß schweigend weiter.

»Dieses dumme Ding!«, sagte Lehmann missmutig.

»Ist doch wirklich erstaunlich, was sich diese Leute vom Varieté ausdenken, um Eindruck zu schinden mit ihren Aufführungen«, sagte Hansen, nachdem er fertig gegessen hatte. Es war der Versuch, seinen Kollegen aufzumuntern.

»Was?«

»Na, du weißt schon, was ich meine. Man könnte beinahe glauben, es gibt wirklich so was wie Katzenmenschen.«

»Lass uns mal lieber bei den Tatsachen bleiben, mein Junge.«

»Meinst du, es ist das Kostüm, das der Mörder trug?«

»Vielleicht auch die Mörderin.«

»Du meinst, es könnte eine Frau gewesen sein?«

»Ist doch wohl nahe liegend.«

»Eine der Tänzerinnen im Varieté?«

»Hm.«

»Klingt einfach«, sagte Hansen. »Wir suchen die Katze, die in das Kostüm passt, und schon haben wir unser gesuchtes Raubtier.«

»Wäre schön, wenn es so käme.« Lehmann stand auf, stellte sich vor den Tisch und blickte auf das Kleidungsstück.

Hansen trat neben ihn. »Vielleicht reicht es schon, wenn wir den Schwanz finden.«

Lehmann stutzte. »Was?«

»Der Schwanz fehlt. Was ist denn eine Katze ohne Schwanz?«

»In der Tat.« Lehmann streckte zögernd die Hand nach dem Kostüm aus. »Abgerissen?«

Hansen kam ihm zuvor, drehte das Kostüm um und zeigte auf eine Stelle, an der noch ein paar Fäden hingen. »Da muss er dran gewesen sein.«

»Seltsam«, murmelte Lehmann.

»Im Varieté wurde doch nirgendwo ein Katzenschwanz gefunden?«, fragte Hansen.

»Nein. Vielleicht gibt es ja Kostüme ohne Schwanz.«

»Die Katzen auf der Bühne hatten alle Schwänze, Alfred. Daran erinnere ich mich genau.«

»So?«

»Ich saß ja eine Weile da und hab zugesehen.«

Lehmann geriet ins Grübeln. Er wandte sich ab und ging zum Tisch in der Mitte des Raums, griff nach der Kaffeekanne und goss sich etwas in eine Tasse.

»Also nichts wie rüber ins Varieté, um die Besitzerin dieses Kostüms zu suchen.«

Lehmann trank langsam seinen Kaffee und stellte die Tasse ab. »Ja«, sagte er, »das müssen wir wohl.« Er drehte sich um: »Nimm du mal dieses Ding da und tu es da rein.« Er deutete auf eine Ledertasche, die neben der Garderobe in einem Regal lag.

»Jawohl.« Hansen legte das Kostüm so gut es ging zusammen und verstaute es in der Tasche.

Auf dem Weg nach unten fragte Lehmann: »Und? Wie war sie?«

»Was?«

»Die Stulle. Wenn meine Tochter sie macht, schneidet sie die Lyoner immer ein bisschen dicker.«

»Ja, dick und gut waren sie, die Wurstscheiben, danke.«

»Und sie vergisst nie den Senf«, fügte Lehmann hinzu.

Im warmen Glanz der Frühabendsonne wiesen ihre langen Schatten Richtung Millerntor, die Luft war dunstig. Der Spielbudenplatz war jetzt, kurz bevor der Abendbetrieb beginnen würde, verlassen und staubig.

Vor dem Eingang des Salons Tingeltangel hatte sich eine Menschenschlange gebildet, obwohl das Lokal erst in einer halben Stunde geöffnet wurde.

»Ist doch widerlich«, sagte Lehmann. »Kaum schreiben sie in der Zeitung von einer Mordtat, drängen sich die Menschen auch schon zum Ort des Geschehens, um zu gaffen.«

»Die Menschen sind von grausamen Taten fasziniert«, sagte Hansen. »Als ich einmal auf Landgang in Tsingtao …«

Lehmann zückte seine Dienstmarke und rief: »Platz! Platz! Bitte lassen Sie uns durch! Kriminalpolizei im Einsatz!«

Die Menge teilte sich, und die beiden Beamten gingen gemessenen Schrittes, unverhohlen bestaunt von den gut gekleideten und sensationslüsternen Bürgern, auf die Eingangstür zu. Sie war verschlossen. Lehmann rüttelte energisch an beiden Türflügeln. Ein uniformierter Portier erschien, schloss auf und rief: »Ich muss doch sehr bitten!« Als er die Polizeimarke sah, salutierte er und ließ die beiden Ermittler herein.

Jan Heinicke stand im Frack neben dem Kassenhäuschen in der Mitte des Foyers und zählte mit der Kartenverkäuferin Münzen und Geldscheine durch. Als er Lehmann und Hansen näher kommen sah, blickte er auf und nickte ernst. »Einen Moment, meine Herren.« Und an die Kartenverkäuferin gewandt sagte er: »Falls das Wechselgeld nicht reicht, wendest du dich an Oskar.« Er deutete auf den Portier und drehte sich wieder zu den Polizisten um. »Ich hatte Sie gar nicht so bald wieder erwartet.«

»Keine Angst«, sagte Lehmann, »wir wollen Ihr Etablissement nicht noch mal schließen.«

»Das wäre auch äußerst ungünstig. Sie sehen ja, wie sich das Publikum hereindrängt.«

»Ja, das sehe ich.«

»Ich bin auch sehr in Eile … Die Vorstellung beginnt.«

»Vorher haben wir noch etwas zu besprechen, Herr Heinicke. Und wenn Sie vermeiden wollen, dass es zu Verzögerungen kommt, sprechen Sie bitte sofort mit uns.«

Heinicke blickte Lehmann erstaunt an. »Wie? Was ist denn noch?«

»Wir haben ein Beweisstück gefunden, und das muss zugeordnet werden.«

»Oh.«

Lehmann nahm Hansen die Ledertasche ab und hielt sie hoch. »Hier drin. Besser, wir gehen in Ihr Büro.«

»Wenn es sein muss ...«

»Aber ja, es muss!«

»Zählen Sie das durch und schreiben Sie den Betrag auf!«, schärfte Heinicke der Kassiererin ein. Dann ging er voran durch eine Seitentür in ein Treppenhaus, durch das man über teppichgedämpfte breite Stufen in den ersten Stock gelangte, wo sich die Logen- und Galerieplätze und hinter der Bühne die Verwaltung befanden.

Heinickes Büro war mit schlichten Möbeln ausgestattet – ein großer Schrank, einige Stühle und ein Schreibtisch, auf dem Lehmann jetzt das rote Katzenkostüm ausbreitete.

Heinicke warf einen Blick auf das Kleidungsstück und zuckte mit den Schultern. »Was ist damit?« Er strich sich ungeduldig die Weste über dem Bauch glatt. Seine Hand griff nach der Uhrkette.

Lehmann warf Hansen einen auffordernden Blick zu.

»Das haben wir gefunden«, erklärte der Kriminalschutzmann-Anwärter, »in einem Baum in der Jägerstraße.«

»Jägerstraße? Gibt es da Bäume?«

»Im Hinterhof, verstehst du, Jan?«

»Hör mal, wie du das sagst, als hätte ich was damit zu tun.«

»Es ist doch ein Kostüm aus deiner Katzenrevue?«

»So sieht es aus.«

»Gar so viele Katzenkostüme scheinen ja auf St. Pauli nicht getragen zu werden. Oder gibt es noch ein anderes Theater, wo ein solches Stück aufgeführt wird?«

»Natürlich nicht«, sagte Heinicke. »Das wäre ja noch schöner. Meine Katzen sind mein ganzes Kapital. ›Die rote Katze‹ ist das Erfolgsstück der Saison.«

»Na bitte«, meinte Hansen unwirsch.

»Was heißt hier ›na bitte‹?«, rief Heinicke verärgert aus. »Nur weil meine Tänzerinnen solche Kostüme tragen, muss ich doch nicht gleich ein Verbrecher sein!«

»Aber nein, es sei denn, du wärst es.«

Heinicke blickte Hilfe suchend zu Hansens Kollegen. »Lehmann, was sollen diese Andeutungen?«

»Nichts«, sagte Lehmann seelenruhig. »Gar nichts.« Sein kurzes freundliches Nicken schien Heinicke zu beruhigen.

»Also, was …?«, fragte er an Hansen gewandt.

»Wir wollen wissen, welcher Tänzerin dieses Kostüm gehört«, sagte Hansen bestimmt. Tatsächlich zweifelte er daran, ob er es wirklich wissen wollte. Er dachte an die Tafel mit der Aufschrift »3. Stock/rechts – Koester, L.«

»O Gott!« Jan Heinicke fuhr sich nervös durch die roten Haare. »Woher soll ich das denn wissen? Die sehen doch alle gleich aus.«

»Dann werden wir alle Tänzerinnen befragen müssen. Womöglich müssen sie sogar das Kostüm anprobieren.«

»Ach herrjeh! Aber doch nicht jetzt! Die Vorstellung soll bald beginnen.«

»Wir haben keineswegs die Absicht, das Etablissement heute Abend zu schließen.«

Was von Lehmann ermutigend gemeint war, empfand Heinicke als Drohung.

»Also bitte, was muss ich tun, um Sie zufrieden zu stellen?«

»Uns die Person nennen, der dieses Kostüm gehört.«

»Das kann ich nicht, das kann bestenfalls der Choreograf.«

»Holen Sie ihn!«, verlangte Lehmann.

Heinicke wischte sich mit einem Taschentuch über die Stirn, murmelte: »Nun gut, einen Moment«, und verschwand.

»Bravo, Hansen«, sagte Lehmann und strich sich zufrieden über den Bart. »Den hast du aber ins Schwitzen gebracht.«

»Das war gar nicht meine Absicht.«

»Ha, du bist ein richtiger Fuchs!«

Heinicke kam zurück und stellte ihnen einen kleinen Mann in silbergrauem Anzug vor, dessen dünne, lange Haare pomadisiert waren und am Schädel klebten. »Herr Joshua, mein Choreograf.«

»Guten Tag, stets zu Diensten, sehr wohl«, sagte der Mann mit amerikanischem Akzent.

»Können Sie uns sagen, welche Ihrer Tänzerinnen dieses Kostüm vermisst?«

»Oh, von vermisst wurde mir nichts mitgeteilt, meine Herren. Aber wenn ich es mir mal ansehen darf …« Er griff mit kurzen dünnen Fingern nach dem Stoff, befühlte ihn, und als Lehmann ihm zunickte, nahm er das Teil und betrachtete es eingehend.

»Sie müssen wissen, dass die Mädchen sich diese Kostüme vom Mund absparen. Deshalb wundert es mich, dass noch keine den Verlust angezeigt hat.«

»Müssen sie sie denn selbst bezahlen?«, fragte Hansen.

»Aber ja, so steht es im Vertrag.«

»Es wäre ja noch schöner«, fügte Heinicke pikiert hinzu, »wenn die Geschäftsleitung die Kostüme der Tänzerinnen zahlen müsste.«

»Nun ja, wie dem auch sei«, meinte Lehmann. »Das heißt also, die Künstlerinnen lassen sich diese … Gewänder selbst schneidern?«

»Ganz recht«, sagte Joshua. »Und weil das so ist, sieht jede zu, dass die Kostüme wiederzuerkennen sind. Alle haben ein Kennzeichen, manchmal ist der Namen eingestickt, oder es gibt unterschiedliche Details.«

»Hier fehlt der Schwanz«, sagte Hansen.

»Ach? In der Tat, na seltsam … damit ist doch gar nicht mehr aufzutreten.« Joshua schüttelte den Kopf.

»Also keine spezielle Kennzeichnung?«

»Nein, aber hier.« Joshua deutete auf das Kopfteil.

»Was?«, fragten Lehmann und Hansen gleichzeitig.

»Die Schnurrhaare hier. Sie sind golden.«

»Das haben wir auch schon bemerkt«, brummte Lehmann.

»Goldene Schnurrhaare sind das Kennzeichen einer unserer Tänzerinnen.«

»Na, wer ist es denn nun?«, fragte Lehmann ungeduldig.

»Lilo Koester heißt sie.«

»Donnerwetter!« Lehmann stieß Hansen seinen Ellbogen in die Seite. »Koester, L., dritter Stock, was sagst du dazu?«

Hansen wusste rein gar nichts dazu zu sagen. Das war also die Überraschung, die Jan neulich angedeutet hatte.

»Lilos Kostüm?«, murmelte Heinicke.

»Eindeutig«, versicherte Joshua.

»Her mit dieser Koester! Aber schnell!«, kommandierte Lehmann, und der Choreograf eilte aus dem Büro.

Hansen und Heinicke sahen sich kurz an, gleichzeitig fragend und vorwurfsvoll, und bemerkten eine ähnliche Bestürzung in den Gesichtszügen des jeweils anderen.

»Vorsicht, Hansen, wenn sie jetzt kommt«, sagte Lehmann. »Bei verdächtigen Frauenzimmern muss man auf alles gefasst sein.«

Eine Weile schwiegen die drei Männer.

»Lehmann, könnten wir nicht …«, setzte Heinicke an.

Aber da ging die Tür auf, und Lilo trat herein.

»Obacht, Hansen!«, zischte Lehmann seinem Kollegen zu.

Aber auch in einer Gefahrensituation hätte Hansen sich nicht von der Stelle rühren können. Sein Herz pochte heftig, er fürchtete rot zu werden. Mensch, Bootsmann, dachte er, du hast die sieben Meere befahren, du hast Haie gesehen und Wale, fliegende Fische und Albatrosse, du bist sogar einmal einem Riesenkraken begegnet, du hast viele Mädchen in vielen Häfen kennen gelernt und so manchen Kampf zwischen Männern ausgetragen. Du hast Frauen zum Lachen gebracht, einige sogar zum Weinen, und nun stehst du hier wie gelähmt und wünschst dich wieder weit fort auf irgendeinen Panzerkreuzer im ostasiatischen Meer.

Und das bloß, weil Lilo Koester vor dir steht, Lilo mit ihren flachsblonden Haaren und ihren eigenartigen halb nordisch, halb asiatisch anmutenden Gesichtszügen mit der spitzen, leicht nach oben gerichteten Nase, der hohen Stirn und dieser ungewöhnlich hellen Haut mit den vereinzelten Sommersprossen.

Sie trug eine Art Kimono und darunter ihr Katzenkostüm. Die Haube mit den Ohren und der Schnauze hing wie eine Kapuze über den Kragen ihres Umhangs. In den Händen hielt sie einen weißen Zwergpudel, den sie mit ihren schmalen Fingern zärtlich kraulte. Hansen stellte erstaunt fest, dass er sie größer in Erinnerung gehabt hatte. Sie reichte ihm bis an die Schulter. Es hatte eine Zeit gegeben, da waren ihre Augen auf gleicher Höhe gewesen.

»Bitte sehr, die Herren«, sagte der Choreograf, der sich hinter ihr ins Zimmer gedrängt hatte. »Das ist Fräulein Koester.« Und an sie gewandt: »Die Herren von der Polizei.«

Lehmann deutete reflexartig eine Verbeugung an, Hansen blieb stocksteif stehen.

»Kriminalwachtmeister Lehmann«, sagte Lehmann, um dann auf seinen Kollegen zu deuten. »Kriminalschutzmann Hansen.«

Lilo Koester blickte kurz von einem zum anderen, ohne eine Miene zu verziehen.

»Lilo, sieh mal hier«, sagte Heinicke und wies auf den Schreibtisch, wo das Kostüm lag.

»Ich darf doch bitten!«, fuhr Lehmann den Varietébesitzer an. »Hier führe ich das Wort.«

»Entschuldigung.« Heinicke hob abwehrend die Hände.

Erst in diesem Moment wurde Hansen eine weitere unangenehme Tatsache klar: Lilo arbeitete in Jans Lokal, tanzte für ihn! Angestellt bei diesem dicklichen Rotschopf, diesem pummeligen Schlachtersohn – sie, die einstige Königin der Kaperfahrer!

Hansen warf Heinicke einen flüchtigen Blick zu und bemerkte, dass dieser ihn stirnrunzelnd musterte.

»Fräulein Koester?«, wandte sich Lehmann an Lilo.

Sie blickte ihn mit einem verhaltenen Lächeln an. Ihr Blick schweifte über die anwesenden Männer. Das Lächeln blieb, auch als sie Hansen kurz ansah und dabei, als wollte sie ihm eine Frage stellen, unmerklich eine Augenbraue anhob. Wieder schaute sie Lehmann an und nickte. »Ja?«

»Wenn Sie bitte vortreten möchten!«

»Wohin?«

»Dort zum Schreibtisch!«

»Bitte sehr, ist es so recht?«

»Sehen Sie das Kostüm da?«

»Ja, ich sehe es.«

»Ist es Ihr Kostüm?«

»Das glaube ich nicht.«

»Warum?«

»Weil ich mein Kostüm bereits trage.«

»Besitzen Sie nur ein einziges Kostüm für Ihre Auftritte?«

»Nein, zwei. Das andere ist in der Wäscherei.«

»Aha. Und dies hier?«

Lilo Koester zuckte mit den Schultern und kraulte ihr Hündchen. »Ich weiß nicht. Wir haben so viele Tänzerinnen in roten Katzenkostümen.«

Lehmann warf Hansen einen auffordernden Blick zu. Darauf war er nun gar nicht gefasst, dass er Lilo auch noch verhören sollte!

Hansen räusperte sich. »Fräulein Koester…« Sie drehte den Kopf und sah ihn aufmerksam an, mit diesem Blick, der ihm früher das Gefühl gegeben hatte, er sei für sie nichts weiter als ein zufällig am Wegesrand herumliegender Stein. »… fällt Ihnen an diesem Kostüm denn gar nichts auf?«

»Doch«, sagte sie, »selbstverständlich. Es fehlt der Schwanz. Haben Sie schon mal eine Katze ohne Schwanz gesehen?«

»Wie erklären Sie sich das?«, fragte Hansen und wünschte sich innig, Lehmann würde ihn unterbrechen und das Verhör fortsetzen.

»Gar nicht«, antwortete Lilo Koester leichthin.

»Vielleicht haben Sie eine Idee…«

»Eine Idee?«

»Was mit dem Schwanz passiert sein könnte. Ist Ihnen irgendwann vielleicht einmal eine Kollegin in diesem Kostüm begegnet?«

»Na, das wäre was gewesen! Eine Katze ohne Schwanz, das hätte unserm Joshua gar nicht gefallen. Da hätte es aber ein Donnerwetter geben, nicht wahr, Herr Joshua?«

»Mit Sicherheit«, stimmte der Choreograf zu.

»Ja, also dann«, sagte Hansen.

»Die Barthaare, Hansen«, soufflierte Lehmann.

»Ja richtig. Sieh mal ... Sehen Sie sich mal die Barthaare an, Fräulein Koester!«

»Sie sind golden wie die bei meinem Kostüm«, stellte Lilo Koester freimütig fest.

»In der Tat!«, sagte nun Lehmann mit harsch klingender Stimme. »Und deshalb muss es Ihr Kostüm sein!«

»Aber nein«, entgegnete Lilo ruhig. »Es ist doch viel zu groß.«

»Wie bitte?«

Unvermittelt drückte Lilo Hansen ihren Zwergpudel in die Hände und schnürte den Gürtel des Kimonos auf: »Sehen Sie doch selbst.« Sie zog ihren Mantel auf und präsentierte ihren gertenschlanken Körper.

»Ich muss doch sehr bitten!«, rief Lehmann.

»Lilo!«, mahnte Heinicke.

Hansen musste sich ein Lachen verkneifen.

»Also los!«, brummte Lehmann. »Wenn Sie eh schon so weit gegangen sind, dann können Sie ebenso gut das Kostüm hier anziehen.«

»Jetzt? Hier?«, fragte Lilo verblüfft.

»Unsinn! Wir gehen nach draußen, während Sie sich umkleiden.«

»Nun gut, wie Sie wünschen.« Sie blickte Hansen an: »Hältst du bitte so lange mein Hündchen, Herr Wachtmeister?«

»Schutzmannanwärter«, sagte Hansen.

»So, also bitte, hinaus!« Lehmann klatschte in die Hände.

Die Männer verließen das Büro und warteten schweigend im Korridor.

»Eine impertinente Person«, murmelte Lehmann.

»Aber eine ausgezeichnete Tänzerin«, beeilte sich Herr Joshua zu versichern.

Wenig später ging die Tür auf, und Lilo Koester präsentierte sich in dem Falten werfenden schwanzlosen Kostüm.

»Um Himmels willen!«, sagte Joshua.

»Es ist viel zu groß, nicht wahr«, stellte Lilo Koester nüchtern fest.

»In der Tat«, sagte Lehmann.

Sie deutete einen Knicks an. »Darf ich jetzt wieder ... Die Vorstellung beginnt gleich.«

»Meinetwegen.« Lehmann machte eine wegwerfende Handbewegung. »Wir werden den Fall heute Abend wohl kaum zum Abschluss bringen.«

»Welcher Tänzerin könnte dieses Kostüm sonst passen?«, fragte Lehmann, als Lilo wieder im Büro verschwunden war, um sich abermals umzuziehen.

»Unsere Tänzerinnen sind alle von etwa gleicher Statur«, sagte der Choreograf. »Ich glaube kaum, dass diese Größe einer anderen ...«

»Sie wollen doch nicht etwa alle Tänzerinnen zur Anprobe rufen?«, fragte Heinicke nervös.

»Nein ... ich glaube, das würde im Moment zu weit führen.«

»Jedenfalls doch nicht jetzt, wo die Vorstellung beginnt und wir volles Haus haben. Vielleicht könnte man vormittags ...«

»Wir sollten die Frage vielleicht von einer anderen Seite angehen«, sagte Hansen. »Wer fertigt diese Kostüme an?« Er wandte sich an Heinicke.

Der zuckte mit den Schultern und gab die Frage mit einem Blick an den Choreographen weiter.

»Edelmann, ein Schneider drüben in Altona«, sagte Joshua.

»Bravo, Hansen«, sagte Lehmann. »Das ist ein neuer guter Ausgangspunkt.«

Die Bürotür ging auf, und Lilo trat heraus, wieder mit dem Kimono bekleidet.

»Darf ich jetzt gehen?«, fragte sie.

»Sie sind entlassen, Fräulein Koester«, sagte Lehmann.

»Danke.«

Sie drehte sich zu Hansen um und streichelte den kleinen Pudel, den er noch immer in den Händen hielt.

»Er mag dich«, sagte sie. »Vielleicht möchtest du ihn noch eine Weile behalten?«

Hansen schüttelte den Kopf. »Ich bin im Dienst.«

Sie nahm ihm den Hund ab, um ihn stattdessen Jan Heinicke in die Arme zu drücken. »Dann nimm du ihn jetzt!«

Damit drehte sie sich um und ging. Die Männer sahen ihr nach, wie sie die Treppe am Ende des Korridors hinabstieg.

»Vielleicht möchten Sie die Vorstellung sehen, als meine Gäste«, sagte Heinicke unsicher.

Lehmann schüttelte den Kopf. »Nein, danke. Wir haben zu tun.«

Draußen hatte die Dämmerung eingesetzt, und schon leuchteten die bunten Lichter der Vergnügungsstätten, noch blass, aber verheißungsvoll.

»Na, das wird ein Bericht«, murmelte Lehmann. »Verhör einer Tänzerin mit anschließender Kostümprobe.«

»Seltsam, dass es ihr nicht gepasst hat, wo es doch auf einem Baum im Hinterhof ihrer Wohnung gefunden wurde«, sagte Hansen.

»Ja, als ich sie sah, hätte ich schwören können, dass sie in die Sache verwickelt ist. Dieses eigenartige Gesicht … In jedem Fall ist sie eine impertinente Person.«

»Ach was.«

»Sie hat sich sogar erdreistet, dich zu duzen!«

»Das liegt nur daran, dass ich sie von früher her kenne«, gestand Heinrich.

Lehmann blieb stehen. »Was? Das gefällt mir aber gar nicht!«

Hansen grinste schief. »Mir auch nicht.«

## SIEBENTES KAPITEL

# *Mädchen auf Abwegen*

Das Rendezvous in der Velocipeden-Halle konnte für Heinrich kein wirklicher Triumph mehr werden. Er hatte es ja erst als zweiter geschafft, sich ganz allein mit Lilo zu verabreden. Dem pummeligen Jan mit den kindlichen Sommersprossen war es nämlich doch noch gelungen, Lilo ins Universum zu begleiten. Natürlich lag es nur daran, dass Jan verwegen genug gewesen war, mit Friedrich die Kisten mit den Schnapsflaschen aus dem Schuppen zu klauen. Heinrich bereute beinahe, dass er dabei nicht mitgemacht hatte.

Er hatte ein kurzes Gespräch darüber mit Pit geführt. Der war ihm barsch über den Mund gefahren und hatte ihn getadelt. »Du willst doch nicht etwa wegen eines Mädchens zum gemeinen Verbrecher werden, oder?« Natürlich wollte Heinrich das nicht. Er merkte ja an seinem Vater, was es bedeutete, wenn man ins halbseidene Milieu abglitt. Der Vater blieb immer länger von zu Hause fort, trank noch mehr, wurde zunehmend apathischer, und wenn man ihn auf seinen Lebenswandel ansprach, geradezu jähzornig. Heinrich spürte schmerzhaft, wie seine Mutter darunter litt. Und er schwor sich, dass er ihr niemals einen derartigen Grund zum Weinen geben wollte.

Gern hätte er sich mit Elsa verbündet, um die Familie zusammenzuhalten. Aber seine Schwester war nicht mehr zurückgekehrt, seit sie vor dem Vater weggelaufen war. Jetzt musste Heinrich seiner Mutter noch mehr zur Hand gehen. Wegen der zusätzlichen Zeit, die er nachmittags und abends im Waschhaus sowie beim Abholen und Ausliefern der Wäsche zubrachte, konnte er sich kaum mehr um seine Freunde und Lilo kümmern.

Nun waren die Sommerferien gekommen. Heinrichs stille Hoffnung, dass sich die Kaperfahrer wieder öfter in ihrem Hauptquartier am Grenzgang treffen würden, erfüllte sich nicht. Drei Tage nachdem er die Schule hinter sich gebracht hatte, machte sich Pit mit seinem Vater und seinem Bruder auf den Weg zur Werft. Ihn sah er jetzt nur noch selten, denn die Familie Martens ging werktags sehr früh ins Bett, und sonntags besuchten die Männer ihre politischen Versammlungen.

Klaas musste in den Ferien im Laden seiner Eltern aushelfen und hatte ebenfalls weniger Zeit als sonst. Mit Jan wollte sich Heinrich nicht unbedingt treffen, schon gar nicht allein, denn der tat neuerdings großspurig und wollte die langen Hosen gar nicht mehr ausziehen. Außerdem steckte er häufig mit Friedrich zusammen.

Blieb nur noch Lilo übrig, die er gelegentlich von weitem zu Gesicht bekam, wenn er für seine Mutter unterwegs war. Entweder ging der hochnäsige Friedrich neben ihr – gemessenen Schrittes und selbstgefällig. Oder der dickliche Jan klebte an ihr wie eine Klette und bemühte sich gestenreich, das Mädchen zu beeindrucken. Wenn Heinrich sie bemerkte, bog er mit dem Handwagen rasch um die nächste Ecke oder steuerte eine Tordurchfahrt an. Dann ärgerte er sich darüber, dass er, der hart arbeitete, sich deswegen vor seinen müßiggängerischen Freunden schämte.

Zu der Verabredung mit Lilo wollte er eigentlich in kurzen Hosen gehen, um zu zeigen, dass ihn großspuriges Gehabe nicht beeindruckte. Da es nun aber Sonntag war, hätten ihn kurze Hosen als Sonderling ausgewiesen, und als das wollte er auch nicht erscheinen. Er wollte einfach bloß Heinrich Hansen sein, ein Junge aus St. Pauli, der um seiner selbst willen geschätzt wurde und nicht weil er Schnaps klaute oder sich als Baron von Schluthen ausgab.

Die Verabredung war dank Heinrichs Mutter zustande gekommen. Während Heinrich ein schweres Paket Wäsche in ein kleines Lokal neben dem Kaisersaal in der Großen Freiheit brachte, war sie mit dem Handwagen Richtung Schmuckstraße weitergezogen. Dort kam Lilo ihr entgegen, mit einem weißen Hund auf dem Arm, der aussah wie ein kuscheliger kleiner Bär.

Heinrich bemerkte erst, mit wem seine Mutter sich da neben dem Kellerlokal mit den chinesischen Lampions vor dem Eingang unterhielt, als es schon zu spät war, sich heimlich zu verdrücken. Lilo winkte ihm mit dem freien Arm fröhlich zu, und er trottete zu ihnen.

Seine Mutter sah ihn mit gespieltem Erstaunen an und sagte: »Was höre ich da, Heinrich? Du vernachlässigst deine Freunde?«

»Was?«, brummte Heinrich mürrisch, während er so tat, als würde er nicht bemerken, dass Lilo in ihrem blauen Turnkostüm, das ihre Waden freigab, noch hübscher aussah als sonst. Der Matrosenkragen ließ sie keineswegs kindlich erscheinen, sondern überraschend weiblich. Vielleicht lag es daran, dass sie dieses Hündchen auf dem Arm hielt, oder an dem Strohhut, oder an dem Gürtel, der ihre Wespentaille zur Geltung brachte.

»Seit über einer Woche habe ich dich nicht mehr gesehen«, sagte sie. »Zehn Tage sind es sogar schon her. Falls wir verkracht sind, musst du es mir schon sagen. Ich weiß nämlich nichts davon.«

»Ach Quatsch«, murmelte Heinrich.

»Ich glaube sogar, du gehst mir aus dem Weg«, sagte Lilo.

»Ich muss meiner Mutter helfen.«

»Aber Heinrich«, sagte seine Mutter, die Lilo schon immer sehr gern gemocht hatte. »Ich komme doch auch mal einen Nachmittag ohne dich zurecht.«

»Jetzt, wo Elsa dich sitzen gelassen hat?«

»Man ist nur einmal jung, Heinrich, glaub es mir.«

»Du hast doch selbst gesagt, wir hätten zurzeit so viel Arbeit wie nie und wir hätten das auch bitter nötig.«

Seine Mutter seufzte. »Ich will aber nicht, dass du deine Freunde vergisst. Vielleicht hat Lilo ja mal am Sonntag Zeit«, schlug sie vor.

»Aber ja«, sagte Lilo eifrig.

Heinrich deutete auf den kleinen Hund. »Was ist das denn für ein Tier?«

»Das ist Oskar. Du darfst ihn streicheln.«

»Ein Eisbär?« Heinrich streckte die Hand aus und strich dem Hündchen übers Fell. Es war fast so, als würde er Lilo selbst berühren. Eine Sekunde lang geriet er in Versuchung, seine Hand über ihren Handrücken gleiten zu lassen, da schob sie die Hand nach vorn, und er konnte gar nicht anders.

Lilo lächelte. »Er kommt direkt vom Nordpol.«

»Ist sicher so einem ollen Eskimo davongelaufen …«

»… und auf ein Walfängerboot geschlichen mit Kurs auf Hamburg.« Lilo lachte.

»Ist dir wohl zugelaufen?«

»Hm. Süß, nicht?« Sie beugte sich hinab und stellte den kleinen Hund auf seine wackeligen Füße. Er ließ sich zur Seite sinken und blieb liegen.

»Faules Hundchen«, sagte Lilo. »Steht nur auf, wenn es was zu fressen gibt.«

Heinrich ging in die Hocke und stupste den kleinen Hund an. Der rollte träge auf den Rücken und streckte alle viere von sich.

»Wirklich faul«, stimmte Heinrich zu.

»Also wie wär's, ihr beiden«, sagte Heinrichs Mutter. »Nächsten Sonntagnachmittag?«

»Warum nicht«, sagte Lilo.

Heinrich kraulte dem kleinen Hund den Bauch. »Vielleicht.«

»Heinrich, steh auf, wenn du dich verabredest!«

Er gehorchte und blickte seine Mutter erstaunt an.

»Also, dann kommt Lilo am Sonntag um drei zum Kaffee, und danach könnt ihr ein bisschen bummeln gehen.«

»Fein«, sagte Lilo, »vielen Dank für die Einladung, Frau Hansen.«

»Hoffentlich ist Vater nicht da«, murmelte Heinrich.

Am Sonntag kam sie doch nicht, sondern ließ Heinrich durch Pit, den sie zufällig getroffen hatte, ausrichten, sie erwarte ihn um vier Uhr vor der Velocipeden-Halle.

Da sein Vater am frühen Vormittag betrunken und pleite von seiner nächtlichen Tour zurückgekommen war und seine Mutter vor Kummer den Kuchen hatte anbrennen lassen, ging Heinrich hin, obwohl er das Gefühl hatte, versetzt worden zu sein.

Auf der anderen Seite war er erleichtert, dass Lilo ihn dort treffen wollte, denn er wusste, dass eine Velofahrt gerade mal einen Groschen kostete. Sehr viele Groschen hatte er nicht. Voller Nervosität wegen des bevorstehenden Rendezvous kam er zu früh und hatte Gelegenheit, dem fröhlichen, von schrillen Orgelklängen begleiteten Treiben zuzusehen.

Die Velocipeden-Halle am Circusweg war neben der Bergbahn und dem doppelstöckigen Karussell die dritte große Attraktion des Jahrmarkts – mit der Besonderheit, dass die Fahrgäste selbst für den Antrieb sorgen mussten. Die Betreiber warben auf Plakaten damit, dass hier jedermann die neumodische Erfindung des pedalgetriebenen Niederrads ausprobieren könne, ohne einen Sturz zu riskieren, denn alle Velos waren miteinander verbunden. Das Vergnügen bestand darin, dass jeder mit ganzer Kraft in die Pedale trat, damit der im Kreis fahrende Tross so richtig in Fahrt kam.

Ein wenig in Sorge war Heinrich wegen seines Anzugs. Hin und wieder bemerkte er einen Fahrradfahrer, der fluchend abstieg und sich über Ölflecken am Hosensaum beklagte. Solche Verunreinigungen würde auch seine Mutter nicht ohne weiteres wieder ausbleichen können.

Lilo kam fast pünktlich. Sie trug wieder ihr sportliches Kleid und hatte sich die blonden Zöpfe hochgesteckt. Sie gaben sich die Hand, was sie bisher nicht sehr oft getan hatten. Ihre Hand war warm. Er hätte sie gern etwas länger gehalten.

»Wo hast du denn deinen kleinen Eisbären gelassen?«, fragte Heinrich.

»Oskar? Zu Hause. Der würde doch nur stören.«

Heinrich opferte zwei Groschen, und sie warteten mit vielen anderen darauf, dass das Velocipeden-Karussell zum Halten kam.

Als es so weit war, stürzten die Männer los, um frei werdende Räder zu erobern. Heinrich mischte sich unter sie, und mit Ellbogenstößen und einigen Knuffen nach rechts und links gelang es ihm, zwei nebeneinander fahrende Velos zu erobern. Dabei fiel ihm seine Schirmmütze zu Boden, und es war keine Zeit mehr, sie aufzuheben. Die anderen Fahrer traten bereits ungeduldig in die Pedale. Die Orgel stimmte die ersten Takte der Melodie von *Morgen geht's nach Ritzebüttel* an. Die Räder rollten los, und Heinrich bemerkte verdrossen, wie seine Mütze nach jeder Runde noch platter und schmutziger wurde. Auch wenn sie ihm nicht mehr hundertprozentig passte, war es eine Tragödie, denn sie hatte seine Mutter viel Geld gekostet, und natürlich sollte sie wieder verkauft werden, um eine neue Kopfbedeckung anschaffen zu können.

Sie stiegen ab, und Heinrich klaubte seine zerstörte Mütze aus dem Staub.

»Die ist hin, die olle Kappe«, stellte Lilo fest.

»Das ist nicht lustig!«, fuhr Heinrich sie an.

»Ich will noch mal fahren«, sagte Lilo und kletterte auf das letzte freie Rad. »Kauf mir bitte schnell noch ein Billett, ja?«

Das Karussell setzte sich wieder in Bewegung, als Heinrich loslief. Als er sich mit den Billetts in der Hand umwandte, sah er, wie sie weiterfuhr und sich von einem älteren Mann auf dem Nebensitz ansprechen ließ.

Kaum war die Fahrt zu Ende, eilte sie schnurstracks zu ihm, hakte sich bei ihm ein und sagte: »Lass uns einen Bummel machen. Gehen wir durch den Park, ja?«

Heinrich stimmte zu und bekam Herzklopfen, das auch nicht aufhörte, nachdem sie die Cuxhavener Allee überquert hatten und den Park auf der Elbhöhe betraten. Wie es passieren konnte, dass sie auf einmal unter einem Baum im Gras lagen, war ihm später völlig unklar, erst recht, wie es ihm gelungen war, sich über sie zu beugen, um ihr einen Kuss zu geben.

»Heinrich?«, murmelte sie.

»Ja?«

»Deine Augen sind … eigenartig.« Sie hob den Zeigefinger. »Das da blau und das da grün. Seltsam.«

»Das ist doch nichts Besonderes.«

»Doch.«

»Und deine sind wie der Himmel über dem Meer.«

Sie lehnte den Kopf zurück und schloss die Augen. Er schob sich über sie. Ihre Lippen waren kühl.

Was nun geschah, sollte er sein Leben lang nicht vergessen. Sie führte seine Hand unter ihr Kleid und bot ihm die Rundungen ihrer kleinen Brüste dar. Während sie sich das Hüftband aufschnüren ließ, lockerte sie ihm den Gürtel. Dann rollte sie sich auf ihn, küsste ihn auf Mund, Wangen und Hals, knöpfte sein Hemd auf und legte den Kopf auf seine Brust. Schließlich schob sie ihre Hand in seine Hose … und zog sie hastig wieder heraus. Er zuckte zusammen, als sie aufsprang und rief: »Pfui Teufel, was hast du denn jetzt gemacht!«

Er lag da und blickte erschrocken zu ihr hinauf, begriff nicht, was passiert war. Beschämt stand er auf und stopfte sich das Hemd in die Hose, während sie sich abwandte.

Nachdem sie sich hastig und missgelaunt wieder ordentlich zurechtgemacht hatten, trotteten sie nebeneinander zurück zum Circusweg. Keiner sagte ein Wort. Heinrich war das Ganze so peinlich, dass er am liebsten weggelaufen wäre. Aber wohin? Und wie hätte er sich verabschieden sollen? Sie bestimmte die Richtung, und so kamen sie wieder auf dem Jahrmarkt an. Und wie sie da so auf das doppelstöckige Karussell zugingen, kam ihnen Friedrich entgegen, im Anzug mit Stehkragen und Fliege, auf dem Kopf einen Panamahut. Auf dem Arm trug er den kleinen wuscheligen Oskar. Lilo beschleunigte ihre Schritte.

Heinrich blieb stehen und sah zu, wie Lilo das Hündchen in Empfang nahm und sich bei Friedrich bedankte. Dann machte er kehrt und verließ im Sturmschritt den Jahrmarkt.

Als er den Millerntorplatz erreichte, merkte er, dass er seine Mütze verloren hatte. Sie musste im Park liegen geblieben sein.

Sollte er zurückgehen und sie suchen? Nein, niemals wieder würde er den Park betreten! Die Mütze war ohnehin platt gefahren worden. Das musste als Ausrede für seine Mutter genügen.

Er vermisste seine Schwester. Er war traurig darüber, dass sie nicht mehr am Küchentisch saß und zeichnete. Dabei hatten sie beide nicht viel miteinander zu tun gehabt. Wann hatten sie sich überhaupt einmal unterhalten? Eigentlich nie. Aber nun saß sie nicht mehr da und fehlte ihm. Heinrich beschloss, sie zu suchen.

Als Heinrich sich am Nachmittag auf den Weg zur Altonaer Grenze machte, hoffte er, dass der Schutzmann, der das letzte Mal dort gestanden hatte, nicht da sein würde.

Er hatte Glück, nun musste er sich nur noch trauen, an der Tür des bunt bemalten Fachwerkhauses anzuklopfen. Eine Weile stand er neben dem Grenzpfahl und hoffte, die Tür würde aufgehen und Elsa heraustreten. Vergebens. Er beobachtete die Passanten, und wenn er spürte, dass ihn jemand musterte, lief er ein Stück die Straße entlang, um dann wieder zurückzuschlendern. Schließlich fasste er sich ein Herz, ging zur Haustür und klopfte. Es dauerte eine Weile, und nachdem Heinrich zum zweiten Mal und lauter an die Tür gehämmert hatte, wurde die Tür aufgerissen. Vor ihm stand der Mann mit den langen weißen Haaren und dem noch längeren weißen Vollbart in seinem blaugrauen, farbenbeschmierten Kittel.

»Junger Mann«, sagte der Mann mit dröhnender Stimme. »Was wünschst du?«

Heinrichs Blick wanderte über den kugeligen Bauch des groß gewachsenen Mannes nach oben. Es gab nicht mehr viele Erwachsene, die größer waren als er. Dieser hier überragte ihn jedoch ein ganzes Stück.

Er hatte sich ein paar forsche Sätze zurechtgelegt, doch nun hatte er sie vergessen.

»Ich, ich bin Heinrich, Heinrich Hansen«, stammelte er.

»So, so.« Der Künstler spähte über ihn hinweg die Straße entlang. »Und dein Vater, drückt der sich auch irgendwo dort draußen herum?«

»Nein, ich bin allein gekommen.«

»Sieh an.«

»Ich wollte nach Elsa fragen.«

»Du wolltest fragen? Nicht fordern und verlangen?«

»Nein, wieso?«, fragte Heinrich verwirrt.

»Der Apfel fällt nicht weit vom Stamm«, brummte der Künstler. »Ich dachte dabei an deinen Vater. Aber Elsa meinte ja, du seist anders. Vielleicht bist du es ja. Aber was willst du nun?«

»Ich, äh … glaube … ich will eigentlich nur mit ihr reden. Sie ist doch meine Schwester.«

»Was beweist das schon. Na, meinetwegen, komm halt herein.«

Er drehte sich um, und Heinrich folgte ihm ins Haus. Der Künstler trug Sandalen an den nackten Füßen und unter dem Kittel eine karierte Hose wie die eines Bäckers.

Der Flur des kleinen Hauses war eigenartig dekoriert mit einem bunten Mosaik, das Szenen aus dem ländlichen Leben darstellte. Am Fuß der Stiege, die ins Dachgeschoss führte, stand die Statue einer seltsam gedrungenen Frau.

»Wenn ich bitten darf«, sagte der Künstler und deutete auffordernd nach oben.

Heinrich ging voran. Am oberen Ende der rohen Holztreppe stand eine weitere gedrungene Figur, eine männliche diesmal.

Oben angekommen, fand sich Heinrich in einem großen Raum wieder, dessen Dach größtenteils aus Glas war. Es war sehr hell und luftig. Ölgemälde mit ländlichen Motiven lehnten an der Wand, auf einer Staffelei erkannte er das halbfertige Bild einer sommerlichen Landschaft. An einem Tisch saß seine Schwester, bekleidet mit einem ähnlichen Kittel, wie der Künstler ihn trug, die Haare hochgesteckt und über eine großflächige Kohlezeichnung gebeugt. Sie sah erst auf, als er direkt vor ihr stand und sie zögernd ansprach: »Elsa, ich ...«

»Heinrich! Schön, dass du mich mal besuchen kommst.«

Hinter ihr stand ein großformatiges Bild, das ihn sehr irritierte. Es war ein Gemälde von Elsa, die eine Art Nymphe oder Fee darstellte. Ihre Blöße wurde nur notdürftig von durchsichtigem Stoff bedeckt. Heinrich spürte, wie er rot wurde.

»Schämst du dich?«, fragte Elsa. »Musst du doch nicht. Setz dich zu mir. Wie geht es denn so zu Hause?«

Verlegen nahm er auf einem Stuhl Platz.

»Vater ist wütend, Mutter weint sich die Augen aus.«

Elsa strich mit dem Daumen über die Kohlezeichnung; das Motiv war Heinrich ein Rätsel. Waren das Haare oder Wellen, Gesichter oder Blumen?

»Ja, natürlich, das dachte ich mir schon«, sagte Elsa mit unbewegter Miene und teilnahmsloser Stimme.

»Hast du denn kein Mitleid mit ihr?«

»Sie hat sich ihm unterworfen«, murmelte Elsa abfällig.

Heinrich starrte zur Seite. Der Künstler hatte auf einem Hocker vor dem halbfertigen Landschaftsbild Platz genommen und griff nach einem Pinsel. Woher kannte sie diesen Mann? Wie konnte sie sich ihm nur anvertrauen? War er besser als die anderen? Oder hatte er sie in seiner Gewalt?

Heinrich blickte verstohlen zu dem Aktgemälde hinter ihr. »Warum lässt du solche Bilder von dir machen?«

Elsa schaute auf, warf einen kurzen Blick über ihre Schulter und schüttelte enttäuscht den Kopf. »Du bist genauso dumm wie er!«

»Was?«

»Ich zieh mich nicht aus vor fremden Leuten. Das Bild habe ich selbst gemalt.«

»Das da?«, fragte Heinrich ungläubig.

»Alle Aktbilder von mir habe ich selbst angefertigt. Ich lasse mich nicht von anderen malen. Nur Rudolf habe ich erlaubt, ein paar Porträts von mir zu zeichnen.« Sie deutete mit der Zeichenkohle auf den Künstler, der vorgebeugt an einem Detail seines Gemäldes arbeitete.

»Also musst du doch gar keine Angst vor Vater haben. Ich erkläre es ihm«, sagte Heinrich eifrig.

»Er will mich zerstören«, sagte Elsa. »Das darf ich nicht zulassen. Es wäre übrigens besser, wenn du auch bald von zu Hause weggingst.«

»Und, soll ich etwa hier wohnen?«, fragte Heinrich überrascht.

»Wieso hier? Ach so, du denkst, ich wohne hier? Nein. Dies ist nur mein Arbeitsplatz. Rudolf ist mein Lehrer.«

Heinrich verstand nicht, wieso man einen Lehrer fürs Zeichnen brauchte, wenn man es schon konnte. Aber jetzt hatte sie ihn mit ihrer Bemerkung, sie wohne woanders, vollends durcheinander gebracht. Wo er doch gerade dabei gewesen war zu akzeptieren, dieses Haus als ihr neues Zuhause anzusehen.

»Und wo wohnst du jetzt?«

Sie schwieg und schraffierte weiter.

Heinrich starrte das Gemälde an, auf dem Elsa sich selbst als Nymphe dargestellt hatte. Darauf wirkte sie geisterhaft – auf eine kühle Art schön mit diesem herrischem Blick. Vielleicht hatte sein Vater ja doch Recht, und sie hatte etwas Düsteres oder gar Hexenhaftes an sich?

»Ich habe mich von euch losgesagt, Heinrich«, sagte Elsa nach längerer Pause.

»Aber warum denn?«

Elsa schaute versonnen an ihm vorbei und sagte: »Ihr habt doch früher immer Käfer gesammelt, weißt du noch?«

»Ja, wieso?«

»Ihr habt sie in kleine Schachteln getan, mit Gras und Blättern, und ihr habt Löcher in die Schachteln gestochen, damit die Käfer Luft bekommen.«

»Ja.«

»Was ist mit den Käfern passiert?«

»Irgendwann waren sie meistens tot.«

»Ich will kein Käfer sein.«

Heinrich sah sie fragend an.

»Und jetzt geh endlich!«, sagte sie unwirsch.

»Darf ich wiederkommen?«

»Nein!«

Später erinnerte er sich an diesen Moment als an denjenigen, als ihm zum ersten Mal bewusst geworden war, dass er seine Schwester liebte. Nicht so, wie man eine Frau liebte, sondern wie man eine Schwester liebte, die sich einmal vor langer Zeit um einen gekümmert hatte, die fröhlich mit ihm gewesen war, die ihm tröstende Geschichten erzählt hatte, die ihm manches beigebracht hatte über die Welt und die Menschen. Und nun hatte sie ihn verstoßen. Trotz seiner fünfzehn Jahre fühlte Heinrich sich ihr gegenüber oftmals noch als der kleine Junge. Auch wenn ihre geschwisterliche Vertrautheit schon vor Jahren erloschen war, das Gefühl, zu ihr zu gehören, war in ihm lebendig geblieben. Bis jetzt.

»Du bist ja so dumm«, sagte er trotzig und stand auf.

Ohne ein Wort des Abschieds stieg er die Treppe hinunter. Hinter sich hörte er den Künstler etwas murmeln.

Als er die Haustür schon aufgezogen hatte, rief sie ihm hinterher: »Heinrich, warte!«

Er ging weiter.

Auf dem Gehweg holte sie ihn ein und fasste ihn an der Schulter. Er drehte sich um, und die Situation kam ihm seltsam bekannt vor, als hätte er sie schon einmal erlebt, nur dass er damals nicht auf sie herab, sondern zu ihr aufgeblickt hatte, irgendwann, vor vielen vielen Jahren.

»Heinrich, hier!« Sie hielt ihm einen Zettel hin. »Aber niemandem verraten, hörst du?«

Vor zehn Jahren war es ein Stück Zucker gewesen, das sie ihm hingehalten hatte. Nun war es ein Zettel. Er nahm ihn. Sie drehte sich um und lief ins Haus zurück.

Er faltete das Papier auseinander. »Gr. Marienstr. 5a« stand darauf geschrieben.

Er zerriss den Zettel in kleine Schnipsel und warf sie weg.

# Zweiter Teil

## *Heinrich Hansen ermittelt*

*»Von dem Polizeibeamten, der in dauernder Beziehung zu dem Publikum steht, zu Auskünften und selbständigem Einschreiten häufig Anlass hat und sich vielfach schwierigen Lagen gegenüber steht, muss erwartet werden, dass er nüchtern, schuldenfrei, zuverlässig, in dienstlichen Angelegenheiten verschwiegen, im praktischen Leben erfahren, gewandt, klar, entschlossen und über die Grenzen seiner Befugnisse völlig unterrichtet sei.«*

Gustav Roscher
*Hamburger Polizeichef von 1893 bis 1915*

## ERSTES KAPITEL

# *Olgas Leidenschaften*

Über der Ladentür der Schneiderei Edelmann in der Schauenburger Straße prangte ein Schild, auf das eine Schere, eine Zwirnrolle und eine Nadel gemalt waren. Auf einem Plakat zwischen Tür und Schaufenster stand in schnörkeligen Buchstaben »Maßanfertigungen für Damen und Herren, Uniformen, Kostüme, Artistenbedarf«.

Kriminalschutzmann-Anwärter Hansen und Kriminalwachtmeister Lehmann standen unschlüssig auf der gegenüberliegenden Straßenseite und warteten auf den zuständigen Beamten aus Altona. Wenn die polizeilichen Ermittlungen der Hamburger Krimpo die Grenze nach Altona überschritten, mussten sie vorher bei der zuständigen Dienststelle der königlich-preußischen Polizei um Assistenz bitten, denn sie befanden sich nicht mehr in ihrem Zuständigkeitsbereich.

Lehmann passte das gar nicht. »Die wollen immer alles ganz genau wissen«, erklärte er, nachdem er ausgiebig mit einem Beamten der Altonaer Dienststelle telefoniert hatte. »Wäre mir lieber, Paulsen kümmerte sich darum, aber der ist sich ja zu fein dazu.« Hansen verzichtete darauf, ihm klar zu machen, dass er vorher seinem Vorgesetzten genauestens über den Stand der Ermittlungen hätte berichten müssen, was ihm auch nicht gefallen hätte. Er hatte den Eindruck, seinem älteren Kollegen sei es peinlich, dass die Ermittlungen sich noch immer im Kreis drehten. Da die leitenden Beamten des Kriminalreviers 7 und die Oberen im Stadthaus zurzeit vor allem an der schnellen Klärung des spektakulären Falls der Engelmacherin Wiese interessiert waren, der in der Öffentlichkeit nach wie vor hohe Wellen schlug, kümmerte sich kaum jemand um den »Mordfall Rote Katze«. Was war schon der Tod einer Tänzerin mit zweifelhaftem Lebenswandel im Vergleich zu dem fünffachen Mord einer Bestie, die sich an wehrlosen Kindern vergangen hatte?

»Nun stehen wir hier und warten«, sagte Lehmann. »Hoffentlich kommt nicht der Fisch. Ich kann diesen zackigen Sergeanten nicht leiden.«

Hansen hatte schon bemerkt, dass sein Kollege auf jene Beamten, die Wert auf ihre militärische Vergangenheit legten, nicht gut zu sprechen war. »Die stolzieren wie die Offiziere herum und knallen die Hacken zusammen. Und so wollen sie zivile Ermittlungen durchführen. Kiebert liegt uns immer in den Ohren, wir sollten wie Fische durchs Meer schwimmen …«

»Wie ein Fisch im Wasser«, zitierte Hansen den Bezirkskommissar.

»Meinetwegen auch wie ein Fisch im Wasser«, brummte Lehmann. »Aber wenn du mich fragst, gibt es viel zu viele saure Heringe in unserem Schwarm.«

»Und Bücklinge«, fügte Hansen hinzu.

»Von den Rollmöpsen gar nicht erst zu reden.«

Lehmann spähte nach rechts und links und zupfte Hansen am Ärmel. »Na bitte, wie ich befürchtet habe, da kommt er ja.«

»Wer?«

»Fisch. Unser Bückling.«

Ein Herr im Gehrock, mit Stock und Zylinder näherte sich mit zackigen Schritten.

»Könnte auch als Makrele durchgehen«, sagte Hansen.

Sie warfen einander einen amüsierten Blick zu, dann nahmen sie Haltung an.

Fisch hätte als Kopie seines obersten Dienstherrn Wilhelm Zwo durchgehen können: strenger Blick, scharfe Nase, ausgeprägtes Kinn und akkurat nach oben geschwungener Schnurrbart.

Wie eine Aufziehpuppe, deren Feder abgelaufen war, blieb er abrupt vor ihnen stehen und sagte schnarrend: »Tag, meine Herren, wie präsentiert sich uns die Lage?«

»Sehr ruhig«, sagte Lehmann kühl. »Darf ich vorstellen: Das ist Kriminalschutzmann-Anwärter Hansen.«

Fisch kniff die Augen zusammen. »Welche Kompagnie?«

»Marine«, sagte Hansen. »Bootsmann, Ostasien-Geschwader.«

»So, so, auf See gewesen. Da bekommt man wohl weiche Knie?«

»Wie bitte?«, fragte Hansen erstaunt.

»Na, nehmen Sie doch Haltung an, Mensch! Wir sind doch nicht zum Vergnügen hier.«

Hansen seufzte innerlich, straffte sich ein wenig und hörte, wie Lehmann die Hacken zusammenschlug.

»Die Situation ist überschaubar, der Auftrag klar.« Fisch deutete mit dem Knauf seines Spazierstocks zum Laden hin. »Welche Strategie gedenken Sie zu verfolgen?«

»Tja, ich würde sagen, wir gehen rein und stellen ein paar Fragen«, sagte Lehmann.

Im Schaufenster erschien das Gesicht eines jungen Mannes.

»Man hat uns bemerkt«, stellte Fisch fest und fügte zerstreut hinzu: »Sehr gut, Lehmann, Sie kennen die Fakten, Sie stellen die Fragen! Fisimatenten werden nicht geduldet. Wer nicht pariert, kommt mit auf die Wache.«

»Ich denke, das ist nicht nötig«, sagte Lehmann.

»Na!«

»Es sind ja bloß Zeugen, keine Verdächtigen.«

»Im Rahmen einer polizeilichen Ermittlung ist jeder verdächtig, das sollten Sie wissen, Lehmann!«

»Wir werden ja sehen«, sagte Lehmann müde. »Wollen wir?«

»Auf geht's!«, kommandierte Fisch.

Sie überquerten die Straße, und Lehmann ließ Fisch mit säuerlicher Miene den Vortritt ins Schneidergeschäft. Dabei murmelte der Sergeant: »Edelmann, was für ein Name für einen Schneider, lächerlich!«

In kurzer Zeit schaffte Fisch es, mit schneidigen Kommandos die gesamte Mitarbeiterschaft zum Appell antreten zu lassen. Hansen bemerkte an Lehmanns angewidertem Gesichtsausdruck, was der von dieser Art Ermittlungsarbeit hielt. Aber was sollten sie tun? Dies war Fischs Revier, und wenn er den Platzhirsch spielen wollte, konnten sie ihn nicht davon abhalten.

Nachdem der Schneidermeister, ein schmaler Mann undefinierbaren Alters mit spitzer Nase, klebrigen grauen Haaren und runder Brille, sein Geselle, ein blasser, geduckt stehender Jüngling, und eine treuherzig dreinblickende Zuschneiderin sowie ein höchstens fünfzehnjähriger Laufbursche nebeneinander Aufstellung genommen hatten, deutete Fisch mit seinem Stock auf sie und schnarrte: »Bitte sehr, Lehmann, Ihre Verdächtigen.«

»Zeugen«, verbesserte Lehmann und warf Hansen einen gequälten Blick zu.

»Dies ist eine amtliche Befragung, der Wahrheit ist unbedingte Folge zu leisten!«, sagte Fisch, und Hansen, der nicht wusste, welche Rolle er bei diesem Auftritt eigentlich spielen sollte, kam zu dem Schluss, dass eine militärische Ausbildung nicht zwangsläufig Klugheit und Realitätssinn beförderte.

Lehmann griff in die Tasche seines Mantels und zog das rote Katzenkostüm hervor, breitete es aus und hielt es dem Schneider hin. »Haben Sie dies hier angefertigt?«

Edelmann besah sich das Kleidungsstück und nickte: »Davon haben wir eine ganze Reihe angefertigt.«

Der Geselle, die Zuschneiderin und der Laufbursche blickten neugierig auf das Kostüm.

»Wir werden die Herrschaften besser einzeln verhören«, sagte Lehmann und wandte sich an den Schneidermeister. »Gibt es hier ein Hinterzimmer, in das wir uns zurückziehen können?«

»Sehr wohl, der Herr«, sagte der Schneider und ließ die schmalen Schultern noch etwas mehr nach vorn fallen.

»Ausgezeichnet.« Fisch drehte sich zu Hansen um. »Sie bleiben auf Posten und unterbinden jeden Fluchtversuch.«

Hansen sah Lehmann Hilfe suchend an und bekam nur ein Schulterzucken als Antwort.

»Geht es da durch?«, fragte Fisch den Schneider und deutete mit dem Stock auf eine Tür.

»Sehr wohl, Herr.«

»Sehen Sie mal nach, was sich dahinter verbirgt, Lehmann!«, befahl Fisch.

Lehmann übergab Hansen das Kostüm. Dann ging er betont langsam auf die Tür zu, öffnete sie und spähte in einen halbdunklen Raum.

»Da sind nur Stoffe gelagert, Herr«, sagte der Schneider.

»Folgen Sie ihm!«, forderte Fisch ihn auf, nachdem Lehmann hinter der Tür verschwunden war.

Der Schneider trottete hinter dem Beamten her, und Fisch beeilte sich, ebenfalls ins Hinterzimmer zu kommen.

Hansen warf den Übriggebliebenen einen freundlichen Blick zu.

»Will jemand von euch weglaufen?«, fragte er.

»Aber wir haben doch noch so viel zu tun«, sagte die Zuschneiderin.

»Sei doch still!«, herrschte der Geselle sie an.

»Ich schlage vor, ihr nehmt eure Arbeit wieder auf. Tut einfach so, als wäre ich nicht da.« Hansen ließ sich auf einen gepolsterten Stuhl neben einer Schneiderpuppe nieder und sah sich um.

Abgesehen von dem großen Tisch, auf den sich der Geselle jetzt wieder im Schneidersitz setzte, um zu nähen, einem Verkaufstresen mit Glasbedeckung und diversen Ständern, an denen die unterschiedlichsten Kleider hingen, befanden sich noch eine Nähmaschine, ein Bügeltisch und der Zuschneidetisch im Raum. An Letzterem nahm das Mädchen Platz und wandte sich ihrer Arbeit zu. Gelegentlich warf sie einen verstohlenen Blick auf Hansen.

»Ich müsste eigentlich ausliefern«, sagte der Junge.

»Das muss warten.«

»Aber hier habe ich nichts zu tun.«

»Dann warte.«

»Das wird dem Meister aber gar nicht gefallen.«

Hansen ließ den Blick über die Kleider schweifen, die an Bügeln vor der Wand hingen. Dann besah er sich das Kostüm, das er unschlüssig in den Händen hielt. Was sollte er jetzt tun? Er legte das Kleidungsstück auf den Glastresen.

»Das habt ihr also angefertigt«, stellte er fest.

Der Junge zuckte mit den Schultern.

»Wir haben eine Menge solcher Kostüme für diese Varietéaufführung genäht«, sagte die Zuschneiderin.

»Salon Tingeltangel«, stellte Hansen fest. »›Die rote Katze‹.«

»Kennen Sie das Stück? Ich würde es mir so gern mal ansehen, aber mein Verlobter mag keine Katzen. Dabei würden wir bestimmt eine günstige Karte bekommen, wo wir doch bei der Ausstattung mitgeholfen haben.«

»Unsinn«, murmelte der Geselle vor sich hin, während er weiternähte. »Der Besitzer ist viel zu geizig.«

»Könnte es vielleicht von jemand anderem in Auftrag gegeben worden sein?«, fragte Hansen

»Eine Tänzerin war mal hier und hat sich eines extra machen lassen«, sagte die Schneiderin.

»Stimmt.« Der Geselle sah kurz von seiner Arbeit auf. »Da fragt man sich schon, woher die das Geld hatte.«

»Ist das Kostüm denn so teuer?«

Der Geselle riss einen Faden ab. »Immerhin ist es maßgefertigt, und der Stoff ist schießlich auch nicht billig.«

»Sie haben dafür bei einer Tänzerin Maß genommen?«, fragte Hansen erstaunt.

»Sie hat sie uns aufgeschrieben. Das hat mich eigentlich gewundert, wo wir doch alle Maße der Tänzerinnen im Buch haben.« Der Geselle hob die Hose hoch, an deren Saum er gearbeitet hatte, und besah sich die Naht.

»Wie heißt denn diese Tänzerin?«

Der Geselle zog das Hosenbein von links auf rechts. »Da müssten wir wohl im Auftragsbuch nachsehen.«

Hansen stand auf und ging zur Zuschneiderin.

»Steh mal auf«, sagte er.

Sie schaute ihn erschrocken an. »Wie?«

»Steh mal auf!«

Das Mädchen sprang hastig auf die Füße.

»Du bist doch bestimmt nicht ganz so schlank wie diese Tänzerin, oder?«

Sie blickte verschämt zur Seite. »Nein, bestimmt nicht.«

»Aber auch dir würde das Kostüm nicht passen.«

Sie sah erstaunt an sich herab, dann wanderte ihr Blick zu dem Kostüm.

»Weil sie zu dick ist«, sagte der Geselle, ohne aufzusehen.

»Das ist aber groß«, stellte das Mädchen fest.

»Ja, nicht wahr?«, sagte Hansen.

Der Geselle blickte auf. »Das ist ja für einen Ochsen geschneidert«, sagte er. »Was hast du denn da um Himmels willen gemacht?«

»Ich?«, rief die Zuschneiderin empört. »Du hast es doch genäht.«

»Und du hast es zugeschnitten!«

»Aber ich schneide alles immer sauber und ordentlich, also ...«

»Wo sind die Maße?«, fragte Hansen.

Die Zuschneiderin ging zur Theke und öffnete eine Schublade. Sie zog ein Buch heraus, legte es auf die Glasoberfläche und schaute ihn ängstlich an.

»Aufschlagen!«, verlangte Hansen. »Wo ist die Eintragung?«

Sie blätterte hastig durch das Buch. »Hier!« Sie drehte es um und deutete mit dem Finger darauf. Neben der Bestellung stand der Name Olga Trampitz.

»Dies war eine Nachbestellung«, sagte sie.

»Und die Maße?«

Sie überflog die Eintragung. »Die sind so, wie es geschnitten wurde, groß. Man könnte beinahe meinen, es sei für einen Herrn gedacht.«

»Also«, sagte der Geselle und schnippte mit der Schere, »war dieses Kostüm sicherlich für einen männlichen Tänzer bestimmt.«

»Es gibt in diesem Stück nur Tänzerinnen«, sagte Hansen.

»Ach Gott«, sagte die Zuschneiderin, »das ist aber seltsam, nicht?«

»Wurden goldene Barthaare mitbestellt?«

»Na, Sie stellen ja Fragen«, sagte der Geselle.

»Also?«

Die Schneiderin hob die Hände. »Herrjeh, also wirklich ... da muss ich mich erst mal besinnen. Nein, wenn ich mich recht erinnere, haben wir die einfach drangemacht, weil noch ein bisschen davon da war. Ja, ja, ich weiß noch, dass der Dame das nicht gefallen hat. Aber sie ließ es dabei bewenden.«

»Wurde das Kostüm mit Schwanz geschneidert?«, fragte Hansen.

»Wie? Aber natürlich. Katzen haben doch immer Schwänze, nicht?«, erwiderte die Zuschneiderin.

»Schneide du mal einer Katze den Schwanz ab, da kann die nicht mehr leben«, meinte der Geselle.

Hansen drehte sich zu dem Jungen um, der inzwischen auch ziemlich betreten dreinblickte. »Hast du das Kostüm überbracht?«

Der Junge nickte.

»War die Auftraggeberin damit zufrieden?«

»Sie hat es doch bezahlt, demnach wird sie wohl zufrieden gewesen sein«, sagte der Geselle.

»Sie hab ich nicht gefragt! Schweigen Sie!«

Der Geselle schrak zusammen und blickte Hansen überrascht an.

»War sie zufrieden?«, fragte Hansen erneut den Jungen, dessen Gesicht rot angelaufen war.

»Ja ... ich ... glaube schon ...«, stotterte der Junge und wurde schlagartig bleich.

»Wohin hast du es geliefert? Ins Varieté?«

»Nein. Ich hab's ihr in ihre Pension gebracht.«

»Du hast eine Tänzerin besucht?«, sagte der Geselle stichelnd. »Das war aufregend was?«

Hansen wollte ihn abermals zurechtweisen, aber da ging die Tür zum Hinterzimmer auf, und der Schneider erschien in Tränen aufgelöst.

»Her mit dem Auftragsbuch, aber schnell!«, herrschte Sergeant Fisch ihn an und schubste ihn in den Ladenraum.

»Hier!« Hansen hielt das Buch in die Höhe.

»Ausgezeichnet!«, rief Fisch. »Sie haben es sichergestellt.«

»Wir haben die entsprechende Eintragung bereits gefunden.«

»Tatsächlich? Na großartig!« Fisch schob den leise schluchzenden Schneider beiseite. »Das wär's dann wohl.«

Hansen warf Lehmann einen Blick zu und hielt das Kostüm hoch. »Dies wurde nachbestellt. Von Olga Trampitz, in den Maßen, wie wir es hier vor uns sehen. Aber das sind eher die Maße eines Mannes.«

»Sehr interessant«, stellte Lehmann fest. »Das Buch wird konfisziert.«

Fisch nickte, offenbar zufrieden, dass etwas beschlagnahmt werden konnte, und wiederholte: »Ausgezeichnet.«

Sie verabschiedeten sich von dem händeringenden Schneider. Sergeant Fisch wünschte zackig einen guten Tag und erfolgreiche Ermittlungen und zog von dannen.

»Was hat er denn mit dem armen Schneider gemacht?«, fragte Hansen, als sie einige Schritte weit gegangen waren.

»Dieser dämliche Bückling war so sehr damit beschäftigt, dem armen Juden Angst zu machen, dass er ganz vergessen hat, ihn anständig zur Sache zu befragen. Als ich damit anfing, kamen wir schnell auf das Buch zu sprechen, das du ja schon gefunden hattest. Seltsame Sache mit diesem Kostüm …«

»Ja. Ich frage mich, warum eine Tänzerin ein Kostüm für einen Mann schneidern lässt.«

»Ich kann mir keinen Reim darauf machen«, brummte Lehmann.

»Den fehlenden Schwanz haben wir immer noch nicht entdeckt.«

»Herrgott, ist das eine Verwirrung!«, seufzte Lehmann.

»Immerhin wissen wir jetzt, dass bei der ganzen Geschichte ein Mann mit im Spiel ist. Diesen Unbekannten müssen wir finden. Sind wir damit nicht ein Stück weitergekommen?«

»Ach, ich weiß nicht. Ich habe das Gefühl, die Sache wächst uns über den Kopf. Ich fühle mich wie gerädert, Heinrich.«

»Daran ist der Bückling schuld. Am besten wir genehmigen uns irgendwo ein Bier, um die Gräten runterzuspülen.«

Im ersten Stock des Hôtels Schmidt tanzte ein Paar in Abendkleidung im Takt einer imaginären Habanera. Die Musik war nicht zu hören, nur das Scharren der Schuhe auf dem Fußboden. Als Hansen die Treppe heraufkam, tanzten sie ihm entgegen. Auf der obersten Stufe angekommen, blieb er stehen, um sie vorbeizulassen. Die Tänzer hielten inne, verharrten für den Bruchteil einer Sekunde regungslos, drehten sich um die eigene Achse, und Hansen stellte fest, dass aus dem Mann im Zylinder eine Frau mit hochgetürmter Frisur wurde und umgekehrt.

Ein Liliputaner kam über den Flur gelaufen, bemerkte die beiden und hüpfte um das Tanzpaar herum. »Oioioi!«, rief er aus. »Oioioi, wer ist der Mann, wer ist die Frau? Das Bäumchen wechselt sich, o Schreck, sieh weg!« Er entrollte ein Handtuch, das er unter den Arm geklemmt hatte, und hielt es vor sich hin, als wollte er einen unsichtbaren Stier anlocken. »Hoppla!«, rief er. »Dieses Biest!«, drehte eine Pirouette und hopste eilig Richtung Waschraum.

Das tanzende Paar ließ sich nicht stören und übte weiter. Hansen konnte nicht unterscheiden, wer von beiden nun wirklich die Frau und wer der Mann war.

»Sieh an, der Herr von der Davidwache«, sagte ein Mann, der auf dem Treppenabsatz des zweiten Stocks saß. »Polizist und Herzensbrecher! Willkommen im Wolkenkuckucksheim.«

Es war der Jongleur, dem Hansen begegnet war, als er ein Zimmer suchte. Er trug gestreifte Hosen, dazu Hemd und Weste.

»Guten Abend«, sagte Hansen.

Der Jongleur sprang auf und streifte mit der rechten Hand Hansens Nacken. »Hoppla!«, sagte er und hatte ein Ei in der

Hand. Er fasste mit der linken Hand hinter Hansens Ohr und hielt ein zweites Ei darin.

»Am späten Abend noch zwei Eier, das liegt schwer im Magen und verursacht Albträume. Nein, wirklich ...« Er klatschte die Eier zusammen und hielt ihm die gewölbten Handflächen hin. Darin lag jetzt ein rotes Herz. »Ah! Das scheint mir doch den Umständen eher angemessen. Aber Vorsicht! Zerbrechen Sie es nicht!«

Das Herz zerfiel.

»Sie sind ein Schuft!«, sagten zwei Herren, die sich über Hansens Schultern beugten. Hansen drehte sich erschrocken um. Die Tänzer hoben die Arme, drehten sich jeweils um die eigene Achse, verwandelten sich in zwei Damen und hauchten wie aus einem Mund: »Ein Filou! Ein Schwerenöter!« Sie fassten sich an den Händen, tänzelten davon und gaben sich erneut dem Rhythmus der imaginären Habanera hin.

Hansen wandte sich wieder um und sah, wie der Jongleur die Bruchstücke des Herzens anhauchte. Es gab eine Stichflamme, und Hansen fuhr zurück. Der Jongleur warf die verglimmenden Teilchen in die Luft, und sie fielen verglühend zu Boden.

»Sie haben Angst vor Feuer«, stellte der Artist nüchtern fest und setzte sich wieder auf die Treppe.

Hansen starrte ihn wütend an. »Was soll das?«

»Sie sind also mit dem Mordfall Rote Katze befasst«, sagte der Jongleur.

»Was geht Sie das an?«, fragte Hansen.

»Geht es uns nicht alle etwas an, wenn ein Mensch zu Tode kommt?«

Er hatte ja Recht. Ich sollte auf jeden hören, der etwas dazu sagen will, überlegte Hansen.

»Wissen Sie etwas darüber?«

Der Artist hob die Schultern. »Es machen Geschichten über Rivalitäten die Runde. Sie wissen ja, wie die Frauen sind: Eifersucht, Missgunst, Neid. Manche glauben, es war eine Person aus dem Ensemble. Weil doch jemand im Katzenkostüm geflüchtet ist.«

»Und was glauben Sie?«

»Die Mädchen haben Berufsehre, wissen Sie. Sie mögen ja neiderfüllt sein, wenn eine besonders viel erreicht. Aber sie wissen, dass Arbeit dazu gehört und Talent, es sei denn …«

»Was?«

»… es sei denn, man erschleicht sich den Erfolg, indem man andere Mittel einsetzt als Fleiß … Es gibt ja auch andere Möglichkeiten der Hingabe.«

»Olga Trampitz war nur eine von vielen Tänzerinnen, da gab es nicht viel, worum man sie beneiden konnte.«

»Nein?«

»Es sei denn, Sie wissen etwas, was ich noch nicht weiß.«

»Ein paar Tänzerinnen aus dem Salon Tingeltangel wohnen ja hier.«

»Ich weiß, wir haben ja alle verhört.«

»Im Beisein des Besitzers. Da haben sie natürlich nicht viel erzählt. Hier ist man unter sich, hier erzählt man sich so einiges.«

»Wenn jemand etwas weiß, soll er sich auf der Wache melden«, meinte Hansen.

Der Jongleur schmunzelte: »Eben das wird keine von ihnen tun. Sie wollen doch trotz des schrecklichen Vorfalls ihre Stellung nicht riskieren.«

»Und deshalb schickt man Sie vor?«

Der Jongleur neigte den Kopf zur Seite. »Man erzählt sich von drei Herren, die des Öfteren Olgas Garderobe besuchten. Es war wohl ein Kunststück, es so einzurichten, dass sie sich nicht begegneten.«

»Welche Herren?«

»Herren aus dem Publikum. Der eine verbarg sein Gesicht, wenn er jemandem Fremden begegnete, hinter dem Hut, der andere hinter den Blumensträußen, die er ihr brachte, die Anwesenheit des dritten war nur zu erahnen, wenn die Tür abgeschlossen war.«

»Ich brauche Beschreibungen.«

»Es waren Männer, wie es viele gibt. Wie wollen Sie einen Herrn vom anderen unterscheiden, wenn Sie die Gesichter nicht sehen? Alle tragen sie das Gleiche, zumal wenn sie sich des Abends festlich herrichten, um in ein Unterhaltungsetablissement zu gehen.«

»Die Haarfarbe! Wenn er den Hut abzog, um das Gesicht zu verstecken, muss doch seine Haarfarbe zu sehen gewesen sein.«

Der Jongleur schüttelte den Kopf. »Niemand hat etwas darüber gesagt. Niemand kann oder will die Herren näher beschreiben.«

»Was erzählt man sich noch so?«

»Das ist alles, was ich Ihnen sagen kann.«

»Drei Herren, die niemand beschreiben will. Viel ist das nicht«, sagte Hansen enttäuscht.

»Aber nun wissen Sie mehr als vorher. Guten Abend.« Der Jongleur wandte sich ab und ging den dunklen Korridor entlang, der zu den Zimmern führte. Die Tänzer waren verschwunden. Von irgendwo her hörte man eine Stimme, die ein sentimentales Lied sang.

Hansen stieg die Treppe hinauf. Er spürte etwas in seiner Jackentasche, griff hinein und zog ein rotes Herz hervor. Als er es mit der anderen Hand anfassen wollte, brach es mittendurch.

Kaum hatte er die gardinenverhangene Tür im zweiten Stock geöffnet, hörte er auch schon die schweren Schritte von Ermine Schmidt. Die Pensionsbesitzerin trug einen blumenverzierten Morgenmantel und dicke Pantoffeln an den Füßen. Um die Taille hatte sie einen Gürtel geschnürt, und dennoch musste sie ihn über der Brust zusammenhalten.

»Herr Hansen!«

»Guten Abend, Frau Schmidt.«

»Herr Hansen, die Dame war wieder hier!«

»Welche Dame?«

»Diejenige, welche …«

»Ach so, was wollte sie denn?«

»Herr Hansen, ich muss doch sehr bitten!«

»Entschuldigen Sie. Hat sie eine Nachricht hinterlassen?«

»Herr Hansen! Gerade Sie sollten als gutes Beispiel vorangehen.«

»Was wollen Sie mir eigentlich sagen, Frau Schmidt?«

»Die Tatsache, dass Sie Polizist sind, wäscht Sie nicht von jeder Schuld rein.«

»Ich verstehe überhaupt nicht, was Sie meinen.«

»Wenn diese Dame noch einmal hier auftauchen sollte …«

»Aber ich war doch gar nicht da!«

»… wenn sie noch einmal kommt, egal, ob Sie da sind oder nicht, sehe ich mich gezwungen, Ihnen zu kündigen, obwohl Sie Polizeibeamter sind!«

»Was hat sie denn nun gesagt?«

»Sie war sehr hochnäsig, Herr Hansen!«

»Keine Nachricht?«

»Ich soll Ihnen mitteilen, dass sie da gewesen ist. Das habe ich hiermit getan.«

Frau Schmidt drehte sich um und stapfte davon.

Hansen sah ihr kopfschüttelnd nach.

Herrgott, war er müde! In seinem Zimmer angekommen, zog er sich in Windeseile aus und stieg ins Bett. Er dachte über Cora nach. Sie schien einen Narren an ihm gefressen zu haben. Aber was soll's, sagte er sich, er durfte sie nicht wiedersehen. Er wollte auch gar nicht. Andererseits, wenn er sich vorstellte, sie würde jetzt hier neben ihm liegen, war ihm dieser Gedanke durchaus angenehm.

Kurz bevor er einschlief, musste er leise lachen. Zuckerschnute mit ihrer Stupsnase hatte sich hochnäsig benommen?

Am nächsten Morgen, als er zur Tagesschicht erschien, wurde Hansen gleich im Wachraum von einem Beamten ins Büro von Paulsen geschickt.

Hansen stieg in den ersten Stock hinauf, klopfte an das Büro seines Chefs und wurde mit einem müden »Ja, ja, immer herein« zum Eintreten aufgefordert.

»Morgen, Hansen.« Paulsen schien zerstreut zu sein. Auf seinem sonst akkurat geordneten Schreibtisch lagen jede Menge Ordner und Papiere durcheinander. Paulsen zupfte bekümmert an dem einen oder anderen Blatt, schob es hierhin, dann dahin, griff nach einem Stift, wusste nicht, wohin damit, und legte ihn wieder weg.

»Dumme Sache«, murmelte er, nachdem er Hansen angewiesen hatte, auf dem Stuhl vor seinem mächtigen Schreibtisch Platz zu nehmen. Er rieb sich nervös über den Handrücken, und blickte seinen Untergebenen an. »Wieso werden die Leute eigentlich neuerdings im Sommer krank?«, fragte er.

»Wie bitte?«, sagte Hansen irritiert. Er hatte über Paulsen hinweg auf den Plan von Hamburg geblickt, auf jenen kleinen rot umrandeten Bereich, der ihr Revier darstellte.

»Nun also auch noch Lehmann. Wir haben ja kaum noch Leute, um die Patrouillengänge ordnungsgemäß durchzuführen.«

»Was ist mit Lehmann?«

»Seine Tochter war hier und hat ihn krank gemeldet. Liegt im Bett. Fieber.«

Hansen erinnerte sich daran, dass Lehmann am Vorabend in der rauchigen Kneipe am Nobistor erstaunlich viel getrunken hatte. Lehmann hatte seinen großen Durst damit zu rechtfertigen versucht, dass er zu viele Zwiebeln gegessen habe, und sich bemüht, fröhlich zu wirken. Nach und nach war er jedoch in schweigende Trübsal versunken. Hansen wollte kein Spielverderber sein und trank ebenfalls ein paar Bier zu viel. Doch dann wurde auch er schnell müde, bis sie schließlich vor sich hin brütend dasaßen.

Irgendwann hatte Lehmann gemurmelt: »Das ist der dümmste Fall, den ich je hatte.«

»Wieso das?«, hatte Hansen gefragt.

»Wir kommen nicht voran. Und die Sache mit dem Kostüm ist doch lächerlich.«

»Aber da war doch noch der Schlüssel.«

»Bah! Es gibt tausende von Türen auf St. Pauli. Und wer sagt denn, dass der Schlüssel zu einer Tür in unserer Nähe gehört? Vielleicht hat sie ihn aus – wo kam sie noch her? – mitgebracht.«

»Riesengebirge, Sudetenland.«

»Ich weiß nicht mal, wo das ist.«

»Aber sie hat diesen Schlüssel sehr gut versteckt. Also muss es eine besondere Bewandtnis damit haben.«

»Gut versteckt? Du hast ihn doch sofort gefunden.«

»Na hör mal, wer kriecht schon unter fremde Betten«, sagte Hansen.

Lehmann war durch nichts aufzumuntern. »Ob wir wohl je das Schloss finden, wo er reinpasst?«

Schließlich hatte er mit seinem Missmut auch Hansen angesteckt. »Du hast Recht, diese Tür werden wir vielleicht nie aufschließen.«

Später, als er in seinem Bett lag und über den vergangenen Tag nachdachte, war ihm diese Mutlosigkeit peinlich gewesen, und er hatte sich vorgenommen, die Sache mit dem Schlüssel nicht einfach auf sich beruhen zu lassen. Er hatte Lehmann gleich nach Dienstbeginn noch mal darauf ansprechen wollen. Aber nun war er krank.

»Ich weiß gar nicht, wem ich Sie jetzt zuteilen soll«, sagte Paulsen verzagt. »Diese verflixte Mordgeschichte wächst sich allmählich zu einem peinlichen Fall aus. Hat denn Lehmann noch immer keine Spur gefunden?«

Hansen berichtete von dem Kostüm und dem Schlüssel, erwähnte aber Lehmanns Mutlosigkeit mit keinem Wort.

»Ausgezeichnet«, sagte Paulsen, »ein Schlüssel! Mit ein bisschen Glück und Beharrlichkeit finden Sie das Schloss, Hansen! Hat Lehmann eine Strategie entwickelt?«

»Nochmalige Befragung sämtlicher Personen, die im Salon Tingeltangel beschäftigt sind«, sagte Hansen. Dies hatte er eigentlich Lehmann vorgeschlagen. Der hatte es als zu aufwändig abgelehnt und erklärt, sie sollten sich stattdessen auf einige wichtige Personen wie den Lokalbesitzer, den Choreografen und den Oberkellner beschränken.

»Tja«, sagte Paulsen, »das wäre natürlich eine größere Unternehmung.«

»In gleicher Weise müsste man mit der Pension verfahren, in der sie gewohnt hat. Systematisch vorgehen und …«

»Na, ich will doch hoffen, dass Sie systematisch vorgehen, Hansen! Das ist das A und O der Polizeiarbeit!«, tönte Paulsen, um gleich darauf nachdenklich hinzuzufügen: »Aber wie sollen wir die Aufgabe bewältigen? Jetzt, wo uns auch noch Lehmann fehlt.«

»Bestimmt ist er morgen wieder da«, sagte Hansen. »Einstweilen könnte ich schon mal weitermachen. Der Tag hat ja gerade erst begonnen.«

»Sie scheinen mir ein rechter Optimist zu sein, Hansen. Aber Ihnen fehlt die Erfahrung. Sie haben ja noch nicht mal Ihre Probezeit hinter sich.«

»Wenn ich mir erlauben darf, auf meine sechs Jahre als Soldat der Kaiserlichen Marine hinzuweisen. Auch da hatten wir manche harte Nuss zu knacken und war Strategie gefragt.« Hansen verspürte mit einem Mal den dringenden Ehrgeiz, den Mordfall Rote Katze so schnell wie möglich aufzuklären. Ich will wissen, was geschehen ist und warum es geschehen ist, dachte er, unbedingt!

»Nun gut«, sagte Paulsen zögernd und warf Hansen einen langen prüfenden Blick zu. »Also wenn es sich so verhält, und wenn Sie wissen, wie Sie vorgehen müssen, würde ich sagen … jedenfalls für heute … erteile ich Ihnen den Befehl, die Angelegenheit weiter zu verfolgen. Und morgen früh sind Sie pünktlich zu Dienstbeginn wieder hier.«

»Jawohl, Herr Oberwachtmeister.«

Die Ermittlungen gestalteten sich schwieriger als gedacht.

»Was wollen Sie denn schon hier?«, fragte die Putzfrau, die ihm die Eingangstür des Salons Tingeltangel einen Spaltbreit öffnete. »Es ist geschlossen. Die Kasse macht erst nach Mittag auf.«

Hansen hielt ihr seine Polizeimarke hin und sagte: »Lassen Sie mich bitte herein!«

Die Frau knetete den Putzlumpen und glotzte das goldglänzende Abzeichen verständnislos an. »Was ist das?«

»Kriminalpolizei! Also lassen Sie mich jetzt bitte herein!«

»Ach Gott!« Sie öffnete die Tür. »Es ist doch alles nass.«

Hansen wäre beinahe über den Eimer mit dem Schmutzwasser gestolpert.

»Was wünschen Sie denn? Es ist noch niemand da.«

»Wer hat Sie denn reingelassen?«

»Mich?« Die Frau stemmte die nassen Hände in die Hüften. »Na, Sie machen mir Spaß! Wenn alle gehen, kommen wir zum Putzen.«

»Wir?« Hansen spähte ins Halbdunkel des Foyers.

»Ich bin mal wieder die Letzte, und das nennen die gerechte Aufteilung! Immer bin ich die Letzte und muss mir auch noch anhören, ich sei langsam!«

»Es ist niemand sonst hier?«

»Nein, die erste Vorstellung beginnt um vier Uhr nachmittags. Und ich bin jetzt auch fertig und muss nach Hause zu meinen Blagen.« Sie bückte sich und griff nach dem Zinkeimer.

»Sie putzen hier also überall?«

»Wie bitte?« Sie richtete sich auf.

»Sie und die anderen Putzfrauen sorgen doch dafür, dass alle Räume bis in die letzte Ecke sauber gehalten werden.«

»Was dachten Sie denn? Dass wir nur Schwätzchen halten?«

Hansen ließ sich nicht aus der Ruhe bringen. »Da finden Sie doch bestimmt manchmal Sachen, die jemand verloren oder vergessen hat.«

Sie legte den Kopf zur Seite, verzog das Gesicht und kniff die Augen zusammen. »Was wollen Sie mir denn da jetzt anhängen? Hat sich jemand beschwert?«

»Nein, niemand.«

Sie nickte befriedigt. »Das will ich doch auch hoffen. Hier kommt nichts weg, und wenn doch, dann nicht wegen uns, und wenn mal jemand was findet, nimmt er es nicht mit, und wenn doch mal jemand was mitnimmt, bin ich es jedenfalls nicht gewesen, und ich kann mir auch gar nicht vorstellen, wer es gewesen sein könnte, falls überhaupt, aber Sie sagen ja Nein.«

»Ich suche was ganz Bestimmtes.«

»Ist doch was weggekommen? Was ganz Bestimmtes hab ich aber nicht gefunden.«

»Einen Katzenschwanz«, sagte Hansen geduldig.

»Einen was?« Sie stellte den Wassereimer ab.

»Einen Schwanz von einem dieser Kostüme, in denen die Tänzerinnen auftreten.«

»Hm, solche Kostüme hab ich dann und wann mal herumliegen sehen. Aber in anderen Farben, nicht rot. Doch! Rot war auch mal dabei. Die sind ja schlampig diese Mädchen. Aber was will man von Tänzerinnen schon erwarten?«

»Ich suche nur einen Schwanz, das Kostüm haben wir. Rot ist es.«

Wieder neigte sie den Kopf zur Seite. »Sind Sie wirklich ein Krimscher?«

Hansen nickte. »Ich untersuche den Mordfall, der sich hier ereignet hat.«

»Und da brauchen Sie einen Katzenschwanz?«

»So ist es.«

»Also mit so was kann ich nicht dienen. Ist die mit einem Katzenschwanz erwürgt worden, oder was ist so wichtig an diesem Teil?«

Hansen stutzte. »Was wissen Sie denn davon?«

Die Frau zuckte zusammen. »Was?«

»Weil Sie sagten, ob sie mit dem Katzenschwanz erwürgt wurde.«

»Quatsch!« Sie trat ängstlich einen Schritt zurück. »Das war doch nur so dahingesagt.«

»Haben Sie nun einen solchen Katzenschwanz gefunden oder nicht?«

Die Putzfrau hob abwehrend die Hände. »Nee, nee, nun lassen Sie das man gut sein. Ich will mir doch nichts anhängen lassen. Gar nichts weiß ich und will auch nichts wissen, und gefunden habe ich erst recht nichts, und außerdem warten meine Kinder zu Hause, und wenn ich nicht rechtzeitig komme, fängt der Alte wieder mit dem Prügeln an, weil er sich nicht zu helfen weiß. Und jetzt latschen Sie mir auch noch übers saubere Parkett mit Ihren schmutzigen Stiefeln!«

Hansen sah ein, dass er von ihr nichts mehr erfahren würde. Er verabschiedete sich und verließ das Varieté. Draußen auf dem leer gefegten Gehsteig blieb er stehen. Wie, so fragte er sich, schafften es die Tänzerinnen eigentlich, die Schwänze ihrer Kostüme während des Auftritts in die Höhe zu halten? Die Antwort konnte nur lauten: durch etwas Festes, Steifes im Innern, ein Stück Draht vielleicht. Er wusste jetzt auch, wen er danach fragen wollte.

Hansen betrat den Hausflur. Sein Herz pochte. »3. Stock/rechts – Koester, L.« stand noch immer auf der Tafel an der Wand. Langsam stieg er nach oben und klopfte an die Wohnungstür.

Zunächst blieb es still. Er klopfte noch einmal. Schließlich ertönte ihre Stimme, leicht verärgert: »Wer ist denn da?«

»Hansen.«

Ruhe. Schließlich: »Heinrich?«

»Ja.«

»Einen Moment noch, Heinrich.«

Ein Hund bellte und wurde mit einem »Schsch!« zur Ruhe gebracht. Die Tür ging auf.

Sie trug das Haar offen. Der weiße kleine Pudel auf ihren Armen blickte ihn misstrauisch an.

»Also wirklich, Heinrich«, sagte sie, »du bringst mich schon wieder in Verlegenheit.«

Mit einer Handbewegung deutete sie auf ihr einfach geschnittenes Reformkleid, unter dem sich, von keinem Korsett beengt, ihre Figur abzeichnete.

»Verlegenheit, wieso ...?«

»Na hör mal. Zuerst muss ich dir im Varieté halbnackt gegenübertreten, und nun überfällst du mich ohne Vorankündigung zu Hause.«

»Wenn es dir unangenehm ist, kann ich auch wieder gehen«, sagte er, um sich sogleich zu ermahnen: War er nicht in offizieller Funktion hier?

»Ach was!« Sie hielt ihm die Hand hin.

Wie begrüßte man eine Jugendfreundin? Hansen kam sich unbeholfen vor, als er ihre Hand ergriff. Sie war kühl. Ihr Lächeln war irritierend. Es erinnerte ihn an das sechzehnjährige Mädchen, in das er einst unsterblich verliebt gewesen war. Gleichzeitig gab es ihm Rätsel auf, wer wohl diese wunderschöne vierundzwanzigjährige Frau war, die noch immer gertenschlank war und noch immer flachsblonde Haare hatte und dennoch eine ganz andere Person zu sein schien.

Der Pudel knurrte. Lilo kraulte ihn im Nacken.

»Guido kennst du ja«, sagte sie. »Er kommt aus der Schweiz, deshalb ist er so misstrauisch.«

»Ein Bergpudel?«, fragte Hansen und kam sich unbeholfen dabei vor.

Sie lachte. »Wer weiß. Komm doch herein!«

In der Enge der Diele stolperte Hansen beinahe über ein kleines Schränkchen.

»Vorsicht!«, mahnte Lilo. »Und nicht in die Küche, da sieht es aus wie Kraut und Rüben.« Sie öffnete eine Tür und ging voran in einen Raum, der als Wohn- und Schlafzimmer diente. Das Bett war gemacht, zwei Stühle, einer davon gepolstert, standen ordentlich rechts und links am Tisch, der neben einem Kleiderschrank an die Wand gerückt war. Den Tisch schmückte eine Vase mit einem großen bunten Blumenstrauß. An den Wänden hingen Fotografien von Ballett- und Operettenszenen, von

Varietétänzerinnen und Sängerinnen sowie Plakate von berühmten Pariser Vergnügungslokalen.

»Hier wohnst du also?«, fragte Hansen.

»Na ja, groß ist es nicht. Aber die Miete ist einigermaßen bezahlbar, und so fühle ich mich freier.«

»Wieso wohnst du nicht mehr in der Talstraße?«

»In der Talstraße? Ach, das ist lange her!«

»Deine Mutter?«

»Nimm doch Platz.« Sie deutete auf einen der Stühle.

Hansen setzte sich auf den ungepolsterten Stuhl. Während sie ihm gegenüber Platz nahm, ließ er den Blick über die Bilder an den Wänden schweifen, die klar machten, in welcher Welt Lilo lebte oder leben wollte.

Sie gab dem Pudel einen Klaps auf die Schnauze, als er nach ihrer Hand schnappte. »Meine Mutter war nicht einverstanden mit meinem Lebenswandel. Sie hat da auch einen Herrn kennen gelernt, mit dem ist sie nach Berlin gegangen. Aber das war erst, nachdem sie mich rausgeworfen hatte.« Ihr Blick verfinsterte sich. »Als ob sie einen besseren Lebenslauf vorzuweisen hätte!«

Hansen erinnerte sich, dass Lilos Mutter in ihrer Jugend Tänzerin gewesen war und später Kaffeehauskellnerin. Sie war auch in reiferen Jahren eine überaus reizvolle Erscheinung gewesen. Über ihren Vater wusste er gar nichts und hatte Lilo auch nie nach ihm zu fragen gewagt. Er hatte immer vermutet, dass er Seemann gewesen war.

»Weißt du, wo sie diesen Mann aufgegabelt hat? In der St.-Joseph-Kirche!«

»Ich wusste gar nicht, dass sie katholisch war.«

»Sie ist übergetreten und hat es immer schlimmer damit getrieben. Es war lächerlich.« Sie schüttelte den Kopf. »Aber so ist das nun mal mit gefallenen Mädchen«, fügte sie hinzu. »Erst treiben sie es bunt, und dann kleiden sie sich schwarz. Zum Abschied hat sie mir auf den Weg mitgegeben, dass ich schon merken werde, wann ich zur Umkehr gezwungen sei. So hat sie sich ausgedrückt.«

»Aber du bist doch kein gefallenes Mädchen«, sagte Hansen.

»Nein? Das ist schön, dass du es so siehst, Heinrich.«

Eine Weile herrschte verlegenes Schweigen.

»Ich habe dich tanzen sehen. Im Varieté … es hat mich an früher erinnert.«

»An früher? Du warst doch schon weg, als ich mit meinem Unterricht angefangen habe.«

»Ich meine, wenn wir uns hinten am Grenzgang getroffen haben.«

»Da habe ich getanzt?«, fragte sie belustigt. »Im Garten?«

»Ja, manchmal, wenn wir eine Piratenfeier veranstaltet haben.«

»Hm, daran kann ich mich gar nicht erinnern.«

»Na ja, jedenfalls hat mir die Aufführung sehr gefallen. Ich wusste ja nicht, dass du mitgetanzt hast, und außerdem ist diese schreckliche Mordgeschichte dazwischengekommen.«

»Plötzlich bist du hinter der Bühne gewesen. Ich hab dich angesprochen, aber du hast mich nicht bemerkt.«

»Hinter der Bühne?«

»Ja, ja, aber dann gab es diesen Tumult. Ich habe mich sehr gewundert, wie du da hingekommen bist. Erst später habe ich erfahren, dass du jetzt Polizist bist. Es ist eigenartig, sich nach so vielen Jahren wiederzusehen. Wo warst du die ganze Zeit?«

»Weit weg. Auf See. Marine.«

»Ach.« Sie schaute ihn prüfend an. »Deine Augen …«, sagte sie. »Sie sind immer noch verschiedenfarbig. Grün und blau.«

»Ja, ich weiß.«

»Schön, und außergewöhnlich.«

Hansen wollte nicht über sich sprechen. Zu diesem Zweck war er nicht hier. Er war auch nicht hier, um mit Lilo alte Zeiten Revue passieren zu lassen. Er war als Polizist hier.

»Der Salon Tingeltangel gehört also Jan Heinicke?«, fragte er.

»Wie? Ja, warum?«

»Da hat er es ja weit gebracht.«

»Meinst du im Gegensatz zu mir? Er hat mir versprochen, meinen Namen ganz groß und ganz oben aufs Plakat zu setzen, wenn die nächste Premiere ist. Es wird eine große Kostümrevue im Pariser Stil. Er will mich zur Hauptattraktion machen. Dann habe ich es auch zu etwas gebracht!«

»So hab ich das nicht gemeint.«

»Natürlich hast du das so gemeint! Aber du sollst wissen, dass ich Künstlerin bin! Kein Flittchen, kein gefallenes Mädchen, nichts von allem, was du dir so denkst. Und wenn ich nicht zum Ballett gegangen bin, dann aus freien Stücken, weil es mir nämlich hier auf St. Pauli besser gefällt! Und nun denk mal bloß nicht, dass dies das Ende sein wird. Ich werde noch viel weiter kommen!«

»Lilo, ich …«

»Und Jan? Der meint es gut mit mir, aber er versteht nichts davon. Wie oft hat er mir angeboten, Teilhaberin zu werden, Geschäftsführerin, künstlerische Direktorin und all das. Aber er hat ja nichts verstanden. Er weiß nichts von meinen Idealen!«

Hansen war es unangenehm, bei Lilo diesen Gefühlsausbruch hervorgerufen zu haben. Gleichzeitig wünschte er sich, souveräner zu sein. Dann dämmerte ihm, dass er gerade eine beruhigende Auskunft bekommen hatte: Jan machte Lilo Angebote, sie lehnte sie ab. Sie wollte sich nicht von ihm abhängig machen. Er spürte ein Gefühl der Erleichterung, denn klammheimlich hatte er befürchtet, die beiden könnte mehr verbinden als nur ein Arbeitsverhältnis.

»Ich dachte, Jan übernimmt mal die Schlachterei seiner Eltern«, sagte er.

»Er hat sich auszahlen lassen, ein paar Geschäfte gemacht, und auf einmal war genug Geld da, um ein Varieté zu gründen.«

»Geht es denn gut, das Varieté?«

»Bist du hier, um mich über Jan auszufragen? Du solltest mit ihm darüber sprechen, nicht mit mir. Ich rede nicht gern über andere. Außerdem macht es ihm zu schaffen, dass du ihn so kühl behandelst.«

»Ich behandle ihn kühl?«

»Herablassend, als wolltest du am liebsten einen Bogen um ihn machen.«

»Es ist schwierig, ich habe ja von Amts wegen mit ihm zu tun.«

Sie dachte kurz nach, schüttelte den Kopf und fragte: »Möchtest du einen Kaffee? Ich habe richtigen da, aus Übersee.«

Am liebsten hätte er sich aus dem Staub gemacht. Er wusste nicht, wie er sich ihr gegenüber verhalten sollte, wusste nicht einmal mehr, was er eigentlich mit ihr besprechen wollte.

»Ja, gern«, sagte er in der Hoffnung, dass ihm während der Zeit, in der sie Kaffee zubereitete, einfiel, wie er es angehen sollte.

»Ich glaube ja, dass Jan sich irrt«, sagte Lilo, während sie aufstand, »wenn er meint, du würdest ihn jetzt, wo er im Unterhaltungsgewerbe ist, gering schätzen. Es fing schon früher an. Kurz bevor dieser aufregende Sommer zu Ende war und du weggegangen bist.«

Lilo verschwand Richtung Küche. »Bin gleich wieder da!«, rief sie, als sie schon in der Diele war.

Dieser aufregende Sommer? Hansen dachte nach. Sie meinte den Sommer, als die Kaperfahrer sich getrennt hatten. Den letzten Sommer, den er auf St. Pauli verbracht hatte, bei dem alles zu Bruch gegangen war. Und natürlich hatte Lilo Recht: Nach der Geschichte mit dem Schnapsklau hatte er begonnen, Jan Heinicke zu meiden. Und nach der Geschichte mit Friedrich hatte er versucht, Lilo aus seinem Leben zu verdrängen. Aber wie kann man die Existenz von Menschen ignorieren, die in unmittelbarer Nachbarschaft leben und schon immer zu einem gehört haben?

Lilo brachte ein Tablett mit Kaffeetassen, Milchkännchen und Zuckerdose, ging wieder in die Küche und kam mit einer Kaffeekanne zurück.

»Was ich nie werden möchte, das ist Serviermädchen oder Kellnerin, egal wo, ob in einer Spelunke oder im Kaffeehaus«, sagte sie, während sie einschenkte. »So wie meine Mutter zum Schluss, bevor sie diesen Heini kennen gelernt hat. Ich mag nicht bedienen.«

»Soll ich das übernehmen?«, fragte Hansen.

»Ach, was, Heinrich! So war das doch nicht gemeint! Du bist doch mein Gast.« Sie setzte sich wieder. »Du musst unbedingt kommen, wenn wir unsere neue Revue aufführen, vielleicht schon zur Generalprobe. Es wird eine große Sache. Ganz wichtig für mich. Für Jan natürlich auch.«

Hansen beugte sich nach vorn. Der Stuhl unter ihm knarrte leicht. Er räusperte sich. »Hör mal, Lilo, ich muss noch mal auf diese Sache zurückkommen … das Kostüm, meine ich.«

Sie starrte einen Moment lang in die Kaffeetasse, behielt sie in den Händen. Dann sah sie auf und fragte mit unsicherem Gesichtsausdruck: »Ja? Was denn noch?«

»Eines interessiert mich. Der Schwanz, wodurch wird er denn hochgehalten?«, fragte er und kam sich unbeholfen dabei vor.

»Na, du stellst Fragen!«, sagte sie belustigt. »Darüber habe ich mir noch nie Gedanken gemacht. Irgendwas Starres ist da drin.«

Er räusperte sich. »Findest du es nicht seltsam, dass das Kostüm im Hof hinter diesem Haus an einem Baum gehangen hat?«

»Ach.« Sie schien erleichtert. »Ihr habt das Katzenkostüm in einem Baum hinterm Haus gefunden? Ich finde das gar nicht so verwunderlich wie du. Aber mit mir hat das bestimmt nichts zu tun.«

»Nein?«

»Denkst du das etwa?«, fragte sie kokett.

»Was ich denke, spielt keine Rolle, Lilo. Ich muss herausfinden, was wirklich passiert ist.«

»Wenn du das willst, musst du ins Nebenhaus gehen.«

»Ins Nebenhaus?«

»Olga ist dort ein und aus gegangen. Ich dachte, das sei euch bekannt.«

»Nein. Warum hast du das nicht früher gesagt?«

»Woher soll ich wissen, was ihr nicht wisst? Es hat mich doch keiner gefragt, ob ich Olga hier mal gesehen habe.«

»Sie wohnte in einer Pension in der Seilerstraße, das wissen wir.«

»Mag ja sein, die meisten Mädchen aus dem Salon Tingeltangel haben in dieser Straße ein Zimmer. Aber Olga war regelmäßig hier. Ich habe ja öfters gesehen, wie sie das Nebenhaus betrat. Nach der Arbeit ging sie manchmal vor mir her oder kam kurz nach mir hier an. Morgens oder auch um die Mittagszeit hab ich sie auch gesehen.«

»Du hast sie beobachtet?«

»Ach was. Ich habe sie halt gesehen, und mal bin ich ihr zufällig begegnet.«

»Hast du sie darauf angesprochen?«

»Nein. Was hätte ich sie denn fragen sollen?«

»Ob sie hier wohnt, beispielsweise.«

»Ich bin doch kein Polizist, Heinrich. Und indiskret möchte ich schon gar nicht sein. Überhaupt war ich mit ihr nicht besonders gut bekannt. Sie war eine von den eingebildeten schnippischen Gänsen aus der Provinz. Die glaubte, sie wäre die Königin der Reeperbahn, bloß weil sie Tänzerin war und ein paar Verehrer hatte.«

»Welche Verehrer?«

»Heinrich! Das Mädchen war mir egal. Ich habe mich nicht um ihren Lebenswandel gekümmert. Es wurde gemunkelt, dass sie einige hartnäckige Verehrer hatte. Manche Mädchen brauchen das. Was geht mich das an? Ich halte es mit dem Alten Fritz: Soll doch jeder nach seiner Fasson glücklich werden.«

Und wie viele Verehrer hast du, Lilo?, dachte Hansen. Lilo sprach so leichthin darüber, als hätte dieses Leben nichts mit ihr zu tun. Aber da sie nun mal Tänzerin geworden war, musste doch auch sie den Drang verspüren, sich auf einer Bühne einem Publikum zu präsentieren, und damit eben auch vielen Männern.

»In welches Haus ist sie gegangen?«

»Zwei Türen weiter.«

»Zu wem?«

»Ich sagte doch, ich bin ihr nicht nachgegangen. In letzter Zeit haben oftmals die Mieter gewechselt. Manche sind mit Sack und Pack mitten in der Nacht davon, um die Miete zu prellen. Hier kennt nicht jeder jeden und weiß alles über ihn, und das ist ja auch ganz gut so.«

Hansen trank seine Tasse leer und stand auf. »Nun muss ich mir das Haus wohl mal ansehen.«

Lilo hob die Schultern. War sie enttäuscht, dass er schon gehen wollte?

»Dann sieh dir mal das Haus an. Ich bring dich noch zur Tür.«

Hansen blieb stehen, drehte sich um und sagte: »Weißt du, wen ich neulich gesehen habe?«

»Jemanden, den ich kenne?«

»Friedrich.« Im gleichen Moment, als er den Namen ausgesprochen hatte, bereute er auch schon, ihn erwähnt zu haben. Er hatte das unbestimmte Gefühl, damit böse Geister zurückzurufen.

»Welchen Friedrich?«

»Den Von, der sich nicht schlagen wollte und in Wahrheit auch gar keiner war.«

»Du meinst Friedrich von Schluthen?«

»Ja. Aber er hieß eigentlich Schüler mit Nachnamen.«

»Hm.« Sie sah ihn abwartend an.

»Dein Nachbar in der Talstraße.«

»Ja, natürlich.«

»Es war seltsam. Er wurde aus dem Café im Hotel Hammonia geführt.«

»Was war denn los?«

»Offenbar hatte er einige Leute eingeladen und konnte die Rechnung nicht bezahlen. Und er gab sich noch immer als Baron aus.«

Lilo schüttelte den Kopf. »Friedrich?«, sagte sie ungläubig.

»Ja. Ein Kellner hat versucht, ihn zum Verlassen des Lokals zu zwingen.«

»Und du bist nicht eingeschritten?«

»Was hätte ich tun können?«

»Als Polizist? Das fragst du?«

»Ich war doch als Privatmann dort.« Und außerdem in Begleitung einer Taschendiebin, hätte er noch hinzufügen können. »Wenn es dich beruhigt: Der Hoteldirektor war dann offensichtlich bemüht, einen Skandal zu vermeiden, und hat ihn ins Büro der Direktion zitiert.«

»Friedrich«, wiederholte sie. »Wie sah er denn aus?«

»Wie man sich einen Baron eben so vorstellt. Ich hätte ihm auch geglaubt, dass er über genügend Mittel verfügt, um im großen Stil einzuladen.«

»Ich meine, war er gesund?«

»Ich vermute, ja. Nur ganz offensichtlich pleite.«

»Ach Gott«, seufzte Lilo, »und dabei wollte er doch die Welt erobern. Und sie mir zu Füßen legen. So weit hat er es wohl doch noch nicht gebracht.«

»Wann hat er dir das denn versprochen?«, fragte Hansen in betont neutralem Ton.

»Als er vor zwei Jahren weggegangen ist. Er müsse nur mal kurz verreisen, hat er gesagt. Hätte da einiges in Berlin und Leipzig zu erledigen. Wie das so seine Art war.« Ihr Blick verdüsterte sich. »Und hat mir nicht mal gesagt, dass er zurückgekommen ist.«

»Hatte wohl noch keine Gelegenheit.«

»Er war mit Leuten zusammen? Was waren das für Menschen?«

»Hm, Leute, die gewohnt sind, Geld auszugeben. Eine junge Frau war dabei, die Elisabeth genannt wurde. Ansonsten: sehr bürgerlich. Sie waren schockiert.«

»Elisabeth?«

»Sie gehörte zu einem dicken Kerl, der Anton hieß.«

»Von diesen Leuten habe ich nie gehört.«

»Es war eine ganze Gesellschaft. Der Dicke wollte zuerst für Friedrichs Rechnung einstehen. Als er sie präsentiert bekam und den Betrag sah, hat er fluchtartig das Lokal verlasssen.«

»O Gott, Friedrich, du hast dich mal wieder übernommen!«

»Genau so sah es aus.«

»Falls du noch mal von ihm hörst, sagst du mir Bescheid, ja?«

»Geht in Ordnung.«

Sie brachte ihn zur Wohnungstür, gab ihm zum Abschied die Hand. Auch diesmal empfand er die Geste als irritierend. Sie winkte ihm kurz hinterher, als er die Treppe nach unten stieg.

Zwei Türen weiter betrat er ein Treppenhaus, das fast identisch aussah. Die Namen auf der Tafel im Flur waren allerdings verwischt und unlesbar.

Er ging von Tür zu Tür und fragte nach Olga Trampitz. Niemand kannte sie. Es fiel ihm schwer, sie zu beschreiben, er hatte sie ja nur als Leiche gesehen. Auch der Hinweis, sie sei Tänzerin, half nicht weiter.

Im zweiten Stock öffnete ihm eine leicht betrunkene Frau, die ohne Umschweife begann, ihm von allerlei Gebrechen zu erzählen, an denen sie litt. Seine Fragen beantwortete sie kaum. Er trat zur gegenüberliegenden Tür und klopfte an.

»Da brauchen Sie sich gar nicht bemühen, ist niemand zu Hause«, sagte die Nachbarin.

»Woher wissen Sie das?«

»Weil da nie jemand ist. Wenn mir mal ein Stück Zucker fehlt oder ein Ei, da klopf ich da schon gar nicht. Man steht nur rum wie Pik Sieben und kriegt Krämpfe in den Beinen. Solche Nachbarn, die nie da sind, da fragt man sich doch, was die treiben. Vielleicht steht die Wohnung ja auch leer, aber der Hausmeister behauptet ja steif und fest, die ist belegt. Na ja, selig, die da zahlen und sie nicht benutzen müssen.«

»Der Hausmeister? Wo kann ich den denn finden?«

»Unten raus und eine Tür rechts. Aber nun verraten Sie mir mal, junger Mann, wen Sie da eigentlich antreffen wollen? Ich meine, man hat doch als Nachbarn ein Anrecht zu wissen, mit wem man unter einem Dach haust. Finde ich jedenfalls. Aber die Leutchen nebenan scheinen sich dementsprechend ja keine Gedanken zu machen. Also mal raus mit der Sprache, nach wem suchen Sie?«

»Ich sagte doch, dass ich eine Tänzerin namens Olga Trampitz suche.«

»Da suchen Sie mal lieber auf dem Kiez, junger Mann. Und wenn Sie mich fragen, ein bisschen schamlos finde ich das schon, am helllichten Tag nach Tänzerinnen suchen ...«

Hansen wandte sich ab und ging nach unten. Der Hausmeister wohnte im Erdgeschoss und öffnete in Hemdsärmeln die Tür. Muffiger Dunst nach ungewaschenen schwitzenden Menschenleibern, vermischt mit dem kalten Geruch nach Bratfisch, drang aus der Wohnung.

Hansen hielt ihm seine Polizeimarke hin. »Die Wohnung im zweiten Stock rechts, eine Tür weiter, wer wohnt da?«

Der Hausmeister zog sich die Hose ein Stück hoch und blickte ihn aus kleinen blutunterlaufenen Augen an.

»Wer wohnt da, wer wohnt da«, murmelte er. »Hab ich mir doch gedacht, dass mich noch mal jemand fragt, wer da wohnt. Aber woher soll ich wissen, wer da wohnt, hm?«

»Sie sind doch der Hausmeister, oder?«

»Deswegen gehört mir das Haus noch lange nicht. Wäre ja auch zu schön, wenn man sich mal um eigene Dinge kümmern dürfte. Nee, nee, vermieten tu ich nicht, ich bin bloß fürs Reparieren zuständig, wenn der Abfluss verstopft ist oder der Putz runterkommt, Sie wissen schon. Die Geschäfte erledigen die anderen.«

»Haben Sie einen Schlüssel?«

»Schlüssel hab ich jede Menge.« Er deutete mit dem Daumen über die Schulter hinter sich. »Meine Alte hat die Angewohnheit, immer alle Zimmer, die nicht benutzt werden, abzuschließen. Abends sowieso, weil wir ja im Erdgeschoss leben. Weiß man ja nie. Steigt einer ein, steht er im abgeschlossenen Zimmer. Muss er sich erst mal weiter vorarbeiten. Einmal hatten wir einen, der ...«

»Den Schlüssel zur Wohnung im zweiten Stock nebenan.«

Der Mann zuckte mit den Schultern ob Hansens Ungeduld. »Wir haben ja alle Schlüssel hier. Reingehen dürfen wir natürlich nirgends, ist ja alles privat, nur für den Notfall hängt hier ein ganzer Kasten voll, wir haben ja auch eine Unterkellerung, und da hat jeder seinen Verschlag, und dafür sind auch Schlüssel da ...«

»Holen Sie, bitte, den Schlüssel zur Wohnung im zweiten Stock rechts im Nebenhaus und schließen Sie mir auf.«

Der Hausmeister kratzte sich am Bauch, schien zu überlegen und nickte. »Dafür ist es ja wohl auch gedacht, wenn die Polente kommt oder wenn's mal brennt, dann hol ich den Schlüssel ... Moment mal.« Er drehte sich um und kam nach einer Weile mit einem Schlüssel in der Hand zurück. »Der muss es sein, der ist es bestimmt.«

»Gehen Sie vor!«, befahl Hansen ihm.

Der Mann stieg in Stiefeln, deren Schnürsenkel offen waren und über die Holzstiege streiften, nach oben. Die Nachbarin starrte ihnen entgegen und fing an, auf den Hausmeister einzureden, der sie ignorierte. Vor der Tür angekommen, versuchte er den Schlüssel ins Schloss zu stecken, zog ihn wieder heraus, probierte es wieder, rüttelte am Schloss und bekam es nicht auf.

»Der Schlüssel passt nicht«, stellte er fest.

Die Nachbarin begann, sich über Leute auszulassen, die Gründe hatten, Schlösser auszuwechseln, und deshalb verdächtig waren und auf die Straße gesetzt gehörten, erst recht, wenn sie sich so heimlichtuerisch verhielten wie diese hier ...

»Soll ich eine Brechstange holen?«, fragte der Hausmeister, dem schon nach dem bisschen Rütteln der Schweiß auf der Stirn stand.

Hansen überlegte. Durfte er hier gewaltsam eindringen? Er hatte keinen Durchsuchungsbefehl, es war keine Gefahr im Verzug, er wusste nicht, ob hinter dieser Tür jemand wohnte, der in ein Verbrechen verwickelt war. Alles war nur Vermutung.

»Nein«, sagte Hansen. »Ich komme wieder.«

Und damit ließ er die neugierige Nachbarin und den erstaunten Hausmeister stehen und eilte nach unten. Erst auf der Straße fiel ihm ein, dass er den Schlüssel der Wohnung möglicherweise schon hatte.

ZWEITES KAPITEL

# *Ende einer Kaperfahrt*

Bislang waren die großen Ferien immer die schönste Zeit für die Kaperfahrer gewesen, doch in diesem Sommer wurde das Lied der Kaperfahrer nicht mehr gesungen. Lag es daran, dass Jan jetzt lange Hosen trug? War Lilo schuld, die immer häufiger in Begleitung von Friedrich gesehen wurde? Waren sie einfach »zu alt für diesen Unsinn« geworden, wie Pit sich ausgedrückt hatte, als er, von der Werft kommend, in der Jägerstraße dem schmächtigen Klaas begegnet war? Traf Heinrich die Hauptschuld, der Jan des Verrats bezichtigte, weil er lieber mit Friedrich »organisieren« ging, als beim Reparieren des Baumhauses zu helfen, obwohl Heinrich selbst ja kaum Zeit hatte, weil er seiner armen Mutter zur Hand gehen musste?

Es war vorbei mit der Freibeuteridylle. Für Jan und Pit war die Sache klar. Nur Hein und Klaas konnten sich nicht damit abfinden. Und das war auch der Grund, warum sie eines Abends im August zufällig im Garten hinter dem Häuschen am Grenzgang aufeinander trafen. Heinrich war nach dem Abendbrot von zu Hause weggegangen, weil ihn seine Mutter nervös machte. Mit übertriebener Geschäftigkeit wollte sie darüber hinwegtäuschen, dass die Familie auseinander gebrochen war. Elsa war davongelaufen, der Vater trieb sich herum, und alle Nachbarn wussten inzwischen Bescheid, auch wenn Frau Hansen weiterhin steif und fest behauptete, ihr Mann befinde sich auf Arbeitssuche.

Klaas hockte schon oben im Baumhaus, die Ellbogen auf die Knie gestützt, den Kopf in den Handflächen vergraben, als Heinrich ankam. Neben ihm stand eine halb leere Flasche mit einer wasserklaren Flüssigkeit darin. Es roch nach Alkohol.

»Mensch, Klaas, was ist denn mit dir los?«, fragte Heinrich, nachdem er sich durch die Öffnung gezwängt und auf die Bank gesetzt hatte.

Klaas blickte auf und schaute ihn düster an. »Heinrich? Was machst du denn hier?«

»Ich hab zuerst gefragt.«

Klaas zuckte mit den Schultern. »Ich mach gar nichts.«

»Hast dich besoffen? Du bist ja verrückt, Mensch, in deinem Alter, die Flasche ist ja halb leer. Da kriegst du doch die Kotzerei.«

»Quatsch, ich hab nichts getrunken. Bloß einen Schluck. Das Zeug schmeckt mir gar nicht. Die Flasche ist umgekippt, deshalb ist nur noch so wenig drin.«

»Aber du wolltest dich besaufen, stimmt's?«

»Ja, schon.«

»Weibergeschichte?«

Klaas hob erstaunt den Kopf. »Was?«

»Das haut jeden Mann mal um. Du hast uns doch selbst mal erzählt von diesem Piraten, der die halbe Welt umfährt auf der Suche nach dem Schiff mit seiner Braut. Und als er sie endlich gefunden hat, will sie nichts von ihm wissen.«

»Das verwechselst du jetzt mit diesem Ritterroman. Aber es ist sowieso Quatsch.«

»Was hast du denn sonst für Sorgen?«

»Ist doch egal.«

»Und wo kommt diese Flasche her?«

»Dieser blöde Schnaps!« Klaas trat mit dem Fuß nach der Flasche. Sie kippte um, und der Inhalt gluckerte heraus. Heinrich wollte sie wieder aufstellen, aber sie rollte über den Rand des Baumhauses und fiel nach unten.

»Na, nun ist sie weg«, sagte Heinrich.

»Wir haben noch mehr«, murmelte Klaas.

Heinrich blickte sich um. »Wo denn?«

»Unten in der Grube.«

»Wieso das denn?«

»Wir wollten was zurückbehalten. Vielleicht selbst trinken oder doch noch verscherbeln.«

»Wir? Von wem sprichst du?«

»Na ja, Jan und Friedrich halt, und Lilo auch.«

»Du machst mit denen gemeinsame Sache?«

»Wieso? Das sind doch unsere Freunde.«

»Dieser falsche Von, dieser Feigling?«

»Feige ist er ja wohl nicht.«

»Er schlägt sich nicht.«

»Na ja.«

»Also ist er feige.«

»Jedenfalls ist er ziemlich gut im Organisieren.«

»Du meinst klauen.«

»Der Schnaps hat doch niemandem mehr gehört.«

»Er war in einer Bude eingeschlossen. Es war Einbruch und deshalb Diebstahl.«

»Ich war ja nicht dabei!«, sagte Klaas unwirsch.

»Und was hast du also mit denen zu tun?«

»Beim Verscherbeln hab ich ein bisschen geholfen. Ich weiß doch, wer so was kauft. Bei unseren Kunden im Laden, meine ich. Und wenn meine Eltern gerade nicht da waren, hab ich eben mal eine Flasche aus dem Vorrat verhökert.« Klaas sah ihn verschmitzt an.

»Dann bist du ein Hehler.«

»Mann, Heinrich!«

Klaas stand es ins Gesicht geschrieben, dass er ein schlechtes Gewissen hatte.

»Und warum wolltest du dich nun betrinken?«

»Jetzt lass mich doch in Ruhe!«

»Du schämst dich dafür, was du gemacht hast.«

»Ach Quatsch!«

»Was denn sonst?«

Es war klar, dass Klaas unbedingt etwas loswerden wollte.

»Ich würde es dir sagen«, murmelte er, »aber vielleicht stimmt es ja, und du gehörst wirklich zur anderen Seite.«

»Was für eine andere Seite? Und wer hat das denn gesagt?«

»Friedrich.«

»Der gehört doch überhaupt nicht zu uns. Wenn einer auf einer anderen Seite steht, dann er.«

»Er meinte das anders. Du hättest direkt was von einem Polizisten, hat er gesagt.«

»Ich? Polizist? Was soll denn der Blödsinn?«

Klaas hob abwehrend die Hände. »Weiß ich doch nicht. Aber wenn ich dir jetzt erzähle, was die vorhaben, machst du vielleicht was, was ich auch nicht gut finde.«

»Was mache ich dann?«

Klaas schaute auf, wich aber Heinrichs Blick aus. »Ach, ist doch nicht so wichtig.«

»Du bläst hier Trübsal und willst dich betrinken, und dann sagst du, es ist nicht wichtig?«

»Mann!«, rief Klaas. »Jetzt lass mich doch in Frieden!«

Heinrich legte eine Hand auf Klaas' nacktes Knie und sagte: »Die haben eine richtige Dummheit vor, stimmt's?«

»Ja«, gab Klaas unwirsch zu. Er starrte auf die Hand.

»Die wollen schon wieder irgendwo einbrechen. Und diesmal sollst du richtig mitmachen.«

»Wie kommst du denn darauf?«

»Mensch, nun red endlich Tacheles!« Heinrichs Griff um Klaas' Knie wurde fester.

»Ja, so ist es!«, stieß der endlich hervor. »Ich soll Schmiere stehen, aber ich will das nicht. Das mit dem Schnaps war ja mehr so ein Spaß, aber jetzt finde ich das nicht mehr gut, ehrlich.«

»Wo wollen die einsteigen?«

Klaas war kurz davor, in Tränen auszubrechen. »Du kennst doch das Schmuckgeschäft. Silberberg. An der Reeperbahn.«

»Was? Das darf doch nicht wahr sein!«

»Warte mal. Es ist nicht so, wie du denkst. Die wollen nicht den Schmuckladen überfallen. Das hab ich ja auch zuerst gedacht.«

»Sondern?«

»Es gibt so eine Werkstatt hinter dem Geschäft. Mann muss bloß über einen Zaun …«

»Aber das ist doch richtig kriminell!«

»Friedrich meint, das wäre es nicht, weil die da nämlich Schmuggelware lagern, und das ist sowieso schon gegen das Gesetz, und wenn man was mitnimmt, ist es bloß die gerechte Strafe.«

»Der hat ja komische Ansichten.«

»Ich glaub auch nicht, dass das richtig ist. Aber Jan findet die Idee ganz großartig.«

»Richtig ist es bestimmt nicht. Wenn man einen beklaut, der was geklaut hat, ist man trotzdem ein Dieb.«

»Das hab ich mir ja auch überlegt, aber die reden immer auf mich ein.«

»Und Lilo?«

»Die weiß nichts davon. Sie soll ja überrascht werden. Sie wollen ihr was von der Beute schenken.«

»Jan und Friedrich, beide?«

»Ja.«

»Die spinnen ja!«

Klaas senkte die Stimme. »Weißt du was? Ich glaube, die sind beide in Lilo verliebt.«

Heinrich zog die Hand von Klaas' Knie. »So, meinst du?«, sagte er barsch.

»Kann doch sein …«

»Interessiert mich nicht die Bohne! Jedenfalls müssen wir den Einbruch verhindern.«

»Wie denn? Die wollen das doch schon übermorgen machen.«

»Ich hab da eine Idee. Du tust so, als würdest du mitmachen. Den Rest erzähle ich dir später.«

»Wenn du meinst.«

»Und jetzt wollen wir mal unser Lager ausmisten«, sagte Heinrich und begann, die Leiter hinunterzuklettern.

Sie deckten die Bretter der Grube ab und hoben die Kiste heraus.

»Und was nun?«, fragte Klaas.

»Wir stellen sie da drüben auf die Mauer. Alle nebeneinander.«

Klaas war mit Eifer bei der Sache. Endlich sagte ihm jemand, was er tun sollte.

»Bisschen weiter auseinander!«, wies Heinrich ihn an.

Klaas stellte die fünf übrig gebliebenen Flaschen im Abstand von einem Meter auf die Mauer, die den Garten der ehemaligen Schmiede einschloss.

»Und nun suchen wir uns ein paar handliche Steine«, sagte Heinrich.

Dann warfen sie um die Wette auf die Flaschen. Gelegentlich fiel eine herunter, ohne kaputt zu gehen. Also stellten sie sie wieder hin, und der Wettbewerb ging weiter. Heinrich zertrümmerte vier, Klaas nur eine Flasche.

Auf dem Heimweg zur Jägerstraße gingen sie schweigend nebeneinander her. Vor dem Durchgang zu Heinrichs Terrasse verabredeten sie sich für den nächsten Abend.

»Du wirst schon sehen, wie wir diese Dummköpfe reinlegen«, sagte er.

Die Große Marienstraße lag gleich hinter der Kleinen Freiheit auf Altonaer Gebiet. Hier wohnte Elsa Hansen in einem kleinen Zimmer bei einer grauhaarigen Künstlerin, die sich, wie Heinrich fand, wie eine Zigeunerin kleidete. Die Künstlerin, Eva Brook, hatte nichts dagegen, dass Heinrich die Nacht bei seiner Schwester verbrachte. »Solange er hier nicht einzieht und ihr mich schlafen lasst, soll es mir recht sein«, hatte sie gesagt und sich in ein Zimmer zurückgezogen, in dem man auf Kissen auf dem Boden saß. Elsa erklärte Heinrich, die Einrichtung stamme aus Japan, wo die Künstlerin einige Zeit verbracht hatte.

»Stell dir vor«, sagte Elsa mit vor Bewunderung glänzenden Augen, »Eva ist um die halbe Welt gereist. Sogar in Arabien ist sie gewesen. Dort hat sie sich als Mann verkleiden müssen. Sie schreibt gerade an einem Buch über ihre Erlebnisse und hat mir daraus vorgelesen. Das ist viel aufregender als deine Karl-May-Geschichten.« Heinrich wunderte sich, wie sehr Elsa aufgeblüht war. So viel wie an diesem Abend hatte sie noch nie geredet.

Heinrich glaubte nicht, dass irgendetwas spannender sein konnte als die Romane des sächsischen Schriftstellers, die er sich gelegentlich von Klaas auslieh, aber er sagte nichts. Er war ja froh, seine Schwester besuchen zu dürfen. Denn in dieser Nacht wollte er dem falschen Von und seinem Lakaien Jan eine Lektion erteilen.

Elsa fand es großartig, wie ihr Bruder in die schmucke Uniform passte, die er sich unerlaubt ausgeliehen hatte. Es war keine Polizeiuniform, wie sie heute noch getragen wurde, sondern stammte aus dem Fundus eines Theaters, für das Heinrichs Mutter die Wäsche besorgte. Der dunkelblaue Waffenrock mit zwei Reihen Hamburger Wappenknöpfen, schwarzblauer Hose mit hellblauer Paspelierung und dem Helm mit Kugelspitze, Hamburger Wappen und kleinem Polizeistern hatte einst zur Ausstattung des Konstablerkorps gehört. Säbel, Dienststock und Laterne hatte Heinrich natürlich nicht unter den zur Wäsche abgegebenen Kleidern gefunden. Deshalb trug er einen Holzdegen, den er sich vor einigen Jahren einmal selbst geschnitzt hatte, an einer Koppel, die Elsa ihm aus verschiedenen bunten Kordeln zusammengebunden hatte. Wichtig war vor allem die Trillerpfeife.

Dass er die Uniform aus dem Waschhaus mitgenommen hatte, wusste Heinrichs Mutter nicht. Er hatte ihr aber erzählt, er würde den Abend bei Elsa verbringen. Sie hatte sich darüber gefreut und gar nicht nachgefragt, wie lange der Abend wohl werden würde. Dann hatte sie ihn bekniet, ihr genau zu berichten, wie es Elsa ging und was sie machte. Viel durfte Heinrich ihr nicht erzählen, doch weil er ihr gern eine Freude bereiten wollte und um die bleierne Traurigkeit zu vertreiben, die sie ergriffen hatte, nachdem Elsa gegangen war, hatte er ihr sogar die Straße genannt.

»Nicht bewegen!«, rief Elsa, als er sich auf dem Stuhl etwas bequemer hinsetzen wollte. »Bei diesem funzeligen Licht ist es schon schwer genug, vernünftig zu arbeiten, und ich will diesen Schatten auf deiner Stirn noch hinkriegen.«

Heinrich hielt still und ließ sich als Konstabler porträtieren.

»Du bist der geborene Polizist«, stellte Elsa fest, als die Bleistiftzeichnung fertig war.

In dieser Uniform gefiel Heinrich sich viel besser als in den Seeräuberklamotten, die die Kaperfahrer vom Grenzgang bis vor kurzem gelegentlich aus der Schatzkiste im Gartenverschlag geholt hatten, um sich abenteuerlich auszustaffieren. Piraten und Räuber waren doch immer die Gejagten, Polizisten hingegen die Jäger und damit in der besseren Position. Außerdem gehörten sie einer bedeutenden Organisation an, nämlich dem Staatsapparat des Kaiserreichs, und der war in Heinrichs Augen unüberschaubar groß und beinahe allmächtig.

Heinrich war von seiner nächtlichen Mission derart begeistert, dass er kein bisschen müde wurde. Als seine Schwester sich in der winzigen Kammer hinter ihrem Wohnzimmer ins Bett legte, blieb er sitzen und dachte über seinen Plan nach. Er hatte Elsa erzählt, er wolle dem treulosen Jan und seinem neuen angeberischen Kumpel Friedrich einen Streich spielen, deshalb brauche er die Uniform. Sie war davon ausgegangen, dass er sie in ihrem Versteck am Grenzgang überraschen und erschrecken wollte. Wie heikel die Sache in Wirklichkeit war, hatte er ihr nicht erzählt.

Gegen Mitternacht verließ er die Wohnung und machte sich auf den Weg zum Hauptquartier der Kaperfahrer. Nun war ihm doch unwohl in seiner Uniform. Um nicht als Polizist oder gar als Uniformdieb angesprochen zu werden, trug er den Helm in der Hand und vermied es, in den Lichtschein der Straßenlaternen zu treten.

Klaas erwartete ihn schon im Baumhaus und kletterte herunter, nachdem Heinrich dreimal kurz gepfiffen hatte.

»Mensch, Heinrich, ich dachte schon, du kommst nicht mehr. He, wie siehst du denn aus?«

Heinrich setzte den Helm auf und salutierte. Er legte die rechte Hand auf die Koppel und schritt hin und her.

»Na, mein Junge, hast du auch brav deinen Schnaps getrunken?«, fragte Konstabler Heinrich mit verstellter Stimme.

»Jawohl, Herr Schutzmann!«

»Das ist fein, du hast dir eine Belohnung verdient.« Heinrich griff in die Rocktasche. »Bitte sehr.«

»Eine Trillerpfeife?«

»Stets zu Diensten.« Heinrich deutete eine kleine Verbeugung an.

Klaas nahm die Pfeife in den Mund und ließ einen Triller ertönen.

»Nicht!«, rief Heinrich. »Still!«

»Ach so, die gehört wohl zu unserem Plan«, sagte Klaas.

»Gehen wir in die Hütte und besprechen die Sache.«

Im Holzhäuschen schärfte Heinrich seinem Freund ein, was er zu tun hatte. Schweigend horchten sie dann auf die Kirchenglocken von St. Joseph und St. Pauli, und Schlag zwei Uhr gingen sie los.

Auf dem Weg zum Schmucklager kicherte Klaas immer wieder vor sich hin. Heinrichs Plan war wirklich großartig!

Sie rannten die Reeperbahn entlang, so schnell sie konnten, denn manche Etablissements waren noch hell erleuchtet, und noch immer gingen hier und da vergnügungssüchtige Nachtschwärmer ein und aus. Zwischen zwei Häusern zwängten sie sich durch einen Durchgang und durchquerten einen finsteren Hinterhof. Nachdem sie sich an einer Fischräucherei vorbeigeschlichen hatten, stiegen sie durch eine Zaunlücke und fanden sich vor einer hohen Mauer wieder, hinter der sich das Lager befinden sollte. In etwa einer halben Stunde würden Jan und Friedrich auftauchen.

Klaas machte für Heinrich eine Leiter, um ihm über die Mauer zu helfen, und blieb, wo er war. Auf der anderen Seite der Mauer versteckte sich Heinrich hinter einem Wust aus aufgetürmten Kisten und Brettern.

Der Plan war einfach: Wenn Jan und Friedrich über die Mauer geklettert waren und sich daran machten, das Lager aufzubrechen, würde Klaas bis zweihundert zählen und dann in die Trillerpfeife pusten. Kurz darauf würde Heinrich in seiner Funktion als Konstabler aus dem Schatten treten und laut »Halt! Polizei! Stehen bleiben!« rufen, natürlich mit gezücktem Säbel und möglichst tiefer Stimme.

Doch Klaas wusste vor lauter Aufregung bei einhundertdreiundfünfzig nicht mehr, ob er schon bis einhundert gezählt hatte oder noch nicht, denn ab hundert hatte er wieder mit eins angefangen. Deshalb verzögerte sich der Einsatz der Trillerpfeife. Als das Alarmsignal ertönte, waren die Einbrecher schon weit gekommen. Dabei hatte Heinrich den Einbruch schon im Ansatz verhindern wollen. Nun kam alles ganz anders: Gerade als Klaas zu trillern begann, war ein echter Schutzmann auf seinem Patrouillengang in der Nähe und hörte das Gefahrensignal.

Während Heinrich ziemlich glaubwürdig den Konstabler mimte und Jan und Friedrich in die Flucht schlug, schnappte für den schmächtigen Klaas die Falle zu: Als er durch die Zaunlücke zum Gelände der Fischräucherei geschlüpft war, packte ihn eine harte Hand im Nacken und hielt ihn fest.

»Hör auf zu zappeln, Kleiner«, sagte der Schutzmann, »und erzähl mir mal, was du um diese nachtschlafene Zeit hier treibst.«

Klaas stotterte ungereimtes Zeug und musste mit auf die Wache. Jan und Friedrich, die den gleichen Rückweg angetreten hatten, beobachteten, wie ihr Freund abgeführt wurde, und wunderten sich, wo er überhaupt gesteckt hatte. Sie hatten ihn vermisst und als treulose Seele verwünscht. Als der Schutzmann mit seinem Gefangenen verschwunden war, machten sie sich auf den Heimweg.

Am nächsten Morgen wurde der Einbruchsversuch im Schmucklager entdeckt. Klaas, der die Nacht in einer Arrestzelle verbracht hatte, bemühte sich, bei der Wahrheit zu bleiben. Nur wollte er keine Namen nennen. Und da die Geschichte völlig unglaubwürdig klang, wurde er seinen Eltern zurückgebracht mit der Auflage, ihm eine gehörige Tracht Prügel zu verpassen. Das tat der Grünhöker Blunke nur allzu gern und verdonnerte seinen Jungen darüber hinaus zu einer Woche Stubenarrest.

Jan und Friedrich kamen mit dem Schrecken davon und erfuhren erst einige Tage später, wie und von wem sie hereingelegt worden waren. Für Heinrich aber war die Nacht noch nicht zu Ende. Als er in der Konstableruniform in die elterliche Wohnung zurückkam, fand er seinen Vater im Unterhemd am Küchentisch sitzend vor. Vor ihm stand eine Schnapsflasche, daneben ein Glas. Die Flasche war fast leer. Sein Vater stierte ihn aus glasigen Augen an.

Den Uniformrock hatte Heinrich schon im Flur ausgezogen und mit dem Helm beiseite gelegt. Sein Vater bemerkte nicht, dass er verkleidet gewesen war.

»Du bist mir ja ein feiner Musterknabe«, lallte der Vater.

»Guten Abend, was ist denn los?«, fragte Heinrich betont lässig.

»Guten Abend? Du Witzbold! Es ist längst Morgen!«

»Warum sitzt du denn noch hier herum?«, fragte Heinrich, der sich schnell wieder aus der Küche verdrücken wollte.

»Ich passe auf, dass die blöden Weiber nicht ausbüxen.«

Heinrich blieb erstaunt stehen. »Welche Weiber denn?«

»Deine dumme Mutter und deine Schwester, dieses Flittchen.«

»Was ist denn mit Mutter?« Der Schreck fuhr Heinrich in die Glieder.

»Was ist denn mit Mutter …«, äffte sein Vater ihn mit schwerer Zunge nach.

Heinrich bemerkte den Gürtel, der vor ihm auf dem Küchentisch lag. »Hast du sie etwa geschlagen?«

»Deine dämliche Mutter? Die beklagt sich nicht, die weiß doch, dass sie es verdient hat.«

»Was ist passiert?«

Sein Vater grinste hinterhältig. »Ich hab deine Schwester zurückgeholt.«

»Was? Wie …«

»Da staunst du, du kleiner Verräter. Jaja, ein Verräter und ein Trottel noch dazu. Glaubst wohl, deine Mutter kann Geheimnisse vor mir bewahren. Was für ein dummer Bengel du bist!«

»Zurückgeholt?« Heinrich hatte das Gefühl, als hätte ihm jemand einen Schlag in die Magengrube verpasst.

»Diese Zigeunerin hat sich wie eine Furie gewehrt. Aber genützt hat es ihr nichts.« Heinrichs Vater griff nach der Flasche, um sich nachzuschenken.

»Wo ist sie?«

»Die Zigeunerin? Im Krankenhaus, hoffe ich.«

»Was ist mit Elsa?«

»Die soll mal bloß schön schlafen, sonst knöpf ich sie mir noch mal vor.«

»Du Schwein!«

Der Alte stützte sich auf der Tischplatte auf und schob sich schwankend vom Stuhl hoch. »So, ein Schwein bin ich? Weil ich dieses Flittchen zurückgeholt habe? Weil ich nicht dulde, dass sie bei irgendwelchen Zigeunerschlampen haust und Nacktbilder von sich malen lässt? Wer ist denn da das Schwein? Und was hast du mit deiner Schwester so getrieben, hm? Lässt sich wohl von jedem mal anfassen, was? Schamlose Brut!«

»Das ist nicht wahr!«

»Ich hab mich sowieso schon immer gewundert, wie es kommt, dass ihr beiden so zusammengluckt.«

»Sei still!«

»Komm doch her, du Schwächling. Deine Mutter hat auch schon ihre Abreibung bekommen. Hat geglaubt, sie kann sich bei mir einschmeicheln, wenn sie's erzählt. Aber ich lass mir doch nicht auf der Nase herumtanzen!«

»Du bist ein Schwein«, wiederholte Heinrich mit bebender Stimme.

»So?« Der Vater griff nach dem Gürtel. »Ich muss dir wohl ein bisschen Respekt einbläuen ...«

Heinrich sprang auf ihn zu, riss ihm den Gürtel aus der Hand und versetzte ihm einen Faustschlag mitten ins Gesicht. Mit blutender Nase taumelte der Alte gegen die Wand. Den Gürtel in der erhobenen Hand, stand Heinrich da.

Sein Vater verzog höhnisch das Gesicht. »Du hebst die Hand gegen den Vater? Na, los doch! Schlag zu! Vielleicht bin ich gar nicht dein Vater, dann kann es dir ja egal sein. Mach schon, Junge!« Er breitete die Arme aus. »Na los, ich warte auf den Beweis.«

Heinrich war wie gelähmt. Sein Arm wollte sich nicht bewegen. Er wollte diesen besoffenen Dreckskerl bestrafen, ihm Schmerzen zufügen, ihn quälen, aber er vermochte es nicht. Er senkte den Arm und versuchte, das wütende Schluchzen zu unterdrücken, das in ihm aufstieg.

»Sie mal an«, lallte der Vater. »Also doch nicht?«

Heinrich spuckte ihm ins Gesicht und rannte aus der Küche.

Erst als er die Tür des Schlafzimmers hinter sich geschlossen hatte, sah er, dass Elsa auf seinem Bett kauerte. Sie saß am Kopfende mit angezogenen Beinen, eine Wolldecke um sich geschlungen, und war wach. Im Licht des herannahenden Morgens, das durchs Fenster kroch, konnte er nur ihre Umrisse erkennen, ihr Gesicht lag im Dunkeln. Er blieb abrupt stehen. Sollte er sich nun entschuldigen? Konnte man für den Verrat, den er begangen hatte, überhaupt um Entschuldigung bitten? Es gab keine Erklärung für sein Handeln außer Mitleid mit der Mutter, und das konnte Elsa sich denken. Das Geschehene war nicht in Worte zu fassen, und sein Bedauern auszudrücken wäre erbärmlich gewesen.

»Ich hab Angst«, flüsterte Elsa. »Warum kann man die Tür nicht abschließen?«

»Es gibt doch einen Schlüssel«, sagte Heinrich und holte ihn von dem schmalen Bücherregal an der Wand.

Er schloss ab. In der Küche fing der Vater an zu singen.

»Was ist mit Mutter?«, fragte Heinrich.

Elsa antwortete nicht.

»Was hat er mit dir gemacht?«, fragte Heinrich.

Elsa streckte sich auf dem Bett aus und zog die Decke über sich. Widerwillig legte Heinrich sich auf das Bett seines Vaters. Irgendwann nickte er ein, um kurz darauf aufzuschrecken, als der Alte an der Tür rüttelte und rief: »Brüderchen und Schwesterchen! Ha! Na wartet, wenn ich euch zu fassen kriege, ihr verdorbenes Pack!« Dann schlurfte er wieder davon.

Am Morgen war der Alte verschwunden. Was er seiner Schwester angetan hatte, sah Heinrich erst, als die Mutter in der Küche ihre Prellungen, Quetschungen und Abschürfungen versorgte. Seine Mutter, stellte Heinrich erleichtert fest, hatte offenbar nur ein blaues Auge davongetragen.

Elsa sprach kein Wort mehr mit ihnen. Sie nahm nur ein Glas kaltes Wasser zu sich und schloss sich wieder ein.

## DRITTES KAPITEL

# *Seehund, Bürste und Strich*

Die Sache mit Lehmanns Krankheit war doch seltsam, dachte Hansen und bekam gleich darauf Gewissensbisse. Er hatte sich bislang davor gedrückt, seinen Kollegen zu besuchen. Gab es einen Grund dafür? Zunächst hatte er seinen Diensteifer vorgeschoben. Der Mordfall war schließlich wichtiger, erforderte seine ganze Zeit. Außerdem war ihm unangenehm, dass Lehmann keine Gelegenheit ausgelassen hatte, ihn, wenn auch scherzhaft, darauf hinzuweisen, er habe eine Tochter im heiratsfähigen Alter. Was ihn aber letztendlich skeptisch gemacht hatte, was ihn an der Ehrenhaftigkeit des geschätzten Kollegen zweifeln ließ, war etwas anderes.

Er war mit einem Kollegen auf Patrouille gewesen. Paulsen hatte ihn Kriminalwachtmeister Breitenbach zur Seite gestellt, einem ehemaligen Infanteriehauptmann, der in einer Uniform besser aufgehoben gewesen wäre als in Zivilkleidung. Neben ihm fühlte sich Hansen wieder wie beim Militär. Mit Breitenbach über den Spielbudenplatz zu gehen, die Reeperbahn entlang und durch die zahlreichen Seitenstraßen des Reviers war beinahe so, als würde man durch Feindesland marschieren. Breitenbach hatte einen flotten Schritt, und Hansen ertappte sich dabei, wie er im Gleichschritt mitlief.

Über die ärmeren Bewohner des Viertels und die Vergnügung Suchenden der unteren Schichten rümpfte er die Nase. Proletarier und verarmte Menschen waren für ihn Gesindel. Frauen aus dem Arbeitermilieu und augenscheinliche Prostituierte fasste Breitenbach hart an und gab ihnen deutlich zu verstehen, dass er sie am liebsten ins Zuchthaus sperren würde. Bei

Spielern, Luden und Kleinkriminellen nahm er schnell den Polizeistock zur Hand, den er immer unter der Zivilkleidung trug, ebenso wie den Revolver, für dessen Mitführen er eine Sondergenehmigung von Kiebert erhalten hatte.

Breitenbach konnte nicht oft genug darauf hinweisen, dass »diese ganze aus dem Elend und für das Elend geborene Bande« nur mit dem Einsatz härtester Mittel dazu gezwungen werden konnte, sich gesetzestreu zu verhalten. »Denen liegt die Bösartigkeit im Blut, der Mensch wird mit Anstand geboren oder auch nicht. Hier auf St. Pauli haben wir es mit einer üblen Ansammlung von angeschwemmtem Abschaum zu tun. Da sind strikte Gesetzestreue und Härte im Durchgreifen unbedingte Notwendigkeit.«

Hansen ärgerte sich über diese Einstellung, vermied aber, sich von dem älteren Kollegen und Vorgesetzten in einen Disput verwickeln zu lassen. Er fühlte sich diesem verrufenen Viertel, aus dem er stammte, noch immer zugehörig. Mit jedem Tag wuchs die Gewissheit, dass er hierher gehörte. Und er wusste doch, wie schwer es war, in einer Welt zu bestehen, in der die ganz unten Geborenen kaum eine Chance hatten, sich nach oben zu arbeiten. Dass der Mensch schwach war und allzu leicht bereit, sich in zweifelhafte Milieus ziehen zu lassen, hatte er am Schicksal seines Vaters beobachtet, der zum Spieler geworden war.

Doch Hansen schwieg. Halt den Mund, Hein!, sagte er sich. Bei der Marine hast du gelernt zu schweigen. Also tu es auch jetzt. Aber es fiel ihm nicht mehr so leicht wie in den letzten Jahren. Blinder Gehorsam mochte eine soldatische Tugend sein, doch Polizeiarbeit war etwas anderes, dies war ihm klar geworden. Hier ging es um Menschen. Genau genommen hatte er ihnen sogar zu dienen – jedenfalls den Unbescholtenen. Und nicht wenige mochten zwar so aussehen, als hätten sie Übles im Sinn, trugen das Herz jedoch auf dem rechten Fleck.

Der Patrouillengang mit Breitenbach war reine Routinesache gewesen. Man bekam allerdings Blasen an den Füßen, wenn man mit ihm unterwegs war, denn er hatte die Angewohnheit, das ganze Viertel abzumarschieren. Am späten Nachmittag hatten sie einige Kaffeehäuser kontrolliert, und am frühen Abend hatten sie in verschiedenen Theatern und Varietés nach dem Rechten gesehen, um dann Richtung Altona zu gehen, wo sie die üblichen Arbeiterkneipen und Matrosenspelunken aufgesucht und den einen oder anderen Verbrecherkeller inspiziert hatten. Vor den Inhabern der bürgerlichen Etablissements, wenn sie sich denn sehen ließen, hatte Breitenbach sich militärisch servil gegeben, das Personal in den Theatern hatte er hingegen hochnäsig behandelt. Und die Angehörigen der Unterschicht und der Boheme hatte er spüren lassen, mit welcher moralischen Instanz sie es zu tun hatten – einem Abgesandten der allmächtigen Staatsgewalt.

Breitenbach schien keinen Wert darauf zu legen, die Lokale länger als zehn Minuten zu besuchen. Wie er bei diesen kurzen Stippvisiten herausfinden wollte, wo etwas im Argen lag, war Hansen ein Rätsel. Am späteren Abend schritten sie die Häuser am Spielbudenplatz ab und warfen hier und da einen Blick hinein. Anschließend betraten sie die Amerika-Bar, weil Breitenbach gehört haben wollte, dort würden neuerdings scheinheilig seriös gekleidete Prostituierte Jagd auf wohlhabendere Herren und neureiche Jünglinge machen.

Beim Eintreten in das lang gestreckte Lokal mit den gold getönten Wänden und den glitzernden Kristalllüstern unter der Decke fragte sich Hansen, ob sie in ihrer schlichten Straßenkleidung nicht sofort als Polizisten auf Vigilanz zu erkennen waren. Die Gäste an den weiß gedeckten, blumengeschmückten Tischen und vor dem geschwungenen Tresen trugen elegante Abendgarderobe.

Kaum saßen sie auf ihren Barhockern zwischen all dem exotischen und glänzenden Tand, wurden auch schon zwei Pokale mit Cocktails auf weißen Deckchen vor sie hingestellt. Auf Breitenbachs mürrisch fragenden Blick erklärte die weiß gekleidete Bardame, es handle sich um eine Aufmerksamkeit der Direktion.

Breitenbach schob den Pokal beiseite, wehrte den Kellner ab, der zwei Zigarren offerieren wollte und beugte sich zu seinem jungen Kollegen.

»Sehen Sie mal, Hansen«, begann er, offensichtlich um einen väterlichen Tonfall bemüht, »mir ist da etwas aufgefallen.«

Hansen nickte nur leicht. Er ahnte schon, was jetzt kommen würde.

»Sie sind ja noch neu auf diesem Posten. Mit wem sind Sie bislang immer auf Patrouille gegangen?«

»Kriminalwachtmeister Lehmann«, antwortete Hansen mit einem mulmigen Gefühl.

»So, so, der alte Lehmann. Na, das wundert mich nicht. Der kommt ja noch aus dem alten Konstablermilieu. Handwerker, wenn ich mich recht erinnere. Hat jedenfalls nicht gedient, das steht fest. Und da sieht man mal wieder, wie viel doch eine ordentliche militärische Ausbildung wert ist. Wer einmal beim Kommiss mitmarschiert ist, der erliegt nicht so leicht den Lockungen der Halbwelt.« Breitenbach hob den Kopf und ließ den Blick naserümpfend durch die luxuriöse Bar schweifen. »Aber Hansen«, fuhr er fort, »Sie bewegen sich auf schwankendem Boden. Ich will es mal dem zweifelhaften Einfluss eines Kollegen zuschreiben, der noch aus der Welt des alten Schlendrian stammt. Sie können sich denken, was ich meine?«

Hansen hütete sich, eine Antwort zu geben, sah seinen Kollegen, der einen mild tadelnden Gesichtsausdruck aufgesetzt hatte, nur aufmerksam an.

»Es scheint ja ganz gleich zu sein, in welche Art Lokalität wir spazieren, überall sind Sie bekannt, Hansen. Was nicht unbedingt von Übel sein muss, schließlich gehört Präsenz zu zeigen auch zur Strategie der Polizeikräfte. Aber niemals dürfen Sie sich dazu verleiten lassen, mit dem Feind zu fraternisieren!«

Spazieren?, dachte Hansen, spaziert sind wir heute Abend sicherlich nicht. Aber wer war der Feind, mit dem er sich nicht verbrüdern durfte?

»Selbst der Bürger gehört zu den gefährdeten Existenzen, wenn er sich seiner Vergnügungssucht hingibt. Aber der schwankt ja nur. Doch all den anderen Angehörigen der Halb-, Schatten- und Unterwelt, die auf dem Hamburger Berg ihr zweifelhaftes

Dasein fristen und darauf lauern, sich etwas anzueignen, das ihnen nicht zusteht, denen stehen wir gegenüber an einer unsichtbaren Front, wo der Kampf zwischen den Kräften der Ordnung und denen der Anarchie ausgefochten wird.«

Breitenbach beschrieb eine Geste durch den Raum. »Die feine Garderobe, der glitzernde Schmuck, die gut gefüllte Brieftasche mögen darüber hinwegtäuschen, aber der Feind lauert überall, nicht nur im Verbrecherkeller. Und deshalb ist es unerlässlich, dass wir moralisch unantastbar bleiben. Bestechung beginnt mit einem Schnaps, egal wer ihn spendiert hat, und endet dabei, dass man von einem Wirrwarr aus Verbindlichkeiten und Abhängigkeiten hinabgezogen wird in den Sündenpfuhl. Und dann ist es aus mit dem Kampf gegen das Verbrechen, dann hat der Moloch gesiegt!«

Kampf? Hansen war bei der Marine gewesen, aber eine kriegerische Auseinandersetzung hatte er nie mitgemacht. Und nun stand er direkt an einer unsichtbaren Front und kämpfte für den Fortbestand des Kaiserreichs mit zivilen Mitteln. War es das, was ihm Breitenbach hier auf umständliche Art mitteilen wollte? Im Grund war es nicht falsch, was der Wachtmeister da sagte. Hansen nickte zustimmend. Und dachte zugleich trotzig: Aber zu allererst sind wir doch Menschen.

»Ich sehe, Sie haben verstanden, Hansen. Denken Sie immer daran: Wenn wir nicht standhaft bleiben, wankt das ganze Gebäude des Staates. Das dürfen wir nicht zulassen. Das ist der Grund, weshalb wir nur noch Angehörige des Militärs in unsere Reihen aufnehmen. Hundertprozentige Zuverlässigkeit ist gefragt!« Breitenbach senkte die Stimme: »Lehmann nimmt sich in dieser Hinsicht zu viele Freiheiten. Es wird ihm noch mal das Genick brechen. Haben Sie mich verstanden?«

»Jawohl.«

»Dann treten wir jetzt den Rückzug an.«

Auf dem kurzen Weg zurück zur Wache entschied Hansen: Lehmann ist mein Freund, das ist das Wichtigste.

»Sie sind vom Patrouillengang befreit«, sagte Paulsen, als Hansen sich zum Dienst meldete. »Kiebert möchte, dass Sie sich bei Oberassistent Ehrhardt im Stadthaus melden. Daktyloskopie-Unterricht. Nehmen Sie die Straßenbahn, als Polizist sind Sie ja darauf abonniert.«

Es war ein luftiger Sommertag. Von Westen her wehte eine frische Brise, kleine weiße Schäfchenwolken zogen über den blauen Himmel, die Frauen trugen helle Sommerkleider und Sonnenschirmchen. Hansen bestieg den Tramwagen an der Reeperbahn, zeigte dem Kontrolleur seine Polizeimarke, der daraufhin freundlich salutierte, und setzte sich auf eine Holzbank ans Fenster.

Die Straßenbahn ruckelte Richtung Millerntor, passierte den Trichter und Ludwig's Concerthaus und gondelte weiter über den Millerntordamm am Zeughausmarkt vorbei und über Steinweg und Großneumarkt zur Stadthausbrücke.

Die Polizeiverwaltung befand sich im Stadthaus, einem ausladenden viergeschossigen Bau. Hansen meldete sich am Haupteingang und wurde von einem Beamten zum Paternoster gewiesen, der ihn nach oben brachte. Dort lief er über endlos lange Flure und fand nach längerem Suchen den Weg zur neu eingerichteten Fingerabdruckzentrale. Oberassistent Ehrhardt, ein fröhlich wirkender Beamter in Gehrock mit steifem Kragen und Fliege, aber wie Hansen ohne den allgemein üblichen Schnurrbart, winkte ihn durch die offen stehende Tür.

»Wachtmeister Hansen, herzlich willkommen!«, sagte er und streckte ihm die Hand entgegen.

»Einstweilen bin ich nur Anwärter«, korrigierte Hansen, als er dem nur wenig älteren Kollegen die Hand schüttelte.

»Na, es wird wohl nicht mehr lange dauern, da sind Sie etabliert. Bezirkskommissar Kiebert hat Sie mir ja geradezu als Naturtalent anempfohlen.«

»Tatsächlich?«

»Sie haben Recht«, meinte Ehrhardt, »man sollte Lob erst ernst nehmen, wenn es sich in einer Beförderung niedergeschlagen hat, gewissermaßen amtlich geworden ist. Bescheidenheit ist ebenso sehr eine hanseatische wie eine preußische Tugend und immer angebracht, wenn man unter der Knute des Amtsschimmels leben muss.« Er hob den Arm und deutete auf die Tür. »Treten Sie ein in das Reich des Fortschritts, das uns unser hochnobler Polizeichef beschert hat.«

Nun ja, dachte Hansen, als er den großen Raum mit den hohen Fenstern betreten hatte, hier sieht es auch nicht anders aus als in anderen Büros.

»Na, nun machen Sie mal nicht so ein enttäuschtes Gesicht, was haben Sie denn für Wunderdinge erwartet?«

Hansen sah den amüsiert dreinblickenden Beamten erstaunt an. »Gar nichts.«

»Immer noch besser als rein gar nichts«, entgegnete Ehrhardt launig. »Eine Registratur besteht nun mal aus Karteien, und Karteien gehören in Schränke. Dort am Fenster sehen Sie mein kleines Labor mit allen nötigen Substanzen und natürlich den Mikroskopen, ohne die wir hier nicht auskommen. Wissen Sie, eigentlich wollte ich ja Biologe werden, mich mit allerhand Getier befassen. Und was tue ich jetzt? Studiere tagaus, tagein nichts weiter als die Fingerabdrücke von Menschen mit schmutzigen Westen. Und schreibe Kärtchen, die wir fein säuberlich archivieren. So lassen wir zumindest der unschönen Existenz eines Verbrechers so etwas wie penible Ordnung angedeihen. Ich nehme an, Ihr Ausbilder hat Ihnen erklärt, was es mit der Daktyloskopie auf sich hat?«

Hansen sah unsicher und voller Respekt zu den verschiedenen Pulten, auf denen allerlei Gerätschaften standen, die zweifellos nur ein studierter Mann betätigen konnte, und von denen ein einfacher Polizist nicht den blassesten Schimmer hatte.

»Na ja«, murmelte er.

Ehrhard machte eine wegwerfende Handbewegung. »Ist keine Schande. Wir betreten ja allesamt Neuland. Und bis sich herumgesprochen hat, dass die Fingerabdruckkunde ein ganz einfaches und sehr praktisches Hilfsmittel bei der Verbrechensbekämpfung ist, wird es wohl noch dauern. Vor allem die älteren Kollegen sind da eher zögerlich. Weshalb unser Polizeichef seine Hoffnungen auf Frischlinge setzt, wie Sie einer sind, nichts für ungut. Und übrigens, setzen Sie sich doch.«

Hansen setzte sich auf einen Stuhl vor einem Schreibpult und kam sich vor wie in die Schulzeit zurückversetzt. Ehrhardt lief auf und ab und redete, wobei er fleißig gestikulierte. »Ich will ehrlich sein: Noch sind diese Karteischränke nur zu einem ganz kleinen Teil gefüllt. Wir stehen am Anfang, haben gerade mal knapp über tausend Bögen gefüllt. Aber es geht stetig voran. Alle Verbrecher müssen ihre Fingerabdrücke hinterlassen. Und einmal identifiziert, haben wir ein untrügliches Instrument, einen Ganoven zu überführen, wenn er irgendwo Hand angelegt hat.« Er hielt inne. »Haben wir uns übrigens nicht schon gesehen, kürzlich, als es darum ging, nach diesem Mordfall im Varieté auf St. Pauli nach Abdrücken zu suchen?«

»Möglich«, sagte Hansen. »Da kamen ja recht viele Beamte zusammen.«

»Ich war der mit dem Köfferchen«, sagte Ehrhardt und deutete in eine Ecke. »Da drüben steht es. Das ist gewissermaßen mein mobiles Labor. Sie schauen mich enttäuscht an, mein Lieber, und ich kann es nachvollziehen. Sie fragen sich jetzt: Was hat uns das eigentlich gebracht? Da nimmt der Mann Fingerabdrücke von Wänden, Möbeln, Fenstern und Spiegeln und bringt sie ins Labor. Was haben wir in der Praxis davon, fragen Sie sich, habe ich Recht?«

»Lehmann, mein Kollege, hat sich das gefragt. Er hat nicht so viel übrig für diese neue Technik.«

»Wir haben alle Abdrücke fein säuberlich auf Abdruckbögen übertragen. Wenige waren es nicht, das kann ich Ihnen sagen. Und jetzt mal ganz ehrlich: Es hat tatsächlich nichts genützt. Und warum?«

Hansen schwieg.

Ehrhardt lief mit großen Schritten zu einem Registraturschrank und holte einen Karteikasten heraus. »Sehen wir uns das doch mal an«, sagte er und stellte den Kasten auf das Pult, an dem Hansen saß. »Blättern Sie ruhig mal durch!«

»Mach ich da keine neuen Abdrücke drauf?«

Ehrhardt schüttelte den Kopf: »Das schadet nichts. Das sind ja Fotografien, da kann nichts passieren.« Er ging zu einem anderen Schrank und holte einen zweiten Kasten.

Hansen sah sich ein paar Karten an. Unten rechts war der Ort verzeichnet, an dem sie sichergestellt worden waren. Ein Vermerk beschrieb konkret die Stelle: »Frisierspiegel/Rand/Ecke/unten rechts« zum Beispiel oder »Schminkkasten/Deckel«. Der schwarze Abdruck der Papillarlinien, den ein Unbekannter dort hinterlassen hatte, war auf eine für Hansen nicht begreifliche Weise auf Fotopapier fixiert worden. Daneben und darunter standen einige Zahlen, die ihm gar nichts sagten.

»Wie kann man denn einen Fingerabdruck fotografieren?«, fragte Hansen.

Ehrhardt stellte den zweiten Kasten hin, zog sich einen Stuhl heran und setzte sich. »Was wissen Sie denn über Fingerabdrücke?«

»Jeder Mensch hat angeblich auf jeder Fingerkuppe ein Muster, das sonst kein zweiter hat.«

»Richtig. Aber nicht angeblich, sondern wirklich, das ist eine Tatsache. Denselben Abdruck gibt's nicht noch mal, nicht mal bei Zwillingen.«

»Donnerwetter.«

Ehrhardt legte ein Papier vor ihn hin. »Drücken Sie mal Ihre Finger da drauf! Danke schön.« In der anderen Hand hielt Ehrhardt ein kleines Fläschchen. Daraus stäubte er ein Pulver über das Blatt und blies darauf, um den Pulverstaub wieder zu entfernen, sodass nur die Abdrücke der Finger noch zu sehen waren. »Lycopodium, vermischt mit einer Spur Camin, weil es ein heller Untergrund ist. Na bitte, Ihre Radialschlingen und Ulnarschlingen sind wirklich von ausgesuchter Schönheit, Herr Kollege.«

»Verwischt das nicht wieder?«

»Tut es, tut es, aber das können wir verhindern. Und dazu haben wir drei Möglichkeiten: Wir fotografieren diesen hübschen Abdruck Ihrer werten Finger, oder wir bedecken ihn mit einer Glasplatte, oder wir nehmen mithilfe der Schneider'schen Folie den Abdruck abermals ab. Dann wird wieder fotografiert. Wenn der Abdruck erst mal auf Platte ist, bleibt er erhalten und kommt in die Kartei, nachdem wir genauestens untersucht haben, um was für einen Abdruck es sich handelt: Da gibt es Bögen und Zelte und Schlingen und Doppelschlingen und Zentraltaschenschlingen und Zwillingsschlingen und zufällige hübsche kleine Muster und die aufregendsten Deltalagen, die wir allesamt schön säuberlich ausmessen und notieren. Verwechslungen sind dann nicht mehr möglich.«

Hansen runzelte die Stirn.

»Sie sehen so ungläubig aus, junger Freund. Ich will Ihnen mal die Unterschiede anhand der Fingerabdrücke verschiedener Personen demonstrieren.«

Anfangs war es ganz schön verwirrend, bis Hansen schließlich verstand, was ein »äußerer Terminus« im Gegensatz zu einem »inneren Terminus« war und was es mit Wirbeln und Stangen und Schlingen auf sich hatte und wie man die erkannten Muster in Zahlen auf Musterbögen notierte.

»Na, und in der polizeilichen Praxis verhält sich das doch ganz einfach. Die Fitzelarbeit, die ich eben beschrieben habe, machen wir. Ihr da draußen an der Front müsst ja bloß die Missetäter dazu bewegen, sich ein zusätzliches Mal die Finger schmutzig zu machen.« Ehrhardt deutete auf den zweiten Kasten. »Darum geht's zuallererst. Wir bauen eine Kartei auf. Jeder Verbrecher muss seine Fingerkuppen mit Buchdruckerschwärze einfärben, die vorher mit einer Walze aus Kautschuk ... Moment mal ...« Er sprang auf, lief zu einem Tisch am Fenster und kam mit einer Walze und einer Metallplatte zurück. »Also hier ...« Er ging nochmals hinüber und kam mit einem Kästchen zurück, in dem etwas Schwarzes war. Er rollte die Walze durch die Buchdruckerschwärze und trug sie auf das Metallplättchen auf. »Besser zu dünn als zu dick«, sagte er. »Nun geben Sie mir mal Ihre Hand.« Er nahm Hansens Zeigefinger und drückte ihn auf das Plättchen. »Rollen ist wichtig«, sagte er. »Wir brauchen den Abdruck von der Spitze bis zum ersten Gelenk und zwar von Nagelrand zu Nagelrand. So. Hoppla, Moment mal, da fehlt uns noch etwas…« Wieder sprang er auf, um ein Blatt Papier zu holen. Darauf musste Hansen nun seine Fingerkuppen pressen. »Am besten alle vier Finger gleichzeitig und nebeneinander, weil sie ja nun mal zusammengehören, und jetzt den Daumen dazu. Na bitte, das hätten wir.«

Hansen besah sich die geschwärzten Finger und tastete mit der anderen Hand nach einem Taschentuch.

»Halt, halt!«, rief Ehrhardt, »machen Sie Ihre Frau, Ihre Mutter oder Ihre Zimmerwirtin nicht unglücklich! Da drüben ist ein Waschbecken.«

Nachdem Hansen die Finger von der Druckerschwärze gereinigt hatte, deutete Ehrhardt auf das Blatt. »Das ist ein Abdruckbogen, das ganze Geheimnis moderner Verbrechensbekämpfung. Wer hier einmal mit Namen, Geburtsort und Datum registriert wurde und Finger- und Daumenabdrücke hinterlassen hat, sollte in Zukunft anständig werden oder, was wir nicht hoffen wollen, Handschuhe tragen, sonst wird er seines Lebens nicht mehr froh. Mit den dazugehörigen arithmetischen Werten können wir jeden Abdruck einer Person zuordnen, auch wenn sie unvollständig oder beschädigt sind. Und was wir nicht zuordnen können, das heben wir auf und versehen es mit Kennzahlen und genauen Werten, die uns später helfen, die anonymen Abdrücke zu personalisieren.«

»Den Täter jedoch müssen wir trotz allem erst einmal ausfindig und dingfest machen, bevor Sie Ihr daktyloskopisches Wunderwerk verrichten.«

»Wir helfen Ihnen dabei, Herr Kollege. Sie finden den Abdruck, wir die dazugehörige Personalie, Sie suchen den fraglichen Menschen, nehmen ihn fest, und wir weisen nach, wo er seine Finger mit im Spiel hatte. Alles klar?«

»Fingerabdrücke auf menschlichen Körpern kann man wohl nicht sichtbar machen?«, fragte Hansen.

»Nein, leider nicht. Wohl aber auf Tatwaffen.«

»Doch wohl nicht, wenn es sich beispielsweise um ein schmales Stück Draht handelt?«

»Unserer Arbeit sind Grenzen gesetzt, das gebe ich zu. Ohnehin können wir nur die Anwesenheit eines Menschen am Tatort beweisen. Der Tat überführen müssen Sie ihn.«

»Die Arbeit bleibt also letzten Endes die Gleiche.«

»Das stimmt. Die Daktyloskopie ist nur ein Hilfsmittel. Aber Sie werden sehen, sie wird sich durchsetzen und eines Tages werden alle Menschen ihre Fingerabdrücke abgeben müssen, und man wird sie in ihren Ausweisen vermerken.«

»Aber wir sind doch nicht alle Verbrecher!«

»Aber wir könnten es sein, nicht wahr?«

»Ein scheußlicher Gedanke.«

»Hand aufs Herz, Hansen, haben Sie noch niemals etwas Böses getan?«

»Ich?«

»Vergessen Sie nicht: Ich habe jetzt Ihre Fingerabdrücke! Aber Scherz beiseite: Wenn Sie keine weiteren Fragen mehr haben, führe ich Sie noch kurz durchs Haus, damit Sie sich ein Bild machen können von den Institutionen, mit denen Sie in Zukunft zusammenarbeiten werden.«

Ehrhardt führte seinen neuen Kollegen durch sämtliche Stockwerke, angefangen bei der Photographischen Anstalt unter dem Dach über das Erkennungsamt mit anthropometrischer Registratur, das Meldeamt, das Polizeimuseum, die Kanzlei mit dem Schreibmaschinensaal bis hin zur Telegrafenstation und Telefonzentrale.

Hansen kam zu dem Schluss, dass Ehrhardt ein angenehmer Zeitgenosse war, dem jeder Amtsdünkel und alles preußisch-militärische Gehabe fehlte. Er schien pragmatisch zu sein und hatte Humor. Sollte es einmal Schwierigkeiten geben, so würde er sich an ihn wenden, beschloss er, nachdem er sich von ihm verabschiedet hatte.

Die Einweisung in die Geheimnisse der Daktyloskopie und die Besichtigung der Polizeizentrale hatte bis zum frühen Nachmittag gedauert. Inzwischen war es heiß geworden. Hansen entschied, dass er Bewegung brauchte und sich eine Pause verdient hatte. Er zog die Jacke aus und machte sich auf den Weg zum Millerntor.

Dort angekommen, hatte er mächtigen Hunger und noch größeren Durst. Im Biergarten des Trichters setzte er sich in den Schatten eines Baums und bestellte zu einer Halben Münchner Kindl Bratkartoffeln mit Spiegelei und gönnte sich dann noch ein Glas.

Leicht beschwingt machte er sich anschließend auf den Weg zur Davidwache. Vor der Gemüse- und Fruchthandlung H. Krüger hielt er abrupt an, als er die rosigen Pfirsiche in der Auslage entdeckte. Er kaufte zwei Stück für teures Geld und biss genussvoll in das saftige Fruchtfleisch. Vor dem Eden-Theater standen zwei Mädchen in sportlicher Kleidung mit Fahrrädern und deuteten auf ein Plakat, das einen italienischen Sänger in Heldenpose zeigte. Die eine drehte sich gerade um. Hansen spuckte den Pfirsichkern in hohem Bogen über den Platz und ging auf sie zu. Das Mädchen schaute ihn neckisch an. Hansen hielt ihr den zweiten Pfirsich hin. »Ein süßes Früchtchen«, sagte er. »Nimm!« Das Mädchen nahm den Pfirsich und biss hinein. Ihre Freundin blickte sie ungläubig an.

»Nur nicht genieren«, sagte Hansen. »Obst ist gesund.«

Damit ließ er die kichernden Mädchen stehen. Der Gorilla vor Umlauff's Weltmuseum trug heute einen großen Sonnenschirm. Wirklich eine Affenhitze, dachte Hansen fröhlich.

Einen Tag später war es mit seiner guten Laune schon wieder vorbei. Am Abend nach Dienstschluss saß er in seinem Zimmer am Sekretär vor dem Fenster, horchte auf die vielfältigen Geräusche, die aus dem Hinterhof zu ihm heraufschallten, und zweifelte an seiner Berufung. Es war dunkel geworden, aber er hatte kein Licht gemacht. Vor ihm lag der Briefumschlag, adressiert an

»Gefr. Heinrich Hansen, zur See, Kanonenboot ›Iltis‹, Ostasien-Geschwader«. Der auseinander gefaltete Brief, den er seit Jahren mit sich herumtrug und dessen kargen Inhalt er auswendig kannte, erzitterte vom leichten Lufthauch, der durch das Fenster drang.

»Sehr geehrter Herr Hansen,

haben Sie sich eigentlich nie gefragt, wer Ihre Familie auf dem Gewissen hat? Hat es Sie denn nie interessiert, was aus Ihrer Schwester geworden ist? Sie sind geflüchtet, das kann man verstehen, Sie waren jung, vielleicht hatten Sie Angst. Aber nun sind Sie erwachsen. Sie sind Soldat, Sie wissen, was Pflicht bedeutet. Wenn Sie nicht selbst schuld sind an dieser Tragödie, warum bringen Sie dann nicht Licht in das Dunkel eines Verbrechens, das Ihnen und den Ihren so viel Leid brachte?

Hochachtungsvoll,
X. (ein Freund)«

Erst nachdem er diesen Brief erhalten hatte, war das schlechte Gewissen in ihm erwacht. Vorher hatte er das schreckliche Ereignis, das ihn im Herbst des Jahres 1895 aus der gewohnten Lebensbahn geworfen hatte, aus seinem Gedächtnis verbannt. Nur sehr selten einmal war er mit einem Aufschrei des Entsetzens aus dem Schlaf gefahren, verfolgt von schemenhaften, gesichtslosen Figuren, die nichts weiter taten, als immer nur hinter ihm herzulaufen, während er versuchte, sich durch das Labyrinth einer verfallenen Ruine hindurchzukämpfen.

Wegen dieses Briefes war er schließlich zurückgekehrt und Polizist geworden. Und nun merkte er, dass Polizist sein bedeutete, dass er sich mit dem Schicksal anderer Menschen beschäftigen musste. Die Arbeit drängte sein eigentliches Anliegen in den Hintergrund. Tragödien passierten fast jeden Tag. Als Polizist hatte er dem Staat und seinen Bürgern zu dienen. Er hatte sich verpflichtet, Verbrecher wie den Mörder der Tänzerin Olga

Trampitz zu überführen. Seine Aufgabe bestand darin, mitzuhelfen, die Welt von minderwertigen Kreaturen wie der Engelmacherin Wiese zu befreien. Hatte er ein Anrecht darauf, das Geheimnis seines eigenen Lebens aufzuklären? Nein, diese Aufgabe hatten andere gehabt, und es war nicht an ihm, darüber zu urteilen, ob sie fehlerhaft gehandelt hatten oder nicht. Er wusste ja nun, wie schwierig die Arbeit der Polizei war.

Es war doch letzten Endes nichts weiter als ein Stochern im Morast, das Suchen nach den dunklen Seiten der Menschen, das Ausforschen von mehr oder weniger beschmutzten Gewissen. Grundlage der Arbeit war das Misstrauen allen gegenüber. Für einen Polizisten war jeder, dem er begegnete, möglicherweise ein Verbrecher oder hatte etwas zu verbergen, das ans Tageslicht gezerrt werden musste. »Wir sind verpflichtet, an das Böse im Menschen zu glauben«, hatte Lehmann neulich abends erklärt, als sie beide schon einiges über den Durst getrunken hatten. »Da haben es die Pfaffen leichter, die bringen ihre Sünder auf den rechten Weg – sofern sie ihrer Berufung gerecht werden. Wir schaffen die Bagage ins Gefängnis oder ins Zuchthaus. Ab in die Hölle, ab ins Fegefeuer mit euch, nun schmort mal schön!«

Hansen hatte diesen Gefühlsausbruch von Lehmann peinlich berührt über sich ergehen lassen. In diesem Moment waren ihm die großen Worte wie leere Phrasen vorgekommen. Doch nun saß er selbst hier und zweifelte.

»Ich Dummkopf!«, murmelte er.

»Bravo, Hansen!«, hatte es am Nachmittag noch geheißen, als er Kriminaloberwachtmeister Paulsen auf der Davidwache Bericht erstattet hatte. Und: »Sieh mal an, Sie denken mit!«, als er die Vermutung geäußert hatte, der Schlüssel, den er unter dem Bett von Olga Trampitz gefunden hatte, könnte möglicherweise zu der Wohnung in der Jägerstraße gehören.

Nachdem Paulsen kurz mit Kiebert telefoniert hatte, waren sie, begleitet von einem uniformierten Schutzmann, in die Jägerstraße gegangen. Dort hatte Paulsen mit feierlicher Miene den Schlüssel aus der Tasche gezogen und die Wohnungstür aufgeschlossen. Hansen hatte die Luft angehalten, nun atmete er auf: Olga Trampitz hatte also tatsächlich in dieser Wohnung verkehrt.

»Aber Obacht!«, sagte Paulsen, dann stieß er die Tür auf und trat ein. Hansen folgte ihm, der Schutzmann bezog Posten an der Tür, um die neugierige Nachbarin in Schach zu halten, die am liebsten an ihm vorbei in die fremde Wohnung geschlüpft wäre.

»Donnerwetter!« Oberwachtmeister Paulsen stieß einen Pfiff aus, nachdem er die schweren Vorhänge aufgezogen hatte. »Wer hätte das vermutet!«

Ein dicker orientalischer Teppich im Flur schluckte ihre Schritte, als sie, vorbei an einer Glasvitrine mit chinesischen Porzellanfiguren, in eine »gute Stube« schritten. Sie war mit teuren Möbeln ausgestattet, die man eher in einem Bürgerhaus als in einer Hinterhofwohnung von St. Pauli vermutet hätte. Stühle mit Polstern aus grünem Samtstoff und mit kunstvoll geschnitzten Lehnen gruppierten sich um einen Tisch aus Mahagoniholz. Auf einer Spitzendecke stand eine silberne Obstschale, gefüllt mit Früchten, die sich bei näherem Hinsehen als Wachsattrappen entpuppten. Über dem Tisch hing ein goldglänzender Lüster. An der Wand stand ein Sofa im Rokokostil. Das schwere, verschnörkelte Mobiliar erdrückte das Zimmer geradezu.

Sogar ein Kamin war statt des üblichen Ofens eingebaut worden, flankiert von steinernen Venusfiguren. Über dem Kamin, in dem weder Holz noch Asche lagen, hing ein großformatiges barockes Gemälde, das einen Faun zeigte, der eine Nymphe mit seiner Panflöte zu betören versuchte.

Im angrenzenden Schlafzimmer stieß Paulsen erneut einen Pfiff aus. »Hier also liegt des Pudels Kern!«, rief er. Hansen zog die Vorhänge auf und trat neben ihn, um das Himmelbett zu bewundern.

»Na, na«, sagte Paulsen, als er die transparenten Vorhänge des Bettes beiseite gezogen hatte, und deutete nach oben: Die Decke des Himmelbetts war ein einziger großer Spiegel.

In den Schubladen der Nachtschränkchen fanden sie ein Buch mit *Erotischen Geschichten aus Tausendundeiner Nacht* und einen

Bildband mit pornografischen Zeichnungen. In der Toilettenkommode stapelte sich feine Damenunterwäsche in Weiß, Schwarz und Rot sowie Dienstmädchenkleidung mit Häubchen und Schürzen sowie Schminkutensilien.

Die Küche nahm sich vergleichsweise bescheiden aus. Der Herd schien unbenutzt, vor dem verhängten Fenster ein zierliches Gestell mit Waschschüssel, Wasserkrug, bereitliegender Seife und gefalteten Handtüchern, in der Vitrine des Küchenschranks teures Geschirr und Gläser für alle Arten von Alkoholika. Die Flaschen mit dem entsprechenden Inhalt im unteren Teil, im Waschbecken auf der Toilette ein ledergebundenes Altes Testament.

»Darf ich mich mal etwas genauer umsehen?«, fragte Hansen.

»Nur zu!«, spornte Paulsen ihn an.

Hansen begann, die Wohnung systematisch zur durchsuchen. Er öffnete alle Türen und Schubladen, sah unter alle Möbel, sofern dies möglich war, stieg auf einen Stuhl, um nachzusehen, ob auf dem Baldachin des Himmelbetts etwas lag, hob Teppiche an und verrückte Schränke und Tische.

»Na, Hansen, Sie entwickeln ja regelrechten Forschergeist«, sagte Paulsen schließlich. »Vergessen Sie die Zuckerdose nicht! Vielleicht möchten Sie mir auch mal verraten, wonach Sie eigentlich suchen?«

»Nach dem Katzenschwanz«, erklärte Hansen, während er ächzend das schwere Barockgemälde von der Wand abnahm, um dahinter nachzusehen.

»Katzenschwanz?«, fragte Paulsen.

»Na, der zu dem Kostüm gehört, das wir gefunden haben.«

»Ah ja, ich erinnere mich. Sie haben es in Ihrem Bericht erwähnt. Das scheint mir aber doch eher ein unwichtiges Detail zu sein.«

»Wer weiß.« Hansen mühte sich vergeblich damit ab, das Gemälde wieder aufzuhängen. Nachdem Paulsen sich nicht dazu bemüßigt fühlte, ihm zu Hilfe zu eilen, ließ er es auf dem Sofa stehen.

Schließlich brach er die Suche ab. »Nichts zu finden.«

Paulsen blickte ihn aufmunternd an und verschränkte die Hände auf dem Rücken. »Vergessen Sie mal Ihren Katzenschwanz, Hansen. Wir haben hier eine wichtige Entdeckung gemacht.« Er senkte die Stimme. »Es handelt sich doch zweifellos um ein Liebesnest. Woher mag diese Trampitz nur so viel Geld haben, sich eine ganze Wohnung derart luxuriös auszustatten?«

»Ich habe den Eindruck«, sagte Hansen, »dass hier nicht gewohnt wurde. Dies war ein Treffpunkt.«

»Sage ich doch«, brummte Paulsen. »Ein Liebesnest. Aber bezahlt werden will es dennoch. Tänzerinnen verdienen nicht so viel Geld.«

»Sie war wohl nicht nur Tänzerin«, gab Hansen zu bedenken.

»Ja, ja, sicher, aber dennoch …«

»Möglich wäre doch, dass ein wohlhabender Liebhaber ihr diese Wohnung eingerichtet hat.«

»Der Gedanke behagt mir nicht. Dennoch könnten Sie Recht haben, Hansen. Aber es muss doch jemanden geben, der Bescheid weiß, Nachbarn oder …« Paulsen zuckte mit den Schultern.

»Der Hausmeister …«, sagte Hansen.

»Aber ja, natürlich!«

»Nein, nein, er weiß leider nicht, wer die Wohnung gemietet hat.«

»Das kann doch wohl nicht sein!« Paulsen war empört. »Das wollen wir doch mal sehen!«

Während der Beamte mit konzentrierter Miene das Siegel auf das Schloss klebte, öffnete sich die Tür der Nachbarwohnung erneut, und die angetrunkene Nachbarin spähte heraus.

»Na, haben Sie was gefunden?«, fragte sie mit schwerer Zunge.

»Dienstgeheimnis«, erklärte Paulsen wichtig und wandte sich von ihr ab.

»Man möchte ja gern wissen, mit wem man unter einem Dach haust«, sagte die Frau.

»Gehen Sie bitte in Ihre Wohnung«, befahl Paulsen.

Die Frau trat einen Schritt zurück. »Ich bin doch in meiner Wohnung. Darf ich nicht hier in meiner Tür stehen? Verlang ja gar nicht, dass Sie mir die Maulaffen abkaufen, aber gucken darf ich ja wohl, wohin ich will.«

»Gehen Sie bitte in Ihre Wohnung zurück und schließen Sie die Tür!«, wiederholte der Wachtmeister.

»Halten Sie mal die Luft an, junger Mann!« Sie beugte sich leicht nach vorn und senkte die Stimme. »Ist das so ein neumodischer Spruch, oder warum benutzt ihn alle naslang einer, der hier herumlungert?«

Paulsen, der schon einige Stufen hinabgegangen war, drehte sich zu ihr um und sagte in drohendem Ton: »Liebe Frau, zügeln Sie Ihr Mundwerk, sonst werde ich Sie wegen Beamtenbeleidigung belangen.«

Die Frau glotzte ihn an, als hätte sie nicht verstanden.

Hansen stutzte, dann trat er auf sie zu. Sie wich zurück und wollte die Tür schließen, doch Hansen blockierte sie mit dem Fuß. »Was meinen Sie damit, dass alle naslang hier jemand herumlungert?«

Die Frau schaute halb ängstlich, halb frech zu ihm hoch und sagte: »Na, weil schon mal einer hier vor der Tür stand und als ich ihm freundlich guten Tag sagen wollte, pflaumte er mich an: ›Gehen Sie bitte in Ihre Wohnung zurück und schließen Sie die Tür.‹ Reden wohl alle so neuerdings. Können sich einer Dame gegenüber nicht benehmen.«

Der Wachtmeister, der hinter Hansen stehen geblieben war, lachte leise über das Wort »Dame«.

»Wie sah der Mann aus, der hier vor der Tür gestanden hat?«, fragte Hansen.

»Wie ein Hausierer. Deswegen hab ich mich ja über seine Unverschämtheit gewundert. Hätte ich doch eher zu ihm sagen sollen, dass er sich mal bitte schön verziehen soll. Ich wohne ja schließlich hier.«

»Können Sie den Mann beschreiben?«

»Ziemlich struppig im Gesicht, sein Mantel war auch nicht gerade neu, eine Mütze auf dem Kopf mit so einem Dings hier vorne dran.« Sie legte die Hand an die Stirn.

»Eine Schirmmütze?«

»Ja, genau. Ich hab ihn zuerst gar nicht verstanden, weil er so undeutlich geredet hat.«

»Und was glauben Sie, wollte er hier?«

»Was weiß ich denn? Hausieren oder betteln.«

»Kam er denn aus der Wohnung heraus?«

»Da?«

»Ja, aus dieser Wohnung.«

»Kann ich mir nicht vorstellen.«

»Warum?«

»Also ich hätte ihn nicht reingelassen, mit dem Ding in der Hand.«

»Was für ein Ding?«

»Na, so ein Ast. Stellen Sie sich das mal vor. Steht da so …«, sie stellte sich breitbeinig hin und hob die linke Hand, als würde sie einen Wanderstab halten, »… mit so einem dicken Ast, oben eine Astgabel, nee, also wirklich, im Hausflur …«

»Was hat er denn mit dem Ast gemacht?«

»Na, dran festgehalten hat er sich! Ich wollte sowieso nicht wissen, was er damit macht. Hab bloß mal nach dem Rechten schauen wollen, weil ich da beim Nachbarn Geräusche gehört hab. Sind ja schon tagsüber Wohnungen aufgebrochen worden. Vielleicht hat er mit dem Ast an der Tür rumprobiert, weiß ich doch nicht. Ich fand jedenfalls, er sah verdächtig aus. Und dann besitzt er auch noch die Frechheit und sagt: ›Gehen Sie bitte in Ihre Wohnung zurück und schließen Sie die Tür.‹«

»Und? Haben Sie das getan?«

»Also wissen Sie, ich bin alleinstehend. Und er hatte da diesen Ast.«

Hinter sich hörte Hansen den Wachtmeister wieder leise lachen. Paulsen hüstelte ungeduldig auf der Treppe.

»Vielen Dank, Frau … wie heißen Sie?«

»Etter, Josefine, mein Mann ist schon tot.«

»Vielen Dank, Frau Etter. Und wenn Sie mal wieder etwas Verdächtiges bemerken, lassen Sie es uns wissen«, sagte Hansen.

»Wie soll ich das denn machen?«

»Kommen Sie auf die Wache in der Davidstraße.«

»Na, wissen Sie, das täte ich nur sehr ungern.«

»Ich meine ja nur, falls dieser Kerl das nächste Mal vor Ihrer Tür steht oder etwas anderes Verdächtiges geschieht.«

»Sie machen mir Spaß, wie soll ich denn an ihm vorbeikommen, wenn er da mit seinem Ast herumlungert? Als mein Mann noch gelebt hat, der wäre mit ihm fertig geworden. Einen ganzen Kopf größer war der, so wie Sie, und hat im Hafen gearbeitet, der hatte Kraft, das können Sie mir glauben ...«

»Hansen! Sie verschwenden Ihre Zeit«, mahnte Paulsen und stieg die Treppe hinab. Der Uniformierte folgte ihm.

»Auf Wiedersehen, Frau Etter!«

»... vielleicht können Sie ja mal was gegen diesen Bettler und Hausierer tun, das ist doch keine Art, mit einem halben Baumstamm hier herumzugeistern ...«

Hansen stieg die Treppe hinab. Unten angekommen, schickte Paulsen den Uniformierten zum Hausmeister, um den Namen des Hausbesitzers zu erfragen. Dann fasste er Hansen am Arm und zog ihn mit sich.

»Hansen«, sagte er, »lassen Sie sich nicht allzu sehr in derartige Gespräche verwickeln. Leute wie die sind nur darauf aus, uns die Zeit zu stehlen.«

»Sie hatte doch etwas beobachtet.«

»Einen Hausierer mit Bettelstab.«

»Ich glaube nicht, dass es ein Hausierer war«, sagte Hansen.

»Nein, was denn?«

Hansen zögerte. »Das muss ich mir noch mal durch den Kopf gehen lassen.«

»Tun Sie das«, stimmte Paulsen zu. »Ich werde jedenfalls gleich dem Bezirkskommissar Mitteilung machen. Und Sie, Hansen, haben ja nun einen Bericht zu schreiben.«

»Ich würde vorher gern noch diesen Laden da drüben aufsuchen.«

»Warum das?«

»In so einem Geschäft in der Nachbarschaft wird doch viel geredet. Da erfährt man manches.«

»Hm, nun gut, Sie zeigen Diensteifer, aber vergessen Sie Ihren Bericht nicht. Ich muss ihn spätestens morgen früh auf dem Tisch haben.«

»Jawohl, Herr Oberwachtmeister.«

Hansen überquerte die Straße und ging auf das Ladenschild mit der Aufschrift »Blunke's Kolonialwaren« zu. Heute war das Eisengitter hochgezogen, und vor dem Geschäft standen jede Menge Kisten mit Obst und Gemüse auf Holzgestellen. Die Ladentür war offen. Hansen trat ein und sagte laut: »Guten Tag!« Auf einer Leiter vor einem mit Konservendosen, Flaschen und Kartons voll gepackten Regal balancierte mit dem Rücken zum Eingang ein schmächtiger junger Mann in Hemdsärmeln und bemühte sich, hoch oben eine Dosenpyramide aufzubauen.

»Einen Moment«, sagte er, ohne sich umzudrehen.

»Guten Tag«, sagte Hansen. »Kann man bei Ihnen auch Schiffsproviant bekommen?«

»Sicher«, sagte der Mann auf der Leiter.

»Zwieback?«

»Natürlich.«

»Pökelfleisch?«

»Auch.«

»Stockfisch und saure Heringe?«

»Aber ja doch.«

»Letzten Sommer lagen wir vor Madagaskar und hatten die Pest an Bord«, sagte Hansen. »Wir haben uns nur von sauren Heringen ernährt, weil die Ratten alle anderen Vorräte aufgefressen hatten. Nur die Rollmöpse blieben übrig.«

Der Mann auf der Leiter drehte sich stirnrunzelnd um. »Wie bitte?« Je eine Dose in jeder Hand blickte er staunend auf den Kunden hinunter. Sein Gesicht hellte sich auf. »Heinrich!«

Klaas-Hennig Blunke stellte die letzten beiden Dosen achtlos ins Regal neben die getrockneten Erbsen und stieg hastig die Leiter hinab. Er rieb sich die Hände an der Schürze sauber, zwängte sich um den Verkaufstresen herum und breitete die Arme aus.

»Heinrich, bist du das wirklich?«

»Klar bin ich das.«

Klaas ging auf ihn zu und umarmte ihn. In den letzten acht Jahren war er nicht wesentlich größer geworden. Er reichte Hansen gerade mal bis zu den Schultern. Hansen spürte so etwas wie ehrliche, ungebrochene Zuneigung, ein Gefühl, das er bei der Begegnung mit Pit und Lilo nicht empfunden hatte. Lachend hob er seinen Jugendfreund hoch und setzte ihn wieder ab.

»Mensch, Heinrich, wo kommst du denn her?«

»Durch die Tür.«

»Ja und sonst, Mensch? Wo hast du die ganze Zeit gesteckt?«

»Bin auf Kaperfahrt gewesen.«

»Im Ernst?«

»Bei der Marine.«

»Ehrlich wahr? Bist Seemann geworden?«

»Sechs Jahre lang auf allen sieben Meeren.«

»Donnerwetter! Und was hast du sonst so getrieben?«

»Was denn noch?«

»Na, ist das alles nicht schon acht Jahre her?«

Hansen trat einen Schritt zurück und wurde ernst. »Was davor war, zählt nicht.«

»Versteh schon«, sagte Klaas hastig. »Und was führt dich in die Heimat? Landurlaub?«

»Ich bin zurückgekommen. Hab jetzt einen neuen Posten. Bei der Krimpo.«

»Polizei? Ehrlich wahr? Das passt, wirklich, genau so musste es kommen! Auf dem alten Kiez, tatsächlich?«

Hansen nickte. »Davidwache.«

»Wo hast du deine Uniform gelassen?«

»Als Kriminaler trage ich keine.«

»Ja, klar. Mensch, Heinrich, also ehrlich, wie ich mich freue! Wie lange bist du wieder da? Hast du schon jemanden von der alten Bande getroffen? Wir sehen uns ja nur selten mal.«

»In Jans Varieté gab es einen Mord. Da hab ich ihn getroffen.«

»Mit Mord hast du zu tun, Heinrich?«

»Ja. Lilo war auch da. Sie wohnt ja fast gegenüber.« Er deutete nach draußen.

»Kommt manchmal mit ihrem Hund zum Einkaufen. Aber eher selten. Sie isst mehr auswärts. Hausfrau ist sie ja nicht geworden bis jetzt, fehlt ihr wohl der richtige Mann dazu. Na, jetzt, wo du wieder da bist ...«

Hansen boxte seinen Freund scherzhaft gegen die Schulter. »Du spinnst! Red mal keinen Quatsch.«

»Na ja, wenn du mich fragst, sie sieht aus, als würde sie drauf warten, dass einer kommt, der auf einem noch höheren Ross reitet als sie ...«

»Jetzt reicht's, Klaas.«

»Nichts für ungut.«

Eine ältere Dame betrat den Laden. Sie kaufte Suppengrün und eine Büchse Ölsardinen und sagte beim Rausgehen: »Grüßen Sie den Vater, Herr Blunke.«

»Wie geht's den Eltern?«, fragte Hansen.

»Mutter ist gestorben, und Vater ist gar nicht mehr gut beieinander. Sitzt meistens oben im Lehnstuhl und guckt vor sich hin. Also schmeiß ich den Laden. Hab das Angebot erweitert. Aber so erfolgreich wie Jan bin ich nicht. Der hat sich von seinem Alten auszahlen lassen und hat richtig was aufgebaut.«

»War schon immer ehrgeizig.«

»Lässt sich hier nie blicken. Pit schon eher. Ab und zu kommt er rein, und wir reden über die alten Zeiten. Oder über Politik. Er will mich in die Partei kriegen, aber ich sag immer, bin kein Arbeiter, sondern mein eigener Chef. Er ist ja auf der Werft, das ist ein anderer Schnack. Könnte mir vorstellen, dass ihr beiden immer noch gut miteinander könnt. Kapitän und Steuermann, so war das doch früher mit euch beiden, bloß wer wer sein durfte, darüber habt ihr euch immer gestritten. Ich bin übrigens neulich zufällig mal am Grenzgang vorbeigekommen und hab über die Mauer geguckt. Das Baumhaus ist immer noch da. Anscheinend haben sich jetzt andere Bengel dort eingenistet.«

»Gut so.«

»Ob die auch unser Lied singen?«

»Irgendein Lied singen sie bestimmt.«

»Schade, dass damals alles so schnell zerbrochen ist.«

»Wir waren zu alt dafür.«

»Und dann die schreckliche Geschichte mit deiner Familie. Aber ist das nicht ein Wunder, dass Elsa überlebt hat?«

Hansen starrte ihn verwirrt an. »Elsa? Wieso? Was hast du gesagt?«

»Eines Tages hat sie hier im Laden gestanden. Ist schon eine ganze Weile her. Mutter hat mit ihr geredet. Ich hab bei ihr ja nie was zu melden gehabt. Auf jeden Fall hat sie nach dir gefragt. Wir wussten ja nichts. Ich dachte, ihr habt euch längst …«

Hansen schüttelte den Kopf. »Nein, das hab ich nicht gewusst.«

Zwei Hausfrauen betraten den Laden und beanspruchten die Aufmerksamkeit von Klaas Blunke mit ihren umständlich vorgetragenen Wünschen. Hansen nutzte die Gelegenheit, um sich zu verabschieden.

Er war verwirrt. Elsa lebte noch? Hatte sie ihm den anonymen Brief geschrieben? Sein Herz pochte. Wie konnte sie noch leben? Wie war es ihr gelungen, ihm das zu verheimlichen? Oder hatte Klaas Unsinn geredet?

Vor dem Lokal mit der Aufschrift »Bier- und Speisenlocal Höfner« blieb er stehen. Er überlegte kurz und trat dann durch die offene Tür in das diffuse Halbdunkel der Kneipe. An einem Tisch saßen zwei Arbeiter. Der Wirt hinter dem Tresen erkannte ihn und verzog das Gesicht.

Hansen ging an ihm vorbei und sagte: »Ich muss noch mal nach hinten in den Garten.«

»Vergraulen Sie mir bloß nicht die Gäste«, sagte der Wirt feindselig.

Hansen trat durch die Hintertür in den Hof und besah sich die Rückseite des Hauses. Da waren die Fenster, die zur Wohnung gehörten, die irgendjemandem als »Liebesnest« diente, wie Paulsen sich ausgedrückt hatte. Und da war der Baum, in dem das Kostüm gehangen hatte. Er schritt den Hof ab, jeden Winkel, drehte ein paar Kisten um, stöberte im Gerümpel und Unrat hinter den Latrinen. Es war sinnlos. Ein paar verrottete Äste hob er noch hoch, dann gab er es auf und ging in den Gastraum zurück.

»Sie haben nicht zufällig einen langen roten Stofffetzen gefunden, hinten im Garten?«, fragte er den Wirt.

»Das Ding vom Baum haben Sie doch neulich runtergeholt.«

»Ich meine was anderes, das dazugehört, einen roten Katzenschwanz.«

»Sonst habt ihr Udels wohl keine Sorgen«, brummte der Wirt. »Was soll ich denn mit einem roten Katzenschwanz?«

»Ob Sie ihn gefunden haben, hinten im Hof!«

Der Wirt zuckte mit den Schultern. »Ich schenke hier mein Bier aus, mehr interessiert mich nicht.«

Hansen beschrieb ihm den Mann, von dem die Nachbarin erzählt hatte, nicht ohne den Ast zu erwähnen, den er bei sich getragen hatte.

»Was soll denn das für ein Waldschrat gewesen sein?«, brummte der Wirt und wandte sich ab, um unter dem Tresen etwas zu suchen.

Hansen hätte den Kerl gern zusammengestaucht, entschied aber, dass es der Mühe nicht wert war, und verließ missmutig das Lokal.

Er faltete den Brief zusammen. Der Gedanke, dass Elsa ihn womöglich geschrieben haben könnte, ließ ihn nicht mehr los. Aber warum sollte sie ihm eine anonyme Nachricht zukommen lassen? Sie konnte sich doch zu erkennen geben. Sie musste doch wissen, dass er sich freuen würde, sie gesund wiederzusehen. Wer sonst sollte den Brief verfasst haben? »Eine Frauenschrift« hatte Zuckerschnute gesagt, als sie den Umschlag in Augenschein genommen hatte. Welche Frau kannte er sonst noch, die sich auf so geheimnisvolle Art an ihn wenden würde? Lilo konnte es ja wohl nicht gewesen sein.

Er fand keine Ruhe und verließ das Hotel. Die Idee, noch einmal die Pension Essler im unteren Teil der Seilerstraße aufzusuchen, kam ihm, als er schon draußen war.

Der Österreicher war nicht sehr erfreut, ihn wiederzusehen. Dennoch bemühte er sich um Unterwürfigkeit, verbeugte sich gar und bat Hansen in sein Büro.

»Setzen Sie sich doch, Herr Kommissar.«

»Schutzmann«, verbesserte Hansen und nahm auf dem unbequemen Sofa Platz.

»Na, ein Kriminaler sind S' allemal«, sagte Essler seufzend. »Was verschafft mir denn die Ehre Ihres späten Besuchs?«

»Wir wissen jetzt, dass Olga Trampitz noch eine zweite Unterkunft hatte.«

»Die untreue Seele, bei der Konkurrenz ist sie also untergeschlupft, wenn sie nicht hier war. Schmählich ist es, das muss ich sagen.«

»Es war eine ganze Wohnung, die ihr da zur Verfügung stand.«

»Na, sieh mal an. Da wäre sie wohl über kurz oder lang hier ausgezogen.«

»Sie wissen also nichts davon?«

»Na, woher denn? Aber wissen S', wo Sie jetzt hier sitzen, Herr Oberwachtmeister: Ich hätt schon gern das Zimmer wieder vermietet. Jetzt ist es praktisch unter Quarantäne, und die Polizei kommt mir für den entstandenen Verlust nicht auf.«

»Das kann ich nicht entscheiden.«

»Das ist schade, Herr Kommissar.«

»Ich kann mich ja auf der Wache dafür einsetzen, wenn Sie mich Ihrerseits unterstützen.«

»Na gern, selbstverständlich.« Der schäbig gekleidete Pensionsbesitzer trat ganz nah an ihn heran. Hansen roch seinen Schweiß und verzog das Gesicht, als Essler sich zu ihm beugte. »Wie darf ich Ihnen denn behilflich sein?«

»Gab es nicht ein paar Mädchen aus dem Tingeltangel, mit denen die Trampitz besonders gut bekannt war?«

»Besonders gut bekannt? Vielleicht die Annelie und die Susanne. Die teilen sich das Zimmer neben ihr. Soll ich sie holen?«

»Bitte.«

»Ja, gern«, sagte Essler eifrig und ging händeringend davon.

Hansen wartete und betrachtete dabei die Kuckucksuhr, die vor sich hin tickte.

Essler kam begleitet von zwei jungen Frauen in Morgenmänteln zurück.

»Also wissen Sie, wir sind aber gar nicht in der Verfassung, einem Herrn gegenüberzutreten«, beklagten sie sich.

Nachdem Essler sie vorgestellt hatte – die Dunkle hieß Annelie, die Blonde Susanne –, schickte Hansen ihn schmollend vor die Tür.

Die beiden fielen aus allen Wolken, als Hansen ihnen die Wohnung in der Jägerstraße beschrieb. Beinahe kam es ihm vor, als würden die beiden die Ermordete sogar ein wenig beneiden.

»Mich interessiert, welche Herrenbekanntschaften Olga Trampitz hatte«, sagte Hansen.

Die beiden Frauen sahen sich an, offenbar unschlüssig, ob sie etwas preisgeben sollten.

»Also«, begann die blonde Susanne, »sie hat mal so was erzählt. Wir fanden ja, dass sie übertreibt, aber sie war eben sehr … ehrgeizig. Na ja, und angegeben hat sie auch mal ganz gern. Es waren drei, hat sie behauptet.«

»Drei Männer?«, fragte Hansen verblüfft.

Susanne nickte. Und Annelie beeilte sich hinzuzufügen, dass sie die Herren, falls es denn überhaupt Herren gewesen sein sollten und keine dahergelaufenen Kerle, nie gesehen hätten.

»Aber«, sagte Susanne, »sie hat sie mal beschrieben.«

Annelie sah sie erstaunt an.

»Doch, doch«, fuhr Susanne fort, »du warst sogar dabei.«

Annelie zuckte mit den Schultern.

»Sie hatte so ein Faible für Schnurrbärte«, sagte Susanne.

»Ach, das meinst du«, sagte Annelie. »Ja, ja, sie hat mal, als sie ein bisschen angetrunken war, das war nach einer Geburtstagsfeier im Varieté, so was Komisches erzählt ...«

»Ich kenne einen Seehund, eine Bürste und einen Strich, hat sie gesagt. Und damit meinte sie wohl ihre Verehrer, oder vielmehr deren Bärte.«

»Da hat sie sich verplappert. Sonst nämlich war sie sehr darauf bedacht, dass wir kaum mal einen zu sehen bekamen; nur die Blumen, die ihr in die Garderobe gebracht wurden, durften wir bewundern.«

»Sie bildete sich was darauf ein, auf ihre Diskretion, die Olga. Sie hat ja auch ganz gern die Dame gespielt, so von oben herab. ›Wenn ich erst mal hier raus bin‹, das war so ein Satz, den hat sie öfters gesagt: ›Wenn ich erst mal hier raus bin, sollt ihr mal sehen.‹«

»Dabei war sie auch nichts Besseres als wir«, sagte Annelie.

»Wäre sie aber gern gewesen.«

»Ha, und jetzt sehen wir ja, wohin sie das gebracht hat.«

»Seehund, Bürste und Strich«, wiederholte Hansen. »Und wie sahen die sonst noch aus?«

»Ja, das wissen wir doch nicht«, sagte Annelie. »Die haben sich ja nicht gerade ins Rampenlicht gestellt.«

»Hier in die Pension ist keiner gekommen?«

»I wo, doch nicht hierher, wo der Essler so eine Angst vor Männern hat.« Die beiden Frauen blickten sich amüsiert an.

»Wie verhindert er denn, dass Männer herkommen, wenn er so eine Angst vor ihnen hat?«

»Wenn einer hier auftaucht, holt er immer die Judith«, erklärte Susanne, und Annelie fügte hinzu: »Dann ist der Spaß schnell vorbei.«

»Wer ist Judith?«

»Sie ist Gewichtheberin«, sagte Annelie.

»Und boxen kann sie auch«, ergänzte Susanne.

»Vor allem aber Ringkampf.«

»Sie ist fast zwei Meter groß, Dreizentner-Jule wird sie auch genannt…«

»Wer gegen sie gewinnt, im Zirkus, der kann eine Menge Geld verdienen.«

»Ist aber noch keinem gelungen.«

»Die Männer nehmen immer Reißaus, wenn sie kommt.«

Die Mädchen amüsierten sich köstlich bei dieser Beschreibung.

»Nur einer ist mal ruppig mit ihr geworden«, sagte Annelie. »Das war so ein drahtiger Kerl, aber ziemlich schäbig gekleidet. Der hat ihr mir nichts, dir nichts den Arm umgedreht und sie in eine Ecke geführt und ihr etwas zugeflüstert, danach hat sie von ihm abgelassen.«

»Davon weiß ich ja gar nichts«, sagte Susanne, enttäuscht, ein derartiges Spektakel verpasst zu haben.

»Wo ist das passiert?«, wollte Hansen wissen.

»Na hier«, sagte Annelie. »Draußen im Flur. Der Essler ist ganz bleich geworden und hat gezittert wie Espenlaub.«

»Na so was«, wunderte sich Susanne. »Das hast du mir nie erzählt.«

»Du warst in den Ferien, Susi.«

»Wie sah der Mann sonst noch aus?«, fragte Hansen.

»Hatte einen Mantel an, obwohl es Sommer war, und drunter einen Pullover, auf dem Kopf einen verbeulten Hut. Also ein Herr war das nicht. Blumen hatte er auch nicht dabei.«

»Seehund, Bürste oder Strich?«

»Eher Bürste, aber schlecht rasiert. Das Komische war, dass Olga, als sie ihn gesehen hat, ihn ganz schnell in ihr Zimmer nahm. Gekannt hat sie ihn. Das hat mich ja sehr gewundert.«

»Dass du mir das nicht erzählt hast«, sagte Susanne.

»Jetzt weißt du es ja.«

Hansen merkte, wie sein Herzschlag sich beschleunigte. Er hatte eine Spur!

»Aber einen Wanderstab oder eine Art Ast hatte er nicht dabei?«

»Also jetzt übertreiben Sie aber, Herr Wachtmeister.«

»Und was haben die beiden zu bereden gehabt?«, fragte Hansen.

»Das weiß ich doch nicht«, sagte Annelie, »ich horche ja nicht an fremden Türen.« Susanne gab ihr einen Knuff in die Seite.

»Und Olga hat auch nichts erzählt?«

»Nee, bei dem Kerl war ihr wohl doch nicht nach Angeben zumute. Gehört hat man aber, dass er recht laut geworden ist hinter der verschlossenen Tür.«

»Aber nichts verstanden?«

»Nein, Herr Wachtmeister.«

»Hm, hat Olga mal etwas von einem Katzenkostüm erzählt, das sie sich extra hat anfertigen lassen?«

»Hat sie das? Nein, davon weiß ich nichts«, sagte Annelie, und Susanne schüttelte den Kopf.

»Einen Schwanz von so einem Kostüm haben Sie auch nirgendwo herumliegen sehen?«

»Wie bitte?«

»Wir haben ein Kostüm gefunden, dem ein Schwanz fehlt, ein rotes Kostüm.«

»Ach so. Nein.«

Hansen stand auf. Er brauchte dringend Ruhe, um diese Informationen zu ordnen und die nächsten Schritte zu bedenken.

Er verabschiedete sich von den Mädchen und stieß energisch die Tür auf, sodass sie dem lauschenden Essler beinahe gegen den Kopf prallte.

Er eilte Richtung Reeperbahn. Nach wenigen Metern merkte er, dass er gar keinen Grund hatte, die Davidwache anzusteuern. Im Fall Trampitz konnte er zunächst nichts weiter unternehmen, ohne sich vorher mit Paulsen zu besprechen. Und das nahm er sich für den kommenden Morgen vor. Also entschloss er sich, eine Runde über den Kiez zu drehen, um sich Luft zu verschaffen.

Das war leichter gesagt als getan. Der nächtliche Trubel hatte begonnen. Vor den Bierhäusern tummelten sich die Durstigen, seriöse Bürger steuerten die Weinhütte Rudolf Fuchs an oder eines der Kaffeehäuser, Spaßvögel drängten sich in »Käppen Haase's Museum für Kolonie und Heimat«, und Damen jeder Herkunft und jeden Alters hielten inne, wenn sie an Ferdinand Silberbergs Schmuckwarengeschäft vorbeikamen, um die im Schaufenster ausliegenden Armbänder, Broschen, Ohrringe, Fächer, Parfüms und Seifen zu bewundern.

Hansen näherte sich der Straßenbahnhaltestelle und verlangsamte seine Schritte. War dies dort nicht die Silhouette von Thea Bertram alias Cora Blume? Und hatte sie sich nicht bei einem Herrn im eleganten Gehrock und Zylinder eingehängt? Hansen erreichte das Paar, als die Straßenbahn zum Stehen kam.

»Guten Abend, Zuckerschnute«, sagte er.

»Mein Herr?«, entgegnete sie schnippisch. Dann beugte sie sich zu ihm und flüsterte: »Lass mich bloß in Ruhe, du untreue Seele!«

»Wieder einen Fang gemacht?«, fragte er.

»Entschuldigen Sie bitte, ich glaube nicht, dass wir uns kennen.«

»Ich darf doch wohl bitten!«, polterte der Herr mit dem Zylinder. »Was haben Sie denn für Manieren?«

»Ach, lass ihn doch«, sagte sie.

Die Elektrische bimmelte ungeduldig, und Cora zog ihren Verehrer die Treppe zur Plattform hinauf.

»Passen Sie gut auf Ihre Brieftasche auf!«, rief Hansen ihm zu, zog seine Polizeimarke aus der Tasche und ließ sie im Licht der Straßenlaterne aufblinken.

Die Tram ruckte an. Der Mann warf Hansen einen verdatterten Blick zu. Cora verzog wütend das Gesicht. Zufrieden vor sich hin pfeifend trat Kriminalschutzmann-Anwärter Heinrich Hansen den Heimweg an.

## VIERTES KAPITEL

# *Die Verräterin*

Zu Hause war es unerträglich geworden. Als Heinrichs Vater bemerkte, dass seine Tochter sich im Schlafzimmer einsperrte, hatte er die Tür aufgebrochen und herumgebrüllt. Er nahm ihr den Schlüssel weg und verlangte, sie solle die Tür immer nur halb geschlossen halten. Sie durfte nur zum Essen herauskommen und wurde danach sofort wieder zurückgeschickt. Stifte, Kohle, Farben und Papier nahm er ihr ebenfalls weg. Heinrich hatte seiner Schwester heimlich einen Bleistift und ein paar Blätter Papier zugesteckt, doch sie benutzte die Sachen nicht. Teilnahmslos saß sie im Zimmer, aß kaum etwas, wurde grau im Gesicht und bekam dunkle Ringe unter den Augen. Aber sie weinte nie.

Heinrichs Mutter arbeitete mehr denn je und nutzte jede Gelegenheit, die Wohnung zu verlassen. Heinrich konnte das gut verstehen. Sein Vater hatte sich entschlossen, zu Hause zu bleiben, um über seine missratene Tochter zu wachen. Das hatte den Vorteil, dass er nicht mehr spielte, aber den Nachteil, dass er fast den ganzen Tag in der Küche herumlungerte und trank, tagsüber Bier, abends Schnaps. Raus ging er nur, um Nachschub zu besorgen oder den Nachbarn gegenüber anzugeben, wie gut er seine Familie im Griff habe. Und wenn er richtig betrunken war, ging er in ihr Zimmer, zog den Gürtel ab und verlangte von Elsa, dass sie sich aufs Bett legte, damit er ihr genau abgezählte zwanzig Schläge verpassen konnte. Heinrich hörte die erstickten Schreie seiner Schwester, die ihren Kopf im Kissen vergraben hatte.

»Er wird sich schon wieder beruhigen, und alles ist wieder so wie früher«, wiederholte Heinrichs Mutter immerzu. Eines Tages jedoch fasste sich Heinrich ein Herz und ging los, um auf der Davidwache Meldung zu machen. Er wollte, dass sein Vater eingesperrt würde. Doch als er sich dem Polizeigebäude näherte, wurde er unsicher. Durften Eltern mit ihren Kindern nicht machen, was sie wollten? War die Polizei nicht immer auf ihrer Seite? Würden sie ihm überhaupt glauben?

Familie Martens hätte vielleicht geholfen. Aber Pit, Bruno und ihr Vater waren ja immerzu auf der Werft oder bei Veranstaltungen der Partei oder der Gewerkschaft.

Heinrich blieb nur die Flucht – so wie heute. Nachdem er seiner Mutter beim Wäscheausfahren geholfen hatte, machte er sich wieder auf den Weg zum Grenzgang. Er kam gerade rechtzeitig, um Jan Heinicke zu verarzten.

Jan saß im Gras vor der Mauer und jammerte vor sich hin. Er presste die Hand gegen den Fußballen. Zwischen den Fingern quoll Blut hervor.

»Was ist denn passiert?«, fragte Heinrich und setzte sich neben ihn.

»Ich bin in eine Glasscherbe getreten. Irgendjemand hat hier Glasscherben ausgestreut.«

»Zeig mal her.«

Jan nahm die blutige Hand von seinem Fuß.

»Sieht nach einem tiefen Schnitt aus«, stellte Heinrich fest.

»Es hört nicht mehr auf! Wenn das so weitergeht, bin ich bald verblutet.«

Das Blut tropfte stetig ins Gras.

»Ich mach dir einen Verband«, sagte Heinrich und sprang auf.

Unter den Sitzbänken in der Holzhütte hatten die Jungs alles verstaut, was ihnen irgendwie nützlich vorkam. Auch Verbandzeug war dabei. Das hatte Klaas seinem Vater abgeschwatzt.

Als Heinrich zu dem verletzten Jan zurückkam, sagte der: »Muss da nicht erst noch Alkohol drauf? Drüben im Versteck ist noch Schnaps, den könnte man dafür nehmen.«

Heinrich schüttelte den Kopf. »Jod muss da drauf. Dies Zeug hier.«

»Au! Das brennt!«

»Alkohol brennt noch viel mehr.«

Jan stöhnte und jammerte.

»Du bist selbst schuld«, sagte Heinrich. »Warum läufst du auch ohne Schuhe herum.«

»Weil Sommer ist«, sagte Jan. »Im Sommer sind wir hier doch immer barfuß gegangen.«

»Halt den Fuß hoch, sonst kann ich dich nicht verbinden. So!«

Heinrich umwickelte Jans Fuß dick mit Mullbinde. Dann ließ er sich neben ihn ins Gras fallen und hätte sich beinahe selbst an einem Glassplitter verletzt.

»Meinst du, jemand hat diese Scherben absichtlich verteilt, um uns zu vertreiben?«

»Keine Ahnung.«

Jan senkte den Kopf und fasste nach einem Grasbüschel und versuchte, ihn mitsamt den Wurzeln aus der Erde zu ziehen. »Eigentlich haben wir uns ja selbst schon vertrieben«, sagte er.

»Wie meinst du das?«

»Wir treffen uns nicht mehr, wir reden nicht mehr miteinander.«

»Sind eben keine Kinder mehr«, sagte Heinrich leichthin. »Nächstes Jahr gehen wir auch jeden Tag zur Arbeit, so wie Pit. Dann ist ohnehin Schluss.«

»Ist doch jetzt schon Schluss.«

»Na, und wenn schon.«

Sie schwiegen eine Weile und rissen Grasbüschel aus dem Erdboden.

»Aber jetzt bist du ja doch gekommen«, sagte Jan.

»Wollte nur mal nachsehen, ob alles noch steht. Außerdem ist bei uns zu Hause die Hölle los. Mein Vater … na ja, kannst du dir ja denken.«

»Zu Hause bin ich auch nicht gern. Macht mich ganz kribbelig, so allein da rumzuhocken. Ich muss immer … dran denken.«

»Woran denn?«

»Daran, dass sie … ich finde, sie hat uns im Stich gelassen.«

»Wer? Lilo?«

»Ja, klar. Da kommt dieser Lackaffe an, und schon geht sie ihm auf den Leim. Hätte ich nie geglaubt.«

»Du meinst Friedrich? Dem seid ihr doch alle auf den Leim gegangen.«

»Ja, schon. Aber jetzt hätte sie sich doch von ihm lossagen müssen.«

»Wieso jetzt?«

»Weil wir nichts mehr mit ihm zu tun haben wollen.«

»Darauf hättet ihr auch schon früher kommen können.«

»Na ja, wie du das gemacht hast, das war auch nicht richtig.«

»Was?«

»Du hast uns richtig übel reingelegt.«

»Wärst du jetzt lieber im Gefängnis, als Einbrecher verurteilt?«

Jan schüttelte das Grasbüschel so heftig hin und her, dass die Erde herausprasselte. »Nee, natürlich nicht.«

»Na also.«

Jan warf das Büschel zur Seite, besah sich seinen Fuß und entdeckte einen kleinen roten Fleck. »Da kommt das Blut durch.«

»Das hört schon noch auf.«

»Aber was ist, wenn es nicht aufhört?«

»Dann bring ich dich ins Krankenhaus.«

Jan tastete den Verband ab. »Hauptsache, der Verband sitzt fest, oder?«

»Ja, klar.«

»Hm, sag mal …«, begann Jan nach kurzem Schweigen. »Kannst du dir vorstellen, was sie eigentlich an ihm findet?«

Heinrich dachte nach. »Ich glaube, das liegt daran, dass Mädchen einfach dümmer sind. Die lassen sich schnell einseifen. Die wollen das sogar.«

»Aber Lilo ist doch nicht dumm!«

»Manche kriegen erst so einen Rappel, wenn sie älter geworden sind.«

»Du meinst, wenn sie Frauen werden, werden sie dümmer?«

»So ähnlich«, sage Heinrich vage.

»Das Blöde ist, dass es so teuer ist, so eine günstig zu stimmen. Man muss dann Schmuck und Kleider und so was ranschaffen.«

»Wolltest du deswegen beim Juwelier einbrechen?«

»Weiß nicht«, sagte Jan unwirsch.

»Vielleicht werden Männer ab einem bestimmten Moment ja auch wieder dümmer.«

»Was soll denn das jetzt heißen?«

»Ach, lass mal.«

»Ich will aber wissen, wie du das eben gemeint hast!«

»Hast du wirklich geglaubt, so eine wie Lilo würde einen Schlachtersohn heiraten wollen?«

»Wieso heiraten?«

»Na, so wie du zuletzt um sie herumscharwenzelt bist.«

»Ich wollte doch bloß mal mit ihr ausgehen. Wieso soll ich denn heiraten? Das mach ich bestimmt nicht. Ich dachte sowieso immer, dass du sie kriegst.«

»Ich?«

»Du hast dich doch dauernd mit ihr getroffen. Und mir hat sie gesagt, mit dir, das wäre so wie mit einem Bruder. Na ja, und wenn ein Mädchen das von einem sagt, heißt es ja wohl, dass sie ihn heiraten wird, oder?«

»Für mich hört sich das nicht so an.«

»Vielleicht hast du ja was falsch gemacht, Heinrich, und deswegen ist sie zu Friedrich gegangen.«

»Sie hat doch gar nichts mit ihm!«

»Eben doch!«

»Was weißt du denn davon?«

»Weil sie ständig zusammenstecken. Und ein Nachbar von uns, Joseph, der als Kellner im Trichter arbeitet, hat sie sogar da gesehen. Fast jeden Abend sind sie da.«

»Na und?«

»Neue Freunde haben sie auch. Joseph meint, mit denen sollte Friedrich mal lieber in einen Verbrecherkeller abtauchen. Das wären ganz gemeine Halunken.«

»So?«

»Aber ausstaffiert wie Millionäre – genau so hat er es gesagt.«

Heinrich hob einen Stein auf und schleuderte ihn gegen den Stamm des Baumhauses.

»Soll sie doch ihren Spaß haben!«

Sie saßen noch eine Weile schweigend im Gras. Als sie am Verband sehen konnten, dass die Blutung aufgehört hatte, begleitete Heinrich Jan nach Hause. Gelegentlich musste er ihn stützen, weil die Wunde beim Auftreten schmerzte.

Vor dem Schlachterladen seiner Eltern angekommen, sagte Jan: »Dieser dämliche falsche Von war sowieso im Vorteil.«

»Was?«

»Bei Lilo, meine ich.«

»Wieso? Weil er ein bisschen älter ist?«

»Nee, weil er im selben Haus wohnt. Sogar auf derselben Etage. Die können sich doch sogar nachts besuchen, ohne dass das einer merkt.«

»Ach Quatsch, warum sollten sie denn das tun?«

»Na, warum wohl?«

Dieser unabsichtlich abgeschossene Giftpfeil hatte direkt in Heinrichs Herz getroffen. Jan verabschiedete sich und verschwand hinter der Ladentür.

Heinrich trottete nach Hause. Nahe beim Paulinenplatz, an einem mit Brettern vernagelten Schaufenster eines verlassenen Geschäfts, entdeckte er einen Plakatanschlag der Polizei:

*BELOHNUNG!*
*Einbruch im Laden Juwelier Silberberg.*
*Erbeutet wurden Gold- und Silberschmuck sowie Edelsteine und Uhren.*

*Für Hinweise über den Verbleib der Waren und solche, die zur Ergreifung der Täter führen, wurde vom betroffenen Geschäftsunternehmen eine angemessene Belohnung ausgesetzt!*

*Hinweise erbeten an*
*Revierwache 13, Davidstraße*
*oder Revierwache 14, Wilhelminenstraße*
*gez. der Bezirkskommissar*

Am nächsten Abend, als er wieder einmal kurz davor gewesen war, die Hand gegen seinen Vater zu erheben, und es nur gelassen hatte, weil er im letzten Moment den Ausdruck panischer Verzweiflung in den Augen seiner Mutter bemerkt hatte, ging Heinrich noch mal los. Er trug lange Hosen und sein Sonntagsjackett. Um nicht allzu sehr wie ein Lackaffe auszusehen, hatte er sich die Schlägermütze aufgesetzt, die seine Mutter ihm nach dem Verlust der alten gekauft hatte.

Auf einigen Umwegen, die er scheinheilig einschlug, um vor sich selbst so zu tun, als hätte er gar kein Ziel, gelangte er in die Talstraße. Gegenüber dem Haus, in dem Lilo und dieser Idiot Friedrich wohnten, blieb er stehen und schaute hinauf in den zweiten Stock.

Natürlich machte es überhaupt keinen Sinn, dort zu stehen und hinaufzustarren. Was wollte er herausfinden? Dass da eine geheime Verbindung zwischen den beiden Wohnungen bestand? Dass ein Licht auf der rechten Seite ausging und ein Licht auf der linken an? Wollte er Schattenrisse an den Fenstern ausmachen? Oder einfach nur zusehen, wie die beiden aus der Haustür traten und Arm in Arm die Treppen zur Straße hinunterschritten? Vielleicht sogar vor sie hintreten und den falschen Von ein weiteres Mal zum Duell auffordern? Ihn schlagen? So lange bis er zu Boden ging? Und mit Lilo davonziehen, als strahlender Sieger?

Doch im zweiten Stock blieben alle Fenster dunkel, aus der Haustür trat niemand. Er war zu spät gekommen. Entweder, dachte er grimmig, war da oben schon jemand von der einen Wohnung in die andere gegangen oder die beiden waren schon weg, und dann wusste er ja, wo sie neuerdings immer anzutreffen waren – im Trichter. Und dorthin machte er sich nun auch auf den Weg.

Heinrich war nur einmal anlässlich einer Geburtstagsfeier im Trichter gewesen. Damals war ihm der riesige Vergnügungstempel mit dem hohen Aussichtsturm wie ein Wunderschloss vorgekommen. Eine Blaskapelle hatte in dem von Arkaden gesäumten Sommergarten Polonaisen und Polkas gespielt, und er und die anderen Kinder waren vor der Bühne herumgehüpft.

Heute gab ein kleines Tanzorchester volkstümliche Weisen zum Besten. Auf Gartenstühlen saßen gut gelaunte Gäste in feiner Garderobe. Heinrich trat durch das breite Portal in den von imposanten Kronleuchtern illuminierten Konzertsaal, der über zwei Stockwerke von Logenplätzen gesäumt wurde. Sein Staunen war kaum geringer als bei seinem ersten Besuch.

Auf weißen Stühlen saßen Paare oder Grüppchen an gedeckten Tischen, tranken Sekt oder Wein. Die nackten Arme und Schultern der Damen schimmerten wie Alabaster oder Elfenbein. Heinrich kam es so vor, als würden die Paare auf der Tanzfläche in ihren eleganten Drehungen dahinschweben. Dieses Schweben war aber schlagartig vorbei, wenn die Musik erstarb. Dann wurde die Haltung der befrackten Männer steif, und die Damen erstarrten zu Puppen, die von ihren Begleitern in die eine oder andere Richtung geschoben wurden.

Ein Kellner warf Heinrich einen finsteren Blick zu und gab ihm damit zu verstehen, dass er nicht hierher gehörte. Er ließ sich in seiner Suche trotzdem nicht beirren. In einer Ecke fand er sie: Inmitten einer Gruppe von aufgetakelten jungen Leuten, die sich etwas großspuriger und lauter gebärdeten als die anderen Gäste, nahmen Friedrich und Lilo sich eher kleinlaut aus. Ihre Begleiter waren allesamt älter, wenn auch deutlich jünger als das Gros der Gäste.

Man merkte Friedrich an, dass er stolz darauf war, zu diesen gut gekleideten Angebern gehören zu dürfen. Heinrich war überrascht, wie schüchtern Lilo dagegen wirkte. Sie trug ein weißes Kleid mit Spitzen und Bändern und sah darin weniger wie eine Dame als wie ein Engel aus. Sie nippte zaghaft an ihrem Sektkelch, während Friedrich seinen neuen Freunden zuprostete.

Heinrich postierte sich hinter einer der Palmen, die am Rand der Tanzfläche aufgestellt waren, und beobachtete die beiden. Er sah, wie Friedrich Lilo etwas ins Ohr flüsterte, wie sie aufstanden und sich den Weg zur Tanzfläche bahnten. Sie tanzten einen Walzer. Und noch einen. Lilo konnte wunderbar tanzen. Auch Friedrich beherrschte den Walzerschritt. Heinrich hatte noch nie in seinem Leben getanzt. Nach dem zweiten Walzer musste Friedrich einem seiner älteren Freunde den Vortritt lassen, der nun mit Lilo übers Parkett glitt. Es folgte ein weiterer Fremder, dann noch einer. Mit jedem Wechsel, so schien es Heinrich, wurde Lilos Gesichtsausdruck fröhlicher, ihre Bewegungen beschwingter.

Zwischendurch war ihm, als hätte sie ihn bemerkt, als würde ihr Lächeln gefrieren und ihr bohrender Blick ihn treffen. Es schien so, als würde sie ihre Augen starr auf ihn richten, um ihm klar zu machen, dass er niemals an die Stelle ihrer Kavaliere treten würde. Er erwiderte ihren Blick, hatte aber das Gefühl, ihm nicht wirklich standhalten zu können. Irgendwann sah sie einfach weg.

Nachdem Friedrich ein weiteres Mal mit ihr getanzt hatte, flüsterte sie ihm etwas ins Ohr, und die beiden gingen nach draußen. Heinrich folgte ihnen in den Garten, wo sie in den Schatten der Arkaden verschwanden.

Trotz der Dunkelheit konnte er sehen, wie sie sich küssten. Er wandte sich ab und lief schnurstracks nach Hause.

Dort angekommen, schlich er leise in die Küche, holte ein Blatt Papier und einen Bleistift aus der Tischschublade und verfasste einen Brief »an die Wachtmeister von der Revierwache an der Davidstraße«. Die Bande, die beim Juwelier Silberberg eingebrochen habe, so schrieb er, treffe sich täglich bei Hornhardt's. Er beschrieb die Gruppe, so gut er konnte. Da er nur Friedrich persönlich kannte, nannte er dessen Namen und was er sonst noch von ihm wusste. Lilo erwähnte er nicht. Aus einem zweiten Papierbogen faltete er einen Umschlag und klebte ihn mit etwas Leim zu. Am nächsten Morgen gab er ihn im Wachraum im Erdgeschoss des Polizeipostens beim diensthabenden Beamten ab und rannte davon.

Zwei Tage später hörte er von Klaas Blunke, der, da der Laden seiner Eltern auch als Nachrichtenbörse diente, immer besonders gut unterrichtet war, dass Friedrich verhaftet worden sei.

Heinrich freute sich, konnte sich aber nicht dazu durchringen, Lilo unter die Augen zu treten. Stattdessen zog er wieder kurze Hosen an und tat so, als sei nichts gewesen.

Um die Belohnung, die für sachdienliche Hinweise zur Ergreifung der Einbrecherbande ausgesetzt worden war, bemühte er sich nicht. Lieber wollte er die Angelegenheit so schnell wie möglich vergessen. Außerdem, entschied er, konnte es unmöglich nur an seinem kargen Brief gelegen haben, dass die jugendliche Einbrecherbande hinter Schloss und Riegel gekommen war.

## FÜNFTES KAPITEL

# *Freund unter Verdacht*

Hansen bemerkte, dass das Interesse seiner Vorgesetzten am Fall Olga Trampitz erlahmte. Kieberts telefonische Nachfragen in der Davidwache über die Fortschritte der Ermittlungen blieben aus. Auch Paulsens Neugier schien deutlich gedämpft, nur selten sprach er den frisch gebackenen Ermittler darauf an, dann nur im Vorbeigehen und betont nachlässig. Da die Zeitungen kein anderes Thema mehr kannten als die schauerlichen Verbrechen der Engelmacherin Wiese, fühlte sich niemand in der Polizeibehörde bemüßigt, die Ermittlungen im Mordfall Rote Katze voranzutreiben. Wen interessierte schon das Schicksal einer Tänzerin, die ihrem unmoralischen Lebenswandel zum Opfer gefallen war?

Für Hansen jedoch wurde die Aufklärung »seines« Mordfalls immer wichtiger, ja, zu einer persönlichen Angelegenheit. Er wollte sich nicht nur bewähren, er wollte die Wahrheit herausfinden. Also sprach er seinen Vorgesetzten seinerseits auf die Sache an und bat um Unterstützung. Die bekam er zwar nicht, aber Paulsen entschied, sein eifriger Neuling sei genau der richtige Mann, um die wenig aussichtsreichen Ermittlungen weiterzuführen.

Aufwändige Telefonate, die Hansen mit Ämtern führte, deren Namen er vorher noch nie gehört hatte, brachten Stück für Stück die nötigen Informationen, um mit den Erkundigungen fortzufahren: Der Eigentümer der Terrassenhäuser in der Jägerstraße hieß Edmund Middelbrook und war Fabrikant. Er betrieb eine gut gehende Getreide-Dampfmühle im Altonaer Hafen und investierte seine Gewinne in den Bau von Arbeiter-Wohnquartieren auf St. Pauli. Sein Kontor befand sich an der Palmaille, nicht weit vom Altonaer Rathaus entfernt.

Paulsen willigte schließlich ein, für Hansen bei der königlich-preußischen Polizei von Altona um Amtsassistenz zu ersuchen. Wenig später erhielt Hansen vom Revierchef die Order, sich telefonisch mit dem unsympathischen Sergeant Fisch in Verbindung zu setzen. Ausgerechnet mit ihm zusammen sollte er herausfinden, wer der ermordeten Tänzerin das Liebesnest eingerichtet hatte. Der ehrfurchtsvolle Ton, in dem der »Bückling« von dem Altonaer Bürger sprach, machte Hansen klar, dass es anstrengend werden würde, diesen offenbar wichtigen Repräsentanten des Altonaer Wirtschaftslebens zu befragen. Paulsen ermutigte ihn auch nicht gerade, als er ihm den Tipp gab: »Lassen Sie Fisch mal machen, Hansen. Da können Sie noch was lernen.«

Sie trafen sich an einem sonnigen Vormittag unter den Bäumen der Promenade. Hansen war zeitig gekommen und konnte beobachten, wie Sergeant Fisch fröhlich pfeifend näher kam, den Spazierstock flott über die Schulter gelegt. Er hatte sich fein angezogen, bester Sonntagsstaat mit Zylinder. Hansen trug seine übliche Alltagskleidung. Einem einflussreichen Bürger seine Ehrerbietung zu erweisen, indem er sich in Schale schmiss, war ihm gar nicht in den Sinn gekommen. In diesem Moment, als er den Bückling auf sich zukommen sah, fragte sich Hansen, ob es nicht schlauer gewesen wäre, sich ebenso auszustaffieren. Nun kam er sich schäbig und schmuddelig vor. Sergeant Fisch ließ ihn durch einen abschätzigen Blick wissen, dass er es genauso sah.

»Na, Hansen, da haben Sie sich ja ganz schön was vorgenommen, und dann auch noch auf fremdem Terrain.«

»Jawohl, Sergeant. Guten Tag.« Ein Reflex aus seiner Militärzeit ließ Hansen stramm stehen.

»Stehen Sie bequem, Hansen«, sagte Fisch hochnäsig und stieß forsch den Spazierstock in die Erde. »Dann wollen wir mal. Überlassen Sie mir das Wort, dann haben wir die nötigen Informationen schnell heraus und können den Rückzug antreten.«

Hansen folgte ihm zum Portal des Bürgerhauses, dessen klassizistische Fassade ihm wider seinen Willen einigen Respekt einflößte.

Ein Sekretär mit Schnauzbart öffnete die Tür und führte sie in eine große Halle, von der aus eine breite Treppe auf eine Galerie führte. Hansen hatte das Gefühl, er würde in das Palais eines römischen Senators geführt. Natürlich reichte seine Volksschulbildung nicht aus, um die mit Marmor getäfelte Eingangshalle mit den antiken Vorbildern nachempfundenen Vasen und Skulpturen zu würdigen. Auch hatte er keine Vorstellung davon, was ein römischer Senator eigentlich gewesen war. Aber mit einem Mal kam er sich klein vor in seiner Rolle als Polizist.

Middelbrooks Büro befand sich im Erdgeschoss im hinteren Teil des Hauses. Von dort aus konnte man über den Altonaer Hafen hinweg auf die Elbe sehen, und praktischerweise befand sich der Middelbrook'sche Getreidespeicher im Zentrum des Panoramas.

Edmund Middelbrook stand von seinem breiten Ledersessel hinter dem imposanten Schreibtisch auf und dirigierte die Gäste in eine Sitzecke mit Rauchertisch vor einer Bücherwand mit großformatigen Geschäftsbüchern und Folianten. Hansen und Fisch nahmen auf einem Ledersofa Platz, der Hausherr setzte sich ihnen gegenüber in einen Sessel.

Sergeant Fisch hatte sich verrechnet. Der Getreidemühlenfabrikant entpuppte sich als jovialer Lebemann, den Standesunterschiede nicht weiter zu stören schienen.

»Zigarre, die Herren?«, fragte er leutselig und nahm seinem Sekretär die Holzkiste aus der Hand.

Hansen lehnte ab. Sergeant Fisch nahm sich blitzschnell eine Havanna, ließ sie mit Kennermiene über den Kaiser-Wilhelm-Bart gleiten und sog den Duft ein. Middelbrook verzichtete ebenfalls und sagte zu seinem Sekretär, nachdem dieser dem Sergeant Feuer gegeben hatte: »Gehen Sie schon mal vor, Eriksen. Sie wissen ja Bescheid, wir sehen uns unten in der Mühle.«

Hansen rückte so weit wie möglich von dem qualmenden Sergeanten weg. Der Rauch zog ihm dennoch in die Nase und bescherte ihm augenblicklich schlechte Laune.

»Dann wollen wir mal gleich in medias res gehen, meine Herren«, sagte Middelbrook. »Ohne Umschweife direkt zum Geschäftlichen kommen, das ist meine Devise. Spart Zeit und Geld. Was also verschafft mir die Ehre, von einem doppelt besetzten Kommando der hamburgischen und preußischen Polizei aufgesucht zu werden?«

»Wie ich Ihnen bereits andeutete … telefonisch …«, begann Fisch. Er verschluckte sich und musste husten, weil er vor dem Reden vergessen hatte, den Rauch auszuatmen.

Middelbrook sah ihm milde amüsiert zu, wie er seinem Hustenanfall Herr zu werden versuchte. Es gelang Fisch nur mühsam, das Würgen zu unterdrücken, und er musste sich abwenden.

Hansen nutzte die Gelegenheit und erklärte, es gehe um eine Wohnung, die sich offenbar in Middelbrooks Besitz befinde. Er beschrieb die Lage der Anlage, um welche Wohneinheit es sich handele und deutete an, dass sie erstaunlich luxuriös ausgestattet sei und offenbar nur gelegentlich benutzt worden sei.

»In der Tat ungewöhnlich für eine Arbeiterwohnung«, sagte Middelbrook. »Sie wollen mir doch hoffentlich nicht unterstellen, dass sich da so etwas wie eine Absteige etabliert hat?«

Hansen ignorierte das Husten des Sergeanten und fächelte den Rauch beseite. »Jemand hat sich dort einen Aufenthaltsort für gelegentliche Nutzung eingerichtet«, formulierte er umständlich, um den Fabrikanten nicht zu verärgern.

»So, so. Ich verstehe schon, was Sie meinen, Wachtmeister.«

»Schutzmann«, korrigierte Hansen.

»Aha. Wenn ich das richtig sehe, hat da vor allem diese zu Tode gekommene Tänzerin verkehrt?«

»Ganz recht.«

»Keine anderen Damen?«

»Offenbar nicht.«

»Das erleichtert mich. Man wird ja nur ungern unwissend zum Bordellbetreiber, nicht wahr?«

Fisch wurde von einem neuen Hustenanfall geplagt. Er wusste nicht, wohin mit seiner Zigarre.

»Wir sind auf Ihre Mithilfe angewiesen, Herr Middelbrook …«

»Doktor«, verbesserte der Angesprochene.

»… Herr Doktor Middelbrook. Es ist uns natürlich vollkommen klar, dass Sie nicht für den Lebenswandel eines Ihrer Mieter verantwortlich gemacht werden können …«

»Das möchte ich mir auch ausbitten!«

»Selbstverständlich.«

»Aber wie soll ich Ihnen da behilflich sein?«

»Indem Sie uns helfen, die Identität des Mieters herauszufinden.«

»Ah ja«, sagte Middelbrook zögernd, »ich verstehe. Keine angenehme Aufgabe, jemanden hier sozusagen auszuliefern, zumal in einer delikaten Angelegenheit.«

»Die Sache wird mit vollster Diskretion behandelt«, versicherte Hansen.

Fisch schien sich wieder zu fangen und versuchte, die qualmende Zigarre auf den Rand des Aschenbechers zu legen, aber sie rollte herunter.

»Na, na, Diskretion. Wir wissen ja heutzutage, was das heißt. Die Behörden sind viel zu nachlässig, was die Presse betrifft. Ich will Ihnen ehrlich sagen, dass ich da sehr skeptisch bin. Im Übrigen müsste ich meinen Sekretär fragen, der die Verwaltung der Wohnungsangelegenheiten überwacht. Aber der ist ja nun schon aufgebrochen.«

»Wir können warten«, sagte Hansen.

Middelbrook wiegte den Kopf hin und her. »Ich will Ihnen ehrlich sagen, das gefällt mir nicht. In dieser Wohnung ist doch kein Verbrechen geschehen?«

»Nein.«

»Na also. Ich sehe nicht ein, wieso jemand, der dort wohnt, unter dem Arm des Gesetzes leiden soll, wo seine einzige Verfehlung wahrscheinlich darin liegt, einer romantischen Veranlagung gefolgt zu sein.«

Sergeant Fisch richtete sich auf, zog ein Taschentuch aus dem Rock und schnäuzte sich.

»Aber die Tänzerin Olga Trampitz ging in dieser Wohnung ein und aus«, beharrte Hansen.

»Ermordet wurde sie aber in diesem Varieté, wenn ich es recht sehe?«

»Ja.«

»Dann scheint es mir doch folgerichtiger, wenn Sie dort und in diesem Milieu nach dem Verbrecher suchen.«

Hansen ärgerte sich über Middelbrooks Verweigerungshaltung. »Ein rotes Katzenkostüm, offenbar für einen Mann geschneidert, wurde im Hof der Wohnanlage an einem Baum hängend gefunden. Es muss aus dem Fenster dieser Wohnung gefallen sein.«

»Muss es das?«, fragte Middelbrook leicht amüsiert.

»Aber ja, weil die Tänzerin es anfertigen ließ.«

»Für einen Mann?« Middelbrooks verzog höhnisch das Gesicht.

»Ja. Für den, der ihr dort die Wohnung eingerichtet hat.«

»Sie haben das Kostüm auf einem Baum im Hof hinter der Wohnung gefunden und schließen daraus, dass die Tänzerin dort verkehrte? Aber ich bitte Sie! Verzeihen Sie mir die Respektlosigkeit, aber hier beißt sich die Katze in den Schwanz, Herr Schutzmann!«

»Es gibt weitere Zeugenaussagen …«

Fisch räusperte sich lautstark. »Hansen, ich bitte Sie, das reicht jetzt aber!«

»Eine Nachbarin …«, versuchte Hansen nachzusetzen, aber sein Altonaer Kollege fuhr ihm über den Mund: »Das genügt jetzt, Schutzmann! Schweigen Sie!« Und an den Fabrikanten gewandt, erklärte Fisch mit heiserer Stimme: »Entschuldigen Sie meine Unpässlichkeit, aber dies fällt nicht in meine Zuständigkeit. Amtshilfe schön und gut, aber das hier … Ich bitte die Angelegenheit als erledigt anzusehen.«

Middelbrook stand auf. »Das will ich hoffen, Herr Sergeant.«

Fisch sprang auf, und auch Hansen musste sich notgedrungen erheben. Er war stocksauer. Dieser trottelige Bückling hatte das ganze Verhör sabotiert! Am liebsten hätte er die Befragung fortgeführt, aber noch ehe er sich etwas zurechtlegen konnte, hatte Middelbrook sie aus dem Büro komplimentiert.

»Sie finden ja den Weg, meine Herren.« Und an Fisch gewandt: »Nichts für ungut, Sergeant.«

Hansen lief hinter dem vorauseilenden Kollegen her. Als sie wieder draußen auf der Palmaille standen, zischte der Bückling: »Das war ungeheuerlich, Hansen, ungeheuerlich! Sie werden mit einer Beschwerde rechnen müssen. Ungeheuerlich!«

Er wandte sich ab und rannte über die Fahrbahn, ohne sich groß um den Verkehr zu kümmern. Beinahe wäre er von einer Pferdedroschke überfahren worden. Der Kutscher, der die Pferde zügeln musste, schimpfte hinter ihm her.

Hansen sah dem Bückling nach, wie er flott ausschreitend zwischen den flanierenden Passanten verschwand, und fragte sich, ob Middelbrook nicht ganz genau wusste, wen er mit seiner Aussageverweigerung schützte.

Als er am Spielbudenplatz aus der Elektrischen stieg, war er so ins Grübeln versunken, dass er stolperte und beinahe hinfiel. In diesem Moment kam ihm ein verrückter Gedanke: Der Mann versuchte, sich selbst zu schützen! Middelbrook, der einflussreiche, an einen römischen Senator erinnernde Fabrikant aus Altona mit seinem dünnen, kurz geschnittenen Bärtchen hatte sich selbst dieses Liebesnest eingerichtet. Er war der Liebhaber, den Olga »den Strich« genannt hatte.

»Gottverdammt!«, stieß Hansen hervor. »Aber wie, zum Teufel, soll ich das beweisen? Der Bart allein genügt wohl nicht.«

Es wurde Zeit, sich an seinen väterlichen Freund und Kollegen Lehmann zu wenden und ihn um Rat zu bitten.

Am frühen Abend besorgte sich Hansen einen Strauß gelber Nelken und machte sich auf den Weg in die Annenstraße. Lehmanns Frau öffnete die Tür zur Wohnung im ersten Stock und blickte ihn erstaunt an. Er nannte seinen Namen. Sie zögerte, ihn hereinzubitten. Nachdem er ihr den Blumenstrauß überreicht hatte, besah sie sich die Nelken mit sorgenvollem Gesichtsausdruck und sagte: »Ach, wissen Sie, mein Mann ist ja so krank. Ich weiß gar nicht, ob er … Aber kommen Sie trotzdem herein.«

Hansen versicherte, er könne auch ein anderes Mal vorbeischauen.

»Nun haben Sie den ganzen Weg gemacht«, sagte sie. »Ich will mal nachsehen, ob er in der Lage ist …«

Sie bat ihn, im Flur zu warten. Hansen hatte schlagartig ein schlechtes Gewissen. Wieso war er nicht früher auf die Idee gekommen, seinen Kollegen zu besuchen? Allerdings hatte niemand auf der Wache davon berichtet, dass er ernsthaft krank war. Es hieß immer nur, er habe sich erkältet, und man ging davon aus, dass er sehr bald wiederkommen würde.

Hansen bemerkte, dass es im Wohnungsflur zwei Garderoben gab. Eine für die Mäntel und Jacken der Damen und eine, an der eine Paradeuniform hing und daneben die Kleidungsstücke, die Lehmann im Dienst zu tragen pflegte. Hansen hatte gar nicht gewusst, dass Lehmann eine Uniform besaß. Blitzblank geputzte Stiefel standen darunter, und ein Degen an einer Koppel hing daneben. Hatte Lehmann nicht als Angehöriger der Wachmannschaft begonnen, bevor man ihn bei der Kriminalpolizei aufgenommen hatte? Da war es doch kein Wunder, dass er seine alte Uniform in Ehren hielt.

Frau Lehmann kam durch den Flur zurück. »Er ist wach«, sagte sie. »Vielleicht möchten Sie ja einstweilen in der Stube Platz nehmen, Herr Hansen.«

Hansen versicherte, dass er keine Umstände machen wolle, und folgte ihr. Frau Lehmann zog einen Schlüssel aus der Schürzentasche und schloss eine Tür auf. Die gute Stube wurde nur an besonderen Tagen benutzt.

Die bescheidenen Möbel waren im Biedermeierstil gehalten und machten einen gut gepflegten Eindruck. Nirgends war ein Staubkorn zu sehen, weder auf den Stühlen noch auf der Anrichte. Auf dem Tisch lag eine weiße Spitzendecke, es gab ein kleines Bücherregal, und in einer Ecke hingen Fotos von Familienmitgliedern. Frau Lehmann deutete auf das geschwungene

Sofa, aber Hansen nahm lieber auf einem Stuhl Platz, den er ein Stück vom Tisch wegrückte.

Frau Lehmann murmelte etwas von Kaffee und ging, ohne auf sein »Das ist doch wirklich nicht nötig« zu achten.

Einige Zeit später kam Johanna mit hochgesteckten Zöpfen und scheuem Blick herein, deutete einen Knicks an und stellte zwei Tassen auf den Tisch. Sie wirkte sehr brav und unschuldig im Vergleich zu den Frauen, mit denen er in der letzten Zeit Umgang gehabt hatte. So konnten Mädchen also auch sein, züchtig und eifrig und schüchtern. Langweilig wahrscheinlich auch, kam es ihm in den Sinn, und sofort verbannte er diesen anzüglichen Gedanken aus seinem Kopf.

Johanna verschwand eilig aus dem Zimmer. Kurz darauf erschien ihre Mutter.

»Der Kaffee ist gleich fertig«, sagte sie. »Möchten Sie vielleicht einen Likör dazu trinken?«

»Nein, danke, Frau Lehmann, das ist sehr freundlich.«

»Schlehenbrand, ich hab ihn selbst aufgesetzt«, sagte sie.

»Also ja, unter diesen Umständen ... natürlich gern.«

Sie nickte ernst und ging wieder hinaus. Gleich darauf brachte Johanna eine Kristallkaraffe, in der eine dunkle Flüssigkeit schwappte, sowie zwei dazu passende Portweingläschen auf einem Tablett und stellte es ab.

»Vater kommt gleich«, sagte sie leise und ging wieder.

Hansen war mulmig zumute. Zum einen hegte er eine gewisse Bewunderung für das wohlgeordnete Familienleben, das die Lehmanns zu führen schienen. Zum anderen spürte er eine seltsame Traurigkeit, die von dieser trauten Idylle auszugehen schien. Er betrachtete die schweren Vorhänge, die dazu da waren, die Blicke der Nachbarn abzuwehren, die in genau gleicher Umgebung genau das Gleiche taten wie man selbst. Würde er jemals als Familienvater in so einer wohlgeordneten guten Stube sitzen und sich sonntags Suppe und Braten servieren lassen, während die Familienmitglieder peinlich darauf achteten, nicht zu laut mit dem Besteck zu klappern? Wohl kaum. Für so was war er nicht geboren. Die Frauen, zu denen er sich hingezogen fühlte, so rätselhafte Schönheiten wie Lilo Koester oder die leicht verruchte Zuckerschnute, passten nicht in diese Atmosphäre.

»Er kommt gleich«, wiederholte Frau Lehmann in der Tür stehend.

»Aber ich kann doch auch ans Bett kommen, wenn es ihm zu schwer fällt«, schlug Hansen vor.

»Nein, nein, es geht schon. Nur einen Augenblick noch.« Und sie verschwand wieder.

Schließlich schlurfte Lehmann in einem bordeauxfarbenen Morgenrock herein, unter dem er ein frisches Hemd und gebügelte Hosen trug. Filzpantoffeln an den Füßen und die am Kopf klebenden dünnen Haare mit weißen Strähnen durchzogen. Waren sie nicht kürzlich noch durchweg grau gewesen? Sein Schnauzbart hatte noch die alte Färbung, war aber nicht so akkurat geschnitten wie sonst.

»Heinrich, mein Junge. Das freut mich, dass du mich mal besuchen kommst.«

Hansen stand auf. Sie gaben sich die Hand.

»Nimm Platz«, sagte Lehmann. »Es stört dich hoffentlich nicht, wenn ich mich aufs Sofa lege. Mir ist immer so schwummerig.«

»Was fehlt dir denn? Ich dachte, du bist nur ein wenig erkältet.«

Lehmann ließ sich ächzend aufs Sofa sinken und hob die Füße samt Pantoffeln hoch.

»Ach, das weiß doch keiner. Zu drei Quacksalbern hat meine Frau mich geschleppt. Keiner wusste Rat. Eine Kur soll ich machen. Pah! Wer bin ich denn, dass ich mir so was leisten könnte?«

»Hast du Schmerzen? Fieber?«

»Keine Spur. Ich bin ermattet, das ist es. Komme kaum auf die Füße. Nach drei Schritten ein Schweißausbruch. Die Treppe schaffe ich kaum. Vielleicht ist es das Herz. Ich bin ja auch nicht mehr der Jüngste. Hätte dich ja gern unter anderen Umständen empfangen. War doch ein Abendessen geplant. Aber mit dem Appetit ist es auch nichts mehr bei mir. Nimmst du einen Likör? Hat meine Frau selbst angesetzt, Schlehe oder so was. Bringt sogar in einen müden Körper wie den meinen etwas Wärme. Schenk uns doch ein, Heinrich!«

Hansen tat es und stellte Lehmann das Gläschen hin. Der prostete knapp und kippte den Likör in einem Zug weg. Hansen nippte daran und stellte fest, dass er hochprozentig war.

»Schenk ruhig nach«, forderte Lehmann ihn auf. »Und zier dich nicht. Wozu sonst hat meine Frau ihn gemacht.«

Hansen schenkte nach und nippte wieder an seinem Glas. Lehmann kippte den zweiten genauso schnell weg wie den ersten.

»Wie geht's auf der Wache so?«, fragte Lehmann.

»Geht alles seinen Gang. Bin jetzt sogar Fachmann für Daktyloskopie.«

»So, so.«

Hansen erzählte von seinem Besuch im Stadthaus. Lehmann schien nicht sonderlich interessiert. Mit einer knappen Geste forderte er seinen Gast auf, ihm noch einen Likör einzuschenken. Hansen wechselte das Thema und erzählte stattdessen von den bescheidenen Erfolgen bei den Ermittlungen im Fall Olga Trampitz.

Lehmann hörte mit halb geschlossenen Augen zu, das Likörglas in den Händen haltend. Als Hansen auf die Wohnung zu sprechen kam und den Schlüssel erwähnte, den er in Olga Trampitz' Pensionszimmer gefunden hatte, und dass er zur Wohnungstür passe, murmelte Lehmann: »Bravo.« Die Beschreibung des Liebesnests in der Jägerstraße schien ihn jedoch zu ermüden. Erst bei der Schilderung des Verhörs der Tänzerinnen Annelie und Susanne und deren Hinweise auf angebliche Liebhaber der Trampitz hob er die Lider und betrachtete sinnierend das Likörglas.

»Seehund, Bürste und Strich«, ereiferte sich Hansen, »das ist doch immerhin was!«

»Möglich.«

»Aber nun pass auf«, fuhr Hansen begeistert fort. »Den Strich hab ich bereits gefunden!« Und er erzählte von seinem Besuch beim Altonaer Fabrikanten Middelbrook. »Die Frage ist nur«, schloss er, »wie kann ich beweisen, dass *er* das Liebesnest einrichten ließ?«

»Melderegister«, brummte Lehmann.

»Haben wir geprüft. Für diese Wohnung ist niemand gemeldet. Aber was beweist das?«

»Nichts.«

»Wenn sich der Mann weigert, Angaben zu machen, was soll ich tun?«

»Was sagt Paulsen?«

»Der druckst herum. Will noch mal den Bückling darauf ansprechen.«

»Middelbrook ist ein großes Tier in Altona. Das wird nichts.«

»Fürchte ich auch.«

»Was ist mit dem Sekretär?«

Hansen schlug sich gegen die Stirn. »Aber ja, der Sekretär. Der muss doch so manches wissen. Aber wie kann ich ihn zum Reden bringen?«

»Schlepp ihn auf die Wache, das wird ihn mürbe machen.«

»So einfach ist das aber auch wieder nicht, wo er doch wahrscheinlich aus Altona stammt.«

»Hast du das geprüft?«

»Nein.«

»Na bitte.« Lehmann richtete sich mühsam auf und schenkte sich selbst von dem Likör nach.

Es klopfte, und Frau Lehmann trat ein. Sie brachte ein Tablett mit Kaffee und schenkte ein. Ihrem Mann warf sie einen vorwurfsvollen Blick zu, nachdem sie gesehen hatte, dass die Karaffe sichtlich leerer geworden war, und verschwand eilig wieder.

Hansen nahm Zucker und Sahne und stellte nach dem ersten Schluck fest, dass es sich um echten Bohnenkaffee handelte. Kein Grund für Lehmann, seine Tasse anzurühren.

»Ich würde dir gern noch eine Frage stellen«, sagte Hansen nach kurzem Schweigen.

»Nur zu.«

»Ich hab ein bisschen nachgedacht. An dem Abend, als der Mord geschah … du warst hinter der Bühne nahe am Tatort, hast sogar den Täter gesehen …«

»Beinahe hätte ich ihn geschnappt«, murmelte Lehmann. »Aber es hat nicht sollen sein.« Seine Augen waren jetzt wieder halb geschlossen.

»Nimm mir das jetzt bitte nicht übel …«

»Ich nehme dir nichts übel, Junge, dir doch nicht«, sagte Lehmann mit müder Stimme.

»Du bist hinter der Bühne gewesen, aber warum eigentlich?«

»Na, mein Junge, du bist ja schon ganz schön kiebig geworden …«

»Entschuldige bitte.«

»… ich war austreten, Junge, nichts weiter.«

»Aber wenn ich mich recht erinnere, dann hat es mindestens fünfzehn Minuten gedauert.«

»Ja nun, die Blase war voll«, brummte Lehmann.

»Die Toiletten befinden sich doch gar nicht eine Treppe höher.«

»Das ist ja das reinste Labyrinth. Man verläuft sich in diesem Gewirr.«

»Ja, ja, das ist nicht weiter verwunderlich. Aber was mich stutzig gemacht hat – und bitte entschuldige, wenn ich dich so freimütig danach frage, aber es geht ja schließlich um einen Mordfall …«

Lehmann schloss die Augen. »Frag schon!« Er seufzte.

»Als ich mit dem Kellner hinter die Bühne kam, warst du zunächst nicht zu sehen.«

Lehmann schwieg. Regungslos lag er da.

»Aber dann, nachdem der Kellner mich zur Leiche geführt hatte, lagst du plötzlich im Flur und hast geschrien.«

»Kaum verwunderlich oder? Der Kerl hatte mich niedergeschlagen.«

»Ich weiß. Ich sah ihn ja flüchten. Aber wie bist du in den Korridor gekommen? Ich meine, woher kamst du?«

»Ich hab ihn gesehen, und er hat mich niedergeschlagen. An mehr kann ich mich nicht erinnern.« Er strich sich über die Stirn. Dann schlug er die Augen auf und besah sich überrascht seine Hand. Sie war feucht, Schweißtropfen standen ihm auf der Stirn.

»Du musst doch aus einem Zimmer gekommen sein. Eine andere Erklärung gibt es nicht.«

»Wieso aus einem Zimmer?« Lehmann richtete sich auf. »Von unten.«

»Ach so, ja, natürlich. Das erklärt die Sache. Und warum?«

»Es war doch Alarm geschlagen worden.«

»Du kommst also die Treppe hoch, und da tritt dir der Mörder im Katzenkostüm entgegen.«

»Ganz recht, so war es wohl.« Lehmann fuhr sich erneut über die Stirn.

»Womit hat er zugeschlagen?«

»Mit der bloßen Faust. Hör mal, mir ist gar nicht wohl. Ich muss mal eben …« Er legte einen Ellbogen auf den Tischrand und stemmte sich mühsam hoch.

»Aber wieso haben wir uns nie gefragt, woher er kam? Könnte es nicht sein, dass er einen Komplizen gehabt hat?«

Lehmann presste die Hand gegen die Brust. »Heinrich, du bist so kiebig geworden …« Er taumelte, musste sich am Tisch festhalten und knickte ein. Hansen sprang auf. Er konnte gerade noch verhindern, dass Lehmann mit dem Kopf gegen das Tischbein stieß.

»Um Himmels willen, Alfred!«

»Ach!«, stöhnte Lehmann laut. Sein Kopf sank auf den Holzfußboden.

Hansen schob den Tisch beiseite und mühte sich ab, Lehmann wieder auf das Sofa zu hieven. Dann lief er rasch aus dem Zimmer, um Frau Lehmann zu holen.

»Ach Gott, Alfred!« Sie trat ans Sofa. Lehmann lag da wie ein gefällter Baum und bekam die Augen kaum auf.

»Immer diese Schwächeanfälle«, sagte seine Frau. »Und dann dieser Likör. Das kann doch nicht gut gehen.«

»Sie sollten einen Arzt kommen lassen, Frau Lehmann.«

Sie nahm die Karaffe, als müsse sie sie vor ihrem Mann in Sicherheit bringen. »Ja, ja, natürlich, Hannchen wird ihn gleich holen.«

Sie eilte davon. Als sie zurückkam, stammelte sie: »Ich weiß gar nicht … es tut mir so Leid, aber er ist … ich weiß nicht … was mag er bloß haben?«

»Überanstrengt, Frau Hansen, er hat einen schweren Beruf. Soll ich bleiben, bis der Arzt kommt?«

»Nein, nein, lassen Sie mal, er wohnt ja gleich nebenan. Hannchen ist schon losgegangen. Auf Wiedersehen, Herr Hansen.«

»Auf Wiedersehen.«

Sie hielt ihm die Tür auf und entließ ihn mit vorwurfsvollem Blick.

Mensch, Hansen, sagte er zu sich selbst, als er die Treppe hinabschritt, das hast du gar nicht schlau angefangen.

Draußen auf der Straße schüttelte er den Kopf: Dass Lehmann, der ja einen Seehundschnauzer trug, ein weiterer Verdächtiger im Mordfall Olga Trampitz sein könnte, war wahrscheinlich der schäbigste Gedanke, den er je gehabt hatte.

Einen Tag später saß er mit Lilo zusammen vor dem geöffneten Fenster im Erdgeschoss des Café Benesch mit Blick auf die Reeperbahn, die jetzt am Nachmittag eine belebte Promenade war. Müßiggänger lasen Zeitung oder beobachteten die Passanten, Artisten tranken einen letzten Kaffee, bevor sie sich auf den Weg zur Arbeit machten.

Hansen zog den Briefumschlag aus der Jacke und hielt ihn hoch, damit sie ihn sehen konnte. »Hast du mir diesen Brief geschrieben?«

Lilo beugte sich nach vorn und kniff die Augen zusammen, um zu lesen, was darauf stand. »Du bekommst Briefe und weißt nicht, von wem?«

»Hast du ihn geschrieben?«

»Nein. Aber wie ich sehe, ist es eindeutig eine Frauenschrift.«

»Meinst du?«

»Wie geheimnisvoll.« Sie lehnte sich zurück. »Eine unbekannte Verehrerin. Und wie schmeichelhaft, dass du dabei an mich denkst.«

»Bitte mach dich nicht lustig. Nicht über diesen Brief.«

»Entschuldige. Lassen wir das also. Es ist nett, dass du mich mal einlädst.«

»Das Vergnügen ist ganz auf meiner Seite. Aber leider ist dies auch ein dienstliches Gespräch.«

»Ach Heinrich, seit du Polizist geworden bist, bist du noch unnahbarer als früher.«

»Unnahbar? Ich?«

Sie zuckte mit den Schultern, kraulte den Bernhardiner-Welpen, den sie auf den Armen trug, und gab ihm einen Kuss auf den Kopf.

Ein Kellner im Frack kam an ihren Tisch, um die Bestellung aufzunehmen. Lilo kräuselte die Nase und überlegte angestrengt. Ein paar Sonnenstrahlen beleuchteten ihr flachsblondes Haar und ließen es golden schimmern.

»Nein, keinen Kaffee«, entschied sie, »ich bin vor meinen Auftritten ohnehin schon so nervös.«

Hansen bestellte eine Melange.

»Und bitte ein Schälchen warmes Wasser für Oskar.« Sie deutete auf das Hündchen.

»Kaum zu glauben, dass du nervös sein kannst«, sagte Hansen.

Er ertappte sich dabei, wie er ihr Gesicht studierte: ihre schmalen Augen, die blasse Stirn, ihre Nase, die sich eine winzige Spur zu weit nach oben reckte.

»Das musst du gerade sagen«, meinte Lilo leichthin. »Wo du mich doch immer so nervös gemacht hast.«

»Ich dich?«

»Ja, ja. Wie du so um mich herumgeschlichen bist.«

Der Kellner brachte die Getränke und stellte ein Schälchen mit warmem Wasser vor Lilo. Sie ließ das Hündchen daran schlabbern.

»Was ist denn aus Guido geworden?«, fragte Hansen.

»Er wurde mir zu groß. Ich mag nur die ganz kleinen.«

»Wo hast du denn die Welpen immer her?«

»Ach, irgendwo ist doch immer ein kleiner Hund zu finden.«

»Und die großen?«

Sie zuckte mit den Schultern. »Ich verschenke sie.«

»Ist ja spaßig, dass du dich jeden Abend als Katze verkleidest und in der Garderobe wartet ein kleiner Hund auf dich.«

»Was ist daran spaßig? Ich mag Katzen gar nicht.«

Im Café Benesch wurde es dämmrig. Draußen ballten sich schwarze Wolken zusammen, ein Sommergewitter kündigte sich an.

»Trotzdem gelingt es dir jeden Abend, dich in so ein Tier hineinzuversetzen.«

»Weißt du, was das Geheimnis ist? Katzen mögen Katzen auch nicht. Sie halten sich lieber von ihren Artgenossen fern ...«

Ihre wasserblauen Augen leuchteten ihn an.

»... und wenn sie sich begegnen, fahren sie ihre Krallen aus und fauchen. Komisch, nicht?«

»Na ja, bei Hunden ...«, gab Hansen vage zu bedenken.

Ein Wind kam auf. Ein Kellner begann, Tischdecken abzunehmen und Stühle zusammenzuklappen. Ein kühler Lufthauch wehte ins Café.

»Katzen und Hunde mögen sich auch nicht.« Hansen wusste nicht, wie er sein eigentliches Anliegen zur Sprache bringen sollte.

»Also los, Herr Wachtmeister, raus mit der Sprache. Ich merke doch, wie du rumdruckst«, forderte sie ihn auf.

»Schutzmann«, korrigierte Hansen und fügte penibel hinzu: »Tatsächlich nur Anwärter.«

»Schall und Rauch«, sagte Lilo. »Ich vermute, du willst mich über Jan ausfragen?«

»Nein, nicht unbedingt.«

»Erklär mir mal, was das nun heißt.«

Hansen zögerte. Ihm war peinlich, dass er sie schon wieder ausfragen wollte.

»Heinrich! Du bist die Amtsperson. Nun fang endlich an!«

Er riss sich zusammen. »Mir geht die ganze Zeit durch den Kopf, was am Abend, als der Mord geschah, hinter der Bühne abgelaufen ist. Ich habe ja im Publikum gesessen und deinen Auftritt gesehen …«

»Das hast du bereits erwähnt. Hätte nicht gedacht, dass du dich für Varietéaufführungen interessierst.«

»Ich war auf Patrouille mit Lehmann. Er hat mich herumgeführt, das Revier gezeigt.«

»Das Revier«, murmelte Lilo versonnen. »Das klingt nach Raubtieren. Obwohl Lehmann ja nicht gerade wie ein Tiger oder so was wirkt, falls die überhaupt ein Revier haben.«

»Du kennst Lehmann?«

»Na ja, kennen. Er hat mich ignoriert. Aber ich habe sehr wohl bemerkt, dass er hinter der Bühne ein und aus ging.«

»Auch an jenem Abend war er hinter der Bühne. Beinahe hätte er den Mörder zu fassen gekriegt.«

»Ich hab ihn gesehen. War ja nichts Besonderes. Er war öfter da, kommt ja ganz gut mit Jan aus. Der hat ihn manchmal ›unseren Wachtmeister‹ genannt.«

»Ach so?«

»Ist doch wohl üblich und nützlich, dass die Polizei gute Kontakte zu den Theatern und Varietés hat, nicht?«

»Ja, sicher.«

»Geduzt haben sie sich nun nicht gerade, aber miteinander gescherzt. Ich hab dann immer rausgehen müssen.«

»Du als Tänzerin bist oft in Jans Büro?«

»Na hör mal. Ich bin ja nicht bloß so eine Tänzerin. Was glaubst du wohl, warum mein Kostüm goldene Schnurrbarthaare hat? Ich bin die Nummer eins im Ensemble. Das ist so wie im Orchester: Herr Joshua ist der Dirigent, ich bin die erste Geige.«

»Hätte ich mir denken können.«

»Meine ich auch. Jan möchte ja gern, dass ich mit dem Tanzen aufhöre und mich mehr den Geschäften widme. Aber das will ich nicht.«

»Warum?«

»Na, so halt. Jan ist kein Mensch, mit dem man sich einfach so zusammentut. Ich bin gern meine eigene Herrin, weißt du. Für sein Unternehmen muss er schon selbst gerade stehen.«

Hansen zog die Augenbrauen hoch. »Was meinst du damit?«

Sie beugte sich nach unten und hob den kleinen Hund auf den Schoß. »Ach, nichts weiter.«

Es gelang ihm nicht, sie auszufragen, das hatte er noch nie gekonnt.

»Ich versuche mir vorzustellen, was hinter der Bühne geschehen ist, während ich noch im Publikum saß«, fuhr er fort. »Als das Stück zu Ende ging, mit dem Sieg der roten über die gelben Katzen, wenn ich das richtig verstanden habe, war Lehmann gerade austreten gegangen. Es dauerte noch eine Weile, dann ist der aufgeregte Kellner gekommen, um mich hinter die Bühne zu holen, in die Garderobe von Olga Trampitz. Als ich ihren Tod festgestellt hatte, bin ich wieder in den Flur gegangen, wo ich den Schrei von Lehmann hörte, der plötzlich dort lag.«

»Du hast mich vergessen«, ergänzte Lilo.

»Wie?«

»Ich stand vor der Garderobentür. Ich habe dich erkannt und mich gewundert, was du dort gesucht hast.«

»Ach ja.«

»Im roten Katzenkostüm. Ich hab's dir doch schon mal gesagt.«

»Herrgott, diese verdammten Kostüme!«

»Sie scheinen dich ja ganz schön durcheinander zu bringen«, sagte sie amüsiert.

»Ich finde das nicht lustig!«

»Nein, natürlich nicht. Ich hab ihn auch gesehen, Lehmann, meine ich. Er stürzte aus der Tür von Jans Büro hinter diesem schwanzlosen Katzenkerl her, von dem alle behaupten, er sei der Mörder. Und der hat sich umgedreht und ihn niedergeschlagen.«

»Er ist aus Jans Büro gekommen?«, fragte er verwundert.

»Ja.«

»Was hat er denn da gemacht?«

»Ich hab dir doch bereits gesagt, dass du dergleichen Jan selbst fragen musst. Ich will nicht über seine Angelegenheiten sprechen.«

»Gut.«

»Und es wäre darüber hinaus sehr freundlich von dir, wenn du ihm nicht erzählen würdest, dass du es von mir weißt.«

»Wenn es dir so wichtig ist …«

»Ist es.« Sie hob das Hündchen mit beiden Händen hoch und hielt es sich vors Gesicht. »Du bist ein ganz Süßer«, sagte sie.

Hansen schaute aus dem Fenster.

»Was schüttelst du denn den Kopf?«, fragte Lilo, während sie sich den Hund auf den Arm legte.

»Ach, nichts. Wo ist denn der Kellner?« Er winkte.

»Herrjeh, du hast Recht. Die Vorstellung beginnt gleich.«

Hansen zahlte und begleitete sie nach draußen. Von Westen her hörte man dumpfes Donnergrollen. Der Wind blies ihm Staubkörner ins Gesicht und seine Augen begannen zu tränen. Lilo reichte ihm die Hand zum Abschied.

»Du wirst jetzt sicher mit ihm reden wollen. Gib mir ein bisschen Vorsprung ja?«

Hansen nickte und strich sich mit Daumen und Zeigefinger über die Augenlider, um die Staubkörnchen zu entfernen.

Als er sie wieder öffnete, war Lilo bereits vom Strom der Passanten verschluckt worden.

Er bummelte durch die Straßen, ließ sich den frischen Wind um die Nase wehen, sah hier und da einen Blitz aufleuchten, und als die ersten Tropfen fielen, betrat er den Salon Tingeltangel. Der Portier erkannte ihn und führte ihn, obwohl Hansen versicherte, er kenne den Weg, durch den großen Saal hinter die Bühne und in den ersten Stock. Er klopfte an Heinickes Büro und öffnete Hansen die Tür.

Jan Heinicke schloss die Schranktür und sagte unwirsch: »Was ist denn los? Oh, du bist es, Heinrich, komm rein.«

»Guten Abend, Jan.«

Heinicke drehte den Schranktürschlüssel um und steckte ihn in die Rocktasche. Er schob zwei Stühle zurecht. »Setz dich, alter Freund. Ist ja nicht besonders schmuck hier, die neuen Möbel kommen erst noch. Na, was soll's.«

Er wartete, bis Hansen Platz genommen hatte, ließ sich seufzend auf dem anderen Stuhl nieder und wischte sich imaginären Schweiß von der Stirn. »Hab leider nicht viel Zeit. Du glaubst ja nicht, was so ein Varieté für eine Arbeit macht. Man hat seine Leute, aber letzten Endes muss man doch überall selbst nach dem Rechten sehen.«

Weit entfernt hörte man das Grollen des Donners.

»Ach Gott«, sagte Heinicke, »das Wetter verhagelt uns noch das Geschäft. Wenn's erst mal so richtig schüttet, bleiben die Leute aus. Schön, dass du mal reinschaust. Feierabend?«

»Noch nicht. Ich bin gekommen, um ein paar Fragen zu stellen.«

»Ach Gott, Fragen. Hatten wir nicht schon das Vergnügen? Wäre mir eine größere Freude, wenn wir beiden uns mal so zusammensetzen könnten. Gäbe doch viel zu erzählen. Die alten Zeiten – und zwischendurch ist doch auch eine Menge passiert. Man weiß ja kaum etwas voneinander.«

»Ja, sicher, aber diese Mordgeschichte.«

»Seid ihr immer noch nicht weitergekommen? Tja, manches bleibt für immer im Dunkeln. Glücklicherweise haben die Geschäfte nicht sehr gelitten. Im Gegenteil sogar ... Wo ist denn dein Kollege? Bist ganz allein unterwegs, Wachtmeister?« Er blinzelte Hansen zu.

»Immer noch Schutzmann, Jan.«

»Du wirst schon aufsteigen, alter Junge, bist ja noch nicht so lange dabei, stimmt's?«

»Ich wollte mit dir noch mal über den Abend sprechen, an dem der Mord geschah.«

»Mensch, Heinrich, ihr von der Krimpo seid aber hartnäckig. Ihr wart ja selbst anwesend, und trotzdem rätselt ihr herum und macht einen ganz nervös.«

»Ich weiß, aber das ist nun mal unsere Arbeit.«

»Der gute Lehmann ist doch hier herumgegeistert, der muss doch eigentlich alles wissen. Hat er das nicht längst berichtet?«

»Drum bin ich ja hier. Da sind noch einige Fragen offen. Im Übrigen ist Lehmann krank.«

»Der arme Kerl. Ist ja auch nicht mehr der Jüngste.«

»Ja, ja.« Hansen bemühte sich, ein harmloses Gesicht aufzusetzen. Wohl war ihm nicht in seiner Haut. »Also erzähl doch einfach mal, wie das war an jenem Abend. Aus deiner Sicht, meine ich.«

Heinicke blickte ihn stirnrunzelnd an. »Hab ich doch schon erzählt.«

»Na, so hundertprozentig haben wir das aber noch nicht protokolliert.«

»Nein? Ist das nicht eher euer Problem, der Papierkram?«

»Es geht doch um Minuten. Den exakten Ablauf. Ich versuche auf die Minute genau herauszufinden, was passiert ist. Wir wissen ja noch immer nicht, woher der Mörder eigentlich kam.«

»Also, ihr habt ja Sorgen«, sagte Heinicke leichthin.

»Du hast den Mann im Katzenkostüm vorher nicht bemerkt?«

»Nein, natürlich nicht. Ich hätte ihn hochkant rausgeschmissen! Wenn das das Einzige ist, worüber du dir Sorgen machst …«

»Da ist noch was … Ich hätte gern gewusst, wann genau Wachtmeister Lehmann in dein Büro gekommen ist.«

Durch das geöffnete Fenster hörte man einen krachenden Donnerschlag und gleich darauf das Rauschen des Platzregens. Ein Windstoß schlug den Fensterflügel gegen die Hauswand. Heinicke sprang auf. Hastig schloss er das Fenster und starrte einen Moment lang nach draußen.

»Herrgott, was für ein Wolkenbruch«, murmelte er.

»Jan?«

Heinicke drehte sich um. »Hm?«

»Wie lange war Lehmann bei dir hier drinnen?«

»Also hör mal, das ist mir jetzt aber peinlich. Hast du mit ihm abgesprochen, mir diese Frage zu stellen?«

»Nein.«

»Dann weiß ich nicht, ob ich dir darauf antworten soll.«

»Sieh mal.« Hansen holte seine Polizeimarke aus der Jackentasche und hielt sie hoch. »Ich bin mit der Untersuchung betraut. Aber wenn es dir lieber ist, dann komme ich mit meinem Vorgesetzten, Oberwachtmeister Paulsen, wieder.«

Heinicke sah seinen alten Freund verblüfft an. »Du bist ja ein richtiger Bluthund!«

»Ich tue meine Pflicht.«

Heinicke lehnte sich gegen seinen Schreibtisch. Er war blass geworden. Erneut ein Donnergrollen.

»Ich weiß, dass er hier war.«

»So, so, du weißt es ... und nun willst du was protokollieren. Und dass es jemandem peinlich sein könnte, interessiert dich nicht?«

»Nein.«

Heinicke verzog das Gesicht. »Du hast dich auch kein bisschen verändert. Würdest glatt deinen besten Freund ans Messer liefern, bloß wegen diesem Gerechtigkeitsfimmel.«

»Um mich geht's hier nicht.«

Heinicke lachte höhnisch. »Natürlich nicht.«

Sie schwiegen beide, sahen sich an. Wie zwei Duellanten.

Heinicke schnaubte unwirsch. »Teufel noch mal! Du kannst einem Mann wirklich an die Ehre gehen.« Er stieß sich vom Tisch ab, blickte zur Decke, zu Boden.

Hansen wartete ab.

»Nun gut ... Ich habe den Kerl in diesem vermaledeiten Katzenkostüm schon etwas früher gesehen.«

Na bitte, dachte Hansen, du musst den Leuten nur auf den Zahn fühlen, auch wenn's dir selber wehtut.

»Er kam hier herein. Ich war gerade mit der Kasse beschäftigt. Das hatte er geahnt oder gewusst. Da stand ich.« Heinicke deutete auf den großen Schrank. »Hatte gerade aufgeschlossen. Ich hab ja noch keinen Safe. Ich war gerade mit der Abrechnung der Abendkasse fertig. Das Geld kommt immer in die Kassette da rein. Am nächsten Morgen bring ich es zur Creditbank, sind ja nur ein paar Schritte. Wohl ist mir nicht dabei, aber was soll ich machen? Den Safe bekomme ich erst nächsten Monat eingebaut. Man denkt ja auch nicht immer gleich ans Schlimmste …« Er hielt inne und horchte auf das Donnergrollen, das etwas leiser geworden war. Der Regen rauschte gleichmäßig in den Hinterhof.

»Weiter!«, sagte Hansen. Erstaunlich, fiel ihm auf, wie man als Polizist mit Zivilisten umspringt. Es ist beinahe so, als würde man mit einem Untergebenen beim Militär reden.

»Er kam hier rein«, fuhr Heinicke mit verkniffenem Gesichtsausdruck fort, »der Katzenmann. Vielleicht war ja der eigentliche Grund, warum er hier war, das Geld? Ich hatte den Schrank aufgeschlossen und stellte die Kassette hinein. Da ist die Tür aufgegangen, und er stürzte herein. Ich habe mich umgedreht und …«

»Und?«

»Es ist wirklich ehrenrührig. Er hat mich einfach niedergeschlagen … und in den Schrank geworfen«, sagte Heinicke kleinlaut.

»Mach ihn mal auf!«

»Was?«

»Den Schrank.«

Heinicke ging zum Schrank, holte einen Schlüssel aus der Rocktasche, drehte ihn im Schloss und zog die Türen auf. »Bitte sehr.«

Es war einfach nur ein Kleiderschrank, in dem einige Hefte, Bücher, Zettel und eine Geldkassette lagen. Nur auf der linken Seite hingen an Kleiderbügeln ein Frack und ein Mantel. Sonst nichts. »Da rein«, sagte Heinicke und deutete auf die fast leere Nische. »Dann hat er zugemacht und abgeschlossen. Ich hab natürlich geschrien und gegen die Tür gepoltert und getreten, aber es nützte nichts. Es ist eben ein gutes Möbel. Erst Lehmann hat mich dann befreit.«

Eigenartig, dachte Hansen, davon hat er nichts erzählt, und im Bericht war ebenfalls nichts darüber zu lesen.

»Und? Hat er das Geld mitgenommen?«

»Das Geld?«

»Der Katzenmann.«

»Ja, also … äh …«

»Hat er oder hat er nicht? Das ist wichtig!«

»Wieso ist das wichtig?«

»Weil wir dann wissen, ob es ein Einbrecher war oder ein kaltblütiger Mörder. Entweder er kam, um zu stehlen, oder er kam, um zu morden. Vielleicht war der Tod der Tänzerin ja gar nicht geplant. Das würde ein neues Licht auf die Sache werfen. Wo war die Kasse?«

»Die Kasse?«

»Die Kassette. Stell dich doch nicht absichtlich dumm!«

»Die Kassette ... ja, wo war sie ... Es ging ja alles so schnell.«

»Du musst dir doch Gedanken über dein Geld gemacht haben! Als du aus dem Schrank befreit worden bist.«

»Ja, ja.«

»Stand die Kassette noch im Schrank?«

»Ja, ich denke, sie stand noch da.«

»Diese dort?«

»Ja.«

»Er hat sie also nicht mitgenommen?«

»Äh, nein.«

»War sie aufgeklappt oder zu?«

»Zu, verschlossen, ich wollte sie ja gerade reinstellen.«

»Wolltest du oder hast du?«

»Ich habe es wohl getan.«

»Also stand sie im Schrank?«

»Ja doch!«

»Und der Schlüssel?«

»Vom Schrank?«

»Von der Kassette!«

Heinicke zog verzweifelt die Schultern hoch. »Ich weiß nicht.«

»Wo hast du ihn jetzt?«

»Na hier.« Er zog ihn aus der Rocktasche.

»Und an jenem Abend?«

»Ich weiß nicht. Wahrscheinlich habe ich ihn auch in die Tasche gesteckt.«

»Und der Katzenmann hat ihn nicht herausgenommen?«

»Nein, wohl nicht.«

»Also hat er auch das Geld nicht genommen.«

»Sage ich doch!«

»Nein, erst jetzt hast du es gesagt.«

Heinicke war rot angelaufen und schwitzte. Ob vor Empörung oder aus Verlegenheit.

»Du tust ja geradezu, als ob ich ein Verbrecher wäre.«

»Ich will nur wissen, was passiert ist. Wie lange warst du im Schrank, bevor Lehmann dich befreit hat?«

Jetzt wurde Heinicke bockig. »Woher soll ich das wissen? Im Schrank war es dunkel. Ich konnte doch nicht auf die Uhr sehen. Außerdem hat er mich geschlagen. Ich war so gut wie ohnmächtig.«

»Lehmann hat dich also befreit, und dann ist er hinter dem Eindringling hergerannt?«

»Ja!«, rief Heinicke gereizt.

»Das ist aber seltsam.«

»Was soll denn daran seltsam sein? Er ist doch Polizist.«

»Er hat sich die Zeit genommen, um dich zu befreien, und erst danach ist er hinter dem Flüchtenden hergelaufen? Und der war noch nicht mal weit gekommen, sondern fühlte sich bemüßigt, Lehmann im Flur niederzuschlagen?«

»Frag das deinen Kollegen, davon weiß ich nichts«, brummte Heinicke. »Ohnehin habe ich genug von deiner Fragerei. Wenn das so weitergeht, wirst du mich noch des Mordes beschuldigen.«

»Davon ist keine Rede.«

»Dann hör endlich auf! Ich sag jetzt nichts mehr!«

Heinicke ging ans Fenster und blickte hinaus.

»Dein letztes Wort?«

»Hau endlich ab, Heinrich. Ich habe mir nichts vorzuwerfen.«

»Ich werfe dir gar nichts vor, Jan.«

Heinicke schnaubte verächtlich.

»Wir werden wahrscheinlich noch mal darüber sprechen müssen. Auf der Wache.«

Heinicke verschränkte die Arme und schwieg.

»Auf Wiedersehen, Jan.« Hansen stand auf und ging zur Tür.

Er bekam keine Antwort.

Um Himmels willen, dachte Hansen, als er den Korridor entlanglief, was tue ich da? Ich säe Misstrauen, und die Saat geht auf. In meinem eigenen Herzen.

Nur wenige Gestalten hasteten über die Reeperbahn. Der Spielbudenplatz sah trist aus, die Lichter der Etablissements wurden durch den dichten Regen gedämpft. Alles wirkte düster. Hansen stellte den Kragen hoch, zog die Mütze ins Gesicht, vergrub seine Hände in den Jackentaschen und zwang sich, nach draußen zu gehen. Schon nach wenigen Schritten hob er fröstelnd die Schultern und beschleunigte seinen Gang.

Eben noch hatte er die Absicht gehabt, zur Davidwache zu gehen, das Gespräch zu protokollieren. Innerhalb weniger Sekunden war ihm jedoch klar geworden, dass er nicht wusste, wie er seine neuen Informationen zu Papier bringen sollte. Bevor er seine Eindrücke aufschrieb, musste er sich erst einmal darüber klar werden, wie er selbst dazu stand. Inzwischen war er auch persönlich von diesem Fall betroffen und wollte nicht mehr einfach darauf vertrauen, dass die Tatsachen für sich sprachen.

»Gottverdammt«, fluchte er vor sich hin, »hätte ich doch nie mit diesem ganzen Kram angefangen.«

Schon nach wenigen Schritten spürte er, wie schnell seine Jacke durchnässt war. Was sollte er jetzt tun? Am liebsten wäre er immer weitergegangen, ohne Ziel, aber dann hätte er sich eine Erkältung zugezogen. Ein verführerischer Gedanke: Er würde es wie Lehmann machen, ins Bett kriechen und darauf hoffen, dass die leidige Angelegenheit vorüberzog wie ein Sommergewitter. Aber er kannte das Hamburger Wetter. Nach einem richtigen Gewitter folgte meist eine Periode der Abkühlung. Hatte der Himmel erst mal seine Pforten geöffnet, schloss er sie so bald nicht mehr. Es gab keine Möglichkeit, sich davonzustehlen.

Er musste nach Hause. In der Einsamkeit seines Pensionszimmers würde er nachdenken und früher oder später zu einer Entscheidung kommen, wie er diesen Fall weiterverfolgen sollte und ob überhaupt. Aber gab es denn eine Möglichkeit, sich aus dieser Affäre herauszumogeln?

Gottverdammich! Wäre ich bloß auf See geblieben, nie zurückgekehrt!, dachte er bitter. Feigheit vor dem Feind wurde beim Militär schwerstens bestraft. Einzelhaft bei Wasser und Brot. Aber wie wurde Feigheit vor dem Freund geahndet? Mit Zweifel und Gewissensbissen. Und so wie es momentan aussah, zuerst einmal mit schlechtem Wetter. Ich muss da durch, dachte Hansen verbissen, durch den Regen und durch diese ganze grauenhafte Geschichte. Dass er Jan Heinicke in Schwierigkeiten bringen könnte, war nicht das Problem. Aber wie zum Teufel hatte Lehmann es geschafft, sich in diese Affäre zu verwickeln? Er würde ihm gern wieder heraushelfen, wenn es möglich war. Aber war das noch möglich?

Im dumpfen Lichtschein der Straßenlaterne vor dem Hôtel Schmidt stand eine schmale dunkle Gestalt. Hansen erkannte sie zuerst nicht. Sie trug einen langen Regenmantel mit Kapuze. Als er näher kam, die Treppe zum Eingang hinaufstieg, wandte sie ihm ihr Gesicht zu, und er sah, dass es Lehmanns Tochter Johanna war.

Er stutzte. Was wollte die denn hier? Dann sah er, dass sie ein Kästchen gegen die Brust gepresst hielt, als wollte sie es vor dem Regen schützen.

»Herr Hansen, bitte, ich muss Sie sprechen.«

»Mensch Mädchen, was stehst du denn hier im Regen herum?«, sagte er barsch und ärgerte sich gleich darauf über seinen Ton.

»Ich habe gewartet. Die Frau hat gesagt, Sie seien noch nicht da. Sie wollte nicht, dass ich oben auf Sie warte.«

»Frau Schmidt? Na so was«, murmelte er unschlüssig. Er musterte sie kurz. »Kindchen«, sagte er und bemühte sich um einen milden Tonfall, »du bist ja ganz durchnässt. Na, dann komm mal mit rein.«

Im Hausflur herrschte schummeriges Halbdunkel. Es war ruhig im Hotel. Die Artisten waren ausgeflogen, gingen ihrer Arbeit nach, würden erst zu später Nachtstunde wieder geräuschvoll zurückkehren.

»Zweiter Stock«, sagte er und deutete auf die Treppe, um sie vorangehen zu lassen.

»Haben deine Eltern dich geschickt?«, fragte er beim Hinaufgehen.

»Ja … nein, nur meine Mutter. Ich …« Sie presste das Kästchen fester gegen die Brust. »Können wir erst irgendwo reingehen?«

Natürlich kam ihnen Frau Schmidt im Flur des zweiten Stocks entgegen, händeringend, mit finsterer, abweisender Miene.

»Herr Hansen! Das geht zu weit! Minderjährige Herumtreiberinnen haben in unserem Haus nun wirklich nichts zu suchen!«

Johanna blieb wie angewurzelt stehen und schaute Hansen ängstlich an.

»Halten Sie den Rand, Gnädigste. Das hier geht Sie gar nichts an«, sagte Hansen mit betont ruhiger Stimme.

»Ich werde Sie kündigen …«

»Warten Sie bis morgen damit. Heute habe ich keine Zeit für solche Scherze! Die Kleine muss sich aufwärmen, nachdem Sie sie in den Regen gestellt haben.«

»Herr Hansen!«

Er fasste Johanna sanft am Arm und führte sie zu seiner Zimmertür, zog sie auf und schob das Mädchen hinein.

»Aber die Wirtin …«, sagte sie ängstlich.

»Was kann sie schon machen?«, fragte Hansen laut genug, dass Frau Schmidt es hören konnte. »Die Polizei rufen? Die Polizei bin ich selbst.«

Er schloss die Tür hinter sich.

»Zieh deinen Mantel aus, der ist ja ganz nass.«

Johanna blieb wie angewurzelt in der Zimmermitte stehen, das Kästchen mit beiden Händen festhaltend.

Hansen deutete darauf. »Was hast du denn da? Ist das für mich?«

»Ja … nein.«

»Wie denn nun, Mädel?«, sagte er sanft. »Du bist ja ganz verdattert. Was ist da drin?«

»Ich weiß es nicht«, sagte sie verzweifelt und rang nach Atem. Sie war kurz davor, in Tränen auszubrechen.

»Nun stell das Ding mal da auf den Tisch, zieh den Mantel aus. Es ist ja weiß Gott warm genug hier.«

Es war geradezu stickig. Er ging zum Fenster und öffnete es. Draußen rauschte der Regen sanft und stetig aus dem schwarzen Nichts des Himmels ins Nirgendwo der Hinterhöfe. Ein kühler Wind wehte herein.

Hansen zog seine Jacke aus. Johanna folge seinem Beispiel, nachdem sie das Kästchen auf den Tisch gestellt hatte.

»Nimm doch Platz, Mädchen.«

Sie setzte sich auf den Stuhl, steif und gerade, den Blick ängstlich auf das Kästchen gerichtet. Auch er setzte sich hin.

»So«, er blickte sie aufmunternd an, »wollen wir mal nachsehen, was da drin ist?«

Sie nickte.

Hansen griff nach dem quadratischen Kästchen aus blassgelbem Karton. Es fühlte sich leicht an. Er zog den Deckel ab und blickte hinein. Da lag nichts weiter als ein rotes Stück Stoff, ein längliches Ding, halbwegs ordentlich zusammengerollt.

»Na so was«, sagte er und zog es heraus, wobei es sich langsam entrollte. »Weißt du, was das ist?«

»Nein, Herr Hansen.«

»Ein Katzenschwanz.«

»Was?« Sie starrte ihn verwirrt an.

»Es gehört zu einem Kostüm. Einem Kostüm zu einer Revue mit dem Titel ›Die rote Katze‹.«

»Ach so«, sagte sie leise, verständnislos.

»Ein wichtiges Beweisstück, vielleicht. Wo hast du es gefunden?«

»Ich? Nein … es …«

»Na? Nur zu, ich bin ja froh, dass wir es endlich haben.«

»Es kam gestern.«

»Mit der Post?«

»Nein ... es ... das Ding da ... hing an der Tür zu unserer Wohnung.«

»Nanu, wie kam es denn dort hin?«

»Jemand hat es mit einem Nagel festgemacht.«

»Festgenagelt? Das muss man doch gehört haben. Habt ihr nicht nachgesehen, wer es war?«

»Wir haben nichts gehört. Der Nagel war ja nur so ins Holz gedrückt.«

»Ein Nagel? Wo ist er denn?«

»Ich weiß nicht.«

»Hm.« Hansen besah sich den glatten roten Stoff. Vorsichtig rollte er den Schwanz wieder zusammen und legte ihn in die Schachtel zurück. »Wer hat ihn von der Tür abgenommen?«

»Mutter, und dann hat sie ihn Vater gezeigt. Und er war ganz komisch, hat ihn ihr aus der Hand gerissen und sich ins Schlafzimmer eingeschlossen. Und gestern, nachdem Sie weggegangen waren und Vater eingeschlafen ist, hat Mutter ihn in der Tasche seines Morgenrocks gefunden. Sie hat gesagt, ich soll Ihnen das Ding zeigen.«

»Hat sie ihn in die Schachtel gelegt?«

»Nein, das war ich ... ich wollte es nicht anfassen.«

»Verstehe. Es ist gut, dass du es mir gebracht hast.«

»Aber ... was hat das denn zu bedeuten?«

»Ich weiß es noch nicht. Hat dein Vater nichts dazu gesagt?«

»Nein, das ist ja das Schlimme. Er ist ja sowieso so komisch in der letzten Zeit. Aber nach der Sache mit diesem ... Ding ... ist er noch schweigsamer geworden. Ich glaub ja auch nicht, dass er bloß krank ist. Er macht sich Sorgen.«

»Worüber denn?«

»Das weiß ich doch nicht!«, rief sie empört und fügte leiser hinzu: »Wenn ich es nur wüsste. Mutter hat solche Angst um ihn.«

»Wir werden schon noch herausfinden, wer euch diesen dummen Streich gespielt hat.«

»Ist es denn nur ein dummer Streich?«, fragte sie hoffnungsvoll.

»Durchaus möglich.«

»Aber wer tut denn Menschen solche Dinge an, die sie nicht einmal verstehen?«

»Ich weiß es noch nicht.«

»Vater versteht ja vielleicht, was damit gemeint ist. Aber er spricht mit niemandem mehr. Vielleicht können Sie noch mal kommen und mit ihm reden … er hat ja immer so gut von Ihnen gesprochen.«

»Na ja, unser gestriges Gespräch hat nicht sehr viel ergeben.«

»Auch Mutter lässt Ihnen ausrichten, ob Sie nicht noch mal mit ihm sprechen könnten.«

Hansen sah sie überrascht an. Hatte er einen so guten Eindruck auf Ehefrau und Tochter Lehmann gemacht, dass sie alle ihre Hoffnung auf ihn setzten?

»Ja, natürlich. Ich werde noch mal mit ihm reden. Jedenfalls will ich es versuchen.«

Sie stand auf. »Ich muss jetzt gehen. Es ist ja schon so spät.«

»Ja, geh nur.«

»Aber …«

»Was?«

Sie deutete auf die Schachtel. »Darf ich das wieder mitnehmen?«

»Nein.« Er legte den Deckel auf das Kästchen und stellte es auf den Tisch.

»Nein?«, fragte sie erschrocken.

»Wenn er danach fragt, sag ihm, dass ich es habe.«

»Das …« Sie zögerte. Dann nickte sie vor sich hin. »Also gut. Aber ich glaube nicht, dass er fragen wird.«

»Macht nichts. Ich werde sowieso mit ihm darüber sprechen.«

Er half ihr beim Anziehen des Mantels.

»Ich bringe dich zur Haustür. Für den Fall, dass Frau Schmidt wieder glaubt, herumschreien zu müssen.«

Auf dem Weg nach unten kamen ihnen drei Liliputaner entgegen, die fast geräuschlos die Treppe hinaufeilten. Sie wünschten freundlich einen guten Abend. Johanna sah ihnen erstaunt nach. Vor der Haustür angekommen, hatte es das Mädchen eilig, sich zu verabschieden.

»Warte«, sagte Hansen und setzte ihr die Kapuze auf.

»Danke schön.« Sie deutete einen Knicks an, drehte sich um und sprang in den Regen hinaus.

»Die Sache wird immer grauenhafter«, murmelte Hansen kopfschüttelnd.

Die heikle Entscheidung, mit wem er wie über Lehmanns offensichtliche Verwicklung in den Fall Olga Trampitz reden sollte, wurde Hansen nach zwei Tagen ergebnislosen Grübelns abgenommen. Unvermutet erschien Lehmann wieder zum Nachtdienst. Er machte einen aufgeräumten Eindruck, setzte sich eine Viertelstunde mit Paulsen zusammen und erklärte wenig später: »Es wird Zeit, dass wir diese Angelegenheit zu Ende bringen.«

Hansen, der im Wachraum saß und seine Notizen vom Vortag noch einmal durchging, hie und da Korrekturen anbrachte, um den Bericht so vage wie möglich zu halten, blickte verwundert von seinem Pult auf.

»Na los doch, Kriminalschutzmann Hansen, über die Angelegenheit können wir uns auch auf Patrouille unterhalten. Die Pflicht ruft, wir müssen Präsenz zeigen!«

Als sie die Davidwache verließen, erstreckte sich von Westen her ein roter Schimmer über den Abendhimmel, als hätte ein Maler mit Aquarelltusche zu viel des Guten getan. Die Wolken, die den ganzen Tag lang, angetrieben von einem kühlen Wind, über die Stadt hinweggefegt waren, hatten sich aufgelöst. Eine Meeresfrische hing in der Luft, die Bäume auf dem Spielbudenplatz rauschten leise vor sich hin. Hansen atmete tief ein. Dies schien nun wirklich nicht der Tag zu sein, an dem etwas Unangenehmes passieren konnte.

Sie statteten dem Walhalla einen Besuch ab und ließen ihre Blicke über die anwesenden Seeleute schweifen. Wenig später schauten sie in der glitzernden Amerika-Bar vorbei, erwiderten diesmal jedoch keinen der hochnäsigen Blicke des Personals, sondern machten sich schnell wieder aus dem Staub. In Knopf's Lichtspielhaus hatte die Vorführung schon begonnen, im großen Saal musizierte eine Damenkapelle im Dreivierteltakt. Der Gorilla vor Umlauff's Weltmuseum hatte noch immer ein nasses Fell, aber wenigstens hatte er Gesellschaft bekommen: Ihm zu Füßen lag eine hübsche kleine Meerjungfrau, die zu ihm aufsah, als wollte sie ihn aufmuntern. Castagniers Manufakturwaren, Krügers Gemüse- und Fruchthandel und der kleine Laden des Juweliers Beyer waren längst geschlossen. Die Naturalienhandlung Eckert versuchte, der Konkurrenz vom Weltmuseum mit zwei ausgestopften Leoparden und einem über dem Eingang hängenden südamerikanischen Kondor mit ausgebreiteten Schwingen die Stirn zu bieten.

Vor dem Panoptikum stand der Kaiser persönlich und blickte sehnsüchtig nach Osten. Vielleicht wartete er schon auf den Sonnenaufgang, vielleicht wäre er auch gerne losgezogen, um am Circusweg vor einer Schießbude zum Halali blasen zu lassen. Doch auch auf dem Rummelplatz vor dem Zirkusgebäude herrschte eine verhaltene Stimmung, da kaum jemand dem Wetterumschwung traute und die meisten zu Hause geblieben waren.

Nur im Trichter war Betrieb, denn hier feierte eine große Hochzeitsgesellschaft, die sich gerade, als die Herren von der Krimpo eintrafen, in den Garten ergoss, um unter freiem Himmel mit Schaumwein anzustoßen.

Hansen und Lehmann hatten während ihrer Tour kaum ein Wort gesprochen. Lehmann tat so, als würde er heute besonders gewissenhaft observieren. Hansen überlegte, wie er mit seinem Kollegen auf das eigentliche Thema kommen sollte. Aber er konnte sich im Moment nichts Lächerlicheres vorstellen, als diesen so pflichtbewusst wirkenden Wachtmeister nach einem Katzenschwanz zu fragen, den ihm jemand an die Wohnungstür genagelt hatte.

Sie setzten sich an einen Tisch am Rande des Biergartens, bestellten zwei Bier. Als sie serviert wurden, hob Hansen seinen Krug und forderte Lehmann auf, mit ihm anzustoßen.

»Freut mich, dass du wieder auf dem Posten bist«, sagte er.

Lehmann nickte bedächtig. Sie tranken und schwiegen eine Weile.

»Sag mal«, begann Hansen. »Was hältst du eigentlich von der Sache mit dem Katzenschwanz?«

Lehmann wischte sich den Bierschaum vom Schnauzer. »Ach Gott«, sagte er schulterzuckend, »da will wohl jemand den Schlauen spielen und den Wachtmeister ärgern. So was kennen wir. Hat das Ding irgendwo gefunden und sich erinnert, dass was in der Zeitung stand. Reimt sich was zusammen und glaubt, sich einen Scherz erlauben zu können.«

»So kann es sich natürlich auch verhalten.« Es fiel Hansen schwer, den Zweifel in seiner Stimme zu unterdrücken.

»Auf jeden Fall sollte das lächerliche Ding zu den Beweismittel gelegt werden.«

»Natürlich. Es war übrigens kein Stück Draht drin.«

Lehmann kniff die Augen zusammen. »Draht? Wieso Draht?«

»Die Katzenschwänze der Tänzerinnen auf der Bühne werden durch ein Stück eingenähten Draht hochgehalten.«

»Ach so, na und wenn schon.«

Hansen wurde die Sache zu brenzlig, er deutete auf den Bierkrug. »Ich war zwischendurch mit Breitenbach auf Patrouille. Er ist offenbar der Ansicht, es sei ehrenrührig, sich in Lokalen Getränke ausschenken zu lassen.«

»Ja, ja, Breitenbach«, sage Lehmann desinteressiert, »der hat eine besonders zackige Einstellung.«

»Er hält uns wohl für beeinflussbar …«

»Pah.«

Hansen wusste nicht, was er noch sagen sollte, um seinem Kollegen klar zu machen, dass er in dieser Hinsicht vorsichtiger sein müsse. Er wechselte das Thema und sagte, dass er inzwischen glaube, der Fabrikant Middelbrook habe sich das Liebesnest in der Jägerstraße für Olga Trampitz eingerichtet.

»Ich hab deine Berichte gelesen. Du hast gute Arbeit geleistet, Heinrich«, sagte Lehmann anerkennend. »Paulsen ist auch dieser Ansicht.«

Im Übrigen habe er sich mit dem Einverständnis von Oberwachtmeister Paulsen den Bericht über die Vorfälle am Abend des Mordes noch einmal vorgenommen und entdeckt, dass er einige Details vergessen habe, nämlich die Sache mit der Befreiung von Heinicke, den der Mörder ja in den Schrank gesperrt hatte. Er habe in der Aufregung um den Mord vergessen, dies akkurat aufzuschreiben. Er habe nämlich das Büro Heinickes betreten, nachdem er dort Geräusche gehört habe, und da habe der Mörder ihn niedergeschlagen. Als er wieder zu sich gekommen sei, habe er den schreienden Heinicke aus dem Schrank befreit und sei dann in den Korridor gelaufen.

Hatte Lehmann sich mit Heinicke abgesprochen? Wollten sie die Angelegenheit als Raubmord aussehen lassen? Was sollte das für einen Sinn haben?

»Aber«, fragte Hansen vorsichtig, »ich dachte, der Katzenmann hätte dich erst niedergeschlagen, als du aus dem Zimmer kamst.«

Lehmann macht ein überraschtes Gesicht. »So? Warum denn?«

»Du hast auf dem Boden im Korridor gelegen und geschrien.«

»Hm, ich muss wohl gefallen sein. Ich war noch benommen.«

»Aber zwischen dem Zeitpunkt, als du im Büro niedergeschlagen wurdest, und dem, als du im Korridor dann noch mal gestürzt bist, müssen ein paar Minuten vergangen sein, wenn du noch die Zeit hattest, Heinicke zu befreien.«

»Es ging alles sehr schnell«, versicherte Lehmann leichthin.

»Ich meine nur, weil in dem Moment, als du aus dem Zimmer getreten bist, der Katzenmann noch zu sehen war, und der hätte doch längst über alle Berge sein müssen.«

Lehmann packte Hansen am Unterarm. »Jetzt sieh dir das an!«

»Was denn?«, frage Hansen verärgert.

Lehmann blickte gespannt zur Hochzeitsgesellschaft hinüber. »Das dralle Mädel da«, flüsterte er.

»Was denn?«

»Na die da, sieh doch.«

»Ach du meine Güte«, murmelte Hansen.

»Ja schau nur, und jetzt geht sie zum Nächsten. Wer weiß, wie viele Brieftaschen die schon gesammelt hat.«

Zuckerschnute! Sie hatte sich unter die Hochzeitsgesellschaft gemischt und schlenderte umher, mal grüßend, mal aufblickend, als würde sie jemanden suchen, und erleichterte mit geschickten schnellen Handgriffen hier und da einen Herrn im Frack um seine Brieftasche. Sie trug eine Handtasche bei sich, in der die gestohlenen Objekte blitzschnell verschwanden.

Und dann verschwand auch sie. Die wogende Menge verdeckte sie, nur der Federschmuck ihres Hutes war noch zu sehen, während er von der Gesellschaft forttänzelte auf das Tor zu, das aus dem Garten führte.

»Nun aber los, sonst türmt sie uns noch!«, rief Lehmann.

Ein Gewicht schwer wie Blei schien Hansen auf den Stuhl zu drücken. Er brauchte einige Sekunden, um zu reagieren und Lehmann hinterherzustürzen.

Die Diebin ging erhobenen Hauptes den Gehsteig entlang Richtung Reeperbahn. Lehmann folgte ihr mit großen Schritten. Als Hansen endlich auf gleicher Höhe mit ihm war, hielt Lehmann ihn zurück und sagte: »Wir wollen doch mal sehen, was die Dame jetzt vorhat.«

Sie beobachteten, wie sie die Stufen zum vorderen Wagen einer Straßenbahn erklomm, und rannten los, um gerade noch rechtzeitig den hinteren Waggon der Tram zu besteigen. Durch die Fensterscheiben lugten sie nach vorn. Zuckerschnute hatte sich seelenruhig hingesetzt und die Handtasche vor sich auf den Schoß genommen.

Woher hat sie nur dieses teure weiße Seidenkleid und den feinen violetten Mantel mit der Straußenfederboa?, fragte Hansen sich verwundert. Er zupfte Lehmann am Ärmel, der ebenso gebannt wie er nach vorn spähte.

»Ich kenne diese Frau«, sagte er.

»Na, das will ich meinen, wer kennt sie nicht?«

Hansen war verwirrt: »Wieso?«

»Thea Bertram alias Cora Blume, angeblich Schauspielerin, hauptberuflich aber Taschendiebin – vor acht Wochen kam sie aus dem Gefängnis, seit sechs Wochen treibt sie ihr Unwesen in unserem Revier. Ab und zu verschwindet sie, wenn es brenzlig wird, und taucht einige Zeit später wieder auf. Eine gerissene Person. Äußerst schwer, ihr etwas nachzuweisen, wenn man sie nicht auf frischer Tat ertappt. Aber jetzt sind wir ihr auf den Fersen!«

»Sie weiß, dass ich Polizist bin.«

»Dann guck woanders hin, Mensch!«

Hansen drehte sich um und überließ seinem Kollegen die Observation.

Am Nobistor, in Sichtweite des Grenzpfahls, stieg Zuckerschnute aus der Bahn.

»Gottverdammt!«, rief Lehmann. »Die wird uns doch nicht nach Altona rübermachen?«

Sie drängten sich ebenfalls nach draußen und sahen, wie die Diebin die Straße überquerte. Lehmann rannte los. Sie steuerte die Lincolnstraße an. Diese zwielichtige Gegend mit den schäbigen Häusern an der Grenze zu Altona wollte so gar nicht zu ihrem teuren Kleid passen.

Lehmann keuchte. Ganz so gesund, wie er vorgab, war er wohl doch noch nicht, dachte Hansen. Als er die andere Straßenseite erreichte, stolperte er über den Kantstein, fiel hin und schrie laut auf.

Die Verfolgte wandte sich um und sah, wie Hansen sich über seinen Kollegen beugte. Sie stutzte, als sie ihn erkannte, dann beschleunigte sie ihre Schritte

»Es ist nichts!«, stöhnte Lehmann. »Hinterher, Mensch! Die entwischt uns noch.«

Hansen sah auf und bewahrte Ruhe. In ihrer eleganten Aufmachung war Zuckerschnute nicht besonders schnell, und der nächste Durchgang rüber nach Altona war noch ein Stück weit entfernt.

»Los doch! Ich komme nach«, drängte Lehmann.

Hansen richtete sich auf und rannte los. Er warf noch kurz einen Blick zurück, um sich zu vergewissern, dass er Lehmann auch wirklich allein lassen konnte, und als er wieder nach vorn schaute, war sie verschwunden.

Er bemerkte, dass es jetzt zügig dunkel wurde, und fluchte. Eine halb offene Tür führte in einen schmalen Durchschlupf zwischen zwei Häusern. Der Boden war schlammig, die Wände mit feuchtem Moos überwuchert. Sie ruiniert sich ihr schönes Kleid, dachte Hansen und betrat einen engen Innenhof, in dem Gerümpel jeder Art, vom demolierten Handwagen bis zur überfüllten Mülltonne, herumstand. Hier war es dunkler als auf der Straße. Niemand zu sehen. Er bemerkte etwas Helles. Es war ihr Hut, er lag vor einem halb verfallenen Unterstand im Dreck. Plötzlich huschte eine weiße Hand aus dem Bretterverschlag und zog die federgeschmückte Kopfbedeckung ins Versteck.

Mit wenigen Schritten war Hansen vor dem Verschlag und lugte hinein. Drinnen war nichts zu erkennen. Aber er roch ihr Parfüm. Er trat in den Unterstand. Immer der Nase nach, dachte er. Dann hörte er sie atmen. Er streckte die Arme aus und bekam sie zu fassen. Sie sank gegen seine Brust. Er erkannte die Umrisse ihres Gesichts. Sollte er diese süße Zuckerschnute nicht noch einmal küssen, bevor er sie verhaftete?

Es war fast so aufregend wie beim ersten Mal, als er ihre Zunge zwischen seinen Lippen spürte. Er zog sie noch dichter an sich.

»Ich muss dich verhaften«, flüsterte er ihr ins Ohr.

»Ja, aber mach schnell«, hauchte sie.

Sie stieß einen Schmerzensschrei aus, als er ihr behutsam die Hände auf den Rücken legte und sie herumdrehte. Er küsste ihren Nacken, spürte, wie der Hut zu Boden glitt, nahm ihr die Tasche aus der Hand und schob sie aus dem Verschlag heraus.

Mit einer Hand hielt er ihre beiden Armgelenke umfasst – fest wie ein Schraubstock.

»Es tut weh, Heinrich«, sagte sie und drängte sich an ihn, bot ihm ihren Nacken dar, wie eine verheißungsvolle weiße Linie im kargen Abendlicht.

»Ich werde dich mitnehmen«, sagte er.

»Wohin?«

»Du weißt, wohin.«

»Aua!«, schrie sie laut auf und knickte ein. Um ihr nicht die Gelenke auszukugeln, ließ er sie reflexartig los. Sie richtete sich wieder auf, schlang die Arme um seinen Hals und küsste ihn. Mit einem Mal spürte er einen bohrenden Schmerz im Unterleib und ging zu Boden. Sie versuchte, ihm die Handtasche zu entwinden, vergebens.

Von der Straße her hörte er Lehmann rufen: »Hansen! Hansen!«

In dem Moment ließ Zuckerschnute von ihm ab und huschte davon.

Hansen richtete sich ächzend auf. Hosenbein und Ärmel waren klamm, fühlten sich schlammig an. Durch den schmalen Durchgang humpelte er zurück zur Straße. Unter einer einsamen Laterne entdeckte er Lehmann, der Ausschau nach ihm hielt. Hansen trottete zu ihm und reichte ihm die Tasche.

Lehmann starrte ihn enttäuscht an. »Auf und davon, was?«

Hansen nickte müde. Der dumpfe Schmerz war noch immer nicht abgeklungen.

»Du hast dich schmutzig gemacht.« Lehmann deutete auf Hansens Hosenbein, den Ärmel und in sein Gesicht. »Der rote Fleck da ist kein Blut, nehme ich an.«

Hansen zog ein Taschentuch hervor und wischte sich über Wangen und Mund.

»Dummer Junge.« Lehmann schüttelte den Kopf. »Hast ein zu gutes Herz, Heinrich. Musst du dir abgewöhnen. Komm jetzt.«

## SECHSTES KAPITEL

# *Der zweite Schlüssel*

Im Wachraum der Davidwache ging es lebhaft zu. Paulsen stand mit hochrotem Kopf zwischen mehreren Beamten in Zivil. In einer Ecke saßen zwei schlampig gekleidete, auffällig geschminkte Mädchen und blickten frech und selbstbewusst auf zwei Uniformierte, die sich drohend vor ihnen aufgebaut hatten.

»Ihr könnt uns gar nichts«, sagte die eine. »Man wird sich ja wohl noch amüsieren dürfen.«

»Nicht auf die Art, wie ihr es tut«, brummte der eine Schutzmann.

»Ach, und das wäre?«, gab die andere zurück.

»Für Geld.«

»Na, wenn ihr alle Mädchen festnehmen wollt, die sich von einem Kavalier einen Schnaps bezahlen lassen.«

»Wart's mal ab, Mädel«, sagte der Uniformierte. »Jetzt werdet ihr erst mal registriert, und dann kommt ihr in die Zelle. Da wird euch der Spaß schon vergehen.«

»Pah! Ihr müsst uns ja doch gleich wieder gehen lassen.«

»Das kann dauern.«

»Ach, Wachtmeisterchen, sei doch nicht so gemein zu uns. Drück halt ein Auge zu! Wir sind die reinsten Engel, wirklich.«

»Gefallene Engel seid ihr. Werdet mal bloß nicht frech, sonst kommt ihr hier nicht vor morgen früh wieder weg.«

Die Mädchen zogen einen Schmollmund und schwiegen.

»Hansen!«, rief Paulsen, »wie sehen Sie denn aus?«

Hansen salutierte andeutungsweise. »Melde gehorsamst, bin bei der Verfolgung einer Diebin zu Boden gegangen«, erklärte er mit ironischem Unterton und spürte, wie Lehmann ihn leicht mit dem Ellbogen anschubste.

»Arretiert?«, fragte Paulsen.

»Die Person konnte nach Altona flüchten«, sagte Lehmann. »Wir haben aber das Diebesgut sichergestellt.« Er hob die Handtasche.

»Lehmann!«, rief Paulsen, »Ich brauche Sie hier. Achtfinger-Ede hat wieder zugeschlagen. Einbruch in Eppendorf. Soll sich nach St. Pauli verkrümelt haben. Sie wissen doch, wo er immer unterkommt.«

Lehmann winkte ab. »Ach, Gott, den haben wir doch schon dreimal sistiert und immer umsonst.«

»Diesmal nageln wir ihn fest«, sagte Paulsen. »Wir haben seine Fingerabdrücke.«

»Na, wenn das mal hilft«, brummte Lehmann.

»Also los«, kommandierte Paulsen. »Razzia! Wir werden ihn schon aufstöbern.«

Lehmann wandte sich an Hansen. »Tja, dann schreib du mal schön deinen Bericht. Viel Vergnügen, mein Junge.«

Hansen nickte. Eine so schlimme Strafe war das nicht. Das Schreiben bereitete ihm durchaus Vergnügen. »Geht in Ordnung.«

Hansen stieg die Treppe nach oben, zog sich saubere Kleidung an und ging ins Schreibzimmer.

Als er eintrat, hob jemand den Kopf, und Hansen blickte in ein bekanntes Gesicht. »Guten Abend, Herr Kollege, so trifft man sich wieder.«

»Ehrhardt? Was machen Sie denn hier?«

»Befasse mich mit den schmutzigen Fingern anderer Leute, mein Guter, was denn sonst! Ins Stadthaus kommen die Ganoven ja nicht, um sich mit Tinte zu beschmieren. Da muss ich schon mal meinen Kram packen und vor Ort aufkreuzen.«

Er hatte einen großen Koffer auf einem Tisch aufgeklappt und vor sich auf dem Schreibpult allerlei Utensilien ausgebreitet.

»Bei euch hier herrscht ja ein freundlicher Umgangston«, sagte er. »Paulsen hat mich dazu verdonnert, hier so lange zu warten, bis sie diesen Einbrecher festgenommen haben. Wäre mir ja lieber, ich könnte die Abdrücke gleich sichern. Aber für solche Extravaganzen hat der Herr Revierleiter ja kein Verständnis. Also bitte Vorsicht mit den Sachen hier! Ich muss ja sagen, dass ich für derart militärisches Gehabe keine Sympathien hege.«

Hansen lehnte sich gegen die Tischkante. »Er ist nur nervös. Kiebert vom Bezirksbüro hat ihm schon mehrmals vorgeworfen, er hätte Achtfinger-Ede entkommen lassen. Der steht nun schon seit zwei Jahren auf der Fahndungsliste. Es wird einfach Zeit, dass er hinter Schloss und Riegel kommt.«

»Ist das mein Problem, dass er so schludrig arbeitet? Im Übrigen habe ich ihm erklärt, dass es euer Ede sein muss, denn die Abdrücke am Tatort stammen allesamt von vier Fingern ohne Daumen. Wenn ein Einbrecher keinen Daumen benutzt, hat er auch keinen. Das ist jedenfalls meine Meinung. Aber Paulsen ist da wohl anderer Ansicht. Meine Frau ist sowieso schon der Überzeugung, dass die Daktyloskopie ein Fluch ist. Seit wir damit arbeiten, muss ich immer öfter nachts los. Das will ihr so gar nicht gefallen.«

»Kann ich verstehen«, sagte Hansen.

»Heute stand Sauerfleisch auf dem Speiseplan zu Hause, mein Leibgericht. Und nun muss ich hier sitzen und Kohldampf schieben.«

»Dagegen ließe sich schon was unternehmen. Um die Ecke gibt's eine Gaststätte …«

Ehrhardt wehrte ab. »Lass man, noch ist der Durst größer. Wo holt ihr denn euer Bier?«

»Ein Haus weiter in der Davidstraße, im Keller bei Dickmann.«

»Dann geh' ich da mal eben rüber.« Ehrhardt stand auf. »Soll ich gleich zwei Krüge bringen?«

Hansen nickte. »Gern. Aber Vorsicht, Dickmann ist wirklich dick …«

»Stört mich nicht.«

»… ist dick, aber kein Mann. Das merkt man bloß nicht sofort. Sie legt aber großen Wert darauf, als Dame behandelt zu werden.«

»Danke für den Hinweis. Ich werde mich bemühen.«

Nachdem Ehrhardt die Tür hinter sich geschlossen hatte, starrte Hansen eine Weile vor sich hin und überlegte. Er stand auf, verließ das Schreibzimmer und lief den Korridor entlang, horchte. Unten krakeelte eine der festgenommenen Prostituierten. Ein Polizist verlangte lautstark Ruhe. Das Schreien erstarb. Es wurde wieder ruhig auf der Wache, die meisten Beamten waren ja zur Razzia aufgebrochen.

Wieder trat er ins Dienstzimmer. Er schloss seine Spindtür auf und holte das Kästchen hervor, dass Johanna Lehmann ihm gebracht hatte. Einen Moment zögerte er. Schließlich zog er den Deckel ab und betrachtete das nichts sagende Stückchen Stoff, das darin lag. Er überlegte. War das klug, was er jetzt tat? Wäre es klüger, nichts zu tun? Bei der Marine, als er Verantwortung für eine Truppe hatte und Entscheidungen fällen musste, hatte er es sich zur Regel gemacht, immer zu handeln, auch auf die Gefahr hin, etwas Falsches zu tun. Es war immer noch einfacher, sich für seine Forschheit zu rechtfertigen als für das Nichtstun, das leicht den Ruch von Feigheit hatte. Er legte den Deckel wieder auf das Kästchen und nahm es mit in den Schreibraum, wo er es auf das Schreibpult legte.

Ehrhardt kam mit zwei Bierkrügen zurück und stellte sie auf den großen Tisch in der Mitte. »Zwei Halbe Elmshorner«, sagte er fröhlich. »Ich hätte sie beinahe umsonst bekommen.«

»Wie das?«

»Ich hab diesen dicken Kerl hinter der Toonbank mit gnädige Frau angeredet, da war er ganz betört.«

»Dickmann ist wirklich eine Sie.«

»Wie auch immer, jedenfalls musste ich kein Pfand für die Krüge hinterlegen.« Ehrhardt schob Hansen den einen Krug hin.

Sie stießen an und tranken.

Ehrhardt stöhnte zufrieden auf. »In Bayern heißt es, Bier sei flüssiges Brot. Das wird ja wohl auch auf das hier zutreffen.«

Hansen wischte sich den Schaum von der Oberlippe.

»Ich hab mal eine Frage«, sagte er. »Wegen der Fingerabdrücke.«

»Welcher?«

»Ganz allgemein. Wie ist das mit Fingerabdrücken auf Stoff? Ich hab das immer noch nicht verstanden. Kann man die auch sichtbar machen?«

Ehrhardt wiegte den Kopf hin und her. »Kommt darauf an. Bei gestärkten Tischdecken oder Hemdkragen ist es kein Problem. Glatte Stoffe sind auch ganz dankbare Objekte, sofern sie fest sind. Letzten Endes ist es immer Glücksache. Man weiß nie. Aber ich sage immer: Probieren geht über Studieren.«

Hansen stand auf, holte die Schachtel vom Schreibpult und stellte sie Ehrhardt hin.

»Da drin ist ein Stück Stoff.« Er zögerte. »Es geht um einen Mordfall. Heikle Sache.«

»Heikel?«

»Ich möchte niemanden fälschlich beschuldigen ...!«

»Hm.«

»Schwierige Angelegenheit«, murmelte Hansen und griff nach dem Bierkrug.

Ehrhardt sah ihn prüfend an. »Heikel und schwierig?«

»Hm.«

»Um was handelt es sich denn?«

»Katzenschwanz.«

Ehrhardt hob die Augenbrauen. »Na, auf Fell ...«

»Stoff.«

Ehrhardt zog den Deckel ab und schaute hinein. »Tja, wie viele Leute haben das Ding denn schon in der Hand gehabt?«

»Nicht viele, hoffe ich.«

Ehrhardt griff nach dem Krug und nahm einen großen Schluck.

»Einen Versuch ist es ja wert«, sagte er und legte den Deckel wieder auf die Schachtel. »Ich nehm's mal mit.«

»Danke. Wenn es möglich ist, das Ergebnis bitte persönlich an mich weiterzugeben …«

»Ich hab schon verstanden.«

Sie prosteten sich zu.

Als die Krüge geleert waren, stellte Ehrhardt fest: »Jetzt bekomme ich erst richtig Hunger.«

»Wir könnten uns bei Dickmann ein Schneider-Beefsteak genehmigen, bis die Razzia vorbei ist.«

»Schneider-Beefsteak?«

»Gebratene Leber mit Franzbrot.«

»Oha.«

»Es gibt auch Rundstück mit Schinken.«

Ehrhardt sprang auf. »Das ist ein Wort. Auf geht's!«

»Was für ein Glück, dass uns der Bückling erspart bleibt«, sagte Hansen am nächsten Morgen zu Lehmann.

»Freu dich nicht zu früh«, entgegnete dieser. »Am Telefon sagte er, er will nachkommen, sobald es seine Zeit erlaubt. Aber vor elf wird er es wohl kaum schaffen.«

»Beeilen wir uns also.«

»Jawoll, es pressiert!«

Sie standen am Ufer der Elbe am Altonaer Hafen vor Middelbrooks Dampfmühle, einem mächtigen Backsteinkasten, der direkt an die Kaimauer gebaut worden war. Von Westen her trieb ein heftiger Wind dicke Wolkengebilde über die Elbe auf die Stadt zu. An der Hafenkante standen einige Kräne, die Getreidesäcke aus den Ewern und Schuten hievten und in die Mühle verbrachten. An der Kaimauer herrschte hektische Betriebsamkeit, die dampfbetriebenen Maschinen verursachten einen Höllenlärm. Es brummte, jaulte und klapperte in allen Ecken.

Ein Aufseher wies ihnen den Weg. Sie betraten die engen labyrinthischen Gänge des Speichergebäudes und stiegen über hölzerne Treppen nach oben ins Kontor. Hier war es ruhiger, nur ein stetes Dröhnen war zu vernehmen. Irgendwo hinter diesen dicken Mauern wurden gelbe Getreidekörner zu feinem Gries oder weißem Mehl zermahlen.

»Wollen nur hoffen, dass Middelbrook uns nicht über den Weg läuft«, sagte Lehmann kurzatmig.

»Er könnte uns selbst Auskunft geben, dann wäre die Sache erledigt«, meinte Hansen.

»Er könnte uns auch hinauswerfen.«

»Und sich damit blamieren.«

»Pah, wir haben schon ganz andere Sachen erlebt.«

Sie erreichten das Stockwerk, das zur Hälfte von einem Büroraum eingenommen wurde, in dem jüngere und ältere Herren mit Ärmelschonern an Stehpulten lehnten und Federhalter in Tintenfässchen tauchten, um mit ernster Miene lange Zahlenkolonnen in dicke Registraturbücher einzutragen. Manche sahen auf, als die Kriminalbeamten eintraten, andere ignorierten das Geschehen um sich herum und arbeiteten konzentriert weiter.

Ein älterer Herr mit Nickelbrille und schütterem weißem Haar verließ sein Pult und kam ihnen entgegen. »Guten Tag, Sie wünschen bitte?«

»Wir möchten Herrn Eriksen sprechen.«

»In welcher Angelegenheit, wenn ich bitten darf?«

Lehmann zog seine Polizeimarke aus der Tasche und ließ das Messing aufblitzen.

Der Bürovorsteher zuckte zusammen, murmelte »Donnerwetter« und sagte: »Wenn Sie bitte hier warten möchten … nein, kommen Sie bitte, da entlang, bitte sehr.«

Vorbei an den Schreibpulten folgten sie ihm in den hinteren Bereich des Kontors, wo Holzwände mit Fenstern die Büros der Vorgesetzten von den Arbeitsplätzen der gemeinen Schreiber abgrenzten.

»Wenn Sie sich bitte einen Moment gedulden möchten«, sagte der Bürovorsteher. »In welcher Angelegenheit darf ich Sie melden?«

»Sie melden uns gar nicht«, sagte Lehmann bestimmt. »Wir kommen gleich mit rein.«

»Na, das …«

»Gehen Sie nur!«, drängte Lehmann.

Der Mann sah ihn erschrocken an, dann klopfte er und öffnete die Tür.

»Herr Berger, was ist denn los?«, sagte eine verärgerte Stimme.

»Entschuldigen Sie bitte, da … sind zwei … Herren«, stotterte der Bürovorsteher.

»Wie bitte?«

Lehmann schob sich an dem Weißhaarigen vorbei in ein karg eingerichtetes Büro, in dem vor allem offen stehende Rollschränke mit Aktenordnern standen, und Hansen folgte ihm.

Eriksen saß hinter einem Schreibtisch und blickte die Eindringlinge misstrauisch an. »Also, meine Herren, ich muss schon bitten«, sagte er empört.

»Kriminalpolizei«, sagte Lehmann barsch und ließ seine Marke wieder aufblitzen. »Wir müssen Sie sprechen. Herr Eriksen?«

»Hören Sie …« Eriksen erhob sich verärgert.

»Sie können gehen«, sagte Lehmann an Berger gewandt. Der Bürovorsteher verschwand hastig.

»Wir möchten Sie gern allein sprechen«, sagte Lehmann.

Hansen spürte Lehmanns Hand an seinem Oberarm und bemerkte im gleichen Moment, dass Eriksen einen Seehundschnauzer trug. Das hatte er das letzte Mal, als er Middelbrooks Sekretär begegnet war, gar nicht bewusst wahrgenommen.

Eriksen wandte sich an einen jungen Mann an einem kleineren Tisch. »Herr Ludwig, lassen Sie uns doch mal eben allein.«

Der Angesprochene stand auf und verließ das Büro.

»Ich will doch hoffen, dass Sie einen triftigen Grund haben, hier so hereinzustürmen«, sagte Eriksen. »Nehmen Sie bitte Platz, meine Herren.«

»Wir ermitteln in einem Mordfall«, erklärte Lehmann und schob sich einen Lehnstuhl vor den Schreibtisch. Hansen tat es ihm gleich. Sie setzen sich.

»Mord? Ich weiß von keinem Vorfall …«, sagte Eriksen stirnrunzelnd.

»Mordfall Rote Katze, Salon Tingeltangel, St.-Pauli-Vorstadt. Wir kommen von der Hamburger Krimpo.«

Eriksen wurde bleich. »Aber ich bitte Sie … ich verstehe nicht. Was habe ich denn mit so einer Angelegenheit zu schaffen?«

»Eben das wollen wir herausfinden«, sagte Lehmann laut.

Eriksen wirkte eingeschüchtert. »Das ist doch …«, murmelte er.

»Einfache Fragen, einfache Antworten«, setzte Lehmann seine Überrumpelungstaktik fort. »Sie verwalten die geschäftlichen Angelegenheiten des Herrn Middelbrook?«

»Ja, sehr richtig, aber was …«

Lehmann schnitt ihm das Wort ab. »Antworten Sie einfach nur auf meine Fragen!«

»Sehr wohl«, sagte Eriksen folgsam.

»Wenn ich richtig verstanden habe, sind Sie nicht nur für die Belange der Getreidemühle verantwortlich, sondern auch für sonstige geschäftliche Angelegenheiten des Herrn Middelbrook.«

»Ja.«

»Sie haben also auch Einblick in seine Besitzverhältnisse, nicht zuletzt auch im Bereich von Grundeigentum?«

»Ja, auch.«

»Es geht uns um eine Wohnung, die zu Middelbrooks Besitz gehört, Arbeiterwohnung, St. Pauli, Jägerstraße.«

Eriksen bekam wieder etwas Farbe im Gesicht. »Hören Sie, ich kann doch nicht ohne Weisung von Herrn Middelbrook Auskünfte über seine Verhältnisse geben. Lassen Sie mich mit ihm telefonisch …«

»Ausgeschlossen!«

»Herr Kommissar …«

»Kriminalwachtmeister Lehmann.«

»Herr Wachtmeister, es geht nicht an, dass Sie mich hier derart überfallen und mir das Messer auf die Brust setzen. Ich bin seit fast zwanzig Jahren in diesem Unternehmen. Ich habe mich von ganz unten bis hierhin hochgearbeitet. Ich habe eine wichtige Vertrauensstellung inne, wenn nicht die wichtigste. Ich kann Ihnen unmöglich Auskunft geben, ohne meine Position zu gefährden.«

»Es bleibt Ihnen nichts anderes übrig«, sagte Lehmann.

Eriksen sackte in sich zusammen. »Mein Gott, womit hab ich das verdient«, murmelte er.

»Es geht um eine sehr einfache Frage«, fuhr Lehmann fort. »Wir wollen wissen, wer der Mieter der Wohnung Jägerstraße 23 b, zweiter Stock links ist.«

»Ja, wie soll ich Ihnen das denn sagen?«

»Sehen Sie in den Akten nach!« Lehmann deutete auf die Rollschränke.

Eriksen dachte einen Augenblick nach, schließlich erhob er sich seufzend. »Ogottogott«, stöhnte er, als er eine Kladde aus dem Regal zog und zum Tisch trug. Er schlug sie auf und blätterte darin.

»Jägerstraße 23 b«, las er, »zweiter Stock links. Nein, da gibt es keinen Mieter.«

»Wie bitte?«

»Die Wohnung ist nicht vermietet.«

»Aber da wohnt doch jemand!«

»Darüber steht hier nichts.«

»Die Wohnung ist komplett eingerichtet, mit teuren Möbeln.«

»Dazu kann ich nichts sagen.«

»Hören Sie, Eriksen! Wenn kein Mieter verzeichnet ist, dann kommt doch nur eins infrage, nämlich dass Herr Middelbrook sie selbst für sich nutzt!«

Eriksen sah auf. Seine Hände zitterten leicht. »Sie können nicht verlangen, dass ich mich dazu äußere. Fragen Sie Herrn Middelbrook.«

»Das werden wir tun«, sagte Lehmann. »Aber jetzt frage ich Sie: Haben Sie, Herr Eriksen, die Wohnung in der Jägerstraße womöglich selbst genutzt?«

Der Angestellte riss die Augen auf. »Ich? Gott bewahre! Wie kommen Sie denn darauf?«

»Ich habe meine Gründe. Denken Sie nach!«

»Aber das ist doch … ich wohne in der Großen Papagoyenstraße in Altona!«

»Welche Nummer?«

»Fünf.«

»So. Aber das muss nicht heißen, dass Sie nicht vielleicht die Wohnung in der Jägerstraße gelegentlich benutzen.«

»Aber nein, keineswegs. Wie kommen Sie denn auf diesen Gedanken?«

»Kannten Sie die Tänzerin Olga Trampitz?«

Hansen wunderte sich über die Unerbittlichkeit seines Kollegen. Aber er schien Erfolg damit zu haben.

Eriksens Hände begannen wieder zu zittern. »Eine Tänzerin? Wieso?«

»Olga Trampitz tanzte im Salon Tingeltangel. Kennen Sie das Lokal?«

Eriksen zögerte. »Ja, doch«, gab er zu. »Es ist ein Varieté. Aber doch ein ganz seriöser Betrieb.«

»Bis auf die Tatsache, dass Olga Trampitz dort in ihrer Garderobe ermordet wurde.«

»Aber was hat das mit mir zu tun?«, rief Eriksen verzweifelt.

»Olga Trampitz verkehrte in der Wohnung in der Jägerstraße.«

»Was?«

»Das haben Sie doch gewusst.«

»Ich? Aber nein!«

»Und Sie kannten sie nicht?«

»Nein!«

»Und Sie bleiben dabei, mit der Jägerstraße nichts zu tun zu haben?«

»Ja!«

Lehmann stand abrupt auf. »Sie haben Glück, dass wir keine Befugnisse haben, sonst würde ich Sie auf der Stelle festnehmen.«

Eriksen starrte ihn verwirrt an. »Sie haben keine Befugnisse?«

Lehmann nickte Hansen zu. »Auf geht's. Das genügt mir fürs Erste. Guten Tag, Herr Eriksen. Sie werden wieder von uns hören.«

Hansen hatte sich ebenfalls erhoben und ging mit seinem Kollegen nach draußen. Der Bürovorsteher folgte ihnen mit ängstlichem Blick. Er hatte mitbekommen, dass es in Eriksens Zimmer laut geworden war.

Als die Bürotür hinter ihnen ins Schloss gefallen war, sagte Lehmann: »Dieser Eriksen lügt wie gedruckt. Er war des Öfteren im Salon Tingeltangel. Einmal habe ich ihn selbst gesehen. Mit einem Blumenstrauß hinter der Bühne. Vor der Garderobe von Olga Trampitz.«

»Aber er hat doch behauptet, dass er sie nicht kennt.«

»Ich sage ja, dass er lügt.«

»Und was tun wir jetzt?«

»Jetzt kraxeln wir den Elbberg hoch und sehen uns seine Wohnung in der Großen Papagoyenstraße an.«

Sie verließen den Getreidespeicher, eilten an den Kränen am Kai entlang und machten sich auf den Weg in die Altonaer Altstadt. Hansen bemerkte verwundert, dass Lehmann wie ausgewechselt war. Vorbei war die Zeit des Jammerns und Stöhnens. Der Wachtmeister schien wieder in Hochform zu sein. Mit großen Schritten eilte er die steilen Gassen zwischen Fischräuchereien, Mälzereien und Brauereien hinauf. Hansen hatte Mühe mitzukommen. Lehmann hatte Blut gerochen, er wollte Beute machen.

Haus Nummer fünf in der Großen Papagoyenstraße war ein schlichtes kleinbürgerliches Wohnhaus mit drei Stockwerken. Hansen und Lehmann stiegen die Treppe hinauf und studierten die Namensschilder an den Türen. Eriksens Name stand an der letzten Tür im obersten Stockwerk. Kaum waren sie davor angekommen, öffnete sich die Tür der gegenüberliegenden Wohnung, und ein Mann in Hemdsärmeln blickte heraus.

»Was wünschen Sie?«, fragte er misstrauisch.

Lehmann zog zum dritten Mal an diesem Tag seine Dienstmarke. »Kriminalpolizei.«

»Herrgott, verdammte Spitzelbande!«, stieß der Mann hervor und knallte die Tür vor ihrer Nase zu.

»Hier haben wohl so einige etwas zu verbergen«, sagte Lehmann und klopfte.

Es tat sich nichts. Lehmann hämmerte nochmals mit der Faust gegen die Tür, und als immer noch niemand öffnete, zog er einen Dietrich aus der Jackentasche.

»Was hast du denn vor?«, fragte Hansen.

»Reingehen, was sonst«, sagte Lehmann leichthin.

»Können wir das denn einfach so?«

»Also wenn du mich fragst, ist Gefahr im Verzug. Sollten sich wichtige Beweismittel da drin befinden, und wir stellen sie nicht sicher, wird Eriksen sie vernichten, wenn er nach Hause kommt.«

»Aber wir sind in Altona.«

»Haben wir nicht um Amtshilfe ersucht? Du kannst sicher sein, dass der Bückling froh ist, wenn wir etwas finden, was Middelbrook entlastet, nicht wahr? Eriksen hat sich enorm verdächtig benommen. Wir müssen handeln.«

Er steckte den Dietrich ins Schloss, drehte ihn geschickt, und schon sprang die Tür auf.

»Na, sieh mal an«, sagte er, während er Hansen voran in die Wohnung ging. Er deutete auf ein Plakat, auf dem eine Frau mit einer roten Fahne in der Hand zu sehen war. »Der gute Eriksen ist auch noch Sozialist.«

Küche, Schlaf- und Wohnzimmer waren sehr schlicht eingerichtet, im Stil einer Arbeiterwohnung. Alles war ordentlich und sauber. Das Wohnzimmer, in dem ein roh gezimmerter Schreibtisch vor dem Fenster stand, wirkte eher wie eine Studierstube als wie ein Wohnraum. Neben einem gut bestückten Bücherregal waren Fotografien von Marx, Engels, Lassalle und Bebel an die Wand genagelt. Gegenüber hing eine rote Fahne mit dem Slogan: »Brüder zur Sonne, zur Freiheit!«

»Tagsüber Klassenkämpfer, abends Verehrer von Tingeltangeltänzerinnen«, sagte Lehmann verächtlich.

Hansen fand die Tatsache bemerkenswert, dass Eriksen trotz seines Aufstiegs in der Firma von Middelbrook Sozialdemokrat geblieben war.

»Wir durchsuchen alle Räume«, sagte Lehmann. »Du fängst in der Küche an.«

Hansen durchsuchte das Geschirrregal, sah sogar in Tassen und Schüsseln, in Mehlschütte und Zuckerdose nach, öffnete den Schrank und inspizierte sämtliche Töpfe. Verdächtiges fiel ihm nicht auf. Er fand auch nichts Interessantes im Besteckkasten und in der Tischschublade. Nachdem er alles durchkämmt hatte, kam er ins Wohnzimmer zurück, wo Lehmann vor dem Regal stand und die Titel der dort versammelten Bücher studierte.

»Ist dir schon mal aufgefallen, dass diese Sozialdemokraten immer sehr viele dicke Bücher im Haus haben? Wenn man so einen Schinken aushöhlt, gibt er ein prima Versteck her.«

Er stellte ein dickes Werk zurück ins Regal und sagte: »Im Schreibtisch hab ich noch nicht nachgesehen. Mach doch mal diese ganzen Schubladen auf. Vielleicht gibt es ja ein Geheimfach, soll ja auch vorkommen, bei solchen Leuten. Ich schau mal ins Schlafzimmer.«

Große Schubladen rechts und links, kleine Schubladen oben, Hansen zog sie alle auf und hob den Inhalt heraus. Er fand jede Menge Schreibuntensilien, fand viele mit kleinen, mühsam zu lesenden Buchstaben beschriebene Zettel, offenbar Niederschriften und Entwürfe von Vorträgen, die Eriksen zu geschichtlichen und politischen Themen hielt. Er fand Aquarelle von Landschaften und interessanterweise welche, auf denen Tänzerinnen zu sehen waren. Und er fand einen Schlüssel. Gerade als er ihn aus der Schublade nahm, tauchte Lehmann hinter ihm auf.

»Sieh an, was haben wir denn da?«, fragte er neugierig.

»Einen Schlüssel.«

»Na, der kommt mir aber sehr bekannt vor.«

Hansen besah sich den Schlüssel. Es war ein ganz normaler Türschlüssel. »Wieso?«, fragte er.

»Probier mal, ob er zu einer der Türen hier passt«, forderte Lehmann ihn auf.

Hansen versuchte es an allen Zimmertüren, erfolglos.

»Die Wohnungstür vielleicht?«, schlug Lehmann vor.

Auch da passte der Schlüssel nicht.

»Na«, sagte Lehmann schelmisch, »fällt dir endlich was auf?«

»Ich hab schon mal so einen Schlüssel gefunden«, stellte Hansen fest.

»Stimmt genau.«

»Der hatte auch so einen gezackten Bart wie dieser hier.«

»Richtig.«

»Unter dem Bett von Olga Trampitz.«

»Du hast es erfasst, mein Junge.«

»Du meinst ...«

»Erst mal meine ich gar nichts«, erklärte Lehmann zufrieden. »Aber es würde mich nicht wundern, wenn dieser Schlüssel zu der Wohnung in der Jägerstraße 23 b, zweiter Stock links, gehören würde.«

»Aber dann hätte Eriksen uns doch nach Strich und Faden belogen.«

»Er hätte auch allen Grund dazu, mein Junge.«

»Heißt das, wir müssen jetzt den Bückling informieren?«

»Erst mal prüfen wir, ob wir mit unserer Vermutung Recht haben.«

Sie brachten in Ordnung, was sie durcheinander gebracht hatten, und verließen die Wohnung. An der Haltestelle Breite Straße/Ecke Fischmarkt erwischten sie eine Straßenbahn und stiegen dann am Paulsplatz aus.

In der Jägerstraße stellten sie fest, dass der Schlüssel tatsächlich passte. »Na bitte, jetzt haben wir ihn«, stellte Lehmann zufrieden fest. »Kehrt marsch! Jetzt geht's dem Burschen an den Kragen!«

»Da wird Paulsen sich aber wundern«, sagte Hansen, als sie das Haus verlassen hatten.

»Und der Bückling wird sich freuen«, fügte Lehmann hinzu. »Bei Verhaftungen hat er immer seinen Spaß.«

In der Davidwache angekommen, war es gar nicht so leicht, einen freien Telefonapparat zu bekommen. Bei der nächtlichen Razzia waren den Polizisten einige dicke Fische ins Netz gegangen. Es wurde in der ganzen Stadt herumtelefoniert, um die Erfolge bekannt zu geben und Informationen über die Arretierten einzuholen oder weiterzuleiten. Auch die Zentrale im Stadthaus war unterrichtet worden, Unterlagen angefordert, ein Fotograf einbestellt worden. Die Fahndungskarteien wurden nun ergänzt.

Lehmann ließ es sich nicht nehmen, persönlich mit Sergeant Fisch von der Altonaer Krimpo zu telefonieren. Hansen stand gedankenversunken neben ihm, als Paulsen erschien und ihn in sein Amtszimmer bat. Dort ließ Paulsen sich in seinen Sessel fallen und schob Hansen eine Fahndungskarte hin, die auf seinem Schreibtisch lag.

Hansen las: »Schüler, Friedrich Karl Ernst, geboren am 3.2.1879 in Stettin; Stand: Bürogehilfe; Pers.-Akte: 3527/8; Anthrop. Registr. Kasten No. 17; Beschreibung: Körperhöhe: 1,80 Meter; Augenfarbe: grün; Haar: braun, dünn; Bart: Schnurrbart, braun; auffallende Merkmale: langer Hals, Sommersprossen«. Auf der Rückseite waren bei den »Besonderen Kennzeichen« unter den Stichworten »Linke Hand« und »Rechte Hand« nur Schrägstriche, unter dem Stichwort »Gesicht und Hals« stand geschrieben: »Nase spitz, langer Hals«, unter »Sonstiges« war vermerkt: »Gibt sich als Friedrich von Schluthen aus, obwohl ohne Adel, Spitzname: Von«.

Hansen klappte die Karte auf und sah zwei Fotos von Friedrich, eins von vorn, eins von der Seite aufgenommen. Die Fotos trugen die Bild-Nummer 1754/1902 und die Unterzeile: »Photogr. Anst. d. Polizeibeh. Hamburg«.

»Sie kennen den Mann«, sagte Paulsen. Es war weniger eine Frage als eine Feststellung.

Hansen nickte. »Ja, ich kenne ihn.«

»Wann haben Sie ihn das letzte Mal gesehen?«

»Erst neulich, kurz bevor mein Dienst begann. Im Hotel Hammonia. Er befand sich in größerer Gesellschaft und wurde beschuldigt, seine Rechnung nicht bezahlt zu haben. Man hat ihn, glaube ich, dennoch gehen lassen, um einen Skandal zu vermeiden.«

Paulsen seufzte. »Diese Gastwirte sind wirklich zu dumm.«

»Er konnte die Hotelrechnung wohl gar nicht bezahlen, behauptete, auf eine Geldanweisung zu warten.«

»Warum sind Sie nicht eingeschritten?«

»Ich war ja noch nicht im Dienst.«

»Dennoch, als ehemaliger Marineoffizier hätten Sie durchaus Befugnis gehabt, nun ja … Aber, Hansen, was mich sehr erstaunt: Dieser Mann will unbedingt mit Ihnen sprechen. Wie erklären Sie sich das?«

»Ich bin ihm schon früher begegnet. Er war eine Jugendbekanntschaft. Einige meiner Freunde kannten ihn gut. Ich hab schon damals festgestellt, dass er ein Lügner und Angeber war, und mich von ihm fern gehalten.«

»Trotzdem hat er ausdrücklich nach dem Kriminalschutzmann-Anwärter Heinrich Hansen verlangt, scheint also über Ihren Werdegang bestens unterrichtet.«

»Wahrscheinlich hat ihm jemand von mir erzählt. Ich habe einige Personen aus der Vergangenheit wieder getroffen. Das bleibt nicht aus, wenn man in seine alte Umgebung zurückkehrt.«

»Aber mit ihm bislang noch nicht wieder gesprochen?«

»Nein, bestimmt nicht.«

»Eigenartig. Frage mich, was er sich von einem Gespräch mit Ihnen verspricht.« Paulsen stand auf, stützte sich mit beiden Händen auf den Schreibtisch und beugte sich nach vorn. »Hansen, Sie sind ein verdienter Offizier und ein anstelliger junger Beamter. Wachtmeister Lehmann ist voll des Lobes über Sie. Ich vertraue Ihnen. Sie werden mit diesem Burschen reden und mir anschließend haarklein berichten. Verstanden?«

»Jawohl, Herr Oberwachtmeister!« Hansen sprang auf.

»Lassen Sie sich von Breitenbach zu diesem Hochstapler in die Zelle schließen und sprechen Sie mit ihm! Ich hoffe, Sie bringen was Brauchbares aus diesem Subjekt heraus.«

»Jawohl.«

Auf dem Weg zur Zelle erklärte Breitenbach Hansen knapp, dass sie den mittellosen Friedrich Schüler vom Kartentisch weg verhaftet hätten, als er gerade dabei war, sich durch Falschspielen sein Abendessen und ein Bier zu verdienen.

Vor der Zelle angekommen, öffnete er das Guckloch von Zelle zwei. Hansen schaute hinein. Friedrich saß in feiner Abendkleidung mit apathischem Gesichtsausdruck auf der Pritsche. Er bemerkte die Beamten und hob den Kopf. Als er Hansens Gesicht erkannte, hellte sich seine Miene auf.

»Hätte mal besser seine Klamotten gegen Arbeiterkleidung eingetauscht und sich eine anständige Beschäftigung gesucht. Aber bei solchen Kerlen ist ja Hopfen und Malz verloren«, sagte Breitenbach, während er die Tür aufzog.

Die Tür hinter Hansen krachte zu, der Riegel wurde quietschend zugeschoben.

Friedrich Schüler sprang von der Bank auf. »Heinrich!«, rief er. »Schön, dass du dich um mich kümmerst.« Er hielt dem Besucher die Hand hin.

Hansen nahm sie widerwillig.

»Lange nicht gesehen«, sagte er. »Was willst du denn von mir?«

»Von Lilo soll ich dich grüßen.«

»Tatsächlich?«

Glaub ihm kein Wort, dachte Hansen bei sich, er lügt wie gedruckt. Warum sollte Lilo mich ausgerechnet durch ihn grüßen lassen?

Friedrich lächelte. »Hab sie gestern tanzen sehen. In Jans Varieté. Großartig, das Mädel!«

»So?«

»Aus ihr wird noch mal was. Wirst schon sehen.«

»Hast du mich gerufen, um mit mir über Lilo zu sprechen?«

»Nein, natürlich nicht. Ich wollte dich bitten, um der alten Zeiten willen …«

»Die alten Zeiten sind vorbei«, unterbrach Hansen ihn verärgert. »Außerdem haben wir nie eine gemeinsame Zeit gehabt.«

»Ach, nun komm, natürlich haben wir das. Schämst du dich für das, was wir zusammen unternommen haben?«

»Wir haben nichts zusammen unternommen!«

»Das Baumhaus in diesem Garten am Grenzgang, Heinrich.«

»Lassen wir das. Ich bin hier, um über die Gegenwart zu sprechen.«

»Ja, ja, natürlich, du hast Recht. Über die alten Zeiten können wir ein andermal reden, nicht?«

Wie konnte dieser Affe nur so aalglatt alle Tatsachen ignorieren und so tun, als seien sie jemals Freunde gewesen, wunderte sich Hansen verärgert. »Wieso hast du nach mir gefragt?«

»Na ja, Lilo meinte, wenn ich mal in die Bredouille gerate, könnte ich mich getrost an dich wenden. Wo du doch jetzt Kriminaler auf der Davidwache bist. Und weil wir uns kennen, denke ich, kann ich doch auf Verständnis für meine Notlage hoffen …«

Hansen verzog das Gesicht, und Friedrich beeilte sich zu sagen: »Zumindest bist du bereit, mir zuzuhören, mehr verlange ich ja gar nicht.«

»Gut. Setz dich hin. Ich höre.«

Friedrich Schüler nahm wieder auf der Pritsche Platz, und Hansen setzte sich auf die Holzbank.

Friedrich blickte zu Boden. »Ich bin sehr unglücklich, wie man mich hier behandelt. Ich werde der Hochstapelei und Betrügerei beschuldigt. Dabei hat man mich nur beim Kartenspiel erwischt, in einem zugegeben etwas verrufenen Lokal. Und ehrlich gesagt, frage ich mich, was verwerflich daran sein soll, wenn man sich mit einem fairen Spiel sein Bier verdienen möchte. Niemand hat einen Schaden davon. Vielleicht kannst du ein gutes Wort für mich einlegen. Eine kleine Strafe … Ich komme um in dieser Zelle. Ein solches Dahinvegetieren über Tage womöglich kann ich gewiss nicht ertragen.«

»Ich hab deine Fahndungskarte gesehen. Sie stammt aus dem letzten Jahr. Du bist schon länger bei der Polizei bekannt.«

»Das sind doch aufgebauschte Geschichten. Wenn man keine bürgerliche Existenz hat, gerät man ja schnell mal ins Visier der Ordnungshüter.«

»Ich habe deinen peinlichen Auftritt neulich im Hotel Hammonia beobachtet.«

Friedrichs Blick wurde ängstlich, unterwürfig. »Ach, diese leidige Sache. Wieso bist du dort gewesen?«

»Tut nichts zur Sache. Ich habe jedenfalls mitbekommen, wie du hinausgeworfen wurdest. Du hattest Glück, es wäre schlauer gewesen, der Kellner hätte die Polizei gerufen.«

»Ach, es ging doch nur um kleine Beträge.«

»Die Hotelrechnung konntest du nicht bezahlen. Im Hammonia! Noch dazu wolltest du eine größere Gesellschaft bewirten!«

»Ich habe eine größere Geldanweisung erwartet.«

»Woher denn?«

»Von einem Rittergut im Osten, wo ich einige Zeit als Verwalter tätig war.«

»Ach, Friedrich, das kannst du mir doch nicht erzählen.«

»Jedenfalls erwartete ich eine Zahlung, aber diese Beutelschneider im Hotel waren zu ungeduldig. Na, so haben sie eben gar nichts bekommen.«

»Und wo ist dein Reichtum abgeblieben?«

»Jeden Tag, jede Stunde kann das Geld eintreffen. Wenn ich nur draußen wäre, dann könnte ich bei der Creditbank eine Eilanfrage einbringen, und wenn es in dieser Welt noch mit rechten Dingen zugeht, trifft es in den nächsten Tagen ein.«

»In deiner Welt geht es nicht mit rechten Dingen zu, Friedrich. So billig kommst du nicht davon.«

Friedrich beugte sich verschwörerisch nach vorn. »Also gut, hör zu, wenn du keine andere Möglichkeit siehst, müssen wir eben zusammenarbeiten.«

»Ich mit dir, Friedrich? Du träumst!«

Doch Friedrich ließ sich nicht verunsichern. »Du willst dir doch deine Sporen verdienen«, sagte er. »Und wenn ich das richtig sehe, bist du ganz schön rücksichtslos geworden. Warum auch nicht? Der Stärkere gewinnt, dem Schwachen wird keine Träne nachgeweint. Und du sagst ja selbst, dass dir alte Freundschaften nichts mehr bedeuten …«

»Was soll denn das nun wieder heißen?«

»Hast du doch selbst gesagt. Wir haben nichts mehr gemeinsam. Das bedeutet ja wohl auch, dass dir an den anderen nicht mehr so viel gelegen ist.«

»Welche anderen?«

Friedrich beugte sich noch weiter vor und senkte die Stimme. »An Heinicke zum Beispiel.«

»Was ist mit Jan?«

»Na, was soll schon mit ihm sein? Was glaubst du wohl, warum Lilo nicht in sein Varieté mit einsteigen will?«

»Weil sie Tänzerin ist, Künstlerin.«

»Pah! Sie weiß ganz genau um das Risiko.«

»Welches Risiko?«

»Ertappt zu werden.«

»Bei was?«

»Unfeine Geschäfte«, flüsterte Friedrich und blickte nervös zur Zellentür.

»Um was geht es da?«

»Ich sage nur so viel: Da unten ist der Hafen, hier oben sind Leute, die gern Geld verdienen, und dazwischen ist der Zoll.«

»Du willst mir doch nicht erzählen, dass Jan in Schmuggelgeschäfte verwickelt ist?«

Friedrich hob abwehrend die Hände. »Ich will dir gar nichts erzählen.«

»Beweise!«

»Die kann ich natürlich nur da draußen herbeischaffen.«

»Ach, so läuft der Hase.«

»Der Hase sitzt in der Grube, Heinrich. Der Fuchs läuft draußen herum und stiehlt die Gänse.«

»So, so.« Hansen blieb äußerlich ruhig und beherrscht. Tatsächlich hatte ihn das Gespräch aufgerührt, erschüttert. Hier ging es nicht mehr nur um diesen feigen falschen Von, der sich nie hatte schlagen wollen und der mal wieder glaubte, er könnte sich mit schäbigen Methoden aus den Schwierigkeiten lavieren, in die er sich selbst gebracht hatte. Nein, hier ging es darum, dass ein Freund beschuldigt wurde. Und darum, dass er dem als Polizist nachgehen musste. Und möglicherweise ging es auch um Lilo, die vielleicht in diese Angelegenheit verstrickt war.

»Du willst dich also durch Verrat freikaufen«, murmelte er.

»Es geht um Recht und Gesetz, nein?«

»Recht und Gesetz sind dir doch egal.«

»Du solltest nicht so schlecht von mir denken, Heinrich. Vielleicht bin ich ein schwacher Mensch, aber ein schlechter Mensch, das bin ich nicht.«

Heinrich sprang auf. Es hätte nicht viel gefehlt und er hätte ausgespuckt. »Widerlich, das bist du!«, rief er und pochte gegen die Zellentür.

Hansen saß im Mannschaftsschreibzimmer über das Pult gebeugt und quälte sich mit dem Protokoll des Verhörs, zu dessen sofortiger Niederschrift Paulsen ihn verdonnert hatte. Gleich am nächsten Morgen wollte der Reviervorsteher den Hochstapler Friedrich Schüler ans Untersuchungsgefängnis übergeben und die im Verhör gewonnenen Erkenntnisse an Bezirkskommissar Kiebert und ins Stadthaus weiterleiten.

Inzwischen war es wieder ruhiger auf der Wache geworden. Lehmann hatte längst Feierabend gemacht. Unten im Erdgeschoss herrschte der übliche Nachtbetrieb. Gelegentlich hörte man Stimmen, wenn ein Betrunkener hereingeführt wurde, ein Betrogener Anzeige erstattete, ein Dieb oder eine Prostituierte eingesperrt wurden.

Es gefiel Hansen, am späteren Abend hier zu sitzen und zu arbeiten. Er hatte festgestellt, dass die Schreibarbeit ihm ganz gut von der Hand ging. Man musste nur die gewonnenen Eindrücke und Erkenntnisse zu einem sinnvollen Ganzen ordnen und Punkt für Punkt niederschreiben. Aber wie, zum Teufel, sollte er das in diesem Fall bewältigen? Wie sollte er Friedrichs Andeutungen – die vagen Anschuldigungen, die dieser zwielichtige Kerl über den Varietébesitzer Jan Heinicke in die Welt gesetzt hatte – aufs Papier bringen?

Friedrich Schülers Person und seinen Charakter in ein schlechtes Licht zu rücken fiel Hansen nicht besonders schwer, seinen ehemaligen Jugendfreund Jan zu belasten, das wollte ihm überhaupt nicht behagen. Aber der schlimmste Fallstrick in diesem Wust an Vermutungen, Verdächtigungen und Anschuldigungen war die undurchsichtige Verbindung zwischen Heinicke und Lehmann. Der Wachtmeister galt im Salon Tingeltangel offenbar als Freund des Hauses. Hatte Lehmann von unsauberen Geschäftspraktiken oder gar Schmuggelaktionen des Varietébesitzers gewusst? Sie stillschweigend geduldet? Hatte Heinicke sich ihm gegenüber erkenntlich gezeigt? Und war in dieses Dickicht aus schrecklichen Spekulationen etwa auch der Mord an der Tänzerin Olga Trampitz verwoben? Und warum hatte ein Unbekannter den Katzenschwanz an die Wohnungstür von Lehmann genagelt?

Hansen schrieb ein paar Worte und zerknüllte das Papier, um wieder von vorne anzufangen. Er dachte über Eriksen nach. War das nicht eigenartig, dass dieser Prokurist sich ein Liebesnest in einem Haus seines Chefs eingerichtet hatte? Natürlich war die Sache klar: Bei ihm hatten sie den Schlüssel zur Wohnung in der Jägerstraße gefunden, daran bestand nun kein Zweifel. Und dann waren da ja noch die Aussagen der Kolleginnen von Olga Trampitz, Annelie und Susanne, Olga Trampitz sei von drei Bartträgern umschwärmt worden. Aber seltsam: War er nicht bis vor kurzem davon überzeugt gewesen, dass der Fabrikant Middelbrook mit seinem dünnen, kurz geschnittenen Schnurrbart der Liebhaber mit dem »Strich« im Gesicht sein musste? Doch wenn nun Eriksen, sein Angestellter, der zweite Liebhaber mit dem Seehundschnauzer war? Das wäre doch eine ungeheuerliche, vertrackte Situation!

Und nun merkte Hansen, dass er den dritten Verdächtigen, Wachtmeister Schuback von der Politischen Polizei, bisher kaum in seine Überlegungen einbezogen hatte. Alles wies jedoch darauf hin, dass der schlecht rasierte, unsympathische Vigilant, der ihm gelegentlich über den Weg gelaufen war, der Mann mit der »Bürste« sein musste. Sich mit diesem Mann anlegen zu müssen gefiel Hansen nicht. Wie schnell konnte er sich ins Abseits manövrieren, wenn er einen Beamten der Politischen Polizei anschwärzte.

Ich schreibe einfach das auf, was Friedrich gesagt hat, entschied Hansen. Nur Wahrhaftigkeit zählt, sonst nichts. Ich bin Polizist, ich bin der Wahrheit verpflichtet! Kaum hatte er die Feder aufs Papier gesetzt, ging es ihm gut von der Hand. Als er an die entscheidende Stelle kam, schrieb er: »Der Protokollant hatte den Eindruck, dass der Verhörte sich im Gegenzug für eine mögliche Straferleichterung als Zeuge für verbrecherische Taten einer anderen Person anbot. Er deutete vage an, über Schmuggelgeschäfte von Jan Heinicke, dem Inhaber des Salons Tingeltangel, zu wissen. Allerdings weigerte er sich, konkret zu werden, bevor ihm nicht Zusagen über ein eventuelles Entgegenkommen der Justiz gemacht würden. Da es nicht in die Befugnisse des verhörenden Beamten fällt, dies zu entscheiden, blieb es bei allgemeinen Andeutungen, deren Wahrheitsgehalt durch keine Beweise gestützt wird. Diese, so erklärte der Verhörte, könne er nur herbeischaffen, wenn er wieder auf freien Fuß gesetzt werde. Mit dieser Forderung vonseiten des Arretierten endete das Verhör.«

Hansen legte den Federhalter aufs Pult und atmete tief durch. Mehr konnte man von ihm nicht verlangen. Er hielt nichts zurück, er interpretierte nicht, er schrieb nur Tatsachen auf.

Die Tür ging auf, und Breitenbach, der heute Nachtdienst hatte, trat ein. »Gut, dass Sie noch da sind, Hansen. Da ist ein Weibsbild aufgekreuzt, das mit diesem Hochstapler sprechen will. Mitten in der Nacht! Also wenn wir hier nicht in der Vorstadt wären, wo Nacht Tag und Tag Nacht bedeutet, hätte ich sie gleich wieder rausgeworfen. Aber dann fiel mir ein, dass Sie ja noch da sind.«

»Was habe ich denn damit zu tun? Da muss sich doch Paulsen drum kümmern.«

»Na, Sie haben den Burschen doch verhört, Hansen.«

»Ja, schon.«

»Wenn das Weibsbild seine Komplizin ist, sollten wir sie uns genau ansehen. Wenn sie sein Liebchen ist und Angst um ihn hat, wird sie sich vielleicht verplappern. Wegschicken wäre ein Fehler, Hansen. Ich bring sie Ihnen hoch. Aber passen Sie auf, die Dame ist verteufelt hübsch. Lassen Sie sich nicht um den Finger wickeln!«

Schon war Breitenbach wieder zur Tür hinaus. Was denn nun, dachte Hansen verärgert, Weibsbild oder Dame?

Zu seiner großen Verblüffung trat Lilo herein.

»Guten Abend«, sagte sie und legte ihren Schirm auf den großen Tisch in der Mitte des Raums.

»Du?«, rief er aus.

»Ich dachte mir schon, dass es dir nicht gefallen würde, mich hier zu sehen, Heinrich.«

Sie trug ein elegantes helles Kleid mit Glockenrock, darüber einen taillierten schwarzen Mantel, einen Hut mit großer dunkelroter Schleife und sah wie eine wirkliche Dame aus.

»Was willst du denn hier?«, fragte er verärgert. Sollte er nun auf sie zugehen, ihr die Hand geben? Hansen blieb steif stehen.

»Man kümmert sich um seine Freunde, wenn sie in Schwierigkeiten gekommen sind, nicht wahr?«, sagte sie leichthin.

»Friedrich, dein Freund?«

»So ist es, Herr Schutzmann. Ich kenne ihn schon seit vielen Jahren. Aber das dürfte Ihnen ja bekannt sein.«

»Dennoch … Ich muss mich doch sehr wundern.«

»Es könnte doch sein, dass ich ihm helfen kann, wenn ich bezeuge, dass er zu bestimmten Zeiten an einem bestimmten Ort gewesen ist.«

»Wie meinst du …? Das verstehe ich nicht.«

»Darf ich mich setzen, Herr Schutzmann?«, fragte sie mit spitzem Unterton.

»Lilo, bitte … ja doch.«

»Danke schön.« Sie nahm auf der Bank vor dem lang gestreckten Tisch Platz und schaute sich um. »Das ist also jetzt deine Welt«, stellte sie fest.

»Du hast den Weg umsonst gemacht«, sagte er.

»Woher willst du das wissen, du hast mich ja noch gar nicht verhört.«

Er trat ein paar Schritte auf sie zu und blieb auf der anderen Seite des Tischs stehen.

»Setzen Sie sich, Herr Schutzmann, und verhören Sie mich.«

Hansen blieb stehen. »Es gibt nichts zu verhören.«

»Nein? Aber möglicherweise ist Herr von Schluthen …«

»Er heißt nicht von Schluthen, sondern Schüler.«

»Ich kenne ihn unter dem Namen Friedrich von Schluthen.«

»Meinetwegen.«

»Vielleicht ist Herr von Schluthen zu einem Zeitpunkt, an dem er ein Verbrechen verübt haben soll, in meiner Gegenwart gewesen.«

»Wie meinst du das?«

»Wir sind zusammen ausgegangen.«

»Du und Friedrich? Ich dachte, du hast nichts mehr mit ihm zu schaffen. Wie du mir neulich erzählt hast.«

»Da hast du dich wohl getäuscht.«

»Aber das ist doch …«.

»Ich habe ihn sogar in meiner Wohnung empfangen, Herr Schutzmann.«

»Lilo!«

»Mein Name ist Koester, Herr Schutzmann.«

»Denkst du etwa, ich bin daran schuld, dass er verhaftet wurde?«

»Du bist Polizist.«

»Ich habe damit direkt nichts zu tun. Es gab eine Razzia. Er wurde arretiert, weil er auf der Fahndungsliste stand.«

»Was wirft man ihm vor?«

»Hochstapelei, Betrug, Unterschlagung.«

»Das ist sehr allgemein.«

Hansen wurde immer zorniger. »Wenn du glaubst, du kannst ihn entlasten, bist du auf dem falschen Dampfer. Er hat so viel Unwesen getrieben, dass du ihm unmöglich für jede Untat ein Alibi liefern kannst.«

»Kann ich nicht?«, fragte sie schnippisch.

»Ich selbst war zugegen, als er im Hotel Hammonia wegen Zechprellerei zur Tür hinauskomplimentiert wurde. Dich habe ich dort nicht gesehen.«

»Du trittst also als Zeuge gegen ihn auf?«

»Nein, ja, möglicherweise. Ich kann das, was ich gesehen habe, ja wohl nicht unter den Tisch fallen lassen.«

»Dann möchte ich dich bitten, mich in Zukunft von deiner Gegenwart zu verschonen.«

»Lilo, was soll denn das? Ich kann nun mal nicht aus meiner Haut.«

»Ja, ja, und du hast früher schon gern Polizeiuniformen getragen.«

»Lilo, ich versteh dich nicht. Wie kannst du dich denn mit solchen Leuten gemein machen?«

»Solchen Leuten?«

»Wie Friedrich und Jan.«

Sie funkelte ihn an. »Was ist denn mit Jan?«

»Friedrich hat da einige Andeutungen gemacht.«

»So? Hat er das? So ein dummer Kerl«, sagte sie verärgert.

Die Verärgerung in ihrer Stimme gab Hansen wieder Auftrieb. »Er versucht, sich herauszuwinden, indem er andere beschuldigt. Da siehst du, was er für ein Mensch ist.«

»Für das, was Jan tut, muss er ja wohl selbst geradestehen.«

»Was weißt du denn davon?«

»Ich weiß gar nichts.«

»Das glaube ich nicht.«

»Du glaubst das nicht, was du nicht glauben willst. Das war schon früher so.«

»Wie meinst du das?«

»Das von Friedrich und mir wolltest du nie glauben.«

»Was?«

»Tu doch nicht so scheinheilig. Ich bin hier, weil ich mir Sorgen um ihn mache. Als ich gehört habe, dass du hier bist, habe ich auf Verständnis und Hilfe gehofft. Aber da habe ich mich wohl getäuscht.« Sie stand auf. »Du denkst immer nur an dich, Heinrich Hansen, Schutzmann oder nicht. Von Freundschaft hast du keine Ahnung!«

Sie griff nach ihrem Schirm und stürmte zur Tür.

»Lilo!«, rief er hinter ihr her.

Die Tür krachte vor seiner Nase ins Schloss.

»Dumme Gans!«

Hansen ging zurück zum Schreibpult, ließ sich auf den Stuhl fallen und geriet ins Grübeln.

»Ach was«, entschied er. »Wer etwas ausgefressen hat, muss dafür bezahlen! So ist das nun mal. Und damit Schluss!«

SIEBENTES KAPITEL

# *Brandwunden*

Heinrich stand auf dem kleinen Anleger zwischen den beiden Fischhallen von Hamburg und Altona direkt auf der Grenze und beobachtete, wie ein Dreimaster mit gerefften Segeln sich langsam vom Sog des mit der Ebbe abfließenden Wassers flussabwärts ziehen ließ.

Es war Nachmittag, und das Treiben hinter ihm auf der Elbstraße hatte merklich nachgelassen. Die Karren mit den Fischkisten waren längst davongeholpert, die Auktionshallen hatten sich geleert. Die Fische hingen jetzt in den Schornsteinen der Räuchereien oder wurden in den Konservenfabriken eingedost. Einige hatten ihren Weg in die Kochtöpfe gefunden, andere wiederum waren mit der Schellfischbahn den Elbhang hinauf zum Altonaer Bahnhof transportiert worden.

Die Fischkutter hatten ihre letzten Flundern verkauft und warteten blitzblank geputzt auf den nächsten Einsatz. Nur auf der Baustelle des Fischmarkts von St. Pauli wurde noch geschuftet. Hier waren innerhalb eines Jahres eine Menge kleiner Häuschen abgerissen worden und hatten größeren Wohnkomplexen und einer neu angelegten trichterförmigen Marktfläche zwischen Breiter Straße und Elbstraße Platz gemacht. Als er an den fast fertig gestellten Häusern vorbeigekommen war und die Arbeiter mit den schweißnassen muskulösen Oberkörpern beobachtet hatte, war Heinrich der unangenehme Gedanke gekommen, auch er könnte womöglich bald einer von diesen hart schuftenden Männern sein, womöglich ein ganzes Leben lang.

Nun schaute er übers Wasser und hing seinem Traum nach: Er wollte zur See fahren. Er wollte weg aus dieser Stadt, raus aus diesen allzu bekannten Straßen und Gassen, wo er an jeder Ecke jemanden traf, den er kannte, der etwas von ihm wusste, der etwas von ihm wollte, mit dem er reden musste, der ihn ausfragen durfte, nur weil er ihn seit seiner Kindheit kannte.

Es wäre Heinrich nie in den Sinn gekommen, einfach aus dem Viertel wegzuziehen. Das Hamburg außerhalb der St.-Pauli-Vorstadt war nicht seine Welt, auch mit Altona verband ihn nichts. Und was sich in Deutschland jenseits der Tore der Hansestadt abspielte, davon hatte er nur eine sehr vage Vorstellung. Sein ganzes Leben war er nie weiter als dreißig Kilometer über die Stadtgrenze hinausgekommen. Aber wie jeder Hamburger Junge wusste er, dass der schnellste Weg hinaus in die Welt über die Elbe verlief. Man heuerte auf einem Handelsschiff an, und wenige Wochen später eroberte man exotische Breiten und erlebte die aufregendsten Abenteuer in Amerika oder in der Südsee. So dachten alle orientierungslosen Jungen, und so wurde es ihnen von den Seemännern bestätigt, die sie vor den Kaschemmen in der Davidstraße oder einer anderen Seitengasse südlich der Reeperbahn antrafen.

In drei Tagen sollte die Schule wieder beginnen. Heinrich verspürte keinen Ehrgeiz, ein weiteres Jahr gähnender Langeweile auf der Schulbank zuzubringen. Was konnte er schon noch lernen? Ihm fiel partout nicht ein, was ihm an Wissen noch fehlen könnte. Er konnte lesen, schreiben und rechnen, alles andere ergab sich beim Zupacken, oder? Doch er wusste, dass es nicht so einfach war. Wenn er als Schiffsjunge anheuerte, würde man ihn vielleicht nehmen, aber mit seinen fünfzehn Jahren wäre er wahrscheinlich der Jüngste an Bord und damit allen Schikanen ausgeliefert, die den Matrosen einfielen. Dass das kein Spaß werden würde, war ihm klar. Ohnehin hätte es ihm besser gefallen, an Bord eines Kriegsschiffes in die Welt zu ziehen.

Die kurze Begegnung mit Lilo hatte ihn jedoch ins Schleudern gebracht. Er hatte sie in der Talstraße abgepasst und war ihr gefolgt, als sie mit einem Korb in der Hand die Silbersackstraße zum Paulsplatz und dann Richtung Fischmarkt gegangen war. Sie trug ein schlichtes blaues Kleid und Zöpfe und sah nicht so schrecklich unnahbar aus wie bei ihrer letzten Begegnung im Tanzsaal des Trichters. Das machte ihm Mut, ihr zu folgen. Am Pinnasberg hatte er sie eingeholt und war neben ihr hergegangen. Sie hatte ihn nur kurz angesehen und hatte schweigend ihren Weg fortgesetzt.

»Wo gehst du hin?«, hatte er gefragt.

Sie hatte geschwiegen.

Er wiederholte die Frage zweimal, bis sie stöhnend erklärte: »Zum Fischmarkt, wohin denn sonst?«

»Willst du Fisch kaufen?«

»Was glaubst du wohl?«

»Du warst neulich im Trichter«, fuhr er fort.

Schweigen.

»Ich hab dich tanzen sehen.«

Sie sagte nichts.

»Bist wohl öfter dort?«

»Geht dich nichts an.«

»Jetzt wohl nicht mehr.«

»Was willst du denn damit sagen?«

»Nichts.«

»Tu bloß nicht so, ich durchschaue dich!«

Jetzt war es an ihm zu schweigen, peinlich berührt.

»Du bist ja bloß eifersüchtig.«

Er lachte auf. »Ich? Wieso denn?«

Sie blieb stehen. »Ich will dir mal was sagen, Heinrich Hansen, du musst noch eine Menge lernen.«

»So, was denn?«

»Dass man zum Anzug keine Schlägermütze trägt.«

»Na und?«

»Und eins kannst du dir gleich merken: Derjenige, der Friedrich verpfiffen hat, kann mir gestohlen bleiben!«

»Was soll das denn heißen?«

»Das soll heißen, dass du mich gefälligst in Ruhe lassen sollst! Du bist mir nämlich eine Nummer zu klein, verstanden!«

Und damit war sie weitergegangen. Er folgte ihr in einigem Abstand und überlegte, wie er diese Niederlage ausbügeln könnte. Ihm fiel nichts ein.

Am Fischmarkt angekommen, begann sie mit den Marktweibern zu feilschen, und er ging davon.

Die nächsten Stunden lungerte er an den Kais des Fischerei- und des Holzhafens herum und sah den Hafenarbeitern beim Be- und Entladen zu, schlich durch die Gassen des Altonaer Hafenviertels zwischen Fabrikgebäuden, Räuchereien, Mühlen, Mälzereien und Brauereien und landete schließlich wieder am Fischmarkt.

Er überdachte noch einmal seine Begegnung mit Lilo und fällte eine Entscheidung, die sein ganzes Leben in eine neue Richtung bringen sollte: Er würde nicht zur Schule gehen. Lieber wollte er als Letzter in der Hierarchie eines Handelschiffs schuften, als jeden Tag Gefahr zu laufen, Lilo zu treffen und sich von ihr wie Dreck behandeln zu lassen. Vielleicht würde sie ja in einem Jahr oder so wieder vernünftig werden, wenn sie merkte, das Friedrich nur ein Schaumschläger war. Vielleicht würde sie ihn ja schätzen lernen, wenn er ein ganzes Jahr oder sogar länger fort wäre. Er würde ihr keine Karte aus Übersee schicken, er würde sich nicht verabschieden, er würde niemandem auftragen, ihr einen Gruß auszurichten. Er würde ganz einfach verschwinden. Das dürfte ihr zu denken geben.

Das Beste wäre wohl, entschied er, bei den Matrosen, die vor den Spelunken der Davidstraße herumstanden, Auskünfte darüber einzuholen, wo man sich melden musste, wenn man auf einem Handelschiff anheuern wollte.

Und seine Familie? Die musste ohne ihn auskommen. Elsa würde der Mutter wieder zur Hand gehen. Das dürfte sie auf andere Gedanken bringen. Sein Vater würde kaum merken, dass er weg war. Sollte er doch wieder spielen gehen! Zu etwas anderem war er ja sowieso nicht zu gebrauchen. Und Mutter? Ihr würde er schreiben.

Die Sache war beschlossen. Heinrich verließ den Anleger am Fischmarkt, nachdem er noch einmal voller Inbrunst und mit dem festen Blick des zukünftigen Seemanns den Segelschiffen und Dampfern nachgeschaut hatte, die auf große Fahrt gingen. Bald, vielleicht in wenigen Tagen schon, würde er auch dort drüben auf den Planken stehen und die Stadt hinter sich lassen.

In der Davidstraße kam er schnell mit ein paar Matrosen ins Gespräch, die dort herumstanden und Tabak kauten oder Pfeife rauchten. Als er ihnen erklärte, was er vorhatte, legte einer ihm freundschaftlich den Arm um die Schultern und ein anderer brummte, in diesem Alter habe er auch angefangen, sein Leben zu ruinieren. Die Männer schilderten ihm den Bordalltag eines Schiffsjungen und gaben ihm einige Namen und Adressen von Heuerbasen auf dem Hamburger Berg, in der Nähe der Landungsbrücken und am Niederhafen. Zum Abschied schenkte einer ihm einen Krümel Kautabak »zur Einstimmung«, und Heinrich ging zufrieden davon. Den Kautabak steckte er in die Hosentasche. Er würde ihn probieren, wenn er angeheuert hatte.

Er verbummelte seine Zeit, bis es Abend geworden war. Mit Einbruch der Dunkelheit entschloss er sich, nach Hause zu gehen, trotz seines großen Widerwillens, aber was blieb ihm übrig? Auch heute würde er die drückende, triste Atmosphäre des Elternhauses wieder ertragen müssen. Wieder würde er in das leidende Gesicht seiner Mutter blicken, würde er den betrunkenen Vater feindselig anstarren, würde er seine Schwester zu trösten versuchen und dabei wissen, dass er bald dieser Hölle entfliehen würde. Ein neuer Gedanke war ihm gekommen: Bevor er wegging, wollte er noch versuchen, Elsa einen Weg in die Freiheit zu ebnen. Vielleicht würde er mit dem Künstler am Hummeltor sprechen oder Pit Martens um Rat bitten. Es musste doch einen Platz geben, wo sich eine Tochter vor ihrem tobsüchtigen

Vater verstecken konnte. Sie würde doch trotzdem ihrer Mutter bei der Arbeit helfen können.

Als er die Ecke Wilhelminenstraße/Kieler Straße erreicht hatte, hörte er das helle Läuten der Glocken. Wenig später vernahm er an der Einmündung zur Annenstraße Hufgetrappel. Er blieb stehen. Auf dem Paulinenplatz fanden sich schon die ersten Grüppchen von Schaulustigen zusammen. Heinrich sah den Zug kommen. Es waren zunächst drei Wagen, zwei davon machten einen abenteuerlichen Eindruck: Ihre metallenen Aufbauten glitzerten im Schein der Laternen. Sie sahen aus wie Öfen auf Rädern oder umgestülpte Lokomotiven oder von einem verrückten Erfinder entworfene Kraftdroschken. Im hinteren Teil stand ein großer Kessel, aus dessen Schornstein Rauch quoll. Dicke Schläuche lagen übereinander geschichtet im Heck. Schaufeln und Haken hingen daneben. Vom Kessel aus liefen mehrere Rohre zu einer kompliziert aussehenden Mechanik mit altertümlich wirkenden Armaturen und Messuhren. Auf den Kutschböcken saßen jeweils zwei Männer in Uniformröcken und mit Helmen. Sie trieben die Pferde zur Eile an. Ihnen folgte ein Mannschaftswagen mit weiteren Männern.

Heinrich rannte hinter den vorbeirumpelnden Dampfspritzen her, zusammen mit anderen Kindern, die in einer Gefühlsmischung aus Vergnügen und Grausen dem Brandherd entgegenfieberten.

Der Löschzug bog um die Ecke in die Jägerstraße. Und Heinrich trabte mit. Die mitlaufenden Jungen konnten ohne weiteres mit den Pferden Schritt halten.

Heinrich verlangsamte seinen Lauf, als er merkte, welche Richtung die Spritzenwagen nahmen. Er sah, wie der Löschzug vor dem allzu bekannten Durchgang zum Stehen kam. Vorsichtig näherte er sich und beobachtete, wie die Feuerwehrmänner vom Leiterwagen heruntersprangen und nun versuchten, die Dampfspritzen durch die Toreinfahrt zu manövrieren. Gleichzeitig machten sich zwei Beamte auf die Suche nach dem Wasserhydranten. Die Dampfspritzen rollten auf den Innenhof.

Heinrich folgte und wurde beinahe von einem Feuerwehrmann überrannt, der, ein Schlauchende unter dem Arm, zur Straße lief.

Jemand, der das drohende Unheil schon die ganze Zeit in sich gespürt hat, wundert sich nicht, wenn es vor ihm ausbricht in seiner ganzen Schrecklichkeit. Man hat es erwartet, man will, dass jetzt endlich etwas geschieht. Dann steht man der Katastrophe gegenüber und erstarrt vor Gewissheit. Schon als er mit dem Löschzug mitmarschierte, war in Heinrich eine unbestimmte Angst gewachsen. Als die Spritzenwagen in die Jägerstraße einbogen, wurde die Angst körperlich wahrnehmbar, durchflutete ihn, packte ihn im Genick und in der Brust, schubste ihn an: Los komm mit, sieh dir an, was passiert ist! Da! Das ist dein Schicksal! Staune und fürchte dich!

Das Feuer züngelte aus dem Küchenfenster. Wo war Mutter? Sie müsste doch eigentlich hier irgendwo stehen, die Hände ringen und betroffen die Scherben ansehen, die sich auf dem Boden des Innenhofs gesammelt hatten. Alle Fensterscheiben im ersten Stock waren zerborsten. Die Hitze musste also überwältigend sein. Heinrich drehte sich taumelnd um die eigene Achse: Wo war Elsa? Doch nicht etwa immer noch dort oben, wo das Feuer gelb und rot loderte und manche Flammen sogar grünlich oder bläulich züngelten? Und wenn sie noch dort oben sein sollte, warum sprang sie nicht einfach herunter? So hoch war es doch gar nicht. Sie würde sich höchstens den Knöchel verstauchen. Sah er sie da nicht irgendwo? Er breitete die Arme aus.

Aber da war niemand. Weder Elsa noch die Mutter noch seinen Vater konnte Heinrich entdecken. Um ihn herum machten sich die Feuerwehrmänner hektisch zu schaffen, erhöhten den Kesseldruck, montierten die Schläuche, nahmen Äxte ab, berieten, ob sie hineingehen sollten. Die Pferde wurden ausgespannt und fortgeführt. Der Brandmeister gab Befehle, wie die angrenzenden Etagen und die Nebengebäude geschützt werden sollten, und wies einen Beamten an, für Nachschub zu sorgen.

Der Wagen mit der ausfahrbaren Drehleiter, der als Nachzügler eingetroffen war, wurde nun von zwei Feuerwehrleuten und mehreren Männern aus der Nachbarschaft hereingeschoben und in Position gebracht. Heinrich lief um die Spritzenwagen herum und suchte weiter nach seiner Familie. Er fragte eine Frau aus dem Nebenhaus. Sie schüttelte den Kopf, hatte niemanden gesehen. »Ach, Heinrich«, sagte sie den Tränen nahe und versuchte, ihm über den Kopf zu streicheln. Aber er war doch größer als sie! Reflexartig zuckte er zurück, ging weiter, drehte mehrere Runden durch den Hinterhof, sah irgendwo Pit Martens stehen, und der deutete hektisch auf ein Fenster, und ein anderer rief: »Da ist doch jemand!«

War da nicht tatsächlich ein Schatten? Wollte da jemand zum Fenster, sich durch Herausspringen retten? Warum hatten die Feuerwehrmänner kein Sprungtuch ausgebreitet? Was taten sie überhaupt? Die Flammen züngelten immer höher und leckten durch die Fenster heraus an den Simsen der nächsten Etage.

»Wasser marsch!«, kommandierte der Feldwebel. Aus den Spritzen schoss das Wasser empor. Inzwischen war klar, dass auch die zweite Etage Feuer gefangen hatte. Und sehr viel Wasser schien das gar nicht zu sein, das sich da in diese hungrig gen Himmel wachsenden Flammen ergoss. Den gewünschten Effekt schien diese Maßnahme jedenfalls nicht zu haben.

Weitere Schläuche wurden ausgerollt und angeschlossen, Männer stiegen auf die Drehleiter, ein dritter Löschwagen wurde hereingezogen.

Heinrich war jetzt der festen Überzeugung, dass da noch jemand hinter dem leeren Rahmen des Küchenfensters stand und durch die Flammen hindurch nach draußen starrte. Er versuchte einen Feuerwehroffizier darauf aufmerksam zu machen, doch der schüttelte nur den Kopf.

Heinrich wurde immer aufgeregter, redete auf den Mann ein. Der zog die Augenbrauen hoch, hielt inne, blickte sich Hilfe suchend um: »Kann mal jemand diesen Jungen hier beiseite nehmen?« Aus dem Nichts griffen Hände nach Heinrich, zogen ihn in den Schatten, wollten ihn in die Menge der Gaffer zerren. Er riss sich los. Wieder glaubte er einen Schatten hinter der gähnend leeren Fensteröffnung gesehen zu haben.

»Elsa!«, schrie er und rannte los.

Die Tür zum Treppenhaus stand sperrangelweit auf. Er rannte den Hausflur entlang, stieg die Treppe hinauf und spürte erst, als schon um ihn herum die Flammen am Gebälk leckten, wie heiß es hier war.

Die Wohnungstür war offen. Bedeutete das nicht, dass sie heraus gekommen sein mussten? Aber da war doch der Schatten gewesen! Heinrich merkte sehr wohl, wie die Flammen den Stoff seiner Hose ansengten und sein Hemd schweißnass an seinem Körper klebte. Er spürte, wie er sich die Hand verbrannte, weil überall Feuer emporwuchs. Auch seine Fußsohlen brannten, weil der hölzerne Boden in Flammen stand.

Er trat in den brennenden Flur, stolperte über ein weiches Ding, das im Weg lag, fasste mit der Hand nach der glühend heißen Türklinke, um die Küchentür zu öffnen, trat ein, sah nichts als eine Feuerwand, hörte einen hohen Ton, ein helles Jaulen, das er nicht zuordnen konnte, und wusste, dass er auf morschem Boden stand. Das Feuer hatte den Fußboden weggefressen.

Im selben Moment, als das Gasrohr über ihm explodierte, brach er nach unten durch und landete zusammen mit anderen brennenden Teilen im Erdgeschoss, wo Tischtuch und Gardinen der Nachbarsküche sofort Feuer fingen.

Er wälzte sich schreiend auf dem Boden hin und her. Erst jetzt bemerkte er, dass er eine lebende Fackel war.

ACHTES KAPITEL

# *Falsche Alibis*

Die neu erbaute Villa an der Elbchaussee lag hinter einem frisch angelegten Garten, in dem ein etwa sechsjähriges Mädchen einen Reifen, der fast genauso groß war wie es selbst, über den Rasen rollen ließ. Das dreistöckige Haus besaß große Fenster, Erker und mehrere Balkone und zeugte von dem Wohlstand seines Besitzers.

Lehmann und Hansen wurden am Dienstboteneingang auf der Rückseite des Gebäudes von einem Diener in Empfang genommen und über eine schmale Stiege und einen breiten Flur in die Bibliothek des Hausherrn geführt. Middelbrook erhob sich aus seinem Fauteuil, grüßte knapp und ließ den Besuchern zwei Stühle zurechtrücken. Er setzte sich wieder und schlug die Beine übereinander. Über Hose, Hemd und Halstuch trug er einen feinen Morgenmantel, und er schien eben noch entspannt in seine Zeitung vertieft gewesen zu sein.

Jetzt aber machte er seinem Unmut Luft. »Meine Herren, dass Sie es für nötig erachten, mich am Wochenende zu belästigen, empfinde ich, gelinde gesagt, als Zumutung. Da es jedoch scheint, als ob diese unsägliche Mordgeschichte tatsächlich in Verbindung zu meiner Firma steht, sehe ich es als meine Pflicht an, Ihnen Auskunft zu geben. Also bitte, nehmen Sie Platz und fassen Sie sich kurz.«

Die beiden Kriminalbeamten taten wie geheißen, und Lehmann räusperte sich verlegen.

»Wir bitten vielmals um Entschuldigung«, sagte er, »dass wir nicht umhin können, Ihre Sonntagsruhe zu stören, aber neue Entwicklungen und Ermittlungsergebnisse haben uns zu diesem Schritt veranlasst.«

»Reden Sie nicht um den heißen Brei herum, Wachtmeister. Ich wäre Ihnen sehr verbunden, wenn Sie sich in der Lage sähen, Ihre Fragen rasch und präzise zu stellen und dann wieder zu verschwinden.«

»Sehr wohl.« Lehmann nickte.

Hansen ärgerte sich über die Servilität seines älteren Kollegen. Sie waren doch Amtspersonen, und immerhin ging es um eine Mordsache.

»Im Übrigen, damit wir endlich in medias res kommen, bin ich bereits unterrichtet. Sie haben meinen besten Mann verhaftet.«

»Ja, es tut uns sehr Leid«, sagte Lehmann und senkte den Kopf.

»Ein Sozialdemokrat ist Ihr bester Mann?«, mischte Hansen sich ein, obwohl er Lehmann versprochen hatte, nur wenn nötig das Wort zu ergreifen.

»Ich stamme aus einer alten Hanseatenfamilie«, sagte Middelbrook. »Das Verhältnis zu unseren Mitarbeitern ist von Sachlichkeit geprägt. Wer seine Arbeit gut macht, ist ein guter Mann, egal an was er glaubt und was er außerhalb des Betriebs tut. Tatsächlich haben wir, dank der guten Verbindung von Eriksen zu den Gewerkschaften, einigermaßen Ruhe unter unseren Arbeitern. Auch so etwas zahlt sich aus. Aber nun haben Sie sich ja dazu entschlossen, diese Ruhe zu stören.«

»Von Absicht kann hier keine Rede sein«, sagte Hansen.

Lehmann unterbrach ihn unwirsch: »Herr Eriksen war im Besitz eines Schlüssels zur besagten Wohnung in der Jägerstraße.«

Middelbrook nickte sorgenvoll. »Das hat mir Sergeant Fisch bereits mitgeteilt. Ich muss sagen, ich bin erstaunt und bestürzt. Niemals hätte ich geahnt … aber was kann ich Ihnen sonst dazu sagen?«

»Wundert es Sie nicht«, fragte Hansen, »wie er diese zweite Wohnung unterhalten konnte?«

Middelbrook schüttelte nachsichtig den Kopf. »Man merkt doch, dass Sie nicht aus der Geschäftswelt kommen, junger Mann. Eriksen war ein Vertrauensmann, er hatte weitgehende Vollmachten. Nun sehe ich, es war ein Fehler, ihm diese Privilegien einzuräumen. Er konnte ja in die Bücher hineinschreiben, was er wollte. Falls es ihm nicht behagte, für die Mietkosten aufzukommen, hat er eben den Erhalt der Mietzahlungen für sich selbst quittiert. Und mich damit geschädigt.«

»Es steht ja wohl außer Zweifel, dass er Zugang zur Wohnung hatte«, sagte Lehmann hastig. »Die Frage nach der Quittierung der Miete stellt sich für uns im Moment nicht.«

»Für Sie vielleicht nicht, meine Herren, für mich schon«, sagte Middelbrook. »Sollte es sich nämlich so verhalten, wie ich vermute, muss Herr Eriksen noch mit einer Klage wegen Unterschlagung von meiner Seite rechnen. Da können Sie sich sicher sein.«

»Zweifellos richtig«, stimmte Lehmann zu.

»Wie konnte er aber die teuren Möbel bezahlen, die sich in der Wohnung befinden?«, fragte Hansen.

»Da sehen Sie, dass Sie noch nicht am Ende Ihrer Untersuchungen angekommen sind. Sollte es sich bewahrheiten, dass Eriksen sich in größerem Maße an der Firmenkasse verging… nun wir werden das prüfen und beurteilen.«

»Da ist noch eine prekäre Sache, die wir ansprechen müssen, Herr Middelbrook«, sagte Lehmann nervös. »Eriksen nennt ausgerechnet Sie als Zeugen, der seine Unschuld beweisen soll.«

»Mich? Das ist ja wirklich erstaunlich.«

»Ich bin ganz Ihrer Ansicht«, fuhr Lehmann fort. »Aber er behauptet, an jenem Abend, als der Mord an der Tänzerin im Salon Tingeltangel passierte, bei Ihnen im Büro gesessen zu haben.«

»So, so. Wären Sie so freundlich, mir das Datum zu nennen?«

Lehmann tat es, und Middelbrook stand auf, ging zu dem Sekretär vor dem hohen Fenster und nahm eine Kladde von der Schreibfläche. Er blätterte sie im Stehen durch, suchte nach einer Eintragung, fand sie und schüttelte den Kopf. »Ausgeschlossen, meine Herren, an diesem Tag war ich nicht im Büro. Ich war mit einem Geschäftsfreund im Hotel de l'Europe am Jungfernstieg zum Diner verabredet. In dieser Hinsicht kann ich Herrn Eriksen nicht weiterhelfen.«

»Können Sie uns den Namen des Geschäftsfreundes nennen?«, fragte Hansen.

Middelbrook runzelte die Stirn. »Müssen wir da jetzt auch noch andere Personen mit hineinziehen?«

»Ihr Wort genügt uns selbstverständlich«, beeilte sich Lehmann zu versichern.

»Nein, hören Sie, klären wir die Angelegenheit von Grund auf. Ich habe mich mit Gardener getroffen, John Gardener. Falls Sie Sir John nun allerdings auch noch in dieser Angelegenheit belästigen möchten, wird es schwierig. Er ist nämlich am Tag darauf mit dem Dampfschiff nach Liverpool abgereist.«

»Ich danke Ihnen für Ihre Freimütigkeit«, sagte Lehmann.

»Bitte sehr.« Middelbrook klappte die Kladde zusammen und legte sie wieder zurück. »Sonst noch etwas, womit ich Ihnen helfen kann?«

Lehmann schüttelte den Kopf und stand hastig auf. »Entschuldigen Sie bitte, dass wir Sie belästigen mussten.«

Hansen starrte den großen, kräftigen Mann an. So souverän wie dieser Großbürger würde er nie werden. Den konnte nichts erschüttern – keine Spur von Aufregung oder Entrüstung, obwohl sein engster Mitarbeiter des Mordes verdächtigt wurde. So einer ärgerte sich zuallererst einmal darüber, dass er in seiner Sonntagsruhe gestört wurde. Aber dann streicht er sich den Morgenmantel glatt, verabschiedet die Störenfriede und vergisst die lästige Angelegenheit. Vielleicht hat er ein wenig Geld verloren und einen guten Mann. Na, was soll's, Angestellte sind ersetzbar. Aber, dachte Hansen grimmig, ein Menschenleben, und sei es auch nur das einer Varietétänzerin vom Hamburger Berg, konnte nicht ersetzt werden. Olga Trampitz war tot, für immer ausgelöscht, und dieser Herr hier war verstimmt, weil man ihm ein paar Fragen stellte. Hansen fand es empörend, dass es Menschen gab, die auf den Tod eines anderen mit derartiger Gleichgültigkeit reagierten.

Er merkte, dass Lehmann ihn mit finsterer Miene auffordernd anblickte, und erhob sich.

»Bitte verzeihen Sie meine Zudringlichkeit, Herr Middelbrook«, hörte er sich zu seinem eigenen Erstaunen sagen. »Sie tragen da einen wunderschönen Morgenrock, gerade so einen, wie ihn sich mein alter Herr immer gewünscht hat. Er hat ja nun bald Geburtstag. So etwas wäre ein wundervolles Geschenk.«

Hansen spürte den harten Griff von Lehmanns Hand an seinem Oberarm. Middelbrook starrte ihn verblüfft an. Dann strich er zufrieden über den feinen Stoff seines Morgenmantels.

»Ein derartiges Stück dürfte für Sie unerschwinglich sein, Herr Hansen.«

»Sie haben den Mantel von einem Schneider anfertigen lassen?«, fragte Hansen weiter, obwohl der eiserne Griff von Lehmann immer schmerzhafter wurde.

»Schneiderei Edelmann«, sagte Middelbrook hochnäsig. »Der Stoff allerdings stammt aus Holland.«

Hansen deutete eine Verbeugung an. »Sicherlich unerschwinglich für unsereinen, da haben Sie wohl Recht.«

»Komm jetzt!«, zischte Lehmann und schob ihn zur Tür.

Middelbrook zog an einem Klingelband. »Mein Diener wird Sie hinausbegleiten.«

Lehmann stammelte noch einige Enschuldigungen und Abschiedsfloskeln, dann folgten die beiden Kriminalisten dem Diener die schmale Stiege hinunter und verließen die Villa Middelbrook durch den Dienstboteneingang.

Nachdem sie sich außerhalb des Grundstücks befanden, blieb Hansen stehen, um die Villa noch mal zu betrachten. Das Mädchen mit dem Reifen sah den Männern nach. Hansen winkte ihm zu. Das Mädchen hob die Hand und grüßte schüchtern zurück. Auf dem Balkon erschien eine Frau und rief. »Lieschen!« Das Mädchen drehte sich um und lief zu ihr hin.

Lehmann zog Hansen mit sich fort. Er hatte es mächtig eilig, während er ihm eine Strafpredigt hielt. »Das war ja ungeheuerlich! Heinrich, was bildest du dir ein! Du solltest den Mund halten. Stattdessen hast du dich so frech und anmaßend benommen wie ein Rotzbengel aus der Vorstadt.«

»So einer bin ich im Grunde genommen auch«, entgegnete Hansen ruhig. »Wenn ich mich mit dem da vergleiche.«

»Das ist noch lange kein Grund, sich derart zu verhalten. Was sollte denn diese Geschichte mit dem Morgenmantel? Und auch noch diese dumme Lüge mit deinem Vater. Der ist doch lange tot!«

»Ja, ja. Es hat mich einfach interessiert, woher er dieses hübsche Kleidungsstück hat«, erklärte Hansen ruhig.

»Unglaublich! Lächerlich!«

»Ist doch interessant, dass er ihn bei Schneider Edelmann anfertigen ließ.«

»Unfug!«, rief Lehmann. »Was soll denn das nun wieder beweisen? Das Kostüm aus dem Varieté wurde von der Tänzerin in Auftrag gegeben. Herr Middelbrook hat damit nichts zu tun. Was für ein abwegiger Gedanke!«

»Ich hab doch gar nicht behauptet, dass der Morgenmantel und das Kostüm etwas miteinander zu tun haben …«

»Schluss jetzt!«

»Findest du es nicht erstaunlich, dass Middelbrook nur ein Zeuge eingefallen ist, der sich ausgerechnet in England befindet?«

»Nach England kann man telegrafieren.«

»Im Hotel müsste man natürlich auch nachfragen.«

»Das werde ich tun!«

»Nun müssen wir noch den Bückling informieren.«

»Das hat Zeit bis morgen. Du kannst dir für den Rest des Tages freinehmen. Ich verfolge die Angelegenheit weiter.«

»Zu Befehl.«

Schweigend gingen sie die Chaussee entlang Richtung Altona. Ab und zu wurden sie von einer Pfededroschke oder einem elektrisch betriebenen Kraftwagen überholt. Ausflügler auf Fahrrädern fuhren ihnen entgegen. Je näher sie dem Bahnhof kamen, umso mehr Fußgänger begegneten ihnen. Ein warmer Südwind wehte ihnen den Geruch von Kohlenrauch und Fisch entgegen.

Hansen entschloss sich, Lehmanns Befehl zu ignorieren und den Sonntag für weitere Ermittlungen zu nutzen. Außerdem konnte er Berufliches mit Privatem verbinden: Er machte sich auf in die Jägerstraße, um noch einmal der Familie Martens einen Besuch abzustatten.

Pits Mutter empfing ihn herzlich: »Heinrich, wie schön. Heute hast du Glück. Die Jungs sind noch da.«

Hinter ihr im Flur tauchte das Gesicht von Peter Martens auf. Über der gebügelten Sonntagshose trug er nur ein ärmelloses Unterhemd.

Als er Hansen sah, verzog er unschlüssig und zweifelnd das Gesicht, brummte: »Sieh mal an, Wachtmeister Hansen!« Aber dann ging er mit großen Schritten auf ihn zu und zog ihn mit muskulösen Armen an sich. Er war frisch rasiert und roch nach Seife. »Heinrich, alter Junge! Das wir uns noch mal wiedersehen! Komm rein! Hock dich in die Küche! Erzähl! Hab schon von Klaas gehört, dass du wieder im Lande bist. Mutter hat's auch schon erzählt.«

Sie setzten sich an den Küchentisch. Frau Hansen nahm den Topf mit den frisch geschälten Kartoffeln weg, um ihnen Platz zu machen, und stellte sie auf die Anrichte, wo eine Schüssel mit Kochbirnen stand und eine zweite mit grünen Bohnen, die sie nun klein zu schneiden begann.

»Immerhin trägst du keine Uniform. Bist ein Kriminaler geworden, was?«

»Erst mal bloß Schutzmannanwärter. Mal sehen, was draus wird.«

»Schade um so einen Kerl wie dich. Bist jetzt also einer von denen, die Staat und Kapital verteidigen müssen. Hättest du keinen anständigen Beruf ergreifen können?«

Das war halb scherzhaft, halb ernst gemeint. Mutter Martens mahnte: »Nun fang doch nicht gleich an, mit ihm zu streiten, Peter. Er ist doch auf Besuch gekommen. Nach all der Zeit.«

»Hast ja Recht, Mutter. Ans Eingemachte kommen wir früh genug, was? Also erzähl, wo du dich herumgetrieben hast, Heinrich!«

Hansen schilderte einige Erlebnisse aus seiner Zeit als Matrose und Marine-Offizier. Es dauerte jedoch nicht lange und Peter Martens konnte sich nicht mehr zurückhalten. Er machte sarkastische Bemerkungen über die läppischen Versuche des Deutschen Reiches, sich in Sachen Kolonialismus zu betätigen, und über die kapitalistischen Welteroberungsfantasien so mancher Hanseaten, die im Schutz der Flotte ihre Weltmarktposition verbessern wollten.

Hansen verspürte keine große Lust, über Politik zu debattieren, und als sein Freund das merkte, lenkte er ein. »Na ja, man kann's auch so sehen: Wir bauen denen die Schiffe, damit sie ihren zweifelhaften Geschäften nachgehen können. Ist schon eine zweischneidige Angelegenheit, an einem Kriegsschiff mitzubauen. Ich wäre eher dafür, dass die Gewerkschaft solche Aufträge sabotiert, aber die denken immer nur von heute auf morgen und nicht an das große Ganze. Hauptsache, die Münzen klimpern in der Tasche, da wird der Arbeiter schon mal schwach, wenn's um Brot und Bier geht. Muss noch viel Aufklärungsarbeit geleistet werden, bis die Fronten klar sind …«

Martens schweifte ab in Details der Partei- und Gewerkschaftsarbeit, bis seine Mutter ihn bremste. »Aber das kann doch Heinrich nicht interessieren, Peter, was ihr für Diskussionen führt innerhalb der SPD.«

»Auch wieder wahr«, seufzte der Zurechtgewiesene. »Hast ja Recht, Muttchen. Will mal lieber nicht zu viel ausplaudern. Eines Tages landet Gevatter Hein noch bei der Politischen.«

»Peter!«

»Ist ja schon gut«, lenkte Martens verschämt ein.

»Was habt ihr denn gegen die Polizei?«, fragte Hansen. »Wenn ihr mal die Wahlen gewinnt, braucht ihr sie doch auch.«

»Hast du das gehört, Muttchen? Er interessiert sich doch für Politik. Darauf darf ich ja wohl eine Antwort geben!«

Frau Hansen quälte sich mit dem Schälen der kleinen Birnen ab und seufzte. »Ach, Peterchen, nu lass man. Ist doch Sonntag.«

Aber ihr Sohn war nicht zu bremsen: »In der klassenlosen Gesellschaft, mein Lieber, gibt es kein Verbrechen mehr, weil alle Menschen gut versorgt sind und niemand hungern muss. Alle haben Arbeit, alle haben zu essen, niemand wird ausgebeutet. Jeder nach seinen Fähigkeiten, jeder nach seinen Bedürfnissen.«

»Peter, wolltest du mir nicht den Speck klein schneiden?«, fragte Frau Hansen zaghaft.

»Ach, Muttchen! Du hörst doch, dass wir gerade was zu besprechen haben.«

»Na, ich weiß nicht«, sagte Hansen. »Jemand muss doch für Ordnung sorgen, auch im Arbeiterstaat.«

»In der Übergangszeit, natürlich. Die Diktatur des Proletariats wird kein Honiglecken. Da muss eine Volksmiliz her, die alles unter Kontrolle hat und die Angriffe des Klassenfeindes zurückschlägt. Aber später ist das alles nicht mehr nötig. Alle sind gleich, da muss niemand mehr Gesetze übertreten, weil es gar keine Gesetze mehr gibt, nur den reinen, unverfälschten Volkswillen.«

»Na ja,« wandte Hansen ein, »wenigstens den Unterschied zwischen Männern und Frauen, den wird es doch wohl noch geben.«

»Wird auch aufgehoben!«, erklärte Martens.

»Also, ich weiß nicht, wenn ich mir unser St. Pauli hier so angucke, mit den ganzen Bierlokalen und Cafés und Kneipen, den Tanzlokalen und Theatern und Varietés, da muss doch jemand für Ordnung sorgen und dass niemand übervorteilt oder ausgenommen wird.«

Peter Martens lachte abfällig. »Ordnung ist wohl dein Lieblingswort? Also hör mal: Bierlokale und Kneipen schön und gut, und Volkstheater muss es auch geben. Aber diese unmoralischen Veranstaltungen, wo Frauen ihre Schönheit verkaufen und Männer dafür bezahlen, dass sie ihre Sehnsucht stillen, das alles wird dann der Vergangenheit angehören. Proletarisches Vergnügen wird ein sauberes Vergnügen sein!«

»Also, ich bin mir da nicht so sicher«, sagte Hansen und wunderte sich über seine Hartnäckigkeit. Er hatte noch nie große Lust verspürt, über Politik zu reden. Vielleicht lag es daran, dass er sich als Polizist herausgefordert fühlte. Es drängte ihn, seine wenigen Erfahrungen in dieser neuen Rolle einzubringen. »Die

Leidenschaften bleiben doch gleich, Pit. Der Mensch trägt Sehnsüchte in sich, die nie versiegen werden. Ich denke zum Beispiel an diese Mordgeschichte, mit der ich beschäftigt bin. Eine Tänzerin im Salon Tingeltangel wurde erwürgt. Wahrscheinlich ein Verbrechen aus Leidenschaft oder einem ähnlichen Antrieb. Wer soll sich denn um solche Angelegenheiten kümmern, wenn es keine Krimpo mehr gibt?«

»Fehlgeleitete Leidenschaft muss in der Zukunftsgesellschaft verschwinden. Frauen, die sich darbieten, darf es nicht mehr geben. Alle müssen sich in den Volkskörper einfügen.«

»Aber du wirst doch nicht alle Varietés schließen können!«

»Wer sagt, dass wir das nicht können, wenn wir erst mal die Macht haben?«

»Keine Varietés und Vergnügungslokale mehr?«, fragte Hansen erstaunt.

»Damit solche Profiteure wie unser ehemaliger Freund Jan Heinicke sich nicht auf Kosten anderer eine goldene Nase verdienen. In seinem Lokal ist dieser Mord doch passiert, stimmt's?«

»Ja.« Und jetzt konnte Hansen nicht umhin, dem hochmoralischen Eiferer einen Dämpfer zu verpassen. »Und stell dir vor, wir mussten ausgerechnet einen Sozialdemokraten als Verdächtigen verhaften lassen. Drüben in Altona.«

»Wie bitte? Einen Sozialdemokraten? Und an so einer Verschwörung beteiligst du dich!«

»Peterchen, mein Junge, nicht so laut!«, rief Mutter Martens beschwichtigend, während sie die schweren Töpfe auf den Herd stellte.

»Ein gewisser Eriksen, Angestellter der Getreidemühle Middelbrook am Altonaer Hafen unten. Sozialdemokrat, aber trotzdem Prokurist.«

»Eriksen?« Martens schlug mit der Faust auf den Tisch. »Das gibt's doch gar nicht!«

»Die Beweise sprechen gegen ihn. Er hat das Mädchen gekannt. Er hat ihr sogar eine Wohnung eingerichtet, hier – nur eine Terrasse weiter.«

»Das ist doch absoluter Blödsinn, was du mir da erzählst.«

»Wir haben den Schlüssel zu diesem Liebesnest bei ihm in der Wohnung gefunden.«

»Ein Liebesnest? Eriksen?« Martens kniff die Augen zusammen. »Lächerlich! Den Schlüssel habt ihr ihm untergeschoben. Kann mir schon vorstellen, wie sich das abgespielt hat. Ihr braucht ein schwarzes Schaf. Da habt ihr euch eines gesucht. Und ein Sozialdemokrat ist immer gut als Bösewicht. Da sind die Richter schnell mit harten Urteilen dabei.«

»Ihm wurde nichts untergeschoben!«, empörte sich Hansen. Leiser fügte er hinzu: »Ich war bei der Durchsuchung dabei. Ich selbst habe den Schlüssel in einer Schublade gefunden.«

»Du warst aber nicht dabei, als Eriksen ihn hineingelegt hat?«

Hansen zögerte. »Nein.«

»Vielleicht hat ihn jemand anders dort hingetan.«

»Unmöglich.«

»Nichts ist unmöglich. Besonders dann nicht, wenn es darum geht, jemandem etwas unterzuschieben. Eriksen ist ein anständiger Kerl. Ich kenne ihn gut. Ein braver Genosse, Revisionist zwar, aber dennoch ein Mann von Moral und Gewissen. Er gehört dem Altonaer Parteivorstand an.«

»Er bräuchte ein besseres Alibi«, sagte Hansen.

»Wieso?«

»Er behauptet, am Abend als der Mord passierte, mit seinem Chef im Kontor gesessen zu haben. Aber Middelbrook sagte uns, er hätte sich im Hotel de l'Europe mit einem englischen Geschäftsfreund getroffen.«

»Hm, und was sagt der Engländer?«

»Ist nach England abgereist.«

»Sieh mal an, ein wichtiger Zeuge, der abgereist ist.«

»Wir werden ihn schon ausfindig machen.«

»Wenn es ihn gibt.«

»Du sagst, Eriksen sei ein Mann von Moral und Gewissen. Aber dann dürfte er sich deiner Ansicht nach doch wohl nicht in Nachtlokalen auf dem Hamburger Berg herumgetrieben haben.«

»Sollte man meinen«, stimmte Martens zu.

»Er wurde aber im Varieté Tingeltangel gesehen. Sogar hinter der Bühne. Wir vermuten, dass er ein Verehrer der ermordeten Tänzerin war.«

»So? Na ja.« Martens zog die Stirn kraus. »Ich erinnere mich an eine Geschichte, von der ein Altonaer Genosse erzählte. Es ging um ein Vorstandsmitglied. Name wurde keiner genannt. War eine interne Sache. Bisschen prekär. Das fragliche Vorstandsmitglied hatte wohl Pech mit der Liebe zu einer Genossin. Die wies ihn ab. So was kommt vor, mit der freien Liebe ist es noch nicht so weit her. Danach hat er wohl kurzzeitig den Halt verloren. Wir sehen es ja nicht so gern, wenn Genossen, zumal wenn sie eine führende Position bekleiden, sich in solchen Etablissements herumtreiben. Ich weiß nicht viel, außer dass da schwere Rügen ausgesprochen wurden. Keine Ahnung, wen es betraf. Vielleicht Eriksen?«

Vielleicht weil er einer Tänzerin ein Liebesnest einrichtete?, fragte sich Hansen.

»Peter«, meldete sich Mutter Martens wieder zu Wort, »sag doch mal Vater und Bruno Bescheid. Das Essen ist gleich fertig. Heinrich, du isst doch mit? Es gibt Birnen, Bohnen und Speck. Das hast du doch mal gern gemocht.«

»Ist immer noch mein Leibgericht, Frau Martens.«

»Na, schön, nu hilf man, den Tisch decken.«

»Klar doch, Frau Martens.« Hansen stand auf. »Dann wollen wir die Kombüse mal auf Vordermann bringen.«

Wenig später, nachdem die beiden Jugendfreunde noch einen großen Krug Braunbier aus der Kneipe besorgt hatten, saßen sie Ellbogen an Ellbogen am Tisch und langten zu. Es war fast so wie in alten Zeiten.

»Ich habe da eine eigenartige Entdeckung gemacht«, sagte Oberassistent Ehrhardt am nächsten Morgen am Telefon. »Wir sollten uns treffen. Außerhalb des Büros, auf halbem Weg wäre mir lieb.

Fährhaus Landungsbrücken. Sind Sie abkömmlich? Sagen wir in einer Stunde?«

Da Paulsen noch nicht zum Dienst erschienen war und Lehmann zur Nachtschicht eingeteilt war, musste Hansen sich bei Wachtmeister Breitenbach abmelden. Er bemühte sich, besonders zackig zu klingen, als er mitteilte, dass Oberassistent Ehrhardt ihn heute noch gründlicher in die Geheimnisse der Daktyloskopie einweihen wolle. Da montagvormittags die ruhigste Zeit auf der Davidwache war, entließ Breitenbach den Schutzmannanwärter gnädig mit der Aufforderung, er solle seine Zeit nicht verschwenden, man brauche jederzeit jeden Mann in Bereitschaft.

Hansen schlenderte, die Hände in den Hosentaschen, vorbei an den geschlossenen Vergnügungshallen. Der Spielbudenplatz wirkte ausgestorben, nicht einmal Cigarren-Hannes hatte so früh am Morgen schon Posten bezogen. Auch die Buden und Karussells am Circusweg waren noch verrammelt, auf der Sylter Allee herrschte kaum Verkehr. Es roch nach Seeluft, und als Hansen das träge dahinfließende Wasser der Elbe im Morgenlicht aufblitzen sah, wurde ihm wehmütig zumute. Er dachte an seine Zeit als Seemann und fragte sich, ob es nicht besser gewesen wäre, bei der Marine zu bleiben. In jener straff organisierten militärischen Welt, wo es keine Zweifel und keine Unwägbarkeiten gab und wo auch noch der langweiligste Bordalltag von der immer wieder neu genährten Hoffnung beseelt wurde, bald einen weiteren Hafen oder unbekannte Gewässer in weiter Ferne anzusteuern. Er war über sich selbst erstaunt – er hatte Fernweh.

Die Elbe bot das gewohnte Bild: Ewer, Fischerboote und Barkassen kreuzten quirlig zwischen mächtigen Segelschiffen und Flussdampfern, vor den Landungsbrücken hatte ein stählerner Ozeanriese im Strom festgemacht. An den eisernen Stegen der Landungsbrücken lagen einige kleinere Schiffe.

Hansen näherte sich mit großen Schritten dem Fährhaus gegenüber dem Anleger. Vor den Fahrkartenhäuschen und den Buden der Fährunternehmen standen Ausflügler, um eine Fahrkarte zu erstehen. Hansen passierte die Droschkenstation und ließ seinen Blick über die überdachten Terrassen und Balkone des Fährhauses schweifen.

Ehrhardt stand unter eine Markise im ersten Stock und winkte dem näher Kommenden zu.

Hansen betrat das Restaurant durch den Haupteingang und stieg die Treppe nach oben, nachdem ihm eine Serviererin mit Schürze und Häubchen den Weg gewiesen hatte.

»Außendienst ist doch der schönste Dienst«, empfing ihn Ehrhardt freundlich. »Ihr Exekutivbeamten wisst ja gar nicht, wie gut ihr es habt im Vergleich zu uns Bürohengsten.«

Sie schüttelten sich die Hand und bestellten Kaffee. Hansen legte seine Schirmmütze auf den Stuhl neben sich. Ehrhardt behielt seinen steifen Filzhut auf dem Kopf.

Der Beamte deutete über die Landungsbrücken hinweg auf die Elbe. »Schön nicht? Dafür kann man Hamburg einiges verzeihen.«

»Was muss man dieser Stadt denn verzeihen?«

»Den Krämergeist, die Bevormundung des Volkes durch das Bürgertum, die stinkenden Rauchschwaden der Dampfer, den Fischgeruch. Na ja, es wird langsam alles besser. Früher gab es hier an dieser Stelle Tranbrennereien. Mein Großvater hat da gearbeitet. Er hat diesen Geruch sein Lebtag nicht von der Haut gekriegt. Es ist noch gar nicht so lange her, da wurde hier vor allem Vieh verschifft. Jetzt werden Menschen in Massen in die Bäuche der Dampfer gepfercht und nach Amerika gebracht. Frage mich, was die da alle wollen.«

»Ein neues Leben anfangen«, meinte Hansen.

»Ja, ja«, sagte Ehrhardt versonnen. Nach einer Pause fuhr er fort: »Aber wir sind ja nicht hierher gekommen, um uns in Betrachtungen zu ergehen, sondern um uns mit kniffligen Tatsachen herumzuplagen.«

Der Kaffee wurde auf ovalen silbernen Tabletts serviert. Ehrhardt blickte der jungen Kellnerin nach. »Hübsch, hübsch.«

»Was haben Sie denn herausgefunden?«, fragte Hansen.

Ehrhardt goss einige Tropfen Sahne in den Kaffee und rührte um. »Etwas höchst Eigenartiges«, sagte er.

»Der Katzenschwanz?«

Ehrhardt nickte und senkte die Stimme. »Dies ist zunächst einmal ein Gespräch zwischen uns. Ich habe nichts notiert. Danach müssen wir entscheiden, wie wir weiter verfahren. Besser gesagt: Es ist Ihre Entscheidung, Hansen, so Leid es mir tut, das zu sagen.«

»Fingerabdrücke?«

»Auf diesem Stofffetzen, ja, tatsächlich. Hat mich, ehrlich gesagt, etwas gewundert. Aber da sieht man mal, wie fortgeschritten unsere Methoden schon sind. Der Stoff ist ja sehr glatt und relativ steif. Ich konnte einige Abdrücke sicherstellen. Hab sie erst mal in die unterste Schublade meines Schreibpults gepackt. Bisschen mulmig ist mir schon dabei.«

»Was für Abdrücke?«

»Na ja, einige verwischte, unvollständige, mit denen man gar nichts anfangen kann, aber … Sie sagten doch, dieser Schwanz sei an eine Tür genagelt worden?«

»Ganz recht.«

»Dabei muss man natürlich richtig zufassen, ihn hochhalten, gegen das Holz legen, festpressen und mit der anderen Hand den Nagel durch den Stoff hindurch ins Holz schieben. Ich vermute, so wie ich die Abdrücke lese – linke Hand mit Daumen, Zeige-, Mittel- und Ringfinger, rechte Hand nur Daumen und Zeigefinger, und alle Abdrücke in der Nähe des kleinen Lochs im Stoff –, dass der Nagel nicht mit dem Hammer, sondern mit dem Daumen ins Holz gedrückt wurde.«

»Nun gut, aber was sagt uns das?«

»Erst mal gar nichts, außer dass es wohl stimmt, was die Tochter Ihres Kollegen ausgesagt hat: Offenbar wurde der Schwanz mit einem Nagel an einer Tür befestigt.«

Hansen spürte ein Gefühl der Enttäuschung in sich aufsteigen. »Aber das ist doch keine Erkenntnis!«

»Hab ich ja auch gar nicht behauptet.« Ehrhardt führte die Tasse zum Mund. »Trinken Sie, bevor er kalt wird. Nach dem, was ich Ihnen jetzt erzähle, brauchen Sie sowieso einen Schnaps.«

Hansen rührte den Kaffee nicht an. »Raus damit!«, forderte er grimmig.

»Wenn es den Zufall nicht gäbe – glücklich oder nicht –, würde so manches Verbrechen nie aufgeklärt werden …«

»Ich will keine Abschweifungen. Ich will die Wahrheit!«, rief Hansen.

Ehrhardt hob beschwichtigend die Hand: »Die Wahrheit müssen Sie allein herausfinden. Ich kann Ihnen nur mit bescheidenen Tatsachen dienen.«

»Raus damit!«

Ehrhardt holte tief Luft. »Nun gut, ich habe herausgefunden, wem die Fingerabdrücke auf diesem Stück Stoff gehören.«

»Einem Verbrecher aus der Kartei?«

»Nein.«

»Doch nicht dem Opfer?«

»Keineswegs.«

»Sondern?«

Ehrhardt lehnte sich nach vorn und senkte die Stimme: »Einem Kollegen.«

»Abdrücke von einem Polizisten?«

»So ist es.«

»Doch nicht von Wachtmeister Lehmann?«

»Nein.«

»Von wem?«

»Sehen Sie, Hansen, es ist einfach ein eigenartiger Zufall. Vor ein paar Wochen hatten wir eine Art Einführung in die neue Technik im Kriminalmuseum im Stadthaus. Dazu wurden alle Beamte mit mindestens Wachtmeister-Dienstgrad geladen, um sie mit den Grundlagen der Daktyloskopie vertraut zu machen. Auch Angehörige des Kriminalreviers 7. Ich weiß nicht, was sich speziell dieser Beamte davon versprochen hat, er stand der neuen Technik sehr ablehnend gegenüber. Ein Großteil der älteren Polizisten glaubt ja, dass es sich bei der Abnahme und Katalogisierung von Fingerabdrücken um Zeitverschwendung handelt. Einige der anwesenden Beamten haben probeweise ihre Abdrücke machen lassen. Ich hab die dann auch katalogisiert. Ich bin da sehr pedantisch. Habe ich erst mal etwas gesammelt, wird es auch archiviert. Die Daten dieses Beamten wurden ordentlich abgeheftet und registriert. Nachdem ich die Abdrücke auf dem Schwanz sichergestellt hatte, habe ich mal im Register nachgesucht. Und da war er!«

»Wer?«

»Es handelt sich um einen Vigilanzbeamten aus der politischen Abteilung.«

»Schuback!«

»Das ist interessant, dass Sie selbst auf den Namen kommen. Es beruhigt mich auch.«

»Wachtmeister Schuback, der Spitzel!«

»Nun müssen Sie mir aber mal die Frage beantworten, was einen Beamten der politischen Vigilanz dazu veranlasst, den Schwanz eines Katzenkostüms an die Wohnungstür eines anderen Wachtmeisters zu nageln.«

Eine gute Frage, die naheliegendste. Aber Hansen konnte sie nicht beantworten. Er referierte nochmals die Tatsachen: das Mordopfer Olga Trampitz, Tänzerin mit angeblich drei Liebhabern; die drei Bärte: Seehund, Bürste und Strich; Lehmann hinter der Bühne des Salons Tingeltangel, Vigilant Schuback in der Jägerstraße vor der Tür von Olgas Liebesnest; Fabrikant Middelbrook, Besitzer des Hauses in der Jägerstraße, und sein Hotelalibi; der des Mordes verhaftete sozialdemokratische Prokurist Eriksen und seine angeblich unerfüllte Leidenschaft zu Olga Trampitz; Jan Heinickes dunkle Geschäfte; Lehmanns mysteriöse Krankheit und sein Hang dazu, bedenkenlos Geschenke entgegenzunehmen … Es war verwirrend.

»So geht es nicht. Man muss mit Logik arbeiten, Ordnung hinein bringen«, schlug Ehrhardt vor. »Wer sind die drei Liebhaber der Ermordeten?«

»Eriksen hat einen Seehundschnauzer, Schuback eine Bürste, Middelbrook einen Strich. Aber wenn Middelbrook nicht infrage kommt, fehlt uns einer.«

»Was hat Lehmann für einen Bart, Schnauzer, nicht?«

Hansen schaute Ehrhardt erschrocken an. »Ja, aber …«

»Ein Strich fällt weg, aber wir haben zwei Seehunde!«

»Aber Lehmann …«, wandte Hansen kraftlos ein.

»… ist doch eine mysteriöse Figur in diesem Zusammenhang!«

»Was kann er denn dafür, dass ein anderer ihm einen Katzenschwanz an die Tür nagelt?«

»Ja eben«, brummte Ehrhardt. »Das ist ja gerade die Frage. Es handelt sich doch um den Schwanz des Kostüms, das der Mörder getragen hat, oder?«

Hansen kam ein Gedanke. »Könnten da nicht auch Abdrücke …?«

Ehrhardt schüttelte den Kopf. »Nein, anderer Stoff, zu weich, nichts zu machen.«

»Aber warum sollte Schuback den Drang haben, Lehmann zu quälen?«

»Ja, warum? Finden Sie es heraus, Hansen!«

»Ich allein? Damit überheb ich mich. Ich habe doch noch nicht mal meine Probezeit hinter mir.«

»Und ich, ich bin nur Bürobeamter, Hansen. Außerhalb des Stadthauses habe ich nicht viel zu melden.«

»Aber das ist eine entsetzliche Geschichte!«

»Das gebe ich zu. Und wenn Sie es verlangen, vergessen wir unser Gespräch und lassen die Angelegenheit auf sich beruhen.«

»Das ist unmöglich!«

»Ich dachte mir, dass Sie es so sehen.«

»Wie soll ich denn in dieses Durcheinander Ordnung bringen?«

»Details klären. Und wenn sie geklärt sind, in das Mosaik des großen Ganzen einfügen«, schlug Ehrhardt vor. »Wie wäre es zum Beispiel, wenn Sie erst mal das Alibi des Fabrikanten überprüfen. War er wirklich im Hotel de l'Europe?«

»Ja, das muss ich herausfinden.«

»Was haben Lehmann und Heinicke miteinander zu tun, wäre eine andere Frage. Ebenso das große Geheimnis, das Schuback und Lehmann verbindet. Es muss doch etwas mit dem Tod der Tänzerin zu tun haben.«

»Ja, mir schwirrt der Kopf. Aber genau das will ich tun: Details klären und die Fragmente zusammenfügen.«

»In so einer schwierigen Angelegenheit sollten Sie sich allerdings einem Vorgesetzten anvertrauen. Das wird Ihnen einige Last von den Schultern nehmen.« Ehrhardt zog eine Uhr aus der Rocktasche und warf einen Blick darauf. »Es wird Zeit für mich.« Er stand auf, winkte der Kellnerin, die ihn übersah, und sagte: »Die Sache mit den Fingerabdrücken bleibt einstweilen unter Verschluss in meinem Pult. Sie lassen mich rechtzeitig wissen, wie Sie weiter verfahren wollen?«

»Ja.«

»Gut, Hansen, viel Glück!« Er versuchte nochmals vergeblich, die Aufmerksamkeit der Kellnerin zu erregen, und sagte verschmitzt: »Ich will mich mal um die junge Dame dort kümmern, die mich anscheinend zur Zechprellerei verführen will. Sie sind eingeladen, Hansen!«

»Danke.«

Eine Weile beobachtete Hansen, wie Ehrhardt mit der jungen Kellnerin scherzte. Schließlich ließ er von ihr ab, winkte Hansen zu und verließ das Fährhaus. Unten stieg er in eine einspännige Droschke.

Im Büro angekommen, rief Hansen im Hotel de l'Europe an und fragte den Restaurantchef, ob Middelbrook am Abend des Mordes dort gespeist habe. Der Hotelangestellte versprach schnelle Klärung und rief tatsächlich eine halbe Stunde später zurück: Ja, Herr Middelbrook habe mit einem englischen Herrn im Restaurant gesessen, bestätigte er, allerdings nicht am fraglichen Tag, sondern einen Abend zuvor. Hansen bedankte sich und hängte ein.

Anschließend meldete er sich zum Wachdienst zurück. Er setzte sich ins Schreibzimmer, versuchte sich an einem Bericht für Paulsen. Über mehr als zwei Sätze kam er nicht hinaus, dann knüllte er das Papier zusammen und begann von neuem. Der Bleistift brach ihm ab. Er zerriss das Papier, warf es in den Papierkorb, spitzte den Bleistift. Ehe er abermals zu schreiben begann, ordnete er seine Gedanken. Dann brachte er zu Papier, was ihm an Tatsachen bekannt war. Er beschränkte sich auf die Erkenntnisse, verbot sich alle Spekulationen. Schließlich legte er den Bleistift beiseite und dachte darüber nach, was sich aus den ihm bekannten Tatsachen ergab. Die größte Sorge machte ihm die Frage, wie der Schlüssel zur Wohnung in der Jägerstraße in Eriksens Schublade gekommen sein könnte.

Er entschloss sich, noch nicht zu Paulsen zu gehen. Zuvor wollte er mit Lehmann über alles sprechen. Der alte Wachtmeister war sein Freund, er hatte ein Anrecht darauf, gehört zu werden.

Noch nie war ein Tag auf der Davidwache für Hansen so quälend langsam vergangen. Er meldete sich zum Patrouillengang und hegte die Hoffnung, es möge etwas passieren, das ihn davon abhielt, zu tun, was er sich vorgenommen hatte. Aber an diesem Tag war es wie verhext: Auf St. Pauli war alles in schönster Ordnung. Es war ein luftiger Spätsommertag, eine frische Brise von Westen her belebte die Gemüter der nachmittäglichen Spaziergänger. Es war, als ob sie die Straßen vor schmutzigem Gesindel sauber hielt. Zum Ende der Tagesschicht entschloss er sich zu einem kurzen Spaziergang über die Grenze nach Altona in die Schauenburger Straße. Nervös trat er den Rückweg an.

Um Viertel vor acht, kurz vor Beginn der Nachtschicht, als der frische Wind sich gelegt hatte und die Dämmerung hereinbrach, stand Hansen auf dem oberen Treppenabsatz der Davidwache zwischen den Säulen und wartete auf Lehmann.

Als er ihn unter den Bäumen hindurch über den Spielbudenplatz kommen sah, lief er ihm eilig entgegen.

»Guten Abend, Alfred, ich muss mit dir reden.«

Lehmann ging weiter. »Was ist denn los? Ich hab jetzt keine Zeit, Dienstbeginn, das weißt du doch, Heinrich.«

»Du hast noch ein paar Minuten Zeit. Es ist wichtig. Der Fall Trampitz.«

Lehmann blieb widerwillig stehen. »Was gibt es denn da noch? Wir haben unsere Arbeit getan. Eriksen ist im Untersuchungsgefängnis. Der Rest ist Sache des Gerichts.«

»Die Angelegenheit ist noch nicht erledigt, Alfred. Ich habe im Europa-Hotel am Jungfernstieg angerufen und mit dem Restaurantchef gesprochen.«

»Ich habe schon bemerkt, dass du dich hinter meinem Rücken zu schaffen machst. Du bist mir ein bisschen zu vorwitzig geworden, mein Junge!«

»Middelbrook war am Abend des Mordes nicht mit seinem englischen Geschäftsfreund im Hotel.«

»So, mit wem denn sonst?«

»Er war gar nicht da. Das Diner mit dem Engländer fand einen Tag früher statt.«

»So so, na wenn sich da mal der Herr Oberkellner nicht geirrt hat.«

»Alfred ...«

Zwischen den Bäumen hindurch trippelte eine gebrechlich wirkende Frau, im Arm hielt sie einen großen Korb mit gelben Früchten. »Zitroon! Zitroon!«

Lehmann zuckte zusammen. »Mensch, die Zitronen-Jette!«, entfuhr es ihm. »Ich dachte, die gibt's nicht mehr.«

»Zitroon, Zitroon! Oder auch Eintrittskarten fürs Theater, meine Herren? Sie werden Tränen lachen und weinen!«

»Lass man, Mädel, troll dich weiter!«, fuhr Lehmann sie an.

Die Schauspielerin machte kehrt und trippelte davon.

»Was willst du eigentlich von mir?«, herrschte Lehmann nun Hansen an.

»Ich habe mir ein paar Gedanken gemacht über den Fall Olga Trampitz. Und die wollte ich dir mitteilen, bevor ich zu Paulsen gehe.«

»Ach, zu Paulsen willst du gehen? Sieh mal an. Man sollte doch meinen, dass es meine Aufgabe wäre, in dieser Angelegenheit mit dem Revierleiter zu sprechen.«

»Du warst ja nicht da. Manches ist liegen geblieben.«

»So?«

»Das Foto aus Olgas Pensionszimmer zum Beispiel ...«

»Was kann ich dafür, wenn die im Sudetenland sich nicht melden? Willst du mich über meine Arbeit belehren, du Grünschnabel?«

»Bitte, Alfred, ich weiß mir nicht anders zu helfen, als dir jetzt ein paar unangenehme Sachen zu sagen.«

Lehmann sah ihn schief an. »Na, mit dir ist es ja schon weit gekommen. Hast Blut geleckt, was?« Er schaute nervös um sich. »Also, schieß los!«

»Ich glaube nicht, dass Eriksen der Mörder ist.«

»Soso. Aber glauben heißt nicht wissen.«

»Woher sollte er denn das Geld haben, um die Wohnung in der Jägerstraße einzurichten?«

»Das sagt gar nichts. Wir haben den Schlüssel in seiner Wohnung gefunden! Er muss ihr die Wohnung ja nicht eingerichtet haben. Das kann auch ein anderer gewesen sein. Und sie hat ihm den Schlüssel gegeben.«

»Das glaube ich nicht. Ich habe mit einem Freund gesprochen, der Eriksen kennt. Vielleicht hat Eriksen Olga verehrt, aber eine Affäre hatte er nicht mit ihr.«

»Aber du hast doch den Schlüssel in der Schublade bei ihm zu Hause gefunden!«

»Ja, aber ich frage mich, wer ihn da hineingetan hat.«

Lehmann erstarrte, dann trat er dicht vor seinen Widersacher. »Was willst du damit sagen?«

Im Dämmerlicht konnte Hansen erkennen, dass Lehmanns Unterlippe bebte. Er hätte diese Unterredung gern abgebrochen, ihm war elend zumute. Trotzdem fuhr er fort: »Weißt du eigentlich, wer den Katzenschwanz an deine Tür genagelt hat?«

»Ein dummer Junge, wen interessiert das schon?«

»Es war kein Dummerjungenstreich.«

»Was denn sonst? Wozu ...« Lehmann brach ab und blickte über Hansens Schulter hinweg zum Wachgebäude.

»Es sind Fingerabdrücke darauf.«

»Was?«
»Sie wurden im Stadthaus identifiziert.«
»Na und? Was nützt uns das. Der Kerl ist über alle Berge.«
»Ist er nicht. Du weißt sehr gut, von wem ich spreche!«
»So? Weiß ich das?«
»Was hat Schuback gegen dich in der Hand, Alfred?«
Es war unmöglich auszuweichen, so schnell hatte Lehmann den Arm gehoben und seinem Kollegen eine heftige Ohrfeige verpasst. Hansen taumelte zur Seite. Noch ehe Hansen sich wieder gefasst hatte, stürmte Lehmann an ihm vorbei zwischen den Bäumen hindurch und auf die Wache zu.

Hansen rieb sich die schmerzende Wange und sah ihm nach. Lass ihm ein wenig Zeit zum Nachdenken, entschied er. Gib ihm die Gelegenheit, selbst eine Entscheidung zu treffen. Er machte auf dem Absatz kehrt und überquerte die Reeperbahn. Am Eingang zum Salon Tingeltangel bahnte er sich einen Weg durch die Besucher, die sich dort drängten, dann stieg er in den ersten Stock und lief den Korridor entlang zum Büro der Varietéleitung und klopfte an die Tür.

Er wartete nicht darauf, hereingebeten zu werden, sondern drückte die Klinke hinunter, trat ein und sagte: »Guten Abend, Jan!«

Heinicke sah von seinem Schreibtisch auf, auf dem sich die Papiere häuften, darunter Skizzen zu Kostümen und Bühnenaufbauten. Auf einem Stuhl an der schmalen Seite des Tischs saß Joshua und blickte ihn erschrocken an.

Jan Heinicke schüttelte den Kopf. »Keine Kinderstube, Heinrich.«

»Keine Zeit für Höflichkeiten, Jan.« Hansen deutete mit dem Zeigefinger auf den Choreografen, dann auf die offene Tür. »Herr Joshua, würden Sie uns bitte allein lassen!«

Der Amerikaner sah Hilfe suchend zu Heinicke. Der nickte. »Wir machen gleich weiter. Sehen Sie mal nach, ob alle Vorbereitungen für die Vorstellung getroffen sind.«

Der Choreograf sprang auf und verließ das Büro.

»Es wird ja wohl nicht so lange dauern!«, rief Heinicke ihm hinterher, und mit einem Blick auf Hansen sagte er: »Nehme ich doch an.«

Hansen schloß die Tür und baute sich vor dem Schreibtisch auf. »Es geht ganz schnell, wenn du wahrheitsgemäß antwortest.«

»Ein Verhör also«, stellte Heinicke amüsiert fest. »Dann schieß mal los.«

Kurz und schmerzlos, dachte Hansen, wir haben keine Zeit, wer weiß, was Lehmann unterdessen ausheckt. »Auf der Wache haben wir einen Hochstapler sitzen. Name: Friedrich Schüler, gibt sich als ein Baron von Schluthen aus. Du kennst ihn sehr gut, er kennt dich sehr gut. Er behauptet, von Schmuggelgeschäften zu wissen, in die du verwickelt bist.«

Heinicke hob die Arme. »Ich? Aber ich bitte dich. Und mal im Ernst: Friedrich? Wer glaubt denn dem noch?«

»Ich will nicht wissen, was das für Geschäfte sind. Ich will etwas anders.«

Heinicke zog erstaunt die Augenbrauen hoch. »Sieh mal an.«

»Ich will wissen, ob Wachtmeister Lehmann von dir Schweigegeld bekommen hat.«

»Der gute alte Lehmann? Wie kommst du denn darauf?«

»Ich will eine klare Antwort. Lehmann ist in Schwierigkeiten. Ich will versuchen, ihn vor dem Schlimmsten zu bewahren.«

»Das Schlimmste? Ach Gott, was kann das denn bei so einem gestandenen Beamten schon sein?«

»Er ist in den Mordfall Olga Trampitz verwickelt.«

»Oh ...« Heinickes selbstsichere Miene bekam Risse. »Na ja, wenn dir damit geholfen ist: Ja, ich habe dem alten Lehmann hin und wieder in Gelddingen ausgeholfen.«

»Na also«, brummte Hansen befriedigt.

»In letzter Zeit, jedenfalls bis zu dem Abend, an dem der Mord geschah, ist er allerdings immer unverschämter geworden ... man könnte auch sagen, verzweifelter ... Jedenfalls wollte er Summen, die eindeutig zu hoch waren.«

»Ist er dich um Geld angegangen an jenem Abend, kurz bevor der Katzenmann auftauchte?«

»Er hat es versucht, aber ich hatte die besseren Argumente.«

»Wie das?«

»Ich wusste ja, dass er eine Affäre mit Olga hatte.«

Hansen schluckte. »Lehmann und Olga? Eine Affäre?«

»Hab ich dir da was Neues erzählt? Ich dachte, das sei es, worauf du hinauswolltest.«

»Und wegen Olga brauchte er immer mehr Geld?«

»Sah ganz danach aus. Wenn sie nicht an jenem Abend ermordet worden wäre, hätte ich sie wahrscheinlich entlassen.«

Hansen blickte zu Boden. »Also ist Lehmann der Seehundschnauzer«, murmelte er.

»Was?«

Hansen schwieg. Nun war ihm klar, warum Lehmann den zweiten Schlüssel in Eriksens Schublade deponiert hatte. Damit er ihn dort fand. Er wollte von sich ablenken! Allmählich bekam auch die seltsame Sache mit dem angenagelten Katzenschwanz ihren Sinn: Schuback, der mit Olga bekannt war, hatte auf diese Art versucht, Lehmann unter Druck zu setzen. Aber warum? Lehmann konnte doch gar nicht der Mörder sein!

»Du kannst dich im Panoptikum anmelden, Heinrich.«

»Wie bitte?«

»Du stehst da wie ein Ölgötze, solche Leute braucht man im Wachsfigurenkabinett. Mir bist du nur im Weg, wenn du hier stocksteif und schweigend herumstehst.«

»Red jetzt keinen Unsinn, Jan! Erzähl mir lieber mal genau, wie es in der Mordnacht hier zugegangen ist.«

»Herrgott, Heinrich, das hat doch mit dem Mord nichts zu tun.«

»Die Kasse stand offen auf dem Schreibtisch, weil du Lehmann Geld geben wolltest.«

Heinicke stöhnt laut auf. »Wenn du sowieso schon alles weißt …«

»Der Katzenmann kam rein und hat euch dabei überrascht.«

»Ach was«, sagte Heinicke. »Wir waren ja fertig miteinander. Lehmann wollte gerade gehen. Aber kaum hatte er die Tür aufgezogen, da brach er auch schon zusammen. Und dieser Katzenmensch stand über ihm und zerrte ihn herein. Ich bin aufgesprungen und wollte Lehmann zu Hilfe eilen, doch der Kerl verpasste mir einen Schlag in den Magen, und ich brach japsend zusammen. Sehr erniedrigend, diese Situation. Ich lag auf dem Boden, bekam keine Luft und sah, wie er die Kasse anguckte. Ein Dieb, dachte ich, aber er rührte das Geld nicht an. Stattdessen glotzte er uns durch seine Maske hindurch an, gab so ein ekelhaftes Schnauben von sich und wartete. Im Flur waren Stimmen zu hören. Als es wieder ruhig war, begann Lehmann sich zu regen. Der Katzenmann ging zur Tür und horchte und ist nach draußen verschwunden. Lehmann ist aufgesprungen, hinter ihm hergelaufen, und ich hörte ihn schreien. Er hat nach dir gerufen.«

»Ja, ich erinnere mich. Konntest du das Gesicht des Katzenmanns erkennen?«

»Nein.«

»Seinen Schnurrbart?«

»Du stellst Fragen! Goldene Katzenhaare natürlich.«

»Das meine ich nicht.«

»Ich kann dir da nicht weiterhelfen, Heinrich. Ich hab dir jetzt alles gesagt.«

»Kennst du einen Wachtmeister Schuback von der Politischen Polizei?«

»Ach, nee, Heinrich, mit Politik hab ich nichts am Hut.«

»Hier gehen doch eine Menge Leute ein und aus.« Hansen beschrieb Schubacks Aussehen.

Heinicke schüttelte den Kopf. »Was hat der denn nun wieder mit der Sache zu tun?«

»Er war mit Olga bekannt.«

»Ach du grüne Neune, die kleine Trampitz hatte wohl ein Faible für Polizisten.«

»Nicht nur. Wusstest du von ihrer Wohnung in der Jägerstraße?«

»Quatsch. Sie wohnte in der Pension Essler wie die anderen auch.«

»Ein dritter Liebhaber hat ihr eine Wohnung eingerichtet. Mit teuren Möbeln. Weißt du was davon?«

»Ein dritter Liebhaber? Na hör mal. Ich bin ja einiges gewohnt, aber das schlägt dem Fass den Boden aus. Da bin ich aber froh, dass ich mich dem Mädel nie sinnlich genähert habe.«

»Hast du Affären mit deinen Tänzerinnen?«

»Ach was!«, brummte Heinicke verärgert. »Das war doch nur so dahin gesagt.«

»Na gut«, sagte Hansen. Er wandte sich zum Gehen, doch an der Tür blieb er stehen und sagte: »Kein Wort zu niemandem über diese ganze Geschichte, bis wir uns wieder gesprochen haben.«

»Na, ich werde den Teufel tun und das in die Welt hinausposaunen. Halt du mal lieber deinen Rand, Heinrich, sofern dir das möglich ist.«

»Mal sehen … tut mir Leid, Jan.«

»Mach dir kein Kopp wegen mir, Heinrich. Ich werd mich da schon wieder rauslavieren.«

»Gut, also dann …«

Hansen zog schon die Tür hinter sich zu, als Heinicke hinter ihm herrief: »Und bedanken kannst du dich später!«

Paulsen saß bequem in seinem Schreibtischsessel und wirkte ausgeruht. Dieser Mensch hatte das Glück gehabt, sich tagsüber ins Bett zu legen, dachte Hansen und unterdrückte ein Gähnen.

»Sieh an, unser frisch gebackener Schutzmann stattet mir einen Besuch ab!«, rief der Revierleiter. »Na, Hansen, noch nicht genug vom Dienst? Sie haben doch schon die ganze Tageschicht mitgemacht.«

»Noch bin ich bloß Anwärter, Herr Oberwachtmeister«, sagte Hansen bescheiden.

»Na, lange kann es nicht mehr dauern, und wir nehmen Sie voll und ganz in unsere Reihen auf. Tüchtige Männer müssen ihren Platz einnehmen, um dem Staat zu dienen und ihre Kräfte für das Wohl des Gemeinwesens einzusetzen.«

»Das würde mich natürlich freuen, Herr Oberwachtmeister. Aber vielleicht wird doch nichts daraus.«

»Enttäuschen Sie mich nicht. Ich höre nur Gutes über Sie. Nicht zuletzt haben Sie sogar schon an der Arretierung eines Mörders mitgewirkt.«

»Das ist es ja gerade, was mir Sorgen bereitet.«

»Nun ja, gelegentlich haben wir auch mit Kapitalverbrechen zu tun. Das bleibt nicht aus. Denke nur an die schlimme Sache mit der Engelmacherin, da ist es selbst mir kalt den Rücken hinunter gelaufen. Sie werden lernen, damit umzugehen.«

»Das ist es nicht, Herr Oberwachtmeister …«

»Sondern?«

»Es gibt da so einige … Schwierigkeiten mit dem Fall Olga Trampitz«, sagte Hansen.

»Die Sache mit der Tänzerin? Ist doch abgeschlossen! Soweit ich unterrichtet bin, wurde der Täter bereits von Altona ins Hamburger Untersuchungsgefängnis überstellt.«

»Eriksen ist nicht der Täter.«

»Was soll das heißen, er ist nicht der Täter? Vor einer halben Stunde, bevor er zum Patrouillengang aufgebrochen ist, hat Lehmann mir noch versichert, er habe seine Berichte und Beweismittel ordnungsgemäß ins Stadthaus geschickt. Für ihn war die Angelegenheit abgeschlossen.«

Hansen schilderte kurz und knapp, warum Eriksen seiner Meinung nach nicht als Mörder infrage kam, und bezog sich auch auf Middelbrooks falsches Alibi.

»Das muss natürlich überprüft werden. Mag sein, dass Middelbrook sich getäuscht hat und die Aussage revidieren muss. Möglicherweise war er mit diesem Engländer zur selben Zeit an einem anderen Ort oder hat einfach die Tage verwechselt. Aber was nun diesen Sozialdemokraten betrifft, der Eriksen verteidigt, da kann ich nur sagen: Geben Sie nichts auf dieses Geschwätz, die stecken alle unter einer Decke und stehen mit der Justiz auf Kriegsfuß.«

Hansen schluckte, ehe er fortfuhr: »Ich bin bei Middelbrooks Schneider gewesen. Edelmann in der Schauenburger Straße. Es ist zufälligerweise derselbe Schneider, bei dem auch die Kostüme für die Tänzerinnen des Salons Tingeltangel geschneidert werden. Ich bin mit dem Meister die Auftragsbücher durchgegangen. Wir haben die Maße verglichen. Die Maße des Kostüms entsprechen exakt den Maßen Middelbrooks.«

Paulsen kniff die Augen zusammen. »Sie haben eigenmächtig in Altona ermittelt?«

»Gewissermaßen als Privatmann …« Hansen geriet ins Stottern.

»Sie sind kein Privatmann mehr, Hansen, Sie sind Kriminalbeamter!«

»Ich habe nur eine Auskunft eingeholt …«

»Und eine lächerliche noch dazu. Körpermaße! Katzenkostüm! Was sollte ein Mann wie Middelbrook denn mit einem Katzenkostüm?«

Hansen schwieg.

»Na, wird's bald? Erklären Sie mir das!« Paulsens Augen blitzten zornig.

»Die Wohnung in der Jägerstraße … das teure Mobiliar, das hätte sich niemals ein Büroangestellter leisten können …«

»Also?«

»Middelbrook hat sich dieses … Liebesnest für seine Nächte mit Olga Trampitz eingerichtet. Deshalb wollte er uns nicht mitteilen, wem er die Wohnung vermietet hat.«

Paulsen hob den Zeigefinger. »Sie gehen sehr weit, Hansen, sehr weit.«

»Deshalb bin ich doch zu Ihnen gekommen. Weil ich nicht weiß, was ich nun tun soll.«

»Hansen! Merken Sie nicht, was für absonderliche Behauptungen Sie aufstellen? Ein hoch angesehener Bürger Altonas richtet sich ein Liebesnest auf St. Pauli ein und lässt sich ein Katzenkostüm anfertigen, um mit einer Tingeltangel-Tänzerin zu schäkern? Also wirklich, Hansen! Wenn das so wäre und er dem Mädchen so zugetan war, wieso sollte er sie dann umbringen?«

»Es gab noch andere Liebhaber. Das haben Kolleginnen der Ermordeten ausgesagt.«

Paulsen runzelte die Stirn. »Mord aus Eifersucht? Bei einem sozialdemokratischen Hitzkopf wie Eriksen kann ich mir so etwas vorstellen, aber ein respektabler Mann wie Middelbrook? Der hätte doch ganz andere Möglichkeiten, so ein Mädchen für sich zu gewinnen.«

»Das tat er ja mit dieser Wohnung.«

»Sie drehen sich im Kreis. Behauptungen werden nicht wahrer, wenn man sie wiederholt. Bringen Sie mir diese angeblichen Liebhaber, dann können wir weitersprechen.«

»Das wird … schwierig.«

»Wissen Sie denn, um wen es sich handelt?«

Hansen schwieg. Äußerlich wirkte er ganz ruhig – mit den jetzt halb geschlossenen Augen –, ein wenig müde, überarbeitet. Nichts an ihm deutete darauf hin, dass in seinem Innern ein heftiger Kampf tobte.

»Na, diese Herren müssen Sie schon auftreiben, um Ihren Eriksen zu entlasten«, sagte Paulsen ungnädig. »Wir brauchen Namen oder zumindest Beschreibungen.«

»Die Mädchen in der Pension … ihnen hat Olga Trampitz die Bärte ihrer Liebhaber beschrieben: Seehund, Bürste und Strich.«

Paulsen lehnte sich kopfschüttelnd zurück. »Hansen, das ist lächerlich. Sehen Sie sich mal draußen auf den Straßen um, wie viele Männer mit Bärten dort herumlaufen. Und bedenken Sie, dass sich die Form eines Bartes verändern lässt.«

»Middelbrook hat einen dünnen Bart, wie einen Strich«, beharrte Hansen.

»Und wie steht es mit Eriksen?«

»Er hat einen Schnauzer wie ein Seehund, deshalb bin ich anfangs ja auch unsicher gewesen.«

»Na, sehen Sie. Bärte! Schauen Sie sich unter den Männern auf dem Revier um, da haben Sie alle Bartformen, die es gibt. Lehmann hat einen Schnauzer. Das macht ihn doch nicht zum Mörder! Bürsten und Striche werden Sie auch entdecken. Hansen, Sie haben sich verrannt. Doch das zeigt nur, dass Sie es ernst meinen mit Ihrer Berufung. Sie werden mal ein guter Kriminaler, trösten Sie sich, bei Ihrem Eifer allemal. Aber hören Sie auf die erfahrenen Beamten! Die wissen es meist besser.«

»Jawohl, Herr Oberwachtmeister!«

»Sonst noch etwas?«

Hansen spürte, wie ein überwältigendes Gefühl von Niedergeschlagenheit von ihm Besitz ergriff. Er fühlte sich ausgelaugt.

»Nein.«

»Machen Sie Feierabend, Hansen. Schlafen Sie sich aus. Sie scheinen es nötig zu haben.«

Hansen verabschiedete sich, stieg die Treppe hinab, winkte den Kollegen im Wachraum zum Abschied zu und verließ die Davidwache.

Er wusste nicht mehr weiter. Was sollte er jetzt tun? Lehmann suchen? Und dann?

Vor dem Ernst-Drucker-Theater bildete sich eine Menschentraube. Das Stück war zu Ende, aber immer noch lief eine Schauspielerin als Zitronen-Jette verkleidet durch die Menge und versuchte, ihre exotischen Früchte zu verkaufen. Aus dem offenen Eingang des Konzertsaals des Universum tönte Blasmusik, die Amerika-Bar erstrahlte in luxuriösem Glanz, und Knopf's Lichtspielhaus präsentierte einen Film mit dem Titel *Die Reise zum Mond*. Cigarren-Hannes war wieder unterwegs und drehte unentwegt seine Zigarrenkiste von unten nach oben und von oben nach unten und schien die Preise verdoppelt zu haben. Der Gorilla vor Umlauff's Weltmuseum hielt eine brennende Fackel in der Hand.

Hansen war so in Gedanken versunken, dass er beinahe vor einen vorbeifahrenden Zweispänner gelaufen wäre. Der Kutscher brüllte ihn an, aber Hansen hatte keine Kraft mehr, etwas zu erwidern. Mit gesenktem Kopf lief er zwischen den Bäumen hindurch über den Spielbudenplatz zur Reeperbahn, schrak zusammen, als direkt vor ihm aufgeregt eine Straßenbahnglocke bimmelte, und überquerte eilig die viel befahrene Straße.

Nur weg von diesem Trubel, nur weg von diesen Horden sorgloser Menschen, unter die sich auch eine Hand voll Unglücklicher mischte, die auf eine Gelegenheit warteten, ihr schweres Schicksal einem anderen aufzubürden oder einen Arglosen zu übertölpeln oder zu berauben. Nach Hause! Schlafen! Vergessen!

Vor dem Hôtel Schmidt begegnete er zwei Herren in Fräcken. Der eine trug einen gezwirbelten Schnurrbart und einen Zylinder und reichte Hansen gerade mal bis zur Brust. Der andere war doppelt so breit wie der Kleine und zwei Köpfe größer als Hansen. Er wirkte trotz seiner riesenhaften Statur schüchtern und jungenhaft.

»Das ist Machnow, der größte Mensch der Erde«, sagte der Kleine mit osteuropäischem Akzent, als Hansen grüßte und wartete, dass sie beiseite traten.

»Daran ist nicht zu rütteln«, sagte Hansen. »Kann er sich auch bewegen?«

»Selbstverständlich«, sagte der Kleine. »Er ist der größte und beweglichste Riese der Welt und übertrifft alles Dagewesene.«

»Im Moment verdeckt er die Haustür«, sagte Hansen.

»Können Sie uns den Weg zum Panoptikum zeigen, junger Mann?«

»Leicht zu finden«, erwiderte Hansen. »Links entlang, die nächste wieder links, quer über die Reeperbahn und über den Spielbudenplatz, dann sehen Sie auch schon die Wilhelmshalle. Sie können es kaum verfehlen.« Er deutete auf den Riesen Machnow. »Wollen Sie ihn in Wachs gießen lassen?«

»O nein«, sagte der Kleine mit gewissenhafter Miene. »Machnow wird dort höchstpersönlich figurieren.« Er verbeugte sich. »Wir haben die Ehre.« Er nahm den Riesen an der Hand und führte ihn fort.

Im ersten Stock kam ein Zwerg in Pumphosen und mit einem Fez auf dem Kopf den Korridor entlanggerannt und blieb japsend vor ihm stehen. »Hansen, Hansen, Heinrich Hansen!«

»Was ist denn los?«

»Der Hellseher in Zimmer 13 hat einen Brief für dich!«

»So?«

Der Zwerg fasste ihn an der Hand und versuchte ihn fortzuziehen. »Komm! Na los doch!«

»Ich bin müde«, sagte Hansen benommen.

Der Zwerg trat hinter ihn und versuchte, ihn zu schieben.

»He! Ich bin doch kein Esel!«

»Ein störrisches Biest!«, schimpfte der Zwerg.

Hansen ließ sich mitzerren. Die Tür zu Zimmer 13 stand offen. Darin saß ein Mann in schwarzem Umhang in einem kleinen Sessel und schnitt sich die Fingernägel. Er war stark geschminkt und hatte sich die pechschwarzen Haare mit übermäßig viel Pomade an den Kopf geklebt.

»Herr Hansen, treten Sie ein! Ich wusste, dass Sie es sind, der da die Treppe hochkommt«, sagte er mit hoher, singender Stimme.

»Sie haben einen Brief für mich?«

»Liegt dort auf dem Tisch. Ein Junge hat ihn mir vor dem Hotel gegeben. Traute sich wohl nicht hinein. Der gigantische Machnow stand davor und flößte den Passanten Respekt ein.«

»Danke für Ihre Mühe.«

»Sparen Sie sich den Dank, der Brief fühlte sich unangenehm an. Schlechte Nachrichten, Herr Hansen. Und seien Sie bitte vorsichtig mit der Kugel.«

Er meinte sein Arbeitsutensil, das auf einem mit Samt verhüllten Sockel in der Mitte des runden Tisches stand. Hansen nahm den schlichten weißen Briefumschlag in die Hand. »Herrn Heinrich Hansen, Hôtel Schmidt, Seilerstraße« stand in schiefen Druckbuchstaben darauf. Niemand, den er kannte, schrieb so.

»Sie sollten ihn nicht öffnen, Herr Hansen. Nicht vor morgen früh.«

»Hat der Junge das gesagt?«

»Nein, das sage ich. Es ist ein freundschaftlicher Rat.«

»Danke.«

Der Hellseher blickte zum ersten Mal auf. »Ich habe das Gefühl, Sie wollen den Brief trotz meiner Warnung öffnen, Herr Hansen. Soll ich Ihnen nicht vorher die Zukunft weissagen?« Er deutete auf die Wahrsagerkugel. »Noch ist Zeit, dem Schicksal einen Schubs in eine andere Richtung zu geben.«

»Nein danke, ich glaube nicht an solchen Humbug.«

»Man muss nicht daran glauben, Herr Hansen, man muss danach handeln.«

»Unsinn, ich bin müde, ich will meine Ruhe haben.«

Der Hellseher schüttelte den Kopf. »Sie werden keine Ruhe finden, Hansen.«

Der Zwerg zerrte an Hansens Jacke. »Gib ihm Geld, und er wird dir aus dem Schlamassel helfen.«

Hansen stieß ihn beiseite. »Lass das, Dummkopf!«

Der Zwerg schlug einen Purzelbaum. »Guter Rat ist teuer, schlechte Tat ist ungeheuer!«, plapperte er und sprang wieder auf.

»Gute Nacht, ihr Scharlatane«, sagte Hansen und wandte sich ab.

»Jeder ist seines Unglücks Schmied!«, rief ihm der Hellseher nach.

Hansen stieg die Treppe nach oben, betrat sein Zimmer, setzte sich an den Tisch vor dem Fenster. Einen Moment lang horchte er auf die Geräusche im Hinterhof, dann riss er den Brief auf. »Wenn du noch immer der Meinung bist, ich sei schuldig, dann komm in die Wohnung Jägerstraße. Ich erwarte dich, L.«, stand dort in den gleichen schiefen Druckbuchstaben wie auf dem Umschlag.

Hansen stemmte die Ellbogen auf den Tisch, legte das Gesicht in die Hände und starrte nach draußen in den schwarzen Himmel.

NEUNTES KAPITEL

# *Schuldspruch*

Das Haus in der Jägerstraße brannte bis auf die Grundmauern ab. Heinrichs Familie wurde ausgelöscht, er war der einzige Überlebende. Die Feuerwehr barg vier verkohlte Leichen aus den rauchenden Trümmern. Es waren die kaum kenntlichen Überreste von drei Frauen und einem Mann. Da eine Frau aus einer Nachbarwohnung vermisst wurde, ging man davon aus, dass auch sie sich unter den Toten befand und dass die drei anderen zur Familie Hansen gehörten. Eine eindeutige Identifizierung der verkohlten Leichen, die unter einer großen Menge Schutt begraben worden waren, war nicht möglich.

Heinrich wurde ins Allgemeine Krankenhaus St. Georg eingeliefert. Er hatte vor allem an den Unterarmen und am Bauch schmerzhafte Brandwunden davongetragen. Die Familie Martens kümmerte sich um ihn, vor allem Pit nutzte jede Gelegenheit, ihn zu besuchen. Auch Klaas kam des Öfteren und brachte gelegentlich Jan mit. Jan schaffte jede Menge Krempel herbei – Holz, Papier oder Pappkarton –, aus dem man etwas basteln konnte, zum Beispiel Boote oder Schiffe oder Häuser. Klaas schleppte dicke Bücher an und las voller Inbrunst daraus vor oder überließ sie Heinrich leihweise, damit er sich nicht allzu sehr langweilte.

Es war nicht ganz einfach, mit verbundenen Händen ein Buch zu halten, aber Heinrich schaffte es trotzdem, einen Band mit germanischen Sagen, ein Buch mit Andersens Märchen und zwei Karl-May-Romane zu lesen. *Kapitän Kaiman* und *Der blaurote Methusalem* festigten seinen Entschluss, zur See zu fahren und fremde Länder zu erkunden, sobald er wieder gesund war.

Auch Lilo kam einmal, gleich zu Anfang, als er sich noch kaum bewegen konnte. Sie hatten sich nicht viel zu sagen. Lilo saß da und blickte aus dem Fenster, er lag da und warf ihr gelegentlich verstohlene Blicke zu. Sie erzählte von dem kleinen weißen Spitz, den sie neuerdings besaß. Er sei sehr eigensinnig und lasse sich von niemandem etwas sagen, erklärte sie stolz. Von niemandem außer ihr natürlich.

Von Jan erfuhr Heinrich, dass sie den Hund von Friedrich geschenkt bekommen hatte. Der falsche Von war nämlich nicht sehr lange in Polizeigewahrsam gewesen. Man hatte weder ihm noch seinen neuen Freunden nachweisen können, den Einbruch beim Juwelier Silberberg begangen zu haben. »Da fragt man sich schon, ob die Polizei nicht blind ist«, urteilte Pit. »Woher sollten diese Angeber denn sonst das Geld haben, das sie tagtäglich in Cafés und Varietés verschleudern?«

Als Heinrich aus dem Krankenhaus entlassen wurde, war Friedrich aus St. Pauli verschwunden und Lilo von ihrer Mutter zu Verwandten nach Lübeck geschickt worden. Ihren Spitz hatte sie bei Klaas in Pflege gegeben, der sich hingebungsvoll um das zickige Biest kümmerte.

Heinrich kam bei Familie Martens unter und ging wieder zur Schule. Jeden Tag musste er an den Trümmern des Hauses vorbeigehen, in dem er mit seiner Familie gelebt hatte. Er trauerte um seine Mutter und seine Schwester. Einmal besuchte er das schmucklose Grab in einer Ecke des Ohlsdorfer Friedhofs. Es würde nicht lange bestehen bleiben, da es an Geld fehlte. Wenn er die Kraft dazu gehabt hätte, hätte er sich vielleicht darüber geärgert, dass Mutter und Tochter sich die Grabstätte mit dem verhassten Vater teilen mussten. Aber er empfand nichts weiter als unendliche Traurigkeit.

An einem Sonnabend Anfang Oktober saß Heinrich mit der Familie Martens am Abendbrottisch. Vater Martens und die beiden Jungen langten ordentlich zu. Sie waren kurz zuvor von einer Trainingsstunde im Arbeiter-Turnverein zurückgekommen und dementsprechend hungrig. Heinrich hatte versprochen, demnächst auch zu der einen oder anderen Veranstaltung mitzukommen, die Pit und sein Bruder regelmäßig besuchten. Er hatte ihnen noch nicht erzählt, dass er beabsichtige, zur See zu gehen. Deshalb machten sich Pit und Bruno immer wieder Gedanken darüber, wie sie Heinrich helfen könnten, nach der Schule einen Arbeitsplatz zu finden. Da es schon bald so weit war, meinten sie, würde es nicht schaden, wenn Heinrich schon mal mit zu den Treffen der Gewerkschaftsjugend komme.

Heinrich druckste herum. Er verschob es von Mal zu Mal. Lieber ging er zu Klaas und lieh sich von ihm ein Buch aus oder ließ sich etwas über das Leben auf fernen Kontinenten erzählen, von denen der schmächtige Junge mehr wusste als alle anderen, die Heinrich kannte. Klaas gegenüber hatte er erwähnt, dass er eines Tages zur See gehen wolle. Sein Freund beneidete ihn für diesen Entschluss. Aber nicht einmal ihm hatte Heinrich erzählt, dass er sich gelegentlich vor den Spelunken oder Büros der Heuerbasen herumtrieb. Er traute sich nämlich immer noch nicht, den letzten entscheidenden Schritt ins Milieu der Seemänner zu tun, obwohl er es sich fast täglich aufs Neue vornahm.

Die Entscheidung wurde ihm abgenommen, als es an diesem Sonnabend im Oktober an der Tür der Familie Martens klopfte, gerade in dem Moment, als Frau Martens ihre Jungen ermahnte, den armen Heinrich nicht so sehr zu bedrängen.

Ein ältliches Fräulein in dunklem Kleid und Regenmantel und ein grauhaariger Herr in Gehrock mit einer über den Arm geworfenen Pelerine und einem steifen Filzhut auf dem Kopf traten ein und fragten nach Heinrich. Das Fräulein mit dem kalten Blick stellte sich als Angestellte der Jugendfürsorge und der gemütlich wirkende Mann als Wachtmeister des Kommissariats 5 vor. Sie verlangten, allein mit Heinrich zu sprechen.

Die Familie Martens verließ murrend die Küche, nachdem der Polizeibeamte sie darauf hingewiesen hatte, dass er Heinrich auch sofort mitnehmen könne. Dann setzten sich die beiden rechts und links von Heinrich an den Tisch. Das ältliche Fräulein zog ihre schwarzen Handschuhe aus und legte sie ordentlich übereinander vor sich auf den Tisch. Der Wachtmeister platzierte seinen Hut auf den leeren Stuhl neben sich und begann ohne Einleitung seine Fragen abzuschießen.

Wo war Heinrich am Abend des Brandes gewesen? Wie, das wüsste er nicht? Wo sei er denn herumgebummelt? Einfach so, ohne Ziel, wie war das denn möglich? Hatte ein junger Mensch wie er nicht immer ein Ziel? Und wie kam es überhaupt, dass er in seinem Alter noch so spät abends unterwegs gewesen war? So so, er blieb nicht gern zu Hause, warum denn? Der Vater, was sei denn mit dem Vater gewesen? Aha, gewalttätig, und getrunken habe er, sieh mal an! Und die Mutter hatte gelitten? Hatte es denn öfter handgreifliche Auseinandersetzungen gegeben? Ja, tatsächlich? Und Schläge hatte er bekommen? Und die Schwester auch? Und sie sei also einmal von zu Hause weggelaufen? Und er hatte das wohl auch vorgehabt? Nein, nicht? Wie hatte er denn diese quälende Situation ertragen?

Heinrich erzählte, wie er versucht habe, seiner Mutter beizustehen und seine Schwester zu schützen, und wie er sich gegen den Vater gestellt habe, und dass das nichts genutzt habe. Er erzählte von seinem Hass auf den Vater, von seiner Zuneigung zur Schwester, von seiner Achtung vor der Mutter. Er klagte darüber, dass sein Vater die Familie zerstört habe. Er berichtete von seiner Angst um Elsa und dass er gefürchtet habe, sie könnte sich etwas antun.

Warum er denn nie zur Polizei gegangen sei, fragte der Beamte. Heinrich erklärte, dass er es als Schande empfunden hätte, wenn sozusagen von amtlicher Seite in die Geschicke der Familie eingegriffen worden wäre. Gelegentlich hätten ja Nachbarn geholfen, zum Beispiel die Martens. Und er selbst hatte sich manchmal vorgestellt, dass er einmal Polizist werden würde, um eigenhändig für Ordnung zu sorgen und seinen Vater nach den Regeln des Gesetzes zu bestrafen.

Über diese letzte Auskunft war Heinrich selbst überrascht. Hatte er nicht vorgehabt, zur See zu gehen? Wie kam er denn auf einmal auf die Idee, Polizist zu werden? Diese Antwort war ihm einfach herausgerutscht, weil der Wachtmeister seine Fragen so schnell hintereinander auf ihn abschoss.

So, so, Polizist wolle er werden, fuhr der Beamte fort. Da habe er ja noch viel vor. Ob er wisse, dass man vorher beim Militär gewesen sein müsse? Ob er glaube, über genügend Moral und Gesetzestreue zu verfügen, um ein solches Amt auszuüben? Mörder und Brandstifter würden natürlich nicht bei der Polizei eingestellt, das könne er sich ja wohl denken.

Mörder und Brandstifter?, fragte Heinrich verwirrt. Ja, ja, sagte der Polizist mit gewichtigem Kopfnicken. Wie er sich denn erkläre, dass in dem Haus seiner Eltern ein Brand ausgebrochen sei. Heinrich dachte nach. Doch wohl ein Unfall, oder? Der Wachtmeister schüttelte den Kopf. Ein Unfall sei es nicht gewesen, denn ein Fachmann von der Feuerwehr habe herausgefunden, dass jemand im Treppenhaus und im Flur des ersten Stocks Petroleum ausgegossen habe. Das sei angezündet worden und habe die Katastrophe ausgelöst. Brandstiftung!, sagte der Beamte mit erhobenem Zeigefinger und ernster Miene.

Heinrich war inzwischen derart aufgewühlt, dass er glaubte, er müsse alles erklären, und sich dabei um Kopf und Kragen redete. Es könne doch sein, meinte er eifrig, dass jemand etwas Petroleum vergossen und ein anderer ein brennendes Streichholz habe fallen lassen, vielleicht als er sich eine Pfeife angesteckt habe oder so ähnlich, und dann könnte sich das Petroleum entzündet haben. So etwas habe es doch schon gegeben, einfach nur ein Unfall.

Der Polizist schüttelte den Kopf: Den Kanister habe man in den Trümmern gefunden. Er war geleert worden, zweifellos mit voller Absicht. Der Tatbestand der Brandstiftung stehe außer Zweifel. Nun werde der Täter gesucht. Zweifellos müsse es sich um jemanden handeln, der großen Hass auf bestimmte Bewohner des Hauses gehabt habe.

Erst in diesem Moment ging Heinrich ein Licht auf: Sie wollten ihm diese Sache in die Schuhe schieben! Sie beschuldigten ihn der Brandstiftung! Sie glaubten, dass er ein Mörder sei!

Er sprang vom Stuhl auf und schrie: »Nein, ich bin es nicht gewesen!« Sofort stand der Wachtmeister neben ihm und drückte ihn mit unnachgiebiger Kraft wieder auf den Stuhl zurück. »Ruhig!«, befahl er, und Heinrich blieb ruhig.

Das ältliche Fräulein hatte die ganze Zeit mit verschränkten Händen schweigend dagesessen und hin und wieder missbilligend den Kopf geschüttelt. Nun fragte sie Heinrich nach Verwandten. Er sagte, er habe keine mehr. Sie wollte wissen, mit wem außer »dieser Martens-Familie« er noch Umgang habe.

Heinrich erzählte von seinen Freunden Jan und Klaas. Über Lilo schwieg er sich aus. Die Frau von der Fürsorge nickte, als hätte sie sich so etwas schon gedacht. Ja, ja, sagte sie, das ist diese Jugendbande, von der wir schon gehört haben. Dieser Klaas sei doch mal in Polizeigewahrsam gewesen, nachdem er mitten in der Nacht in der Nähe eines später ausgeraubten Juweliergeschäfts aufgegriffen worden war. Und dieser Jan habe erzählt, Heinrich habe einen Freund namens Friedrich Schüler, der ebenfalls schon mal verhaftet worden sei und zwar ebenfalls in Zusammenhang mit dieser Einbruchsgeschichte. Und dieser Jan habe außerdem berichtet, Friedrich habe auch schon ein Schnapslager ausgeraubt. Was Heinrich davon denn wisse und wie er daran beteiligt gewesen sei.

»Ich war gar nicht daran beteiligt«, sagte Heinrich standhaft.

Da habe er aber ganz anderes gehört, sagte der Wachtmeister.

»Das ist eine Lüge!«, rief Heinrich empört aus.

Da stand das ältliche Fräulein auf und sagte: »Heinrich Hansen, nach allem, was wir über dich und deine Verstrickungen in kriminelle Handlungen wissen, was wir über deine schlimmen Familienverhältnisse gehört haben und über deinen Umgang mit Personen von zweifelhaftem Ruf, und angesichts der Tatsache, dass du als Waisenkind nun noch haltloser bist als zuvor, legen wir von Amts wegen fest, dass du zu deinem eigenen Schutz und zum Schutz der Gesellschaft vorläufig und bis auf Widerruf in einem Waisenhaus untergebracht wirst, um einer weiteren Verwahrlosung vorzubeugen.«

Heinrich verstand nicht gleich, was das bedeutete.

»Du wirst sofort mit uns kommen, nachdem du deine sieben Sachen gepackt hast!«

Heinrich schüttelte den Kopf. »Nein«, sagte er leise, »das ist nicht richtig.«

»Immer noch besser als das Gefängnis«, brummte der Wachtmeister.

»Also los!«, kommandierte das Fräulein. »Packen!«

»Aber ich habe doch nichts mehr«, sagte Heinrich. »Alles ist verbrannt.«

»Umso besser, damit müssen wir uns also nicht aufhalten.« Sie zog sich die Handschuhe an.

Der Polizist erhob sich ebenfalls, setzte sich den Hut auf und legte eine Hand auf Heinrichs Schulter. »Komm, Junge! Es ist ja nicht für immer.«

Mutter Martens protestierte vergeblich. Der Beamte zeigte eine gerichtliche Verfügung vor, alles war rechtens.

»Wir besuchen dich«, sagte Bruno.

»Quatsch! Wir holen dich da raus!«, rief Pit.

Aber so kam es nicht. Heinrich wurde in ein staatliches Waisenhaus eingewiesen und blieb dort.

Gelegentlich erhielt er Briefe. Die von Pit waren immer sehr kurz, es sei denn, er erging sich in Beschreibungen politischer oder gewerkschaftlicher Aktionen. Die Briefe von Klaas dagegen waren lang und lasen sich spannend, denn er erzählte stets von seinen neuesten Lektüren. In seinen Briefen an Pit berichtete Heinrich über den Alltag im Waisenhaus, Klaas erhielt im Gegenzug lange Beschreibungen der Bücher, die er gelesen hatte. Sie blieben Freunde, auch wenn die Abstände zwischen den Briefen immer größer wurden. Jan schrieb nie, und von Lilo hörte Heinrich nichts mehr. Sie schien für immer verschwunden zu sein, genauso wie der falsche Von, der sich nicht hatte schlagen wollen.

ZEHNTES KAPITEL

# *Tod und Teufel*

Im Licht der wenigen Laternen, die an schmiedeeisernen Halterungen in großem Abstand an den Häusern hingen, wirkte die Jägerstraße breiter, als sie war. Hansen schritt durch den Torbogen und betrat die Terrasse mit den einander gegenüberliegenden Häuserzeilen. Im schwachen Schein der Lampe, die den Durchgang erhellte, erkannte er weiter hinten, vor der Tür zur Hausmeisterwohnung einen unsteten Schatten. Hansen trat aus dem Lichtschein und blieb stehen. Die Gestalt schwankte mal hier hin, mal da hin, beugte sich vor oder zurück, taumelte, richtete sich auf und neigte sich gefährlich zur Seite.

Vorsichtig und so leise, wie es seine leicht knirschenden Ledersohlen auf dem Ziegelpflaster zuließen, näherte Hansen sich der Gestalt. Es war der Hausmeister. Er murmelte unverständliches Zeug vor sich hin.

Ein Fenster im Erdgeschoss wurde aufgestoßen, und eine breite Gestalt in weißem Nachthemd mit einer Haube auf dem Kopf erschien.

»Willst du da noch lange herumhampeln oder kommst du endlich rein?«, rief seine Frau.

Der Angesprochene erstarrte und stammelte Entschuldigungen.

»Voll wie eine Strandhaubitze! Findest du den Weg zur Tür nicht? Soll ich dich holen, oder kommst du von alleine?«, schrie die Frau.

Der Hausmeister taumelte zur Tür, lehnte sich dagegen. Die Tür ging auf, und er fiel ins Haus. Das Gesicht der Frau verschwand vom Fenster.

Hansen nutzte die Gelegenheit und huschte vorbei. Vor dem Eingang zu Nummer 23 b blieb er stehen und lauschte. Irgendwo weinte ein Kind, aus einer anderen Wohnung kamen erstickte Schreie, hinter ihm, aus der Hausmeisterwohnung, hörte er das Gezeter der Frau. Dann herrschte wieder Ruhe, und er vernahm nur noch verhaltene, dumpfe Geräusche aus unbestimmbaren Richtungen.

Er öffnete die leise quietschende Tür zum Hausflur, schloss sie hinter sich, nahm dankbar zur Kenntnis, dass keine Gasfunzel brannte und kein elektrisches Licht flimmerte, und stieg die leicht knarrende Treppe hinauf.

Die knappe Botschaft des Briefs schoss ihm durch den Kopf: »Wenn du noch immer der Meinung bist, ich sei schuldig, dann komme in die Wohnung Jägerstraße. Ich erwarte dich, L.«

Einen Moment lang befiel ihn der beunruhigende Gedanken, er könne sich im falschen Haus befinden, müsse eigentlich zwei Türen weiter die Treppe hinaufsteigen, da wo »Koester, L.« zu Hause war. Dann stand er vor der Wohnungstür im zweiten Stock, blieb stehen und horchte.

Nun hätte er einen der beiden Schlüssel gebraucht: den aus dem Pensionszimmer von Olga Trampitz, den er unter dem Bett gefunden hatte, oder den anderen, den Lehmann in die Schublade in der Wohnung von Eriksen gelegt hatte. Aber die Beweismittel waren inzwischen ins Stadthaus verbracht worden. Was nun? Klopfen? Er hob die Hand, legte sie gegen die Tür und merkte, dass sie nur angelehnt war. Man erwartete ihn also!

Er horchte und hörte nichts als den eigenen Atem, und als er die Luft anhielt, spürte er das Pochen seines Herzens. Er vernahm ein ersticktes Jaulen wie von einem geprügelten Hund. Kam es von draußen oder von dort drinnen? Ein kalter Schauer kroch ihm den Rücken hoch. Zum ersten Mal seit langer Zeit bedauerte er, dass er keine Uniform trug und deshalb auch keinen Säbel oder Degen. Nicht mal einen Knüppel oder Schlagring hatte er dabei. Wieder ertönte das erstickte Jaulen – ein menschlicher Laut diesmal –, wurde zu einem Wimmern und brach ab.

Leise Schritte, knarrende Dielen. Kamen diese Geräusche von oben oder aus der Wohnung vor ihm?

Er gab der Tür einen leichten Schubs, und sie ging mit einem leisen, knarzenden Geräusch halb auf. Der Flur lag im Dunkeln. Er spürte den weichen Teppich unter den Füßen, als er neben der Glasvitrine stehen blieb.

Er ließ die Wohnungstür geöffnet, wollte sich den Fluchtweg frei halten. Die Tür zur Stube stand einen Spaltbreit offen. Er schob sich hindurch und fand sich in nahezu undurchdringlichem Dunkel wieder. Die Vorhänge waren zugezogen, die Umrisse von Tisch und Sofa ahnte er mehr, als dass er sie erkennen konnte. Er wusste, wie klein das Zimmer war und wie viele Möbel darin standen, und dass man sich kaum ohne anzuecken darin bewegen konnte.

Seine Augen gewöhnten sich an die Dunkelheit, und er bemerkte eine schmale Lichtquelle – durch den Spalt unter der Tür zum Schlafzimmer drang ein schwacher flackernder Schein. Von dort vernahm er erneut dieses gedämpfte Jaulen. Langsam näherte er sich der Tür und horchte. Da stöhnte jemand und jammerte in verschiedenen Tonhöhen, dann hörte man ein wütendes Aufheulen wie das von einem gefangenen Tier.

Hansen spürte etwas Kaltes im Nacken direkt unter dem Haaransatz. Sein Kopf ruckte nach links. Er sah die Schattenrisse der Venusfiguren auf dem Kamin und verspürte den Drang, hinzuspringen, eine zu packen und als Waffe zu benutzen. Aber das kalte Etwas versetzte ihm einen leichten Schlag gegen die Schläfe und setzte sich sofort wieder in seinem Nacken fest.

»Keine Bewegung oder ich schieße!«, zischte eine Stimme.

»Was wollen Sie?«, fragte Hansen.

»Hände hoch!«

»Wer sind Sie?«

»Tür aufschieben, reingehen!«, kommandierte die Stimme.

Das kalte Etwas im Nacken drückte ihn nach vorn.

Hansen schob die Tür mit dem Fuß auf.

Drinnen brannte jeweils eine Kerze auf beiden Nachtschränkchen neben dem breiten Himmelbett, dessen Vorhänge zur Seite gebunden waren. Das Kerzenlicht wurde vom Spiegel, der in der Decke des Bettes eingelassen war, reflektiert, wodurch im Schlafzimmer ein diffuses Flackern herrschte. Die Toilettenkommode und der kleine Sessel lagen im Schatten.

Der gedrungene Körper auf dem Bett erschien in diesem unsteten Lichtschein wie eine dicke Raupe, die gerade begonnen hatte, sich zu verpuppen. Aber der Kokon bestand nicht aus Seide oder einem ähnlichen feinen Stoff, sondern aus Hanfseil. Das verschnürte Ding zuckte und jaulte in das Kissen hinein, auf dem sein Kopf mit dem Gesicht nach unten lag. Hände und Füße waren auf dem Rücken zusammengebunden.

Als der Gefangene merkte, dass jemand das Zimmer betreten hatte, wurde sein Zucken heftiger, und er schaffte es, den Kopf zur Seite zu drehen. Schnaufend starrte er Hansen ins Gesicht. Es war Lehmann.

Eine heftige Wut stieg in Hansen hoch. Er versuchte, sich umzudrehen, um dem Folterknecht des misshandelten Kollegen ins Angesicht zu sehen. Ein harter Schlag gegen den Kopf, gefolgt von einem Tritt, ließ ihn gegen das Bett taumeln, er strauchelte und konnte sich gerade noch am Pfosten festhalten. Ein weiterer Schlag auf den Kopf, und Hansen sank zu Boden, mit dem Gesicht nach unten auf den weichen Teppich.

Noch ehe ihm ganz klar wurde, was geschehen war, hockte der Kerl auf seinem Rücken, zerrte ihm die Arme nach hinten und schlang eine Fessel um die Gelenke. Als Hansen sich wehrte, bekam er noch einen Schlag auf den Hinterkopf. Ein bohrender Schmerz ließ ihn aufstöhnen. Sein Widersacher ließ von ihm ab, drehte ihn auf den Rücken, und Hansen blickte in das von Häme und Hass verzerrte Antlitz von Vigilant Schuback. Das Flackern der Kerzen im Halbdunkel bewirkte ein eigenartiges Schattenspiel auf seinem unrasierten, furchigen Gesicht, auf dem sich ein glänzender Schweißfilm gebildet hatte.

»Los, aufstehen!«, kommandierte er und zerrte ihn am Kragen hoch.

Nur mühsam gelang es Hansen, sich aufzurichten. Der andere versetzte ihm einen Stoß, und er fiel in den Sessel. Als Schuback sich ihm näherte, versuchte er, ihn zu treten, aber der Spitzel verpasste ihm einen Faustschlag mitten ins Gesicht und richtete den Revolver auf ihn. »Bleib ruhig, sonst bist du gleich hinüber!«, drohte er.

Hansens Widerstand erlahmte. Er spähte ins Halbdunkel, sah, dass Lehmann sich auf den Rücken gewälzt hatte und herüberstarrte.

Schuback lachte höhnisch. »Zwei auf einen Streich! Herzlich willkommen, ihr Dummköpfe!«

Hansen war verblüfft. Zum einen, weil er nicht damit gerechnet hatte, Lehmann als Opfer vorzufinden, zum anderen, weil er sich wie ein Tölpel hatte überwältigen lassen. Seine Ahnung über die Verstrickung von Wachtmeister Schuback war also richtig gewesen. Wie die einzelnen Teile des Rätsels zusammenpassten, war ihm jedoch noch immer nicht ganz klar.

»Was wollen Sie eigentlich von mir?«, stieß er hervor.

Schuback grinste überlegen. »Sieh an! Den jungen Wachmann drängt es, die Wahrheit zu erfahren. Er möchte Detektiv spielen. Bravo, Hansen! Die Tatsache, dass Sie mir in die Falle gegangen sind, spricht zwar nicht für Ihren Spürsinn, aber dass ich gezwungen bin zu handeln, habe ich gewissermaßen Ihnen zu verdanken. Diesen Orden dürfen Sie sich an die Brust heften.«

Hansen deutete mit dem Kopf auf Lehmann, der sich hin und her wälzte und gurgelnde Geräusche von sich gab.

Schuback feixte. »Dieser lächerliche Wurm! So hat er auch geklungen, wenn er sich auf sie draufgelegt hat. Verstehen Sie das, warum Männer so große Anstrengungen unternehmen, um sich auf Frauen draufzulegen und zu stöhnen? Spaß soll das machen – sich anzufassen und Körperteile ineinander zu schieben und sich mit Schleim zu bekleckern? Pfui Teufel! Da sind ja Tiere sauberer als diese hässlichen Würmer, die sich Mensch nennen.«

Hansen verstand einen Augenblick gar nicht, was dieser Kerl meinte, aber dann rief er: »Lehmann? Es stimmt also …?«

»Ja, es stimmt! Der alte Lehmann, der es nie zum Oberwachtmeister bringen wird, jetzt schon gar nicht mehr, jetzt erst recht nicht mehr, der alte Lehmann ist einer Tänzerin verfallen. Der alte Lehmann, der sich von den Wirten auf dem Kiez durchfüttern lässt. Der alte Lehmann, der Familienvater! Der alte Lehmann, der viel zu alt ist für solche Anwandlungen, hat eines Tages seine Leidenschaft für Olga entdeckt. Und das dumme Ding hat sich imponieren lassen. Fand es aufregend, einen echten Polizisten zu umgarnen, mit seinen Handschellen zu klimpern und mit den Fesseln zu spielen. Und ich hab ihr tausendmal gesagt, ein nackter Polizist ist auch nichts weiter als ein Lustwurm, aber sie, sie …« Er fuchtelte aufgeregt mit dem Revolver herum.

»Und Sie, Schuback?«, sagte Hansen. »Sie sind doch auch nicht besser!«

»Ich? Was wissen Sie denn von mir?«

»Sie und das Mädchen …«

Schuback verzog das schweißglänzende Gesicht. »Sie und das Mädchen«, äffte er Hansen nach. »Was wissen Sie denn von mir und Olga? Na, was?«

Hansen deutete mit dem Kopf auf das Bett. »Sie haben doch auch dort mit ihr gelegen.«

»Ich?«, rief Schuback empört. »Mit Olga? Ha! Sie werden niemals ein echter Detektiv! Sie sind ja gar nicht so schlau, wie ich dachte.« Er senkte die Stimme und sagte mit mitleidigem Unterton: »Sie wissen ja gar nicht, wen Sie vor sich haben.«

»Wen denn?«, fragte Hansen verwirrt.

»Den Bruder!«

»Sie sind der Bruder von Olga Trampitz?«

Schuback drehte sich triumphierend zu Lehmann um. »Er hat es auch nicht gewusst! Oder, Lehmännchen, hast du es gewusst?« Er gab sich selbst die Antwort: »Du hast es nicht mal geahnt, du dummer alter Lüstling.« Er wandte sich wieder Hansen zu. »Als der Vater tot war, musste ich doch nach ihr suchen, nicht wahr? War doch für sie verantwortlich, oder? Auch wenn sie eine andere Mutter hatte. Spielt das eine Rolle? Das dumme Mädchen wollte nicht, ist weggelaufen. Zu ihrer Mutter, die Kleine! Wie gemein von ihr, ich durfte da doch nicht hin! Aber warte nur, hab ich gesagt, als ich zum Militär gegangen bin, wenn ich erst mal Polizist bin, dann wirst du schon sehen! Dann wirst du folgsam sein, und ich passe auf dich auf. Erst wollte sie ja nicht und ist mir ausgebüxt. Und ich kam nach Hamburg. Aber das Schicksal hat's gut mit uns gemeint und uns zusammengeführt, auf St. Pauli. Sie wurde Tänzerin, und ich war Polizist und konnte mich um sie kümmern. Es wäre besser gewesen, sie hätte diese Männer nicht getroffen. Sie hatte doch mich. Aber sie wollte es so. Spaß, hat sie immer gesagt, es macht Spaß, sie sind so niedlich. Was ist denn daran spaßig, an diesem Herumwälzen im eigenen Dreck? Nur der eine, der war anständig.« Schuback brach ab, schien in Erinnerungen zu versinken.

»Eriksen?«, fragte Hansen.

»Ja, ja, dieser Sozialist, der brachte Blumen. Das hat ihr gefallen. Den musste sie ja dazu zwingen, sie auf die Wange zu küssen. So einer war das. Aber bei dem fühlte sie sich wie eine Dame. Sie hat ja diese Bücher gelesen und wollte auch gern so eine sein wie die in den Büchern. Ein Schicksal wollte sie haben, in Samt und Seide.«

»Wussten Eriksen und Middelbrook voneinander?«

»Natürlich, Eriksen arbeitet doch in der Mühle.«

»Ich meine, ob sie wussten, dass sie Nebenbuhler waren?«

»Nein, meine kleine Olga war eine richtige Geheimniskrämerin.«

»Und Sie haben ihr dabei geholfen.«

»Ich musste doch für sie sorgen, sie war doch mein eigen Fleisch und Blut und der Vater tot.«

»Aber warum haben Sie sie umgebracht?«

Schuback fuhr kerzengerade in die Höhe. »Was? Ich? Ein Mörder?« Er baute sich drohend vor Hansen auf.

Doch der redete sich in Fahrt: »Mit der Drahtschlinge haben Sie sie erwürgt.«

»Lüge!«, schrie Schuback. »Sie sind ja verrückt! Ich hab doch meiner kleinen Olga nichts getan.«

»Sie haben sie manchmal ganz schön hart angefasst. Dafür gibt es Zeugen.«

Schuback grinste zufrieden. »Musste ich doch, sie war doch mein Schützling. Wenn sie mal wieder eigensinnig wurde oder weglaufen wollte. Es war ja nur zu ihrem Besten.«

»In Wahrheit ging es Ihnen doch nur darum, den Fabrikanten um Geld zu erpressen«

»Na und? Dieser dumme Kerl …«

»Und dann wollte er nicht mehr, habe ich Recht?«

»Er ist geizig geworden«, sagte Schuback abfällig. »Hat gemerkt, dass jemand anders sein Kostüm benutzt hatte. Sie war ja manchmal doch unvorsichtig, die Kleine, immer musste man aufpassen, dass sie keinen Unsinn machte … und der da …«, er deutete mit der Waffe auf den immer heftiger stöhnenden Lehmann, »… wollte das Spiel auch mal spielen. Möchte mal wissen, was so herrlich daran ist, den Kater zu markieren.«

»Wie kam denn das Kostüm auf den Baum? Haben Sie es absichtlich dahin gehängt? Aber wieso?«

Schuback zuckte ärgerlich mit den Schultern. »Sie hat es zum Trocknen vors Fenster gehängt, und da wurde es hinuntergeweht. Ich hab versucht, es mit einem Ast vom Baum zu holen. Erst unten im Hof, dann hier oben vom Fenster aus. Da kam mir eine Idee, weil ja Lehmann Lunte gerochen hat … Er fing an, mir gefährlich zu werden … Also hab ich mir gedacht, ich bring ihn ins Schwitzen, und hab Meldung gemacht, damit er gleich weiß, dass er mit mir nicht so umspringen kann. Als er das Foto gesehen hat, ist er ruhig geworden.«

»Was für ein Foto?«

»Na«, sagte Schuback mit leicht stolzem Unterton, »wir haben auch eins von Lehmann gemacht, wie er daliegt, in diesem albernen Kostüm, mit Olga.« Schuback lachte. »Sie war ja in manchen

Dingen sehr geschickt, zum Beispiel wenn es darum ging, ein Pülverchen in den Wein zu gießen. Wein, Weib und Geschnarche, so war das hier. Die haben so fest gepennt, dass ich den Apparat in Ruhe aufbauen konnte. Dann hat Olga sich dazu gelegt, und ich hab es blitzen lassen.«

»Und Middelbrook wurde auch so fotografiert?«

»Der war nicht so leicht einzuschläfern. Da musste die arme Olga sich ganz schön abrackern. Aber früher oder später ist es immer so weit.«

»Und Eriksen?«

»Pah! Der wollte ja immer nicht kommen. Ich hab ihr gesagt, schaff ihn endlich her. Aber er hatte es ja so mit der Moral und weigerte sich.«

»Und was sollte das mit dem Schwanz an Lehmanns Tür?«

»Eine Warnung. Der Gedanke kam mir, als ich ihn da in der Schublade fand.« Schuback deutete auf den Toilettentisch.

»Aber Sie haben ihn doch sowieso schon unter Druck gesetzt, ihm Geld abgenommen?«

»Sie verstehen das falsch, Hansen. Das war Olga. Ich hab bloß das Foto gemacht. Warum sollte ich in Erscheinung treten? Das hätte die Herren doch nur aufgeschreckt.«

»Also haben Sie Ihre Schwester auf dem Gewissen.«

»Ich?«

»Die Männer mussten sie doch zu hassen beginnen. Und dieser Hass hat sich in der Mordtat entladen.«

Schuback sprang vor das Bett und rief: »Das müssen Sie diesem Lumpen sagen! Er hat sie getötet!«

»Das kann nicht sein!«

Schuback fuhr herum. »Wie?«

»Er war im Büro von Jan Heinicke, dem Besitzer des Salons Tingeltangel, als die Tat geschah.«

»Er war es nicht?«

»Nein, Sie waren es!«

Schuback baute sich vor Hansen auf und sagte kalt: »Eine Kuh, die man melken will, schlachtet man nicht.«

Hansen zuckte zusammen. »Bleibt also tatsächlich nur der Fabrikant übrig.«

»Ganz recht!«, höhnte Schuback. »Er wird übrig bleiben, ihr beide nicht!«

»Was haben Sie vor?«

Schuback zog ein paar Fotografien aus der Jackentasche und hielt sie Hansen hin. Die eine zeigte einen schlafenden Lehmann in Handschellen zusammen mit der halb bekleideten Olga. Auf der anderen sah man den schlafenden Middelbrook in den Armen der nackten Olga Trampitz. Beide Männer trugen das gleiche Katzenkostüm.

Schuback hob die Fotografie, auf der Middelbrook zu sehen war, in die Höhe. »Die hier brauche ich nicht mehr.« Er steckte sie in die Jackentasche zurück. »Aber diese …«, er deutete auf das Bild mit Lehmann, »… werde ich hier hinlegen.« Er ging in die Hocke und platzierte das Foto auf den Teppich. »Da ist es ganz zufällig hingefallen, nachdem Sie zu Boden gegangen sind, niedergestreckt von einem Schuss aus Lehmanns Revolver. Er war ja so freundlich – oder sollte ich sagen, ängstlich –, ihn mitzubringen.«

Hansen rutschte auf dem Sessel nach vorn.

»Bewegen Sie sich nicht!« Schuback richtete den Revolver, den er in der Hand hielt, direkt auf Hansens Gesicht. »Dies hier ist meine Waffe. Aber ich werde sie Ihnen schenken. Später, wenn Sie schon tot sind. Vorher muss ich gewissermaßen in Ihrem Namen handeln und Lehmann aus der Welt schaffen. Einfach, nicht? Sie haben sich beide hier getroffen, und nachdem Sie Ihrem Kollegen das schändliche Bild gezeigt hatten, kam es zum Schusswechsel und beide Kontrahenten wurden tödlich verletzt.«

Hansen stockte der Atem.

»Im Fegefeuer kann Lehmann wieder den Kater spielen, falls Olga Lust dazu hat«, ergänzte Schuback.

»Sie sind ein Teufel!«, sagte eine Stimme hinter Schuback.

Der Spitzel fuhr erschrocken herum.

»Ein Schwein! Ein Tier! Eine Bestie!«, schrie Lehmann mit heiserer Stimme. Er hatte es irgendwie geschafft, den Knebel aus dem Mund zu bekommen.

»Still, Lehmann! Das Schwein bist du!«, rief Schuback und richtete den Pistolenlauf auf den Liegenden.

Im selben Moment lehnte Hansen sich zurück und ließ die Beine nach vorn schnellen. Er traf Schuback mit beiden Füßen im Rücken. Schuback stolperte nach vorn und landete auf dem Bett. Hansen sprang auf. Er hatte nicht darüber nachgedacht, wie er mit auf dem Rücken gefesselten Händen kämpfen sollte. Nicht einmal der Revolver, der gerade in hohem Bogen durch die Luft geflogen und gegen die Kerze auf der linken Seite des Bettes geprallt war, würde ihm etwas nützen.

Auf dem Bett versuchte Schuback sich aufzurichten. Da sprang Hansen um den Bettpfosten herum und rammte ihm den Schädel gegen das Kinn. Schuback fiel laut stöhnend auf den Rücken. Wie ein verwundeter Wal richtete sich Lehmann schwerfällig auf und ließ sich auf den Brustkorb des Spitzels fallen. Hansen lag benommen daneben und spürte einen bohrenden Schmerz unter der Schädeldecke. Mit größter Anstrengung gelang es ihm, die Augen zu öffnen, da bemerkte er, dass die umgefallene Kerze den Stoff des Himmelbettes in Brand gesetzt hatte.

Er schrie laut auf, aber sein Schrei wurde übertönt von einem gellenden Schmerzensschrei.

Hansen drehte sich mühsam zur Seite, hob den Kopf und sah, dass Lehmann sich wie ein Tier im Hals von Schuback verbissen hatte. Während Hansen vergeblich versuchte, Lehmann von seinem Opfer fortzuziehen, spürte er, wie etwas Warmes in sein Gesicht spritzte. Er schmeckte Blut und würgte vor Ekel.

Inzwischen hatte Schuback, der wild mit den Armen ruderte, die zweite Kerze umgestoßen, und das Feuer breitete sich aus.

Hansen rutschte seitlich vom Bett und musste sich übergeben. Noch immer von Krämpfen geschüttelt, rappelte er sich mühsam auf und blickte wie gelähmt auf die zuckenden Männerkörper in dem blutbesudelten Bett, deren Bewegungen immer schlaffer wurden, bis beide schließlich leblos liegen blieben.

Die Flammen züngelten ihm ins Gesicht. Das trockene Holz des Bettes hatte in kürzester Zeit Feuer gefangen. Hansen wich entsetzt zurück. Wie sollte er Lehmann dort wegbekommen, seine Hände waren doch gefesselt? Er musste Hilfe holen! Das Feuer musste gelöscht werden. Das Haus durfte nicht abbrennen. Nicht schon wieder!

Er wandte sich um und stolperte zur Tür, musste sich mit dem Rücken zu ihr drehen, um mit den Händen den Türgriff zu fassen. Dann riss er die Tür auf, drehte sich um und taumelte durch die dunkle Stube in den Flur, stieß hier an und dort, holte sich Prellungen und Abschürfungen, spürte nichts davon, und war erleichtert, dass er die Wohnungstür offen fand. Er wankte ins Treppenhaus. Von unten kam ein Mann die Treppe hinaufgestürmt.

»Was ist denn da los, Mensch?«, schrie er.

Hansen fiel ihm entgegen, wurde aufgefangen, kam mit dem Rücken zum Geländer zum Sitzen und krächzte: »Feuer!«

Eine Frau erschien und rief: »Ich alarmiere die Feuerwehr!«

»Ich bin von der Kriminalpolizei«, hechelte Hansen. »Machen Sie mich los. Da drin brennt es, und zwei Menschen sind noch dort.«

»Polizei?«, fragte der Mann ängstlich.

»Die Marke! In der Jackentasche!«

Der Mann sah nach, fand die Messingplakette und knotete die Fessel um Hansens Handgelenke auf.

»Lehmann! Er verbrennt! Ich muss noch mal rein!«, rief Hansen.

»Ich komme mit!«, sagte der Mann.

Sie stürmten in die Wohnung, spürten die Hitze und den beißenden Rauch, als Hansen die Tür zum Schlafzimmer aufriss.

Der Mann schrie auf vor Schreck, als er das in Flammen stehende Himmelbett sah. Für den Bruchteil einer Sekunde fiel Hansens Blick auf das Foto von Lehmann und Olga auf dem Boden, das gerade Feuer gefangen hatte und in Sekundenschnelle verglühte. Der Nachbar zerrte keuchend Lehmanns leblosen Körper vom Bett. Er hustete und fluchte laut vor sich hin. Schließlich gelang es ihm, sich ihn über die Schulter zu werfen. Hansen rief: »Ich kümmere mich um den anderen!«, und der Mann bewegte sich schwankend aus dem Zimmer hinaus.

Hansen starrte auf das brennende Bett mit der Leiche von Schuback. Hoffentlich hatte der Nachbar nicht die grässliche Wunde an seinem Hals bemerkt. Hansen spürte die Hitze, registrierte den Schmerz, sah benommen zu, wie die Flammen nach seiner Jacke und Hose züngelten. O Gott, ist das heiß, dachte er. Waren es Schweißtropfen, die ihm in die Augen flossen, waren es Tränen, die ihm über die Wangen liefen? Vor sich sah er nicht mehr den brennenden Körper von Schuback, sondern den einer Frau. Undeutlich, verschwommen, durch einen brennenden Schleier hindurch glaubte er ganz kurz das Gesicht von Elsa zu erkennen, ihre erhobenen Arme, die bittend ausgestreckten Hände, ihren Mund, der Worte formte, die er nicht verstand, dann verwandelte sich ihr Gesicht in das seiner Mutter, die auf ihn zuging und sich dabei merkwürdigerweise von ihm entfernte, mit jedem Schritt, den sie nach vorn setzte, schien sie sich rückwärts zu bewegen, ihre Umrisse wurden schemenhaft, sie entrückte und verschwand.

Hansen bekam einen Hustenanfall, die Hitze war unerträglich. Dennoch wankte er zum Bett, beugte sich darüber, doch dann hielt er mitten in der Bewegung inne: Schuback war doch sicher tot, aber Lehmann hatte womöglich noch eine Überlebenschance. Falls er überlebte, dann sollte er nicht als Mörder überleben! Mit übermenschlicher Energie mühte Hansen sich ab, dem toten Spitzel das Foto aus der Jackentasche zu ziehen. Als er es zu fassen bekam, presste er es sich gegen die Brust und machte kehrt. Gerade rechtzeitig: Mit lautem Knall zerbarst der

Spiegel im Baldachin in große und kleine Scherben. Ein Splitter riss eine Schnittwunde in seine Stirn. Das Foto noch immer gegen die Brust gepresst, wankte er nach draußen. Im Treppenhaus kamen ihm aufgeregt durcheinander schreiende Menschen mit Wassereimern entgegen. Er stopfte das Foto in die Hosentasche, stieg die Treppe hinab, halb blind wegen Hitze und Rauch und wegen der Schweißtropfen, die seine Augen brennen ließen, und dem Blut, das in einem dicken Rinnsaal über sein Gesicht lief.

Unten im Hof, als er vor die Haustür trat, brach er zusammen. Das Letzte, was er sah, war die Frau des Hausmeisters, die ihm in Nachthemd und Haube wie ein Rettungsengel erschien. Mit einem Ausruf des Schreckens warf sie die Arme zum Himmel. Sie kniete sich neben ihn, und er sagte: »Ich habe das Feuer nicht gelegt, glauben Sie mir!« Dann verlor er das Bewusstsein.

»Ausgezeichnet, Hansen!«, sagte Kiebert mit verkniffenem Gesicht. »Großartige Sache. Hervorragendes Gespann, Sie und Lehmann! Muss schon sagen! Und was für ein mutiger Einsatz zur Rettung des Kollegen! Nebenbei noch die Mordgeschichte aufgeklärt! Sie sind ein Tausendsassa, Hansen!«

In Wahrheit waren weder Bezirkskommissar Kiebert noch Oberwachtmeister Paulsen noch der Bückling aus Altona von den Entwicklungen im Mordfall Olga Trampitz begeistert. Hatten sie zuvor nicht einen viel besser geeigneten Verdächtigen gefangen? Einen verruchten Sozialdemokraten ohne Bürgerrechte hätten sie einem Fabrikanten mit perversen Neigungen und einem Doppelleben bei weitem vorgezogen. Wesentlich unangenehmer als die Anklage gegen den Altonaer Bürger war jedoch die Tatsache, dass ein Beamter der Politischen Polizei sich als Erpresser entpuppt hatte. Vigilant Schuback war in den Flammen umgekommen und seine Leiche bis zur Unkenntlichkeit verkohlt aus dem ausgebrannten zweiten Stock in der Jägerstraße 23 b geborgen worden. Wachtmeister Lehmann, der mit schweren Brandverletzungen ins Hafenkrankenhaus eingeliefert worden war, war noch nicht bei Bewusstsein und hatte nicht aussagen können.

Hansen war am Morgen nach dem Brand aus dem Krankenhaus entlassen worden und war schnurstracks in die Davidwache marschiert, um Paulsen die Geschehnisse zu schildern. Der Revierleiter war immer blasser geworden, hatte die Hände gerungen, war aufgesprungen und schnaufend im Büro auf und ab gelaufen. Schließlich entschied er, dass diese Geschichte eine Nummer zu groß für ihn war. Er hastete mit dem noch immer angeschlagenen und mit nicht wenigen Bandagen versehenen Schutzmannanwärter in die Wilhelminenstraße, um Bezirkskommissar Kiebert die Verantwortung zu übertragen.

Kiebert hörte Hansens Ausführungen schweigend zu. Als er die Tragweite der Zusammenhänge erfasst hatte, bat er die beiden Beamten von der Davidwache, draußen zu warten, und telefonierte mit dem Stadthaus, zunächst mit einem hochrangigen Inspektor, dann mit dem Polizeichef persönlich.

Der entschied pragmatisch: »Gut, Kiebert, hören Sie zu. Einen unschuldigen Sozialdemokraten vor Gericht zu bringen könnte die Arbeiterschaft gegen uns aufhetzen und in eine politische Katastrophe münden. Ein Verbrechen aus Leidenschaft, verübt durch einen angesehenen Bürger, wird den Altonaer Behörden nicht gefallen, aber sie werden nicht darum herumkommen, uns den Herrn zu überstellen. Immerhin handelt es sich um ein Kapitalverbrechen ersten Ranges. Was nun den Vigilanten betrifft, sollten wir kühlen Kopf bewahren. Weder er noch seine Schwester können noch aussagen, fassbare Zeugen gibt es nicht, und die Beweismittel sind karg. Versuchen Sie, den Täter ohne direkten Bezug zu dieser Person zu überführen. Der einfachste Weg ist der beste Weg, und die Autorität der Polizeibehörde wird nicht in Zweifel gezogen.«

Kiebert hatte verstanden und redete so lange auf Paulsen und Hansen ein, bis diese auch im Bilde waren. Anschließend rief er Fisch von der Krimpo Altona an und stellte zu seiner großen Erleichterung fest, dass dieser schon von seinem obersten Chef Weisungen erhalten hatte.

Die Beamten trafen sich im Altonaer Polizeiamt Kleine Mühlenstraße. Von dort aus waren es nur wenige Schritte bis zu Middelbrooks Büro in der Palmaille. Kiebert, Paulsen, Fisch und Hansen wurden von vier uniformierten Wachmännern begleitet und sprachen kein Wort auf dem Weg. Hansen trug die Tasche mit den Beweismitteln.

Middelbrook hatte gerade Besuch von wichtigen Geschäftsfreunden. Eine Droschke stand vor dem Haus bereit, um die Herren zum Mittagessen ins Restaurant Jacob an der Elbchaussee zu bringen. Sergeant Fisch verbeugte sich und bat um ein kurzes Gespräch mit dem Unternehmer, während die Uniformierten unauffällig die Vorder-, Hinter- und Nebenausgänge sicherten. Angesichts des Aufgebots von vier Kriminalbeamten entschuldigte sich Middelbrook bei seinen Geschäftsfreunden – es dauere sicherlich nur fünf Minuten – und führte die Polizisten in sein Büro im ersten Stock.

Dort angekommen, befahl Kiebert seinem jungen Schutzmann, den Koffer zu öffnen, und machte keine Umstände. Er nickte dem inzwischen aschfahlen Middelbrook zu, der sich mechanisch hinter seinen Schreibtisch gesetzt hatte. »Wenn Sie sich bitte ansehen möchten, was wir mitgebracht haben. Das Kleidungsstück hat Ihre Maße, und die Fotografie zeigt Sie in misslicher Lage. Wir wissen, dass Sie gute Gründe hatten, dem Leben Ihrer Geliebten ein Ende zu bereiten, weil sie Sie um Ihren guten Ruf erpressen wollte.«

Middelbrook sah kurz in den Koffer, riss die Augen auf und schluckte. Dann warf er allen vier Beamten einen von Panik erfüllten Blick zu, sprang auf, drehte sich zu dem geöffneten Fenster um, setzte sich auf die Fensterbank, schwang die Beine hinaus und war mit einem Satz verschwunden.

Hansen stürzte zum Fenster.

»Hinterher!«, kommandierte Kiebert.

Hansen schüttelte den Kopf. »Er kann nicht mehr fort«, sagte er. Seine Kollegen traten neben ihn und starrten nach unten.

Middelbrook lag auf dem Steinweg, um seinen Kopf herum sammelte sich eine Blutpfütze.

»Wir können die Treppe nehmen«, stellte Paulsen trocken fest.

Als die Polizisten in den Garten traten, konnten sie nur noch den Tod des Fabrikanten feststellen. Er war nach dem Aufprall auf dem Boden mit dem Kopf gegen einen Stein geschlagen.

Kiebert, Paulsen und Fisch atmeten hörbar auf. Hansen unterdrückte den Drang, sich zu übergeben. In einem Geheimfach von Middelbrooks Schreibtisch fanden die Polizisten wenig später eine angerostete Drahtschlinge mit zwei daran befestigten Haltegriffen.

Es war nicht die einzige Tragödie des Tages nach dem zweiten großen Brand in der Jägerterrasse: Am späten Nachmittag informierte Revierleiter Paulsen seine Beamten darüber, dass vor einer halben Stunde ihr verdienter Kollege Lehmann seinen Brandverletzungen erlegen sei. Dass der Kriminalwachtmeister sich in Wahrheit mit einer selbst geknoteten Schlinge aus zerrissenem Bettzeug an einem Kleiderhaken an der Tür seines Krankenzimmers erdrosselt hatte, erwähnte Paulsen nicht.

Hansen nahm sich frei und wurde zwei Tage später im Vollrausch von Wachtmeister Breitenbach in einem Verbrecherkeller aufgegriffen und in die Wache verbracht. Seine Kollegen hatten Verständnis für den verzweifelten Kriminalschutzmann-Anwärter und steckten ihn nicht in eine Zelle, sondern bauten ihm ein Feldbett im Wäscheraum auf, damit er sich ausschlafen konnte.

# Epilog

## *Verschwunden*

*Und haben wir glücklich die Reise vollbracht,*
*Dann wird auf St. Pauli die Runde gemacht.*

Seemannslied

»Oh«, sagte der Damenimitator im Rokokokleid, als er Hansen die Treppe heraufkomman sah, »ich habe mich wohl in der Etage geirrt.«

»Du wohnst in der ersten, Kurt«, sagte Hansen müde, »als ob du das nicht wüsstest.«

»Ach«, sagte der üppig geschminkte junge Mann und legte theatralisch den Handrücken gegen die Stirn, »in der Tat. Aber mir war so, als hätte ich jemanden hinaufsteigen sehen, der eigentlich zu mir wollte. Ein junger Mann …«

»Hier gibt es keinen jungen Mann außer mir. Nur noch Frau Schmidt, und die ist ja wohl nicht dein Kaliber.«

Kurt tat erschrocken: »Gott bewahre!«

»Na also, dann troll dich mal wieder nach unten, mein Lieber.«

»Spricht man so etwa mit einer Dame?«, sagte Kurt schmollend.

»Da ist ja Gabriѐle mehr Dame als du, Kurtchen.«

Das hatte gesessen. Gabriѐle war die »Dame ohne Unterleib«, die neuerdings auch im Hôtel Schmidt wohnte. Kurt ließ einen Fächer aufklappen und verbarg das Gesicht dahinter.

»Guten Abend«, sagte Hansen.

Die verschmitzt dreinblickenden Augen von Kurt erschienen über dem Fächerrand. »Und da ist doch ein junger Mann in deinem Zimmer!«

»Willst du wohl!« Hansen hob drohend die Faust.

Mit einem Aufschrei gespielten Entsetzens sprang der Damenimitator die Treppe hinunter.

Er hatte Recht gehabt. Jemand erwartete ihn. Auf dem Stuhl vor dem kleinen Tisch am Fenster saß der schüchterne Klaas Blunke. Als Hansen eintrat, stand er hastig auf und sagte entschuldigend: »Die Wirtin hat mich hereingelassen. Ich hoffe, es ist dir nicht unrecht.«

»Aber nein. Hat man dich belästigt?«

»Wie?«

»Na, Kurt. Der hat da draußen herumgelungert.«

»Kurt? Nein, ich hab nur eine Dame in so einem altmodischen Kleid getroffen, die sich mit mir unterhalten wollte.«

»Den meine ich ja, Kurt den Damenimitator.«

Klaas wurde rot und stammelte: »Ach, so, das … hab ich gar nicht bemerkt.«

»Die Wahrheit bemerkt man meist erst auf den zweiten Blick.«

Klaas blickte unsicher zu Boden.

Hansen setzte sich auf den Bettrand. »Was führt dich zu mir, alter Freund?«

»Ich … ich wollte vor allem mal sehen, wie es dir so geht nach dieser schrecklichen Geschichte.«

»Hab mich wieder berappelt. Ist nett von dir, Klaas, du bist der Einzige, der sich erkundigt, abgesehen von den Kollegen auf der Wache.«

»Die anderen …«

Hansen winkte ab. »Schwamm drüber.«

»Wir sind doch immer noch Freunde, Heinrich«, sagte Klaas.

»Wir beide ja.«

»Eben deshalb bin ich hier.«

Hansen unterdrückte ein Gähnen. »Ich hab eine turbulente Vierundzwanzig-Stunden-Schicht hinter mir, Klaas. Wird heute nichts mehr mit einem Kneipengang. Ich muss gleich in die Falle.«

»Deswegen bin ich nicht gekommen.«

»Gibt's sonst noch was?«

»Ja. Die Sache mit dem Brand. Ich meine … wo es jetzt zum zweiten Mal passiert ist …«

Hansen sah seinen Gast argwöhnisch an und schüttelte den Kopf. »Lass man, ich will nichts mehr davon hören.«

Aber Klaas ließ sich nicht beirren. »Weil es zum zweiten Mal passiert ist«, wiederholte er, »hat sich mein Vater furchtbar aufgeregt. Wo er doch kaum noch redet, aber am Morgen nach dem Feuer ist er ganz früh aufgewacht und hat mich zu sich gerufen und hat was Komisches gesagt. Von einem Brandstifter.«

Hansen winkte ab. »Es war keine Brandstiftung. Das mit dem Feuer war ein Unfall. Eine Kerze ist umgekippt. Ich bin gerade noch rechtzeitig gekommen, um den Kollegen rauszuholen.«

»Ich meine nicht diesen Brand, ich meine den damals. Bei euch.«

Hansen spürte, wie seine Hände zu zittern begannen. »Was ist damit?«

»Vater hat sich erinnert, dass an dem Morgen, bevor es passierte, jemand einen Kanister mit Petroleum gekauft hat.«

»Na und? Das kam doch wohl alle Tage vor.«

»Ja, schon, es waren immer dieselben Kunden, die für ihre Lampen Petroleum kauften. Wir hatten für jeden einen Kanister parat – wir wussten ja so ungefähr, wann es wieder so weit sein würde. Mutter hat immer großen Wert darauf gelegt, schon im Voraus zu wissen, was die Leute bald brauchen. Aber die Person, die diesen Kanister kaufte, war kein Stammkunde. Deshalb hat Vater es sich gemerkt. Komisch, dass es ihm erst jetzt wieder, nach all den Jahren, einfällt. Damals hatte er es wohl nicht für wichtig gehalten. Vielleicht ist es ja auch Unsinn, aber trotzdem …«

»Da hat also ein Unbekannter einen Kanister Petroleum gekauft, und abends brennt es. Da muss nun wirklich kein Zusammenhang bestehen.«

»Nein, muss nicht, aber es war kein Unbekannter.«

»Sondern?«

»Ein Junge in Manchesterhosen.«

Hansens Augen verengten sich zu einem schmalen Schlitz. »Friedrich?«

»So, wie mein Vater ihn beschrieben hat, muss er es gewesen sein.«

»Was wollte der denn mit einem Kanister Petroleum? Die hatten doch Gaslicht im Haus.«

»Ja, eben.«

Hansen stand auf und rieb sich nachdenklich mit der Hand über die Bartstoppeln. »Warum erzählst du mir das?«

»Weil ich es gerade erfahren habe. Und ich weiß doch, dass du Polizist geworden bist, weil dich diese alte Geschichte nicht loslässt.«

Hansen sah seinen Jugendfreund erstaunt an. »Das denkst du dir also?«

»Das weiß ich!«

Hansen schüttelte den Kopf. »Bist ein Menschenkenner, was?«

»Dich kenne ich ganz gut, Heinrich.«

»Dann geh jetzt!«, sagte Hansen ruppig. »Ich muss nachdenken!«

»Ja, natürlich.«

»Und lass dich nicht von Kurt bequatschen. Der findet dann kein Ende mehr.«

»Ja, gut«, sagte Klaas Blunke brav und verabschiedete sich.

Wenig später stürzte Hansen, zwei Treppen auf einmal nehmend, nach unten und eilte zurück zur Davidwache. Womöglich würde er sich lächerlich machen, aber er hatte so eine Vorahnung, dass etwas nicht stimmte.

Als er den Wachraum betrat, sah ihn der Diensthabende überrascht an. »Heinrich? Woher weißt du …?« Seit er offiziell als Schutzmann aufgenommen worden war, duzte er sich mit einigen der Beamten.

»Woher weiß ich was?«, fragte Hansen unwirsch.

»Dass er weg ist.«

»Wer ist weg?«

»Der Hochstapler.«

»Was?«, schrie Hansen.

»Schüler, genannt von Schluthen, ist ausgebrochen.«

Hansen starrte den Beamten ungläubig an. »Das kann doch nicht wahr sein!«

»Die sind alle raus. Razzia in sämtlichen Verbrecherkellern und Absteigen im Grenzgebiet. Die in Altona sind auch alarmiert.«

Hansen ließ sich kopfschüttelnd auf einen Stuhl fallen. »Das gibt's doch gar nicht.«

»Doch, Paulsen hat getobt.«

»Wie hat der Kerl das geschafft?«

»Er hatte eine Komplizin.«

Hansen hielt die Luft an. »Wen?«

»Eine Tänzerin aus dem Varieté. Eine von diesen Katzen. Küsting oder so ähnlich heißt sie.«

»Koester, Lilo Koester«, sagte Hansen.

»Ja, Koester, genau. Sie kam, um ihn zu besuchen. Wurde sogar durchsucht, aber die Waffe hat man übersehen. So ein kleines Ding mit zwei Läufen und nur zwei Schuss.«

»Und die ist mit ihm getürmt?«, fragte Hansen bitter. »Wie haben sie denn das geschafft?«

»Nein, sie ist noch da. Nur er ist weg. Sie hat ihm die Taschenpistole mitgebracht, daraufhin hat er den Schließer damit bedroht und ist raus. Was sollten wir machen?«

»Und sie ist nicht mitgekommen?«

»Nein. Er wollte das wohl, aber sie ist einfach in der Zelle sitzen geblieben. Wir haben sie natürlich gleich in der Frauenzelle eingeschlossen.«

Hansen stand auf. »Ich will mit ihr reden.«

»Du darfst nicht zu ihr rein. Sie muss erst noch durchsucht werden. Das geht erst morgen früh, wenn wir eine weibliche Hilfskraft kriegen.«

»Aber durch die Luke hindurch werde ich sie ja wohl sprechen dürfen?«

Der Wachhabende hob zweifelnd die Schultern.

»Dazu brauch ich ja keinen Schlüssel«, sagte Hansen. »Welche Zelle?«

»Nummer zwei.«

Hansen ging den Korridor entlang, klopfte an die Zellentür und öffnete die Luke. Die Zelle wurde durch eine elektrische Lampe hell erleuchtet.

»Wachtmeister!«, rief Lilo ohne aufzusehen. »Können Sie nicht dafür sorgen, dass diese Lampe ausgeschaltet wird? Ich möchte gern schlafen.«

»Lilo!«

»Ach, Heinrich, du bist es.«

Sie stand von der Pritsche auf und kam an die Luke.

»Stimmt es, was ich gehört habe?«

»Ja.«

»Warum hast du das getan?«

»Jemand musste ihm doch helfen.«

»Aber du hast dich schuldig gemacht.«

»Ich weiß. Ich stehe dafür ein, was ich getan habe.«

»Aber du wirst dafür ins Gefängnis kommen.«

»Das fürchte ich auch.«

»Lilo, ich verstehe dich nicht!«

»Ich versteh mich selbst nicht«, sagte sie leise.

Sie sahen sich schweigend an. Hansen schüttelte den Kopf. Er begriff nicht, was hier eigentlich passiert war. Was war es, was diese Frau antrieb? Er konnte nicht im Geringsten nachvollziehen, was Lilo und Friedrich miteinander verband. Wieder starrte er sie an. Lilo erwiderte seinen Blick halb spöttisch, halb mitleidig.

»Heinrich?«

Er zuckte zusammen. »Ja?«

»Kannst du bitte dafür sorgen, dass das Licht in meinem Zimmer gelöscht wird?«

»Ja.«

Er klappte die Luke zu, ging zum Lichtschalter und drehte ihn um.

»Danke«, hörte er sie noch sagen, dann ging er den Korridor entlang zurück zur Wachstube.

»Verrücktes Weibsstück, was?«, stellte der Wachmann fest.

Hansen nickte und wandte sich zum Gehen.

Erst jetzt fiel ihm auf, dass Lilo ihre Zelle als Zimmer bezeichnet hatte. Kopfschüttelnd stieg er die Treppenstufen der Davidwache hinunter und schlenderte nachdenklich den Spielbudenplatz entlang.

Über dem Eingang zu Umlauff's Weltmuseum hing neuerdings ein ausgestopftes Krokodil. Zwischen den spitzen Raubtierzähnen in seinem weit aufgerissenen Maul lag eine Kasperlepuppe und lachte lautlos.

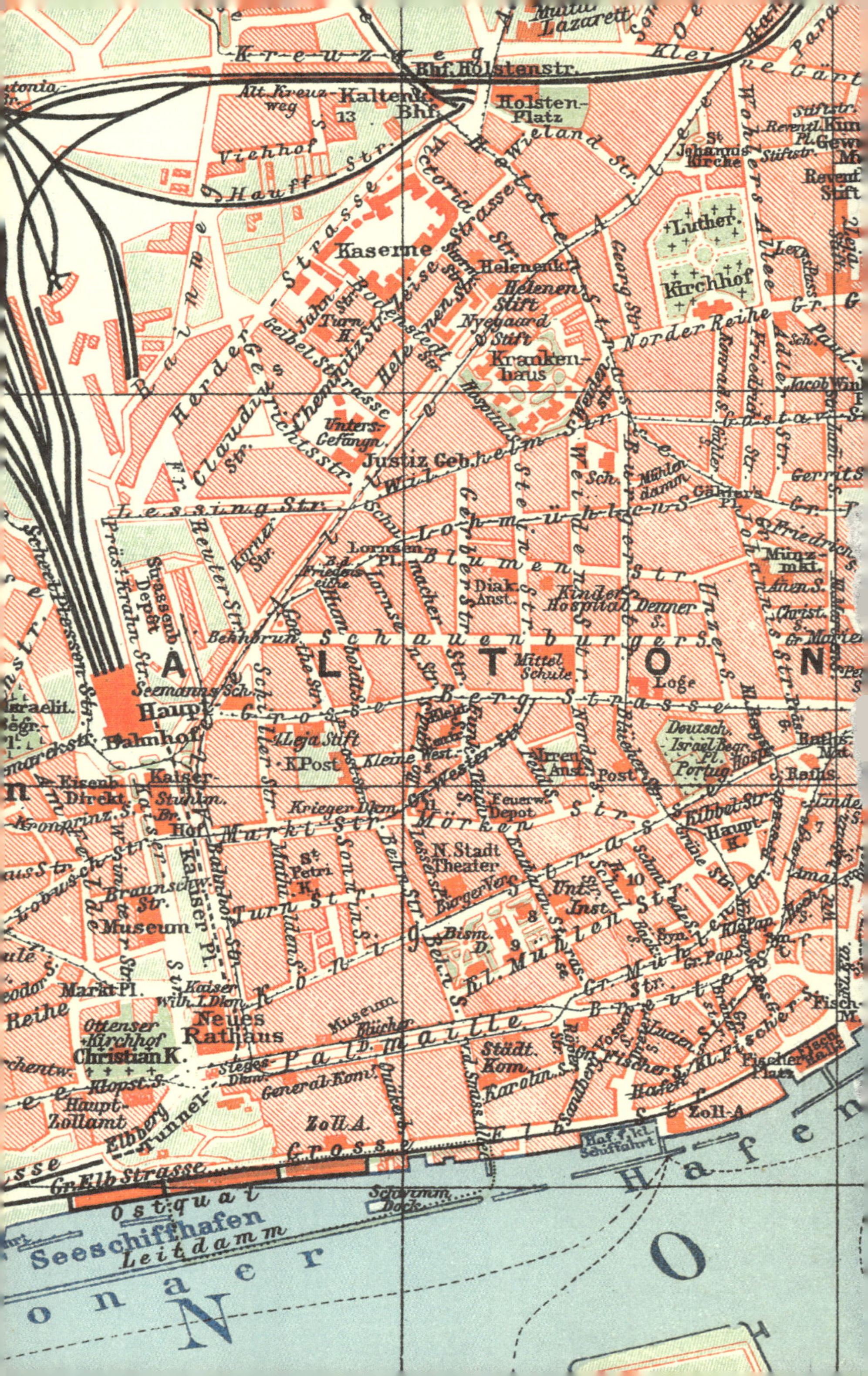

ALTONA
Kreuzweg
Bhf. Holstenstr.
Lazarett
Alt. Kreuzweg
Kaltenk. Bhf.
Holsten-Platz
Wieland Str.
Viehhof
Hauff-Str.
St. Johannis Kirche
Luther Kirchhof
Kaserne
Helenenstr.
Helenen Stift
Nyegaard Stift
Krankenhaus
Turn H.
Norder Reihe
Herder Str.
Claudius Str.
Geibel Str.
Chemnitz Str.
Gerichtsstr.
Unters. Gefängn.
Justiz Geb.
Lessing Str.
Reuter Str.
Körner Str.
Lornsen Pl.
Blumen Str.
Diak. Anst.
Kinder Hospital
Schauenburger Str.
Behnstr.
Mittel Schule
Loge
Berg Strasse
Seemanns Sch.
Haupt Bahnhof
Grosse
Leja Stift
K.Post
Kleine West.
Post
Deutsch. Israel. Begr. Pl.
Portug.
Kaiser Str.
Kaiser Wilhelm Denkm.
Kaiser Pl.
Eisenb. Direkt.
Kronprinz Str.
Hof
Markt Str.
Krieger Dkm.
Mörken Str.
Feuerw. Depot
N. Stadt Theater
Bürger Ver.
St. Petri K.
Turn Str.
Bahnhof Str.
Braunschw. Str.
Museum
Bism. D.
Unt. Inst.
Syn.
Kl. Pap.
Gr. Pap.
Königstr.
Markt Pl.
Neues Rathaus
Museum
Ottenser Kirchhof
Christian K.
Palmaille
Steges Dkm.
General-Kom.
Städt. Kom.
Klopst. S.
Haupt-Zollamt
Elbberg
Tunnel
Zoll A.
Grosse Elbstrasse
Gr. Elb Strasse
Fischer Platz
Fisch Halle
Hafen
Zoll-A.
Haf. u. kl. Schiffahrt
Ostquai
Schwimm Dock
Seeschiffhafen
Leitdamm
Altonaer
O
N